首部袁中道诗注

# 小修诗注

[明] 袁中道 著

王能议 注

长江出版传媒 | 崇文书局

**图书在版编目(CIP)数据**

小修诗注 / (明)袁中道著；王能议注.
一武汉：崇文书局,2014.10
ISBN 978-7-5403-3631-8

Ⅰ.①小… Ⅱ.①袁… ②王… Ⅲ.①古典诗歌-注
释-中国-明代 Ⅳ.①I222.748

中国版本图书馆 CIP 数据核字(2014)第 232446 号

| | | |
|---|---|---|
| 书　　　名 | 小修诗注 | |
| 选题策划 | 王重阳 | |
| 责任编辑 | 刘水清 | |
| 封面设计 | 钱金华 | |
| 出版发行 | 崇文书局 | |
| | 发行部电话　027-87679712 | |
| 地　　　址 | 武汉市雄楚大街 268 号湖北省出版文化城 B 座 | |
| 网　　　址 | http://www.cwbook.cn | |
| 经　　　销 | 湖北省新华书店 | |
| 印　　　刷 | 荆州市翔羚印刷有限公司 | |
| 开　　　本 | 640×960mm　　1/16 | |
| 印　　　张 | 34.25 | |
| 字　　　数 | 580 千 | |
| 版　　　次 | 2014 年 12 月第 1 版　2014 年 12 月第 1 次印刷 | |
| 标准书号 | ISBN 978-7-5403-3631-8 | |
| 定　　　价 | 58.00 元 | |

(本书凡印装错误可向承印厂联系调换,电话:0716-8325988)

# 本书编委会

# 三袁简介

袁宗道（1560—1600），字伯修，号石浦。万历十四年进士及第，举会试第一，选庶吉士，任编修，历官春坊中允，终右庶子。万历二十八年卒于任上，终年四十一岁。由他发起并组建的"蒲桃社"即公安派的雏形。其主要贡献是批判了前后七子文学复古理论的流弊。钱谦益评其说"其才或不逮二仲，而公安一脉，实自伯修始之"。宗道乃公安派的奠基人。其见存著作有《白苏斋集》二十二卷。

袁宏道（1568—1610），字中郎，号石公，又号六休。万历二十年进士及第，历任吴县令、京兆教官、礼部仪制主事、礼部仪曹主事、吏部验封主事。万历三十八年九月初逝于沙市，终年四十三岁。宏道一生政绩卓著，尤以诗文名天下。万历二十四年提出"独抒性灵、不拘格套"的文学主张，反复古模拟，一时狂飙突进，遂成"公安派"。宏道乃公安派领袖人物。其一生著作颇丰，涉及文艺理论、诗、散文、插花、觞政、佛学研究等方面，其主要著作收入《袁宏道集笺校》。

袁中道（1570—1626），字小修。万历四十四年进士及第，次年授徽州府教授，后任南京吏部郎中。天启六年病逝于南京，终年五十七岁。其早期诗集《南游稿》、《小修诗》乃公安派发轫之作，是"独抒性灵、不拘格套"文学主张的坚实实践者，公安派最后的掌门人。他晚年系统整理并刊行了三兄弟的著作，全面客观的总结了"公安派"的得失。中道多才多艺，书画俱精，著作颇丰。现存诗文近四十卷。主要有《珂雪斋前集》、《珂雪斋近集》。

自序

袁子曰六經尚矣文法秦漢古
詩法漢魏近體法盛唐此詞家
三尺也予敬佩焉而終不學之
非不學也不能學也古之人意
至而法昂至焉吾先有成法擾

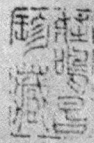

袁中道《珂雪斋近集》手迹。（万历四十六年刻本。由公安三袁文化收藏家李明柱先生提供。）

於胸中勢必不能盡達吾意達

吾意而或不能盡合於古之法

合者留不合者去則吾之意其

可達於言者有幾而吾之言其

可傳於世者又有幾故吾以為

斷然不能學也姑括吾意所欲

言而已矣於吾意所欲言即未
敢盡遠於法第欲以意役法不
以法役意故合於古法者存不
合於古法者亦存總之意中勃
鬱不可復如其勢不得不吐姑
倒囷出之以自快而不暇擇焉

耳豈誠謂我用我法而可目無
古人為也夫古之人豈易言哉
昔宋子京自謂五十後奉詔脩
唐書細觀古人文字廻看五十
年前所作幾媿汗欲死予自十
七八歲即知脩詞發三十年矣

每取舊作視之四五行後若荊棘列楮墨間實之惟恐不速蓋覺古人千不可及萬不可及其媿汗欲死又不啻子京已也然吾所以不及古人者有故少志進取 攻帖括中年尚遭擯斥

進取

一生精力以營箋疏避罩迢

箋至於夢腸嘔血四十以後始

得昇：一第博古脩詞偷罟為

之本不伏習何由工巧浮涉淺

嘗安能入微此其不及古人者

一也古人詩文皆本之六經以

遡其源綜之子史百家以衍其
派流溢發滿中乳外肆吾輩於
本業外惟取涉獵一經不治何
論餘書或如牖中窺日或如顯
慶視月此其不如古人者二也
古人研京十年練都一紀盡絕

外緣為深湛之思念者雖有制
作率爾成章如兔起鶻落決河
放溜發揮有餘淘鍊無功此其
不及古人者三也古人慶弔餞
送之文實情真境不尚浮夸作
者不以為嫌受者不以為過迩

時厮諫進熟不當口出少不稱
揚便同譏刺自惟骨體靡弱未
能免俗雖捃性靈間雜酬應此
其不如古人者四也少泰聞道
有志出世至於搖觚輒懷利刀
切泥之嘆嘗欲息機韜穎遁跡

烟雲故未仕前大半居山所作
多偶爾寄興模寫山容水態之
語而高文大冊寞然無有此其
不如古人者五也夫豈惟古人
即本朝諸君子各有所長成一
家言敢自謂超乘而上之邪每

思此道爪自氣涯甫涉其樊而
頭顱已不待矣兼之頻歲移徙
中間散佚已多所存什五荒野
固陋常欲付之祖龍一炬而名
根未忘不忍棄擲謬謂千古詞
人之於詞爪楷慈父之於子也

許體於形氣文章亦受孕

於靈腑才不才各言其子則工

不工亦各言其詞慈父不以子

之不皆才也而棄之詞人又豈

以辭之不皆工也而廢之哉夫

父或溺愛而以不才為才或苦

責而以才為不才文章之道已
憎人愛己愛人憎箕畢殊好未
躬自定故睉而梓之本不敢有
去取也嗟乎吾向者無一事非
任也吾今者無一事非讓也以
出世言己將超悟讓之人退而

七

修者光之業矣以用世言已將
經濟讓之人退而處仕隱之間
矣至於立言一事向者雖不能
窮其變化而未常無此志也今
且以經國垂世讓之人不惟不
強合古之法而亦不肯奢用已

之意矣然則此之粹也豈欲流通妄冀有述聊以結向者脩詞之局以存過鷹之一喂而使後來不復措意此道已彌盡釋夫不能負不必負之擔而嬉嬉焉為盛世百不思百不能之愚人

以終其天年吾沒此閒矣吾計
定矣吾願畢矣
萬曆戊午五月　日　崑隱居士
袁中道書於新安郡校之卧
雪齋中

# 序 一

## 陈文新

地灵则人杰。与云梦烟霞、荆楚灵气联系在一起的"公安三袁",几百年来,曾令无数后人心仪和向往。他们是老大袁宗道(1560—1600),字伯修,号石浦,又号玉蟠;老二袁宏道(1568—1610),字中郎,号石公,又号六休;老三袁中道(1570—1626),字小修。三袁兄弟的名字常被人弄混,原因是三人的名字里各有"中"字或"中"字的近音:老大宗道和老三中道,南方人读来几乎是同音,老二宏道则以其字中郎著称,也含一个"中"字。由于这个缘故,今人习惯于用字来称呼他们。

### 一

说到小修,可以说知弟莫若兄,格外了解他的还是大他两岁的中郎。万历二十四年(1596),中郎为小修的诗集写过一篇序言(即《叙小修诗》)。在概括小修不同凡俗的人生历程时,中郎强调了两点。其一,读书极具个性。儒家经典一向被视为读书人的安身立命之处,而小修却"独喜读《老子》、《庄周》、《列御寇》诸家言,皆自作注疏,多言外趣,旁及西方之书,教外之语,备极研究"。对佛家和道家学说的迷恋,正如伯修所说,"有一派学问,则酿出一种意见,有一种意见,则创出一种语言。"小修的文章因而别具风采。其二,为人极具个性。以孔子为表率的儒生是不赞成棱角太分明的,处事力求循规蹈矩,小修却"的然以豪杰自命,而欲与一时之豪杰为友。其视妻子之相聚,如鹿豕之与群而不相属也;其视乡里小儿,如牛马之尾行而不可与一日居也。泛舟西陵,走马塞上,穷览燕、赵、齐、鲁、吴、越之地,足迹所至,几半天下。"这种亦狂亦侠的生活方式,正是所谓名士派头。

三袁兄弟中,小修在科举考试中经历的坎坷要多些。伯修二十七岁举会试第一,中郎二十五岁考中进士,而小修则直到四十六岁才登进士第。功名不遇,这使他的心绪较为恶劣。中郎说他:"盖弟既不得之于时,多感慨;

又性喜豪华,不安贫窘,爱念光景,不受寂寞。百金到手,顷刻都尽,故尝贫;而沉湎嬉戏,不知撙节,故尝病;贫复不任贫,病复不任病,故多愁。"所谓"沉湎嬉戏",指的是嗜酒纵饮。小修年轻时自命豪杰,呼卢喝雉,常聚众痛饮达旦;中年后依然故我,但时常感到身体已不足以应付这种生活方式,他给朋友写信说:"自念生平,无一事不被酒误。学道无成,读书不多,名行不立,皆此物之为祟也。甚者乘兴大饮后,兼之纵欲,因而发病,几不保躯命。"据小修自己说,他之所以长年游山玩水,目的之一就是改变这种不节制的纵欲生活。

对古代文人,小修格外倾慕的是陶岘。陶岘是唐代开元年间的人,袁郊《甘泽谣·陶岘》即以他为主角,是作者所欣赏的"逢奇遇兴,则穷其景物,兴尽而行"的名士。他本来想有一番大作为的,但生不逢时,遂"自谓疏脱,不谋仕宦",把精力消耗在怡情悦性的享乐中。后来他从南海郡守处得到了三件宝:古剑、玉环及"善游水而勇健"的昆仑奴摩诃。"每遇水色可爱,则遗环剑,令摩诃下取,以为戏笑也。"就这样过着不慕仕进、专事旅游的浪漫生活。

陶岘之钟情于山水,一方面固然出于个人情趣,但同样重要的另一方面却是借以排遣抱负得不到施展的不满。中国古代的读书人,用世之志向来强烈;一旦生活迫使他们从这一人生领域退出,其受到压抑的才情和生命力便需朝别一方面释放。这是一次急遽的释放,所以在力度上异乎寻常。陶岘的慷慨多气,傲然漫游,便是其力度的显示。明白了这一点,再来读小修的诗文,感受无疑更加深切。

二十世纪三十年代,林语堂、周作人等先生大力提倡小品文,周作人给俞平伯的散文集《杂拌儿》作跋,有云:"公安派的人能够无视古文的传统,以抒情的态度做一切的文章,虽然后代批评家贬斥他为浅率空疏,实际却是真实个性的表现。"其突出特点在于"有性灵"、"有风趣"。公安派的小品文如此,诗也如此。

## 二

公安派以公安三袁为主体,而以老二中郎为主将,在主张"独抒性灵,不拘格套"方面,也以中郎的态度最为激烈,其兄伯修、其弟小修则较为和缓。

中郎对是古非今论的抨击几乎到了无所顾忌的程度。他着眼于"变"的不须加以限定的合理性,为艺术史上的种种新变击节称快。其《叙小修诗》

云："盖诗文至近代而卑极矣。文则必欲准于秦、汉，诗则必欲准于盛唐，剿袭模拟，影响步趋，见人有一语不相肖者，则共指为野狐外道。曾不知文准秦、汉矣，秦、汉人曷尝字字学《六经》欤？诗准盛唐矣，盛唐人曷尝字字学汉、魏欤？秦、汉而学《六经》，岂复有秦、汉之文？盛唐而学汉、魏，岂复有盛唐之诗？唯夫代有升降，而法不相沿，各极其变，各穷其趣，所以可贵，原不可以优劣论也。"《与江进之》云："夫物始繁者终必简，始晦者终必明，始乱者终必整，始艰者终必流丽痛快。其繁也，晦也，乱也，艰也，文之始也。如衣之繁复，礼之周折，乐之古质，封建井田之纷纷扰扰是也。古之不能为今者也，势也。其简也，明也，整也，流丽痛快也，文之变也。夫岂不能为繁，为乱，为艰，为晦，然已简安用繁？已整安用乱？已明安用晦？已流丽痛快，安用聱牙之语，艰深之辞？辟如周书《大诰》、《多方》等篇，古之告示也，今尚可作告示否？毛诗《郑》、《卫》等风，古之淫词媟语也，今人所唱《银柳丝》、《挂针儿》之类，可一字相袭否？世道既变，文亦因之，今之不必摹古者也，亦势也。"中郎的这些如江流般汹涌而出的语言，似乎缺少深思熟虑，但却具有振聋发聩的力度，并包含了若干发人深省的见解。一、他以为"各极其变，各穷其趣"的诗才是可贵的。对艺术法则的严格遵守或许是产生优秀作品的必要条件，但读者更欣赏的却首先是灵感与新颖。二、文学的发展演变是时代的发展演变使然。每个时代都有它自己的艺术和艺术家。一切真正的和不朽的诗，都植根于它那个时代的生活中。它必须像一棵活着的树，把触须伸进生活的土壤。因此，中郎《雪涛阁集序》用一个比喻说，严冬季节，就不应该穿夏天的衣服，正如战国时代，不能依样画葫芦地写大、小《雅》，汉、魏时代，不能沉溺不返地写《离骚》，盛唐时代，不能亦步亦趋地写《古诗十九首》一样。时代变了，艺术理应随着变化。三、各种文体的地位是平等的。不同时代有不同的文学样式，它们之间没有优劣之分。注重实用的人热衷于为各种文体划分等级。在他们看来，艺术作品都有一个目的，即在读者中产生某种特定的效果。既然艺术作品只是达到目的的一种手段，那么，作品实现这一目标的成功与否就是判定其价值的依据。既然把艺术作品看成旨在影响读者的工具，也就相应地产生了体裁的等级之论，如古文高于诗、古体诗高于近体诗、诗高于词等。前后七子为诗划分等级，动机与实用派有别，主要是崇古心理作祟。但归宿是一致的，即抱着牢不可破的体裁等级观不放。中郎则认为，《古诗十九首》等作品，尽管"音节体制"有异于《离骚》，"然不谓之真《骚》不可也"。他看重的是二者精神实质的一致,而不是形式的一致。

小修比中郎小两岁,但他的去世晚于伯修二十余年,晚于中郎十余年,在冷静的考察与反省中,他既看到中郎在改革诗风方面所取得的卓越成就,又意识到因中郎矫枉过正所造成的某些负面影响,所以能心平气和地讨论问题。其《宋元诗选》云:"诗莫盛于唐,一出唐人之手,则览之有色,扣之有声,而嗅之若有香。相去千余年之久,常如发硎之刃,新披之萼。后来宋、元诸君子,其才情之所独至,为词为曲,使唐人降格为之,未必能过,而至于诗,则不能无让。……非为才不如,学不如,直为气运所限,不能强同。""宋元承三唐之后,殚工极巧,天地之英华几泄尽无余,为诗者处穷而必变之地,宁各出手眼,各为机局,以达其意所欲言,终不肯雷同剿袭,拾他人残唾,死前人语下。于是乎情穷而遂无所不写,景穷而遂无所不收。无所不写,而至写不必写之情;无所不收,而至收不必收之景,甚且为迂为拙,为俚为狷,若倒困倾囊而出之,无暇拣择焉者。总之,取裁胸臆,受法性灵,意动而鸣,意止而寂,即不得与唐争胜,而其精彩不可磨灭之处,自当与唐并存于天地之间。此宋、元诗所以刻也。"为宋、元诗作序在明代是一个敏感话题。自从南宋末年的严羽对宋诗作了总体否定以来,元、明人均讳言宋诗,而明人又兼讳元诗,在前后七子笔下,宋、元诗的主要价值是用作批判的靶子。小修的意见是,盛唐诗确乎是宋、元人未能企及的典范,但原因不在宋、元人才情不足,而是为气运所限。盛唐诗的风格确乎令人心向往之,然而却不应要求宋、元人仿效。理由是:这种风格对取材的要求太苛刻,途径狭窄,连唐代的杜甫、韩愈也只能另辟蹊径,何况宋、元人呢?宋、元诗人处于穷而必变之地,与其死于前人句下,不如自出手眼,虽有失误,也比裹足不前要强。这里,小修一方面充分肯定盛唐诗的成就,另一方面也称赞宋、元诸家"不肯雷同剿袭,拾他人残唾",由"变"以存其人之真的精神,持论中庸,但在退守中仍坚持了公安派的宗旨。

## 三

我的老家在公安。在那一片土地上,我整整生活了二十一年。1978年初春,我离开那片土地,来到武汉,一晃就过去了三十多年。年轻时也经常提到"流年似水"这样的话头,其实并没有体会出这几个字的分量,总以为时间很多,什么都可以慢慢来。等到两鬓斑白,才意识到"时不我待",时间真的是不会等人的。

我说这个话,是因为我老早就有一个打算,一定要在三袁研究上认真做点事情,只是一直没有提上议事日程。近几年来,各种事情越来越多,集中精力做三袁研究对我来说已成奢望。身为公安人,而且所从事的领域就是中国古典文学研究,却未能在三袁研究上做出几个引人瞩目的成果,这种遗憾,不是公安人是体会不出来的。

现在,这个遗憾没有了,随之而来的那种欣慰之感也是只有公安人才能体会到的。

数日前,当能议先生将约五十万字的《小修诗注》打印稿放在我面前时,我的第一个想法就是,感谢能议先生做了我想做而又没有精力去做的事情。公安三袁,中郎的诗早就有了钱伯城先生的笺校,伯修的诗也有孟祥荣先生的笺校,唯有小修的诗,多年间仍付阙如。现在有了能议先生的详注,这个空白也得到了填补。可以说,能议先生既是为中国古典文学研究做了一件有意义的事,也是为湖北公安的文化建设做了一件有意义的事。我作为一个公安人,从心底里感谢他。

能议先生做小修诗注,没有任何功利的考虑。他是一位退休老师,不需要靠这个评职称,也不需要靠这个拿项目。他兢兢业业地做这件事情,是出于对文化的热爱,是出于对公安的热爱。深挚的热爱之情,既带给他动力,也带给他乐趣。在注释过程中,他经历了许多困难,比如资料缺乏、典故难懂、时间紧张,等等。现在那些困难都成了往事,能议先生的辛勤劳动和付出已凝结在这部书中。当读者诸君读到这部书时,请您记住这位年近古稀的公安人,记住他的付出和贡献。

和所有的学术著作一样,《小修诗注》不是一部十全十美的书。对诗意的解释,可能有不恰切之处;注释的详略,也未必处处妥当。而我想告诉读者的是,能议先生已经尽了最大的努力。如果经由读者诸君的指瑕攻错,这部书能修订得更加完善,能议先生一定是非常高兴的,我作为一个公安人,也会由衷地向您表示感谢。我们期待您的批评和指教,我们也期待您关注和支持三袁研究。

是为序。

2014年3月27日于武汉大学

# 序 二

## "衣带渐宽终不悔，为伊销得人憔悴"

### ——有感于王能议先生的注释之旅

刘德怀

今年六月的一天，多年未见的同乡好友，公安《三袁》杂志"三袁研究"栏目主编王能议先生来到我家里，请我为他注释的明袁中道《珂雪斋集》中的诗卷辑"把关"，将书稿中的漏注、误注之处予以补充或修正。我为他的谦恭和诚意所感动，加之本人归休后一直以文学情趣支撑暮景，故概然允诺。谁知一个悠悠长夏，雨少晴多，高温蒸逼，动辄汗流浃背，视线模糊，没法连续操作，只得作辍靡恒。一直拖到十月中旬才比对、补充完毕。虽然草草交卷，但也未负季布一诺，总算没有耽误友人的大事。说到这里，我还要感谢这位老友，不是他，我哪有机会能够通阅细读小修作品呀！

中道与其兄宗道、宏道并称三袁。以他们三兄弟为核心，形成了晚明文学一个重要流派——公安派。他们高举改革大旗，反对明前后七子提倡的"文必秦汉，诗必盛唐"的复古倒退主张。在"独抒性灵，不拘格套"的鲜明旗帜下，他们大胆创新，突破了文学创作上一些恒定不变的框框，这对当时以及尔后几百年的中国文坛产生了积极而又深刻的影响。

在漫漫的历史长河中，一个地区，一个宗族、一个家庭能够同时出现几个才华齐名的人物，也并不罕见。如东汉时期，颍川人荀淑，桓帝时为朗陵侯相，生有八子(俭、绲、靖、焘、汪、爽、肃、敷)俱有才名，时称荀氏八龙。又唐人薛元敬，少时与薛收及收族兄德音三人在文学上齐名，被人誉为河东三凤。降至明代，在太仓地区，又出现了张泰，陆釴，陆容三人才华并称，名曰娄东三凤。但八龙也好，三凤也罢，他们之间无论是一个人还是几个人，从学术上看只是广义的别具才华，并未发现他们为后世留下特殊价值的一页。此外，再如"竹林七贤"、"香山九老"、"建安七子"、"初唐四杰"等，他们有的是以结社而立德立言,有的则是一个历史时期崭露的一群凤毛麟角,且皆非出自一胞一脉。

真正富有传奇色彩而流芳后世的才人兄弟,还应该算公安"三袁"。一个名不见经传的白苇黄茅之地——长安里,竟诞生了"一门三进士,南北两天官",竟在晚明文坛独据潮头,开宗立派,写下了性灵文学的新篇章。

王能议先生在三袁研究上勤谨不怠、锲而不舍。他从 2001 年起,就开始从事"三袁"文化研究工作,凡十五年未辍。早在公安一中担任教科室研究员期间就主持编辑了《公安三袁作品选读》的校本教材。

从 2005 年起,他又参加了李寿和先生策划的《三袁笔下的公安》一书的编注工作。所谓《笔下》,就是"三袁"在他们出生地公安的山水、川石、丘壑、草木间留下的诗文笔迹。这是一个开端性的工程。要经过文稿收集、增补、注释、编排和反复修改校订等细化工作,到本书的出版,足足经历了八年。这八年,他硬是咬定青山不放松,似乎不知老之将至。

他以"有志者事竟成"的必胜信心,唯精唯一,着力绽放出人生的坚韧。刚刚走完《笔下》途程,他尘装未卸,又为自己安排了新的历程:独力完成袁中道(小修)《珂雪斋集》1—8 卷(诗)注释。选小修诗作注,尽显了他的独具慧眼之处。一乃小修诗文迄今无人为之作注;二乃小修享年较永,游历甚广,著述颇丰;三乃其作品,无论诗、文都极具性灵派代表性,是"公安派"最后之集大成者和掌门人。中郎曾评价小修诗说:"大都独抒性灵,不拘格套","非从自己胸臆流出不肯下笔"。而小修对其兄中郎则更是推崇备至,他说"朝数百年来,出两异人,识力胆力迥超世外,龙湖中郎非与?"在"独抒性灵"的理论与实践中,他始终站在中郎一起,他说:"况唐诗乎,吾与中郎意见相同","友人竟陵钟伯镜意与吾合……湘中周伯孔意又与伯镜及余合,予三人誓相与宗中郎之所长,而去其短。"

小修作品之中,有诗、游记、尺牍诸体,而诗从美学观点来看,是一种画似的文学,即能描写山光水色,又能勾勒人性世态,从某种意义上说,诗又是人格的象征。小修的诗,文风隽秀生动,语言朴实诙谐,每首诗都是其性灵的抒写,感情的宣泄。小修的诗是一面折光镜,折射出了性灵文学的精髓。

王先生对小修诗的注释,不仅全身心地投入(日工作十多小时),而且坚持了古人作注"信、达、雅"的原则。他严格要求自己注释做到"准确、明白、简洁、规范"。本来,注释别人的诗作就是一件难事,何况此次注释前面还加上了一个"小修"的定语哩！因为迄今为止，学界对小修作品的注释甚少。能议先生的爱人对我说："他呀！这些年一直迷在'三袁'注释之中，平时只要把笔一提，就什么也不顾了，常常连吃饭都会忘记"，"他经常怪怪的，有时睡到半夜，想起了什么，又披衣下床忙呼一阵子。我有时不在家，他忘记去学校接孙子已是常事……"王能议先生自己也说过，他曾连续感冒多天，浑身虚汗，如坐水牢，都没有停下过手中的笔。他执著，他专一，他坚韧，无论春去秋来，寒灯燠馆，坚守在这块土地上耕耘。是什么力量在支撑着他呢，不难看出，他的身上有股浩然之气，也就是正能量。此外，他还有一个全面操持家务的贤内助及有"善解人意"的孩子们的支撑。

《小修诗注》，经王先生近两年的心血浇铸，样书出来了，我有幸成为他第一个读者，卒读后感慨良深。真的，有高起点就有高质量。他为自己提出的四点要求(或者叫标准)都已基本实现。可以帮助我们对小修的诗收到读得懂、领悟深、回味永的效果。王先生笔下的每首诗注，除了有较详实的人、地、事注释，还有必要的题解。这将成为该诗注的一大特色和亮点。两年来，王先生历尽艰辛，征事隶典，多次审订，一部近五十万言的注释作品，要翻阅的资料，按秦汉竹简来计，恐怕远远不止五车之书啊！

人到老年，尚能开拓出人生别样风景，以一个学人的慧眼和匠心，为社会奉献华美的篇章，这就是王能议先生的人生价值取向。

诗曰：

注释征途亦漫长，书山照样有锋芒。

掘开百万奇文学，绽放"三袁"翰墨香。

2013 年癸巳残腊

于风雨轩

# 自 序

## 一

清人朱彝尊云:"自袁伯修出,服习香山、眉山之结撰,首以'白苏'名斋,既导其源。中郎小修之益扬其波,由是公安派盛行。"尽管公安袁氏三兄弟以师法中唐和北宋文学始,但其"独抒性灵,不拘格套",转益多师,一扫前后七子"文必秦汉,诗必盛唐"的复古模拟云雾,成一代之文学。袁中道曾在《中郎先生行状》中记载了三袁至龙湖晤李贽的情状。李贽"谓伯也稳实,仲也英特,皆天下名士也。"虽然李贽主要对伯修和中郎的不同性格作了评价,但这也反映出他们文学创作的区别。而中道作为公安派文学的总结者,则是两位兄长的综合体,即从英特至稳实。如果说晚明公安派三袁文学是一把火炬,那么袁氏三兄弟就是公安派文学勃兴的三位火炬接力手。它经历了公安派文学由稳实到英特、再到稳实的两个循环,以动态的发展过程表现了一个矫激而又丰富、执着而又灵活、复杂而又单纯、冲突而又互补的文学创作和理论发展的完美轨迹,从而使公安派文学更为完整和富有内涵。

三袁中的老三中道,诗文创作才情甚高,创作成果丰硕。为捍卫和光大"独抒性灵"的文学革新主张,在理论与实践上作了大量修正调适、纠偏除弊的工作。有别于二位英年早世的兄长,中道自始至终参与了公安派成长的全过程,实为"公安派"之集大成者。中道的作品更是具有重要的文学地位和巨大的研究价值。

纵观小修诗歌的创作历程,可以发现,其始终伴随着公安派的发展过程。学界一般把公安派的发展历程分为四个时期:万历十六至二十二年(1588—1594)为兴起期;万历二十三至二十八年(1595—1600)为激进期;万历二十九至三十八年(1601—1610)为调整期;万历三十九至天启六年(1611—1626)为矫弊期。小修二十五岁前,公安派正处于兴起时期。小修自小在公安县长安村和县城斗湖堤两地读书,十九岁时廪诸生,随后便赴省城参加乡试。然命运多舛,久困考场而不第。二十三、二十四岁时往麻城访李贽,后与友人一道东游吴越。在此时期,小修留诗一百零四首,成集名曰《南游诗稿》。这些诗歌"求奇求新","不拘格套","各极其变,各穷其趣",抒发了小修不得志的苦闷心情和悠游山水的闲适情怀,不愧为晚明性灵诗的发轫之作。

小修二十六至三十一岁时,公安派正值激进期。小修应山西总督梅国桢之邀,于万历二十三年春往游大同、恒山,后随中郎再次遍游吴越等地。三十岁赴京上太学。三十一岁秋试后从中郎南归,是年(万历二十八年)冬,长兄袁宗道卒。在此六年之中,小修随中郎遍游山水胜地,广交天下名士,成立了葡萄社,树起了"独抒性灵,不拘格套"的文学革新大旗。这一时期,小修留诗一百五十八首,成集名曰《小修诗集》。这些不拘格套的新诗,多为长篇,动辄数百言,似"决河放溜","如水东注"。对"独抒性灵、不拘格套"的文学革新思想的形成有着重要的启发和推进意义。袁宏道撰《叙小修诗》一文,高度评价了小修的这些新诗,并提出了性灵派诗文创作的理论纲领。

小修三十二至四十一岁时,公安派正处于调整期。这九年间,小修随仲兄中郎参禅悟道,谈诗论文。这些经历使得其诗学大进,人亦变得老成持重起来。自此以后,小修的诗歌创作既坚持了性灵抒发,又注重了传统技法的铸炼。其作诗水平日益精湛,陆续创作出一批优秀的诗章。

小修四十二至五十七岁时,公安派正值矫弊期。明万历后期,公安派主要成员纷纷谢世,袁中道成为公安派的最后掌门人。面对诗坛对公安派性灵诗俚俗流弊的批评指责,小修始终坚持捍卫和光大公安派"独抒性灵"的革新精神,并在诗歌理论上对性灵说作了适当的修正。此间,其创作又出现了新的高峰,共留诗三百七十一首。这十五年实为小修著作甚丰的时期。

总体来看,小修的创作历程紧紧伴随着公安派的发展。其早年的诗歌多质直浅露,少锻炼含蓄。中年以后,诗风转向,多幽深奇崛,气象峥嵘。晚年诗则由宗宋回到宗唐,作品淡雅隽永,浑厚蕴藉。

二

2002 年,我受聘于公安县一中教科室,主持编辑校本教材《公安三袁作品选读》,这是我较系统地接触三袁作品的开始。2005 至 2013 年,我参加了李寿和先生主编的《三袁笔下的公安》(属公安三袁研究院文丛之一)一书的编注工作。在此期间,有机会得到武汉大学熊礼汇教授、戴红贤博士等学者的帮助和指导。近年来,我县县委县政府对三袁文化的研究逐渐重视起来。应公安县文联主席李瑞平和前任主席李寿和之邀,我参加了公安三袁研究院的工作,并担任《三袁》杂志副主编,负责学术研究栏目的编辑。在此期间,我更全面深入地学习研究了以"三袁"为代表的晚明公安派文学。

虽然学界不乏研究三袁文学的论文和专著,但至今竟没有人专为中道的诗文作注释,这实乃一大憾事。因此,我萌生了要弥补这一阙如的想法。打算先从注释袁中道《珂雪斋集》一至八卷(诗)开始,用十年磨一剑的功夫来实现自己这一大胆的梦想。

2012年秋,我将自己的这一想法向县文联李瑞平主席作了汇报。李主席表示支持,并很快将其纳入2014年三袁研究院的出版计划。自此,我便放胆做起了袁中道诗的注释。时至2013年9月,我完成了《珂雪斋集》一至八卷诗注的初稿,成集名曰《小修诗注》(属公安三袁研究院文丛之二)。

在注释的过程中,我遵循古人作注"信、达、雅"的原则,严格按照"准确、明白、简洁、规范"的标准要求自己,坚持对每一字词的注释做到释出有据,深入浅出,明了简洁。尤其重视人、地、事的注释。同时,为了便于读者的理解,亦注重了对每首诗内容的整体提示。因诗文中常有无从考证的词语,需要在把握全诗要旨和弄清具体语言环境的基础上,对其作合理的推测或灵活的处理。这样做确有难度,但我还是勉力尝试了。

我的注释之旅能够坚持下来,动力来自于公安县文联和公安三袁研究院的支持及家人们的鼓励。同时,也得力于一些学者的鼎力相助。其中最令我感动和难忘的是年过八旬的刘德怀先生。刘先生为邑中饱学之士、中国诗词学会资深会员。应笔者之请,刘老先生于2013年六月上旬至十月中旬,花费了近半年时间,帮我把《小修诗注》初稿作了认真仔细的审订。老先生看了约六十万字的诗注稿,从中发现了数百处疑点,并逐一查证了大量典籍,一字一句地写出了两大本改稿笔记。先生的每条改正意见都非常详实,且均有有出处。书稿审订毕,老先生又撰写了一篇热情洋溢的"序文"。每当我看着这沉甸甸的好几万字的改稿笔记,就仿佛见到这位老人在炎热的夏日里为我赶时间审订书稿的情景,心中不禁充满感激与崇敬之情。老人家这种乐于助人的品行和严谨的治学风范,都为弟子树立了一座丰碑!

同样最令我感动和难忘的是武汉大学的陈文新教授。我是今年三月中旬经家乡友人曾凡玉先生的引荐,才与他联系上的。不曾想到,至三月下旬,陈教授就为我的诗注写好了"序言",并把这篇五千多言的电子稿发给了我。同时,还主动帮助我联系崇文书局付梓。陈文新教授现为武汉大学杰出教授,博士生导师,武汉大学明清文学研究所所长。可以想见,陈教授平时的教学和研究工作有多么繁忙。然而,陈教授对我这个未曾谋面的家乡退休教师的所托,竟是这样的热情。这件事让我感佩不已,也令我深切感受到了陈教授作为公安人,对"三袁"研究的深深情缘。

此外,本书稿的顺利完成也得到了史绍典先生、章敦华先生、魏金修先生、黄静教授、陈锟居士、萧萃军表弟、陈世刚校长及公安三袁研究院张遵明、田耕之、侯丽、李明柱、陈霞、鄢先军、王才兴、许晓清等同仁的热忱帮助。在编辑出版的过程中,崇文书局韩敏社长、王重阳先生、刘水清博士及众多同事为本书的顺利出版付出了大量的劳动。这一切,都让我永志难忘。在此,谨一并表示衷心的感谢!

《小修诗注》今已面世,笔者期待各位方家和广大读者提出批评意见。不胜感激!

王能议
2014 年 9 月于汉口香港路桥苑新村

# 目　录

## 卷之三

### 卷之四

## 卷之六

## 卷之七

# 卷 之 一

## 入城道中<sup>①</sup>

山北山南自隐藏，闲心又逐马蹄忙。<sup>②</sup>绿禾畦里流声细，青草湖边雨气香。<sup>③</sup>柳市特来寻万子，柴车到处指何郎。<sup>④</sup>春深剩有繁华地，处处东风发练棠。<sup>⑤</sup>

**注：**①万历十六年(1588)春作于公安。写作者骑马赴城途中见到的大好春色。是年作者廪诸生。入城：当是作者由故里长安村去县城斗湖堤。是年作者和宏道兄尚共居长安村荷叶山旧第(袁中道《上林苑鲁公心印墓石铭》)。②"山北"句：谓作者过去长期在公安县城或故里长安村南北两地居家读书。山：泛指作者的家乡公安。又逐马蹄忙：比喻作者在赴城途中心境随着急促的马蹄声变得不平静起来。③青草湖：又名巴丘湖。在今湖南洞庭湖东南部，为湘水所汇。此泛指作者家乡的湖泊。④柴车：简陋的车子。何郎：何晏(？—249)，三国魏玄学家。字平叔，南阳宛县人。少而才秀知名，好老庄言。"美姿仪，面至白"，人称"傅粉何郎"。此处指代作者寻找的万子。⑤春深：入春的时间越来越久。练棠：指白棠。

## 武昌坐李龙潭邸中赠答<sup>①</sup>

比来三食武昌鱼，今日重留静者居。<sup>②</sup>我有弟兄皆慕道，君多任侠独怜予。<sup>③</sup>尊前鹦鹉人如在，楼上元龙傲不除。<sup>④</sup>芳草封天波似雪，卷帘对雨读新书。<sup>⑤</sup>

**注：**①万历二十年(1592)夏作于武昌。写作者赴武昌晤李贽，(据容肇祖《李贽年谱》)热情赞美李贽侠义自任、高傲不屈。李龙潭：李贽(1527－1602)，号卓吾，又号宏甫，别号温陵居士。因长期居住湖北麻城龙湖(亦称龙潭)，故有"李龙潭"之称。李贽是与三袁同时代的杰出思想家和文学家，泉州晋江(今福建晋江)人。举人出身，做过河南辉县教谕、云南姚安知府等官。五十四岁时辞官不做，定居黄州麻城，专事讲学著述。三袁兄弟共尊李贽为思想启蒙导师，多次前往拜访求学，长期与其书信往来，受其影响极大。邸：旅舍。②比来：近来。静者居：即李贽在武昌所住之旅舍。③弟兄：指作者的两个哥哥袁宗道、袁宏道。道：指李贽在思想和文学上别具一格的见解。任侠：以"侠义"自任。这里谓李贽重侠义，行为狂放不拘。④鹦鹉人：指祢衡(173—198)。东汉平原郡人。少

有才辩,气刚傲物。与孔融交好,荐于曹操。操召为鼓吏,命着鼓服,欲辱之。衡于操前裸身更衣,至营外大骂,操反被其辱。不容送刘表。表亦不容送江夏黄祖。一日,祖长子射,大宴宾客,有献鹦鹉者,遂命衡作赋,衡托物寄怀,一篇《鹦鹉赋》,尽道出了心头垒块。后被黄祖杀害。元龙:陈登。字元龙,东汉下邳人。深沉有大略,恃才傲物。曾任广陵太守,有威名。见《三国志·陈登传》。祢衡、元龙,此皆代指李贽。⑤新书:指李贽的著作,如《焚书》等。

## 送同舟归州人①

汉阳江头水正白,青翰舟里送归客。②好雨打帆汉川涯,北风吹草潜江陌。③黑牛渡口生红日,襄江两岸火云出。④夜眠滩上愁蚊蚋,早起舟中畏梳栉。三湖漾漾见澄波,月明渔浦唱湖歌。⑤绿树苍苍山隐见,细看却是江陵县。青林数点水中洲,转入花源曲曲流。暑中最宜河朔饮,与君一上仲宣楼。⑥

**注:**①万历二十年(1592)七月初,中道告别李贽,从武昌雇舟返回公安,随舟带回一友人。该诗写作者一路的历程和感受。②汉阳:今武汉市汉阳。江头:这里指汉江。青翰:船名。因船上有鸟形刻饰,涂以青色,故名。③汉川:今湖北省汉川市。潜江:今湖北省潜江市。④黑牛渡:汉江潜江上游段的一渡口。襄江:汉江在襄樊市以下的别称,亦称"襄河"。⑤三湖:在荆州市江陵县境内。⑥仲宣楼:源自王粲登楼故事。王粲(177—217),字仲宣。三国魏山阳高平人。博学多识,文思敏捷,为"建安七子"之一。依荆州刘表十五年,常登城楼抒发个人寄人篱下、郁郁不得志的感慨。后世因称仲宣楼,遗址在今湖北省当阳县古麦城。

## 晚过黑牛渡①

### 其 一

凉风吹细浪,返照射平原。何处来笑语,垂杨渡口喧。

**注:**①万历二十年(1592)七月,作者自武昌乘舟回公安途中作。写一路感人至深的自然风情。黑牛渡:汉江在潜江境内的一渡口。

### 其 二

日晚东风息,轻舟移浅水。船头露帻坐,岸上笑相指。①

**注:**①帻(zé)头巾。

# 村居喜社友李素心至①

吾友素心人，清标独绝群。②名理维摩诘，学书王右军。③吾家深山里，客径长苔纹。不随流俗意，匹马访白云。④雅喜故人来，对酒即成醺。微风入林薄，松子落纷纷。晚来花气重，一室嗅清芬。谭诗入古邃，论心到夜分。我有新著作，一一尽呈君。寂寞后来者，谁能定我文？

**注：**①万历二十一年(1593)作于公安故里。热情称道社友李素心性情素雅、博学多才。李素心：即李学元，字素心，又字符善、存斋，号子髯，公安县人。兄宏道妻弟，少与宏道、中道同学，并一起在公安县城结文学社。万历二十八年举人，授知州，工于诗，著有《矜情录》，为"公安派"文学家。②素心：心地纯朴。陶潜《移居》诗有"闻多素心人，乐与数晨夕"句。"素心"又是社友名，一语双关。③名理：从汉末清谈发展起来的辨名析理之学。维摩诘：梵语，简称维摩。意译净名或无垢称。《维摩诘经》称之为毗耶离城的一位大乘居士，与释迦牟尼同时代，善于应机化导。此指唐诗人、画家王维，其字摩诘。王右军：指东晋书法家王羲之，因曾任右军将军，故称。④白云：作者自况，喻归隐。

# 九 日①

经年梦不到繁华，自拂窗尘自煮茶。病入九秋惟有骨，人来三径总无花。②霜林逐雨鳞鳞堕，晓雁随风故故斜。昼掩柴关啼络纬，阿谁送酒到陶家。③

**注：**①此诗作于万历二十一年(1593)深秋(九月初九)。写作者长时患重病的凄寂景象。②九秋：指秋季的九十天。三径：旧指归隐后所居之地。③柴关：柴门，用树条编扎的简陋的门。络纬：虫名。又名莎鸡、纺织娘、蟋蟀等。唐李贺《秋来》诗云："桐风惊心壮士苦，衰灯络纬啼寒素。"陶家：白衣送酒故事。晋陶渊明好酒，而不能常得。九月九日于宅边东篱下，菊丛中摘菊盈把，坐于其宅。未几，江州刺史王弘命白衣人送酒至，即便就酌，酣饮而归。见南朝宋檀道鸾《续晋阳秋》。这里借指隐者之家，即作者的家。

# 沙 头 曲①

## 其 一

十里梨花雪，人家逐水移。黄牛书到早，朱雀信来迟。②夜月闻金缕，春风沸竹枝。③女儿重意气，何用钱刀为。④

**注**：①此诗作于万历十九年（1591）前后。写繁华沙市少男少女的风雅韵事，散发出浓郁的青春浪漫气息。沙头：今湖北省沙市。曲：韵文文学的一种，可以入乐。分戏曲、散曲，明清甚为流行。②朱雀：“青龙、白虎、朱雀、玄武”，天之四灵，以正四方。朱雀为南方之神。③《金缕》：散曲曲牌名。《竹枝》：即《竹枝词》，一作《竹枝子》。唐教坊曲名，后用为词牌。④“女儿”句：借用古乐府《白头吟》“男儿重意气，何用钱刀为”句。钱刀：古代一种刀形钱，后因用“钱刀”泛指金钱。

### 其 二

上我郁金堂，熏笼爇好香。数钱怜姹女，掷果爱仙郎。①西浦千层雪，长干一地霜。②桃花人不见，桃浪渺茫茫。

**注**：①姹（chà）女：少女。“掷果”句：指晋潘岳掷果盈车事。潘岳（247—300），字安仁，荥阳中牟人。累官至给事黄门侍郎，工诗赋，词藻艳丽。其人美姿容，每出门，老妪以果掷之满车。后因以掷果形容男子为妇女所爱慕。潘岳又称潘郎。②长干：古建康里巷。六朝时建康南五里秦淮河两岸有山冈，其间平地，为吏民杂居之所，江东称山陇之间为“干”，故名。此泛指沙市之江岸。

### 其 三

朝对平沙雪，暮看远浦霞。鹿头悬几席，帆角打琵琶。①笑语杂樯燕，风涛洒砌花。②同乡如借问，但道不归家。

**注**：①打：敲击。谓弹拨琵琶很有激情和力度。此指船上的帆在风力的作用下碰到了琵琶。②樯燕：船帆如燕子般飞翔。

### 其 四

春色在斜阳，凭栏斗晚妆。萦沙江雾重，扫岸水风凉。①见舫知来客，闻音辨远乡。不通三折语，难采九衢香。②

**注**：①萦沙：形容岸边的沙尘在水浪的推动下不停地回绕流动。②三折语：此处谓几种地方语言。九衢（qú）：纵横交错的大道。

### 朝 耕①

### 其 一

荷锄出茅屋，月色白如素。过林滴雨声，一天好雾露。东方犹未光，灿灿动霞路。不觉叱牛声,惊起双白鹭。

**注**:①万历二十一年(1593)作于公安故里。全诗带有民歌风调,生动描绘了乡村农民披星戴月忙春耕的景象。并借农谚"万事毋如早",表达了及早建立功名的少年情怀。

### 其 二

半夜来原田,月落天将晓。①溪流涓涓鸣,今年雨水好。前种已生苗,万事毋如早。解轭唤大儿,牵牛食露草。②

**注**:①原田:靠近山边的田地。②轭(è):牛耕田时架在牛脖子上的器具称轭头。

## 郊 行①

### 其 一

步出城南路,田家又一时。②道傍新雨过,绿草嫩鹅儿。③

**注**:①万历十八年(1590)许作于公安。写作者两次游公安斗湖堤近郊和远郊的情景。②城南:指公安县城斗湖堤以南的郊外。③嫩鹅儿:地面新生的草像刚出生的鹅儿身上的绒毛。

### 其 二

瘦马踏踏蹄,长途无止息。偶过旧行桥,浑如旧相识。

## 饮驾部龚惟长舅宅中,盘飧甚凉,戏嘲①

春城三月雨如注,老蛟欲卷箕舌去。②千门万户雨声中,袁安僵卧那能住。③我来谢仁祖,不向陶胡奴。④山羊肉美特相诣,花下同倾酒一壶。盘中萧瑟水晶盐,篝龙诘曲风雨寒。⑤君非山中人,胡为有黄精。⑥五侯招客多奇异,精食不供井大春。⑦饮君酒,向君笑。几时吾得傍东山,何年却出赵州道。⑧买得江南一疋绢,为我写出平原面。⑨一杯浇向河阳尘,千秋痛哭石季伦。⑩北邙再觅王孙尸,刺绣绣出孟公身。⑪世上英雄居何土,可怜豪士成今古。中郎无处作醉龙,平乐居然思绣虎。⑫绣虎往矣不复生,百年肝胆向谁倾。人生会须如过客,胡为含意卒未申。昔时李白有佳句,掀髯为君吟数回。烹牛宰羊且为乐,会须一饮三百杯⑬!

**注**:①万历二十二年(1594)许作于公安。写作者饮舅宅中,借酒浇愁。抒发了宏伟

的人生抱负。驾部龚惟长舅:中道三舅龚仲庆,字惟长,号亭寿。以言事谪碰州通判,后官终兵部车驾员外郎,故称"驾部"。飧(sūn):晚餐,亦泛指熟食。②箕(jī)舌:箕宿(xiù)的四颗星,其开如舌状。③袁安:东汉汝南汝阳人,字邵公。明帝时任楚郡太守等职,以严明著称。后历任太仆、司空徒。他不避权贵,曾多次弹劾窦氏的专横。此处借指作者。④谢仁祖:晋谢尚,字仁祖。陶胡奴:后凉吕超,字胡奴。⑤箨(tuò)龙:指盘中的竹笋等菜肴。箨,指笋壳。"盘中"二句以戏嘲之语,言"盘飧甚凉",实则渲染饮酒正酣。⑥山中人:即山人,指旧时从事卜卦、算命职业的人。黄精:草名。又名黄芝、菟竹、鹿竹、救穷草、野生姜等。可入药。道家以为其得坤土之精萃,故曰黄精。嵇康《与山巨源绝交书》有载。⑦五侯:五王。井大春:井丹,字大春。后汉郿人。通五经,善谈论,性清高。建武末五王皆好宾客,更迭请丹不得致,自是隐闭,不关人事。以寿终。⑧东山:此指谢安隐居之地。谢安,东晋政治家,字安石。赵州:从谂。唐高僧。居赵州观音院,精心玄悟,受法南泉印可,乾宁中示寂。世号赵州古佛。⑨平原:赵胜,惠文王弟。秦围邯郸急,用毛遂合楚之盟,及传舍吏子李谈之策,遂复存赵。食客数千人,封于东武城,号平原君。⑩河阳:古县名。春秋晋邑,汉置县。治所在今河南孟县西。石季伦:石崇,字季伦,西晋河阳人,曾任荆州刺史,精于敛财,为当朝的豪富。⑪北邙(máng):即邙山,在河南洛阳市北。东汉及魏的王侯公卿多葬于此。王孙:窦婴(?—前131),西汉大臣。字王孙,观津(今河北衡水东)人。窦太后侄。吴楚七国之乱时,被景帝任为大将军。武帝时任丞相,推崇儒术,反对黄老学说,为窦太后贬斥后,因罪被杀。孟公:陈遵,字孟公。西汉杜陵(今陕西西安东南)人。初任京兆史、郁夷令。王莽当政时,为校尉,以镇压赵明、霍鸿等起义,封嘉威侯。后为河南太守、九江及河内都尉。更始时,任大司马护军,奉命前往匈奴,在朔为人所杀。⑫中郎:官名。此处指东汉文学家、书法家蔡邕,他曾官至左中郎将。后为王允所捕,死于狱中。绣虎:《玉箱杂记》:"魏曹植,号绣虎。"绣,谓其辞华隽美;虎,谓其才气雄杰。⑬"烹牛"二句:引用李白《将进酒》诗,表达了诗人的豪情。

## 秋日校射①

浅草雪沙洲,萧萧万里秋。雕弓白玉靶,宝马赤茸鞦。②天迥披云净,江澄抱月流。如猿空有臂,何日取封侯。

注:①万历十九年(1591)作于公安。写作者秋日骑宝马引雕弓的英姿,抒发了英雄的人生理想。校(jiào)射:练习射箭。②雕弓:用彩画装饰的弓。鞦(qiū):同"鞧(qiū)"。指牛马后部的革带。

# 西郊别业①

## 其 一

枕江一片地,即此足幽栖。②枫攒智者社,柳覆孟公堤。③山好登台见,林深去路迷。宦婚如可谢,端坐老城西。④

注:①万历二十年(1592)作于公安。时作者于公安斗湖堤石浦河畔置"一小宅"(《游居柿录》)。这里远离尘嚣,环境幽雅,被视为理想的隐居地。西郊:斗湖堤城西部郊外。②枕江:谓住地紧靠着长江边。③智者社:指三袁与诸舅在公安斗湖堤成立的南平文社。孟公堤:南宋端平年间荆襄都督孟珙(gǒng)(1195—1246)所修之堤。珙字璞玉,随州枣阳人。其见公安县正当荆江激流,势为泽国,曾修了六条堤来防洪水。后人将其所修的堤称为"孟公堤",以表示对孟珙的敬仰。④宦婚:犹"宦游"。旧谓在外求官或做官。端坐:此谓安心隐居。

## 其 二

城西聊卜筑,幽意绝嚣尘。①寺近僧同饭,村荒虎傍人。②浣花轻雨净,点水幻霞新。不远前溪路,扁舟学钓纶。

注:①卜(bǔ)筑:谓择地做房子。②寺:当指二圣寺,在斗湖堤城北,始建于晋。

## 其 三

疏柳剩烟雾,高松带薜萝。①白沙晋代寺,青草汉朝河。②云影团菰米,风香冷败荷。③苍山前日是,衰鬓后来多。

注:①薜萝:薜,薜荔;萝,女萝。《楚辞·九歌·山鬼》:"若有人兮山之阿,被薜荔兮带女罗。"说山鬼以薜荔为衣,以女萝为带。后用以称隐士的服装,这里借指隐士的住处。②"白沙"二句:谓晋代的寺庙(二圣寺)今日化成了白沙,汉代的河流(油江河)今日长满了青草。作者感慨世间的沧桑变化。③菰(gū):植物名,俗称"茭白"(可做蔬菜)。多年水生宿根草本。其颖果狭圆柱形,名"菰米",一称"雕胡米",可煮食。

# 醉卧野舍朝归①

林外马蹄疾,林边鸟语闲。晨风霜里树,初日雾中山。了自无愁况,犹然有醉颜。②烂红枫似锦,踏叶扣柴关。③

注:①万历二十年(1592)许作于公安。写作者嗜酒无羁,醉卧野舍,天亮后才醒酒归家。②无愁况:谓没有愁苦的情状,实则隐含着诗人的失意、孤寂和无奈。③柴关:柴门,用树条编扎的简陋门。

## 送人游鄂①

### 其 一

万里□山道路长,如云踪迹两茫茫。我以秋初还夏口,君从雪里渡潇湘。②

注:①万历二十年(1592)作于公安。作者送友人往游湖北省城。友人疑是彭长卿。见后诗。②夏口:即现在的武汉市汉口。还夏口:谓作者从汉口返回公安。是年夏中道在武昌晤李贽后,又于初秋雇舟返回了公安。潇湘:湘江的别称。因湘江水清深得名。

### 其 二

不识□门可曳裾,雪中人去渺愁予。①最是祢衡多意气,经年漫灭友人书。②

注:①□门可曳裾:即曳(yè)裾王门。邹阳《上吴王书》:"饰固陋之心,则何王之门不可曳长裾乎?"后以"曳裾王门"比喻在显贵者门下的食客。渺愁:谓对友人久远的思念之情。②祢衡:汉末文学家。见前诗注。意气:此指祢衡不甘屈辱、勇于抗争的英雄气节。

## 寄彭长卿,蜀人,家荆而寓鄂①

故人一别隔潇湘,楚水连天路渺茫。②寄语长卿休堕泪,荆州原不是家乡。

注:①万历二十年(1592)许作于公安。作者寄语彭长卿客旅在外,不必过份想念寓居之处。意在同情其流落之苦。彭长卿:蜀长寿人。名不详,字长卿。与三袁兄弟均有诗文交往。长年寄寓荆州等地,以诗文游公卿之间,终不得遇,一生潦倒穷困,后殁于南京。②故人:此指彭长卿。隔潇湘:指彭长卿奔走于湖南士大夫之门。

## 哭 少 年①

山城如在井中坐,每值花开愁难那。②风流年少解闲游,我能啸歌君能和。③平康前日雪如练,忆昔与君游芳甸。④极目平原白不分,忽拆清流声溅溅。醉里出游醉里归,划然一笑便分飞。⑤重到山城花似雪,不见仙郎空自悲。⑥白雪杨花满路津,家家闭户恼新春。⑦偶看垂柳思张绪,夺我尊前锦绣人。⑧

注:①万历二十年(1592)许作于公安。作者赋诗深深怀念少年亡友。②山城:指作者的故乡公安县城斗湖堤。那(nuó):多。③解闲游:谓在家闲得无事可干,便相伴出去游玩。啸歌:吟咏,歌唱。④芳甸:指长满花草的郊外。⑤分飞:谓两人很快分手各自回家。⑥仙郎:指才华、气韵超群的少年男子。此指作者的少年友人仙逝。⑦恼新春:谓春天的柳絮随风到处飞扬,惹人心烦。⑧张绪(422—489):南朝齐吴郡人。字思曼,美姿容,清简寡欲,口不言利,长于《周易》。官至太常卿,领国子祭酒。武帝置蜀柳灵和殿前,常赞叹说:"此杨柳风流可爱,似张绪当年时。"《南齐书》有传。此指代少年友人。锦绣人:喻才华横溢之人。亦指作者的少年亡友。

## 别 洪 生①

洪生须鬓旬且七,往还千里如咫尺。②几回言归却不归,今朝愁死回乡邑。潇湘之水何浩浩,春潮夜雨浔阳道。③人生奔波几时休,送君江上令人老。

注:①万历二十年(1592)许作于公安。作者赋诗送别一老士人愁极还乡。洪生:作者友人。江西临州人。为不得志之老士人。②旬且七:七旬,即七十岁。旬:十年,多指人寿。③浔(xún)阳:古江名。指长江流经浔阳县境一段,在今江西九江市北。

## 龚惟用舅谢诸生归隐赠①

黄鸡唱罢惨无欢,万事劳人转觉难。②君自爱看高士传,予今欲溺腐儒冠。③朝耕西岭云千亩,夜钓南湖月一滩。④身似闲鸥心似水,才离火宅便轻安。⑤

注:①万历二十年(1592)许作于公安。作者赠诗舅父惟用先生,愿其归隐获轻安。龚惟用:别号散木,住谷升里。系中道庶舅。归隐:退居山野,不出来做官。诸生:明代称已入学的生员。②"黄鸡"二句:慨叹舅父惟用先生一辈子辛劳不得志。③《高士传》:书名。晋皇甫谧撰。记录上古至魏晋隐逸之士九十六人。④朝耕、夜钓:谓旧时隐者的生活情状。⑤闲鸥:喻隐者的闲适、淡泊。火宅:佛教用语。《法华经》云:"三界无安,犹如

火宅。"佛家把人世间称为火宅。轻安:谓轻松,安适。

# 小 竹 林①

没地棠梨一寸菌,海桃红似女儿唇。②花中觅路偏多曲,竹上题诗历几春。③白日狂歌来酒伴,清宵仙梵响僧邻。④南村亦有游行地,止是枯松百岁鳞。

**注:** ①万历二十年(1592)许作于公安。写作者居读于小竹林的无限情趣。小竹林:在公安斗湖堤柳浪湖后,中道别业。又名香光林、筼筜谷,原为举人王官谷所有。②"没地"句:将棠梨树干埋于土,则会长出一寸长的菌菇。③"花中"二句:写作者几年来在花中吟曲、竹上题诗的高雅学习情趣。④梵(fàn)响:指佛寺中传出的诵经之声和钟、鼓、乐声。

# 有 感①

## 其 一

予意非为侠,胸中不可平。②且须凭独往,那复问横行。③愁来无后日,泪尽是前程。④不堪到岁暮,寒鸟叫江城。⑤

**注:** ①万历二十年(1592)许作于公安。抒发诗人勇于担当、志向高远的情怀。②侠:侠客,旧称好逞意气以"侠义"自任之士。③独往:独行。即坚持自己的主张走自己的路。横行:不循俗礼的行为。④愁:指作者胸中的不平之气。无后日:谓不顾忌日后会有什么利与害。泪尽:把胸中的不平之气一泄无遗。前程:即作者的志向和追求。⑤江城:此指公安县城斗湖堤。

## 其 二

分财多自与,叔也知其贫。①志远轻微事,疑来泣古人。浔阳愁李白,易水哭苏秦。②尘土余生在,摧残任苦辛。

**注:** ①"分财"两句:引自管仲与鲍叔相交的故事。②浔阳:古江名。在今江西九江市北。愁李白:指李白晚年漂泊浔阳时的愁苦。"易水"句:谓苏秦奉燕昭王命入齐从事分裂活动,暴露后在易水(齐地)被车裂。苏秦:战国时东周洛阳(今河南洛阳东)人,字季子。纵横家。马王堆汉墓土帛书《战国纵横家书》存有苏秦的书信和游说辞十六章。易水:在河北省西部。源出易县境,故名。

## 其 三

詹尹今何在,聊与计行藏。①幸不填沟壑,予将远遁亡。②孤鸿迷积雪,陨箨带严霜。但有佣舂地,那愁道里长。③

**注**:①詹尹:古卜筮者之名。行藏:《论语·述而》:"用之则行,舍之则藏。"后因以"行藏"指出处(出仕)或行止(隐退)。②填沟壑:谓埋葬在野外。沟壑:溪谷。引申指野死之处。遁亡:谓避世,隐去。③佣舂(chōng):即雇工从事耕作。舂:用杵臼捣去谷物的皮壳。

## 寒食郭外踏青,便憩二圣禅林①

江城绵邈大江边,江上大道直如弦。②芹泥时点朱藤杖,游丝忽挂珊瑚鞭。③日荒野旷溪蛙闹,溪畔闲花共迎笑。已见绿草侵黄埃,还从古冢寻新道。古冢鳞鳞纷无数,白日昭昭君安去。朱颜皓腕不复生,石麟玉马埋何处。④今年还新新还故,寒风一片白杨树。莎长孟公堤,藤遮安远寺。⑤依稀山内白莲庵,恍忽碑中青叶髻。⑥颓垣断壁傍苍蔼,肃肃古貌我当拜。屋尘暗淡埋玉函,铃风萧瑟摇幡带。⑦禅堂诗社亦何有,古钟千岁绝龙纽。⑧况复人生非金石,能保形质不衰朽。我自未老喜逃禅,尘缘已灰惟余酒。⑨一生止用曲作家,万事空然柳生肘。⑩终日谭禅终日醉,聊以酒食为佛会。出生入死总不闻,富贵于我如浮云。⑪

**注**:①万历二十年(1592)许作于公安。作者踏青郭外,借景抒怀,感叹尘缘已灰,惟余谈禅醉酒。寒食:节令名,清明节前一天(或说前两天)。相传起于春秋时代晋文公悼念介之推事,以介之推抱木焚死,就定于是日禁火寒食。郭外:此指公安县城郊外。二圣禅林:二圣寺。在公安县城东北。始建于东晋太和三年(368),道安、慧远二法师所建。一名兴华寺,又名万寿寺、光孝寺。所祀"二圣"一为青叶髻如来;一为娄至德如来。见同治《公安县志》。②绵邈(miǎo):年代久远。③芹泥:燕子筑巢所用的草泥,此指泥沼地。珊瑚鞭:即珊瑚树,常绿灌木。④朱颜:指青春健康的脸色。皓腕:白皙的手臂,代指人生的青春时期。⑤莎(suō):指莎草,即香附子。孟公堤:见前诗《西郊别业》注。⑥安远寺、白莲庵:皆古代斗湖堤附近寺庙名。青叶髻:即大圣青叶髻如来。⑦玉函:贮珍贵书籍的玉匣。幡(fān)带:一种窄长的、用剪纸或绸绢制成的旗子。⑧禅堂:僧尼参禅礼佛的处所。龙纽:指用来悬系古钟的龙形的襻(pàn)儿。⑨逃禅:杜甫《饮中八仙歌》:"苏晋长斋绣佛前,醉中往往爱逃禅"。谓醉酒而悖其教,故曰逃禅。中道爱佛学,但嗜酒,常常醉酒有悖佛教,故云"喜逃禅"。尘缘:佛家以色、声、香、味、触、法为"六尘",人心与"六尘"有

缘，受其拖累，叫做尘缘。今泛指世俗的缘份。⑩"一生"句：谓作者一生好酒，与酒不可分离。曲，曲酒。⑪富贵如浮云：句意谓作者把金钱和地位看得像浮云那样微不足道。语出《论语·述而》："不义而富且贵，于我如浮云。"

## 雨中坐中郎斋头，时中郎往吊田栋野，并闻张瞽者吹笛①

寂寞空堂画掩扉，朱栏红药看花飞。晨风忽到千家暝，急雨初来数点稀。青草黄肠人永别，素车白马客孤归。②人生到此天宁论，一曲山阳泪满衣。③

注：①万历二十年（1592）许作于公安。写作者斋头听丧，悲祭逝者，感叹人生。中郎：作者的二哥袁宏道，字中郎。斋头：书房里。田栋野：中郎友人。余未详。张瞽（gǔ）者：一姓张的盲人。瞽，瞎眼。②黄肠：古代葬具。客孤归：谓逝者是人世间的过客，孤独地西归了。③天宁论：上天难道还会说些什么。一曲《山阳》：谓张瞽者用笛子吹奏的一曲挽歌，名《山阳》。

## 春 游 曲① 郢中

### 其 一

总以堂堂去，何容缓缓归。隔溪莺对语，掠水燕双飞。野草香沾屐，修篁翠湿衣。②山花一树好，游女采来稀。

注：①万历二十年（1592）许作于江陵。写郢中春游之际，青年男女自由浪漫的欢乐之情。曲：韵文文学的一种，可以入乐。分戏曲、散曲，此为散曲。②屐（jī）：木屐，木底有齿的鞋子。古人游山多用之。修篁：修长的竹子。

### 其 二

春在画桥头，殷红照碧流。几回看去马，一笑荡轻舟。夜月梨花梦，春风燕子愁。愿为原上草，岁岁藉芳游。①

注：①藉（jiè）：坐卧其上。

### 其 三

妆为阿谁新，新来却避人。笑宁藏便面，绚已印轻尘。①打鸟穿山曲，寻花傍水津。绯桃飞已尽，今日又重春。

注：①便面：扇子的一种。《汉书·张敞传》："自以便面拊马。"颜师古注："便面，所以障面，盖扇之类也，不欲人，以此自障面，则得其便，故曰便面，亦曰屏面。"后泛称扇面为便面。絇（qú）：古时鞋头上的装饰，有孔，可以穿系鞋带。

## 其 四

指点层台事，前人佐酒觞。尘尘无故迹，岁岁有新妆。①绮阁多凡鸟，荒榛出异香。②罗敷他自好，不肯嫁君王。③

注：①故迹：指前人遗留下来的旧迹。如事物、功业、言论等。②荒榛（zhēn）：草木丛生。榛，树丛。③罗敷：古乐府《陌上桑》描述秦罗敷在陌上采桑，被使君看上，要强娶她，她严词拒绝。旧多指代美丽而坚贞的妇女。

## 花 楼 曲①

### 其 一

春归春不归，春事几年稀。②杜曲梨花谢，雕梁燕子飞。③歌愁生画扇，舞泪染罗衣。数里青门路，人传锦绣围。④

注：①万历二十年（1592）许作于沙市。写花楼女愁苦抗争和屈辱的悲惨遭遇。②春归：春天过去了。春不归：怀春的心事依然留存。春事：男女相爱恋之事。③杜曲：古地名。在今陕西长安县东少陵源东南端。因唐贵族杜氏世居于此，故名。④锦绣：精致华丽的丝织品。这里代指穿戴华丽的富贵子弟。

### 其 二

避客似迷藏，将无是故乡。①龙须存旧席，雀尾罢新香。②有誓不传曲，无心更理妆。③白头房老在，洒泪忆君王。④

注：①"避客"二句：写花楼女为躲避接客像捉迷藏似的。没有来客，就像回到家乡般快乐。②龙须：喻指高档的菜肴。雀尾：比喻极普通的菜肴。此喻指花楼女。③传曲：谓表演歌舞。④白头房老句：谓白头偕老的如意郎君永远装在花楼女的心中。君王：代指心上人。

### 其 三

且莫弄琵琶，王孙在北家。①秦宫催侍酒，小玉倦传茶。②好谢尊前客，忙移砌上花。③买愁不买笑，含泪上香车。

注：①"莫弄"二句：不要不小心弄响了琵琶，免得招来北家的王孙。②秦宫：后汉梁

冀监奴,冀妻孙寿色美,善为妖态,冀受宫,令得出入寿所,寿因与私焉。宫内外兼宠,威权大震。唐李贺诗有"秦宫一生花底活",即咏此也。小玉:唐人诗中常有此词,其多数指侍女或小妾。③"好谢"二句:谓花楼女好言好语推辞尊前的客人,又忙着去移台阶上的花。

## 其　四

破瓜年几许,苦欲作罗敷。①碧玉何须玉,绿珠不用珠。②虚堂尘宝瑟,空帐冷流苏。③明日萧郎问,儿今已嫁夫。④

**注**:①破瓜:俗谓女子破身,此代指花楼女。罗敷:见上诗注。②碧玉:晋朝汝南王司马义亮之妾。绿珠:西晋石崇宠妾。③流苏:下垂的穗子,用五彩羽毛或丝线制成,古代用作车马、帐幕等的装饰品。④萧郎:原指梁武帝萧衍。后用以泛指女子所亲爱或所恋之男子。唐崔郊《赠去婢》:"侯门一入深如海,从此萧郎是路人。"此谓花楼女的意中人。已嫁夫:谓花楼女已经嫁了人。

## 哭 田 生①

## 其　一

人生不四十,何以归山麓?生平性温良,亲朋尽一哭。酒杯犹未拭,残花尚缀木。前书一行字,明明在园竹。山城少韵人,扃户遂成俗。②夜半来扣门,应惟君也独。从此绝招呼,终日坐兀兀。③

**注**:①万历二十年(1592)许作于公安。作者赋诗深深缅怀早逝的友人。②韵人:风雅之人。此指作者的友人田生。扃(jiōng)户:门户,谓家家户户。③兀兀:昏沉貌。

## 其　二

昔日与子友,终日共徘徊。今日子为鬼,半夜怖其来。我岂怖子哉,幽明会难谐。去年在京师,有物扑入怀。以爪塞子鼻,大呼不得开。魍魉摄人魂,子言我心猜。果也青枫根,寂寂殊可哀。①

**注**:①青枫根:古代传说中的精怪名。

## 泊 绣 林①

我从湖海赋东征,四月春潮总不平。②万里临流方浩荡,双峰如绣自逢迎。涛来欲裂千年石，山断斜连数尺城。③安得轻风生五两，君山一点渐分明。④

注：①万历二十一年(1593)作于石首。是年夏，袁氏昆仲与友人同往麻城龙潭李贽处问学，路过并游览了石首县城绣林。作者赋诗生动描绘了这座临江小山城双峰如绣的奇特景观。②赋：兵赋。《左传·隐公四年》："君为主，敝邑从赋，与陈蔡从，则卫国之愿也。"服虔注："赋，兵也。以田赋出兵故谓之赋。"此处谓出发。东征：指作者东游之行。③数尺城：极言石首县城的辖地小。④五两：古代候风器。用鸡毛五两(或八两)系于高竿顶上而成。君山：洞庭湖的君山。

## 绣林阻风远望①

雨中新柳净江头，燕子穿花立钓舟。东去湖湘多人泽，春来天地少安流。②南平驿路何时尽，北渚风烟渺自愁。③石壁沉沉收落日，一痕渔火动沙洲。

注：①万历二十一年(1593)作于石首。写作者阻风远望绣林的大好春色，感叹国家民族的内忧外患。②湖湘：指洞庭湖、湘江。少安流：很少有平静状态的流水。③南平：即荆南。五代时十国之一。公元907年，高季兴任后梁荆南节度使，924年受后唐封为南平王，史称荆南或南平。据有今湖北江陵、公安一带，建都荆州(今湖北荆州地区)。驿路：古时供传递公文的人或往来官员通行的道路。北渚风烟：谓北方边患再起。

## 赤　壁①

青山远远白云屯，垂柳依依江水滨。此去黄州仍有迹，不知赤壁果谁真。②远峰曲里藏僧寺，乱石中间贮钓人。但使终朝长对酒，葛巾应不换纶巾。③

注：①万历二十一年(1593)作于往赤壁道中。作者于赤壁寻踪遗迹，凭吊古人。赤壁：山名。东汉建安十三年(208)孙权与刘备联军败曹操军于此。即今武汉市江夏区的赤矶山。②黄州：在今湖北黄冈境内，近郊有旧时苏轼误称的赤壁。③纶(guān)巾：古代用丝带做的头巾，此指诸葛武侯(亮)曾经戴的纶巾。

## 过洞庭君山①

飓水一花开，枯清绝点埃。②秦皇巡海去，汉武射蛟来。③见《水经注》。万顷无消雪,千年不住雷。④金堂迷处所,凡骨岂仙才。⑤

　　注:①万历二十一年(1593)作于往洞庭君山道中。作者写景抒怀,热情赞美了洞庭君山的悠久人文历史和壮美自然景观。洞庭:湖名。在湖南省北部,长江南岸。为我国第二大淡水湖,昔称"八百里洞庭"。君山:山名。一称湘山、洞庭山。在洞庭湖中,相传为舜妃湘君游处。②飐(zhǎn):风吹物使颤动。一花开:谓风吹湖面泛起了满湖的浪花。枯清:形容水势小水质清。③秦皇:秦始皇(前259—前210),即嬴政。战国时秦国国君,秦王朝的建立者。汉武:西汉武帝(前156—前87),即刘彻。在位五十三年,文治武功卓著。④无消雪:形容洞庭湖水势不减。不住雷:形容洞庭湖涛声不息。⑤金堂:形容君山上的房宇楼台金碧辉煌。

## 泛　洞　庭①

　　风日今朝丽,依岩一泛流。②奇云生别浦,芳草媚中洲。日月飘零恨,乾坤簸荡愁。③翻思源发处,清浅只觞舟。④

　　注:①万历二十一年(1593)作于往洞庭道中。作者泛湖洞庭,感受湖光奇丽、波涛震荡。②一泛流:谓涨水期,(船)顺着水势走。泛:指江河的涨水现象。③日月飘零:日月照在洞庭湖面,给人漂泊无依的感受。乾坤:犹天地。④觞舟:指在船上敬酒或自饮。

## 夜　泊①

　　前途白雾障,游子暮何之。寒士招风雨,劳人谙险夷。②吹水沾衣桁,飞沙入酒卮。但留皮骨在,远路岂嫌迟。③

　　注:①万历二十一年(1593)作于东游道中。作者夜泊时即景生情,感慨前途多雾障,劳人谙险夷;只要留得青山在,远大志向终能实现。②寒士:旧称贫苦的读书人。此指作者。"劳人"句:谓勤劳之人熟识路途中的险夷。③"皮骨"二句:谓只要身体健在,不用担心路途遥远。

## 阻风登晴川阁,予两度游此,皆以不第归①

　　苦向白头浪里行,青山也识旧书生。②相逢谁胜黄江夏,不死差强祢正平。③天外云山金口驿,雨中杨柳武昌城。④汉滨父老今安在,只合依他隐姓名。⑤

　　注:①万历二十一年(1593)作于武昌。写作者两度游晴川阁皆不第,心境不佳,谓

自己只适合做汉滨的隐士。晴川阁:位于湖北武汉市汉阳龟山东麓禹功矶。建于明代。取唐诗人崔颢"晴川历历汉阳树"诗句命名。第:科举时代士人应试合格。如:及第;落第;不第。②白头:白发老人。指为功名,白首穷经。旧书生:这里指作者自己。③黄江夏:黄祖。因后汉时任江夏郡(治所在今武昌)太守,故名。祢(mǐ)正平:祢衡。字正平,平原般(今山东临邑东北)人。东汉名士,性刚物傲。见《武昌坐李龙潭邸中赠答》注。④金口:地名。在今武汉市西南。因在金水入长江之口,故名。武昌:路、府名。元大德五年(1301)改鄂州路为武昌路,治所在江夏(今武汉市武昌)。明为湖广省治所。⑤合:应当。他:指汉滨父老。

# 别李龙潭①

湖上暂徘徊,明从此地回。今年君不死,十月我还来。娱老书成蠹,绝交径有苔。②忘机君已久,鸥鸟莫相猜。③

**注:**①万历二十一年(1593)夏作于麻城。是年,作者随两位兄长一道往麻城龙湖访李贽老师(这是作者第三次访)。此诗为临别之作,谓李贽淡泊宁静,闭门著书讲学。李龙潭:李贽。三袁兄弟的思想启蒙导师。详见《武昌坐李龙潭邸中赠答》注。②"娱老"句:谓李贽老人以读书著书为人生之趣。蠹,蠹鱼,蛀蚀书籍的小虫。绝交:谓不与外界往来。③忘机:泯除机心。指淡泊宁静的心境。

# 大别山怀李龙潭,兼呈王子①

汉阳江头一带青,武昌灯火乱繁星。②此时对酒怀知己,高山流水孰堪听。③去年六月访李生,抱病僵卧武昌城。④武昌城内日铄地,与君相遇王孙第。⑤金杯玉罍无颜色,药里床簟少意气。见子聪明更有情,苍茫一别正愁人。⑥予即别子归去来,李亦抱疴武昌城。⑦自昔豪士多寂寞,往往身令造化猜。⑧今年三月复东游,访李再过古亭州。龙潭十月同笑傲,虎溪千古失风流。⑨老去英雄转惆怅,握手相别泪相向。⑩匹马黄泥道上归,青山满目泪沾衣。⑪武昌一片垂杨树,政是怀人愁绝处。翩翩行旅各东西,款款轻刀自来去。我登大别山,还望西陵道。落日烟霞迥不分,江水东流何浩浩。东望凤凰云,西眺鹦鹉草。对此踟蹰不能去,同心离居令人老。此时政见王生面,重逢为我开华宴。一尊与子细相论,转忆去岁实销魂。⑫人生会合未可期,云开星散令人悲。今朝对酒遂教醉,风尘赖尔慰相思。

注：①万历二十一年(1593)夏作于大别山。作者随两兄告别龙湖李贽后，又应朋友之邀去大别山。此诗为作者到大别山后对李贽老师深深情谊的怀念之作。大别山：山名。在豫、鄂、皖三省边境。王子：疑是王袗(zhěn)，字王章浦，一字子静，汉阳人，贡生。与贽、三袁兄弟等游处唱和，诗有晚唐风。后官华州县令，迁成都同知。②汉阳：军、府名。五代周昱德五年(958)置军。治所在汉阳(今武汉市汉阳)。元改为府。③高山流水：比喻知音或知己。这里谓琴曲。内容及曲名据《列子·汤问》所载伯牙与钟子期的故事。④去年：指万历二十年(1592)。是年夏，作者在武昌会晤李贽老师，由于太过高兴，一回住处就发了一场重病。李生：指李贽。生，旧指读书人。⑤日铄(shuò)：谓太阳像火一样烤着。君：指王子。第：上等房屋，因以为大住宅之称。⑥子：古代男子的美称或尊称。这里指王子。⑦李：李贽。此句谓作者回去后，李贽也得了一场大病。⑧造化：旧时迷信者谓运气、福分。⑨龙潭：麻城龙湖。十月：作者自去年六月往武昌晤李贽，至今年三月到龙潭访李贽，历时十月之久。同笑傲：谓学生(三袁兄弟)和老师(李贽)一起谈笑风生。风流：风度；标格。⑩老去英雄：指李贽。"握手"句：谓李贽与三袁弟子握手告别，面对面地流泪不止。⑪"匹马"两句：谓李贽送别三袁兄弟后，独自一人骑着马在黄泥道上往回走，面对着青山满眼是泪，连衣衫都沾湿了。⑫去岁：指去年夏作者来武昌晤李贽后，患上重病，其间得到王子热诚关照之事。销魂：旧谓人的精灵为魂。因过度刺激而神思茫然，仿佛魂将离去。多用来形容悲伤愁苦时的情状。

# 菩 提 寺①

## 其 一

避人兼避地，多事转多忧。②怜着数茎发，缠成百段愁。③黄金囊已脱，白骨愿难酬。④墨墨谁堪诉，敲壶涕泗流。⑤

注：①万历二十一年(1593)作于公安。写作者年轻时代的诸多苦闷、荒唐和无奈。菩提寺：一寺院的名称。菩提，佛教名词。佛教用以指豁达开悟，如人睡醒、如日开朗的彻悟境界；又指觉悟的智慧和途径。②避人：谓回避人的纠葛。避地：旧谓迁地以避祸。③百段愁：喻指作者经受的许多忧愁。④"黄金囊"句：谓作者已耗费了大量的家产。白骨：谓作者修炼白骨禅经所发的不近女色的誓愿。白骨，佛教言身是幻相，仅见白骨。(见《楞严经》五)⑤墨墨：犹默默。

## 其 二

莫问心中事，愁来鬓有华。三句藏地肺，一水隔天涯。①闲淡寻方丈，疏狂过狭邪。②欲归归未得，不是为无家。荆州一名地肺。

注：①三旬：三十岁。此指作者年轻时期。一水：指荆州与公安之间隔着一条长江。②狭邪：亦作"狭斜"。旧时称娼妓家为"狭邪"。古乐府有《长安有狭斜行》，述少年冶游之事。

## 别山风雨，得丘长孺书①

### 其 一

重食武昌鱼，还从汉口居。千峰江上雨，一纸故人书。②困极舌空在，柔来指不如。③何当同子逝，髡发事空虚。④

注：①万历二十一年(1593)作于汉口。此诗为作者离开大别山返回汉口所作，抒发诗人的失意之苦及对朋辈的感激之情。别山：即龟山，又名鲁山。在今湖北省武汉市汉阳北，与武昌蛇山夹江对峙。丘长孺：丘坦，字坦之，号长孺，麻城人。万历三十四年举武乡试第一，官至海州参将。善诗、工书、喜交游，少年即驰声艺苑。有《南北游草》诸诗，其诗"古质苍莽，气韵沉雄"(袁宏道《丘长孺》)。与作者兄弟交往甚密。②故人：旧友。此指丘坦。汉口：古名汉皋，一称夏口。在今湖北省武汉市，长江与汉江交汇处之北。③困：窘迫。指不如：谓手指不听使唤。④同子逝：时间如流水一样不停地流逝，作者感慨人世变化太快。语出《论语·子罕》："子在川上曰：'逝者如斯夫，不舍昼夜。'"髡(kūn)发：古代一种剃去头发的刑罚。

### 其 二

近书看不得，读罢泪双流。细雨连天暗，西风动地愁。失时离骨肉，多难仗朋俦。五岳行如决，台生愿共游。①

注：①五岳：中国五大名山的总称。台(yí)生：谦称自己。

## 赠别耿子①

### 其 一

西风吹棹过江滨，买酒烹鱼与细论。海内诸公尽在眼，因君一问向时人。②

注：①万历二十一年(1593)作于武昌。作者江边饯别耿子，称道他善结交、"向时人"。耿子：作者友人，余未详。②时人：指时代的杰出之士。

## 其 二

送子矶头载酒歌,白云芳草会无多。一声别去飞相似,不见轻帆见逝波。①

**注：**①见逝波：望着远方江面逝去的波痕。谓作者久久地站在江岸目送友人。

## 秋夜寄中郎①

明月何光洁,螵蛸挂在户。②百感入帷床,一梦生毛羽。③青山几万重,泠泠到石浦。④依依中郎门,冉冉分宾主。相见嘻以笑,相论歌且舞。真情出肺肝,高议穷今古。⑤言多不能记,分别尚缕缕。⑥万事多反复,三言成市虎。⑦愁极能杀人,尔胡守此土？茫茫八荒间,可以为户宇。未乱复哽咽,歧路怅难吐。⑧魂泪公安城,人泪武昌浒。

**注：**①万历二十一年秋(1593)作于武昌。此诗为作者写给仲兄宏道的诗,回忆兄弟相论歌舞、高议古今的美好时光,并劝慰兄长离开故土远游八荒。时宏道居公安。②螵(piāo)蛸(xiāo)：螳螂的卵鞘。③生毛羽：形容萌生了新的思想或想法。毛羽：亦称"线羽"、"纤羽"。鸟羽的一种。④石浦：公安县城中的石浦河。作者《游居柿录》："石浦河穿城一泓,上通江,下至蒿港……故中郎成进士,与伯修同请告归,伯修市一居与予一小宅邻,住河西。中郎住河东。⑤肺肝：肺腑。喻指内心。穷古今：谓把古今的重要话题都讲到了。⑥缕缕：此谓一一细述。⑦市虎：比喻说的人一多,就容易使人误假为真。"三言"句语出《战国策·魏策二》："夫市之无虎明矣,然而三人言而成虎。"⑧帐：犹"怅"。此处谓懊恼。

## 过孔子问津渡①

日初出,山初入,山烟迎旭带微红,溪柳含露试新绿。②断桥纵横山之下,一泓清流细细泻。古碑依稀杂苔藓,大书当年问津者。③泉水将泪过此津,暗想天涯失意人。西风年年吹路草,铁马石骖亦应老。④前山黄雾愁杀人,回头却问山东道。

**注：**①万历二十一年(1593)作于东游道中。作者路过孔子问津渡,触景生情,抒发了不得志的愁苦。孔子：春秋末期的思想家、政治家、教育家,儒家的创始人。名丘,字仲尼。鲁国陬(zōu)邑(今山东曲阜东南)人。问津渡：谓孔子当年使子路问津的渡口。《论

语·微子》:"使子路问津焉。"邢昺(bǐng)疏:"使子路往问济渡之处也。"后为探求途径或尝试的意思。②山初入:谓刚进入山中。试新绿:谓树梢上长出了嫩绿的叶子。③当年问津者:指孔子。④骖(cān):一车驾三马。

## 麻城道中①

### 其 一

天雨乍霁云乍拆,马首诸山齐献碧。崒嵂突兀何处峰,淡冶鲜妍可怜色。②长途遥遥无止息,北风夜起转愁疾。马铃当当送残日,乌鸦千点占坟侧,我有新愁写不得。

注:①万历二十一年(1593)作于往麻城道中。是年九月,作者同友人王伊辅、邱长孺自武昌再至麻城访李贽。描写了险峻淡冶的山,抒发了无尽的愁疾之情。麻城:县名。在今湖北省东北部,举水上游,大别山南侧。②崒(zú)嵂(lù):高峻而危险的山峰。

### 其 二①

山骨鳞鳞忽起脊,中间尺馀马蹄迹。只道山石碎马蹄,谁知马蹄能穿石。莫言此石太辛苦,南山石阅北邙土。②石深一寸土无数,马上儿郎方笑语。

注:①描写了崎岖难行的路,表现了作者不辞辛劳,谈笑风生的神采。②北邙(máng):邙,邙山。在今河南省西部。东汉及魏的王侯公卿多葬于此。

## 长孺斋中有述①

丘生为家何落魄,丘生为诗好气骨。②建安以上今再见,开元而下不曾读。③五七言律多精巧,绝句长歌古来少。④幽燕将帅气沉雄,深山松柏韵苍老。⑤高斋日上花拂地,隐几焚香逐字句。磊块颇露烈士肠,步骤真得古人气。⑥我于此道久用力,妙处只合唐人迹。⑦不能超乘复汉魏,此技安敢与君敌。看君诗,为君留,酒行数过寂无声,牙板忽动发清讴。⑧龙香之拨凤尾槽,玉串珠走幽泉流。笑谓三郎且饮酒,寂寞身后吾何有。⑨一腔热血一寸心,雪花宝刀夜夜吼。⑩徒步风尘无用身,羊沟鸡斗马能走。明日城南大会猎,不识三郎肯从否⑪?

注：①万历二十一年（1593）作于麻城。作者高度评价了长孺的诗作。认为其五七言律甚为精巧，气骨沉雄苍劲。同时也抒发了自己进第入仕的宏大志向。长孺：丘坦。见前诗注。②落魄：同"落泊"。穷困失意。气骨：风骨。指长孺的诗文风格："古质苍莽，气韵沉雄"。（袁宏道《丘长孺》）③建安：指汉末建安时期的文学。这时期的诗韵成就最为显著，有不少的作品辞情慷慨，语言刚健。后人以"建安风骨"来称誉这些作品。开元：唐玄宗（713—741）年号。经初唐一百年的不断发展，到唐玄宗时代出现了"开元之治"。其间，文学创作也出现了大繁荣的景象，代表作家有李白、杜甫、韩愈、白居易、柳宗元等。④五七言律：即五言律诗、七言律诗。绝句：即"绝诗"，简称五绝、七绝。⑤幽燕（yān）：地区名。今河北北部及辽宁一带。唐以前属幽州，战国时属燕国，故称幽燕。将帅：此指长孺。其曾任海州（今连云港）参将。沉雄：深沉雄健。此处指长孺的诗文风格。⑥磊块：石累积貌。此喻指长孺诗作的风骨。步骤：步为缓行，骤为疾走。引申为缓急。此处指长孺诗作的行文节奏快慢有致。⑦此道：谓诗文的气韵之道，即诗文的骨气和韵味的表现方法。⑧为君留：谓作者留下来向君（丘坦）学习作诗之道。⑨三郎：即作者。因其在自家三兄弟中排行老三，故称三郎。⑩宝刀夜夜吼：喻作者怀抱宏大志向。⑪会猎：大规模地打猎。此处喻指科举考试。

## 重九同丘长孺过李卓吾精舍①

每逢佳节思乡国，今日登临兴惘然。②浪迹乾坤馀鬓发，西风日夜换山川。三时作客花前泪，万事灰心醉里禅。③独喜穷交多意气，天涯兄弟倍相怜。

注：①万历二十一年（1593）作于麻城。写作者重九日看望李贽老师。回想去年盛夏之际在武昌与老师见面的往事，由衷地感慨穷交多意气。李卓吾：李贽，号卓吾。见《武昌李龙潭邸中赠答》注。②惘然：失意的样子。③三时：夏至后半个月为三时，头时三日，中时五日，三时七日。花前泪：此指作者前一年夏到武昌晤李贽后患重病之事。禅：禅心。佛教语。谓清静寂定的心境。

## 过沙河作石子歌①

河水清，照见石，照见石子如珠玉，晶晶莹莹好颜色。②水浅浅兮石片片，水底依稀照人面。切莫照人头上白，世上知心难再得。③

注：①万历二十一年（1593）作于往麻城道中。写作者过沙河，看到清水中自己头上依稀可见的白发，感叹年岁人不饶人，世上知音难得。②晶晶莹莹：明亮光泽貌。③头上

白:指头上的白发。

## 饮长孺斋中,分得无字①

明月挂林隅,芳筵酒夜呼。②佳诗唐世有,新语晋朝无。③世外依禅伯,人中溷酒徒。④那能文字饮,明烛待当垆。

**注:**①万历二十一年(1593)作于麻城。作者赋诗评说长孺斋中聚会友人创作的好诗,有似唐的佳作,缺少建安风格。分得无字:即分得"无"字韵。分韵,即抽签或拈阄,分韵作诗。②筵(yán):竹席。古人席地而坐,用筵作坐具,所以座位也叫筵。后来专指酒席。③"新语"句:新语出自南朝宋刘义庆所著《世说新语》,内容采撷汉晋以来佳事佳话。语言极精绝,为一个时代之缩影。故有人称汉末魏晋时代为"世说新语"时代。晋朝:含西晋、东晋。两晋共历十五帝,一百五十六年。④禅伯:佛教语。参禅人的化导禅师。

## 行 路 难①

黄安路,沙浩浩。②旷原荒日少行人,断垯古冢寻新道。上有昏霾之高松,下有萧瑟之秋草。草色伤心不复生,游子飘飘万里行。仄径悬岩无终极,瘦马西风少气力。③日沉沉兮将落,石鳞鳞兮磅礴。仰登青天兮俯黄泉,十步九步愁颠连。④极目高低少人住,巉石断处将安去。草虫哀鸣满山丘,败瓦伤心丛老树。风浩浩兮袭衣裳,出没空山愁虎狼。日暮相逢不见面,如屑之山旁一线。⑤下有淙淙千尺涧,我欲度此魂魄散。行路难,难如此。传语天涯客游子,鬼国茫茫未可止。

**注:**①万历二十一年(1593)作于往黄安途中。极写山行的艰险,突显游子的苦和愁。②黄安:旧县名。位于今湖北省东北部,今改名红安县。地处大别山南麓的崇山之中。③仄(zè)径:狭窄的道路。仄,狭窄。④黄泉:地下的泉水。此处谓山下面的流水。颠连:此处谓困顿不堪。⑤屑(xiè):犹"削"。谓山势陡峭。

## 得中郎书①

业已为游子,何须问始终。家人已死看,父母未生同。②带雪寒山洁,悬雷夏瀑雄。③阮宣遗愿在,巢许挹高风。④

注：①万历二十一年(1593)作于东游途中。作者赋诗向仲兄宏道倾诉自己离家出游的苦衷。②"父母"句：谓父母在生之时未能与他们共同生活。意即平时未能向父母尽孝道。③悬雷：高空中的雷电。瀑雄：谓大暴雨的威势盛。④阮(ruǎn)宣：阮修。晋咸从子。字宣子。好易老，善清言，性简任，不喜见俗人。尝作《大鹏赞》以自况。后为鸿胪丞，转太子洗马。避难南行，为寇所害。遗愿：指阮宣自况《大鹏赞》。巢许：巢父和许由。相传是唐尧时人，隐居不仕。因巢居树上得名。尧要把君位让给他，他不受。尧又要把君位让给许由，他又叫许由隐居。揖(yī)：谦让。

## 武昌逢潘景升①

散朗如髯几，愁颜见顿舒。②片言成白社，五字宛黄初。③楚馆闲听肉，秋江日馈鱼。④天星楼上好，读尽古今书。曲中有天星楼。

注：①万历二十一年(1593)作于武昌。作者喜逢潘景升，称美他倜傥奇伟、通禅、工五言。潘景升：潘之恒，字景升。歙(xī)县人。少而称诗，好结客，能急人难，以倜傥奇伟自负。晚年"交袁中郎兄弟"，"倾心公安"。(《列朝诗集小传》)②髯(rán)几：指颊上疏朗的长须。③白社：白莲社。晋慧远法师在庐山虎溪东林寺集慧永、慧持等名德，刘遗民、宗炳等名儒计一百二十三人，于无量寺佛像前建誓以修西方之净业。以寺侧有池植白莲，故名白莲社。五字：即五言律诗、五言绝句。黄初：魏文帝(220—226)年号。此指魏文帝曹丕。④肉：指歌声。

## 感事示人①

谭锋才起便销魂，和雨和愁到耳根。青眼变时休道故，黄金散尽少知恩。②生来不信多交态，久后方惊类市门。③子抱新愁予旧恨，一同流泪对芳尊。

注：①万历二十一年(1593)作于东游途中。写作者与友人交谈，感悟世态人情类市门。②青眼：晋阮籍能为青白眼，常以青眼对所契重的人。青，即黑。以黑眼珠对人是正视的态度。后因以"青眼"称对人喜爱或器重。③交态：指交际的态度、方法。市门：谓市场交易的门道。

## 今夕行，同丘长孺、王大塈诸公赋，时有别意①

斗酒会，武昌城。歌递代，舞纵横。武昌今夕无限情，为君高歌今夕行。

一叶飘零寄武昌,武昌城外暂相羊。②黄军浦口同飞盖,芳草洲头共举觞。九陌三市公子宴,五白六赤少年场。③紫蟹如土不值钱,擘出满盘带雪箱。④结伴追欢到此夕,天涯兄弟皆来客。我辈意气本豪雄,尊前况有新相识。今夕何夕兴翕习,子夜征歌声转急。⑤击剑人逢击筑人,有情笑与无情泣。⑥天星楼上花枝粲,采珠拾翠杯无算。传说陆郎秫班雅,繁弦急管杂哀叹。君不见黄牛峡朱雀道,山色苍苍水浩浩。⑦此时相逢不尽醉,东西别去令人老。时坐客有至吴蜀者。

**注:**①万历二十一年(1593)作于武昌。写作者与友人夜游武昌斗酒会所见到的繁华情景,抒发了青年辈结伴追欢、意气豪雄的感情。丘长孺:丘坦。见《别山风雨,得长孺书》注。王大壑:作者友人。余未详。②相羊:同"徜徉"。徘徊。自由自在地往来。③五白:五子皆白。谓古代用博具五木掷采,采有十种,其中五白为贵采。六赤:古代博戏。④紫蟹:谓铜钱。雪箱:谓满箱的白银。⑤翕(xī)习:和合飞翔。翕:统一、协调。⑥击筑:用杵(chǔ)刺。筑:捣土的杵(木棰)。⑦黄牛峡:指长江西陵峡中的黄牛滩,此泛指西部蜀地。朱雀道:泛指东南方吴地。朱雀,为南方之神。见前诗《沙头曲》注。

## 雨中病甚不得发,示长孺,时长孺亦病①

雀鼠惊才定,阴阳患共侵。②虚堂悬病榻,偃卧看愁霖。③不信鸿前足,翻成叶后心。④只今游半载,尚在汉江浔。

**注:**①万历二十一年(1593)作于武昌。作者赋诗告长孺:虽患重病,出游初衷勿改。②阴阳:指自然界两种对立的物质势力,并以此来说明自然现象的变化。此指作者身上的阴阳之气。中医认为人的阴阳之气应保持平衡,否则就会患病。③偃(yǎn):仰卧。霖(lín):久雨。④鸿前足:喻作者出游的意愿大。"不信"二句:不信出游的意愿会发生大的改变。

## 黄 鹤 楼①

水经注谓戴颙游此,盖误以京口之黄鹤为此地也。故末句及之。②
积雪满天地,凭栏竟日留。青山文命庙,芳草正平洲。③汉净穿岩出,江雄撼郭流。蚁蜂南北市,凫雁往来舟。黄鹤名相似,丹徒迹可求。④如何注水牒,讹作戴公游⑤?

**注:**①万历二十一年(1593)作于武昌。写黄鹤楼的人文历史悠久,自然景观壮美。

黄鹤楼:故址在今湖北省武汉市蛇山的黄鹄矶上。《环宇记》:"昔费祎登仙,每乘黄鹤于此息驾,故号为黄鹤楼。"相传始建于三国吴黄武二年(223),历代屡毁屡建。②《水经注》:古代地理名著。北魏郦道元著。戴颙(yóng):南朝宋人,字仲若,有高名。初偕其兄勃隐于桐庐,勃卒,及游吴下。吴下士人共为筑室,乃居之。著《逍遥论》,注《礼记·中庸》篇。京口:古城名。故址在今江苏镇江市。③文命庙:即大禹庙。文命,相传为禹的名字。④丹徒:县名。在今江苏省西南部、长江南岸。⑤注水牒(dié):即《水经注》。牒,古代的书板。

## 送王生归荆州①

嗟呼王生,与子同来不同归,汉水汤汤日夜悲。饮子酒,揽子衣,江上浩歌泪歔欷。子好酒色不顾家,一县尽笑其所为。丈夫从之妻儿疑,子弟从之父兄笞。我于子行为中表,念子飘零知者少。②戟髯雄谭颇不凡,使酒骂坐亦自好。③季子方贫少黄金,练裙空有故人心。④留得一片交情在,交到白头应不改。去年我有不平事,儒生相看尽相弃。⑤髯向酒间出大言,言虽粗疏好意气。⑥我闻此言双泪下,颠狂合受众人骂。不信慷慨悲歌人,乃在椎埋屠狗者。⑦坐是相爱不能忘,时时结伴酒人场。如花少女纷相戏,日日花前共买醉。叱拨鸣鞭白日原,巨罗传呼芳草地。⑧子于众中多酒失,我常怜之为护恤。⑨明知亦是寻常人,止因一语成相识。今年我向荆州市,市上春花照春水。携子三月苦留连,只在荆州花市眠。男儿生不成名胡不乐,绝似冠盖游宛洛。谁言花市无酒钱,日暮还典金跳脱。章华台畔草生烟,枇杷门外花飞幕。⑩白昼横行谁敢问,鄱阳暴虐酒中作。⑪千秋亭下恼痴人,侍侧之豪心胆落。不归偕至鄂州城,穷愁病苦一时生。⑫往返西陵三四月,命薄处处少人悦。我今遂学黄鹄飞,秋云暮矣憺忘归。⑬更欲携子千里游,无钱难以苦相留。武昌十月初一日,送子江头翻掩泣。⑭荆山荆水望无极,秋原秋日少颜色。⑮嗟呼王生送子归!饥有食,寒有衣,闲但觅酒伴,莫畏众人讥。众人讥子无他丑,不过为百亩之田不能守。我亦为子熟思之,万事变迁理亦有。君不见金谷园定昆池,当时豪华无与比,今日红尘空尔为!金钱如山不食亡,令人却笑黄头郎。万事悠悠同逝水,汉寝唐基亦如此。⑯创家老翁为子孙,布衣脱粟憔悴死。人生百年如过客,弹指已见头早白。但得常常剩酒钱,身世何用苦凄迫。吾家中郎颇好事,杯酒不饮喜人醉。西归子有酒主人,东行我向何处置?

注：①万历二十一年(1593)作于武昌。写作者与表兄弟王回青少年时期的的一段交情,抒发了失意落泊之苦与及时行乐的感情。王生:王回。中道表兄弟。《珂雪斋集·回君传》:"回君者。邑人,于予为表兄弟。深目大鼻,繁须髯,大类俳场上所演回回状。予友丘长孺见而呼之为回,邑人遂回之焉。回聪慧,犹娱乐,嗜酒。"②中表:古代称父亲的姊妹(姑母)的儿子为外兄弟,称母亲的兄弟(舅父)姊妹(姨母)的儿子为内兄弟,外为表,内为中,合称"中表兄弟"。后称同姑母、舅父、姨母的子女间的亲戚关系为"中表"。③戟髯:形容胡须竖起象战戟。此指王生。雄谭:雄健有力的谈论。④"季子"句:季子,指苏秦。《史记》载:"苏秦说秦,裘敝金尽,去秦而归。"所谓季子囊空本此。此指代作者,因其在兄弟中排行老三,且"穷愁病苦"。练裙:谓关顾亲戚关系。练,通"拣"。选择。裙,裙带。即妻女、姊妹的关系。故人心:此处谓关心表兄弟王生的心意。⑤儒生:崇信儒学的文人。⑥髯:代指王生。粗疏:犹粗鲁。⑦椎(zhuī)埋:杀人埋尸;一说盗墓。⑧叵(pǒ)罗:酒卮(zhī),敞口的浅杯。⑨酒失:谓嗜酒而生的过失。护恤:卫护,体恤。⑩章华台:又称章华宫,楚灵王所建的离宫。故址在湖北潜江龙湾附近。枇杷门:旧时泛称妓家为枇杷门巷。此指古时沙市一繁华游乐场所。⑪鄱阳:鄱阳忠烈王萧恢。梁武帝九子,字宏达。幼聪颖,及长美风表,涉猎史籍,齐隆昌中明帝作相,以宏为宁远将军。天监初封鄱阳郡王,官至都督荆州刺史,政咸可纪。卒谥忠烈。酒中作:谓不良行为皆酒后造成。⑫鄂州:州、路名。隋开皇九年(589)改郢州为鄂州。治所在江夏(今武汉市武昌)。⑬黄鹄飞:喻远游。憺(dàn):通"惮"。怕;畏惧。⑭翻掩泣:谓转过身去遮掩流泪。犹男子流泪怕见人的情状。⑮荆山:在今湖北省西部、武当山东南、汉江西岸。漳水发源于此。西周时楚立国于此一带。⑯汉寝唐基:汉代的寝宫、唐朝的基业。

# 赠 人①

白浪白于马,轻舟过汉滨。②花香熏几案,山果中冠巾。忍受王子饭,聊为易水贫。③君看羊叔子,不是昧心人。④

注：①万历二十一年(1593)作于东游途中。作者赋诗赠人,以羊叔子自喻,待人真诚绝无昧心。②汉:汉江。③王子饭:喻在显贵门下的食客。④羊叔子:羊祜,字叔子。西晋大臣。泰山南城(今山东费县西南)人。魏末任相国从事中郎,参与司马昭的机密。晋武帝(司马炎)代魏后,与他筹划灭吴。泰始五年(269)以尚书左仆射督荆州军事,出镇襄阳。在镇十年,开屯田,储军粮,作一举灭吴的准备,平日则与吴将陆抗互通使节,各保分界。屡请出兵灭吴,未能实现。临终,举杜预自代。

## 李坪遇郝生①

似随南适雁,哀唳到潇湘。②坐我舟中榻,拭君衣上霜。诗思浑李洞,禅语效支郎。③且拂尊前泪,西陵是故乡。

**注:**①万历二十一年(1593)作于东游途中。写作者热情接待、鼓励并劝慰郝生。郝生:作者的友人,善诗文,通禅语,西陵人。②南适雁:谓飞往南方的雁。此喻指友人。潇湘:湘江的别称。此指荆楚水乡之地。③李洞:唐京兆人。字才江。支郎:当指东晋佛教学者支遁。字道林,本姓关,陈留(今河南开封市南)人。年二十五岁出家,与谢安、王羲之等交游,好谈玄理。作《即色游玄论》,宣扬"即色本空",为般若学六大家之一。

## 过 赤 壁①

### 其 一

浩浩长江接远空,帆飞犹自饱东风。吴山魏水原堪恨,况是今朝烟雨中。

**注:**①万历二十一年(1593)作于赤壁。写作者过赤壁触景生情,感叹"半生寥落"、"百病相侵",不敢问事业何日成。赤壁:山名。即今湖北省武汉市的赤矶山。东汉建安十三年(208)孙权与刘备联军败曹操军于此。

### 其 二

半生寥落暗悲伤,百病相侵守一床。事业于今那敢问,只祈年寿胜周郎。①

**注:**①祈(qí):向神求祷。引申为请求。周郎:三国吴国名将。字公瑾,庐江舒县(今安徽舒城)人。建安三十年(208),曹操率军南下,他和鲁肃坚决主战,并亲率吴军大破曹兵于赤壁,后病死,年仅三十五岁。

## 泊 黄 州①

落尽郊花青女怒,云脚粘江迷往路。②何人共对雪堂尊,无处更觅柯丘树。③栖霞楼畔北风恶,涛声和雨中宵作。客子闻之已不眠,病夫僵卧何曾着。④断雁一声霜共堕,此时愁人披衣坐。⑤泛泛一苇有何欢,五两呻吟相唱和。⑥自古江山似女儿,才人傅粉与书眉。安黄贴翠须好手,瘿瘤也作妖韶姬。⑦顽石枯苇复何相,止有烟江无叠嶂。当时但诵和仲文,只疑此地如天上。⑧

**注:**①万历二十一年(1593)作于黄州。写作者夜遭风雨不能眠的愁苦;讽谕江山靠才人的粉饰。黄州:州名。南朝梁大同元年(535)置,隋开皇五年(585)改衡州为黄州。治所在南安(后改黄冈)。近郊有旧时苏轼误称的赤壁。②青女:神话传说中的霜雪之神。粘(zhān):连接;胶合。③雪堂:苏轼别名。柯丘树:谓高大的石柯树。亦称"石柯"。④客子:客居他乡的人。此处指作者。病夫:指作者正患病在身。⑤断雁:谓雁在高空劲飞时不幸折断翅膀。⑥五两:古时的候风器。用鸡毛五两系于高竿顶上而成。⑦瘿(yīng):病理学名词。机体组织受病原刺激后,局部细胞增生,形成囊状性的赘生物,形状大小不一,多肉质。韶姬:美女。⑧和仲:禹唐氏尧时治西方之官。掌秋天之政。

## 蕲州道中,并怀王大鋆,时大鋆往荆州①

下雉诸山接天碧,生云蒙蒙涂雨色。②北风萧瑟吹衣裳,雨气乍来满江黑。四顾船头白渺茫,浩波起立似人长。两岸蓼花看不定,江尽依稀见蕲阳。③流水石桥环古木,可是长髯王郎屋。④枇杷门外久荒芜,莫向仲宣楼下哭。⑤君西我东如相避,扪虱雄谭何可续。⑥江夏有人祷鹦鹉,早掷琵琶返黄鹄。⑦

**注:**①万历二十一年(1593)作于蕲州。作者乘舟蕲州道中,怀想友人王大鋆。蕲(qí)州:州名。北周改雍州置。治所在齐昌(隋改蕲春,今蕲州镇西北)。②下雉(zhì):古地名。在蕲州境内。③蓼(liǎo)花:蓼科中部分植物的泛称。草本。④王郎:指王大鋆。⑤枇杷门:见前诗注。仲宣楼:指王粲当年抒发不得志的心情,感慨所登之古楼。见前诗注。⑥君西:谓王大鋆往荆州(荆州在蕲州之西)。扪(mén)虱雄谭:谓一边捉虱子,一边高谈阔论。形容放达任性,毫无拘束。《晋书·王猛传》:"王猛隐华山,桓温入关,猛被褐而诣之。一面说当代之事,扪虱而言,旁若无人。"⑦"江夏"二句:谓作者希望王大鋆早日返回武昌相聚。江夏:今武汉市武昌。有人:指作者。祷鹦鹉:谓在鹦鹉洲祷告。黄鹄:指代黄鹤楼。

## 浔阳琵琶亭赋①

寒江欲雪先无色,起视庐皐如聚墨。②九叠楼前九点山,令人可望不可即。白马素车惨不张,麻姑书信断浔阳。③飘飘一苇复何适,踟蹰且向江头立。江头忽见破亭子,西风淅淅愁崩圮。④古瓦鳞次乱水衣,白日狐兔同栖止。⑤石碑剥落衰草地,遗迹不知何年记。题名半已蚀尘埃,依稀认得琵琶字。铁拨鹍弦随泪泻,三载飘零老司马。⑥岂云昵昵儿女怀,多才固是多情者。龙尾道中行路难,虎溪桥上看巉岏。⑦一片雄心销不尽,流泉声里坐烧丹。冶情苦向觉前送,陈根忽遇春风动。⑧笑去颦来总是真,强作男儿亦何用。传说龙门有故坟,游人浇酒气成云。物换星移风雅尽,亭上何人更酹君。⑨江上风生撼古树,日暮客子自来去。浔阳渡口那得留,乃是愁人今古断魂处。不独司马泣江水,当年李白亦如此。古往今来如转毂,豪士递来此地哭。⑩我亦飘零困远游,忍贫忍病到江州。⑪江州无主走碌碌,囊无一钱馀病骨。伶仃楚痛写不得,独向庐山看山碧。⑫不及虾蟆陵下女,江头犹有新相识。⑬

　　**注:**①万历二十一年(1593)作于浔阳。作者浔阳江头看琵琶亭遗迹,抒发对白居易的祭奠之情,感慨自身失落飘零之苦。浔阳:古江名。指长江流经浔阳县境的一段,在今江西九江市北。琵琶亭:后人为纪念白居易的长篇叙事诗《琵琶行》而建的一座古亭。位于浔阳江畔。赋:文体名。班固《两都赋序》:"赋者,古诗之流也。"②庐阜(fù):庐山。阜,土山。③张:进发。麻姑:中国古代神话中的女仙。葛洪《神仙传》说她为建昌人,修道牟州东南姑余山。东汉桓帝时应王方平之召,降为蔡经家,年十八九,能掷米成珠。自言曾见东海三次变为桑田,后世遂以"沧海桑田"比喻世事变化的急剧。她的手指像鸟爪,蔡经见后曾想:"背大痒时,得此爪以爬背,当佳。"④破亭子:即琵琶亭。崩圮:崩溃,坍塌。⑤鳞次:像鱼鳞般密密地排着。此句谓古瓦浸泡在乱水中,以水为衣。⑥鹍(kūn)弦:用鹍鸡筋做的琵琶弦。老司马:白居易(772—846),字乐天,晚年号香山居士。⑦巉(cuán)岏(wán):山高锐峻大貌。⑧冶情:谓男女间的私情。春风动:谓诗人白居易见到琵琶女后感情被牵动。⑨物换星移:景物改换,星度推移。谓时序迁变。风雅:风流儒雅。酹(lèi):洒酒于地表示祭奠。⑩毂(gǔ):车轮中心的圆木,周围与车辐的一端相接,中有圆孔,用以插轴。此处用为车轮的代称。⑪江州:州名。西晋元康元年(291)分荆、杨二州置江州。治所在豫章(今江西南昌市),其后或治柴桑(今九江市西南)。隋置寻阳县,定治于此。唐改名浔阳。⑫伶仃:同"零丁"。孤独貌。庐山:一称匡山。相传殷周间有匡姓兄弟结庐隐此得名。在江西省北部,耸立于鄱阳湖、长江之滨。⑬虾(hā)蟆陵:古地名。亦称下马陵,在今西安市东南。唐白居易《琵琶行》:"自言本是京城女,家在虾蟆陵下住。"

# 月①

清江惨惨大江干,出没云霞夜未阑。②冻浦不堪霜共堕,中宵只与水争寒。关河潋滟愁中断，人影婆娑病里看。③此夜呻吟浑不住，故园犹自说平安。④

**注**：①万历二十一年(1593)作于东游道中。写作者月夜霜寒，病痛呻吟，愁思不断。②惨惨：暗淡无光貌。③潋(liàn)滟(yàn)：水满貌。婆娑(suō)：舞蹈。④故园：家园；故乡。"故园"句：谓作者在给故乡亲人的书信中仍说一切皆平安。

## 江行绝句同丘长孺，并示无念①

### 其　一

天涯兄弟共行舟，病子呻吟日未休。②我自多虞甘薄命，如何酷令两人愁。③

**注**：①万年二十一年(1593)作于东游道中。写作者东游途中得到好友邱长孺、无念的一路陪同与关照，病体日渐恢复。绝句：即"绝诗"。因定格四句，故名。以五言、七言为主，简称五绝、七绝。丘长孺：丘坦，字长孺。见《别山风雨，得丘长孺书》注。无念：名深有。麻城龙湖芝佛院住持。无念服膺李贽之学，执弟子礼。与三袁兄弟亦有很深的友情。②天涯兄弟：指作者好友丘长孺、无念。病子：即作者。③虞(yú)：臆度；料想。薄命：宿命论者谓命运不好。两人：指丘长孺和无念。

### 其　二

江头明月散清辉，一叶渔舠雪里飞。可惜清光看不得，严霜先上病人衣。

### 其　三

雨过鱼龙气尚腥，轻鸥旅雁集沙汀。前头恶浪奔如雪，乍见姑山一点青。

### 其　四

一身痛苦不堪愁，孱仆哀呼夜未休。①尔我相关如手足，五更听雨泪双流。
**注**：①孱仆：谓作者身体虚弱。孱：虚弱。仆：自称谦词。

### 其　五

病骨初苏暖气微，薄衾如纸晓霜肥。朦朦旭日人犹卧，梦里惊传黄石矶。

## 李阳看月有所思①

李阳月，渐渐明，明月依依送我行。昨日冷冷东流雪，今夜却向李阳白。②李阳驿边芦荻洲,估客凄其坐船头。③吴歌子夜伴月明,谁人不动故园情。④故园画阁月明里,琐窗前面清如水。检罢刀尺拜团栾,深深拜月祝平安。⑤那识长干月不同,是处多霜还多风。⑥岂惟病苦无消息,九月寒衣不寄得。四顾李阳白一片,江树茫茫江烟断。轧鸦犹有上去船,嘹亮忽见南来雁。⑦忆昔看月何翩翩,结伴三河侠少年。⑧吴歌楚舞酣中夜,不到乌啼不肯眠。今日凄凉余短发,向来侠气几曾发。李阳江上月一轮,独向舟中照病骨。病骨如柴不可支,今宵对月漫成悲。⑨早知看花身成病,踏月何用访雪儿。⑩

**注:**①万历二十一年(1593)作于东游道中。写他乡之月勾起了作者深深的思乡之愁。作者叹息自身少了昔日的侠气,因贪酒色而染了一身重疾。李阳:古地名。在南京附近的长江边。②东流:旧县名。在今安徽省南部。白:通"别"。即告别;道别。③驿:古代供递送公文的人或来往官员暂住、换马的处所。荻(dí):植物名。多年生草本,根茎处有鳞片,茎直立,杆可为编织席箔等用,也可做造纸原料。④子夜:《子夜歌》。《宋书·乐志一》:"《子夜歌》者,有女子名子夜,造此声。"⑤团栾(luán):团聚。《庞居士语录》:"大家团栾头,共说无生活。"⑥长干:里名。在今南京市。见前诗《沙头曲》注。⑦轧鸦:形容鸭群中鸭子相互排挤、倾轧貌。轧:排挤;倾轧。⑧翩翩(piān):欣喜自得貌。侠少年:谓作者少年时期好逞意气,以"侠义"自任。⑨漫成悲:即悲成漫。谓悲愁满溢貌。漫:水涨;水外溢。⑩"早知"二句:谓作者悔恨昔日身陷花事、贪恋酒色而染上了重疾。

## 晓行同丘长孺赋①

依稀不似旧尘寰,大地茫茫浩白间。总令乾坤成水月,遂教烟雾失江山。人冲瘴雨淹淹病,梦入关河泠泠还。②已过南天千万里,深闺从此断刀环。③

**注:**①万历二十一年(1593)作于东游道中。作者赋诗追悔以往,谓自己是从死亡道上回归之人,从此与女色一刀两断。②瘴雨:致人疾病的雨。关河:旧时谓阴阳之间的一条界河。泠泠(líng):清凉貌。③深闺:特指女子的卧室。断刀环:谓一刀两断。

## 晓 行①

肃肃带霜征,烟开岸渐明。②病人亲晓日,客子爱冬晴。远树横江过,乱帆贴水行。下滩风渐好,转盼失山城。

注:①万历二十一年(1593)作于东游归途中。写作者冬日带霜远征,天晴风顺,船行疾速,眼前景物渐渐明丽起来。②肃肃:疾速貌。

## 江 行①

梦丝梦不断,欹枕看晴川。②雾露帆樯湿,云霞草木鲜。水生渔子笑,风到榜人仙。③杨柳谁家舍,依山种稻田。

注:①万历二十一年(1593)作于东游归途中。写作者归途中看到晴川后的喜悦心境。②欹(yī):通"攲"(yī)。倾斜。晴川:在今湖北省武汉市汉阳龟山东麓禹功矶上。建于明代。取唐诗人崔颢"晴川历历汉阳树"诗句命名。③榜人:摇船的人。

## 江上示长孺①

万里沧江一叶舟,历尽楚尾与吴头。②八分山下八分院,九叠峰前九叠楼。水上烟峦镜里眉,因餐秀色爱舟迟。③青山乍喜逢尤物,男子犹欣遇大儿。④大儿生计何其拙,苦吟只对寒江雪。爱作烟云顾虎头,山经水牒搜遗缺。⑤世事悠悠无假真,为语丘迟休苦辛。⑥君看古来布衣士,生前得名有几人。往往衣食无所托,饥寒轗轲终其身。⑦罗友陶潜岂不奇,向日倚门作乞儿。⑧数百年间骨已朽,新诗始落词人口。身后虚名有何益,不如生前一杯酒。文章得失出寸心,天下后世几知音。⑨独馀匠心得意处,自歌自舞泪沾襟。⑩丘郎于今极贫贱,纵有新诗人不见。诗成只合付名山,百年应得布人间。⑪

注:①万历二十一年(1593)作于武昌。作者纵观诸多布衣士的人生之路,主张不用过度辛苦地追求虚名,当尽情地抒发得意之处,创作出独具匠心的作品。②沧(cāng)江:泛称江,以江水呈青苍色,故称"沧江"。楚:古国名。芈(mǐ)姓,始祖鬻(yù)熊。西周时立国于荆山一带,后疆土扩大到长江中游,建都于郢(今湖北江陵)。公元223年为秦所灭。吴:古国名。姬姓,始祖是周太王之子太伯、仲雍。疆土有今江苏大部和安徽、浙江的一部分,建都于吴(今江苏苏州)。公元前473年为越所灭。③餐秀色:此指作者过去恋女色。爱舟:谓喜爱乘舟出游。④尤物:特出的人物。多指美貌的女子。大儿:犹大方之子。此处指长孺。⑤顾虎头:顾恺之(约345—406)东晋画家。字长康,小字虎头,晋陵无锡(今属江苏)人。山经:《山海经》。古代地理著作,十八篇。作者不详。牒(dié):公文;凭证。如通牒。⑥丘迟(464—508):南朝梁文学家。字希范,吴兴乌程(今浙江吴兴

人。初仕齐,后入梁,官司空从事中郎。诗文传世者不多,所作《与陈伯之书》劝伯之自魏归梁,是当时骈文中的优秀之作。原有集已散佚,明人辑有《丘司空集》。此代指丘坦。⑦轗(kǎn)壈(lǎn):道路不平貌。谓困顿,不得志。⑧罗友:晋襄阳人,字它仁,博学能文。陶潜:陶渊明。字符亮,私谥靖节,浔阳柴桑(今江西九江)人。曾任江州祭酒、镇军参军、彭泽令等职,因不满当时士族地主把持政权,去职归隐。长于诗文辞赋,有《陶渊明集》。向日:过去。⑨知音:相传古代伯牙善鼓琴,钟子期善听琴。子期能从伯牙的琴声中听出他的心声。后因称知己朋友为知音。⑩匠心:犹言造意。此指文学艺术上的构思。⑪丘郎:丘长孺。名山:深山;大山。此借指有名的著述。

## 游牛首山①

石栏竹药剧峥嵘,楼阁严泉不记名。西竺几年人共至,南唐今日树长生。②天边落照千重晕,雾里长江一线明。③徙倚罡风浑不住,枯松老柏满山声。④

**注:**①万历二十一年(1593)作于南京。南京牛首山峥嵘、古老、雄浑、苍劲的自然特色。牛首山:一作牛头山,在南京市西南。双峰角立,形如牛首,故名。②西竺(zhú):古时称西域印度。竺:古印度别称。南唐:五代时十国之一。公元937年李昪(biàn)代吴称帝,建都京陵(今江苏南京市),国号唐,史称南唐。975年为北宋所灭。③晕(yùn):日月光线经云层中冰晶的折射(和)反射而形成的光象。④徙倚:犹徘徊,流连不去。罡(gāng)风:亦作"刚风"。谓高空的风。浑:全。

## 同丘长孺登雨花台①

登高台,大荒顾,天边江白如横素。②金陵城内万人家,金陵城外好松树。③江上气连山上云,城中烟接城外雾。分明望见南门道,高箱宝马尘浩浩。一代复一代,城郭人民改。三吴风流已不存,六朝花草今何在。④星移物换空惆怅,弹指已成百年上。⑤瓦官寺里支道林,石头城上王丞相。⑥丞相亡,支公死,江左风情东逝水。⑦华屋山丘几千年,有无踪迹暮生烟。烟草连绵又一时,雨花台上漫成悲。君看二百年来事,也自今古堪垂泪。凤阙龙陵遥相对,霓旌树旆纷纷队。⑧金粟几年见龙媒,桥山何处寻剑佩。⑨石门郁郁刻佳城,可是前朝戚里坟。⑩金脱玉壶都向夜,铜麟石马独饶云。⑪富贵豪华皆黄土,坐使荒台阅今古。⑫台北笙歌台南哭,人生哀乐如转毂。⑬纵使千年能几何,虚名虚利空奔波。不登雨花台,不知行乐好。生不行乐求富贵,试看雨花台上冬来草。歌止此,莫太哀,荒城日落风吹灰。与君急寻桃叶渡,今夜好倾三百杯。⑭

**注:**①万历二十一年(1593)作于南京。作者与友人登雨花台,抚今追昔,感慨"左江风情东逝水","人生哀乐如转毂"。同时流露出不求虚名利,寻得今宵醉的思想倾向。雨花台:在今江苏省南京市中华门外。三国时称石子岗,又称聚宝山。相传梁武帝时,云光法师在此讲经,落花如雪,故名。多石英质卵石,晶莹圆滑。②大荒顾:谓放眼广野。③金陵:古邑名。战国楚威王七年(前333)灭越后置。在今江苏南京市清凉山。东晋王导谓"建康古之金陵"。后为今南京市的别称。④三吴:古地区名。六朝:朝代名。三国的吴、东晋,南朝的宋、齐、梁、陈,都以建康(吴名建业,今江苏南京)为首都,历史上合称六朝,是三世纪初到六世纪末前后三百余年的历史时期的泛称。⑤星移物换:星度推移,物景改换。谓时序迁变。惆怅:因失望或失意而哀伤。⑥支道林:东晋佛教学者。名遁,字道林。见《李坪遇郝生》注。石头城:古城名。简称石城,又名石首城。故址在今江苏南京市清凉山。王丞相:王导(276—339)。东晋大臣。字茂弘,琅邪临沂(今属山东)人。出身士族。西晋末为琅邪王司马睿献策移镇建康(今江苏南京)。大兴元年(318),司马睿称帝(元帝),任丞相,其堂兄敦握重兵,镇长江上游,当时称为"王与马,共天下"。历任元、明、成三帝丞相,领导南迁士族,联合江南士族,稳定东晋在南方的统治。⑦江左:古地区名。古人在地理上以东为左,以西为右。故江东又名江左。东晋及南朝宋、齐、梁、陈各代的根据地都在江左,故当时人又称这五朝及其统治下的全部地区为江左,南朝人则专称东晋为江左。风情:风采;风神。⑧凤阙:汉代宫阙名。《太平御览》卷一七九引《阙中记》:"建章宫圆阙临北道,凤在上,故号曰凤阙也。"后用为皇宫的通称。龙陵:谓帝王的陵墓。霓旌(jīng):古时皇帝出行时仪仗的一种。树旆(pèi):谓打着旗帜。旆,亦作"斾"。泛指旗帜。⑨金粟:金粟如来的简称。王巾《头陀寺碑文》:"金粟来仪,文殊戾止"。龙媒:《汉书·礼乐志》:"天马徕(来),龙之媒"。颜师古注引应劭曰:"言天马者,乃神龙之类,今天马已来,此龙必至之效也。"后因称骏马为"龙媒"。佩:佩带。⑩佳城:晋张华《博物志·异闻》:"汉滕公(夏侯婴)薨,求葬东都门外。公卿送丧,驷马不行,踏地悲鸣。跑蹄下地,得石有铭,曰'佳城郁郁,三千年,见白日,吁嗟滕公居此室。'遂葬焉。"后因称墓地为"佳城"。⑪金脱:大脱空。即古时丧葬所用或庙宇所供偶像。因其仅有中空的外壳,故名。宋陶谷《清异录·丧葬门》:"长安人物繁,习俗侈,丧葬陈拽寓象,其表以缯销金银者曰大脱空,褚外而设色者曰小脱空。"夜:长夜台,墓穴。《文选·陆机〈挽歌诗〉》:"送子长夜台。"李周翰注:"坟墓一闭,无复见明,故云长夜台。"铜麟石马:古代在墓前摆放用铜铸的麒麟和石刻的马,以显示墓主人的尊贵。饶云:谓增添云雾。⑫荒台:指雨花台。⑬转毂(gǔ):谓转动的车轮。毂:车轮。⑭桃叶渡:桃叶,晋王献之之妾。献之尝临渡歌以送之,后人因名其渡曰桃叶渡。

## 焦茂直偕数人饮流波馆中，时已有别意<sup>①</sup>

未面已相识，对谭岂不欢。只愁缘渐熟，又使别时难。<sup>②</sup>赋就霜初下，尊移月未残。谢公调马路，明日且盘桓。<sup>③</sup>

**注：**①万历二十一年（1593）作于南京。写作者同友人相聚的欢乐与谢别的难舍之情。焦茂直：名尊生，字茂直。金陵人。焦竑第二子。万历二十五年贡生，善诗，工书法。卒于万历三十七年。②缘：缘分；机缘。③谢公：当指南朝宋诗人谢灵运。此指代作者。调马路：指启程往游它处。

## 拙藁呈冯开之，并系以诗<sup>①</sup>

铃索声闲学士庐，有人弹铗不为鱼。<sup>②</sup>实言门下新知我，愿出山中旧著书。<sup>③</sup>海内久推皇甫谧，近臣谁荐马相如。<sup>④</sup>斯文佳恶休辞订，早晚知君鬓已疏。<sup>⑤</sup>

**注：**①万年二十一年（1593）作于南京。作者效仿古人向冯学士弹铗自荐，希望能得到学士的赏识。拙藁(gǎo)：表示自谦。谓自己是一棵小小的药草。冯开之：冯琦，字用韫，号琢庵，临朐人。万历五年进士。改庶吉士，授编修。自少詹事掌翰林院事，后任礼部尚书。②学士：官名。明代设翰林院学士及翰林院侍读、侍讲学士，学士遂专为词臣之荣衔。庐：古代官员值宿所住的房子。弹铗(tán jiá)：弹，击；铗，剑把。《战国策·齐策四》言冯谖为孟尝君客，左右以君贱之也，食以草具。居有倾倚柱弹其剑，歌曰：'长铗归来乎，食无鱼！'……居有倾，复弹其铗，歌曰：'长铗归来乎，出无车！'……后因以"弹铗"指生活困穷，求助于人。③门下：此处谓门庭之下，指权贵者的家。山中：谓作者的家里。山：山人，即隐士。④皇甫谧(mì)(215—283)：魏晋间医学家。幼名静，字士安，自号玄晏先生，安定朝那（今甘肃平凉西北）人。从坦席学儒。中年患风痹疾，乃钻研医学。著成《针灸甲乙经》。马相如：司马相如，字长卿，蜀郡成都人。西汉大辞赋家。景帝时，为武骑常侍。被免官游梁，著《子虚赋》。后受武帝召改赋天子游猎之事，又作《上林赋》，深得武帝信任。晚年以病免官，家居而卒。⑤斯文：文人或儒者。此指作者。辞订：品评；评价。鬓已疏：鬓发已稀。谓年岁已大。

## 携酒登清凉台<sup>①</sup>

醉死便埋我，江山足万年。飞云环众岭，如月亘长川。<sup>②</sup>大冶归西日，繁鳞入夜天。③金陵千亿户,俯看一区烟。

**注**:①万历二十一年(1593)作于南京。写作者傍晚登高醉酒,尽情欣赏金陵山水与亿万人家的夜色之美。清凉台:位于今南京市清凉山上。供游人登高眺远。②如月:阴历二月的别称。《尔雅·释天》:"二月为如。"郝懿行义疏:"如者随从之义,万物相随而从,如如然也。"③大冶:谓大自然的美丽景色。冶:艳丽。繁鳞:谓繁星。

## 赠别谢五①

旅食金陵岁已残,水枯桃叶验天寒。②同为浪子予尤远,都是穷途尔更难。③世路钱刀欺短铗,酒人日月付长干④如何相识轻相别,不共横塘泛木兰。⑤

**注**:①万历二十一年(1593)作于南京。写作者与友人岁末同游金陵的穷苦与别愁。谢五:作者的友人,一个不得志的游子。②桃叶:桃叶渡。见前诗注。③穷途:失落,不得志。④短铗(jiá):短剑柄。此处喻指不得志的士人。长干:古建康(金陵)里巷。见前诗《沙头曲》注。⑤横塘:古堤塘名。三国吴筑于建业(今南京市)城南淮水(今秦淮河)南岸,一称南塘,为都城南面防守重地。木兰:指木兰舟。即用木兰树材造的船。后来常作为船的美称。

## 灵 谷 寺①

入门忽已失西东,十里人穿松树中。败壁颓墙真是古,清泉宝砌果然工。梧楸汉寝冬犹绿,禾黍前朝日正红。②谁识半山即此寺,问僧始忆宋荆公。③

**注**:①万历二十一年(1593)作于南京。写作者游古寺怀先贤王荆公。灵谷寺:在今江苏南京市。②寝:皇家宗庙后殿藏先人衣冠之处,又指帝王的坟墓。前朝:谓宋朝。日正红:喻前朝政治家王安石推行政治革新的大好形势。③半山:王安石(1021—1086),北宋政治家、文学家、思想家。字介甫,号半山,抚州临川(今属江西抚州市)人。现有《临川集》、《临川集拾遗》等著述传世。

## 泊龙江示长孺①

### 其 一

半日不停行,犹然建业城。②楼台两岸火,烟雾万家声。夜泊霜吹劲,天歊月路明。今宵既禁酒,何以却愁生。

**注:**①万历二十一年(1593)作于龙江。作者月夜乘舟历建业,一路东游。两岸灿烂的灯火与炊烟勾起了作者深深的情思。龙江:一称西溪,九龙江支流,在今福建省南部。长儒:丘坦。见前诗注。②建业:古县名。东汉建安十七年(212)孙权改秣陵县置。治所在今南京市。

## 其 二

浪迹何曾定,行行又水滨。①深闺灯下语,冻浦月中人。情死王郎泪,魂来倩女身。②悲思桃叶渡,灿灿夜光新。③

**注:**①浪迹:到处漫游,行踪不定。行行:走着不停。②"情死"二句:写古代一爱情故事。据唐陈玄佑《离魂记》,衡州张镒有女倩娘,倩娘和镒甥王宙相恋。后镒以女另配他人,倩娘抑郁成病。王宙被遣去四川,夜半倩娘的魂赶到船上。五年后,两人归家,始知倩娘一直卧病在家,出奔的是倩娘的离魂。二倩娘相会,合为一体。金人有《倩离魂》诸宫调。③桃叶渡:为古时金陵有名的游乐场所。见前诗注。

## 吕 城①

落叶满天地,居然岁暮心。小河舟聚集,晓雨市昏沉。抖擞劳文字,盘旋付枕衾。②不晴亦不雪,何苦只阴阴。③

**注:**①万历二十一年(1593)作于吴地。写作者岁暮只身赴他乡,忙于读书、写作。吕城:在江苏丹阳东五十里,相传城为三国吴吕蒙所筑。②抖擞(sǒu):振奋精神。劳文字:忙于读书、写作。盘旋:旋转。谓头晕。③阴阴:幽暗阴湿貌。

## 登虎丘戏为歌行变体示长孺①

登山门,忽见一方积雪封三尺,乃是生公说法之古石。②古石如雪又如素,中间突出无枝树。两山擘开名剑泉,深碧应有蛟龙眠。风之来兮何浩浩,登山望见吴门道。吴门女儿字莫愁,牵予同醉楼上头。③劝我酒,为我歌,歌曰年命兮不再,走犬长洲今安在。④宛其死矣复谁知,白虎来踞安用之。歌既终,日西倾,姑苏城西暮霞生,照见千林与万林,烂烂皆如火树明。⑤我醉临风一长啸,吴水吴山发大叫。谁是夫差台,为我浇一杯。⑥人生欢乐能几年,麋鹿来游亦偶然。⑦白头老翁弄涛如弄雪,谁识江山近来不属越。⑧万事悠悠

如陈土,空令闲人笑今古。但使一见西施好颜色,破国亡家亦消得。⑨酒泛澜
兮沾衣,我今醉矣憺忘归。岁既晏兮孰华予,登山临水令人悲。⑩乱曰:雀痴
必,鲂何为,彼颔下者逝而逝而⑪!

注:①万历二十一年(1593)作于苏州。作者登虎丘赏歌行,酒醉临风发长啸,感慨
前人一世英雄空悲喜,悲叹自身年岁已大志难遂。虎丘:在今江苏省苏州市西北,由粗面
岩等火成岩组成。相传吴王阖闾葬此。有虎丘塔、云岩寺、剑池、千人石等名胜古迹。歌
行:古代诗歌的一种文体。音节、格律比较自由,形式采用五言、七言、杂言的古体,富于
变化。"行"即乐曲。②生公:梁高僧。尝讲经于虎丘寺,聚石为徒,石皆点头。世有生公
说法,顽石点头之语。③吴门:苏州的别称。莫愁:古乐府中所描写的女子。④长洲:古
苑名。在今江苏苏州市西南、太湖北。春秋时为吴王阖闾游猎处。《越绝书》:"阖闾走犬
长洲。"此指长洲县,时江盈科任长洲令。作者此次游苏州受到了江盈科的热情邀请与盛
宴款待。⑤姑苏:苏州市的别称。因西南有姑苏山得名。⑥夫差:春秋末年吴国君,吴王
阖闾之子。公元前495—前473年在位。初在夫椒打败越军,乘胜攻破越都,迫使越屈
服。继大败齐兵。前482年,在黄池(今河南封丘西南)和诸侯会盟,与晋争霸,越乘虚攻
入吴都。后来越再兴兵攻灭吴国,夫差自杀。⑦麋鹿:亦称"四不象"。哺乳纲,鹿科。过
去一般认为它角似鹿非鹿,头似马非马,身似驴非驴,蹄似牛非牛,故名"四不象"。性温
顺,以植物为食。⑧白头老翁:此指伍子胥,春秋吴国大夫。名员,字子胥。传说他当年
为报父仇到吴国请兵在过昭关时一夜之间急白了头发,故有白头老翁之称。越:古国名,
亦称于越,姒姓。相传始祖是夏代少康的庶子无余,建都会稽(今浙江绍兴)。春秋末年
常与吴相战,公元前494年为吴王夫差所败。越王勾践卧薪尝胆,刻苦图强,于前473年
攻灭吴国。并向北扩展,称为霸主。战国时国力衰弱,约在前306年为楚所灭。⑨西施:
一作先施。春秋末年越国苎罗(今浙江诸暨南)人。由越王勾践献给吴王夫差,成为夫差
最宠爱的妃子。传说吴亡后,与范蠡偕入五湖。⑩晏(yàn):晚。是年作者已近而立之年
(三十岁),故感叹自己"岁既晏兮"。⑪乱曰:一指古代乐器最后一章;二谓辞赋篇末总括
全篇要旨的话。如屈原《离骚》篇末的"乱曰"。此指篇末总括全篇要旨的话。"乱曰"全
句意谓:麻雀无知必痴心妄想,鲂又有什么作为,那下巴的胡须都快没了!意在强调自己
"岁既晏兮"。鲂,鱼名。体形似鳊,但背部隆起。


由吴入越,舟中无营,偶思吴中名人,信笔为颂,为泰伯、
季札、伍员、要离、梁鸿①


其 一

古公贪天下,泰伯乃出奔。②寂寞文身地,隐逸自生存。③今古惟势利,安

知父子恩。圣贤已如此，流俗何足论。④

**注**：①万历二十一年（1593）作于越地。作者由吴入越途中想起了吴中历史上的名人，信笔记颂了他们的传奇事迹。抒发了报效知己的情怀。由吴入越：指作者此次东游由吴地进入了浙江杭州等地。无营：谓舟中无他事可做。泰伯：周代吴国的始祖。周太王长子。太王欲立幼子季历，他与弟仲雍同避江南，改从当地风俗，断发文身，成为当地君长。季札：又称公子札，春秋时吴国贵族，吴王诸樊之弟，多次推让君位。封于延陵（今江苏常州），称延陵季子。后又封州来（今安徽凤台），封延陵州季子。余祭四年（前544），出使鲁国，在欣赏周代传统的音乐诗歌时，加以分析，借此说明周朝和诸侯的盛衰大势。伍员：字子胥。春秋吴国大夫。见前诗注。要（yāo）离：春秋末年吴国人。相传他由伍子胥推荐给吴王，谋刺在卫的公子庆忌。他请吴王断其右手，杀其妻子，假装得罪出走。及到卫国，又假意向庆忌献破吴之策，谋求亲近庆忌，当同舟渡江时，庆忌被他刺死，他亦自杀。梁鸿：东汉初扶风平陵（今陕西咸阳西北）人，字伯鸾。家贫博学，与妻孟光隐居霸林山中。②古公：周太王，一称古公亶父。初居邠，狄人侵之，迁于岐山之下，邠人皆从之，始改国号曰周，去戎狄之俗。武王追尊为太王。③隐逸：旧指隐居的人。此指出奔乡野的泰伯。④圣贤：此处指周太王（即泰伯的父王）。流俗：犹世俗。指当时社会的风俗习惯等。

## 其 二

吾爱吴季子，丰骨何仙仙。①南面称王位，视之独夷然。②拂衣大笑去，归耕原上田。桂以香自焚，膏以明自煎。富贵岂不乐，针毡安可眠。③太上固有经，后身而身先。④无以身为者，其身乃能全。⑤众人先其身，尊贵娱岁年。⑥风起尘忽飞，杀身不可延。栖枝余茂树，满腹剩长川。⑦一丘足自适，余皆可弃捐。安与危相伏，利与害相连。寄言董燎子，性命那得坚。⑧

**注**：①吴季子：即季札。丰骨：谓季札人品美，骨气高，有才识。②南面：古代以面向南为尊位，帝王的座位面向南，故称帝位为"南面"。③针毡：如坐针毡，形容片刻难安。④太上：指周太王。固有经：古代帝王之家传位是有规矩的，即传长子不传幼子。后身：指季子的弟弟。身先：谓季子的弟弟抢先登上了王位。⑤身为者：季子这样做。其身：指季子的人身（即生命）。⑥先其身：谓抢先取得尊位。⑦栖枝：喻季子选择住处。茂树：喻指王位。⑧董燎子：即董仲舒。汉广川人，少治春秋，武帝时以贤良对天人三策，为江都相。以言灾异下狱，寻赦之，后为胶西王相。有《春秋繁露》，《董子文集》。

## 其 三

伍员出昭关，吹箫向吴地。①隐忍图报仇，颇有丈夫气。②知子莫若父，太傅亦何智。③刚毅而忍詢，断尽终身事。④

**注**：①昭关：故址在今安徽含山县北小岘山，与西山对峙，其口可守。春秋时位于楚国边境，为吴楚两国交通要冲。楚平王时，伍子胥过此关投奔吴国。"吹箫"句：引吴市吹箫的故事。《史记·范雎传》："伍子胥鼓腹吹箫，乞食于吴市"，后称乞食街头为"吴市吹箫"。②隐忍：勉力含忍，不露真情。③太傅：伍员的父亲伍奢。春秋后期楚国大夫。楚平王继位，任为太师，辅太子建。少师费无极谗太子建于平王，他因直言被杀。④忍詢(gòu)：忍辱。

## 其　四

阖闾得吴国，乃为王子灾。①要离慷慨士，不惜身命摧。知己固不易，妻子良可哀。一家亲骨肉，眼见化成灰。白日照吴原，阴风自东来。提剑出门去，去去莫徘徊。冯不顾身世，岂复问泉台。②男儿一片心，举世尽疑猜。倘有知心人，性命如尘埃。我有一口剑，鞘之不曾开，芙蓉花好锷，年年任沉埋。③孰是相知者，寇仇安在哉？以此区区身，舍之为君裁。

**注**：①阖闾(？—前496)：春秋末年吴国君，名光，吴王诸樊之子。公元前514—前496在位。他令专诸刺杀吴王僚而自立。曾灭亡徐国，攻破楚国。后被越王勾践打败，重伤而死。②冯(píng)：通"凭"。此谓凭借(自己的忠勇之心)。泉台：犹言泉下、泉壤。③锷(è)：剑刃。沉埋：深深地存放着。此喻作者的才能被埋没。

## 其　五

志士求知心，栖栖到白首。①福如梁伯鸾，今古为稀有。可怜举案人，即是金石友。②同心而同居，高贤两相守。③富贵等鸿毛，功名不挂口。漂泊随远游，全生甘卑诟。人生得此妇，终不厌奇丑。

**注**：①志士：此处指梁鸿。栖栖：忙碌不安貌。白首：谓梁鸿与妻子孟光偕好到老。②举案：举案齐眉，指夫妻相敬。金石：比喻坚固，坚贞。③高贤：丈夫品格高尚，妻子操守贤良。

## 初至钱塘至日①

淡烟薄雾散湖滨，谁道湖中独有春。②好买三杯酬胜节，喜添一线与游人。盈盈朔雪何时堕，点点梅花有信新。③只恐酒钱容易尽，祢衡刺敝不疗贫。④

**注**：①万历二十一年(1593)作于钱塘。作者冬至游钱塘，寻得梅花报春的新信，感叹游子酒钱尽。钱塘：旧县名。秦置钱唐县，制所在今杭州市西灵隐山麓，隋移今杭州

市。唐代以唐为国号,始加"土"旁为钱塘。至日:指冬至、夏至。此指冬至。②湖:指杭州西湖。③盈盈:仪态美好貌。信新:即新信。谓新春将至的信息。④祢(mí)衡(173—198):汉末文学家。见《武昌坐李龙潭邸中赠答》注。

## 闷酌示长孺、无念①

不能两日不扁舟,风雨沉沉独倚楼。②倒峡翻盆差足快,吹丝喷沫剧生愁。③辟支老宿无长舌,游冶儿郎有敝裘。④只怪一壶容易尽,宁知饼耻为囊羞。⑤

**注:**①万历二十一年(1593)作于越地。作者一行于风雨日闷酌,烂醉辟肢,囊中羞涩。长孺:丘坦,字长孺。作者知已。见《别山风雨,得丘长孺书》注。无念:名深有。作者朋友。见《江行绝句丘长孺并示无念》注。②扁舟:此谓乘扁舟出游。③倒峡翻盆、吹丝喷沫:皆形容酒醉后吐得厉害。④辟支:打开四肢。支:通"肢"。老宿:高僧。此指无念。⑤饼耻:生活饮食差。囊羞:囊中羞涩。谓口袋中钱少而难为情。

## 大佛头示长孺,时长孺新著衲衣①

金园正在雪湖傍,结伴穿云到上方。②竹叶携来收胜地,稻畦栽就礼空王。③湖南白日湖西雨,户外青山户里墙。此地可居饶景物,颠毛落尽亦何妨。

**注:**①万历二十一年(1593)作于杭州。作者一行往寺院,所见景物丰美,以为此地可长居。大佛头:佛名,即大佛顶尊胜陀罗尼。此指代该诗作。衲衣:僧徒的衣服常用许多碎布补缀而成,因以为僧衣的代称。②上方:指佛寺方丈、住持僧的居室。③稻畦栽就:喻指新衲衣。空王:佛教术语,佛之异名。此指代长孺。

## 冬日湖上①

### 其 一

委练重桥接,烟云画不成。②交光惟刹影,互答有泉声。木落惊峰瘦,花稀爱水清。③山川与黛粉,尤物总关情。④

**注:**①万历二十一年(1593)作于西湖。作者细腻地描述了冬日西湖美丽动人的景

观,表达了深深留恋西湖之美的感情。②委练:喻飘落的雪花。③峰瘦:形容冬天树木落
叶后,山体光秃秃的样子。④尤物:特指美貌的女子。

## 其 二

寒镜谁抛得,相携共泛槎。①水中涎燕尾,帘里织桃花。雁齿危梁次,裙
腰大道斜。苏公堤更好,古澹胜繁华。②

注:①槎(chá):同"楂"。用竹木编成的"筏"。②苏公堤:在今浙江杭州市西湖中。
北宋元佑年间苏轼任杭州知府时,疏浚西湖,堆泥筑堤。故名。堤长2.8公里,南起南屏
山,北接岳庙,分西湖为内外两湖,其间架有桥梁六座,桃柳夹堤,所谓"六桥烟柳"即指
此。"苏堤春晓"为西湖十景之一。

## 其 三

曲曲皆含雪,峰峰尽吐莲。①龙蛇同宝地,缨足共珠泉。②女队皆疑侠,游
装也效禅。③湖心梵呗响,知是放生船。④

注:①曲曲:谓曲折或拐弯的地方。莲:白莲。喻指白雪覆盖的山峰。②"缨足"句:
取《孟子·离娄上》"沧浪之水清兮,可以濯我缨;沧浪之水浊兮,可以濯我足。"清者濯缨,
比喻超脱尘俗,操守高洁。缨(yīng),系在颔下的帽带。③侠:游侠。此处指游侠的打扮。
禅:此处指禅衣。④梵(fàn)呗:佛教赞歌。

## 其 四

双峰余落照,游侣织如梭。人去存香草,舟来换绮波。驯鱼常绕楫,熟
鸟不归柯。每遇歌声动,频频唤奈何。①

注:①奈何:谓鸟儿听到歌声舍不得归窝。此喻示游客对美景的留恋心理。

## 纪 梦①

## 其 一

前途黯黯,不知何处。黑水洋洋,无筏可去。上不见天,下不见地。猛
犬猜猜,当道迎吠。四望无人,复寻故路。依依故乡,黑黑松树。登堂不闻
声,入帏不见人。草茸茸兮满庭,风萧萧兮四生。②有耶无耶心惊,人不亲兮
出不明。冉冉兮迷其处所,魂之归兮汗如雨。③

注:①万历二十一年(1593)作于杭州。极写作者阴暗、恐怖的梦中景象,抒发其落
泊失意、哀生失路的强烈感受。②茸(róng):通"浓"(nóng)。盛貌。③冉冉:柔弱貌。

### 其 二

岁云暮矣,我心忧苦。长年作客,田园荒芜。百口伊何,不饱饘粥。<sup>①</sup>顑颔满室,生死莫卜。<sup>②</sup>日月何遒,悲哉淹留。愁来不绝,如丝之抽。归不可得,病不可瘳。<sup>③</sup>拔剑砍柱,泣泗横流。

注:①饘(zhān):厚粥;浓粥。②顑(kǎn)颔:面貌憔悴。③瘳(chōu):病愈。

### 嘉兴同张、徐二公夜饮,登楼泛舟,复以琴声相娱有述<sup>①</sup>

霜色乍来雾乍侵,当阶竹子太萧森。改衣脱帽狂初发,投辖传尊夜正深。<sup>②</sup>烟雨楼前千顷月,鸳鸯湖畔数声琴。<sup>③</sup>使君地主能相醉,半减萧条岁暮心。<sup>④</sup>

注:①万历二十一年(1593)作于嘉兴。写作者岁暮同张、徐二公纵情夜饮的情景。嘉兴:县名,在浙江省北部,邻接江苏省,大运河斜贯。秦置由拳县,三国吴改名嘉兴县。②狂:兴奋貌。投辖:《汉书·陈遵传》:"遵耆(嗜)酒,每大饮,宾客满堂,辄关门,取客车辖投井中,虽有急,终不得去。"辖,车轴的键,去辖则车不能行。后因以"投辖"比喻主人留客的殷勤。③烟雨楼:在浙江省嘉兴县南湖中。五代吴越钱元璙所建。原在湖滨,明嘉靖年间移建于湖中小岛。历代均有修葺。四面临水,晨烟暮雨,风物清华,向称胜景。④使君:旧时尊称奉命出使的人。萧条:寂寞;冷落。

### 病 中<sup>①</sup>

### 其 一

何意春初病,纠缠直到今。痛来霜割骨,郁极火焚心。揽镜龙钟貌,支床剑戟林。<sup>②</sup>终宵眠不得,人亦厌呻吟。

注:①万历二十一年(1593)作于南京。作者病中回想出游吴越的不平历程,流露出深深的思亲之情。②龙钟:潦倒貌。剑戟林:身体瘦弱貌。

### 其 二

白日忽西驶,冻云自北来。江潮含雨雪,海气瘴楼台。半载穷天尽,孤帆逐腊回。如何行路苦,竖子更相猜。

## 其 三

追思太不平，辛苦令魂惊。一鬼飘吴越，千山任死生。<sup>①</sup>天涯儿女泪，岁暮父兄情。残腊耽耽尽，尚留铁瓮城。<sup>②</sup>

注：①一鬼：此谓作者孤独一人。②铁瓮城：此处指金陵城（南京）。瓮城，大城门外的月城。

## 流波馆宴集，时杨舜华病起同长孺诸公赋<sup>①</sup>

岁暮萧萧建业城，流波尊酒若为情。客中相爱浑同气，病起重逢类隔生。<sup>②</sup>堕珥遗簪人尽醉，落花依草句先成。<sup>③</sup>何须枚发能苏骨，珠串当筵体自轻。<sup>④</sup>

注：①万历二十一年（1593）作于南京。作者与诸公病起重逢，宴集赋诗。②同气：气质相同。此处特指兄弟。隔生：病起重逢有如隔生死的感觉。③珥（ěr）：女子的珍玉耳饰。簪（zān）：古代用来插定发髻或连冠于发的一种长针。④枚：枚乘（？—前140）。西汉辞赋家。字叔，淮阳（今属江苏）人。有赋九首，今存《七发》等三篇。近人集有《枚叔集》。发：《七发》。辞赋名篇，西汉枚乘作。苏骨：筋骨复苏。珠串：诸公赋诗妙语连珠。体自轻：身体感到轻松。

## 深公病大作，予亦病，夜述示长孺<sup>①</sup>

### 其 一

阶下晓霜侵，窗前钩月沉。一灯横直榻，双卧短长吟。<sup>②</sup>可怜岁已暮，不意病逾深。西去波如雪，南留米似金。<sup>③</sup>

注：①万历二十一年（1593）作于南京。写作者岁暮之际身处异地，与友人双双卧病不起。②双卧：作者和友人皆卧病床上。③西去：指向作者家乡的方向走。波如雪：谓长江上游风大浪急。南留：留在金陵。

### 其 二

朔风满天地，与君何所之。<sup>①</sup>健来犹忍耐，老去费支持。夜鼠时窥烛，霜乌忽乱枝。呻吟寐不得，恨杀漏声迟。<sup>②</sup>

注：①君：深公。②漏声迟：时间过得太慢。漏，古代滴水计时的器具。

## 其 三

一居连病榻，只是斗悲呼。父母正遥远，如来定有无。<sup>①</sup>黑风吹水立，白浪撼山孤。妒杀秦淮渡，桃根正倚炉。<sup>②</sup>

**注：**①如来：佛教名词。为释加牟尼的十种称号之一。"如"谓如实。"如来"即从如实之道而来的，开示真理的人。佛常用以自称。②秦淮渡：指古时金陵秦淮河边一处繁华的游乐地。桃根：桃梗。正倚炉：正靠着火炉。暗示桃梗随时有被焚毁的危险。此喻示作者所处境遇十分危险。

## 大人寿日，时寓石城<sup>①</sup>

堂上何所有，烂烂锦氍毹。<sup>②</sup>白发二大家，含饴笑于于。<sup>③</sup>香气薄如雾，初日上廉隅。<sup>④</sup>盈盈太史步，冉冉中郎趋。<sup>⑤</sup>大姊新迎归，盘中履与襦。<sup>⑥</sup>小弟抛书回，短衣走庖厨。停午迎宾从，冠盖何闲都。<sup>⑦</sup>东堂迎亲串，西堂盛文儒。乐饮既云湑，起舞平头奴。<sup>⑧</sup>共赋客毋归，宁知夜将徂。西陵游荡儿，萍飘万里途。<sup>⑨</sup>欢燕不侍侧，生子不如无。<sup>⑩</sup>石城杨柳岸，日暮野踟蹰。涕泣复涕泣，去住未可图。<sup>⑪</sup>多谢世上人，生子莫悬弧。<sup>⑫</sup>

**注：**①万历二十一年（1593）作于南京。作者寓石城，遥想家中父亲大人生日宴会上的喜庆场面，悔恨自己没能尽到做儿子的责任。大人：作者的父亲，名士瑜，字士泽，号思溪，生于嘉靖二十二年（1543）。少小即爱诗书，十五岁童子试名冠榜首，后屡试不第。教育三袁兄弟"不宽不严，如梁香行露"。卒于万历四十年（1612），享年七十。石城：石头城。即金陵城。《文选·左思〈吴都赋〉》："戎车盈于石城。"刘良注："石城，石头坞也，在建业（即金陵）西，临江。"②氍（qú）毹（shū）：毛织的地毯。③二大家：指作者的父母大人（其生母龚太安人早丧，此指其庶母刘氏）。于于：行动舒缓自得貌。④廉隅：棱角。此指屋顶。⑤盈盈：仪态美好貌。太史步：犹八方步。冉冉：慢慢地；渐进貌。中郎：官名。其长称中郎将，亦通称中郎。此处当指蔡中郎（蔡邕）。趋：趋势。谓走路的样子。⑥履（lǚ）：鞋。襦（rú）：短衣；短袄。⑦冠盖：旧指仕宦的官服和车盖，也用作仕宦的代称。闲都：从容大方貌。⑧湑（xǔ）：滤过的酒。平头：指十、百、千、万等不带零头的整数。⑨西陵：即夷陵（今宜昌）。三国时改夷陵县为西陵县。此泛指作者的家乡。游荡儿：游子。此指作者。⑩侍侧：谓侍奉父母身边。⑪去住：回家还是留下。图：谋划；决定。⑫悬弧：古代风俗尚武，生了男孩，便挂一张弓在门左首。后因称生男为悬弧。

## 浔阳阻风①

日晚云加黑,炉寒火不红。天时客子异,村树故园同。②买酒钱都尽,加衣箧又空。③昏昏寻枕簟,人在乱愁中。

注:①万历二十一年(1593)作于九江。写作者返程途中阻风浔阳,再次频于饥寒交迫。浔阳:古江名。指长江流经浔阳县境一段,在今江西九江市北。②天时:指自然时序及阴晴寒暑的变化。③箧(qiè):小箱子。如书箧;行箧。

## 景升弧辰日,因携张瑶光、刘水碧同方子公郊游,时微雨,憩洪山寺①

断峰开水面,密树隐山门。②春至风犹劲,朝来雨易昏。文章寿者相,名姓世中尊。③况复生如梦,乘时问酒樽。

注:①万历二十二年(1593)作于武昌。作者携友游洪山寺,赋诗志贺潘景升生日。景升:潘之恒,字景升,歙县人。见《武昌逢潘景升》注。弧辰:生日。方子公:方文僎(zhuàn),字子公,新安人。郊游:此指武昌城外郊游。②山门:佛寺的大门。因佛寺多在山间,故称。③"文章"二句:谓景升的文章和其相貌一样倜傥奇伟,饮酒之声与其名姓一样著称于世。

## 鄂中丘长孺宴客有述①

今日天大雨,取醉莫踟蹰。飞盖集众宾,投车恣奇娱。②来者无新故,但坐不相呼。盈盈三五少,的的散芙蕖。③目成动骄屬,颜色一何愉。④仰视栉巾髻,俯看乱衣襦。引满递代酬,蝉联次第徂。⑤杯中无遗沥,几上少停壶。九光散白火,微喧动坐隅。雨声若飞涛,欢笑与之俱。悄然若衔枚,侧耳听吴歈。⑥豪哉佳公子,歌喉似飞珠。上场演新曲,国工良不如。⑦形容本妙丽,白面微髭须。盘龙金仆姑,进退好规模。⑧四坐俱击节,诸妓暗嗟吁。⑨纵乐放情意,取适焉知余。时光难再得,惜费亦何愚。千秋万岁后,青苔润头颅。

注:①万历二十二年(1594)作于武昌。写作者赴丘长孺宴请,历见了一番热闹的情景,抒发了及时行乐的思想感情。丘长孺:丘坦,字长孺。见《别山风雨,得丘长孺书》注。

②飞盖：众宾客坐着篷车快速而至貌。投车：即投辖。见前诗注。③盈盈：仪态美好貌。的的(dì)：鲜明；显著。芙蕖：荷花。此喻少女。④目成：两心相悦，以目传情。妖靥(yè)：妖媚可爱的笑靥。⑤引满：举饮满杯的酒。徂(cú)：开始。⑥衔枚：枚，形如箸，两端有带，可系于颈上，古代进军袭击敌人时，常令士兵衔在口中，以防喧哗。吴歈(yú)：吴地的歌。歈：歌。⑦国工：宫廷中的乐人。工，古代特指乐人。⑧盘龙：盘龙癖。晋代刘毅，小字盘龙，嗜赌博，尝在东府一掷数百万。见《晋书·刘毅传》。旧时因称嗜睹为"盘龙癖"。此处谓赌博。仆姑：女仆人。⑨击节：节，一种乐器。击节，用以调节乐曲。后也用其它器物或拍掌来替代，即点拍。并以之形容对别人诗文和艺术等的赞美。嗟吁：叹美声。

### 咄  咄①

咄咄那堪道，年年白首新。②土埋陈宝剑，乌啄病麒麟。③荒日将归夜，西风未死身。④无忧惭达者，欲哭近痴人。⑤

**注**：①万历二十二年(1594)作于武昌。作者深深叹息自己的才华长期被埋没，表达了其落魄失意的心情。咄咄(duō)：叹词。指代感慨或失意。②白首：犹白身。指作者没有取得功名。③陈宝剑：喻作者的才华被深深埋没。病麒麟：喻作者的身体遭受病魔的摧残。④荒：通"亡"。⑤达者：达人。旧指通达事理的人；达观的人。

### 下第咏怀①

### 其  一

人生能几何，愁思郁肺肝。行年二十五，惨无一日欢。生长爱豪华，长剑与危冠。宝马黄金勒，宾从佩珊珊。②时兮竟寂寞，小弟空无官。窜伏蓬嵩内，妻子嘲饥寒。③

**注**：①万历二十二年(1594)作于武昌。写作者素来爱奢华慷慨，现竟落得蹶蹄失手，冷落孤独。咏怀：用诗歌来抒写情怀。②勒(lè)：套在马头上带嚼口的笼头。宾从：来宾的随从。此处谓作者的随从。珊珊(shān)：形容衣裙玉佩的声音。③窜伏：奔逃；伏匿。谓作者或出游或隐居。嵩(sōng)：山名。五岳之一，在河南登封县北。此处泛指山水。嘲饥寒：(老婆孩子)嘲笑自己挨饥受寒。

### 其  二

宿昔爱慷慨，恻然怜穷友。常云我富贵，子不忧百口。①所以众友朋，青云常矫首。<sup>②</sup>一旦蹶霜蹄,如失左右手。<sup>③</sup>相视皆下泪,予可免愁否。

**注:**①不忧百口:不让众人为生计发愁。②青云:形容高官显贵。矫首:翘然出众貌。③蹶(jué):倒;颠仆。


## 晓<sup>①</sup>

晓光开野浦,暾日上寒衾。<sup>②</sup>振蓬霜轧轧,入树雨淋淋。乍转阳和气,微苏惨淡心。遥看松橘里,酷似故山林。

**注:**①万历二十二年(1594)春作于武昌返公安途中。写作者身处他乡的游船上,早晨虽然感受到了暾日的阳和,但心底却依然笼罩在阴冷与惨淡之中。表现了游子强烈的思乡之情。②暾(tūn):初升的太阳。


## 仙 桃 镇<sup>①</sup>

奈何愁脉脉,重以雨沉沉。屡来熟地里,不厌笑天心。<sup>②</sup>宿雾鱼盐市,寒霜橘柞林。幸余脾尚健,对雨酒频斟。

**注:**①万历二十二年(1594)作于仙桃。作者东游返程过仙桃镇,看到眼前熟识的景物,终于破愁为笑。仙桃镇:昔为沔阳县,现沔阳县已改为仙桃市。②厌(yā):掩藏。笑天心:笑得舒心貌。天心:人的头顶正对着的天空。


## 风雨舟中示李谪星、崔晦之,时方下第<sup>①</sup>

### 其 一

风雨苦淹留,静言泣泗流。<sup>②</sup>早知穷欲死,恨不曲如钩。红叶遮乡路,白苹逗远舟。噰噰沙上雁,得意永无忧。<sup>③</sup>

**注:**①万历二十二年(1594)作于下第归来途中。作者下第归来向友人倾述自己多次科考不第,事业无成的痛苦。李谪星:疑是李再白,字谪星,公安人。万历二十八年举人,三袁兄弟好友。崔晦之:公安人,袁氏兄弟好友,三袁诗文中屡见。②静言:善言。③噰噰(yōng):同"嗈嗈"(yōng)。鸟和鸣声。

### 其 二

云黑暮飞征,霜天惨不明。功名三见逐,事业百无成。永夜彷徨坐,前村恸哭声。尘沙多苦趣,第一是书生。①

**注:**①苦趣:指愁苦的心境。趣:旨趣;意旨。

## 其 三

詹尹何须问,吾生定陆沉。①友朋依傍意,兄弟爱怜心。老矣云霄事,哀哉鸾凤音。②长宵寐不得,络纬伴孤吟。③

**注:**①陆沉:陆地无水而沉。指隐于市朝中。此处有埋没人才之意。②云霄事:指作者(老来)将云游天下。鸾凤音:鸾凤和鸣。此指鸾凤唱出了悲伤的歌声。③络纬:虫名。又名莎鸡、纺织娘等。

# 卷 之 二

## 习 池<sup>①</sup>

系马绿杨枝,倚栏看碧池。水流鸣玉雪,鱼戏荡须眉。<sup>②</sup>苏岭青当户,襄江自到篱。<sup>③</sup>山川丛聚处,极与隐人宜。

**注:**①万历二十二年(1594),作者随仲兄宏道入京,途经襄阳时作。作者游览习池的青山绿水,萌发了隐居的念头。②玉雪:喻指流水激起的浪花。须眉:作者的须眉在水中的倒影。③"苏岭"句:苏岭的青山正当门户。襄江:襄河。汉江在今襄阳市以下的别称。

## 途逢八舅口占<sup>①</sup>

浩浩烟沙中,马首忽相遇。如何白面郎,憔悴倏非故。<sup>②</sup>假若不闻声,泛泛等行路。<sup>③</sup>去矣勿重陈,风尘易老人。

**注:**①万历二十二年(1594)作于入京道中。作者于浩浩烟沙中巧遇八舅,却又匆匆而别。八舅:名龚惟静,字仲安,号静亭,法号能者。中道兄弟称之为"八舅",其年龄只比中道大一岁,与中道为少年同学,实若兄弟。口占:谓作诗不起草稿,随口吟诵而成。②憔悴:困顿萎靡貌。倏(shū):原意为犬疾行,引申为疾速,忽然。此处谓忽然。③泛泛:寻常。行路:此处谓过路人。

## 襄阳道中题署<sup>①</sup>

叔子千年石,夫人万古城。<sup>②</sup>北风吹细草,微雨洒行旌。野署封狐窟,荒园冻鸟鸣。<sup>③</sup>不知墙畔菊,秋去为谁荣。

**注:**①万历二十二年(1594)作于襄阳。写作者于襄阳道中缅怀古人业绩。襄阳:郡名。东汉建安十三年(208)分南郡、南阳两郡置。制所在襄阳(今襄阳市)。署:题辞;题诗。②叔子:羊祜(221—278),西晋大臣,字叔子,见卷一《赠人》注。夫人城:故址在今湖北襄阳西北。东晋太元初,前秦将符丕围攻襄阳城,守将朱序之母韩氏自登城履行,以西北角城不固,率城妇女在其内斜筑城二十余丈。敌兵来攻,西北隅果溃。晋兵移守新

城,符丕乃退。当地人民为纪念她的功绩,称为夫人城。③行旌:即行路。古时结群出门,有人在前举旗导路,谓行旌,引申为行路。野署:即野外、郊野。封狐:大狐。屈原《离骚》:"羿淫游以佚畋兮,又好射夫封狐。"

## 昆 阳①

犹是南荆部,经旬未出疆。②古祠铜马帝,疏树伏龙岗。③沙起蒸成雾,蓬飞饱带霜。倒戈奔象兕,大战忆昆阳。④

**注:**①万历二十二年(1594)作于昆阳。作者路经昆阳,追忆当年汉光武帝刘秀在此地大败铜马起义军和歼灭王莽主力军的历史业绩。昆阳:古县名。秦置,在今河南叶县。因在昆水之北得名。新莽地皇四年(23),刘秀在此地歼灭王莽的主力军。②南荆:南楚。古地区名,三楚之一。北起淮汉,南包江南,约今安徽中、西、南部,河南东南部,湖北、湖南东部及江西等地。荆:楚的别名。经旬:历时十天。③祠(cí):祖庙;祠堂。铜马帝:新莽末年,河北农民起义军数百万,其中以铜马军为最强大。公元24年起义军被刘秀陆续击破,铜马部众多被收编。后来铜马等义军中的余众共立孙登为帝,被称为铜马帝,不久失败。伏龙岗:当是刘秀当年大败铜马起义军的一个名战场。④倒戈:指刘秀收编的众多铜马部众。兕(sì):古代犀牛一类的兽名。

## 南阳道中①

### 其 一

十里一踟蹰,五里一徘徊。严霜沾我衣,北风入我怀。昔时宛洛地,冠带安在哉②?侧身一以望,千里见黄埃。

**注:**①万历二十二年(1594)作于南阳。作者深秋之际一路风沙北上,发出"昔日冠带今安在? 自身道路四时长"的感慨。南阳:古地区名,相当今河南省西南部一带。战国时分属楚、韩,地居古代中原的南方,位伏牛山、汉山之阳,故名。当荆、襄和关、洛地区的交通孔道。魏、晋、南北朝时南北常交战于此。②宛:宛县(今河南南阳市)。洛:洛阳的简称。《古诗十九首》:"游戏宛与洛。"冠带:官吏或士大夫的代称。《文选·张衡〈西京赋〉》:"冠带交错"李善注:"冠带,犹缙绅,谓吏人也。"

### 其 二

青女忽相薄,严霜代白露。①凄风自北来,吹沙作烟雾。嗟哉游荡儿,四

时长道路。<sup>②</sup>徒令邓仲华,咥咥笑迟暮。<sup>③</sup>

**注**:①青女:神话传说中的霜雪之神。②游荡儿:此指作者。四时:四季。《礼记·孔子闲居》:"天有四时,春、秋、冬、夏。"③邓仲华:邓禹(2—58)。东汉初南阳新野(今河南新野南)人,字仲华。初从刘秀镇压河北的铜马等农民起义军。后为前将军,率军入河东,镇压绿林军王匡、成丹等部。刘秀继位后,他任大司徒,封酂侯。又渡河入关,所部号称百万,不久为赤眉起义军所败。刘秀统一全国后,改封高密侯。咥咥(xī):大笑貌。迟暮:此处指作者长时间地被埋没。

## 河南道中题壁寄伯修兄<sup>①</sup>

三朝离宛洛,五日颍川过。<sup>②</sup>踏沙晴放马,纵酒夜听歌。远浦明如雪,晴山碧似螺。<sup>③</sup>今年腊事近,带性渡黄河。<sup>④</sup>

**注**:①万历二十二年(1594)作于河南。写作者为赶当年的"腊事",一路放马渡黄河。题壁:在壁上题诗。伯修:袁宗道(1560—1600),晚明著名文学家。字伯修,号石浦,湖广公安(今湖北公安县)人,与弟袁宏道(中郎)、袁中道(小修)并称"三袁",同为文学革新派"公安派"的领袖。万历十四年(1586)举会试第一,后官至春坊庶子兼翰林院侍读。万历二十八年卒于任上,终年四十一岁。著有《白苏斋集》二十二卷。②颍川:郡名。秦王政十七年(前230)置,以颍水得名,治所在阳翟(今禹县)。③螺:形似螺壳的发髻。此比喻螺形的峰峦。④腊事:腊月已近,作者得准备赴京去参加明春的科考。

## 黄河闻雁<sup>①</sup>

### 其 一

北风冷冷吹幽谷,白雪如山寒相逐。冲烟带月路万千,影落黄河第几曲。劝君莫复往南国,网罗耽耽在尔侧。<sup>②</sup>北地虽寒暂栖迟,坐待阳和三月时。<sup>③</sup>

**注**:①万历二十二年(1594)作于黄河道中。作者以结伴南迁大雁的"惊弦泪",来喻示自己此次北上科考前景不容乐观。②南国:此指作者的故乡。网罗:此谓约束人的法规、世俗等。耽耽:威严貌。③阳和三月:此指三年一度的春季会考期间。

### 其 二

远辞故国向他乡,迢迢结伴到潇湘。<sup>①</sup>微云淡月天将曙,嘹嘹呖呖自成行。行中俱是好兄弟,时来各自异遭际。亦有致身足稻粱,赤沙青草闲游戏。亦有飘零病苦身,西风忽堕惊弦泪。②伤心且莫问前程,结伴投林又一城。广武山头云浩浩,黄河渐窅不闻声。③

**注:**①故国:大雁北地的故乡。潇湘:潇水和湘江。此处泛指南方的水乡。②弦泪:谓飞行的大雁被弓箭射杀。③广武山:山名。位于今河南荥阳东北。山上有古城广武,楚汉相争时,刘邦屯西城,项羽屯东城,互相对峙。窅(yǎo):深远。

## 夜入燕境①

马上三千里,今朝是北燕。②一星初导月,万柳尽传烟。③玉律吹灰地,金台索骏年。④如何苏季子,易水泣流涟。⑤

**注:**①万历二十二年(1594)作于燕地。作者夜入燕境,即景生情,深深凭吊先贤。②北燕:十六国之一。公元407年,冯跋推翻后燕慕容熙的统治,立高云为天王,都龙城(今辽宁朝阳)。史称北燕。③导月:引出了月亮。尽传烟:谓这里是人烟稠密的地方。④玉律:玉音。指清雅和谐的声音。金台:古地名。又称黄金台、燕台。故址在今河北易县东南北易水南。相传为战国燕昭王所筑,因燕昭王置千金于台上筵请天下士,故名。骏年:贤才。⑤苏季子:苏秦,字季子。见卷一《有感》注。

## 喜傅仲执、王幼度至有述①

### 其 一

只身游长安,寥落稀朋辈。②市无击筑人,屠狗何足爱。③天风知我心,吹子至燕塞。④好寻桃李蹊,次第诉磊块。⑤

**注:**①万历二十二年(1594)作于京师。写作者于寂寞之中喜友人至京师,勉励朋友间应保持操守,情同金石,盟以终老。傅仲执:作者好友,荆州沙市人氏,余未详。王幼度:王制,字幼度。京山人,万历二十二年举人。署上海教谕,除龙门知县,迁涿州知府。有《篆竹堂诗集》。康熙《湖广通志》及《京山县志》有传。②长安:京师,即今西安。③筑:古击弦乐器。形似筝,颈细而肩圆,有十三弦,弦下设柱。演奏时,左手按弦的一端,右手执竹尺击弦发音。屠狗:《史记·樊哙列传》:"以屠狗为事。"张守节正义:"时人食狗,亦与羊豕同,故哙专屠以卖之。④子:此处指朋辈傅仲执、王幼度等。⑤桃李蹊:《汉书·李广苏建传》:"谚曰:'桃李不言,下自成蹊。'"颜师古注:"蹊,谓径道也。言桃李以其华(花)实之故,非有所召呼,而人争归趣(趋),来往不绝,其下自然成径,以喻人怀诚信之

心，故能潜有所感也。"比喻实至名归，尚事实不尚虚声。磊块：块垒。比喻郁积在心胸中的不平之气。

## 其　二

少小志功名，及时以为宝。十年不得志，恸哭长安道。子如上春花，我若含霜草。①同调不同命，郁郁伤怀抱。②所恃金石心，盟之以终老。③

**注**：①子：这里指已考上功名的友人傅仲执、王幼度等。上春：即孟春，指阴历正月。②同调：本指音乐的曲调相同，此喻志趣和主张一致。③金石：金石交。谓交谊深厚，如金石般坚固。盟：起誓。

## 其　三

南山有凤凰，爱与鹓雏聚。①谁使北山鸟，而来强攀附。嗟予驽下姿，无以追高步。②鄂渚有良盟，置我雁行数。③兄事田先生，弟畜灌仲孺。④谊重而恩深，私心良独惧。⑤悠悠世上人，轻薄等飞絮。贫贱誓笠马，情同金石固。⑥一旦远致身，掉臂不相顾。⑦古道今人难，感此泪如雨。兹举谅不然，勉旃共岁暮。⑧

**注**：①鹓(yuān)雏(chú)：传说中与凤凰同类的鸟。②驽下：谓才能驽钝低下。高步：高视阔步，形容气概不凡。此指友人。③鄂渚：《楚辞·九章·涉江》："乘鄂渚而反顾兮。"相传在今湖北武汉市黄鹄山上游长江中。隋改郢州为鄂州，即因渚而名。也称鄂州为鄂渚。④事：侍奉；服事。田先生：此处当指田蚡(？—前131)。蚡为西汉大臣，长陵(今陕西咸阳东北)人，汉景帝王后同母弟。武帝初年，封武安侯，为太尉，推崇儒术。后任丞相，骄横专断。畜：取悦；讨好。灌仲孺：灌夫(？—前131)，西汉颍阳(今河南许昌)人。字仲孺。吴楚七国之难时，与父俱从军，以功任中郎将。建元元年(前140)任太仆。次年徙为燕相，因事坐法免官。喜"任侠"，家财钱数千万。食客日数十百人，横暴颍川。后因侮丞相田蚡，被劾为不敬，族诛。⑤良：确；真。惧：通"瞿"。《汉书·惠帝纪》："闻孙叔通之谏则惧然。"颜师古注："惧读曰瞿。瞿然，失守貌。"失守，谓失去操守或职守。⑥贫贱誓笠马：《侯鲭录》云："越人定交，设坛杀丹鸡白犬，歃而盟曰：'君乘车，我戴笠，他日相逢下车揖；我步行，卿乘马，他日相逢当下马'"此谓富贵不忘贫贱之交。⑦远：差距大；疏远。掉臂：甩开臂膀走，形容不顾而去。⑧勉旃(zhān)：勉之。谓互勉；共勉。

## 今夕行赠别绣林张斗槎①

今夕是何夕，痛饮桃李蹊。旁若无人者，乐极忽成悲。乐莫乐相知，悲莫悲相离。相见即相离，何似不相知。长安行路难，予亦思苦住。为贪易州酒,留连不能去。②不惜君遂别,惜君归太迟。迢递三千里,政是岁暮时。岁暮无不可,青女畴能那。带雪过梁苑,踏冰渡黄河。③明发初献岁,归家应上春。④系马台边草,青青迎远人。明年二三月,予往南求友。君思游秣陵,可得相逢否⑤?若论客游道,还是南中好。山水既清奇,居诸亦易了。⑥作客不厌南,作官不厌北。北方虽苦寒,官高冷亦热。

注:①万历二十二年(1594)作于京师。友人岁暮南归,作者赋诗赠别。自己仍苦住京师,求取功名。绣林:今湖北石首市城区。张斗槎(chá):石首绣林人。作者友人,余未详。②易州:州名。因境有易水而得名。治所在今易县。又以产佳墨而著名,世称"易水法"。③梁苑:也称"梁园"、"兔园"。汉代梁孝王刘武所造。故址在今河南商丘东。梁孝王好客,司马相如、枚乘等辞赋家皆曾居园中,因而有名。④献岁:进入新的一年,犹言岁首。⑤秣陵:古县名。秦始皇三十七年(前210)改金陵邑置。治所在今江苏江宁南秣陵。东汉建安十七年(212)孙权自京口徙治于此,改名建业,移治今南京市。晋太康元年(280),复改名秣陵;三年,分淮水(今秦淮河)南为秣陵,北为建业。⑥居诸:本是语助词,后借指光阴。

## 长歌送中郎之吴门,兼呈江长洲①

车匝匝,剑离离。门前马,向南嘶;知将别,惨且悲。昔来雨雪飞,今去柳依依。同来半载不同去,孤踪流落将安之②?念我飘零不遇时,出门人人笑狂痴。③所以寂寞快心意,因君知我胜自知。④可怜同气复同声,不似人间俗弟兄。⑤欢笑惟恐不须臾,何况遥遥千里程。⑥春明门外往来道,风起沙飞烟浩浩。⑦金觞玉箸不能御,红亭碧草苦相恼。间关御苑啭黄鹂,二月风光倍惨凄。⑧北望云山含雪色,南去车马践花泥。日暖游丝萦薄雾,露冕时挂广陵树。⑨行踪一任东风吹,吹到亭亭车盖处。游山船上散花光,艳阳三月到金阊。⑩我昔维舟吴门市,河上严霜割清水。肘柳丛生泣病人,枫桥零落悲游子。⑪虎丘席上宾从盛,予也何人问名姓。⑫当筵忽发令君书,一时坐客皆钦敬。⑬徐家园子赴佳集,笙歌箫管娱华日。盛筵每向石窦开,画舫忽从竹里出。半天风雨响瀑布,曲水流觞酣日暮。迅湍跳珠湿荷衣,度曲飞杯纷无数。⑭奇谭密语同臭味,临歧握手何意气。⑮云开星散那可云,寥落双鱼不复寄。⑯君今行行入吴门,人外交契乐难言。⑰郢中白雪何当和,江左清谭今复存。⑱

注:①万历二十三年(1595)作于京师。作者赋长歌送中郎入仕吴门,并致谢进之两

年前对自己游吴时的盛情款待。中郎:袁宏道(1568—1610),晚明著名文学家,字中郎,袁宗道弟,袁中道兄。系"公安派"主师。吴门:苏州的别称。江长洲:江盈科,字进之,湖南桃源人。万历二十年进士,遂任长洲令。后官至按察司金事,视蜀学政,卒于蜀。中郎在吴树起公安派大旗,进之是他最亲近最得力的战友。中郎曾说:"余与进之游吴以来,每会必以诗文相励,务矫今代蹈袭之风。"(中郎《雪涛阁集序》)②孤踪:将单独行动。③狂痴:纵情任性,放荡骄恣。④君:指中郎。⑤同气:志趣、意气相同。同声:说话、写文章的观点一致。⑥须臾:从容;持久。⑦春明门:唐首都长安城东面三门,中间的叫春明门。后人即以"春明"作为首都的别称。⑧间关:辗转。御苑:古时供帝王及贵族游玩和打猎的园林。⑨露冕(miǎn):隐者所戴的帽子。广陵:县名。秦置,治所在今扬州市。⑩金阊:旧苏州的别称。因城西阊门外有金阊亭得名。⑪肘柳:柳枝长成肘关节模样。形容人瘦弱的肘臂。枫桥:在今江苏苏州阊门外三公里枫桥镇,临近有寒山寺。因唐诗人张继《枫桥夜泊》诗而著名。⑫虎丘:在今江苏省苏州西北。由粗面岩等火成岩组成。相传吴王阖闾葬于此。⑬令君书:指作者万历二十一年冬和丘长孺浪游到苏州时,受到时任长洲知县江进之的盛宴款待。君:指作者。度曲:按曲谱歌唱。⑮临歧:面对观点不一致的人。歧,又开。引申为歧异,不相同。⑯双鱼:双鲤鱼。又称双鲤,为书信的代称。⑰君:指中郎。行行:刚强貌。交契:互相交流,意气相合。⑱郢中:泛指中郎、进之的家乡。郢:春秋战国时楚文王定都于此,在今湖北江陵西北。《白雪》:郢曲《白雪歌》。高雅的诗歌。和(hè):唱和;和答。谓中郎与进之相互唱和。江左:江东,即长江下游地区。古人在地理上以东为左,以西为右,故江东又名江左。清谭:清谈,亦称"清言"或"玄言"。魏晋时期崇尚虚无,空谈名理的一种风气。

## 闷　坐①

### 其　一

沉沉鸡犬喧,冉冉日就暮。据梧未顷刻,百愁倏来聚。不独起悲哀,时复怀恐惧。人生一时间,忽如草头露。何故不由新,何新不成故。②悲哉好景光,寂寞无佳趣。

**注:**①万历二十三年(1595)作于京师。作者只身赴京师,百愁倏来,欲速往吴地见中郎兄。②由:抽生。

### 其　二

依依春明柳,团团如翠盖。①阳春日以化,我愁方未艾。燕中多红尘,飐起市茫昧。②但恐烟沙气,结辖为身害。③何不发飘风,吹我入吴会。④

注：①春明：谓首都京师（今北京）。见前诗注。②燕：旧时河北地区的别称。红尘：闹市的飞尘，形容繁华的景象。飙（biāo）：疾风；暴风。③结轖（sè）：将蒙在车上的皮革固结起来，使车中不通气。形容心中郁塞不畅。④飘风：旋风；暴风。吴会：东汉时分会稽郡为吴、会二郡，合称吴会。

## 云中梅中丞招饮城南精舍，醉后登台有述，兼呈罗天池、唐仲文①

笙箫隐隐下禅堂，五月登高一望乡。流落喜依严节使，逢迎重见蔡中郎。②牛羊日暮千家戍，禾黍风熏百战场。③极目平原思校猎，时清何处射天狼。④

注：①万历二十三年(1595)作于山西大同。作者酒后登高望乡，深深感谢梅中丞的热忱相待，热情赞誉昔日的边乱之地今天呈现出政治清平、百姓安居乐业的景象。云中：府名。宋宣和四年(1122)，改辽大同府预置。治所在今大同市，为云中府、路治所。梅中丞：梅国桢，字客生，一字克生，麻城人。能诗文、善骑射。罗池天、唐仲文：作者友人。余未详。②严节使：严武，字季鹰。严挺之子。幼豪爽，至德中以荫累迁黄门侍郎。求宰相不遂，再为剑南（今四川成都）节度使，破吐蕃七万众于当狗城，封郑国公。杜甫流落剑南依严武，武表为检校工部员外郎。蔡中郎：蔡邕(132—192)，东汉文学家、书法家。字伯喈，陈留圉（今河南杞县南）人。此皆指代梅中丞。③戍（shù）：此处谓收回家看护。④校猎：用木栏遮阻，猎取禽兽。天狼：喻指北方游牧民族。

## 午日吴典史邀饮鸥江王孙园有述①

### 其　一

玉箸金觞邸第开，菖蒲新酒共徘徊。蔬园郁郁都堪馔，械水悠悠信送杯。②轻雨忽从天外至，好风先自树梢来。此时浪饮丁都护，浇尽千年楚客哀。③

注：①万历二十三年(1595)作于大同。作者应邀浪饮，抒发了其与友人同贫同调之愁。典史：官名。元始置，明清沿置。为知县下掌管监狱的属官。②械水：指用器械取来的水。③都护：官名，意即总监。楚客哀：谓作者心中的愁苦。

### 其　二

绝塞风生卷怒埃，云埋日脚酿轻雷。①紫衣年少吹箫去，白马将军蹋柳回。②宝盖高轩新宛洛,繁弦急管旧平台。③同贫同调休辞醉,别后相思亦可哀。④

**注:**①绝塞(sài):极远的边塞。②蹒(jí):同"藉"。践踏。③宝盖高轩:指富贵者的坐车。新宛洛:像南阳、洛阳一样繁华。④调:人的才情风格。


## 游阳和坡①

岂是桃源地,湾环仄径通。②泉飞终古雪,树酿一山风。杏子当筵绿,花枝照水红。到头绝去路,四壁倚天中。③

**注:**①万历二十三年(1595)作于大同。作者游览阳和坡的秀美山色,隐隐透露出内心的孤独。②桃源:桃花源。东晋陶潜作《桃花源记》,谓有渔人从桃花源入一山洞,见秦时避乱者的后裔生活安逸,聚居其间。出来以后便不能再找到。后来用以指避世隐居的地方。③天中:天空。


## 游恒山宿瓮城驿①

莫向并州忆旧欢,客身今夕过桑干。②青松凛凛千年驳,白火荧荧四壁寒。③南北穷交情乍好,东西野语夜初阑。斯游若待完婚嫁,老死名山未许看。④

**注:**①万历二十三年(1595)作于往恒山道中。写作者往游恒山,夜宿瓮城驿的盎然情趣。恒山:古山名。在今河北曲阳西北与山西接壤处。主峰玄武峰,在浑源县东南。《水经注》称玄岳,明始称"北岳"恒山。瓮城:大城门外的月城。②并(bīng)州:古"九州"之一。《周礼·夏官·职方》:"正北曰并州,其山镇曰恒山。"桑干:即桑干河。位于今山西省北部,邻恒山。③白火:白磷在空气中氧化,氧化时在暗处可以看见它发光,称为"磷光现象"。④待完婚嫁:语出后汉歌人向长。其隐居不仕,性尚中和,通老、易。建武中,待家里男女娶嫁既毕,遂肆意与禽庆俱游五岳名山。后不知所终。


## 初至恒山纪燕①

插汉千层壁,穿山十里流。②天中飞宝阁,松上度骅骝。③绮席峰颠设,金杯日暮留。邦君易地险,康乐喜同游。④

**注：**①万历二十三年(1595)作于恒山。写作者初至恒山，饱览山水、宴饮峰颠的无限乐趣。燕：通"宴"。宴饮，《诗·小雅·鹿鸣》："我有旨酒，嘉宾式燕以敖。"②插汉：山峰耸入云霄。汉，天河。③阁：旧时的一种楼房，供游息、远眺等用。"松上"句：山上行走的骏马就象在松树上跑一样。骅骝：亦作"华骝"。周穆王八骏之一。此泛指骏马。④康乐：谢灵运(385—433)，南朝宋诗人。谢玄之孙。陈郡阳夏(今河南太康)人，移籍会稽。幼时寄养于外，族人因名为客儿，世称谢客。晋时袭封康乐公，故称谢康乐。

## 登　岳①　　今祀恒山在真定。

### 其　一

石脂天外削芙蓉，北极居然第一峰。②作镇永留秦朔塞，逃名不受汉登封。③前山絮絮云辞壁，众壑阴阴雨洗松。呼吸止应通帝座，好投竹杖化飞龙。④

**注：**①万历二十三年(1595)作于恒山。作者登临北岳恒山，领略高山大壑作镇北漠边塞的雄奇景观。岳：此处指北岳恒山。②石脂：形容恒山的高峰象凝脂一样。③镇：一方的主山。秦朔塞：中国北方的重塞。秦：汉时西域诸国称中国为秦。逃名：避声名。汉登封：登山祭天。封，祭天。④帝座：星官名。《宋史·天文志》："帝座一星，在天市中，天皇大帝外坐也。"

### 其　二

缥缈玄宫独据尊，碧峰如袖正迎门。①振衣台上新阳色，飞石岩边过雨痕。②北去千山侵大漠，平开一壑贮中原。③故园修竹何方是，今夜潇湘入梦魂。

**注：**①玄宫：天上神仙居住的宫殿。此处指恒山上的宫阙。②振衣台、飞石岩：皆为恒山的著名景点。③中原：中土、中州，以区别边疆地区而言。

## 李大将军宴上听胡乐有述①

长空月色溅冰花，碧眼胡儿吹胡筎。②嘤嘤喁喁如叹息，一时坐客皆流涕。忽出破阵乐一声，惨如鬼哭阴风生。此乐寻常不敢作，作时战马俱哀鸣。胡姬窈窕百馀人，辫发垂肩若鱼鳞。③窄袖长衣稳称身，当筵微笑口含琴④，绰约连蜷动娇音，间关宛转若私语，忽如流莺啭春林。繁椎年少好颜色，低头含情窥坐客。⑤胡女歌，胡妇舞，起看明月侵街午。双拍应节绕阶行，一拍一跳最有情。可怜乍阴复乍阳,猛然交颈类鸳鸯。离合远递太无那,双双藉草盘连卧。⑥舞罢角声何凄楚,百馀壮士鸣大鼓。鸣大鼓,发清吹,将军起送金屈卮。明月沉沉忽已落,今夜方知塞上乐。

注:①万历二十三年(1595)作于大同。作者应邀赴宴听胡乐,以细腻的笔触绘声绘色地描述了胡乐演奏与表演的动人情景,给人以身临其境的感受。李大将军:当为梅国桢总督麾下一员大将。大将军,官名。始于战国,后历代沿用,为将军的最高称号,职掌统兵作战。胡乐:西域胡人的音乐。胡,中国古代对北方和西方各族的泛称。②胡笳(jiā):古管乐器。汉时流行于塞北和西域一带,汉魏鼓吹乐中常用。③胡姬:唐时旅居长安的西域胡人,有以卖酒为业者,侍酒胡女称为胡姬。④稳称身:谓衣服穿在身上适合、相副。绰(chuò)约:姿态柔美貌。间关:象声词。形容鸟鸣声。⑤椎:朴实;迟钝。⑥无那(nuò):犹无奈,无可奈何。

# 哭 若 霞①

若霞者,云中妓也,姓崔氏。②美风仪,性情温润,颖悟超人。凡有技艺,一见辄解,尤工书画兰竹,喜琴声。年二十二遂亡。若霞未亡二年前,发愿书大乘经一百卷,至九十余卷而病,遂不及卒业以死。③死之时犹持笔作字,手颤不能书,乃取琴弹一曲,翛然而逝,悲夫④!予游云中,若霞死已二年,尚未殡。暇日同诸社友过其故宅,败瓦残灯,不觉泫然。访其所书经,已四散,仅见案上一部,笔画精严,无一字苟,令人肃然起敬也。因口占一诗,令后世知有若霞云耳。⑤

闻说风流事,凄其泪满巾。⑥鸳鸯酬宿世,鹦鹉忆前身。⑦月去无留影,花亡不住春。旧书经一卷,一半已成尘。

注:①万历二十三年(1595)作于大同。作者往吊云中妓若霞,哭诉她性情温润、凤仪美。若霞生前曾发愿书大乘经,然书未竟若霞已亡。②云中:府名。治所在今大同市。③大乘经:佛教中的一种教派经典。④翛(xiāo)然:无拘无束、自由自在貌。⑤口占:作诗不起草稿随口念出。⑥风流:流风余韵。⑦宿世:佛教名词。谓过去之世;前生。

# 别岳州罗生①

愁看碧草映红亭,马首青山几万层。好似胡天南去雁,传君一字到巴陵。

注:①万历二十三年(1595)作于大同。友人回岳州巴陵,作者赋诗送别。岳州:州、

路、府名。隋开皇九年(589)改巴州置州。治所在巴陵(今岳阳市)。元改为路,明改为府。1913年改名岳阳。罗生:疑是罗天池(见《云中梅中丞招饮城南精舍,醉后登台有述,兼呈罗天池、唐仲文》),与作者同来云中游历的友人。此时他提前回岳州巴陵。

## 燕中别大兄①

### 其 一

霜飚来有信,大火去未歇。②白日已沉西,暮矣胡不发。朋簪惨分携,况乃肉与骨。③灵阁御轻风,射堂看新月。感此忽如梦,泪下流汩汩。

**注:**①万历二十三年(1595)作于京师。该诗写作者将去远游,在京师与兄宗道分别时依依不舍的情境。燕中:即京师(今北京)。大兄:作者的大哥袁宗道。见卷一《河南道中题壁寄伯修兄》注。②"霜飚"二句:谓很快到了深秋。霜:指霜降,即深秋时节。飚(biāo):疾风,暴风。大火:十二星次之一。据《汉书·律历志》载,日至其初为寒露,至其中为霜降。③朋簪(zān):谓朋辈相聚。簪,聚集。王十明《蓬来阁赋》:"簪盍良朋,把酒论文"。携(xié):离。肉与骨:亲兄弟。指作者与大兄宗道。

### 其 二

辞家就薄宦,一身三千里。①阿万既云亡,止有金銮子。②今我复远游,伶仃从此始。何以娱岁年,学道了生死。③何以度风尘,登山与临水。犹有素心交,朝夕谭名理。④忍泪成一笑,人非鹿与豕。⑤

**注:**①薄宦:作者长兄宗道官职卑微,仕途不堪得意。②"阿万"句:谓宗道的两个儿子曾、登于万历二十年在京先后病逝。金銮子:谓宗道为翰林学士。金銮,翰林学士的美称。③道:此处指佛学之道。④素心交:指心地纯朴的朋友。名理:从汉魏清议发展起来的考核名实和辨名析理之学。⑤"忍泪"句:谓作者忍着悲痛以乐无其事的样子辞别大兄。

## 燕中早发,黄太史慎轩、陶太史石篑祖于城外,席上赋作①

北阙上书事已非,秋风匹马又东归。春明门外千条柳③,几见官人送布衣。④

**注:**①万历二十三年(1595)作于京师。两位太史为自己送别,作者特赋诗感谢。黄慎轩:黄辉,字平清,一字昭素,号慎轩,南充人。万历十七年进士,与伯修同为翰林院编

修,充皇子讲官,是伯修最亲密的朋友。陶石篑:陶望龄,字周望,号石篑,会稽人。万历十七年进士,翰林院编修,与伯修为同官,后官终国子监祭酒。诗清新,有《歇庵集》。祖:古人出行时祭祀路神。②北阙:古代宫殿北面的门楼,为臣子等候朝见或上书之处,亦为朝廷的别称。东归:此处指作者前往苏州府吴县。③春明门:唐首都长安城东面三门,中间的叫春明门。后"春明"即为首都的别称。④布衣:平民。此处指作者。

## 卫河别宋公,时其子有溺水之变①

### 其 一

垂杨覆长堤,蝉声啼不止。可惜掌中珠,一旦赴流水。②

**注**:①万历二十三年(1595)作于往吴县的道中。友人在送别作者时,其子遭遇了溺水之变。作者对此深怀悔恨。卫河:海河水系五大河之一。在今河北省南部和河南省北部。宋公:作者的友人,余不详。溺:淹没。即淹死。②掌上珠:宋公心爱的儿子。

### 其 二

鸿雁苦恋群①,送我三千里。我不杀卿儿②,卿儿由我死。

**注**:①苦恋群:指宋公真心诚意陪送作者。②卿:指宋公。

### 其 三

卫水日夜流,骨肉知何处,草里一长揖,洒泪向西去。①

**注**:①向西去:指宋公返回家去的方向。

## 嘉祥怀龚惟学母舅①

我昔寓京华,佯狂混酒徒。世人不我知,惟君独怜予。阳春二三月,飞絮遍九衢。骑马穿花市,衔杯过酒垆。②浪谑略卑尊,货财通有无。③骨肉固已定,感恩各有殊。夙昔负俊才,论文扫野狐。④公安一片地,从此辟荒芜。⑤后进知风雅,始读秦汉书。⑥余波润亲串,雀起耀乡闾。⑦独君命偃蹇,儒冠阅头颅。⑧一掬南归泪,三千北上途。穷年相奔逐,有如转辘轳。赋性偏慈仁⑨,慷慨快分疏。一受友朋托,周匝类身图。⑩偶然意投合,指困仍寄帑。⑪鲁肃给公瑾,楼缓泣吕姁。⑫所以千金家,近来渐空虚。仁者必有后,此言良不渝。如何年半百,青厢望转孤。⑬耳鸣行阴骘,薄命遭苦荼。⑭未免有情种,能不为嗟吁。沦落就微官，铜章绾一区。⑮岂有穷猿意，聊以了为儒。⑯六月风卷沙，扬尘变髭须。我出居庸关，君驾燕赵车。⑰匆忙一分手，泪落似连珠。我反过淮泗⑱，君尚淹楚吴。青雀赴顺流，何乃太徐徐。此邦民淳朴，事简足自娱。吏术通仙道，官衙似隐居。勾漏炼丹砂，叶令飞神凫。⑲印床落枣实，廨舍长春蔬。⑳排衙捎云眼，脱冠坐日晡。㉑整琴授桃叶，写字付官奴。㉒是处产麒麟，嘉祥名非诬。㉓新有田种玉，伫看凤将雏。㉔予欲俟高驾，归心日夜徂。㉕大火既西流，秋风透征裾。霜团日以密，枫叶日以疏。明月照流水，波文皓涟如。客子只身游，前路多忧虞。安得一会面，少使愁肠舒。

**注：**①万历二十三年(1595)深秋作于嘉祥。作者只身往吴地，路过山东嘉祥县，可惜没有会见到时任此地县令的舅父龚惟学，于是写了此长诗。该诗热情赞美了舅父的人品和业绩。嘉祥：县名。在今山东省西南部，大运河西岸。龚惟学：作者的舅父，字仲敏，号吉亭，别号夹山，龚大器次子。②垆(lú)：小口罂(yīng)。盛酒器，小口大腹。③浪谑(xuè)：放纵，说话戏谑不敬。赀(zī)：财物。④扫野狐：此处谓龚惟学批判假道学。⑤辟荒芜：指龚惟学在家乡开办学社(阳春社)，推行教化，振兴雅道。荒芜：形容当时公安文化闭塞落后貌。⑥风雅：生活风度和文化修养。⑦余波：指龚惟学在家乡所办学社的影响力。亲串：亲戚关系。⑧偃蹇(jiǎn)：困顿。"儒冠"句：谓龚惟学长期戴着儒冠(指做举人)。⑨赋性：天赋。⑩周匝(zā)：环绕一周。谓龚惟学为友朋忙得团团转。⑪指囷(qūn)：《三国志·吴志·鲁肃传》："周瑜为居巢长，将数百人故过候肃，并求资粮。肃家有两囷米，各三千斛。肃乃指一囷与周瑜。"后因以"指囷"指代对朋友的慷慨资助。帑(tǎng)：金帛。⑫鲁肃(172—217)：三国吴国名将。字子敬，临淮东城(今安徽定远东南)人。与周瑜坚决主战，并建议联结刘备共拒曹操。后助周瑜大破曹军于赤壁。公瑾(175—210)：周瑜，字公瑾，三国吴国名将，庐江舒县(今安徽舒城)人。和鲁肃坚决主战抗曹，并亲率军大破曹兵于赤壁。后病死。精音乐，后有"曲有误，周郎顾"之语。楼缓：战国赵人，事武灵王。王欲胡服，群臣皆不欲，缓独称善。此两句以鲁肃、楼缓的义行喻指龚惟学平日慷慨助朋友的慈仁秉性。⑬青厢：青箱。《宋书·王准之传》："自是家世相传，并谙江左旧事，缄之青箱，世人谓之王氏青箱学。"后因指世代相传的家学。孤：指龚惟学幼子。⑭阴骘(zhì)：阴德。苦荼(tú)：犹言毒害；残害。⑮绾(wǎn)：控扼；控管。⑯穷猿意：比喻在穷困中觅得一个栖身的地方。《世说新语·言语》："李弘度常叹不被遇，殷扬州知其家贫，问：'君能屈志百里不？'李答曰：'北门之叹，久已上闻，穷猿奔林，岂遐择木。'遂授剡县。"⑰居庸关：旧称军都关、蓟门关。在今北京市昌平县西北部，长城要口之一。⑱淮泗：淮河，泗水。泗水是淮河下游第一大支流，淮泗往往连称。泗水入淮之口，在今江苏清江市西南。⑲勾漏：勾漏山。在今广西壮族自治区北流县东北。山峰矗立如林，溶洞勾曲穿漏，故名。⑳印床：镌刻印章的工具。用时以木片在凹孔内把印章轧住，不使动摇，利于镌刻。廨(xiè)：官署，旧时官吏的办公处。㉑排衙：安排差事。捎云

眼:递个友善的眼色。云,友善。日晡:从早到晚。晡(bū),申时(即下午三点至五点)。
㉒桃叶:南朝陈时江南盛歌王献之《桃叶辞》:"桃叶复桃叶,渡江不用楫。但渡无所苦,我
自迎接汝。"献之小妾名桃叶。官奴:官府的奴隶。㉓麒麟:亦作"骐驎"。古代传说中的
一种吉祥动物。此借喻杰出人才。㉔种玉:比喻培养人才。凤、雏:比喻优秀子弟。按:
以上四句谓龚惟学在嘉祥行教化、推雅道、培养人才,已经取得明显成效。㉕高驾:对人
的尊称。此处指作者的母舅龚惟学。徂(cú):往;到。

# 舟中偶怀同学诸公,各成一诗

## 梅大开府克生①

少年慕瑰奇,喜读英雄记。今见过量人,掀髯谭世事。②平时只坦夷,当
几见渊邃。③临枰无后机,入险有余地。天下要太平,只消囊应智。④予本贫贱
人,上座感高义。⑤邯郸无秦师,侯生报不易。⑥

注:①万历二十三年(1595)作于往吴县道中(以下四首诗皆同)。写梅国桢超凡的
人品、才识和大将风度。梅克生:梅国桢,字克生。见前诗《云中梅中丞招饮城南精
舍……》注。②过量人:谓梅国桢心胸开阔、度量超凡。③坦夷:坦率,和悦。渊邃:才学
渊博,识见深邃。④囊应智:谓口袋里有应对的智谋。⑤感高义:高义感人。高义,此指
梅国桢对作者的赏识与厚爱之意。⑥邯郸:古都邑。公元前386年赵敬侯自晋阳徙都于
此。故址即今河北邯郸市。侯生:侯嬴(?—前257),战国时魏国人。年七十岁,任大梁
(今河南开封)夷门小吏。后被信陵君迎为上客。魏安厘王二十年(前257),安厘王派晋
鄙救赵,屯兵不敢前进。他献计信陵君,设法窃得兵符,并推荐勇士朱亥击杀晋鄙,夺取
兵权,因而胜秦救赵。此指代作者。

## 黄太史昭素①

西川静者流,胸怀极潇洒。②袈裟衬朝衣,高斋如莲社。③文章绝雕搜,源
深波任泻。④苦参不休心,再来似非假。⑤慧业与禅心,不在苏公下。⑥

注:①写黄辉胸怀洒脱,文章率性。黄太史:黄辉。四川南充人。见《燕中早发,黄
太史……》注。②西川:地区名,治所在成都府(今成都市)。静者:谓静居习禅的人。
③高斋:指黄辉平时修炼佛法的屋舍。莲社:佛教徒念佛的斋社,称"白莲社"。东晋元兴
年间(公元五世纪初),慧远为了专修净土法门,在庐山东林寺创立。④雕搜:过分地雕
琢、修饰。⑤参:参禅(chán)。佛教名词。佛教禅宗的修行方法。即习禅者为求开悟,向
各处禅师参学。但一般依教坐禅或参话头的,也叫做参禅。⑥慧业:佛教术语。指分别
事理、决断疑念之作用。禅心:佛教术语。寂定之心也。苏公:苏轼(1037—1101),北宋

文学家、书画家。字子瞻,号东坡居士,眉山(今属四川)人。

## 陶太史周望①

丘山视死生,埃尘睨荣贵。②癯质载清心,居然有道气。③秋月凛孤光,芳兰在寒卉。怪石响清泉,差足比风味。石火电光身,惟君独也畏。④人以谓温和,我以为果毅。

**注:**①写陶望龄寡欲清心、孤芳凛然、果决坚毅。陶太史:陶望龄,字周望。见《燕中早发……》注。②睨(dì):斜视。③癯(qú):同"臞"。瘦。清心:谓心地纯洁无瑕。道气:谓有道术之人的气质。④"石火"句:喻陶太史个性强,有威仪。石火,敲石所发出的火。

## 顾太史湛庵①

走马云中归,逢君于古寺。②一见无寒暄,纵谭天下事。高踪薄路蹊,慧眼超文字。俯视世间人,厌厌皆如睡。③

**注:**①写顾天俊纵谈天下、高踪行事、慧眼识见。顾湛庵:顾天俊,字升伯,号湛庵,昆山人。万历二十年一甲三名进士,授翰林院编修,与伯修同馆。为中郎知音。②云中归:谓作者从山西大同又返回到了京师。君:指顾太史。③厌厌:微弱貌;精神不振貌。

## 李户部梦白①

地官神仙姿,齿牙涌文藻。②夫人惟不言,一言我三倒。③禀气极清和,临事见苍老。薄俗不能移,大是心肠好。

**注:**①写李梦白辞有文彩,禀气清和,临事老道。李梦白:李长庚,字酉卿,号梦白。麻城人。万历二十三年进士,历任京内外要职。②地官:指李梦白。因其为户部官,掌管全国土地,故称。文藻:言辞富有文彩。③三倒:作者多次甘拜下风。

# 月夜黄河①

中天一月射黄河,水有清光月有波。归鸟依枝情漫切,枯鱼失水泪偏多。②无钱莫问彭城酒,有恨休听碧玉歌。③独倚牙樯细惆怅,藕花香尽奈秋何。

**注:**①万历二十三年(1595)作于往吴道中。作者月夜泛黄河,抒发了"归鸟依枝"的心情与"枯鱼失水","奈秋何"的惆怅。②漫切:贴近。此指作者对仲兄宏道的深深依念之情。③彭城:古县名。相传尧封彭祖于此,为大彭氏国,春秋时宋邑,秦置县。治所在今江苏徐州市。碧玉歌:乐府吴声歌曲名。《乐府诗集·清商曲辞三·碧玉歌》郭茂倩题解引《乐苑》:"《碧玉歌》者,晋汝南王所作也。碧玉,汝南王妾名,以宠爱之甚,所以歌之。"

## 清　河①

枫林萧瑟带寒烟，入夜鸣榔倍惨然。②人逐雁行投暗浦，舟随竹箭下青天。③飘零绮帐颜如月，羞涩金樽酒似泉。南北东西辛苦尽，不知犹有阿谁怜。

注：①万历二十三年(1595)作于往吴途中。作者秋夜乘船过清河，触景生情，深深感叹自己多年的飘零之苦。清河：古河名。源出今河南内黄下。据《水经注》载，上游承白沟，自今河北威县以下始称清河。②鸣榔：亦作"鸣根"。渔人捕鱼时用长木敲船舷，惊鱼令入网。③人逐雁行：谓作者随着大雁往南走。竹箭：箭竹。《广群芳谱》引戴凯之《竹谱》："箭竹，高者不过一丈，节间三尺，坚劲中矢。江南诸山皆有之。"下青天：船在水面行驶，水面有青天的倒影，使人有下青天的感受。

## 过金山怀丘长孺①

忆昔丘公子，招携上小舠。分财怜仲叔，并服类羊桃。②初日金山雾，微风大海涛。故人不可见，洒泪向江皋。

注：①万历二十三年(1595)作于金山道中。作者过金山忆起友人的深深情谊。金山：山名。在今江苏镇江市西北，峙立于长江南滨。丘长孺：丘坦，号长孺。见卷一《别山风雨，得丘长孺书》注。②分财怜仲叔：谓分财叔怜仲。即鲍叔让财于管仲。见卷一《有感》其二注。并服类羊桃：讲的是羊角哀与左伯桃生死之交的故事。他们皆为周朝燕国人，两人为很好的朋友，一道往楚国。值雨雪粮少，伯桃乃并衣粮与羊令往，自饥死空树中。哀至楚，为上大夫，备礼以葬伯桃。二句意在称道丘长孺待作者有如鲍叔怜管仲、伯桃让衣粮给羊角哀。

## 吴　县①

莫道官牙俗，山中阒寂同。②庭前有丽树，日暮起微风。露冷惊阶鹤，灯明悦草虫。室家得所止，万虑一时空。③

注：①万历二十三年(1595)作于吴县。写二哥在吴县有了居住之所。时作者二哥宏道任吴县令。吴县：县名。在今江苏省东南部，治所在苏州市。②牙：古代官署。犹"衙"。阒(qù)寂：寂静无声。③室家：亦作"家室"。此处指宏道的家室。得所止：谓有了居住之所。

## 登上方和江明府①

今朝风日丽,来朝安可必。飞盖出胥门,横塘芳树密。②吴门多冶游,沙棠耀华日。③长桥亘绿山,鸣澜间宝瑟。卷帘镜清溪,翡翠染波色。流渐结荇菱,中洲漾鸂鶒。④邦君虽纷庞,高才有余隙。⑤放舟枕石湖,吴歌佐吴醳。⑥隐隐山上亭,青青湖上陌。游人半山归,禽鸟喧日夕。杖策楞伽岩,询访伴娘宅。⑦棘树丛古丘,芳草蔽文石。⑧振衣向穷颠,日暮恣游适。月下太湖明,雾中西岭碧。⑨裂眦入神州,杖底穷震泽。⑩东南天地间,浩浩贮虚白。积潦为大海,波光浸几席。壮观放情意,远眺恣欢怿。徜徉云汉中,忽如鸟生翮。⑪今夕是何夕,得陪谢公屐。⑫明月濯我魂,清酒养予魄。度曲佐飞觞,藏钩肆佳剧。⑬携手有余欢,恻然忆往昔。忆昔会飘风,吹作吴门客。逢我贤主人,慷慨成莫逆。⑭时光忽如电,弹指三秋易。⑮感此霜露零,伤彼岁华掷。贫病仍曩秋,怜我无奇策。⑯何以酬知已,千杯良不惜。

注:①万历二十三年(1595)作于吴地。作者幻想自己驾飞车巡游秦淮和吴门大地,领略东南秀美的湖光山色与人文景观,抒发了博大的胸襟和云游天下的志趣,并以此诗酬答江盈科的慷慨之情。上方:犹言天界。江明府:指江盈科县令。明府:县令。②飞盖:飞车。盖,车盖。此指车。胥门:谓小官衙。胥:小吏。横塘:古堤塘名。三国吴大帝时筑于建业(今南京市)城南淮水(今秦淮河)南岸,一称南塘。③吴门:苏州的别称。冶游:野游。沙棠:木名。《山海经·西山经》:"昆仑之丘……有木焉。其状如棠,黄华赤实,其味如李而无核,名曰沙棠。"④渐:流水。中州:古地区名。即中土、中原。鸂(xī,又读qī)鶒(chì):水鸟名。形大于鸳鸯而色多紫,亦称"紫鸳鸯"。⑤邦君:古代诸侯国的君主。纷庞:谓盛多、强大貌。余隙:遗存的漏洞或机会。⑥石湖:湖名。位于今苏州。醳(yì):酒。⑦伴娘:旧时女子出嫁,以熟悉婚嫁礼节之妇随护,谓之伴娘。⑧文石:刻有文字或图案的石头。⑨太湖:古称震泽、具区、笠泽。在今江苏省南部。湖光山色,风景秀丽。⑩裂眦(zì)眦:眼眶。目眦欲裂,形容愤怒到极点。震泽:太湖。⑪翮(hé):羽根。后为鸟翼的代称。⑫谢公屐:南朝宋诗人谢灵运登山时常穿的一种有齿木屐。⑬藏钩:古代的一种游戏。⑭莫逆:情投意合,友谊深厚。⑮三秋:指秋季的第三个月,即阴历九月。⑯曩(nǎng):以往;从前。

## 放歌赠人①

金阊九月露为霜,太湖澄碧涵波光。②萧瑟山中木叶脱,飘零塘上藕花

香。有客遥夜悲行路,络纬鸣壁虫吟户。③枯鱼无水忆波澜,风扫芭蕉昼掩
关。却言七月游武林,湖上芙蓉艳不胜。④越女红裙朝送酒,词客朱弦夜鼓
琴。留连湖上两月归,可笑乐极忽生悲。青眼故人何处是,绿林狂客漫相
欺。⑤不死乞食到吴中,谁信贫工病更工。⑥可怜一掬飘蓬泪,留来滴向馆娃
宫。⑦偃蹇一命细于丝,为臂为肝只此时。愁人参苓新药裹,妒他桃李好花
枝。吴地繁华翻寂寂,秋来更漏转迟迟。无情只傍青蝇客,有恨难听白纻
辞。⑧床头绣涩芙蓉剑,案上尘封金屈卮。委顿了无一日欢,转觉人生行路
难。竹皮冠在能欺发,犊鼻裈亡不耐寒。⑨黄金娇客终难媚,白雪新诗且自
看。愁人相对愁难道,愁极朱颜一夜老。骥子盐汗委黄泥,凤凰折脚眠荒
草。⑩升沉苦乐讵有常,造物儱侗那可晓。⑪时光冉冉不我待,双鬓如漆能常
在。人生功名无定期,蚁旋偶与腥膻会。岂以七尺浪奔驰,一发不中便息
机。⑫相赠愧无绕朝策,第一韶华莫虚掷。⑬五白六赤游侠场,初七下九行乐
日。⑭宾从刻烛诗千篇,男女杂坐酒一石。⑮兴来得意恣游遨,飘风吹作天涯
客。影落三江与五湖,游戏宛洛醉京都。走马弯弓出九边,登山涉水过三
吴。⑯春花秋月尽可度,最是宅边桃叶渡。⑰夜饮朝歌剧可怜,繁华极是伤心
处。领略东风快放颠,任骂轻薄恶少年。闲来乞食歌妓院,竿木随身挂水
田。沉湎放肆绝可笑,乡里小儿皆相诮。⑱君不见擎天金鳷啖老龙,榆枋小鸟
难同调。

**注:**①万历二十三年(1595)秋作于苏州。作者回首漫漫游程,感叹人生路途之难。
②金阊:旧苏州的别名。因城西阊门外旧有金阊亭得名。③有客:此处实指作者。遥夜:
长夜。络纬:虫名。即纺织娘。④武林:旧时杭州的别称,以武林山得名。⑤青眼:晋阮
籍能为青白眼,常以青眼对所契重的人。后因"青眼"称对人的喜爱或器重。⑥乞食吴
中:引伍子胥鼓腹吹箫、乞食吴市的故事。见卷一《由吴入越,舟中无营……》注。此指作
者来吴中乞食。吴中:旧时吴郡和苏州府的别称。工:此谓程度深。犹"甚"。⑦掬(jū):
双手捧取。飘蓬:指飘零的蓬草。喻作者多年的飘泊生涯。馆娃宫:古代宫名。吴王夫
差为西施建造。今江苏吴县灵岩山上有灵岩寺,即其故址。⑧青蝇客:《三国志·吴志·
虞翻传》裴松之注引《翻别传》曰:"翻放弃南方,云:'自恨疏节,骨体不媚,犯上获罪,当长
没海隅。生无可与语,死以青蝇为吊客,使天下一人知己者,足以不恨。'"后以青蝇吊客
指老死他乡的人。白纻辞:白纻歌。乐府吴舞曲名。纻即麻,制为舞者的巾和袍,故名。
最初出于吴地民间,后被贵族采入乐府。形式为完整的七言诗。⑨犊鼻裈(kūn,同裤):
犊鼻裤。即围裙,形如犊鼻,故名。犊,小牛。⑩骥:千里马。凤凰:比喻才德高超之人。
此处指作者。⑪讵(jù):岂。儱侗:同"笼统"。⑫一发不中:指参加一次科举考试不及第。
息机:谓放弃科举。⑬绕朝:春秋秦大夫。韶华:美好的时光。⑭五白:五子皆白,樗蒲

（古代博戏）的贵采。六赤：古代博戏。⑮刻烛：《南史·王僧孺传》："竟陵王子良尝夜集学士，刻烛为诗，四韵者则刻一寸，以此为率。"后为诗才敏捷的典故。⑯九边：明代北方九个军事重镇的合称。这九个军事重镇是：辽东、宣府、大同、延绥（榆林）、宁夏、甘肃、蓟州、太原、固原。三吴：古地名。⑰桃叶渡：桃叶，晋王献之之妾。见卷一《同邱长孺登雨花台》注。⑱竿木：借指帆船。竿：通"杆"。此处指帆杆。沉湎：指嗜酒无度。

# 内　寄①

散如花四飞，疾如水东注。花落有定时，水流无住处。君家妇难为，难为复难诉。一旦出门去，去去如脱兔。饥寒与存亡，弃掷不复顾。如彼敝芒鞋②，着破弃道路。零落被人讥，勉强支门户。家无健男儿，百事费置厝。③五月王使归，开缄见尺素。④贺君得佳偶，殷勤图好住。⑤京师盛繁华，游戏穷日暮。丈夫行胸臆，那复问丑陋。否泰惟君身，何敢恣嫉妒。但恐终不归，年华从此误。九月露为霜，思君冀良晤。古人亦有故，故者毋失故。⑥念妾薄贱姿，无能移高步。儿女渐成人，终日相思慕。

注：①万历二十三年（1595）作于吴地。作者以妻子的口吻倾诉其在家支撑门户的种种困难和愁苦，表达了诗人对妻子的理解与思念之情。内：内人。古代泛指妻妾、眷属，后专用以称自己的妻子。内寄：谓妻子寄来的信。②芒鞋：一种草鞋。③厝（cuò）：安置；措办。④缄：信封的封口。尺素：用生绢写的信。尺，信牍。⑤君：此处谓作者。偶：配偶。此处谓妾。⑥故：故事；成例。故者：谓成例，即有了妾。毋失故：谓不要忘掉了自己的妻子。

# 答①

肃肃秋风暮，凛凛蟋蟀吟。志士无欢颜，行人多苦心。结发为夫妻，相爱两相知。年少逐功名，别子向天涯。悲哉我命薄，迍遭无达时。②譬彼秋来草，零落少光辉。含泪出门去，逶迤到京畿。北走云中塞，南浮过泗沂。③贫穷只一身，千里觅相识。沽头逢水厄，清渊遭盗贼。④忽如鸟伤弓，临河空凄恻。所喜性命坚，漂零走吴国。新人小家女，苦欲攀贵德。只喜修容仪，不解相将息。⑤白玉刻橄榄，持赠不堪食。⑥百尔费经营，那能不相忆。⑦因我衣裳穿，忆卿十指尖。因我无中衣，忆卿机上丝。因我瘦入骨，忆卿刀头肉。留滞非我意，我意愿早归。早晚北风发，轻舟疾于飞。迟则腊月初，定不到明春。但为备美酒,归来娱佳宾。

**注:**①万历二十三年(1595)作于吴地。此诗为作者对妻子来信的回话。细诉了作者离家出游以来的苦衷,表达了对妻子的深爱之情。②迍邅(tún zhān):处境困难。汉蔡邕《述行赋》:"途迍邅其塞连,潦污滞而为灾"。达:显贵。③云中:府名。治所在今山西大同。泗:泗水。源出山东泗水县东蒙山南麓,四源并发,故名。沂:沂河。在今山东省南部和江苏省北部。源于沂源县鲁山。④沽:沽河。上游即今河北白河。厄(è):苦难。⑤相:看;观察。如:相机而行,相时而动。将息:养息;休养。此谓照顾人。⑥"持赠"句:谓作者新纳的妾中看不中用(不会料理家务),可拿去赠送人。⑦百尔:家庭中的各样烦琐事务。

## 短 歌①

松树参天枝特出,老去松毛不遮秃。鹳鹤朝来时一至,踏枝不稳摇双翅。②随风榆笶响铃铃,偶遇杨花一路行。阶下且去看斗蚁,世间万事只如此。

**注:**①万历二十三年(1595)作于吴地。作者静观居处四周的自然景物,抒发了寂寞无奈的感情。②鹳(guàn):大型涉禽。形似鹤亦似鹭,嘴长而直,夜宿高树。

## 看黄道元诗册有寄①

满把是珠玑,如何不救饥。②昔年闻姓字,今日望容辉。远客能无泪,诸侯孰可依。斋头玳瑁麈,闲着待君挥。③

**注:**①万历二十三年(1595)作于吴地。写作者如饥似渴地品读黄道元的诗册。黄道元:黄国信,字道元。永嘉人。著有《拙迟集》、《合缶斋集》。《永嘉县志》卷二十九《艺文志》有载。寄:寄语。②珠玑:珍珠。喻珍贵的诗作。③玳瑁麈(zhǔ):配有玳瑁装饰的拂尘。玳瑁,海中的动物,形似龟。背面角质板光滑,可制装饰品。麈,麈尾的省称,即拂尘。此处喻指黄道元的诗册。君:指作者。

## 咏 怀①

### 其 一

大堤有垂杨,郁郁垂新绿。北风一以至,苍然换故木。四时递推迁,时光亦何速。人生贵适意,胡乃自局促。②欢娱极欢娱,声色穷情欲。寂寞奇寂寞,被发入空谷。③胡为逐红尘,泛泛复碌碌。④

注:①万历二十三年(1595)作于吴地。作者即景生情,抒写了人生贵适意、痴迷山水、渴求健康等情怀。②局促:狭隘;见识不广。③空谷:谓深山。④红尘:闹市的灰尘,形容繁华。

## 其 二

陇山有佳木,采之以为船。①隆隆若浮屋,轩窗开两偏。②粉壁团扇洁,绣柱水龙蟠。③中设棐木几,书史列其间。④茶铛与酒臼,一一皆精妍。⑤歌童四五人,鼓吹一部全。囊中何所有,丝串十万钱。已饶清美酒,更辨四时鲜。携我同心友,发自沙市边。遇山蹑芳屐,逢花开绮筵。广陵玩琼华,中泠吸清泉。⑥洞庭七十二,处处尽追攀。兴尽方移去,否则复留连。无日不欢宴,如此卒余年。

注:①陇山:六盘山南段别称。古称陇坂。在今陕西省陇县西北,延伸至陕、甘边境。②轩窗:窗顶檐前高如仰之貌。③蟠(pán):遍及。④棐(fěi):通"榧"。木名。即"香榧"。⑤铛(chēng):温器。酒臼(jiù):盛酒器。⑥广陵:古县名。秦置,治所在今扬州市。琼华:似玉的美石。

## 其 三

游行山泽间,隐隐见奇光。觇之无所有,一翁踞石梁。炯炯双眸碧,摇摇两耳长。见我嫣然笑,赠我一玉厢。①启之得异书,乃是素女方。②此方多奇异,返老能强阳。

注:①嫣(yān)然:美好貌,常指笑容。玉箱:即玉饰的书箱。汉班固《汉武帝内传》:"须臾,侍女还,捧八色玉笈,凤文之蕴,以出六甲之文。"②素女方:养生方。汉王充《论衡·命义》:"素女对黄帝陈五女之法,非徒伤父母之心,乃又贼男女之性。"《隋书·经籍志》录有《素女养生要方》、《素女秘道经》、《素女方》等。

## 其 四

郁郁城南田,荣荣起枯槁。①秋死春复生,人命不如草。草死有生时,人死无还期。寂寞归长夜,魂魄将安之。②独有无生术,可以慰此悲。③

注:①郁郁:繁盛貌。城南:此指公安斗湖堤城南郊。②归长夜:比喻人死后埋入地下,永处黑暗之中。③无生术:谓没有生命的办法。作者以"无生术"的办法解除寂寞,反映其失意落泊、哀生失路的心境。

## 其 五

大运无终尽,细柳不常灼。金樽盛美酒,郁郁胡不乐。<sup>①</sup>以手摸头颅,隆隆一具骨。暂时属我身,谁知非我物。转盼忽如电,微躯戢一木。<sup>②</sup>乌鸦鸣其上,青蛙叫其足。白蚁如白粲,行行相蚀驳。

**注:**①郁郁:忧伤、沉闷貌。②忽如电:谓生命如闪电。戢(jí):收藏;聚集。

## 其 六

世道交相丧,忠义递代出。累累矜名子,祸来空叹息。<sup>①</sup>事机多倚伏,藏身亦何拙。<sup>②</sup>人皆种香兰,我独种荆棘。香兰有人锄,荆棘老道侧。<sup>③</sup>

**注:**①矜:端庄。②倚伏:《老子》第五十八章:"祸兮福之所倚,福兮祸之所伏。"倚,依托;伏,隐藏。意谓祸是福依托之所,福又是祸隐藏之所,祸福可以互相转化。简言"倚伏"。③香兰:喻美好的名声。荆棘:喻作者率真放纵的性情。老道侧:谓老死在路边。

## 其 七

幻妄呈诸友,沉沦无究期。<sup>①</sup>天人岂不乐,花冠有萎时。理事互圆融,取舍息奔驰。<sup>②</sup>窅然吾丧我,忽若梦所为。<sup>③</sup>

**注:**①幻妄:此指作者的心愿或理想。②圆融:圆满融通。奔驰:疾驰。常用来比喻气势蓬勃横逸。此指趋名逐利。③窅(yǎo)然:深邃貌。

# 同顾司马冲庵虎丘看月,兼怀梅开府克生<sup>①</sup>

生公之石一掌平,白净忽如一方云。<sup>②</sup>明月出林影堕地,冰上交加荇藻文。<sup>③</sup>四角隐隐歌声起,清和圆美气氤氲。<sup>④</sup>蝉联珠缀无断时,但恨双耳难遍闻。红去红来浑不住,此地从来无日暮。七尺氍毹拣地铺,铺向笙歌鼎沸处。<sup>⑤</sup>主人有酒百余瓶,兴来飞杯不知数。高人一见眼自明,不在区区新与故。红林渐疏声渐静,灿灿天中分月路。大言小言及谐言,沛若黄河水东注。<sup>⑥</sup>拔剑翻酒酒污身,咄哉谁是英雄人。上马横槊下马诗,曹家父子我所钦。<sup>⑦</sup>只今海内真名士,尔与麻城梅客生。梅也权奇浑不测,司马胆气号绝伦。<sup>⑧</sup>词赋文章雅亦敌,滚滚千言好笔力。<sup>⑨</sup>尔曹天下有事时,囊底余智能了得。梅今尚作韦韝上鹰,却放司马入山林。<sup>⑩</sup>水田潇洒挂军持,青山处处访名僧。<sup>⑪</sup>泛舟来采太湖色,又向虎丘看明月。虎丘明月天下奇,况是同心好相知。酒寒再热为君醉,今夜刚才半夜时。

**注**：①万历二十三年(1595)作于苏州。作者同友人虎丘月下赏景宴饮，感慨梅克生和顾冲庵皆为海内文武兼能的真名士。顾冲庵：作者友人。由诗中得知，顾冲庵当是梅克生的属下，官司马。司马：古官名。西周始置，掌管军政和军赋。明清称府同知为"司马"。梅克生：梅国桢，一字克生。见《云中梅中丞招饮城南精舍……》注。开府：原指成立府署，自选僚属。后称出任外省督抚为"开府"。②生公：梁高僧。尝讲经于虎丘寺，聚石为徒，石皆点头。见卷一《登虎丘……》注。③荇藻文：谓明月下林影投上白石就像荇藻组成的文字。④氤氲(yīnyūn)：同"絪缊"。气和光色混和动荡貌。⑤氍毹(qúshū)：毛织的地毯。⑥沛：水势湍急貌。⑦曹家父子：指曹操和他的儿子曹丕、曹植等。⑧权奇：奇特；卓异。绝伦：特异；超过同辈。⑨雅：风雅的志趣行径。敌：同等；相当；匹敌。⑩韦韝(gōu)：臂套，用以束衣袖。司马：此处指顾冲庵司马。⑪水田：喻指用碎布缀成的僧衣。即"衲"。军持：佛教物名。即千手观音所持之瓶。此指代寺庙。

# 烂柯山石梁①

白马渡平川，青鞋踏暝烟。雾中认宝塔，叶里见金田。遮樾松圉密，檀栾竹韵传。②心空惟此地，石破是何年。③浮屠隆隆起，飞梁冉冉悬。入林凝片月，隔岭取微天。云起连环合，风生箭括穿。④过山鸟不碍，入镜树尤妍。谷解学人语，碑堪供客眠。⑤遥望荷斧者，或恐是神仙。

**注**：①万历二十三年(1595)作于吴地。作者一路寻找传说中的烂柯山仙境，表现了向往虚幻境界以求解脱的心境。烂柯山：传奇故事中的山名。明人作，姓名不详。取材自民间传说朱买臣休妻故事。全剧已佚，仅存零出。昆剧《痴梦》和其它剧种中的《夜梦冠带》、《马前泼水》都源出于此。②樾(yuè)：两木交聚而成的树阴。檀栾：形容竹美好貌。③心空：谓内心空空。佛教认为一切事物无实体叫做空。④箭括穿：谓箭竹的笋尖把包叶给顶穿了。⑤"谷解"句：谓空谷发出人语的回声。

# 小桃源别蒋兰居铨部还闽①

## 其 一

纤草羊肠路，牵衣向此间。许君休哭世，谢傅且还山。脱网游鱼乐，开樊去鸟闲。②武夷九曲水，处处好追攀。③

**注**：①万历二十三年(1595)秋作于越地。作者赋诗送蒋兰居还闽，宽慰他解官如游鱼脱网，劳劳自由。蒋兰居：蒋时馨，字兰居，漳平人。万历五年进士，官至吏部考功

司郎中,后被劾,削职为民。时声正落职,遂与中道纵游山水。铨:量才授官。铨部:谓在吏部供职。②脱网、开樊(笼):皆喻蒋兰居被解官回乡,获得自由。③武夷:武夷山。在福建省崇安县西南十公里,由红色砂岩构成,为福建省的第一名山。有四十九峰、八十七岩、九曲溪、桃源洞、流香洞、卧龙潭、虎啸石等名胜古迹。

## 其 二

嘿嘿乾坤意,劳劳可自由。①奈何真是宝,不系以为舟。云黑千层雪,滩青百丈流。高堂有慈母,不敢苦淹留。

**注**:①乾坤:《周易》中的两个卦名,指阴阳两种对立势力。引申为天地、日月、世界等。此处谓天地。劳劳:谓劳碌的人。

## 齐 云 山①

予家大江侧,常往江上游。江中有文石,磊磊忽成洲。②形质甚玲珑,文理甚奇丽。置之水盂中,居然成玩器。身如指顶大,尚足称奇异。况此万仞山,峰峰巧相媚。妆施云霞重,组练波文细。初入桃花源,桃溪水深碧。③展诰如扑帻,疑有真人迹。④石破为天门,炯如一轮月。老树十余寻,枝干藏霜雪。倚岩作石廊,朱栏何纵横。清泉自天来,撒珠色晶晶。玉屏俨列屏,钟鼓自天成。⑤绚烂香炉峰,不傍众峰生。仰看晴雪岩,石梁皎且莹。紫云忽垂天,霞彩烁人睛。不雨漫峰飞,点滴自成声。三姑谁家女,宝髻何累累。⑥五老皆拱立,一老忽欲语。⑦列嶂难殚述,一一皆妍妙。如马忽如龙,光润复奇峭。我来游齐云,爱玩不能舍。睹此佳丽迹,却忆相似者。大小不同形,要之等妖冶。细评震旦山,此山实清丽。谢家好女郎,王家佳子弟。濯濯见风韵,有态复有色。⑧米颠若见之,但恨怀袖窄。⑨

**注**:①万历二十三年(1595)作于越地。作者以家乡彩石洲的奇石衬写齐云山诸峰"巧媚"、"绚烂"、"妍妙"、"妖冶"、"清丽"的风韵。齐云山:位于今安徽省南部休宁县城西北十公里。有香炉峰、五老峰等胜景。②文石:指五彩石、锦石。产地在公安县城东大江之上的彩石洲。磊磊:众石貌。③桃花源:此处指齐云山的桃溪。④诰:谓警戒、戒勉的文辞。帻(zé):包头发的巾。⑤玉屏:玉屏峰。俨:恭敬庄重。屏(píng):屏风。钟鼓:谓岩石形如钟鼓。⑥三姑:三姑峰。髻:挽束在头顶的发髻。此喻三姑峰。⑦五老:五老峰。⑧濯濯:光泽;清朗。风韵:风度,韵致。⑨米颠(diān):米芾(1051—1107),北宋书画家。初名黻(fú),字符章,号襄阳漫士、海岳外史等。世居太原(今属山西),迁襄阳(今属湖北),后定居润州(今江苏镇江)。徽宗召为书画博士,曾官至礼部员外郎,人称"米南

宫"。因举止"颠狂",被称为"米颠"。能诗文、善书画,精鉴别。著有《书史》、《画史》、《宝章待访录》及《山林集》(已佚),后人有辑本《宝晋英光集》等。

## 立 春①

飘泊成何道,蹉跎又一春。今年如不转,芳草也嘲人。②融雪檐前滴,寒梅署里新。③北风莫便住,吹我上江滨。

注:①万历二十四年(1596)春作于吴地。写作者新春伊始打算继续游览山水。立春:二十四节气之一。此时为春季的开始。②转:此谓出游。③署:官署。此指作者二哥宏道在吴县的官署。

## 送顾孝廉晋甫再入都谒选校官①

### 其 一

昌亭送客上长安,白鹄云生市晓寒。②不信两年浑道路,何来三釜也艰难。③花开驿路飘红雪,柳夹漕河喷绿澜。④此去头颅休见让,今年稳着进贤冠。⑤

注:①万历二十四年(1596)春作于吴地。写作者送友人入京师谒选学舍。顾晋甫:顾懋(mào)宏,字晋甫,号蓉山。昆山人。初名㸑,字茂俭。孝廉:明代对举人的称呼。谒(yè)选:谓向上申请选定。校官:学舍。《三国志·魏志·武帝纪》:"令郡国各修文学,县满五百户置校官……"②昌亭:金阊亭。在苏州城西阊门外。③两年:指作者出游两年。三釜(fǔ):古代低级官吏的俸禄数量。一釜为六斗四升。宋黄庭坚《初望淮山》诗云:"三釜古人干禄意,一年慈母望归心。"④驿路:为传车、驿马通行而开辟的大路,沿途设置驿站。漕河:古代称通漕运的河道为漕河。漕:水道运粮。⑤进贤冠:古代冠名。《后汉书·舆服志下》:"进贤冠,古缁布冠也,文儒者之服也。"

### 其 二

冉冉青骊逝水侵,偶抛萝薜乞朝簪。①张融何必知阶级,方朔由来爱陆沉。②湘水故人悲寂寞,名都旧侣快招寻。③春来京洛堪游戏,莫漫悲歌梁甫吟。④

注:①骊(lí):纯黑色的马。萝薜:薜萝。薜,薜荔;萝,女萝。后用以称隐士的服装。朝簪(zān):此处指朝服。即古时君臣朝会时所穿的礼服。簪,古时用来插定发髻或连冠于发的一种长针。②张融:南朝齐国人,字思光。阶级:旧指官位俸给的等级。方朔:东方朔(前154—前93),西汉文学家。平原厌次(今山东惠民)人,字曼倩。武帝时,为太中大夫。陆沉:陆地无水而沉。比喻隐于市朝中。③湘水故人:此处指作者。旧侣:老朋

友。此处指顾晋甫。招寻：谓谒选。④京洛：京师、洛阳。梁甫吟：乐府《楚调曲》名。梁甫，一作梁父，山名，在泰山下，死人聚葬之处。

## 别 中 郎①

千里携妻子，相依又半周。②君留尘浩浩，我去水悠悠。③往事犹怀悸，人言转觉愁。④浪游今已倦，吾欲老林丘。⑤

**注**：①万历二十四年（1596）作于苏州。写作者依依惜别二哥，水路启程回公安。②半周：谓半年。作者万历二十三年九月到吴县，次年三月离开吴县，其间刚好半年。③"君留"句：谓中郎兄一行骑马送行的人很多，地面扬起了很大的灰尘。④怀悸：心中怀念，放心不下。人言：此处当指二哥对自己的临别赠言。⑤"浪游"句：作者以往到处漫游，现已厌倦。老林丘：作者打算安心定居家乡。

## 舟发吴门，夜坐对新月①

茂苑千家密，横塘树影齐。②长桥群犬吠，深夜小儿啼。蹙浪风初定，奔楼月向低。明河迷上下，斜舫易东西。梦草来吴会，滋兰复楚畦。③两年浑不住，三匝又移栖。④

**注**：①万历二十四年（1596）作于吴县返程公安途中。作者舟中对月静赏吴地水乡景色，深深感叹自己两年出游寻梦不成，今又移栖故乡。②茂苑：江苏旧长洲县（今苏州市）的别称。横塘：古堤塘名。见前诗《登上方……》注。③梦草：喻指作者寻梦。吴会：东吴时分会稽郡为吴、会稽二郡，合称"吴会"。"滋兰"句：谓培养出兰草般的人才，却还得回楚地。④两年：指作者此次出游两年。三匝：谓第三年。匝，指地球绕太阳一周。

## 别闽中谢生①

经岁金昌住，凄凄柳色残。②买舟载酒易，作客送人难。③丽日酣原草，微风弄水澜。长年休造次，留取片时欢。④

**注**：①万历二十四年（1596）作于吴县。写客居之人（作者）送别闽中友人的凄寒心境。闽中：郡名。秦置，治所在治县（今福州市）。谢生：作者的友人，闽中人。余未详。②经岁：经历一年。谓作者在苏州客居了一年。金昌：苏州的别名。③"作客"句：谓作者是客居之人，送人归乡的心情更加难受。④造次：匆忙。

## 谢时又有虎丘之约①

郁郁春江柳,青青上客衣。停舟聊一醉,与子叙分飞。骚雅原无命,东南孰可依。②虎丘今日饮,望远当身归。

注:①万历二十四年(1596)作于吴县。作者临别之际勉励友人挑战命运,做东南可倚仗之材。谢时:指作者辞别友人时。虎丘之约:指作者与友人再次相聚游览虎丘的约定。②"骚雅"二句:意在鼓励友人做东南可依仗的骚雅之才。骚雅,即诗歌。

## 寒山寺老僧取祝、王诸公真迹佐酒有述①

一杯了一卷,展玩到宵分。字好挑灯看,名从堕地闻。虎贲怀旧貌,钗脚见奇纹。②身自非萧翼,兰亭忍赚君。③

注:①万历二十四年(1596)作于吴县。写作者寒山寺挑灯展玩字卷。寒山寺:在今江苏省苏州市西枫桥镇。始建于南唐梁时,原名妙利普明塔院,相传唐寒山、拾得二僧居此,故名。②虎贲(bēn):官名。皇宫中卫戍部队的将领。《周礼》夏官之属有虎贲氏,汉有虎贲中郎将、虎贲郎,历代沿用,至唐始废。钗(chāi):妇女的首饰,由两股合成。③萧翼:唐梁元帝曾孙。本名世翼,负才艺,多权谋。《兰亭》:《兰亭序》,又名《兰亭宴集序》等。行书法帖。东晋穆帝永和九年(353)三月三日,王羲之与谢安、孙绰等四十一人,在山阴(今浙江绍兴)兰亭"修禊",会上各人作诗,并由羲之作序。序中记叙兰亭周围的山水之美和聚会的欢乐之情,抒发了好景不长、生死无常的感慨。法帖相传之本,共二十八行,三百二十四字。忍:此处谓不忍心。赚:谓买卖得盈利。此处谓胜过。君:此处指代祝、王诸公真迹。

## 偶于丹阳逢江进之、中郎,进之寻古寺治酒相邀,并有村童佐酒,席上作①

野鸟覆军持,人来僧未知。②梦魂不到处,风雨乍收时。③禅榻闲官帽,村歌闹酒卮。休辞今夕醉,展臂又分离。

注:①万历二十四年(1696)春作于丹阳。写作者同二哥、江进之饮酒赋诗的欢乐情景。丹阳:郡名。西汉元狩二年(前121)改鄣郡置。治所在宛陵(今安徽宣城)。进之:江

盈科,字进之,湖南桃源人。见卷二《长歌送中郎之吴门,兼呈江长洲》注。②军持:佛教物名,即千手观音所持之瓶。此指代寺庙。③梦魂:喻指江进之、中郎和作者几个情投意合的性情中人。风雨:喻指饮酒作诗兴致之高。


## 无锡夜汲惠山泉烹茶,时方读华严,戏作①

笠盖覆青瓮,提来三两升。好茶烹一盏,供养看经僧。②

**注:**①万历二十四年(1696)春作于无锡。写作者夜间一边汲惠山泉烹茶,一边读《华严经》的闲适之情。无锡:县名。在今江苏省南部,太湖北岸。湖滨一带有惠山、锡山等名胜。惠山:一称惠泉山,在今江苏省无锡市西郊,江南名山之一。以泉水著名,有天下第二泉,龙眼泉等十多处,泉水泡茶清淳可口。华严:《华严经》,佛教经名。全称《大方广佛华严经》,又称《杂华经》。为华严宗的主要典籍。②看经僧:此指作者。


## 惠山夜坐①

酒是惠山泉,茶是惠山水。山色平拖蓝,春月更和美。②画船开两轩,月色入船里。对月举酒杯,侍儿亦可喜。如此好景光,端无复睡理。

**注:**①万历二十四年(1696)作于无锡。写作者春夜登画船对月举杯,感受自然与人的平和之美。②平:谓山势平缓。


## 将至金陵①

水到金陵阔,白光四面浮。淋漓横浦树,笑语渡江舟。②日隐浑无色,风来可自由。不游龙虎地,谁识帝王州。③

**注:**①万历二十四年(1696)作于金陵。写作者领略金陵江面的壮阔,胜览自古帝王的争霸之地。金陵:今南京市的别称。②帝王州:指金陵曾是多朝都邑。


## 江 午①

### 其 一

读书忽已倦,冥坐虚无里。风起舟压涛,喷喷来入耳。一梦入深松,橹声复惊起。瞥见两岸山,淡冶真可喜。杨柳发嫩绿,雨后益娟美。携有虎丘茶,并饶惠山水。<sup></sup>闻香不见色,齿牙风诩诩。<sup></sup>此江获此乐,止有玄真子。<sup></sup>

注:①万历二十四年(1696)春作于返程公安途中。写作者午间乘舟江中,一路观赏山光水色,一边品茶、饮酒、赋诗,兴致甚浓。②虎丘:在江苏省苏州市西北。相传吴王阖闾葬于此。饶:另外增添。惠山:在今江苏无锡市西郊。江南名山之一,以泉水清澈著称。③诩诩:融冶地集合在一起的样子。④玄真子:张志和,唐诗人。字子同,婺州金华人。官至左金吾卫录事参军。贬官遇赦之后,不复仕。放浪江湖,自称烟波钓徒,又号玄贞子,所居曰玄贞坊,著有《玄真子》。

## 其 二

山色本宜远,坐来玩山色。水声却宜近,两耳声瑟瑟。棐几照人面,吴笺莹于雪。官奴解乞书,远山能磨墨。<sup></sup>何必八法工,一往亦奇绝。<sup></sup>兴尽抛纸笔,随意呼太白。<sup></sup>风日转清丽,山色更和悦。块然忽已醉,甘卧向枕席。<sup></sup>

注:①解乞书:乞解书。谓乞求解除官奴身份的文书。②八法:指书法的八种笔画,即点、横、竖、撇、捺、钩、策、啄。③太白:此指大诗人李白。④块然:无动于衷貌。

## 过蕲州哭王伊辅秀才<sup></sup>

### 其 一

精悍犹堪掬,谁谓泉下人。美须同谢客,大鼻类陈遵。<sup></sup>曾不得三十,无由赎百身。锦心与铁腕,肠断已成尘。<sup></sup>

注:①万历二十四年(1696)春作于蕲州。作者赋诗深情缅怀青年亡友。蕲州:州名。北周改雍州置,治所在齐昌(蕲春)。王伊辅:作者友人,蕲州人,秀才。②谢客:谢灵运,南朝宋诗人。幼时寄养于外,族人因名为客儿,世称谢客。见前诗《初至恒山纪燕》注。陈遵:西汉杜陵(今陕西西安东南)人,字孟公。初任京北史。王莽当政时,封嘉威侯。更始时,任大司马护军,奉命前往匈奴,在朔方为人所杀。③锦心:形容文思优美。铁腕:喻坚强有力的手腕。断肠:形容极度悲伤。

### 其 二

祝我何嗟及,斯人不永年。坟深新碧绿,书浅旧丹铅。<sup></sup>游女悲遗钿,市儿骂负钱。<sup></sup>家亡游荡子,父母可能怜。

注:①丹铅:旧时点校书籍所用的丹砂与铅粉。②钿(diàn):用金翠珠宝等制成的花朵形的首饰。市儿:古时生意人。

## 其　三

生有青云志，何来竟不伸。公车亡主父，易水哭苏秦。①浊浪城边喷，黄花陌上新。素车与白马，踟蹰大江滨。

**注**：①公车：官署名。主父：主父偃(？—前126)，西汉临淄(今山东淄博东北)人，主父为复姓。任中大夫。主张并支持汉武帝下"推恩令"削弱割据势力，后为齐相，以胁齐王自杀，被诛。《汉书·艺文志》纵横家有《主父偃》二十八篇。苏秦：字季子。战国时东周洛阳(今河南洛阳东)人。主张联横诸国共同对付秦国，并奉燕昭王命入齐，从事反间活动，后暴露，被车裂。

## 其　四

笔下浑无敌，痴来也有情。扬云肠出地，阮籍哭伤生。①雨气寒朝舫，风来响夕城。天亡陆公子，不待著书成。

**注**：①扬云：扬雄(前53—18)，西汉文学家、哲学家、语言学家。字子云，蜀郡成都人。成帝时给事黄门郎。王莽时，校书天禄阁，官为大夫。为人口吃，不能剧谈，以文章名世。早年曾作《长杨赋》《甘泉赋》《羽猎赋》。后来主张一切言论都应以"五经"为准则，并提出以"玄"作为宇宙万物根源的学说。著作除《法言》《太玄》《方言》外，原有集，已散佚，明人辑有《扬子云集》。肠出地：形容扬雄的丧子之痛。阮籍(210—263)：三国魏文学家、思想家。字嗣宗，陈留尉氏(今属河南)人。与嵇康齐名，为"竹林七贤"之一。蔑视礼教，常以"白眼"看待"礼俗之士"。其诗专长五言，《咏怀》八十余首，表现了苦闷傍徨的心情。对现实多有讥刺，词语隐约。又工文，原有集，已散佚，后人辑有《阮嗣宗集》。哭伤生：指阮籍遇途穷，痛哭不已。此皆指代作者为青年友人的逝去而悲痛不已。

## 小竹林赠别傅叔睿①

鹿床深处且从容，吾子风流不易逢。②张绪通身如嫩柳，谢郎五字似芙蓉。③月来池上花光净，雨过园林竹露浓。若使前生非大士，如何一见问空宗④？

**注**：①万历二十四年(1596)作于公安。作者赋诗赠别友人，赞誉他风流、俊美、工诗、通禅学。小竹林：中道别业，又名香光林、箬笠谷。位于公安斗湖堤城南。傅叔睿：作者友人，居江陵沙市。余未详。②风流：风度；标格。后多指有才学而不拘礼法。③张绪：南朝齐吴郡吴人，美姿容。见卷一《哭少年》注。谢郎：谢朓(464—499)，南朝齐诗人。字玄晖，陈郡阳夏(今河南太康)人。曾任宣城太守、尚书吏部郎等职。后被萧遥光诬陷，下狱死。诗多描写自然景色，善于熔裁，时出警句，风格清俊，颇为李白所推许。长五言

诗,沈约尝言:"三百年来,无此作也。"后世与谢灵运对举,亦称小谢。原有集已散佚,后人辑有《谢宣城集》。五字:谓五言诗。④大士:佛教称佛和菩萨。空宗:佛教名词,指以空理为旨之宗派。

# 初逢中郎真州<sup>①</sup>

## 其 一

三十不如意,升沉自此分。穷途谁似我,贫策是依君。<sup>②</sup>桐乳鸣枯叶,鸿声泣夜云。<sup>③</sup>休询别后事,辛苦不堪闻。

注:①万历二十五年(1597)作于真州。是年作者应乡试落第后至真州与中郎聚(见中郎《喜小修至》)。写作者失落之际见到兄长的莫大慰藉。中郎:宏道。时辞吴令后寓居真州。真州:州名。宋大中祥符六年(1013)升建安军置,治所在扬子(今仪征)。②贫策:不太好的办法。君:此指中郎。③桐乳:谓梧桐树上的乳鸟。此喻指落第后的作者。

## 其 二

龙子抛残豆,鹓雏厌故枝。<sup>①</sup>有官君尚弃,失路我何悲。<sup>②</sup>月下诗千首,花前酒一卮。飘零终不恨,同气足相知。<sup>③</sup>

注:①鹓(yuān)雏:传说中与鸾凤同类的鸟。②弃:舍去;抛开。此处谓中郎辞去吴县令。路:仕路,即做官的路。③同气:特指兄弟。

# 读子瞻集,书呈中郎<sup>①</sup>

登朝便与祸相粘,尘世功名到底甜。<sup>②</sup>直到海南天尽处,桃榔树下忆陶潜。<sup>③</sup>

注:①万历二十五年(1597)作于真州。作者读子瞻书,感叹其连遭贬谪的不幸遭遇。子瞻集:《东坡七集》。子瞻:苏轼,字子瞻,号东坡居士。眉山(今属四川)人,北宋文学家、书画家。苏洵子,嘉祐进士。神宗时曾任祠部员外郎,任密州、徐州、湖州知州。因反对王安石变法,以作诗"谤讪朝廷"罪贬谪黄州。哲宗时任翰林学士,曾出任杭州、颍州知州,官至礼部尚书。后又贬谪惠州、儋州。最后北还,病死常州,追谥文忠。诗文有《东坡七集》等。②祸相粘(zhān):谓苏轼因反对王安石新法,以作诗"谤讪朝廷"罪贬谪黄州。③天尽处:指苏轼再次被贬谪海南儋州。陶潜:东晋大诗人,一名陶渊明。见卷一《江上示长孺》注。

## 问方子病①

三日不相见,萧骚鬓有华。②典衣供药饵,含泪忏烟花。③秋雨空阶叶,霜天午夜鸦。由来贫病里,百倍想还家。

**注**:①万历二十五年(1597)作于真州。作者赋诗问候友人方子。方子:方子儌,字子公。新安人。长时间为中郎料理笔墨,与三袁兄弟关系甚密。见卷一《景升弧辰日……》注。②萧骚:萧条凄凉。形容方子病后的容貌。③忏烟花:谓忏悔与妓女交往。

## 游栖霞,同中郎及景升、长孺、中夫①

### 其 一

宝地层层胜,游人个个闲。金杯穿曲水,檀板响空山。②松老添霜甲,石癯缀锦斑。③朝跻与暮宿,弹指也开颜。

**注**:①万历二十五年(1597)作于吴地。写作者与二哥及友人偕游栖霞山的无限情趣。栖霞:栖霞山。一称摄山,在今江苏省南京市东北约二十公里。有三峰:中峰凤翔峰最高,其东西两峰为龙山、虎山。多枫树,有栖霞寺、千佛岩、舍利塔等名胜古迹。景升:潘之恒,字景升。歙县人。见卷一《武昌逢潘景升》。长孺:丘坦,号长孺,麻城人。见卷一《别山风雨,得丘长孺书》注。中夫:袁文炜,字中夫。李贽弟子,深为李贽器重。李贽《续焚书·与焦弱侯》曰:"中夫聪明异甚,真是我辈中人,凡百可谈,不但佛法一事而已。老来尚未肯死,或以此子故。骨头又胜似资质,是以益可嘉……世间有骨气人甚少,有识见人尤少,聪明人虽可嘉,若不兼此二种,虽聪明亦徒然耳。"于是见文炜为人。后出家,名死心。②曲水:古代风俗,于阴历三月上巳日(上旬的巳日,魏以后始固定为三月三日)就水滨宴饮,认为可被除不祥,后人因引水环曲成渠,流觞取饮,相与为乐,称为曲水。檀板:檀木制成的绰板,亦称"拍板",演奏音乐时打拍子用。③霜甲:谓在老松的皱皮上布上了一层厚厚的霜。石癯(qú):癯石。即瘦石。

### 其 二

晓起霏烟雨,登山一迳新。路穷逢水脉,叶尽见峰身。松下闲尊宿,石边卧醉人。得同良宴会,大抵赖沉沦。①时予以下第至此。

**注**:①良:良朋;好友。赖:依恃;依靠。沉沦:犹沉没;沦落。此指作者会考落第。

## 述别为吾友丘长孺①

哀哀一孤鸿，飞急向东逝。伤哉金石交，三载乃相遇。②相遇能几何，一见不复双。子尚滞西陵，我遂往銮江。③銮江不忍别，复有摄山行。④摄山不忍别，逐子至冶城。冶城不忍别，十日淹江头。饮子清冷酒，卧子木兰舟。酸心一夜风，举目三千路。别矣可奈何，含泪入城去。

注：①万历二十五年(1597)作于吴地。写作者与至交长孺三载相遇不忍别的深厚情谊。邱长孺：邱坦，字坦之，号长孺，麻城人。见卷一《别山风雨，得邱长孺书》注。②金石交：谓交谊深厚，如金石之固。③西陵：泛指宜昌地区。④摄山：栖霞山。冶城：古城名。相传春秋时吴王夫差(一说三国吴)冶铸于此，故名。故址在今江苏南京市朝天宫一带。

## 幻影阁为崔才人赋①

亭亭一株树，干老叶何媚。微风倏来摇，好鸟时一至。君家高阁排云路，如何阁上种松树。细看似是名人笔，苍老遒劲好骨力。②近代恐无此好手，逼而视之寻款识。③乃是君家一方壁，莹净光滑作雪色。上有树影纷若织，以暗取之乃可得。④呜呼天地大矣谁能测！

注：①万历二十五年(1597)作于吴地。作者赋诗描述友人家一方壁上树影纷若织的奇幻景观。崔才人：作者友人。余未详。赋：文体名。班固《两都赋序》："赋者，古诗之流也。"②遒劲：刚劲有力，多指书画的用笔。③款识：古代钟鼎彝器上铸刻的文字。后世在书画上题名，也叫"款识"。④纷：盛多貌。此处谓松树枝、干、叶的阴影繁多。织：织制；织造；织绣。

## 怀潘景升①

十里江头罢游冶，裹足长吟曙窗下。②终日望君君不来，一夜江风卷白马。③黄鹄矶头寡鹄泪，新莺阁畔新莺醉。④未必重为燕子楼，莫是钱刀巧相避。⑤红丝赤仄吐青云，黯淡指下龙凤字。⑥安得仙人子母丹，资君结客与游戏。黑云匝地江水浊，相别依稀又晦朔。⑦分明望见走长干，天风吹髭挂巾角。⑧

注：①万历二十四年(1596)作于返程公安途中。写作者一路思念与友人昔日交往的情形。潘景升：潘之恒，字景升。歙县人。见卷一《武昌逢潘景升》注。②游冶：出游寻乐。裹足：停步不前。此谓呆在家里。曙：日出。③白马：借指光阴迅速。④黄鹄矶：位于黄鹄山西北(长江边)。黄鹄山，即湖北武汉市蛇山。⑤燕子楼：楼名。在江苏徐州市。唐贞元中，张尚江镇徐州，筑楼以居家妓关盼盼。张死后，盼不嫁，居此楼十八年。见唐白居易《长庆集》。旧时因以"燕子楼"指遭遇不幸的贵族女子居住之处。钱刀：泛指钱或金钱。刀是古代一种刀形的钱。避：谓有意避而不见。因过去潘景升对作者在金钱上曾有过资助，故有此谑说。⑥青云：比喻高洁。此谓潘景升吟咏的诗文质地高洁。龙凤字：谓字写得流畅华美。⑦匝(zā)：环绕。晦朔：指整整一个月。晦，阴历月终。朔，阴历初一。⑧长干：长干巷。古建康里巷。见卷一《沙头曲》注。

## 静海寺阻风憩僧舍①

不仗石尤力，何缘到佛居。②案头闲草字，架上乱抽书。带雾擎佳茗，和霜摘野蔬。晓寒贪旭日，移几就阶除。

注：①万历二十四年(1596)作于返程公安途中。写作者途中遇阻风息僧舍的闲适之情。②石尤：即石尤风，打头逆风。伊世珍《琅环记》引《江湖纪闻》："石尤风者，传闻为石氏女，嫁为尤郎妇，情好甚笃。为商远行，妻阻之，不从。尤出不归，妻忆之，病亡。临亡长叹曰：'吾恨不能阻其行，以至于此。今凡有商旅远行，吾当作大风，为天下妇人阻之'。自后商旅发船，值打头逆风，则曰'此石尤风也'，遂止不行。"

## 秣陵晓发同蕴璞①

### 其 一

树声俄寂寞，天气转澄鲜。晓月铺衾上，江流咽枕边。凄凉时断梦，摇荡恰宜眠。忽起披衣望，山山罩白烟。

注：①万历二十四年(1596)作于返程公安途中。写秋夜作者与友人于长江乘孤舟戴月兼程的一路景象。秣陵：古县名。秦始皇三十七年(前210)改金陵邑置。治所在今江苏江宁南秣陵关。蕴璞(pú)：释如愚，俗名袁蕴璞，江夏人。少为书生，后削发为僧。初居衡山石头庵，后居金陵石头城碧峰寺，遂号石头和尚。小修曾为其作《石头上人诗序》。

## 其 二

燕子初辞去,江涯四望无。①拨霜双桨急,破月一舟孤。野店鸡争叫,沙滩雁乱呼。自怜无一事,着处与僧俱。

**注**:①初辞去:谓燕子刚南迁,即秋天到了。

## 赠别梅子马督木北上①

名士安卑官,居然有狂意。②入甲岂非龙,何必垂天翅。③祝融不受职,朝廷多灾异。④我上救时策,官不录一字。⑤书生徒苦心,报国恨无地。今尔督木来,勾当公家事。奔走莫云劳,小大皆朝吏。十月茱萸湾,相牵同一醉。官散束缚轻,何妨入酒肆。一倾三百杯,陶然卧垆次。万里从兹行,天风卷雪至。

**注**:①万历二十五年(1597)作于真州。作者赋诗赠别梅国桢属下一小吏,抒发空有志向,报国无门的情怀。梅子:梅国桢。官至兵部侍郎,总督宣、大、山西军务。见卷二《云中梅中丞……》注。马督木:当为梅国桢属下一卑官。余未详。②名士:此处指梅子(即梅国桢)。卑官:卑职。此指马督木。狂意:纵情任性。③入甲:谓科举考试进入甲第。此喻指马督木做上了梅国桢的属下官。天翅:飞天之翅。④祝融:传说中的古帝。罗泌《路史·前纪》卷八:"……祝融氏……以火施化,号赤帝,故后世火官以为谓。"灾异:指自然灾害和某些特异的自然现象,如水灾、地震、日月蚀等。⑤救时策:谓挽救国家时势的良策。

## 寄 伯 修①

几向天京度岁华,玉堂金马已如家。②每从退食烧沉水,时借名园看藕花。③鬓发侍儿修五戒,平头奴子演三车。④懒残数语君知否,小弟无官也不嗟。⑤

**注**:①万历二十五年(1597)作于真州。写作者昔日从大哥在京师度过的美好时光。并表达了自己无官也不嗟的志向。伯修:袁宗道,字伯修,作者的大哥。时任春坊庶子兼翰林院侍读(即皇太子的老师)。②玉堂:官署名。汉侍中有玉堂署;宋以后翰林院亦称玉堂。金马:汉代宫门名。《史记·滑稽列传》:"金马门者,宦署门也。门傍有铜马,故谓之曰金马门。"汉代征召来的人,都待诏公车(官署名),其中才能优异的令待诏金马。

亦简称"金马"。③退食：臣子退朝后在家就膳（就餐）。沉水：沉香的别名。④鬒(zhěn)：
黑发。五戒：不杀生、不偷盗、不邪淫、不妄语、不饮酒食肉。为佛教男女教徒所应遵守的
五项戒条。三车：佛教语。以牛车、羊车、鹿车为三车，比喻三乘。⑤懒残：唐高僧，即明
瓒禅师。嗟：嗟来食。表示带有侮辱性的施舍。

## 戏赠善印章程生从军①

程生入门微启齿，洞石金刀响袖里。②往往开石如开泥，有时饮酒如饮
水。③修干大耳面如盘，初逢不信是寒士。飞雪入眼风割皮，逡逡忙忙走城
市。方子贫困已依人，生来却有依方子。④自言少年颇豪迈，气力一身五石
大。三尺宝刀一丈矛，走马弯弓事事会。眼见东南苦争战，身抱奇策无人
荐。屠龙之技不忍埋，北去从军趋海甸。⑤一自倭奴肆无状，玩弄中朝股掌
上。⑥何人解耻越甲鸣，君思万里亲乘障。⑦从来布衣有奇才，不必区区将与
相。近读塘报我渐张，斩首百级贼胆丧。⑧天子亲颁内府金，二十余万给边
将。赏罚得宜士赳赳，坐见海上平小丑。男儿何处觅封侯，乘时急取关白
首。⑨

**注**：①万历二十五年(1597)作于真州。作者热情鼓励友人从军上前线勇杀倭奴，建
功立业。善印章：谓程生擅长雕刻印章。程生：程全之。吴中寒士，善印章，武功高强。
曾多次在作者和宏道诗中出现。宏道诗中称其为程彦之或程生，如《别程彦之归吴》。
②洞石、金刀：雕刻用的工具。③开石：谓雕刻取材，把石头凿开。④方子：方文僎，字子
公。依方子：此谓依付人的办法。指方文僎善为宏道料理笔墨。⑤屠龙之技：谓技能高
超。⑥倭(wō)奴：倭寇。十四至十六世纪劫掠我国和朝鲜沿海地区的日本海盗集团。
⑦越甲：指古越国的雄兵。此处代指程生。乘障：乘马超越障碍。谓打败倭奴。⑧塘报：
亦称驿报。明朝地方政府报道军情的公报。⑨关白：犹禀告；报告。关，通达。《汉书·
霍光传》："诸事皆先关白光，然后奏御天子。"

## 再别袁中夫①

长日耽欢赏，分离忽在今。②冷风吹日淡，苦雾瘴山深。干笑凄于哭，牵
衣口共喑。③萧萧同病意，河上有哀音。

**注**：①万历二十五年(1597)作于真州。写作者惜别好友时的凄哀景象。袁中夫：袁
文炜，字中夫。见前诗注。②耽(dān)：过度；酷嗜。③喑(yīn)：哑，引申为默不作声。

## 别蕴璞往通州访司马顾公①

竿木从兹去，迢迢云水深。晓霜滑石路，积雪隐珠林。八法惊神手，五言见苦心。②海门虽寂寞，是处有知音。③

注：①万历二十五年(1597)作于真州。写作者告别博学多才的释如愚，又去拜访倜傥雄骏的顾养谦。蕴璞：释如愚，俗名袁蕴璞，江夏人。见前诗《秣陵晓发同蕴璞》注。通州：五代周显德中改静海军置，治所在静海(今南通市)。司马顾公：顾养谦，字益卿，号冲蓭。②八法：指书法的八种笔画。见前诗注。五言：五言诗。③海门：古县名。五代周显德五年(958)置。治东州镇，在今江苏启东东北。明正德中寄治通州余中场(今海门东北)。知音：此处指司马顾公。

## 思　乡①

双泪落灯前，思乡夜不眠。好风石浦柳，新月斗湖莲。②茶会团邻老，花楼舞少年。③谁怜瓜步客，岁暮阻江边。④

注：①万历二十五年(1597)作于真州。写作者岁暮阻江瓜步，灯前双泪思乡。②石浦：位于作者家乡。见卷一《秋夜寄中郎》注。斗湖：湖泊名。原位于公安县斗湖堤南郊。③茶会、花楼：均为作者家乡的乡俗、乡景，这些最易唤起身在异乡的游子对家乡的思念。④瓜步：镇名。又称瓜埠洲，或瓜洲。在今江苏邗江南部，大运河入长江处。

## 哀殇诗①

### 其　一

丝发犹缠筐，金钱宛系衣。命随渠略尽，魂逐蕣华飞。②瑟瑟风如剪，沉沉日不辉。县西一尺土，零落竟谁依。③渠略即朝生也。

注：①万历二十五年(1597)作于真州。此为痛哭死难者的诗，表达了作者哀生失路的感情。②渠略：渠道。人工开凿的水道。蕣(shùn)华：木槿花。早开晚落，仅荣一瞬，故名。③县：通"悬"。谓悬空吊挂，无所依倚。一尺土：比喻人死后的魂魄。

### 其　二

终朝怀抱物，失去也堪哀。书臂珠三字，系裙玦一枚。①乳唇何日动，星眼几时开。想得投胎日，原为索泪来。

注：①书臂珠：书，代表知识；臂，代表身体；珠，代表钱财。谓人生最需要的三大物。玦（jué）：古玉器名。环形，有缺口。古时用作与人断绝的象征物品。


# 寄梅开府衡湘，兼呈宏甫先生①

中丞胆略世无二，单骑曾监西宁事。②剑戟林中吐笑言，贼虏双膝自到地。身是天朝锁钥臣，不重太守重书生。③中郎倒屣迎王粲，北海忘年拜祢衡。④烽绝尘销胡汉欢，五月榴花照马鞍。是日幕府宴上客，边廷父老路傍看。玉河娟娟数行柳，怪蟒缠衣亲送酒。⑤兜甲鳞鳞耀日光，偏裨材官绕前后。公子席前礼法卑，侯生座上形容丑。⑥锦袍红毦大树下，珠弓羽箭猎平野。⑦半天雪影坠双鸿，一簇红云走万马。醉后一揖城南曲，我向长安载碧玉。⑧渭水一泓沸于汤，黄河千里飞如瀑。青衫典尽赤仄羞，十月邗沟一痛哭。⑨馆娃宫前草树青，燕子矶头暮雨生。⑩江潮送我至溆浦，水冷沙寒闻雁声。⑪盘涡吼怒江门水，却向三径拾梧子。⑫明月如珠不肯收，重乘一舸向扬州。秋风泠泠飒衰鬓，凤凰失羽麒麟病。手中白酒失朝昏，杖底青山无远近。穷来最感故人恩，梦中时发边城信。北望代云忽如盖，青牛闻已出关外。⑬自古英雄急相知，投老为君走边塞。杜陵狂夫老更狂，惟徐严武能相爱。⑭中郎匹马走京国，我欲偕行过塞北。三游西湖不及春，却坐湖上候花色。收泪远寄云中书，白雪欲来天乍黑。

注：①万历二十五年（1597）作于真州。作者赋诗回顾昔日在梅开府受到高礼遇款待的情景，赞誉了梅国桢礼贤下士的美德。同时也表现了诗人不忘故人恩的真挚感情。梅开府：指梅国桢。字客生，一字克生，麻城人。见前诗《云中梅中丞招饮……》注。开府，指成立府署、自选僚属。衡湘：梅国桢。宏甫：李贽，号卓吾，又号宏甫。见卷一《武昌坐李龙潭邸中赠答》注。②中丞：官名。汉代御史大夫的属官有中丞，受公卿奏事，举劾案章。此处指梅国桢，他曾任右金都御史巡抚大同，故称中丞。西宁：州、卫、府名。宋崇仁三年（1104）改鄯州置州，治所在今青海西宁市。明初改为卫。③锁钥臣：指掌管一方的重臣。④中郎倒屣迎王粲：谓蔡邕听说王粲到访，连忙起身相迎，连鞋子都穿倒了。后用倒屣形容热情接客。王粲，三国文学家。见卷一《送同舟归州人》注。北海：汉末孔融任北海相，人称孔北海。时孔融年长，祢衡年轻，故称"忘年拜"。祢衡：字子平，汉末文学家。见卷一《送人游鄂》注。全句喻指梅国桢热情真诚地对待作者。⑤玉河：古水名。即今新疆和田河。见《梁书·西北诸戎传》。怪蟒：谓奇异的蟒袍。此处指身着蟒袍的梅国

桢。⑥侯生:侯嬴,战国时魏国人。见前诗《舟中偶怀同学诸公》注。此处借指作者。⑦毾(tà):毾氀(qú)。毛毯。⑧揖(yī):拱手礼。碧玉:碧玉歌。乐府吴声歌曲名。⑨青衫:青衿。《诗·郑风·子衿》:"青青子衿。"毛传:"青衿,青领也,学子之所服。"因以指读书人。此处指作者。典:典故。即诗文中引用的古代故事和有来历的词语。邗(hán)沟:古运河名。春秋时吴王夫差为了争霸中原在江淮间所开凿。⑩馆娃宫:古代宫名,吴王夫差为西施建造。今江苏吴县灵岩山上有灵岩寺,即其故址。燕子矶:在今江苏省南京市东北郊。矶头屹立于长江边,三面悬绝,宛如飞燕,故名。⑪溧浦:一称溧水或溧江,今名龙开河。⑫江门:在今广东省珠江三角洲西部、西江下游。三径:旧指归隐后所住的田园。⑬代:古国名。在今河北蔚县。青牛:指太阳。⑭杜陵:杜甫(712—770),唐大诗人。字子美,居杜陵,自称杜陵布衣。严武:唐严挺之子,字季鹰。见前诗《云中梅中丞招饮……》注。

## 广陵道中晚行①

间一熟林色,犹然识井烟。②犬声喧暗树。雁阵落荒田。拨火谭生事,投琼得酒钱。③夜深闻客语,起视月澄川。

**注**:①万历二十五年(1597)作于扬州。写作者夜行广陵道,一路上所看到的生机勃勃的山乡景象。广陵:古县名。秦置,治所在今扬州市。②井:古制八家为井。引申为乡里;家宅。③投琼:掷骰子。

## 闲游同中郎,时在广陵渡口①

药雨淋淋暗送秋,雁行飘泊又邗沟。②一双皂帽穿花市,无数黄柑耀酒楼。③落日云霞江左树,晚风箫鼓北来舟。④朱帘处处藏莺燕,未审何人是莫愁。⑤

**注**:①万历二十五年(1597)作于扬州。写金秋时节作者与二哥闲游扬州的美好时光。中郎:作者的二哥袁宏道。广陵:今扬州。②药雨:指立冬后小雪前所下的雨,亦称"液雨"。宋陈元靓《岁时广记·冬·入液雨》:"《琐事录》:'闽俗立冬后过壬日,谓之入液,至小雪出液。得雨谓之液雨,无雨则主来年旱……又谓之药雨,百虫饮此水而蛰。'"邗沟:古运河名。③一双皂帽:此处谓作者和中郎两人皆戴黑色儒冠。④江左:古地区名。古人在地理上以东为左,以西为右,故江东又名江左。⑤莫愁:古乐府中所传女子。

## 乔光禄宅夜集①

遇酒必陶然，况逢地主贤。鹧鸪香绣幕，鹦鹉散高筵。②门客诙堪绝，儿郎慧可怜。月来见醉影，吾亦笑吾颠。

注：①万历二十五年(1597)作于扬州。写作者与友人夜集同醉的陶然情趣。是时中郎参加聚会，并留下诗作《集乔光禄斋头》。乔光禄：作者友人。余未详。②鹧鸪：指鹧鸪斑。香名。叶廷珪《名香谱》有鹧鸪斑香、思劳香，谓其"出日南，如乳香"。鹦鹉：酒具，即海螺盏。用银或金镶足，作酒杯，称鹦鹉杯。

## 黄驾部新携广陵姬北上①

东方千骑有辉光，六转蹁跹淮海阳。②身逐彩云秦玉女，手持赤管汉仙郎。飞花远映三珠树，螺墨初陈九子祥。③画鹢双双从此去，黄河渭水也生香。④

注：①万历二十五年(1597)作于扬州。写驾部黄炜于广陵(扬州)买妾。是时，中郎亦作有《广陵曲，戏赠黄昭质，时昭质校士归》一诗。黄驾部：黄炜，字昭质，南充人。黄辉第四弟。万历二十年进士。授户部主事，晋兵部武选司员外郎，升授汝南布政使参政。《南充县志》有传。姬：妾。②东方：此指吴越东南地区。六转：此处谓作者和黄氏兄弟(黄辉、黄炜)等友人多次游览吴越东南地区的风景名胜。③飞花：喻指黄炜在扬州新纳的妾。三珠树：古代传说中的树名，本作"三株树"。《山海经·海外南经》："三株树在厌火北，生赤水上。其为树如柏，叶皆为珠"。螺墨：螺子墨；螺黛。此喻指黄炜的新妾。九子：九颗星。《史记·天官书》："尾为九子。"尾，二十八宿之一，有星九颗。④画鹢：船的别称。古代在船首画鹢鸟的像，故称船为"画鹢"。

## 短歌戏赠沈飞霞山人，山人年七十新买妾①

雪花皓皓一城白，偏寻不见飞霞宅。穷巷深处蒲苇门，雪压残书何萧索。昔见尊字想君貌，道是如花一年少。岂意崎嵚绝可笑，酷似怪石点奇窍，又如老树雪干霜藤露孤峭。②此等俱以古质胜，置之丘壑真为妙。③巉岩吐云枯柟华，发为文章有清调。心精不朽即儿孙，尚书中郎那可吊。④司空婢子老随身,诗人年暮转多情。⑤闲当更为图枯木,付之荷叶待添丁。

**注:**①万历二十五年(1597)作于真州。一古稀穷书生新买妾,作者赋诗戏谑之。沈飞霞:山人(旧指隐士),年七十。②崎嵚:崎岖艰险。形容老山人身体瘦削。孤峭:孤傲独立,不与人同。此喻老山人的性情。③枯栊(niè)华:比喻老山人枯木逢春长出了新枝叶(即新买妾)。④尚书:官名。明代以六部尚书分掌政务,六部尚书遂等于国务大臣。中郎:官名。中郎将。吊:悬挂。⑤司空:官名。后世用作工部尚书的别称,侍郎则称少司空。婢子:婢女。指新妾。

# 无锡雪霁郊行①

倚酒寒郊望,川原白渐分。偶坐溪边石,细看冰上文。林中来夜色,天际点晴云。名姓无人识,相忘燕雀群。②

**注:**①万历二十五年(1597)作于无锡。写雪过天晴,作者到无锡郊外游。是年中郎解官,侨居无锡、仪征,作者乡试后来此与中郎聚(见中郎《喜小修至》)。②燕雀:喻指普通百姓。也指代作者。

# 江长洲见访宝林寺有述①

诸侯孰可依,明公雅相敬。②辛苦走吴门,青女实为政。③肃肃霜风寒,冷冷冰力劲。策杖息珠林,六凿暂清净。④藤阴雪尚凝,果落鸟乍竞。之子枉高驾,温玉森相映。⑤屈指相逢期,岁月已五更。我犹楚诸生,君犹长洲令。⑥电光日月华,蝉翼文章命。⑦郁郁复何为,惟酒可怡性。

**注:**①万历二十五年(1597)冬作于真州。写江盈科屈尊造访作者寓所宝林寺。江长洲:江盈科。见卷二《长歌送中郎之吴门……》注。②诸侯:此处指代掌握地方统治大权的人。明公:指江长洲。雅:典雅,纯正。③走吴门:谓作者到苏州。"青女"句:谓正当冬天。青女:神话传说中的霜雪之神。④珠林:喻指寺庙,此指宝林寺。六凿:六根。即眼、耳、鼻、舌、身、意。⑤枉高驾:敬辞。屈高驾:屈尊相访。温玉:温润而有光泽的美玉。森:繁密貌。⑥诸生:明清两代称已入学的生员。长洲令:谓江盈科时任长洲县令。⑦"电光"句:颂扬江长洲的才华与前程如日月般光华。"蝉翼"句:喻作者命运若蝉翼般轻薄,只宜写写文章而已。

## 王百谷招饮即席赠①

俗里为僧舍,城心作隐居。树晴多戏鸟,冰泮有游鱼。安石情常在,何公肉渐除。②自知非赋客,不敢问藏书。③

**注:**①万历二十五年(1597)作于真州。作者赋诗推崇王百谷的城心归隐。王百谷:王稺登,字百谷,长洲人。十岁能诗,名满吴中。②安石:谢安。字安石,东晋政治家。见卷一《饮驾部龚惟长……》注。何公:梁朝何胤。肉渐除:指何胤暮年断肉减粮,隐居著述。此皆指代王百谷。③赋客:谓学养深厚之人。藏书:此指胸贮大学问的王百谷。

## 宝林寺岁暮四首①

### 其 一

同云冉冉岁将徂,寒影萧条落五湖。②白发老亲伤荡子,红颜少女怨狂夫。③冲风入室灯时灭,啼鸟还巢客倍孤。椒酒辛盘谁与办,霜蔬聊且付僧厨。④

**注:**①万历二十五年(1597)作于真州。作者岁暮只身在外,终日思亲想家,抒发了游子的无限孤独与愁苦。②同云:下雪前遍布天空的阴云。徂(cú):过去;逝。寒影:此指作者寓居在外的身影。五湖:五个大湖的总称。近代一般以洞庭、鄱阳、太湖、巢湖、洪泽为五湖。③荡子:浪子。狂夫:放纵无羁的人。此处皆指作者。④辛盘:古时元旦、立春用葱、韭等辛菜作食品,表示迎新。此处谓作者想到自己常年岁暮在家的情形。僧厨:谓僧人的厨房。时作者寓居宝林寺,与僧人共食宿。

### 其 二

乌藤寂寞寄祇林,岁月催人客恨深。①再刖不收双泪尽,三旬初到二毛侵。②冻云犹自含残雪,微日那能破积阴。住世参禅无一了,夜来愁听海潮音。③

**注:**①乌藤:指藤杖。代指作者。寄:寓居。祇(qí)林:又名祇树。元朝祇托太子之树林,简称祇林。为太子供养佛者用。此指宝林寺。②刖(yuè):此处谓"月"。三旬:三十岁。二毛:头发斑白。③参禅(chán):佛教名词。佛教禅宗的修行方法。即习禅者为求开悟,向各处禅师参学。一般依教坐禅或参话头的,也叫参禅。

## 其 三

姑苏旧是少年场,此地僧贫寺久荒。野乌乍来翻定水,苍苔直欲上禅床。①且将白骨消尘习,未有黄金饰闹装。②雨雨风风催岁暮,愁来独自伴支郎。③

注:①定水:佛教语。定心湛然,犹如止水也。野乌:比喻外来的游子。此处指作者。②尘习:佛教术语。谓循世间之事法。闹装:用金银珠宝之类杂缀为鞍、辔等物的饰物。③支郎:支道林(314—366),东晋佛教学者。见卷一《李坪遇郝生》注。

## 其 四

岁事蹉跎又一周,年华不为少年留。有衣堪典宁辞醉,无客相依转自愁。东阁梅开怀远信,南园草长怨闲游。①春禽不识人惆怅,故故绵蛮树上头。②

注:①东阁:《汉书·公孙弘传》:"于是起客馆,开东阁以延贤人。"谓于庭东开小门,以迎宾客,表示不与属员一样待遇。引申为款待宾客的地方。②绵蛮:《诗·小雅·绵蛮》:"绵蛮小鸟。"朱熹集传:"绵蛮,鸟声。"

## 别 慧 卿①

终日怕言别,牵衣忽此时。红颜伤患难,清泪尽分离。玉钏沽名酒,罗巾觅赠诗。②凤凰桥上柳,欲折不成枝。③

注:①万历二十五年(1597)作于真州。写作者与一红颜知己的离别之愁。慧卿:当是作者的红颜知己。卿:对人的昵称。②玉钏(chuàn):玉制的手镯。③折柳:寓指赠别或送别。不成枝:谓枝被折断。比喻作者与慧卿的分开。

## 送中郎入都中①

十年不得意,常觉天地窄。往往困极时,依君即奇策。②行为修八行,居为治一石。③钱刀稍有余,任意取无惜。一草一露滋,万物无终厄。令我若无君,谁与收魂魄。本拟逐君行,雅语消晨夕。④杨子百尺波,飘飘寄一宅。⑤南倭方有警,缓急要筹画。⑥买姬复买居,且作广陵客。长安尘污人,吾已鉴畴昔。微雨洗垂杨,青青渐广陌。黄河沸如汤,渭水一片白。万里从兹分,含泪看挂席。⑦

**注**：①万历二十六年(1598)作于苏州。作者含泪送别二哥,深情感激二哥多年对自己的悉心照顾。②君：此处指中郎。③八行：即"八正道"。佛教认为圣者所行之道有八种：正见；正思维；正语；正业；正命；正精进；正念；正定。石：石室。古代宗庙中藏神主的处所,又为藏图书档案的处所。此处当泛指居室。④逐君行：谓作者随中郎赴京。雅语：谈吐儒雅。此指中郎对弟弟的临别赠言。⑤扬子：扬子江。指南京以下的长江下游河段。因扬子津、扬子县而得名。⑥倭(wō)：古代称日本为倭。此处称倭寇。⑦挂席：即扬帆起航。

## 艳　歌①

　　七香车甫临,九子蒲新织。②秋波有时注,罗帷忽自匿。侵鬓眉常颦,破粉泪初拭。贫家无妆束,天然少雕饰。三十复何求,携去北山北。鸾台可扶杖,远山可磨墨。不能效胡叟,焉敢望韦陟。③若比陶征士,好酒微兼色。④细观闲情赋,此趣亦应识。纤手捧凿落,终身穷亦得。⑤

　　**注**：①万历二十六年(1598)作于真州。作者买得一贫家女子作妾,与其相伴出游山水。艳歌：谓描写男女爱情的香艳体诗。②七香车：即用多种香料涂饰的车。甫：才；方。九子蒲：谓用香蒲编织的九子母女神的像。九子,九子母。古代迷信,称九子母为佑人生子的女神。③叟(sǒu)：古代对长老的称呼,指老人。韦陟(zhì)：唐大臣,字殷卿。④陶征士：晋陶潜,字渊明。⑤纤手：指女子柔细的手。凿落：凿木的工具,俗称凿子。

## 送汪生携家谒宝应之元君庙①

　　河桥垂嫩柳,微雨浣仙舲。②夕食青精饭,朝翻赤甲经。③篆烟香暗水,锦缆出花汀。霓曲何当谱,侍儿仔细听。④

　　**注**：①万历二十六年(1598)作于真州。作者赋诗送别友人,友人带着家眷乘舟往宝应进见庙堂。汪生：汪本钶,字鼎甫。歙县人,李贽弟子。曾于李贽死后刻其遗著《续焚书》。谒(yè)：进见。宝应：县名。在今江苏省中部、宝应湖之东。②仙舲(líng)：有窗户的船。③青精饭：采南烛枝叶,以其汁浸米,蒸饭曝干,色青碧。道家谓久服可延寿益颜。唐杜甫《赠李白》诗："岂无青精饭,使我颜色好。"宋陆游《小憩长生观饭已遂行》："道士青精饭,先生乌角巾。"赤甲经：佛教经典名。④《霓曲》：《霓裳羽衣曲》,简称《霓裳》。唐代宫廷乐舞,著名法曲。

### 侯师之席上同谢在杭诸公分韵得草字，分体得七言古①

两日不踏三径草，苦爱君家流水好。不知何以饶酒钱，买酒烹葵共倾倒。②客子颠狂不类宾，主人调笑浑忘老。席前双屐走康侯，众里一呼惊彦道。②相期醉舞与狂吟，肯负晕檀并齿皓。③银甲声残仍促歌，金羊销尽还嫌蚤。④置驿投车亦有人，所钦未必在文藻。⑤百罚深杯我不辞，此翁坦率好怀抱。棟花风尽艳事稀，多恐春光不易保。君不见真州城北桃千树，前日红酣今渐少，如何不饮愁天晓。

注：①万历二十六年（1598）作于真州。该诗称美东道主性情随和、喜游好乐、慷慨好客。侯师之：侯维垣，字师之，真州人，耳聋，好客。所居书室，前有流水，袁氏兄弟客真州日，常往聚之。谢在杭：谢肇淛，字在杭。长乐人。万历二十年进士。授湖州推官，后至广西右布政使。为闽派诗人健者。有《下菰集》《居东集》。《列朝诗集小传》丁集下有传。分韵：作诗术语。指作诗时先规定若干字为韵，各人分拈韵字、依韵作诗。分体：与分韵类同。②康侯：康乐公谢灵运。见前诗《初至恒山纪燕》注。此指代侯师之。彦道：即彦琮（557—610）。北朝末年及隋初僧人。初名道江，后改彦江，又改彦琮。通梵文，精翻译。从印度僧达摩笈多询求外国史地，著《大隋西国传》；并曾与裴矩共修《天竺记》。今皆不传。③"相期"二句：谓主人希望来客喝醉后舞之蹈之、放纵吟诗。描绘了主人热情待客的情状。④银甲：银制的假指甲，套于指上，用以弹筝和琵琶等。金羊：喻指钱财。⑤置驿：把客人安置进家。投车：投辖。形容主人留客的真诚。

### 春日同侯师之、詹淑正游天宁寺，便饮师之水阁即席赋①

珠林闲共往，草阁笑相迎。②江北无双士，春来第一晴。飞花粘石榻，舞蝶息楸枰。日暮不归去，贪听流水声。

注：①万历二十六年（1598）作于仪征。写作者与友人游天宁寺，又聚水阁博奕、便饮、贪听水声，日暮不归。詹淑正：仪征士人，能书善言。②珠林：喻指寺庙。此指天宁寺。

### 玉湖渔父歌赠周叔隐山人，山人善丹青①

渔翁把钓秋江里，时出芦洲过沙嘴。晚来晒网霞明山，晓起鸣榔月照水。不爱湖中鳜鱼好,只爱山苍水浩浩。时向桃花浦口眠,常在流水声中老。周郎泠泠有清致。早岁即抱幽栖志。胸内常悬湖泖情,舌端只吐烟霞字。②有时纵笔写波涛,千峰万壑穷幽邃。浦上渔翁似阿谁,我道周郎自貌自。城市冉冉尘百丈,此君宜置沧洲上。③即使世间少风波,谁似轻舟穿柳浪。洞庭之山太湖汜,目送青山不设饵。④只少樵青与渔童,不然何异玄真子。⑤(时山人新失仆)

**注:**①万历二十六年(1598)作于仪征。作者赋诗讴歌一山人以打鱼为乐、丹青为趣。玉湖:真州境内一湖泊名。周叔隐:隐士。玉湖渔翁。山人:旧指隐士。丹青:泛指绘画艺术。②泖(mǎo):水面平静的湖。③沧洲:滨水的地方。古时常用来称隐士的居处。④汜(sì):通"涘"。水边。⑤玄真子:指唐朝诗人张志和。自号烟波钓徒,又号"玄真子。"见前诗《江午》注。

## 醉 归①

大醉春江上,归来日已斜。踞床观野史,汲水试新茶。②语燕时穿户,栖鸡忽趁花。一声惊假寐,少妇理琵琶。

**注:**①万历二十六年(1598)作于真州。写作者酒醉归来无忧无虑、怡然自得的情状。②踞(jù):依靠。

## 赠詹淑正①

霜毛猬结照纶巾,楚楚行游江水滨。书法半传诸弟子,老来常哭旧恩人。众中郢曲声谁和,酒后虞初话有神。②堤柳似眉潮似雪,与君烂醉广陵春。

**注:**①万历二十六年(1598)作于扬州。作者与友人春游广陵,称赞友人能书、善言、念旧情。詹淑正:仪征士人,能书善言。②郢曲:宋玉《对楚王问》:"客有歌于郢中者,其始曰《下里》、《巴人》,国中属而和者数千人。其为《阳春》、《白雪》,国中有属而和者不过数十人……是其曲弥高,其和弥寡。"后因以"郢曲"指优美的乐曲。虞初:西汉河南(今河南洛阳)人。武帝时任侍郎,人称"黄车使者"。曾根据《周书》写成通俗的周史,名《周说》。《汉书·艺文志》列入小说家,后世常以其名作为笔记小说的代称。此指代詹淑正。

## 侯师之邀饮玉兰树下,醉往城西看桃①

岂宜不醉见春残,况有名园可共欢。忽见雪花如掌大,似催卮酒向唇干。冲霄只觉云头黑,照夜还同月色寒。此地濯魂仍不住,桃花如锦又同看。[2]

**注:** ①万历二十六年(1598)作于真州。写作者应邀饮酒,醉后又往城西看桃。侯师之:侯维垣,字师之。见前诗注。②濯(zhuó):洗涤。

## 张子邀酒江上草堂[1]

青山如黛水痕明,芳草油油带笑迎。微雨数番清广陌,桃花一夜烂春城。香蔬绿甲河豚面,蚤韭银丝蛤蜊羹。[2]日暮移尊沙上坐,醉看江左放新晴。[3]

**注:** ①万历二十六年(1598)作于真州。作者在大好春色之中应邀品尝了一顿丰盛的晚宴。张子:作者友人。余未详。②河豚:鱼纲,鲀科鱼类的俗称。体圆筒形,有气囊,能吸气膨胀,肉鲜美,唯肝脏、生殖腺及血液含有毒素,经处理后,可食用。蚤:通"早"。蛤蜊:软体动物,生活于浅海泥沙中,肉味鲜美。羹(gēng):泛指煮成糊状的食品。③江左:地域名。指江东地区。

## 再过师之水阁[1]

闲来日日共盘桓,草阁留宾未整冠。流水也应熟面貌,清谈不用费杯盘。槛花堤柳催春事,微雨轻风作夜寒。[2]叹我飘零君又老,相逢莫惜酒巵干。

**注:** ①万历二十六年(1598)作于真州。写作者乔居真州期间成了师之家的常客。师之:侯师之,侯维垣。见前诗注。②槛(jiàn):窗户下或长廊下的栏杆。

## 夏苦雨呈卓吾子[1]

### 其 一

暑路今将半,寒威了不除。室洼常着屐,夜漏屡移书。柳重低无色,花愁泣未舒。不能三五步,游衍将焉如。[2]

**注:** ①万历二十六年(1598)作于真州。作者夏季乔寓真州,常遭受大雨雷电的袭击,终日苦不堪言。卓吾:李贽(1527—1602),号卓吾。见卷一《武昌坐李龙潭……》注。

子:古代对人的尊称,亦指师长。②游衍(yǎn):游乐;出游。如:往;去。

## 其 二

已觉云车缓,翻嫌鹳井陈。①雨声常动地,晴色只调人。伏枕思无赖,摊书字不真。若非数斗酒,何以度昏辰。

**注**:①云车:天上的雨云像奔驰的战车。鹳井:谓排水设施。

## 其 三

石破天长漏,滂沱总不休。电疑屯帐外,雷只在床头。古屋墙闻塌,花渠水乱流。雨师宜息驾,吾欲觐青牛。①

**注**:①觐(jìn):晋见。青牛:太阳。

## 哭开美侄儿,时年八岁,卒于扬州①

福来无一毛,祸至常累累。寄居未逾年,哭声何曾止。腊月哭虎儿,三月哭开美。②苍天胡不怜,泪岂黄河水。百年会归尽,似此亦大驶。③阿叔虽在兹,阿爷三千里。④只怪夜梦恶,宁知大儿死。哭尔更痛兄,伤心逾吾子。

**注**:①万历二十六年(1598)作于真州。写作者为两侄子在异地接踵而卒痛哭不已。开美:袁宏道的大儿子。按:万历二十四年(1596)底,宏道经过七次坚决地辞职,终于卸掉了官职,后移家寓居仪征。万历二十六年初,宏道从仪征赴京就选京兆教官,其家眷仍留住在仪征。此时作者也寓居仪征。②虎儿:袁宏道的三子,名虎子,万历二十四年生于吴县。万历二十五年十二月,病死于仪征。③百年会:古人以为人生不过百年,故亲人相聚也至多在百年。驶:迅捷。④阿叔:指作者。阿爹:指开美的爸爸袁宏道。三千里:指在很远以外的京师。

## 寒食郊游①

白杨风起四郊寒,青草黄沙盖绮纨。②似此有人呼不应,奈何得酒劝难干。数骑宝马嘶香雾,一簇红衫下远峦。古柏亭亭堪避雨,莫因泼火断余欢。③

**注**:①万历二十六年(1598)作于真州。写作者寒食郊游,喜见众多穿着鲜艳的人群在野外踏青的欢乐景象。寒食:节令名,清明前一天。见卷一《寒食郊外踏青……》注。②绮(qǐ)纨(wán):喻指身着丝绸踏青的人们。③泼火:为纪念介之推而做的用水泼火的

禁火游戏。

## 谢在杭司理以改郡寓真州，予访之旅斋有赠①

从来妒女恶红妆，且束贤冠寄远乡。②少食东方愁粟米，无家苏子息桄榔。③斋头甲石屯云雾，壁上残碑见汉唐。④却笑当年萧少府，尽除花草种衰杨。⑤

**注：**①万历二十六年（1598）作于真州。作者赋诗称道友人品行纯正，为官贤劳，博学多识。谢在杭：谢肇淛，字在杭。见前诗《侯师之席上同谢在杭诸公……》注。时任湖州推官，掌勘问刑狱，时寓真州处理改郡事宜。旅斋：谓旅居的房子。②贤冠：指官帽，官职。此处指代谢在杭。③东方：县名。此处泛指海南儋州。苏子：苏轼，北宋文学家、书画家。桄榔：常绿高大乔木。此喻指谢在杭任职地偏远。谢时任广西右布政使。④甲：龟甲，鳖甲。此处指甲骨文字类。石：此处指各类奇石。屯：聚集；储存。⑤萧少府：萧颖士（708—759），唐散文家。字茂挺，兰陵（今山东苍山县兰陵镇）人。少府：官名。唐代因县令称明府，县尉为县令之佐，遂称为少府。后世亦沿用。其职位类同功曹参军。除花草、种衰杨：意指萧颖士平时致力于写作古文，"格不近俗"，"必稀古文"。

## 戏赠詹生入道①

朝花晞露烛残膏，头上浓霜染二毛。②何胤暮年拟断肉，沈郎老去忏分桃。③书来虿尾多禅偈，镕却鱼肠作戒刀。④时起蒲团灭往事，掀髯犹带旧粗豪。

**注：**①万历二十六年（1598）作于真州。作者赋诗戏谑友人暮年入道的老朽之态。詹生：詹淑正。能书善言。道：佛道。梵言菩提是也。②晞（xī）：破晓。烛残：喻指詹生的年纪老。二毛：头发斑白。③何胤：名点弟，字子季。拟断肉：指何胤暮年断肉减粮，隐居著述。④虿（chài）：形容上卷貌。禅偈：佛教名词。偈陀。义译为"颂"，就是佛经中的唱词。鱼肠：古宝剑名。

## 雨坐天宁寺，时将同卓吾子游秣陵，以雨不果①

照泥星出湿频频，早夏萧条似早春。牛首燕矶将戒路，雨师风伯漫清尘。②石栏浣浣流花泪，槐叶森森护鸟身。窗下一篇闲自读，喜君年老有精神。

注:①万历二十六年(1598)作于真州。写风雨致使作者与老师同游秣陵未果;老师于窗下悠闲自读,颇有精神。卓吾:李贽,号卓吾。见卷二《武昌坐李龙潭邸中赠答》注。秣陵:今南京市。②牛首:山名。牛首山,一名牛头山。在今南京市西南。双峰角立,形如牛首,故名。南宋建炎四年(1130),岳飞大破金兀术于此。有普觉寺等名胜。燕矶:燕子矶。

## 永兴寺看竹①

芳园十亩傍山池,翠竹千竿护短篱。莫以青鞋踏嫩笋,且将白袷挂低枝。②云梢曳玉风来处,节粉生香箨破时。③不见此君今已久,山僧休讶出林迟。

注:①万历二十六年(1598)作于真州。作者为满园生香的翠竹所陶醉,迟迟不忍出芳园。②袷(jié):古时交迭于胸前的衣领。③箨(tuò):笋壳。

## 栖 霞①

遥望山容翠可亲,闲云应得似闲身。溪声鸟语如迎客,竹影松阴乍冷人。雀尾旋熏衣上汗,乳泉新洗胃中尘。科头散发从疏放,此地由来无主宾。②

注:①万历二十六年(1598)作于游栖霞途中。作者登栖霞山,一路上满目清新,闲适疏放,情趣盎然。栖霞:一名摄山。在今江苏省南京市东北约二十公里。有三峰:凤翔峰、龙山、虎山。②科头:谓不戴帽子。疏放:谓放开,不受拘束。

## 同袁中夫、苍麓、无学游中峰涧道上①

伊蒲饭罢好登临,竹气花烟昼也阴。松子堕来风谡谡,鹈鸠啼处雨淋淋。②遥看怪石心先往,久坐长桥话渐深。莫倚身轻先度岭,沿途细细有泉音。

注:①万历二十六年(1598)作于游栖霞途中。作者与友人登栖霞中峰,一路上细细观赏,深深交谈。袁中夫:袁文炜,字中夫。见前诗《游栖霞,同中郎……》注。苍麓、无学:皆作者友人。余未详。中峰:栖霞山中峰,即凤翔峰。②谡谡(sù):劲挺有力貌。鹈鸠:亦作"鹈鸪"。天将雨,其鸣甚急,故俗称"雨鹈鸪"。

## 栖霞别袁中夫①

### 其 一

嘉谷苗寒原，飞霜折其颖。②志士不遇时，遭兹世路梗。羊肠在户庭，久矣心忘郢。流落万山中，日暮伴修岭。我来如兄弟，我去惟形影。忧若能伤人，吾子年不永。

**注：**①万历二十六年(1598)作于游栖霞途中。作者为友人的前程反复筹谋，以为栖霞才是他的可隐之处。栖霞：栖霞山。见前诗。袁中夫：袁文炜，字中夫。见前诗《游栖霞，同中郎……》注。②嘉谷：喻中夫为优秀人才。折其颖：喻中夫曾遭灭顶之灾。颖(yǐng)：尖端。指禾穗。

### 其 二

夕来丈室眠，朝逐伊蒲食。①宛似苦行僧，戒忍绝声色。吾欲劝子藏，高才可华国。②吾欲劝子出，命途多阨塞。③吾不能策吾，奇谋安可得。

**注：**①丈室：指寺庙长老、住持僧所居之室。伊蒲：伊蒲馔。指寺庙的素席。②藏：谓隐居。③出：出仕。即出去做官。阨(è)塞，险要之地。犹坎坷。

### 其 三

窈窕岩壑奇，沉郁云林盛。大火欲流金，山中独清净。①山上松有涛，山下泉有韵。澄波朱鱼游，绿岩黄鹂映。梵音可当歌，佛语以调性。②展转为子谋，此地且游泳。

**注：**①流金：流火。火：星名，即心宿。每年阴历五月间黄昏时心宿在中天，六月以后，就渐渐偏西，时暑热开始减退。《诗·豳风·七月》："七月流火，九月授衣。"孔颖达疏："于七月之中有西流者，是火之星也，知是将寒之渐。"此处谓秋季开始了。②梵音：谓佛堂的钟鼓乐声和诵经声。

## 同臧顾渚、谢在杭、秦京避暑天宁寺树下①

### 其 一

除却闲行百事慵，小童日抱一枰从。②乍看密树疑深嶂，偶度危桥得好峰。池水纹生凉瑟瑟,火云树起幻重重。③经声响处寻开士,曲径无人竹影浓。④

**注:**①万历二十六年(1598)作于真州。暑日,作者与友人赏景、博弈、品茶、饮酒,心地清凉,兴致甚浓。臧顾渚:作者友人,余未详。谢在杭:谢肇淛,字在杭。见卷二《侯师之席上同谢在杭……》注。秦京:汝南人。三袁兄弟友人。②枰(píng):古代的博局。此处指棋盘。③火云:指夏季炽热的赤云。《杜工部草堂诗话》有"火云挥汗日,山驿醒心泉。"④开士:谓教化别人开悟的士人。

### 其 二

深林箕踞谢衣裳,暑路何曾到上方。①枰里凤文书荇藻,垆中松韵战旗枪。②熏风楼阁钟声细,晚日池台树影长。况是同人霏玉屑,坐令心地转清凉。③

**注:**①箕踞:此谓行径曲折。谢:落。此谓脱下。上方:佛寺的方丈、住持僧所居之室。②垆(lú):黑色坚硬的土壤。旗枪:成品绿茶之一种,由带顶芽的小叶制成。牙尖细如枪,叶开展如旗,一旗一枪,故名。③同人:旧时称志趣相同的人,亦作"同仁"。霏玉屑:喻指交谈的言辞清雅和谐。

### 其 三

槐阴竹影乱禅床,弹指飚风满院凉。乱石生云迷海岸,疾雷驱雨过江乡。奇峰忽散天如拭,晚日重来树有光。乘兴共移池上酌,藕花泣露散幽香。

## 同谢在杭、李季宣避暑何氏水亭,分韵得何字、三字①

### 其 一

青槐覆素波,蝉声不厌多。石肌寒小簟,水气净新荷。且向溪边醉,同听树下歌。晚风来细细,钩影漾微娥。②

**注:**①万历二十六年(1598)作于真州。作者与友人畅饮、听歌、赋诗,沉酣至深夜。谢在杭:谢肇淛,字在杭。李季宣:李枳,字季宣,号青莲。万历元年举人。曾任知县。《仪征县志》卷三十六有传。分韵:指作诗时先规定若干字为韵,各人分拈韵字,依韵作诗。②微:隐微;微妙。娥:美女。此指美女的笑靥,喻指水中的旋涡。

### 其 二

散发芳池上,熏风至自南。几人知纵饮,何乐胜清谭。莲色红侵阁,槐阴绿满潭。月来凉更好，深夜任沈酣。①

注：①沈酣：沉湎于酒，嗜酒无度。沈亦作“沉”。

## 偶过侯师之园中逢唐君平①

缓步代乘轩，迷花坐小园。云生千嶂墨，风到万人喧。②客久多新识，交深许放言。竹中才欲醉，月已照衡门。③

注：①万历二十六年(1598)作于真州。写作者于老友园中结识了新相识。侯师之：侯维垣，字师之。见前诗《侯师之席上同谢……》注。唐君平：作者新友人。②千嶂墨：形容生起的雨云像在众多屏障上布下的水墨画。③衡门：横木为门，指简陋的房屋。

## 赠别詹淑正之晋陵赴吴采于之约①

我向真州作酒客，日与詹生倾一石。有时大叫复狂吟，醉中往往说夙昔。当时长安好意气，袁丝为兄灌夫弟。②飞盖乍随墨士场，鸣鞭又指金吾第。③天阶明月净如拭，一人豪歌千人嘿。飞龙厩马借来骑，五陵年少看颜色。④大篆小篆信手涂，一磔一波好笔力。⑤白璧黄金取次来，缓急犹能捐赤仄。⑥尘飞飚起罢风流，狺狺猛犬令人愁。四明狂客还故丘，身亦拂衣出帝州。⑦楚水吴山作浪游。芙蓉为带女萝裙，赢得身闲似野云。⑧金管既邀新赋客，玉鱼重送故将军。⑨肝胆空自向人尽，眼前寂寞平原君。⑩花溪鹿床傍江村，寒潮日夜打柴门。市人不重宜官衲，衫上月余无酒痕。⑪一字寻丈千字赤，维扬贾子见不怿。⑫婚嫁既逼少乌羊，举头问我我无策。晋陵吴郎吴季札，旧日与君称莫逆。⑬好客满堂独怜君，排山转海应无惜。有髯如戟声如钟，看来未必常困阨。江水茫茫云头黑，我欲挽留留不得。见君故人早言旋，马首遥遥予将北。

注：①万历二十六年(1598)作于真州。作者赋诗赠别友人，并倾述了自己的人生苦哀。詹淑正：作者在仪征结识的友人，工书善言。之：往。晋陵：古县名。治所在今江苏常州市，明洪武初并入武进县。东晋南朝为晋陵郡治所。吴采于：吴季札。系詹淑正的友人。②长安：京师(今西安市)。袁丝：袁盎(？—前148)，即爰盎。西汉大臣。字丝，楚人。历任齐相、吴相。他本为“游侠”，以“多受吴王金钱，专为蔽匿，言不反”之名，被御史大夫晁错告发，降为庶人。吴楚等七国以诛晁错为名发动叛乱时，他借此向景帝建议诛杀晁错。后以

事为梁孝王所怨,被刺死。灌夫:字仲儒。喜"任侠"。见前诗《喜傅仲执……》注。皆指代作者在京交往的豪侠。③墨士:文人。第:上等房屋;大住宅。④飞龙:骏马。五陵:西汉元帝以前,每筑一个皇帝的陵墓,即在陵侧置县,令县民供奉园陵,叫做陵县。其中高帝长陵、惠帝安陵、景帝阳陵、武帝茂陵、昭帝平陵五县,都在渭水北岸,今咸阳附近,合称五陵。⑤磔(zhé):汉字书法的捺笔。波:书法指捺的折波。⑥白璧、黄金:喻指锦绣诗文。赤仄:谓发自心声地吟咏诗。赤:喻真纯。仄:仄声,代指吟咏。⑦四明:浙江旧宁波府的别称,以境内有四明山(传说山上有方石,四面如窗,中通日、月、星宿之光,故称四明山)得名。四明狂客:指贺知章(659—744),唐越洲永兴人,字季贞。少以文辞知名。官至正银青光禄大夫。晚年自号四明狂客。天宝初请为道士,敕赐镜湖,后终于其地。此处指代作者。拂衣:振衣而去,谓归隐。⑧女萝:即"薛萝"。用以称隐士的服装或隐士。嬴(yíng):通"赢"。⑨新赋客:指作者。赋,赋诗。玉鱼:指官的一种佩饰。唐制,开府仪同三司及京官文武职事四品五品并给随身金鱼佩饰。至宋元丰中造玉鱼,易去金鱼不用。⑩平原君:赵胜。战国时赵贵族。惠文王之弟,号平原君。见卷一《饮驾部龚惟长舅……》注。⑪宜官:谓依其子或夫官品受封。祔(fù):新死者附祭于先祖。⑫维扬:旧扬州府别称。明初曾置维扬府。贾子:做买卖的商人。⑬乌羊:即金羊;金钱。乌:古代神话传说太阳中有三足乌,因即以为太阳的代称。又称"金乌"。羊:通"祥"。古器物铭文"吉祥"多用"吉羊",故乌羊连用即有"金羊"之说。⑭莫逆:情投意合、友谊深厚。

# 卷 之 三

## 夜 泊<sup>①</sup>

　　千里愁空阔，一尊破寂寥。<sup>②</sup>山城同小屿，秋水在层霄。未雨云先湿，微风树也摇。流波照醉影，双颊涌红潮。

　　**注：**①万历二十六年(1598)作于从仪征往京师道中。作者夜泊山城寂寥难奈，以酒浇愁。是年秋作者从仪征启程往京师入太学(作者"被荆州府以岁贡推荐进京，入国子监"。见李寿和《三袁传》)。②寂寥：谓无声无形之状。此处指作者的寂寞、愁苦。

## 失 婢<sup>①</sup>

　　惊波千里路，渺渺一行舟。无处寻如愿，何人伴莫愁。<sup>②</sup>琵琶弦任断，鹦鹉语频求。未受泥中怒，胡为不我留<sup>③</sup>？ 如愿亦婢。

　　**注：**①万历二十六年(1598)作于仪征往京师途中。写作者因途中失婢而寂寞烦恼。②如愿：作者的妾。莫愁：古乐府中所传女子。③"未受"句：化用东汉郑玄(康成)家奴婢的故事。《世说新语·文学》云："郑玄家奴婢皆读书，尝使一婢不称旨，将挞之。方自陈说，玄怒，使人曳着泥中(跪)。须臾，复有一婢来，问曰：'胡为乎泥中？'答曰：'薄言往愬，逢彼之怒。'"意即我正有事向他禀告，恰巧遇着他发脾气。问句出自《诗·邶风·式微》，答句出自《诗·邶风·柏舟》。

## 泊清河怀真州诸丈<sup>①</sup>

　　碧天无际夜沉沉，三户寒烟水没林。纤月有情窥独影，流波如语伴孤吟。淮南木落人皆散，河上风高秋渐深。<sup>②</sup>欲识相思肠断处，芦花洲渚静闻砧。<sup>③</sup>

　　**注：**①万历二十六年(1598)作于清河。写作者怀念寓居真州的一帮朝夕相处的老朋友。清河：旧县名。在河北省南部、南运河西岸，邻接山东省。隋改清河县。真州：即扬子(今仪征)。丈：对长者的尊称。此处当指侯师之、詹淑正等老人，他们皆为作者寓居真州朝夕相处的友人。②淮南：唐方镇名。至德元载(756)置。治所在扬州。③肠断：形

容极度悲伤。砧(zhēn)：捣衣石。此处谓捣衣声。

## 清河道中有怀①

惊如孤雁泪如波，记得飘零减翠娥。②古戍仍悬新皓月，秋风还咽旧黄河。③荧荧夜火闲刀尺，寂寞香闺罢绮罗。④不是顿忘前日约，年来生计太蹉跎。

**注**：①万历二十六年(1598)作于往清河道中。写作者一路念念不忘失去的小妾如愿。②飘零：指作者流落无依。减翠娥：谓作者失去婢如愿。③古戍：古代军队驻防地。旧黄河：黄河的故道。④"刀尺"、"绮罗"：皆作者小妾如愿出走时留下的物品。作者睹物思人，其怀恋之情有如道中长流不断的清河水。

## 夜　泊①

拣沙寒雁弄微喧，芦里疏灯辨远村。河水秋生千渚没，天风暮起万帆奔。旋敲石火燃香篆，更买湖菱佐酒樽。②独倚牙樯闲骋望，流波荡月渐黄昏。

**注**：①万历二十六年(1598)作于往京师道中。作者夜泊芦苇丛中，喜见水乡蓬勃生机，尽享野外生活的闲适之趣。②石火：敲石所发的火。香篆：香名，形似篆文。

## 中秋舟中看月①

### 其　一

微雨先除道，卿云渐拥轮。②居然同白昼，只是较清新。流水光堪掬，垂杨净可人。留连不忍别，长夜与相亲。

**注**：①万历二十六年(1598)作于往京师道中。写雨后月夜的清新带给诗人"留连"、"相亲"之感。②卿云：同"景云"。"卿"通"庆"。一种彩云，古以为祥瑞之气。拥：抱；抱持。

### 其　二

匝地都无翳，停空转觉明。①波寒鱼乍跃，树白鸟时惊。北酒犹能苦，渔歌也自清。②久看成惨切,原野尽秋声。

注:明月下的秋色、秋声,倏添了诗人的惨切之情。①匝(zā):周遍;环绕一周。翳(yì):遮蔽。②北酒:此处谓作者北行之酒。

## 十六日看月①

尚未经城市,先窥客子船。②露零知魄冷,云去爱光鲜。密树深深黑,流波灿灿燃。中秋虽过了,今夜月才圆。

注:①万历二十六年(1598)作于往京师道中。作者于八月十六日夜观赏了明亮的圆月、光鲜的天际、灿燃的流波,抒发了闲适、怡然之情。②客子:旅居他乡之人。

## 彭　城①

### 其　一

明月照彭城,秋风号大泽。②清泪洒黄河,凄凄念往昔。三年如一梦,依然嗟流落。③今年算明年,无算不成错。何以展回肠,金樽无停酌。④

注:①万历二十六年(1598)作于彭城。作者秋日过彭城,即景生情,感叹三年来依然流落如故,并抒发了对美好未来的热切期待之情。彭城:古县名。相传尧封彭祖于此,为大彭氏国。春秋时宋邑,秦置县。治所在今江苏徐州市。②大泽:古大泽名,即云梦泽。③三年:指作者万历二十三年(1595)"九月从大同来吴"(中郎《沈何山》)到是年秋返回京师,其间的时间整三年。④回肠:形容内心焦虑不安。

### 其　二

澄空接素波,晴云亦何绮。浦口树沉沉,明月从中起。静夜爇金垆,余香散流水。①

注:①爇(ruò):点燃。垆(lú):小口罂。罂(yīng):盛酒器。大口大腹。

## 徐州夜泊有怀①

难忘飘泊向天涯,清露盈盈滴露华。故国有楼同燕子,野源无地问桃花。②微云点缀迎初月,秋水晶莹染暮霞。独立汀洲无一语,只将如意画寒沙。③

注：①万历二十六年(1598)作于徐州。作者夜泊徐州，又深深怀念起了在清河失去的如愿小妾。徐州：在今江苏省西北部，秦末为西楚国都，三国魏为徐州治，明、清为徐州府治。②燕子：燕子楼。在今江苏徐州市。见卷二《怀潘井升》注。野源：谓燕子楼的故址。③如意：如愿。即作者在清河道中失去的小妾。

## 临清逢程生持家书至①

一骑沙中至，闻声是故人。面颜冲赤日，衣袂染黄尘。百苦惊魂路，三秋病肺身。②莫辞今夜醉，鞍马也劳神。

注：①万历二十六年(1598)作于临清。作者深深感谢程生不辞劳苦带病送信的情谊。临清：县名。在今山东省西北部，临近河北省，卫河、南运河流贯于市。程生：名全之，吴中寒士。见前诗《戏赠善印章程生从军》注。②三秋：此处指秋季的第三个月，即阴历九月。病肺身：谓送信人程生身患肺病。

## 静海县道中伤宋二郎，是二郎溺处①

### 其 一

荒岸鸣芦叶，败垣丛老树。北风吹野原，萧萧如岁暮。渭水依然流，垂杨已非故。②人生孰无死，子死无坟墓。感此百年哀，伤哉一时误。不忍见回波，徘徊向歧路。

注：①万历二十六年(1598)作于往静海县道中。作者再次追悔自己曾要友人相送的一时之误，并向溺者宋二郎表示了深切的悼念。静海县：在今天津市西南部，邻接河北省，南运河纵贯其境。金置静海县，沿置到现在。宋二郎：系作者的友人宋公的二儿子。三年前(万历二十三年九月)，作者从大同往吴路过静海，宋公送作者南下至卫河时，得知儿子"有溺水之变"(见卷二《卫河别宋公，时其子有溺水之变》)。宋公溺水的儿子就是宋二郎。②渭水：渭河。黄河最大支流。在今陕西省中部。

### 其 二

寒生古木涧，日暮阴飚发。①海水白茫茫，何处收汝骨。游魂复何归，随波常出没。秋深哭冷风，夜水吊寒月。无方得汝活，泪下流汩汩。

注：①飚：疾风；暴风。

## 重九醉作①

泛泛闻波涛,萧萧瞩原薮。②海门屯朔风,渭水无停柳。③久酣忘历日,讯人是重九。传觞怀兄弟,戏马思朋友。九后佳节稀,那能不醉酒。何必盛盘餐,蟹匡在吾手。何用绕梁歌,宫商信吾口。④陶然成一醉,甘卧直至酉。⑤不知日已沉,醒问天明否。

**注:**①万历二十六年(1598)作于赴京师的水道中。作者重九日怀兄思友,陶然一醉,信口成歌,久酣解心愁。重九:阴历九月初九重阳节。②薮(sǒu):人或物聚集的地方。或湖泽。③海门:古县名。五代周显德五年(958)置。明正德中寄治通州余中场(今海门东北)。④绕梁:《列子·汤问》:"昔韩娥东之齐,匮粮,过雍门,鬻歌假食。即去,而余音绕梁櫑,三日不绝。"后因以"余音绕梁"形容歌声优美动人,使人久而不忘。宫商:我国古代五声音阶的第一、二音级。五声音阶,指工、商、角、徵(zhǐ)、羽五音。⑤陶然:高兴、快乐貌。酉:酉时,下午五时至七时。

## 别 方 子①

长安日暮北风起,寒气中人身似水。北里吹笙西第钟,总之不到书生耳。莫学师宜写大字,无人将钱还酒肆。②莫将华裾蔽朱门,骨体由来少圆媚。③愁贫愁病销光景,搔首问天天不省。破寺月冷不成眠,独向寒阶踏瘦影。何止长安行路难,穷来都是摩天岭。我有良谋欲送君,伐去颠毛学戒忍。④

**注:**①万历二十六年(1598)作于京师。写作者到京后的诸多愁苦:"寒"、"贫"、"病"、"寂"、"穷"。方子:方文僎。是时在京师为宏道料理笔墨。见卷一《景升弧辰日……》注。②师宜:师宜官,东汉南阳人。灵帝好书,征天下工书者于鸿都门,至数百人。八分独称最。大则一字径丈,小则方寸千言。性嗜酒,或时空,或酒家,因书其壁以售之。观者云集酤酒,多售则铲去之。③裾(jū):衣服的前襟,也称大襟。圆媚:宛转,迎合。④君:此指方文僎。戒忍:谓戒除忍耐之性。

## 同中郎登尊经阁①

雀巢楼阁户长封,檐外霜鳞几树松。三市吹沙成雾瘴②,九朝积草似山峰。粉黏楮墨留鱼迹，尘揜樽罍见兔踪。③不是广文官独冷，负暄未许话从容。④

**注**：①万历二十六年(1598)作于京师。作者与二哥同登尊经阁，见到广文馆陈旧荒芜与清冷闲散的景象。经：指历来被尊崇为典范的著作或宗教典籍。亦指记载一事一艺的专书。阁：储书的楼阁。②三市：谓大街小巷。九朝：指时间陈久。③楮(chǔ)墨：纸和墨，指书、画或诗文。揜(yǎn)：掩盖；遮蔽。④广文：唐玄宗时创设广文馆，设博士官。博士官在当时被看作清苦闲散的教职。明清两代的儒学教官，处境与广文馆博士相似，因而亦被用作别称。负暄：冬日在太阳下取暖。

## 双　寺

客至经堂少，花藏丈室多。②额题天女字，幡剪汉宫罗。冬结团开士，晨斋荐达磨。③尘沙不到处，风日也清和。达摩诞日。

**注**：①万历二十六年(1598)作于京师。写作者在一清和之日往双寺观礼菩提达摩诞日的祭祷仪式。②经堂：诵经堂。"花藏"句：旧谓寺庙为藏污纳垢之地。花藏：喻藏美女。丈室：指禅寺的方丈或住持所居之室。③开士：佛教名词。即以佛法教化众生，令其依佛的教义而觉悟。斋：谓举行祭祷仪式。荐：进；献。达磨：亦作"达摩"。"菩提达摩"的简称。中国佛教禅宗的创始者，相传为南天竺人。南朝宋末航海到广州，又往北魏洛阳，后住嵩山少林寺。传说达摩在此面壁打坐九年。后遇慧可，授以《楞伽经》四卷。慧可承受了他的心法，于是禅宗得以流传。

## 早　起①

架上乱抽诗，梳头不厌迟。讹书如扫叶，酒梦似棼丝。拾火添香篆，分醪润墨池。②长安名利客，钟动已奔驰。③

**注**：①万历二十六年(1598)作于京师。写作者平日过惯了闲适自在的生活，不愿做早起奔波的名利客。②醪(láo)：本指汁滓混和的酒，即酒酿。③名利客：指社会上那些追求功名、逐取利益的人。

## 至　日①

封门残雪未全消，小室如螺坐寂寥。但使瓮中饶赤米，不须天上怕青腰。<sup>②</sup>安心合用书千卷,促睡还宜酒一瓢。莫道愁肠如线长,添来愁日减愁宵。

**注**:①万历二十六年(1598)冬至作于京师。写作者大雪之际安于有米、有书、还有酒的安适日子。至日:冬至。②赤米:指粗糙之米。《国语·吴语》:"今吴民既罢(疲),而大荒荐饥,市无赤米,而囷鹿空虚。"青腰:青女。神话传说中的霜雪之神。

# 即 事<sup>①</sup>

只将文字送余生,兴到狂歌绕案行。旧集检来犹意恨,远函发去也身轻。<sup>②</sup>孤灯焰冷花难结,破灶烟销鸟乱鸣。<sup>③</sup>生计总非名与利,若为流落凤凰城。

**注**:①万历二十六年(1598)作于京师。写作者仕途不顺,只得以文字伴余生。②旧集:谓作者过去创作的诗文集。远函:指给亲友的书信。③花:灯花,灯心余烬结成的花形。旧时迷信者以灯花为喜事的预兆。

# 中郎生日同大兄<sup>①</sup>

闭门扫客尘,晓窗布初旭。置酒向华堂,千杯犹未足。肩随三兄弟,少年同诵读。无夜不联床,寒雨滴疏竹。<sup>②</sup>十年隐显分,风尘各自逐。<sup>③</sup>万里看愁云,千金重远牍。<sup>④</sup>每当良燕时,饮酒如食蓼。飘风吹入燕,一堂聚骨肉。并飞不羡鸰,同餐岂厌蓿。<sup>⑤</sup>自解吴门铜,辛苦徇微禄。<sup>⑥</sup>妻子嘲饥寒,不饱侏儒粟。同时通籍者,大半策高足。<sup>⑦</sup>阶级不知融,拙迂难解俗。<sup>⑧</sup>宦途宁有涯,世眼真碌碌。不见下笔时,新诗如溅玉。<sup>⑨</sup>尽扫野狐涎,不作前人仆。<sup>⑩</sup>精光万丈长,雄文从此复。<sup>⑪</sup>学道罢驰求,终作人天目。<sup>⑫</sup>治世与出世,修慧亦修福。<sup>⑬</sup>所得夫如何,行藏那用卜。<sup>⑭</sup>

**注**:①万历二十六年(1598)作于京师。作者和大哥一同参加中郎的生日庆宴,深深怀念三兄弟昔日的情谊,热情赞美中郎文学革新的历史功绩。中郎生日:隆庆二年(1568)十二月初六生于长安村(中郎《丁酉十二月初六初度》)。大兄:作者的大哥,即袁宗道。见卷二《河南道中题璧寄伯修兄》注。②联床:此指三袁兄弟从小在一起读书、学习、生活的亲密情景。③隐:穷困。此指作者久滞场屋。显:高贵;显赫。此谓作者的两个兄长进第入仕。④牍(dú):古代写字用的木片。后世称公文为文牍,书札为尺牍。此处指书札,即书信。⑤鸰(líng):鹡(jī)鸰。比喻兄弟。蓿(xù):苜(mù)蓿。植物名。牧草和绿肥兼用作物,旧时穷人也常以苜蓿为蔬。⑥吴门:旧时苏州的别称。此处指吴县。

铜:此处喻指县令。徇:曲从。⑦通籍:称初做官。意谓朝中已经有了名籍。高足:此犹高位。⑧阶级:旧指高下有差。融:融合;融通。⑨新诗:指宏道创作的独抒性灵、不拘格套的新诗作。溅:进射。⑩野狐涎:喻指明末前后七子的文学复古理论及模拟剽窃之风。仆:侍从;供役使的人。⑪精光:喻指中郎提出的"独抒性灵,不拘格套"的"性灵说"文学革新理论。雄文:指独抒性灵、不拘格套的新诗文。⑫驰:疾;快。天目:古人认为天是最高之神,能观察人世间的善恶祸福。⑬治世:谓从政做官。出世:指脱离世间的束缚,即"解脱"之意。⑭行藏:《论语·述而》:"用之则行,舍之则藏。"后因以指出处和行止。

# 美人临镜①

## 其 一

凤背轻罗裹,陈来试晓妆。②笑颦私爱惜,肥瘦暗平章。③发岂因膏滑,眉宁待画长。④有时呼小玉,皓齿耀清光。⑤

注:①万历二十六年(1598)作于京师。作者深爱的美女为镜中的幻影,抒发了对美好人生理想深深失望的感情。②凤:凤凰。古代传说中的鸟王。此处比喻美女。陈:陈列;布置。③颦:皱眉。"肥瘦"句:形容女子体态不同而各擅其美。"肥、瘦"即"环肥燕瘦"。谓唐玄宗贵妃杨玉环体态丰腴美丽;汉成帝皇后赵飞燕身材苗条轻盈。平章:品评。④"眉宁"句:《汉书》载,张敞为京兆尹,夫妻相敬如宾,常为妻画眉。⑤小玉:唐人诗中常有此词,多数指侍女或小妾碧玉,也指唐传奇中的名妓霍小玉。霍小玉曾与陇西进士李益有盟约,后来李益负约,小玉殉情而死。此指侍女。

## 其 二

薤叶依稀印,香绳取次松。①睡眸犹少力,酒晕不销浓。髻就山争出,眉成月又重。若非形与影,未必肯相容。

注:①薤(xiè):植物名。又名"藠头"、"莜子"。多年生宿根草本。松(sōng):头发散乱。

## 其 三

端详不厌频,一见一回新。命薄还愁我,魂销岂待人。对擎窥后影,远立视通身。忽向台边看,泫然念太真。①太真为温峤。

注:①泫然:伤心流泪貌。太真:温峤(288—329)。东晋太原祁县(今属山西)人,字太真。初在并州,为刘琨谋主,抵抗刘聪、石勒。建武元年(317)南下,受到朝士推重。明帝继位后,任中书令。王敦专制朝政,他和庾亮等筹划攻灭王敦。后任汇州刺使镇武昌,

苏峻、祖约作乱,他又与庾亮、陶侃等出兵讨伐。事平还镇,不久病死。

## 其 四

自是侬偏好,非关尔有情。① 半毫皆检点,一笑也逢迎。和粉时沾泪,移钗乍作声。妆台曦影过,第二月还生。

注:①自:苟;假如。侬:我。

## 除 日①

渐近和风渐远霜,客心久矣盼春阳。② 盘花簇柏千门丽,跃马飞车九市忙。麻米仅同开士供,裙簪全减侍儿装。③ 纵然燕地多憔悴,魂梦无心入故乡。④

注:①万历二十六年(1598)作于京师。写京师准备过年的热闹景象,抒发了深深的思乡之情。除日:指一年的最后一天。②客:客居他乡的游子,此处指作者。③麻:麻布。古代普通人穿的布料。开士:佛教名词。即以佛法教化众人。④憔悴:困顿萎靡状。无心:即有心。表达了由衷的念家思亲之情。

## 除 夕①

旋烹蔬甲佐辛卮,休问当筵肉与丝。石火许时成老大,鸾刀不启学慈悲。聊舒一笑宽羁仆,独对孤灯念小儿。② 午夜尊前重展卷,试看今岁几多诗。

注:①万历二十六年(1598)作于京师。作者除日无心过年,除夕独对孤灯与诗文,表达了念儿思亲的殷忧之情。②羁仆:指在外做客的仆人。羁,通"羁"(jī)。小儿:谓作者在家的小儿子。

## 当衣戏作①

十年事交游,相知满都邑。② 独有当衣人,可以救缓急。扣门彼即应,抱质我无涩。③ 儿女艳岁时,取来片时袭。④ 岁去贫复来,还入他家笈。似我游荡儿,暂归行复出。岂不畏子钱,聊救眼前疾。从来着未暖,应是无虮虱。

注:①万历二十七年(1599)作于京师。作者戏谑自己常年交游,愁吃少穿,靠典当为生。当:拿物抵押。②交游:外出游览结交朋友。相知:谓相互很了解的朋友。都:大都市。邑:县城。③质:在抵押中作为保证的物,此处指衣物。④艳岁:指幼童时代。此

指儿女幼童时期穿过的衣物。袭:继承。此处谓抵押。

## 灯市口占①

下马即摩肩,空行两三步。②有如天将雨,群蚁团道路。欢呼落旱雷,帘泊腾花雾。靓妆走幻霞,鸣驺过朝露。③间阔诸友朋,今日皆相遇。皇皇各有求,我心乃无注。④偶逢未见书,停行聊一顾。

**注:**①万历二十七年(1599)上元节作于京师。作者面对京城灯市的繁华,内心竟异常地淡泊与宁静。灯市:旧俗以上元节(正月十五日)为赏灯之期,各街市都先期准备放灯,店铺也出售各式花灯,叫灯市。②摩肩:谓肩靠着肩,互相摩擦,形容行人特别多。③靓(jìng)妆:脂粉装饰。驺(zōu):古时掌马的官,也掌驾车。④皇皇:同"惶惶"。心不安貌。无注:谓作者没有其它特别的关注,只看看热闹而已。

## 人日中郎斋中戏作①

我酒宁可千日止,不可一饮酒不美。尊前若无同醉人,未倾三盏兴都已。入春七日别酒壶,苜蓿先生忽见呼。②望见酒盏君先醉,蕉叶那能及大苏。③一人独饮成凄恻,手把秘磁无气力。不如移几向晴檐,坐揽春宫春柳色。但教长作竟日谭,醉固自佳醒亦得。

**注:**①万历二十七年(1599)作于京师。作者人日到二哥家中宴饮,一人独饮很少兴(中郎平日不胜酒力),嘲讽二哥做教官日子清苦,家宴没有好菜蔬。人日:旧称阴历正月初七日为"人日"。《北史·魏收传》引晋议郎董勋《答问礼俗》说:"正月一日为鸡,二日为狗,三日为猪,四日为羊,五日为牛,六日为马,七日为人。"中郎:作者二哥。是时"复就选,得京兆教官"(小修《中郎先生行状》)。斋:屋舍。②苜蓿(xù):植物名。牧草和绿肥兼用作物。旧时教官清苦,常以苜蓿为蔬,因用以形容教官或学馆的生活。③大苏:植物名,即紫苏。一年生草本。茎方形,带紫色。嫩叶做蔬菜。

## 同黄昭素、昭质及两兄夜饮顾升伯斋①

### 其 一

九市有烟萝,同参日渐多。②高文真二陆,名理讵三何。③纸室屯浓甲,霜阶叠拗柯。④狂奴存故态,对酒即高歌。⑤

注:①万历二十七年(1599)作于京师。作者常常在京师与二兄长和一帮文学名士夜里谈学论禅,作诗酒之会。黄昭素:黄辉,字平倩,一字昭素,号慎轩,南充人。万历十七年进士,与伯修同为翰林院编修,充皇长子讲官,是伯修最亲密的朋友。昭质:黄炜,字昭质。见卷二《黄驾部新携广陵姬北上》注。顾升伯:顾天俊,字升伯,号湛庵,昆山人。见卷二《舟中偶怀同学诸公……》注。②同参:相互学习、探究。③二陆:陆云、陆机两兄弟以文才齐名,时称"二陆"。陆云(262—303),西晋文学家。字士龙,吴郡吴县华亭(今上海市松江)人。曾任清河内史等职。后兄机为成都王司马颖所杀,云同时遇害。其诗颇重藻饰。后人辑有《陆士龙集》。陆机(261—303),西晋文学家,字士衡,吴县华亭人。祖逊,父抗,皆三国吴名将。名理:从汉末清议发展起来的考核名实和辨名析理之学。是魏晋清谈的一种思潮。三何:指南朝梁的何思澄、何逊、何子朗,他们工清言,有文名,皆为东海(今山东郯城)人。时人称为"东海三何"。讵:岂。④屯浓甲:谓聚集着一批甲第之仕。拗柯:谓创作诗文的掌墨人。拗(ào):拗律,拗体的律诗。谓作诗。柯(kē):斧柄。比喻权柄。⑤狂奴:谓狂放之人。此指作者。

## 其 二

岂是频频聚,清流念景光。①只怜天有月,不怕夜飞霜。一笑冠缨绝,新谭舌本香。②检心无个事,翻为酒琼忙。

注:①清流:旧时常用来称负有时望,不肯与权贵同流合污的士大夫。②新谭:"谭"通"谈"。谓文学革新的种种话题。

## 其 三

且听酒垆鸣,腾腾非俗声。喜谭能早至,恋饮独迟行。烛暖花尤艳,人高仆也清。酣来如梦里,踏月少分明。

## 愁①

## 其 一

自买愁人做,其如始愿何? 佣奴贫转悍,字妾病偏多。②二月花犹死,三春风欠和。东邻方送葬,彻夜挽郎歌。

注:①万历二十七年(1599)作于京师。写作者寓居京师的愁苦生活。②佣奴:旧指受人雇用的仆人。贫:犹"贱"。贫嘴贱舌。悍:急暴;强劲。字妾:立字作妾。

## 其 二

不敢望繁华,单祈足米麻。忙来欣有病,贫极羡无家。封户三旬雪,埋书一寸沙。回思故国里,绿草绣江涯。①

注:①故国里:谓故乡。国:此处指一个地域,犹"方"。

## 养 鸡①

京师有故人,馈我家鸡一。利距复高冠,文锦好颜色。②拍翅常高鸣,飞墙及入室。堕羽上床床,爪痕印宝瑟。侍儿云杀之,杀之供晚食。俄闻砺刀声,泫然三叹息。滋味我可赊,性命他实急。抛书走中厨,止之烦呵叱。余怖犹未已,侧身躲昏黑。啾啾笼中鸟,欲飞有羽翼。涎涎罾中鱼,逢水即藏入。③我欲听其去,鸾刀逃不得。④不如且置之,长作坫上物。⑤莫云人口多,一盂减几粒。

注:①万历二十七年(1599)作于京师。作者坚持不让杀一只家鸡,并打算好好喂养它。②距:雄鸡跖(zhí)后面突出象脚趾的部分,鸡斗时用其来刺对方。《汉书·五行志中》:"无距"。颜师古注:"距,鸡跗足骨,斗时所用刺之"。③涎涎(xián):光泽貌。罾(zēng):网。④鸾刀:有铃的刀。⑤坫(shí):墙壁上挖洞做成的鸡窠。

## 作 字①

浓寒不释冰,春来砚犹醉。今日天晴明,墨和可作字。我字不入法,聊恣一时戏。②心闲手勤时,间亦多遒媚。③作诗惟仟兴,作字亦任意。未常强心为,虽拙大有致。

注:①万历二十七年(1599)作于京师。作者春和晴明之日练习写字,并提出了自己独到的书家之论。②法:规范。恣:听凭;任凭。③遒(qiú):遒劲。指书法运笔刚劲有力。媚:美好。"遒媚"代表了小修书法的基本特征。

## 春日坐伯修斋中听室内禅诵精勤感赋①

家缘逼窄道缘微,经卷香炉事永违。②望远也应同止观,怀人或恐像皈依。③可怜和泪看花发,只自停针妒燕飞。④春后梦多常见汝,葛衫粗似水田衣。⑤

注:①万历二十七年(1599)作于京师。作者春日听大哥禅诵,感叹其精勤的禅修精神。禅诵:佛教名词。谓朗读佛经。精勤:精道;勤谨。反映伯修平日禅诵的高水准与真功夫。②家缘:此指作者袁氏一家(特别是其父亲大人)强调走仕途之路的家训。道缘:谓与禅宗的缘份。③望远:眺望家园。怀人:谓作者怀念的家人。皈(guī)依:一作"归依"。信仰佛教者的入教仪式。④看花发:作者看到眼前长兄的花发不禁想起远方的父亲大人。针:针毡。即如坐针毡,比喻片刻难安。妒燕飞:谓作者恨自己没有飞燕的本领,不能很快回去探视老父亲。⑤汝:当是作者常常梦见的老父亲。水田衣:谓衲衣。因僧徒的衣服常用碎布补缀而成,形如水田相连的样子,故名。

## 元　宵①

何处嘈嘈动管弦,清辉入户净堪怜。不辞踏月随儿女,只觉懵欢像老年。十里靓妆光照地,一城灯火气熏天。繁华近日无心恋,归去挑灯夜坐禅。②

注:①万历二十七年(1599)作于京师。作者元宵夜无心欣赏京师的十里灯火,归去挑灯夜坐禅。元宵:即正月十五日晚上,也叫"元夜"。唐代以来有观灯的风俗,故又名"灯节"。②坐禅:佛教修行方法之一。犹禅定。谓修行者静坐敛心,专注一境,久之达到身心"轻安"、观照"明净"的状态。

## 春　日①

道书除却眼难开,早岁强阳取次灰。②入阁渐遭家犬吠,出门大喜醉人推。远山凹处犹藏雪,春梦归时始见梅。近日颇精人间世,全生大抵要无才。

注:①万历二十七年(1599)作于京师。写作者春日不愿入太学读儒家圣贤之书。是年作者在京师入太学。②取次:任意;随便。

## 西直门外野炊①

白日无光天欲泣,北风吹水水皆立。直卷尘沙入云霄,下界茫茫失都邑。楼外高冈渐渐平,道是元时上都之古城。②阿阁重楼虚想象,荒坟如粟森相望。③日暮大道少行人,马嚼青草卧原上。

**注:**①万历二十七年(1599)作于京师。作者于京师西郊野炊,满目皆是荒凉的景象。②元:元朝(1206—1368)。上都:元都城。③阿(ē)阁:四面有檐溜的楼阁。森:森森。形容阴沉可怕、寒气逼人。

## 中郎广陵姬卒于都,至双寺礼忏,时顾湛庵、李湘洲二太史俱在①

### 其 一

香销粉破恨层层,合有金钗箧有缯。昨日检来无用处,都将施与念经僧。

**注:**①万历二十七年(1599)作于京师。写作者二哥中郎为亡妾做礼忏法事。广陵:今扬州市。礼忏:佛教术语,谓礼拜三宝,忏悔所造之罪。顾湛庵:顾天俊,号湛庵。见卷二《舟中偶怀同学诸公……》注。李湘洲:李腾芳,字子实,一字长卿,号湘州。万历二十年进士。改庶吉士,好学,负才名。屡迁左谕德,至礼部尚书。有《李湘州文集》。《明史》卷二百十六有传。

### 其 二

浓云香雾绕莲台,朱炬煌煌镜里开。金铎乍摇梵呗沸,檀汤亲与灌如来。①

**注:**①铎(duó):古代乐器。形如铙、钲而有舌,是大铃的一种。梵呗(bài):佛教歌赞。

### 其 三

伊蒲饭罢数声钟,积雪辉辉白照松。今日虚劳学士至,无人解点密云龙。①

**注:**①密云:密布的阴云。形容中郎欲哭无泪的悲怆之状。

## 太学偶作①

日射柏林如膏沐,拜罢欲出不得出。②长髯堂吏喝班散,黑头蛆子靴声战。③出门掷去老头巾，独着短衣城外行。④夺得健儿弓在手，一箭正中双飞禽。

注：①万历二十七年(1599)作于京师。作者不满意太学的学习规范与严格管理，其追求的是发展个性，任性而行。太学：中国古代的大学。西周已有太学之名。魏晋到明清，或设太学，或设国子学(国子监)，皆为传授儒家经典的最高学府。作者时为太学生。②拜：每天早上，学生来校后举行拜孔夫子的礼仪。③黑头：此指太学的年轻学生。④老头巾：指太学生的帽子。短衣：古时老百姓穿的衣裳。

# 诸陵月下示潘尚宝①

## 其 一

野客无名隶奉常，朱藤皂帽踏清光。②石桥印月深深雪，松鬣摇风暗暗香。官道马嘶灯火密，长陵钟动履声忙。③祠臣谁带烟霞气，白发鬖鬖尚玺郎。④

注：①万历二十七年(1599)作于京师。作者月夜随潘士藻往游长陵，一路上谈笑风生。诸陵：此处指长陵，明陵墓。潘尚宝：潘士藻，字去华，号雪松，婺源人。万历十一年进士，初授温州推官，后官尚宝卿。他"力以文行著称"，但"久滞公车，几五十乃第"(小修《潘去华尚宝传》)。他与三袁兄弟都很要好，小修说他"所交皆一世名士，若焦弱侯、李龙湖诸公……晚交伯修，中郎及予……"(同上)尚宝卿：官名。主要负责管理皇帝事务。②野客：此处指作者。隶：附属。奉常：官名。秦代九卿之一，即后来的太常。此处指潘尚宝。朱藤：红色的官帽。此处指代潘尚宝。皂帽：黑色的儒生帽。此处指代作者。③长陵：明陵墓。在今北京市昌平县军都山脉天寿山南麓，世称"明十三陵"。④祠臣：谓祭祀的臣子。烟霞气：此处谓祥瑞之气。鬖鬖(sān)：毛发下垂貌。

## 其 二

泉声碎碎鸟关关，并马林中也自闲。一缕霜光明御道，万重枝影暗深山。笑谭皆是天人际，交谊宁居季孟间。①莫叹鼎湖龙去久，丹台君是旧仙班。②

注：①季：兄弟排行最小的。孟：兄弟中排行居长的。②鼎湖：古代传说黄帝乘龙升天之处。《史记·封禅书》："黄帝采首山铜，铸鼎于荆山下。鼎既成，有龙垂胡髯下迎黄帝。黄帝上骑，群臣后宫从上者七十余人，龙乃上去……故后世因名其处曰鼎湖。"张衡《西京赋》："想升龙于鼎湖，岂时俗之足慕?"后因以指帝王之死。丹台：古时对高官的敬称。旧仙班：传说黄帝乘龙上天时带走的那班臣子。

## 暮春长安郊游①

### 其 一

暮春春始遍长安,杨柳青青拂水端。若似江南春太蚤,而今那得嫩条看。

**注:**①万历二十七年(1599)作于京师。作者暮春偕友人于京师郊游,惊叹北地春意浓。

### 其 二

水亭箕坐两三人,湖面晶晶柳带新。①夜色远来休道去,忍将白水换红尘。

**注:**①箕坐:坐时两脚张开,其形如箕。

## 西山道中①

马上看山失马鞭,云开数朵似青莲。昔游上谷曾经此,流水石桥路宛然。②

**注:**①万历二十七年(1599)作于京师。作者骑马走西山,陶醉于眼前秀美的山色。西山:北京西郊群山的总称。西北接军都山。有百花山、灵山、妙峰山、香山、翠微山、卢师山、玉泉山等。为京郊名胜。②上谷:郡名。战国燕置。辖境相当于今河北张家口、小五台山以东,赤城、北京市延庆县以西,及长城和昌平县以北地。

## 见 骷①

千金买一笑,桃李可怜色。一朝委黄尘,秋坟傍路侧。棺椁为冷风,墓田方稼穑。②尚有遗骨存,野犬衔入棘。朝廷轸亡骸,昨下焚骷敕。③招集五百僧,为作大功德。荒垣争拾取,填集蔽原隰。脑骨虽然存,下颔久已失。顶如挂藤匏,中萦一线泐。④不知横波者,内孔巨可怵。齿腭尚连颅,疏疏与密密。依稀向人笑,想象旧时食。外理青苔封,中空黄土色。见之还自摸,宁无似此日。生前百忧煎,毕竟何所得。先看颇悲哀,久之解愁郁。等是归于尽,饮酒吾当力。

**注:**①万历二十七年(1599)作于京师。由眼前的死人头骨,作者想到各种人生的最终归属是相同的,产生了人活着就得抓紧做他喜欢的事的感悟。骷:干枯无肉的死人头

骨。②椁(guǒ):棺外的套棺。稼穑:播种和收获。③轸(zhěn):通"紾"。悲痛。如:轸怀。敕(chì):特指皇帝的诏书。④匏(páo):葫芦之属。㾁(liè):依纹理而裂开。

## 长歌送谢在杭司理之东昌①

真州寺里有嘉树②,双去双来几朝暮。竹里一枰池畔杯,镇日清言忘暑路。③莲花塘上浮舟醉,一曲未终雷雨至。笑语涛声两不分,是夜欢呼欲动地。红袖清波如眼前,屈指便成一年事。长安陌上忽相逢,青衫瘦马损标致。风起扬沙蔽赤日,无事只坐如螺室。曾向西郊一度游,毕竟所得不偿失。回首旧欢如梦寐,荒荒忽忽分南北。我向槐市作诸生,君拥千骑下东国。④难忘携手伽蓝道,一言平子成三倒。⑤海内岂无文采人,往往输君心肠好。清诗水里出芙蓉,忘机海上下鸥鸟。⑥得固欣然失不悲,爱君常有佳怀抱。眼底行藏那足计,冠带场中偶人戏。⑦吾生百岁亦有涯,岂以花月易名位。有口不解诉暄寒,圆珠规璧吐新义。有手不解揖俗人,指端只出银钩字。⑧浊者是泾清者渭,世人自贱吾自贵。⑨高轩偏载腐客颜,锦衣常裹俗肠胃。东昌司理也清闲,高岩郁郁水潺潺。踏歌长日呼春草,写字何妨唤远山。谁道文人不习吏,狂如罗友襄中治。近则和仲远醉吟,所之政绩照当世。即如君家谢安石,一生不脱登山屐。⑩胡尘百万蔽天来,谭笑声中破大敌。何况一郡如斗大,枋榆那须烦劲翮。近日中官蔽川陆,察及鸡豚算车轴。⑪临清市儿攘臂呼,闻说官民相杀戮。二百年来无此事,此后应须兴大狱。⑫重处却畏人心摇,轻之又怕朝纲辱。君为李官职平反,自能调停宽所属。岂肯薄收强项名,要须实救一方哭。⑬纵君淡泊薄功名,政成虎爪自相速。

**注:**①万历二十七年(1599)作于京师。作者送别好友谢在杭司理去东昌赴任,勉励他志存高远,建功立业。谢在杭:谢肇淛,字在杭,长乐人。见卷二《侯师之席上同谢在杭……》注。三袁在京组葡萄社期间,肇淛从湖州卸任,正在京述职侯调,参加了葡萄社活动。后得授东昌,作者的这首诗正是为送他赴东昌任而作。司理:官名。司理参军的简称。掌狱讼。东昌:府、路名。元至元十三年(1276),改博州路为东昌路。治所在聊城(今属山东)。明初改为府。②真州:今仪征。双去双来:谢在杭与作者乔寓真州时,两人经常往来。③枰:棋盘。两人在一起下棋。④槐市:谓太学(国子监)。东国:指代东昌。⑤伽(qié)蓝:梵文的音译。僧伽蓝摩的略称,意译"众园"。佛教寺院的通称。⑥忘机:泯除机心。旧指一种消极无为、淡泊宁静的心境。⑦行藏:指出处和行止。冠戴:官吏或士大夫的代称。偶人:用土、木等制成的人像。⑧银钩字:钱财。⑨泾、渭:二水名。后常用

以比喻人品的优劣清浊。⑩谢安石：谢安（320—385），东晋政治家。字安石，陈郡阳夏（今河南太康）人。出身士族。年四十余始出仕，孝武帝时位至宰相。时前秦强盛，他使弟石与侄玄为将领力拒前秦，获得淝水之战的胜利。后受排挤，病死。⑪中官：此处谓朝廷派到地方收矿税的官员。"察及"句：谓当时推行矿税连老百姓家里的鸡、猪、车辆等都要缴纳税金。临清：在今山东省西北部，北魏治临清县，明升临清州。⑫此事：指万历矿税之祸。《明史纪事本末》卷六十五《矿税之弊》云："逮至万历二十四年，张位主谋，仲春建策，而矿税始起。于是命杨忠往山西……大珰（宦官）杂出，诸道纷然。而民生其间，富者编为矿头，贫者驱之垦采，绎骚凋敝，若草菅然……横肆诛求。有司得罪，立系槛车，百姓奉之，若驱驼马……国法恣睢，人怀痛愤，反尔之诚，覆舟之祸……"⑬强项：不肯低头。此处谓罪大恶极，顽固，死硬。

## 得胜门净业寺看水，同黄庭翠、黄慎轩兄弟、钟樊桐两兄①

南人得水便忘忧，两日三番水际游。花露沾衣浓似雨，潭风着面冷于秋。拖莎带荇流何急，掷雁抛凫浪未休。天外画桥桥上柳，祗疑身在望湖楼。②

**注**：①万历二十七年（1599）作于京师。作者偕友人往游净业寺水际，喜见秀比江南的春色。黄庭翠：黄慎轩的兄长，余未详。黄慎轩：黄辉，号慎轩。见卷二《燕中早发……》注。钟樊桐：钟起凤。字君威，别号樊桐。石门县人。万历十三年举人，时官任苏州知州。见《嘉兴府志》《石门县志》。②望湖楼：指江南水乡的一楼名。

## 高梁桥①

觅寺休辞远，逢僧不厌多。一泓春水疾，十里柳风和。香雾迷车骑，花枝耀绮罗。半年尘土胃，涤浣赖清波。②

**注**：①万历二十七年（1599）作于京师。作者春游高梁桥，感觉一泓清波洗净了半年的风尘。高梁桥：故址在今北京西直门外半里，跨高梁河上。今仅存古桥卷脸石以上遗迹。②尘土胃：谓胃里装满了尘土。此处极言京师风沙大。

## 再游①

湾环穷野径，忽到水中央。听雨鱼儿慧，捎波燕子忙。马来沙耀雪，人坐草黏香。为爱溪流急，移尊向石梁。

**注:**①万历二十七年(1599)作于京师。作者再游京师郊外水际,在雨中感受到春天的无限乐趣。

## 同谢于楚、谢在杭、伯修、中郎火神庙小饮看水①

### 其　一

作客寻春易,游燕看水难。柳花浓没地,鸥貌静随湍。拜谒何如醉,尘沙岂似澜。②石桥明树里,真不像长安。

**注:**①万历二十七年(1599)作于京师。作者与两兄长和友人同游京师水际,面对"石桥明树"、"喷鱼浴鸳",感叹燕地看水难。谢于楚:歙县人。工诗,足迹遍天下,与三袁兄弟常有诗游之交。《歙县志》卷十《诗林》有传。谢在杭:谢肇淛,字在杭。见前诗《长诗送谢在杭司理之东昌》注。②谒(yè):请见;进见。一般用于下对上,幼对长,或用作谦辞。澜(lán):大波。

### 其　二

不敢望浮舟,聊欣漱净流。喷鱼摇碧瓦,浴鸳荡朱楼。既已观澜至,当为待月留。难忘分手处,清泪洒扬州。①

**注:**①"清泪"句:谓作者一年前曾与谢在杭在扬州聚过一段日子,感情很深,后来洒泪分手了。

## 晨　起①

醉境直连梦,朦胧暗自猜。行阶方识雨,讯客始知雷。湿柳数声滴,泫花一朵开。②向人曾乞竹,宜趁此时栽。

**注:**①万历二十七年(1599)作于京师。写作者早晨起来惊喜地发现昨夜下了一场好雨。②泫(xuàn):水滴下垂貌。

## 梁都事凤池招饮韦公寺①

### 其　一

去天才尺五,乔木宛山庄。流水忽如话,松花时一香。密藤堪代幄,欹石自成床。猎叶风初至,纷纷下海棠。

**注:** ①万历二十七年(1599)作于京师。作者应友人招饮,细细观赏韦公寺的林园之胜,感叹如此幽深清静之处平日竟少有游人酬酢。梁都事:梁凤池。作者友人,余未详。都事:官名。明代中央及地方主要官署均设都事,负责处理日常事务。

## 其 二

有蹊皆委曲,是水必潆洄。独与石酬酢,惟余僧往来。①酒多酢侍史,花盛逮重台。②不独林园胜,参军有俊才。

**注:** ①酬酢(zuò):饮酒时主客互相敬酒,主敬客叫做"酬",客还敬叫做"酢"。此处谓应对。②侍史:古代官员手下任文书工作的侍从。重台:花有复瓣,称为"重台"。

## 四月十八日西直门观士女①

选树安歌席,沿溪列酒杯。水边千骑去,雾里万人来。激调传山谷,浓香染草莱。斜阳箫鼓近,士女戒坛回。②

**注:** ①万历二十七年(1599)作于京师。写作者观看盛大的斋戒祭祀活动。士女:古以士女为未嫁娶之称。②戒:斋戒。坛:土筑的高台,古时用于祭祀及朝会、盟誓。

## 送李湘州太史赍诏至吴越便道还家①

### 其 一

欲将登眺付王程,绝似清泉纵涸鳞。②铜马署中颁诏使,钱塘江上看山人。③水流花落经年梦,写偈安禅过去身。④回思京华名利客,日埋尘里不知尘。

**注:** ①万历二十七年(1599)作于京师。李太史奉诏往吴越,作者赋诗赠送之,勉励其给百姓带去清泉。李湘洲:李腾芳,号湘洲。见前诗《中郎广陵姬卒于都……》注。赍(jī):带着。②王程:谓君王使命。③铜马:新莽末年河北一支最强大的农民起义军,公元24年被刘秀击破,其部众多被收编。钱塘江:旧称浙江。浙江省最大河流。此指李太史的家乡。④偈(jì):"偈陀"的简称,义译为"颂",就是佛经中的唱词。

### 其 二

清梦经年到圣湖,喜衔黄纸下东吴。①山肤饱渍千行字,岸草香分五夜炉。越国才人如竹箭，湘中石子像楛蒲。②蹉跎未附仙舟去，空混长安饮博徒。③

**注：**①圣湖：喻指京师。御（xián）：奉；接受。黄纸：诏书。②才人：此处指李湘洲。石子：喻指作者。③饮博徒：饮酒、博弈之人。此指作者。

## 天坛小酌，时送黄慎轩之南阳①

松阴各散步，佳处便招呼。不有一杯酒，其如千里途。閟宫生燕麦，羽士采龙须。②宛洛堪游戏，休嗟雁影孤。③

**注：**①万历二十七年（1599）作于京师。作者招友人于天坛小酌，为其赴南阳饯行。天坛：明、清两代帝王祭天和祈祷丰年的场所。黄慎轩：黄辉，号慎轩。见卷二《燕中早发……》注。②閟（bì）宫：閟，关闭。出自《诗·鲁颂·閟宫》"閟宫有侐（xù清静），实实枚枚"。言周人祖先帝喾正妃弃（后稷）之母姜源之庙。后閟宫泛指祠堂。羽士：道士的别称。因道士多求成仙，故称道士为羽士。龙须：草名。又名龙刍、龙脩。③宛（yuān）：古县名。战国楚邑，秦昭襄王置县。治所在今河南南阳市。洛：洛阳。

## 送三舅夹山至太原任①

宁将七尺付尘缘，总以山资赖俸钱。②问俗有时惟采药，退堂无事只参禅。③龚生漫学蜘蛛隐，陶令权收秫米田。④邸舍萧然何所有，定驱草木饷朝贤。

**注：**①万历二十七年（1599）作于京师。赞誉夹山舅是位认真为朝廷做事且坚持修行的官员。夹山：龚仲敏，别号夹山。见卷二《嘉祥怀龚惟学母舅》注。仲敏于万历二十三年任嘉祥县令，至是年入京，调任太原知县。②尘缘：佛教名词。佛经中把色、声、香、味、触、法称作"六尘"。以心攀缘六尘，遂被六尘牵累，故名。山资：谓山人资质。山人，指隐士。③参禅：佛教名词。佛教禅宗的修行方法。即习禅者为求开悟，向各处禅师参学。④龚生：指龚仲敏。蜘蛛隐：喻指龚仲敏一边为朝廷做事，一边过着隐者的山野生活。"蜘蛛隐"的传说，南朝梁萧绎《金楼子·杂记》有载："楚国龚舍，初随楚王朝，宿未央宫。见蜘蛛焉，有赤蜘蛛大如栗，四面萦罗网。有虫触而死者，退而不能得出焉。舍乃叹曰：'吾生亦如是矣！仕宦者，人之罗网也，岂可淹岁！'于是挂冠而退。时人笑之，谓舍为蜘蛛之隐。"陶令：陶渊明。字符亮。见卷一《江上示长孺》注。秫（sú）：即粘高粱。多用以酿酒。

## 黄慎轩置酒西直门溪上,招秦京、夹山舅两兄有述①

同心即骨肉,蜀楚讵容分。②涧水年年去,松风刻刻闻。旋波如笑靥,锦石似螺文。日暮将安去,天边是雨云。

**注:**①万历二十七年(1599)作于京师。蜀楚骨肉兄弟共为夹山舅赴太原任把酒饯行,并热情祝福他给远方的西北干旱之地带去雨云。黄辉,南充人。见卷二《燕中早发……》注。秦京:汝南人。②蜀:谓蜀地。此指黄慎轩的家乡。楚:楚地。此泛指作者三兄弟、秦京和龚仲敏的故乡。讵(jù):岂。

## 长安道上醉归①

天阶十里雾蒙蒙,醉后依稀似梦中。②栖树寒鸦一背月,恋槽归马四蹄风。③棕榈暗暗藏禅寺,铃柝沉沉护汉宫。讯罢驺人无一事,流星如火耀晴空。④

**注:**①万历二十七年(1599)作于京师。作者酒醉独行于长安道,讯问至天亮才回到寓所。②天阶:谓天街。旧称帝都的街市。③背月:谓背向着月亮。恋槽:谓马会常想它吃饲料的槽。常喻人想自己的家。④驺(zōu)人:古时达官贵人出行时,前后侍从的骑卒。

## 别顾太史开雍,时册封周藩取道回吴①

细雨沾长道,垂条湿去旌。时平天使贵,官冷客装轻。泛月来沙海,踏花渡柳城。②风尘还着眼,亦自有侯嬴。③

**注:**①万历二十七年(1599)作于京师。顾太史一行轻装出使开封,作者赋诗送别。顾太史:顾天俊。见卷二《舟中偶怀同学诸公……》注。开雍:顾太史的别名。周藩:明代周地的藩王。周地:指开封(西周都邑)。②泛月:谓月夜泛舟。③风尘:此比喻战乱。侯嬴:战国魏国人。见卷二《舟中偶怀同学诸公……》注。

## 饮谈太仆宅分韵得上字①

长安九陌秋霖涨,何以解忧惟佳酿。高斋亦近尺五边,沉沉绿树疑深嶂。纤羲回月干孤危,屯风宿雨声悲壮。②谁言树色不堪餐,拗铁虬枝浮酒浪。小杯细碎大烦持,巨觥入手神先王。脱冠跣足我先之,海内久矣知吾放。③迩来只是肆沉湎,日退诗肠进酒量。酷似新丰狂马周,天上纷纷逃五脏。④何况主人能爱客,疏灯寒雨倍清旷。疾雷子夜夹奔涛,豪势讵能敌高唱。我马今宵惜障泥,醉即倒向禅床上。

**注:**①万历二十七年(1599)作于京师。作者在太仆家放纵豪饮,高歌赋诗直至深夜,其狂放之势压倒了天公的风雨雷电之威。太仆:当指作者友人潘士藻,官尚宝卿。见前诗《诸陵月下示潘尚宝》注。分韵:作诗术语。见卷二《侯师之席上……》注。②羲(xī):羲氏,传说中执掌天文的官吏。③跣(xiǎn):赤脚。④新丰:古县名。汉置。治所在今陕西临潼东北。汉高帝定都关中,因太公思归故里,乃于故秦骊邑仿丰地街巷筑城,并迁故旧居此,以娱太公。高帝十年(前197)改名新丰。马周(601—648):唐初大臣。字宾王,博州茌平(今属山东)人。少孤贫,后到长安,为中郎将常何家客。贞观五年(631)代常何上书,所论二十一事,为太宗所赏识,即日召见,授监察御史,后累官至中书令。他劝谏太宗以隋亡为鉴,少兴徭赋,反对实行世封制。

## 午日同锺樊桐、黄慎轩、方子公、秦京、伯修、中郎崇国寺葡萄林分韵得扫字①

禅室也不宽,且喜常常扫。竹子不成林,一根两根好。药栏无艳花,嫣然种香草。虽无曲水池,灌余成小沼。山僧不解禅,只是貌苍老。②朋友不甚多,人人好怀抱。盘餐不过丰,园蔌鲜可饱。酒未必如渑,苦冽香且皎。③要言不在繁,一字使人倒。纵无大快活,何处有烦恼。

**注:**①万历二十七年(1599)作于京师。作者以通俗的语言记写了与友人在崇国寺葡萄园饮酒吟诗的快乐时光。锺樊桐:锺起凤。见前诗《得胜门净业寺看水……》注。黄慎轩:黄辉。见卷二《燕中早发……》注。方子公:方文僎。见卷一《景升孤辰日,因携张……》注。秦京:汝南人。为三袁兄弟友人。余未详。崇国寺:在北京城北。原名大隆善护国寺。始修于元朝。此处古朴幽雅,并有一块花草茂盛的葡萄园,为三袁最爱游玩的地方。是年,三袁兄弟常引来一批志趣相投的著名诗人在这里相聚,借酒吟诗,并成立了葡萄社。顾名思义,葡萄社以葡萄园而得名。分韵:作诗术语。见前诗注。②禅:谓禅学、禅法。③渑(shéng):渑水,水名。源出今山东淄博市东北,西北流至博兴东南入时水。久湮。

## 赠别牟镇抚南归<sup>①</sup>

丈夫不得意，投笔且从戎。剑学白猿叟，书传黄石公。<sup>②</sup>还山村树绿，立马渚莲红。莫似牟居士，逃名说苦空。<sup>③</sup>牟融。

**注：**①万历二十七年（1599）作于京师。作者送别牟镇抚，勉励他投笔从戎。牟镇抚：名融。公安人，作者六舅之内弟。少习文不成，弃而就武。镇抚：明代各卫皆设立镇抚司，这里即指卫镇抚，属武职。②黄石公：传说张良刺秦始皇失败后，逃至下邳（今江苏睢宁北），遇老人于圯（桥）上，授以《太公兵法》，对他说，十三年"见我济北谷城山下，黄石即我。"十三年后，张良从汉高祖过济北，果在谷城山下得黄石。良死，遂与石并葬。（见《史记·留侯世家》）③逃名：谓避声名而不居。空：佛教认为一切事物的现象都有它各自的因和缘，没有实在的自体，故名"空"。牟融：后汉安丘人，字子优。少博学，以大夏侯尚书教授，门徒数百人。名称州里。明帝朝举茂才，永平中拜司空。举动方重，甚得大臣节，进太尉卒。

## 追送丘长孺郊园，值重城已闭，雷雨大作，马上口占<sup>①</sup>

若为听雨不联床，独立西风泣雁行。<sup>②</sup>云酿怒雷人病悸，山衔残日马知忙。凤城久已归烟雾，鱼钥焉能锁肺肠。<sup>③</sup>此夜莫愁闲对语，也应十句九袁郎。

**注：**①万历二十七年（1599）作于京师。写作者追送友人，突逢大雷雨，陪友人于城外交谈赋诗一夜的感人情景。邱长孺：丘坦，号长孺。见卷一《别山风雨，得丘长孺书》注。口占：作诗不打草稿，随口念出。②联床：即"风雨联床"。指亲友久别相聚，倾心交谈。③凤城：旧时京都的别称，谓帝王所居之城。鱼钥：谓鱼目常醒。

## 送丘长孺南还<sup>①</sup>

### 其　一

文人情性武人装，闹带花衫大羽囊。<sup>②</sup>鬻宅典田重出塞，臂鹰牵犬复还乡。<sup>③</sup>身穿通邑千人看，马度秋原百鸟藏。莫向前途犹久滞，吴姬酿酒待君尝。

**注：**①万历二十七年（1599）作于京师。作者为邱坦出塞不成感到惋惜，劝勉友人不

要太在意一时之失,要保重身体,从长计议。邱长孺:丘坦。号长孺,麻城人。南还:回麻城。②文人情:指丘坦善诗、工书、喜交游,少年即驰声艺苑。武人装:指丘坦曾举武乡试第一,官至海州参将。见卷一《别山风雨……》注。闹带:用金银珠宝之类杂缀为带。③出塞:谓丘坦往山西大同巡抚梅国桢处去。还乡:谓丘坦从塞上返回家乡麻城。

## 其 二

秋园弹指即天涯,忍见霜风堕藕花。乍北乍南长作客,且行且猎便还家。姑留绿鬓图生事,莫恋青山失岁华。① 松下一尊衣溅泪,马前八拜面沾沙。

**注:**①绿鬓:乌黑光亮的鬓发。图生事:谓图谋生计大事。

## 其 三

仗君为我解愁肠,九夏销来闪电光。① 梵寺看花三日雨,射堂踏月五更霜。谭宵彻晓宁辞倦,醉死重生不计场。今日飘零南北去,梦魂长绕紫游缰。

**注:**①九夏:指夏季的九十天。

## 得丘长孺密云书①

夏来长梦汝,颜色惨无欢。今日寄书至,果言行路难。人情堪痛哭,病体欠平安。祇恐今番会,豪游兴已阑。

**注:**①万历二十七年(1599)作于京师。作者从邱坦的来信得知,他确因前途受挫而身心遭受了很大打击。表达了对友人的深深关爱之情。邱长孺:邱坦,字坦之,号长孺。见卷一《别山风雨……》注。密云:县名。在今北京市东北部,长城居庸关外。北魏设密云县,明同设。

## 登 盘 山①

遍山无稳石,数步有鸣泉。绝壁争呈瘦,浓松乱缀妍。筇移频下果,衲破不藏烟。② 若欲搜寻遍,还须一二年。

**注:**①万历二十七年(1599)七月与宏道等游盘山道中作。作者登盘山,满眼皆险石、瘦壁、鸣泉、浓松等奇特的自然景观。盘山:在蓟州北三十里,亦名盘龙山。《长安客话》五曰此山"多泉多松,最多怪特者石,石皆锐下而丰上,故多飞动……"。②筇(qióng):杖。筇竹作的杖。果(wǒ):通"婐"。侍女,引申侍奉。

# 入都迎伯修榇,得诗十首,效白①

## 其 一

痛死慰生泪暗垂,一身多病不堪支。②断肠客路三千里,极目羁魂十二时。③江上雪来云片黑,河洲风重雁行迟。榱崩栋折萧条甚,路上行人也自悲。④

注:①万历二十八年(1600)作。是年十一月初四,袁宗道(伯修)病逝于北京任上(东宫詹事府),中道于十二月初三日起程赴京奔丧。作者一路风尘北上迎榇,悲痛哭诉亡长兄伯修的一生。十通血泪凝成的哭诉,深沉痛切,感人至深。效白:即仿效白居易平易通俗的诗风。宗道一生慕白乐天、苏子瞻的为人,故以"白苏"名其斋。以"白苏斋"名其诗文集。榇(chèn):棺材。②慰生:谓宽慰在生之人(其中尤指作者的父亲大人)。③羁魂:谓伯修的魂魄在外作客。羁:通"羁"。④榱(cuī):屋檐屋角的总称。

## 其 二

纵是石人也惨情,难听一宅断肠声。老亲泪尽惟流血,小弟心孤欲丧生。①白日奄奄寒古渡,长江浩浩响空城。②今朝易水悲歌去,送客白衣尽湿缨。③

注:①老亲:此指作者年迈的父亲大人。②古渡:指公安老渡口。空城:人去城(楼)空。③易水、悲歌:据《战国策·燕策三》,荆轲将为燕太子行刺秦王,丹在易水(今河北易县境内)边为他饯行。高渐离击筑,荆轲和而歌曰:"风萧萧兮易水寒,壮士一去不复返。"后人称之为《易水歌》。白衣:平民服或孝服。此代指作者、启程送行的袁氏家人和邻里。

## 其 三

一室先亡有用人,死如可代岂留身。扬名君好娱慈父,多艺予堪事鬼神。①枫树有枝犹带血,征袍多泪易沾尘。驱车宛洛如流水,不及肠中百转轮。②

注:①"扬名"句:谓宗道的名望高,让君王喜爱,慈父高兴。②宛:今河南南阳市。洛:洛阳的简称。肠转轮:形容内心极度悲痛。

## 其 四

也曾兄弟话行藏,万不关心到死亡。①种德无儿悲伯道,传家有女羡中郎。②四旬莫究多生愿,一木横埋未了肠。官冷负多田又少,将来何以活孤孀。③

注：①行藏：指出处（出世）或行止（隐退）。语出《论语·述而》："用之则行，舍之则藏"。②伯道：晋邓攸，字伯道。东晋元帝任其为吴郡太守，官至尚书右仆射。西晋永嘉末为石勒所俘，后逃至江南。南下时携一子一侄，途中不能两全，乃弃子全侄，为时人所称。故悲叹其"种德无儿"。此指代宗道生前种德竟无子（后以中道长子祈年为嗣）。中郎：指东汉文学家蔡邕，曾官佐中郎将。有一女，即蔡琰（文姬）。琰为诗人，博学有才辩，妙解音律，作有《悲愤诗》和《胡笳十八拍》。故人羡其"传家有女"。此寓宗道竟没有女。③官冷：指伯修为官清廉。任东宫讲学十五年，省交游，简应酬，不妄取人一钱。病逝后，检囊只有数金，棺木由门生集资所置，妻子尽其生平书画几砚始得归，归后又无宅可居。见作者《石浦先生传》。

## 其　五

赋就争夸白雪工，几人曾羡黑头公。①买田结社言犹热，掷绶还山话竟空。②数缕苍烟云外寺，一团黄雾马头风。长安北去三千里，多少青山涕泪中。

注：①《白雪》：又名《雪》。为中道十多岁时作，洋洋千言。该赋得到了伯修的称道。黑头公：此处指中道（作者）。伯修比中道大十岁，故作者自称"黑头公"。②绶：古代系印纽的丝带。此处指官印。

## 其　六

铃柝沉沉上帝州，不知我者为何忧。①浩歌临水水为泣，和泪看山山更愁。瘦马风嘶停古道，夜鸟鬼语集荒垠。今生幸得为兄弟，萍水重逢又逐流。

注：①柝（tuò）：旧时巡夜者击更的木梆。帝州：谓京师（今北京）。

## 其　七

重门如墨压荒村，马上逢人不忍言。①带雪寒鸦为吊客，逆风芦管唱招魂。须知沙劫烟霞伴，不比寻常骨肉恩。从此不知人世事，西山南亩度晨昏。②

注：①重门：谓沿途经过的关隘、要塞。②西山：谓西天。此处指作者长兄的魂魄已去了西天。

## 其　八

难忘听雨爱怜情，日暮含凄过古城。一片雪来和泪落，几行雁过唤愁生。天人竟萎花冠色，仙骨虚闻璅子声。①笑语衣冠浑在眼，如何令我叫亡兄。

注：①天人：犹有天赋之人。璅子声：璅通"锁"。即锁骨声。比喻仙骨铮铮。唐李繁《邺侯外传》："李泌避谷。身轻，能行屏风上。每导引，骨节珊然有声，谓之璅子声。"此处皆喻指作者的亡长兄伯修。

## 其　九

五天使者苦相催，长夜悠悠更不回。①山客也曾招隐士，游魂今始赋归来。晚风沸水人心急，落日烧林鸟语哀。我眼半枯身半死，旁人犹作计偕猜。②

**注**：①五天：天。天的别称。如：皇天、上天、苍天、昊天、旻天等。②计偕：赴京赶考之人。

## 其　十

魂来入梦诉还乡，岂不怀归道里长。销带典衣还客负，卖书鬻砚作行装。晚风竹叶刀刁话，暮雨梨花冷澹香。①莫怪多情频下泪，死生大海路茫茫。

**注**：①刀刁话：风吹竹叶发出声响，像在讲话。

## 游西直门柳堤上，时伯修已逝①

依然垂柳覆长堤，落日沉沉万树西。惟有水声浑不似，当初如笑近如啼。

**注**：①万历二十九年(1601)作于京师。作者游西直门柳堤，感觉眼前景物皆幻成了暮色与悲声。西直门：北京内城之西城门。

## 扶伯修樣以水涸候水止东昌官舍，呈司理谢在杭①

西去空悲道路长，扬沙渭水变非常。客程此日投齐地，寡妇终朝哭杞梁。②入室冲风吹涕泪，绕檐惊电照凄惶。谢安故是多情者，不是同胞也断肠。③

**注**：①万历二十九年(1601)作于往东昌道中。作者护送伯修樣至东昌，友人见面无不断肠。东昌：府名。治所在今聊城(今属山东)。明初改为府。司理：官名。司理参军的简称。掌狱讼。谢在杭：谢肇淛，字在杭。见卷二《侯师之席上同谢在杭诸公……》注。②齐：古国名。公元前十一世纪周分封的诸侯国，姜姓，建都营丘(后称临淄，今山东淄博市)。杞(qǐ)梁(？—前550)：春秋时齐国大夫。齐庄公四年(前550)，齐袭莒，他与华周进抵莒郊，被俘而死，其妻孟姜迎丧于郊。传说他哭夫十天，城便崩塌，投淄水死。后人编成孟姜女哭长城的故事。此处借指作者的大嫂成天痛哭亡夫伯修。③谢安：东晋政治家。见前诗《长歌送谢在杭司理之东昌》注。此借指谢在杭。

# 西陵别慎轩居士还蜀<sup>①</sup>

## 其 一

霜枫如雨洒征衣,胜侣而今会渐稀。帝子已安仙客去,鹤群无主道人归。<sup>②</sup>湾湾水妩蚕头法,片片云呈麈尾机。<sup>③</sup>不是倚门亲在舍,西陵那忍遽分飞。

**注:**①万历二十九年(1601)作于西陵道中。作者送慎轩还蜀,至西陵却不忍分手。西陵:泛指宜昌等地区。慎轩:黄辉,字平倩,一字慎轩,南充人。与伯修同为翰林院编修,充皇长子讲官,为伯修最亲密的朋友。伯修逝后,其丧事全由京中的朋友们料理,黄辉尽了大力。随后又来公安"为伯修志墓"。之后方经西陵还蜀。居士:佛教名词。在家修道的人,名为居士。②帝子已安:喻指伯修的灵柩已入土为安。仙客、道人:皆指黄辉。③蚕头:形容书法起笔凝重,结笔轻疾。麈(zhǔ)尾:拂尘。

## 其 二

独向千峰顶上行,大峨何日更寻盟。<sup>①</sup>梦来白马缘非幻,老去青山约定成。<sup>②</sup>乱叶扫云秋路净,疏钟答月夜邮清。自怜不及黄牛峡,三暮三朝绕客程。<sup>③</sup>

**注:**①峨(é):高;蠢起。此处借指黄辉。盟:聚会的约定。②梦来白马:喻指好友慎轩的到来。老去青山:谓年岁大了便往青山隐居。③黄牛峡:泛指长江山峡险地。

# 同慎轩赴刘元定诸君子之约,于圆通阁分韵得池字<sup>①</sup>

觅得危楼话少时,八窗明处见山奇。都缘江水能开镜,故使巫峰尽约眉。<sup>②</sup>空国人来听说法,堵墙客绕看临池。<sup>③</sup>金砖峡过无知已,坐隙霜光也不迟。

**注:**①万历二十九年(1601)作于宜昌。作者应约同慎轩往刘元定处赏山水之奇,临池赋诗,夜深了还迟迟不舍离去。慎轩:黄辉,号慎轩,南充人。见前诗注。刘元定:刘戡(kān)之,字符定。张居正婿,夷陵人。以荫授郎中,任德州知府,与三袁兄弟常有交往,宏道曾序其诗。《宜昌府志》卷七有传。分韵:作诗术语。见前诗注。②巫峰:巫山。在四川、湖北两省边境。长江穿流其中,成为三峡。③国人:西周、春秋时对居住在国都的人的通称。此处指黄辉。临池:东汉张芝学书甚勤,"凡家中衣帛,必书而后练之;临池学书,池水尽墨。"(见晋卫恒《四体书势》)后人称学习书法为"临池"。此处谓黄辉写字。

# 江上别平倩，凄然堕泪有述<sup>①</sup>

## 其 一

交情直到此，兄弟也难侔。<sup>②</sup>胞乳虽然共，肝肠未必投。<sup>③</sup>叶黄归峡路，云黑渡江舟。不死终相觅，宁辞道阻修。

**注：**①万历二十九年（1601）作于宜昌。作者到江边送别黄辉，凄然堕泪，迟迟不忍离去。②侔（móu）：相等。③胞乳：指同父母所生的兄弟姊妹。肝肠：喻指志趣、性情。

## 其 二

逝鬼已难作，生存复远离。<sup>①</sup>可怜一掬泪，分作两番悲。天尽人归处，山空影过时。<sup>②</sup>临行衣带断，饶得别迟迟。偶有断带事。

**注：**①逝鬼：此处指作者的大哥伯修已经逝去。作：振起。②天尽：谓诗人望着友人的船走了很远很远。影过时：已经看不见人影了。

## 三 游 洞<sup>①</sup>

洞在大江边，背江疑不妙。天生下牢溪，绕洞益清奥。两山夹深泓，桃花源宛肖。<sup>②</sup>江水虽洋洋，此地转幽窕。<sup>③</sup>譬彼学道人，沉修贵不耀。石乳滴成峰，柱洞竦孤峭。<sup>④</sup>皱驳凛陈鳞，枅臼吐余窍。<sup>⑤</sup>疾流铺石滩，水石遇成笑。循溪不厌深，奇峰如相召。苍壁涌雷文，朱霞染雾峤。<sup>⑥</sup>仰面见天梁，骇走俄大叫。霜石踏人影，始知月来照。生平不闻猿，今夕闻猿啸。别死与离生，猿也如相吊。太清不可留，乘月理归棹。

**注：**①万历二十九年（1601）作于宜昌。作者游三游洞，面对奇特、秀美的自然景观，心境深处仍时时浮现亡兄伯修的身影。三游洞：位于长江西陵峡口旁下牢溪入江处的峭壁中。唐白居易偕其弟白行简与友人元稹曾游于此，其后苏洵、苏轼、苏辙父子也游于此，洞因此得名。②桃花源：指避世隐居的地方。见卷二《游阳和坡》注。宛肖：好像；类似。③幽窕（tiǎo）：深远貌。④石乳：指溶有碳酸钙的水液。竦（sǒng）：竦立。孤峭：孤傲独立貌。⑤皱、驳、鳞：均形容溶洞中石笋、石柱的表层形状。枅（jī）臼（jiù）：溶洞底面盘状的碳酸钙淀积物。⑥雷文：雷击后留下的火烧痕迹。峤（jiào）：尖而高的山。

## 赠刘元定①

作人影亦好，入座去犹香。柳也学张绪，石能醉米郎。②性于学道近，心为著书忙。兄弟今零落，含凄托雁行。

注：①万历二十九年(1601)作于宜昌。作者赞赏刘元定的人品、性情和学识，并对自家兄弟的零落深表伤感。刘元定：刘戡之，字符定。见前诗注。②柳：喻指风流。张绪：南齐裕孙。字思曼。清简寡欲，风姿清雅。见卷一《哭少年》注。石：石刻，碑碣。米郎：米芾，北宋书画家。见卷二《齐云山》注。

## 元定斋中别秦京诸君子①

西望瞿塘泪满巾，峡州犹自滞孤身。②客中逢客多知我，离上生离更苦人。良夜烛残清影乱，霜阶月落醉言真。他时柳浪能如约，煮笋烹葵也不贫。③

注：①万历二十九年(1601)作于宜昌。长兄仙逝，作者怀着极其伤感的心情道别诸友人，并热诚邀约他们到公安柳浪做客。元定：见前诗注。秦京：汝南人，三袁兄弟友人。②瞿塘：瞿塘关。以位于瞿塘峡得名，亦称"江关"。故址在今四川奉节东。峡州：州名。北周武帝改拓州置。因在三峡之口得名。治所在夷陵(今宜昌西北。唐移今市)。③柳浪：柳浪馆。作者仲兄宏道在公安城区柳浪湖的居所。

## 西陵诸公送至峰宝山道中有作①

草短风高日渐西，离魂又被万峰迷。乍飘木叶同珠络，直剪平原作稻畦。即袈裟。死友范张人已别，仙舟李郭事尤齐。②青山也解留行客，四出浓云逗马啼。

注：①万历二十九年(1601)作于往宜昌道中。作者离别西陵，诸友一路奉送到峰宝山，诗人感觉亡兄伯修也和自己一样，不舍离去。西陵：泛指宜昌地区。②死友：谓交情深厚，至死不相负的朋友。范张：指东汉的范式与张劭。李郭：东汉李鹰与太学生首领郭泰相交好，常同舟共济，世称李郭。此喻作者与西陵诸公的深厚情谊。

## 峰宝路①

峰宝路,纵复斜,黄叶纷纷如雨花,诸公饮酒我饮茶。茶一盏,酒数卮,夜堂明烛话须臾。马首明朝更有谁,醉者不悲醒者悲。②当初伴侣满长安,稻麻竹苇轻相看。自经别死离生后,始觉人生聚会难。事从难得始知珍,心孤往往易为亲。③白波江上刚分手,黄叶山头又别人。

**注**:①万历二十九年(1601)作于宜昌道中。作者一路以茶代酒悲悼亡兄,经历一场生死离别后更加懂得珍惜亲情和友情。②马首:指骑马走在最前面的人。此喻指被送行的人。醒者:此处指作者。③始知珍:谓开始懂得了珍贵和珍惜。"心孤"句:心里孤独,更加容易以友为亲。

## 从夷陵峰宝山至玉泉道中示同游罗玉检①

### 其 一

冠盖集修衢,分袂意冷冷。②日午方成行,马蹄踏人影。似鱼下重渊,如雀起高岭。高岭忽已夷,流水中间之。下马听清泉,与子坐石矶。男儿七尺身,宁为妻子羁。终当游五岳,长揖与世辞。③我惭尚子平,君如台孝威。④此语泉石闻,毋为流水嗤。

**注**:①万历二十九年(1601)作于往玉泉道中。作者告别夷陵友人往游玉泉,表示将离开俗世,远游天下山水。夷陵:指宜昌等县市。玉泉:玉泉山,亦称"复船山"。在今湖北当阳县西。山中有玉泉寺,隋开皇年间(581—600),晋王广(隋炀帝)为智顗所建。相传智顗造寺三十六所,栖霞、灵岩、玉泉、国清为天下四绝。唐宗以来,代有修茸。有玉泉八景,为佛教名胜。罗玉检:作者友人。余未详。②冠盖:用作仕宦的代称。修衢(qú):谓通向远方的道路。分袂(mèi):分别。③五岳:中国五大名山的总称。即东岳泰山、南岳衡山、西岳华山、北岳恒山、中岳嵩山。④尚子平:即向子平。名向长,字子平,后汉朝歌人。隐居不仕,性尚中和,通《老》《易》。建武中男女嫁娶既毕,遂肆意与北海禽庆俱游五岳名山,不知所终。事见《后汉书·逸民列传》。君:指罗玉检。台孝威:太佟。后汉邺人,字孝威。隐武安山,凿穴而居,采药自业。

### 其 二

望岫难息心,行缓意弥速。明月岂不来,浮云蔽之没。夜度猢狲冲,暗岭临深谷。①齿齿乱石坡，微躯付马足。不复问升沉，俯仰谙髣髴。②疾风吹草鸣，飕飕如有物。行人且莫惊，灵山虎不毒。我为智者来，伽蓝自驱逐。③乱叶晃微灯，隐隐见茅屋。磴穷幛忽开，流泉如转毂。疏钟下层峦，余音绕山麓。

**注：**①猢狲冲：玉泉山中的一个小地名。冲：山中的平地。②升沉：旧谓宦途的浮沉。此处指人坐在马背上一俯一仰的样子。谙：熟练。③智者：智顗。隋高僧，荆州陈氏子，字德安。出家湘州果愿寺，后入天台山住国清寺。为佛教天台宗的创立者。又因隋炀帝杨广曾赐号"智者"，故称他为"智者大师"。曾口述《法华玄义》、《法华文句》、《摩诃止观》等，由弟子灌顶集录成书。伽（qié）蓝：佛教寺院的通称。

# 宿 玉 泉①

## 其 一

山是天台眷，泉通印度源。②宝冠妍楚蜀，珠沫溅乾坤。③衲子都如石，樵人不辨猿。英雄无限泪，收拾付空门。④地即关公授命处。

**注：**①万历二十九年（1601）作于玉泉。玉泉山的佛教传承自天台宗，影响广大。作者更加明确了以玉泉乳窟为庵的想法。②天台：天台山，在今浙江省东部。主峰华顶山，在天台县城东北，为花岗岩组成。多悬崖、峭壁、飞瀑等名胜。隋代敕建的清国寺，为佛教天台宗的发源地。天台宗亦称"法华宗"，中国佛教派别之一。实际创宗者为陈、隋之间的智顗（通称天台大师），以他住天台山，故名。眷：亲属；亲戚。此处谓玉泉山的佛教是传承自天台宗。③宝冠、珠沫：皆喻指玉泉山的佛教影响力。④空门：佛教名词。佛教以悟"空"为进入"涅盘之门"，故称佛教为"空门"。

## 其 二

叶落不成寐，披衣步福庭。水寒几化雪，月晃欲无星。洗耳秋堂磬，灰心子夜经。①几时庵乳窟，泉响一生听。②

**注：**①灰心：一僧人名。②乳窟：位于玉泉山中的一个石灰岩质山洞。

# 题关将军祠①

一腔血尽了生缘，静向山中礼法筵。②人道肝肠能死国，我言肋骨好参禅。③涧岩震怒如雷地，草水淋漓易雨天。日暮鸟啼人迹断，自搜残碣自尝泉。④

注：①万历二十九年(1601)作于玉泉。作者敬仰关将军精忠报国,但更主张人生应寻个参禅的清静处。关将军:关羽(? —219),三国蜀汉大将。字云长,河东解良县(今山西临猗西南)人。祠:庙堂。此处指玉泉山当地人为纪念关羽生前的忠义而为他修建的祭祀庙堂。②法筵:谓佛法仪式。③死国:谓忠诚自己的国家不惜牺牲生命。参禅:佛教禅宗的修行方法。见前诗注。④碣(jié):圆顶的碑石。

# 听 泉①

## 其 一

一月在寒松,两山如书朗。欣然起成行,树影写石上。独立巉岩间,侧耳听泉响。远听语犹微,近听涛渐长。忽然发大声,天地皆萧爽。②清韵入肺肝,濯我十年想。

注：①万历二十九年(1601)作于玉泉。作者月下独立巉岩听泉响、察泉色、赏泉韵。忽然发大声,天地皆萧爽。②萧爽:萧洒、舒畅。

## 其 二

山白鸟忽鸣,石冷霜欲结。流泉得月光,化为一溪雪。月色入水滑,水纹带月洁。疾流与石争,山川为震裂。安得一生听,长使耳根悦。

## 郑少泉年七十五访我玉泉觅诗,即席赠①

手中松子十围强,曾侍僧雏顶尽霜。②尚自衔杯同李白,不须食乳学张苍。③云霞兴到诸峰遍,风雨谭生彻夜狂。④心内无营即大药,痴人错料有仙方。⑤

注：①万历二十九年(1601)作于玉泉。作者即兴赋诗,满足了老者觅诗的要求。②围:指两臂合抱的长度。僧雏(chú):小和尚。霜:此喻头发变白。③衔杯同李白:谓作者饮酒可同李白比美。李白:唐朝大诗人。张苍(? —前152):汉历算家。阳武(今河南原阳东南)人。秦时为御史。《汉书·艺文志》阴阳家有《张苍》十六篇,今佚。④谭:大。《大戴礼记·子张问入官》:"修业居久而谭。"孔广森补注:"谭,大也"。⑤营:通"萤"(yíng),惑乱。

# 重过关将军祠二偈①

## 其　一

雄蓝设色水潺湲，浮世兴亡一笑间。②鼎足三分弹指折，忠魂千载王名山。③

**注:**①万历二十九年(1601)作于玉泉。作者再次凭吊关将军祠，感慨关将军是如来转世的血性汉，忠魂千载王名山。偈(jì)："偈陀"("梵文")的简称，即佛经中的唱词。②雄蓝:堆蓝。玉泉山的别名叫堆蓝山。谓蓝色多如山。浮世:谓动荡不安的社会。③鼎足三分:汉朝末年，魏、蜀、吴三分天下，鼎足而居。忠魂:此处指关羽。

## 其　二

侵天荆棘挂人衣，几个能开生死围。①三世如来血性汉，大刀响处是禅机。②

**注:**①开生死围:谓关羽多次在生死危急关头，杀开重围救出刘备及其家人等。②如来:佛教名词。为释迦牟尼的十种称号之一。此处喻指关羽。禅机:佛教用语。即悟入禅定的关窍。禅宗认为悟了道的人教授学徒，往往在一言一行中都含有"机要秘决"，给人以启示，令其融机生解。

# 柳　浪　馆①

## 其　一

镇日无人至，层溪与闭关。幻云作佛事，流水写僧颜。归鹭千团雪，长杨一派山。夜深纤月落，清梵出林间。②

**注:**①万历三十二年(1604)作于公安。是年作者仲兄宏道归隐柳浪湖已是第四年，诗中描绘出他们兄弟在柳浪湖生活的一幅幅优美而富于情趣的画面。柳浪馆:宏道在公安的别业。《吏部验封司郎中中朗先生行状》曰:"时于城南得下洼地，可三百亩，络以重堤，种柳万株，号曰柳浪。"又《公安县志》:"柳浪湖，袁中郎先生馆，柳阴河浪，春秋如碎锦云铺。"董思白题馆额曰"抱瓮亭"。②纤月:细小的月牙儿。清梵(fàn):清亮悦耳的梵音。梵，梵呗，佛教歌赞。

## 其　二

盘礴从吾好，有头不赘冠。①衣裳迎客易，神契到人难。②薪斫和烟树，茶烹带月湌。水边成一笑,世界果然宽。

注:①盘礴:意谓四处游乐。盘,回旋,游乐。礴:广大无边貌。赘:戴。②易:换。契:相合;相投。

## 其 三

睡起西窗暮,轻舟出钓矶。蛙沉萍忽散,萤到草先辉。拂地杨枝重,封天粳稻肥。未须愁夜色,新月照人归。

## 其 四

何须求世上,此地有雕胡。①鹤到花千树,僧归月一湖。闻香遮戒律,观影悟空无。②宴坐深林下,天风自拂须。

注:①雕胡:菰米。俗称"茭白"。多年生水生宿根草木。初夏或秋季抽生花茎,后基部形成肥大的嫩茎,即"茭白"。颖果狭圆柱形,名"菰米"。茭白做蔬菜,菰米可煮食。②戒律:佛教名词。"戒"谓"禁止"。有五戒、十戒及二百五十戒等种类。律谓"调伏",为戒律中条文的解释等。悟:了解;领会。

## 其 五 湖中有等死堂。

息心无一事,何乐可相如。①等死堂中客,放生池里鱼。②禅床鸣翡翠,呗语杂芙渠。③花鸟余情在,勘来不用除。④

注:①息心:平息热衷于功名利禄的心情。相如:相及。②等死堂:柳浪湖中的斋堂,供参禅悟道的场所。③呗(bài)语:佛教徒做法事时念诵经文的声音。芙蕖(qú):荷花。④勘:探测;推究。除:拜官授职。

## 其 六

过桥三五次,门径宛村庄。①曲水缠茅屋,深杨护粉墙。雨烟荷叶净,风露稻花香。未可全无事,疏经也学忙。②

注:①门径:门户;人家。②疏经:佛教术语。谓疏通经论之文句而决策义理也。

## 其 七

匝地芙蓉国,遮天杨柳城。僧雏为弟子,农老作先生。历尾传占法,书头写稻名。①池堤全得月,露坐二三更。

注:①历尾:历书的后面。占法:古人用占卜推测行事的吉凶。

# 初至村中①

## 其 一

净业前生也不常,而今报得树千章。②深松老栗如争腊,粳稻芙蓉只斗香。③远水夕阳光溅溅,青林白月冷荒荒。前村犬吠声如豹,宛似王维华子岗。④

**注:**①万历三十年(1602)作于公安长安村。作者因过去十年科场失意而对仕途心灰意冷,打算息尽机心,安心回归长安村过闲情雅致的隐居生活。村:此指作者的故里长安村。作者万历十九年(1591)定居县城石浦河岸以来,一直在外忙于应试和出游,此次回村故云"初至"。②净业:佛教术语。清净之善业也。树千章:喻指作者仕途不顺。③腊(xī):表皮皱皲。④王维:唐诗人、画家。字摩诘,原籍祁(今山西祁县),其父迁居于蒲州(治今山西永济西),遂为河东人。开元进士。官至尚书右丞,故世称王右丞。晚年居蓝田辋川华子岗,过着亦官亦隐的优游生活。

## 其 二

禅床频逐树阴移,邻叟行来犬亦随。月下独游形澹漠,水边假寐梦淋漓。①闲看归鹤投何处,偶忆骑羊到此时。趁取今秋天气好,宽宽凿个放生池。

**注:**①澹漠:冷淡。淋漓:形容充盛、酣畅。

## 其 三

十年救火事奔忙,惭愧青山旧草堂。①听尽歌声樵唱好,看完花卉稻芒香。永无跃马登舟兴,也学占云射雨方。②桃叶桃根今尚在,早抛舞髻效村妆。③

**注:**①"十年"句:作者万历二十一年(1593)曾移家长安里中杜园(见小修《杜园记》),第二年便随其兄中郎入京。自此作者一直在外忙于出游、应试,直到是年(万历三十年(1602))才回到故里,其间约十年。②占云射雨:谓观测天文气象。③桃叶、桃根:桃叶为晋王献之小妾。其妹曰桃根。效村妆:谓效仿村人的着装打扮。

## 其 四

历尽繁华始爱贫,布袍芒履混村民。止为荷叶山头树,又作柞林潭上人。①鸟不伤弓宁纵翮,鱼经劳尾也收鳞。②从今饱噉长腰米,任运腾腾即净因。③

注：①荷叶山：作者的故居。柞林潭：地名。在作者故里公安孟家溪。②纵翮(hé)：谓放弃飞翔。鱼经劳尾：谓鱼游劳顿。此喻作者奔波劳顿。③净因：佛教语。缘分。

### 其 五

出行独有鸾台随，缓步于于百不思。①余食好将施鸟雀，闲情犹自护花枝。侍儿也唱无生偈，邻叟来吟清泰诗。②竹水竹风凉太过，略收暑气应天时。

注：①鸾台：原指司空徒的家婢，这里代指作者家中的婢女。于于：行动舒缓自得貌。②偈(jì)：即佛经中的唱词。清泰诗：颂扬政治清明社会太平的诗歌。

### 其 六

半是经行半是眠，清风宜碎月宜全。黄云紫雾新禾稼，碧水丹山好墓田。俗客罢来因断肉，柴门不闭为无钱。而今转忆陶弘景，不得微官却得仙。①

注：①陶弘景：南朝齐梁时期道教思想家、医学家，字通明，自号华阳隐居，丹阳秣陵（今南京）人。后隐居句曲山（茅山），武帝礼聘不出，但朝廷大事辄就咨询，时人称他"山中宰相"。

### 其 七

心内安闲身也轻，十年觑破菶华荣。冷云冷雨销三夏，香水香山过一生。①池上坐禅鱼乍跃，花前说偈鸟争鸣。②醒来不作攒眉事，梦里依然是笑声。

注：①菶华荣：喻指功名荣华如早开晚落的木槿花。三夏：盛夏，即夏季的第三个月。香山香水：清净芳美的山水。指隐居之地。②坐禅：佛教修行方法之一。谓禅定。静坐敛心，专注一境，止息杂虑，久之可达到身心"轻安"，观照"明净"的状态。

### 其 八

逐处奔驰昨已非，今朝息尽百年机。①人从绿树千重出，鸟隔青天一寸飞。八口饱餐菰米饭，全家都着芰荷衣。客邮暂宿无多事，池上青莲望我归。②

注：①逐处：此谓作者过去十年为个人功名四处奔波。机：机心。②客邮：此指远方关心作者功名仕途的友人及其信件。青莲：佛教常用以比喻眼睛。

### 其 九

顿除何肉渐休粮，个是居山第一方。①有口止歌招隐曲，此心不是贮愁囊。②旋斤修竹为行伴，新礼乔松作树王。③冉冉逐尘嗟世苦，波波求法叹僧忙。

**注：**①"何肉"句：说的是梁何胤暮年辞官隐居,断肉减粮,刻苦著述的故事。见卷二《戏赠詹生入道》注。②招(sháo)：通"韶",虞舜时乐名。《汉书·礼乐志》："舜作《招》。"③旋斤：抡斧子。礼：表示敬意。犹礼尊。

## 送死心入山①

只欲归山去,敷蒲坐几春。②短藤新衲子,长爪旧文人。③虚谷重经字,空潭贮定身。死心久已死,去住若为真。④

**注：**①万历三十年(1602)作于公安。作者送僧人死心进山修行,表达了对其人品学识的称道与身世的同情。死心：袁文炜,后谓出家曰死心。见卷二《游栖霞,同中郎及……》注。②敷蒲：用草盖一个圆屋(即庵)。③衲子：此处指僧衣。长爪：长手指。旧谓手指长者为聪明人。旧文人：指死心。④久已死：指死心,原来读书进第入仕的想法已经不存在了。

## 入　村①

出郭方知雾,登舟始辨风。水生虾眼赤,霞过雁翎红。浣渚喧游女,芦洲息钓翁。人家苍翠里,鲜艳一株枫。渔人云虾眼赤则水涨。

**注：**①万历三十年(1602)作于公安长安村。作者入村后尽见生机勃勃、明艳亮丽的田园风光,反映诗人的心境已开始走出失意的阴影。村：作者的故里长安村。

## 村　行①

藤杖扶身健,绵袍到膝轻。②荞花银粟涨,枫叶火山明。③引客谭因果,观天校雨晴。④今年秋事好,晚稻倍生成。

**注：**①万历三十年(1602)作于公安长安村。从初至村中,到入村、村行,说明作者此时的精神情感开始融入故里。作者关注农事,观测天气,希望农民有一个好收成。②轻：一语双关,既写绵袍之轻,又写内心轻松。③银粟：荞花,这里喻雪。句意为荞花如雪铺大地。④因果：此指佛家所谓的因缘与果报,即善因得善果,恶因得恶果。《南史·范缜传》："君不信因果,何得富贵贫贱?"校：推测,验证。

# 癸卯元日步中郎湖上韵①

## 其 一

晓起一湖云,穿云鹭一群。溪杨眉黛色,滩石指螺纹。可惜题桥去,难同带索耘。②朗吟霞上作,风雨夜深闻。③

**注:**①万历三十一年(1603)癸卯作于公安。作者大年初一步韵赋诗赞誉兄长宏道仕途顺,诗如霞,并感谢他长期对自己的点化、影响和爱抚。元日:正月初一日。步中郎湖上韵:中郎是年元日作《元日书怀》诗两首,其中一首与该诗韵脚一致。②题桥:为桥题字或题诗。题:书写;署。韦庄《东阳赠别》诗:"去时此地题桥去,归日何年佩印归。"古时用为士人抒发入仕的抱负。此指入仕做官。耘:锄草。泛指劳作。③霞上作:比喻诗文作品像鲜艳的霞彩。

## 其 二

点也柴车驾,聊从汗漫游。①寻人穿柳市,放艇过沙头。紫柏遮南垞,苍筠护小洲。世情休自好,闲适岂宜休。②

**注:**①点:点化,原指古代方士的点金术,引伸为指点感化。汗漫:广泛,漫无边际。②世情:世俗之情。

# 过伯修墓①

行过冢子岗,步入白杨林。②白杨十万树,一叶成一声。芳草尔勿生,下有锦绣人。③草枯有荣时,子往无归辰。入夜迟魂来,有怀欲具陈。阿鹜久已嫁,毋为怀苦辛。④

**注:**①万历三十一年(1603)作于公安。作者路过亡长兄伯修墓,引发了无限悲痛的情思。伯修墓:在其故居桂花台荷叶山,今属公安县孟家溪镇孟家溪村。②冢子岗、白杨林:皆为往伯修墓的途经之处。冢子:嫡长子。③锦绣人:指才华出众的人,此处指代伯修。④阿鹜(wù):伯修的妾。

# 哭寿亭舅,舅学佛精进,无病而卒,时予病卧法华兰若①

莫过西州路,羊昙哭断肠。②法门何苦楚,道侣转凄凉。③急雨飘青焰,回风战白杨。五更扶病坐，生死几回忙。④

**注：**①万历三十一年（1603）作于公安。作者刚哭罢长兄伯修，又哭三舅寿亭，自身也病卧不起，真谓生死几回哭断肠。寿亭：龚仲庆，号寿亭。见卷一《饮驾部龚惟长舅……》注。精进：佛教语，为"六波罗蜜"之一。指坚持修善法，断恶念，毫不懈怠。法华兰若：法华庵，一名精进林，在原公安斗堤后。主持僧名真惠。见《公安县志》四。②西州：州名。唐贞观十四年（640）灭麴氏高昌以其地置。治所在高昌（今新疆吐鲁番东南）。辖境相当今吐鲁番盆地一带。羊昙（tán）：晋泰山人。谢安之甥，为安所重。③法门：佛教徒称修行者所入之门为法门。道侣：参禅人；修行人。此处指作者寿亭舅。④几回忙：谓作者刚哭了长兄伯修，又哭寿亭舅。

# 入都过秃翁墓①

## 其 一

岩电似双眸，昨宵来入梦。②驱车且暂停，三步肠应痛。

**注：**①万历三十一年（1603）作于京师。作者入都应试期间，吊唁了兄弟三人的思想启蒙导师李贽，热情颂扬了李贽为才德高超的人间真英雄，愤怒谴责了封建统治者对李贽的迫害。入都：是年作者进京应顺天府乡试，中第三名（中郎《九月初五日得三弟京闱第三报至喜》）。秃翁：指李贽。见卷一《武昌坐李龙潭……》注。前一年（1602），李贽在京师狱中被迫害致死。②入梦：作者梦见了李贽老师。

## 其 二

威凤不潜羽，蛟龙罢隐鳞。①纲罗耽耽至，何处可藏身。②

**注：**①凤、龙：比喻才德高超之人。此皆喻指李贽。潜羽、隐鳞：喻藏起做人的锋芒。②纲罗：喻指明朝封建统治者对李贽的迫害。耽耽：犹威严，凶猛。

## 其 三

马鬣有新封，凄其荒草里。①虽无要离坟，也近荆卿水。②

**注：**①马鬣有新封：坟墓上封土的一种形状。《礼记·檀弓上》："吾见封之若堂者矣，见若坊者矣……见若斧者矣，从若斧者焉，马鬣封之谓也。"新封：谓新坟。此指李贽的坟。②要离：春秋末年吴国人。见卷一《由吴入越，舟中无营，……》注。荆卿：荆轲（？—前227），战国末年刺客。卫国人。后被燕太子丹尊为上卿，派他去刺秦王政（即秦始皇）。燕王喜二十八年（前228），荆轲带着秦逃亡将军樊于期的头和夹有匕首的督亢（今河北易县、涿县、固安一带）地图，作为进献秦王的礼物。献图时，图穷匕首现。刺秦

王不中,被杀死。此句谓李贽是要离、荆轲般的英雄。

## 出都门道中①

梦草和村绿,怀云带舍苍。夭桃无断雨,姹竹有鲜香。②拜衲学空观,逢仙觅睡方。③纵然登第去,也只为人忙。④

注:①万历三十二年(1604)作于回公安道中。作者中举的多年梦想终于成真,眼前的景物幻成了苍绿和鲜香。出都门:作者先一年应顺天府乡试中第三名,是年自京师启程南归。②夭桃:喻年少貌美,此处喻指作者。雨:犹雨露。③空观:佛教术语。④登第:中进士。为人忙:指忙于为朝廷做事。

## 襄城道中题逆旅,寄示两弟①

铃铃车马送昏朝,欲雨浓云惨不销。盘里有鱼家渐近,眼前无水路还遥。②烟沙犹自迷行色,风柳何曾畅舞腰。寄语王孙休濡滞,故园青桂久相招。③

注:①万历三十二年(1604)作于襄城道中。写襄城道中一路不见雨水,烟沙迷漫。抒发了作者欲早日回归江南故园的急切心情。襄城:郡名。晋泰始二年(266)置。治所在襄城(今县)。辖境相当今河南襄城、郏县、舞阳等地。逆旅:客舍。两弟:指作者的两个异母弟,安道、宁道。安道,字方平。宁道,法名无烦。俱邑诸生。②鱼:喻指囊里还有盘缠。③王孙:此处指代作者的两个异母弟。濡(rú)滞:迟延。

## 南阳邸中饮同年罗子①

一声残滴下疏杨,和露和烟浣客裳。驽马无心游宛洛,故人相对是潇湘。春来药里闲花事,雨后蔬盘照酒觞。屈指罗含居渐近,丛兰开处满山香。

注:①万历三十二年(1604)作于南阳。写作者应邀至同年家宴饮,称美友人待人热忱、人品若兰。南阳:今河南南阳市。同年:一同参加科考的人。罗子:罗含。与作者同年参加科考并中举。

## 入村步中郎韵①

### 其 一

林碧间溪红,梦魂爱此中。扫阶聊贮月,芟竹为疏风。蔽日荷花盛,遮天粳稻丰。鸾台随我去,社约赴村翁。②鸾台,司空图婢。

注:①万历三十二年(1604)作于公安长安村。作者回到自己美丽的故地,很快就安顿下来。打算放却人生的各种因缘,效仿陶渊明在田园之乡醉一生。入村:回到长安村。中郎韵:指袁宏道《月下偶成》诗韵。②鸾台:原指司空图的家婢,这里代指诗人家中的婢女。司空图,唐诗人,诗论家,字表圣,河中(今山西永济)人。咸通进士,官礼部郎中,中书舍人。后隐居中条山王官谷,自号知非子、耐辱居士。其诗多表现消极思想。社:指作者与村中友人结成的诗社。

### 其 二

头白与颜红,难忘是里中。柳方酣重露,松忽话微风。①地僻衣冠略,年登宴会丰。万缘聊放却。且学信天翁。②

注:①酣:此处谓沉浸。重露:喻指很深的情谊。此句诗用比兴,意谓受到村民多方面的关心。②万缘:指一切因缘。信天翁:小称"信天公"、"信天缘",大型海鸟。古人见其静立水际,或谓其不能捕鱼,常用以比喻呆立或留居原地少活动。

### 其 三

霞染一村红,人烟湖雪中。松梢留澹日,山口涨幽风。栗里一生醉,花源累世丰。①夜深鹳鹤起,咳笑似衰翁。

注:①栗里:地名。在江西九江南陶村西,晋陶潜曾迁居于此。唐白居易《访陶公旧宅》诗:"柴桑古村落,栗里旧山川。"花源:谓桃花源。

## 又步中郎韵①

茆屋临花涧,居然万里桥。②自从知橘隐,不喜见蜂朝。③树长栖云叶,藤抽带雪条。悠悠名利者,路远马蹄遥。

注:①万历三十二年(1604)作于公安。作者愿与隐橘为伴,在茆屋、云叶之中度过自己的一生,决不做追名逐利之辈。②茆:通"茅"。万里桥:在今成都市南,跨锦江上。

三国蜀费祎出使吴,诸葛亮于此设宴送别,祎称"万里之行始于此",因以名桥。唐杜甫草堂在此之西,故杜诗有"万里桥西一草堂"句。③橘隐:橘有隐者之性,长年隐于绿叶之中。蜂朝:犹蜂群。朝:聚会。

## 晚酌中郎限韵①

好携仙人杖,同飞力士铛。②坐阑山气重,话断水声明。晚岫云车变,秋场月浪盈。③道缘欣渐熟,梦里讲无生。④

注:①万历三十二年(1604)作于公安。作者与仲兄晚酌赋诗,表达了居家修道话无生的闲适心情。②同飞:与友人举杯共饮。力士铛:形容酒杯大。铛(chēng):温器。③岫(xiù):峰峦。④道缘:谓与佛教结缘。无生:佛教术语。谓没有生灭,不生不灭。

## 月夜同两叔、僧遍虚泛舟荷叶堰①

### 其 一

买得蜻蜓舫,嬉游荷叶中。暗林白酿月,秋水碧澄风。露重衣先湿,花繁棹未通。煮鱼兼送酒,溪上立村翁。

注:①万历三十二年(1604)作于公安长安村。写作者月夜偕亲友泛舟荷叶堰且沽酒飞樽的美好情趣。两叔:即作者的堂叔父兰泽、云泽。云泽名锦,信佛,爱松竹。遍虚:僧人,作者好友。荷叶堰:荷池名。时"三袁"又在山后建有"荷叶庵",其又名"珊瑚庵"。

### 其 二

山僧能鼓枻,稚子解飞樽。荡月忽成字,流波如有言。禾深群鸟宿,花坠小鱼吞。暗暗垂杨里,棹敲沽酒门。

## 送僧北去寻师①

独向秋风杖短藤,叶中乍见五台灯。②支郎已解藏身法,知在深山第几层。③

注:①万历三十二年(1604)作于公安。作者三兄弟都与佛教结缘,平日喜与僧人交往。前诗写与僧泛舟,此诗又写送僧北上寻师,皆表达了与僧人的友好情缘。②五台:五

台山,在今山西省东北部。东北至西南走向,长约百余公里。由古老结晶岩构成。北部割切深峻,五峰耸立,峰顶平缓,主峰北台。山上多佛寺,主要的有显光寺、塔院寺、菩萨顶、殊像寺等,还有唐代南禅寺大殿和佛光寺。与普陀、九华、峨眉合称我国佛教四大名山。因夏无炎暑,佛教称清凉山。③支郎:支道林,东晋佛学者。见卷一《李坪遇郝生》注。

## 送 吴 生①

吴生才技人不识,几分秦青几分白。②有时不请或自歌,强之以歌必不得。莫道司穷必有神,人情到处易为亲。聪明颇欲推君富,意气抵死留君贫。③悲哉秋声动人耳,送子登山复临水。我有医贫第一方,珍重不肯为君语。④

**注:**①万历三十二年(1604)作于公安。作者赋诗送别吴生,热情称道他才技超凡、聪慧富意气。吴生:是以才技出众,颇有个性而为作者所赏识的歌唱家(江湖艺人)。②秦青:古代传说人物。据《列子·汤问》,秦青善歌,薛谭向他学唱,未尽其技而辞归,秦青追别于郊外,扶节引吭高歌,“声振林木,响遏行云”。薛谭大惊,请继续授业。白:白居易。谓吴生的诗有白居易的风格。③意气:指吴生良好的志趣性格。留君贫:谓贫穷困绕着吴生。④珍重:道别之辞,犹言保重。

## 赠鲁印山①

### 其 一

青山深处万株松,松下仙人孺子容。十载不来栖隐地,雏成老鹤竹成龙。

**注:**①万历三十二年(1604)作于公安。赞美鲁公为风度儒雅、才华超常的名士。鲁印山:澧阳人。以诸生入赀为鸿胪寺丞。印山是作者姻亲鲁心印父。

### 其 二

秋来浓月上高梧,花下楸枰傍酒壶。①竹里辛夷浑在眼,不须重画辋川图。②

**注:**①楸枰:旧时多用楸木制棋盘,因称棋盘为“楸枰”。②竹里:竹里馆。唐王维别名。辛夷:辛夷坞。唐王维的别名。辋川:水名,即辋谷水。诸水汇合如车辋环凑,故名。在陕西蓝田南,源于秦岭北麓,北流至县南入灞水。唐诗人王维曾置别业于此。

## 其 三

陶家杨柳谢家山,绝断飞尘镇日闲。<sup>①</sup>檀板一声歌一叠,顿教白发换朱颜。

注:①陶家杨柳:陶渊明祠。位于江西省彭泽县(长江南岸,邻接今安徽当涂县)。陶生前任彭泽令,百姓为纪念他,特为其修建了祠庙。陶渊明:见卷一《江上示长孺》注。谢家山:又名青山,在今安徽省当涂县长江北岸,唐大诗人李白墓在该山西麓。李白晚年飘泊困苦,于公元762年卒于当涂。百姓为纪念李白,在该山脚的采石矶上修建了李白祠(今名太白楼)。

## 秋日携妓游章台寺,同林伯雨诸公<sup>①</sup>

飞盖入青林,篁影一园碎。郁郁新藤萝,沉沉旧粉黛。香魄久已销,花魂岂堪溉。惟有主地神,曾识细腰队。<sup>②</sup>七盘舞西荆,杨柳学馀态。<sup>③</sup>君王射兕弓,入地成光怪。<sup>④</sup>罗绮万年灰,伊蒲十亩菜。风日甚清和,同来一改佩。迹往韵不随,流风还我辈。<sup>⑤</sup>一曲佐清尊,洗却陈感慨。鹦鹉各呈工,镂竹破烟霭。为乐贵及时,风景好玩爱。新故疾相乘,何处觅见在。<sup>⑥</sup>至时即去时,飞鸟不能赛。信是黄面人,可以当我拜。<sup>⑦</sup>

注:①万历三十二年(1604)作于沙市。作者秋日带小妾同众友人游章台寺,抒发了"为乐贵及时"的人生感慨。章台寺:在沙市,元泰定年间建。林伯雨:作者友人,余未详。②主地神:地方权势。细腰队:谓众多的歌妓。③七盘:七盘舞,汉代民间舞蹈。在地上排列盘或鼓,或盘、鼓并列(一般用七个或三、五个不等),舞者穿长袖舞衣,在盘的周围或盘上舞蹈。荆:古代楚国的别称。④射兕(sì):古代的一种射礼。⑤"流风"句:谓作者感觉现在已缺少了儒雅之风,有待复归。⑥"新故"二句:谓新与故替代甚快,将来到哪里能找到现在呢? 意在强调时不我待,"为乐贵及时"。⑦信:可信。黄面人:指作者。

## 送徐元叔游太和<sup>①</sup>

闻说崟山境,鬟峰带乳泉。灵踪秦好畤,春殿汉祈年。<sup>②</sup>向意遍寻岳,雄心首爱玄。<sup>③</sup>慧人初入道,才子早游仙。<sup>④</sup>夕食青精饭,朝翻赤甲篇。<sup>⑤</sup>沙星横浦耀,雾雨别峰悬。郁郁胎芝秀,煌煌火枣然。<sup>⑥</sup>有歌皆是雪,无岫不成莲。采得金光草,来供阿母筵。<sup>⑦</sup>

**注：**①万历三十二年（1604）作于公安。作者赋诗送友人往游太和，赞美其聪慧有才德。徐元叔：作者友人，余未详。太和：太和山，即武当山，在均县南。初名仙室山，又名崟（sēn）山。传为真武修炼处。《明一统志》："山有七十二峰，三十六岩，二十四涧，五台，五井，三泉，三潭，三天门，三洞天，一福地。"永乐中尊真武为帝，因名此山为岳，亦名玄岳。②好畤（zhì）：古县名。秦置，治所在今陕西乾县东。公元前206年刘邦败章邯于此。祈年：祈求丰年。③"向意"句：指后汉朝歌人向长肆意与禽庆结伴俱游五岳名山，后不知所终。"雄心"句：指西汉哲学家扬雄曾提出以"玄"作为宇宙万物根源的学说，著有《太玄》。④入道：进入参禅悟道。游仙：游历山水。⑤青精饭：采南烛枝叶，以其汁浸米，蒸饭曝干，色青碧。道家谓久服可延寿益颜。宋陆游有"道士青精饭，先生乌角巾"的诗句。《赤甲篇》：佛经经文。赤甲：地名。《荆州图记》六："鱼腹西北赤甲城，东邻白帝城，西邻大江。"⑥火枣：传说中的仙果，食之能羽化飞行。南朝梁陶弘景《真诰二》："玉醴金浆、交梨火枣，此则腾飞之药，不比于金丹也。"⑦金光草：唐李白《古风五十九首》其七："愿餐金光草，寿与天齐倾。"传说中长生不老之仙草。

## 送彭长卿游秦访陈别驾①

六十犹行役，南平作故乡。②灞陵惟积雪，渭水少轻霜。③老乏浇花地，贫无养鹤粮。④故人存笠马，不用叹羊肠。⑤

**注：**①万历三十二年（1604）作于公安。作者赋诗送一位六十高龄的穷困老士人往秦地访故人，表达了对失意友人的怜爱之情。彭长卿：蜀长寿人。名不详，字长卿。见卷一《寄彭长卿……》注。别驾：官名。汉置别驾从事史，为刺史的佐吏，刺史巡视辖境时，别驾乘驿车随行，故名。后因袭沿称通判为别驾。陈别驾：为彭长卿的老友人，余不详。②行役：旧谓因服军役、劳役或执行公务而在外跋涉。南平：即荆南。古时泛指江陵、公安。③灞（bà）：灞河。渭河支流。灞陵：古代皇家陵地，位于今西安市东灞河附近。④养鹤粮：即鹤俸，亦曰鹤料。唐时幕府官员俸薄，故谓之鹤料。唐皮日休《新秋即事》云："酒坊吏到常先见，鹤料符来每探支。"⑤故人存笠马：谓老朋友是讲情义的。晋周处《风土记》："越俗性率朴，初与人交有礼，封土坛，祭以鸡犬。祝曰：'卿虽乘车我载笠，后日相逢下车揖；我步行，君乘马，他日相逢君当下。'"羊肠：形容狭窄迂回的路。此喻指彭长卿长期经历的艰难困苦的人生历程。

## 登大士塔九日同林伯雨、傅叔睿①

大江积雪横，九十九洲明。②枫柳千门色，琵琶一郡声。③演车无旧义，调马有新情。黄酒芙蓉社,重寻世外盟。④

注:①万历三十二年(1604)作于沙市。作者重阳节同友人到沙市江堤上登大士塔赏景听音乐,饮酒结诗社。大士塔:即沙市江堤上的万寿宝塔。九日:指阴历九月九日重阳节。林伯雨、傅叔睿:皆为作者在沙市的诗社之友,余未详。②大江:长江。九十九洲:泛指全国。③郡:此处指荆州府。④黄(yú):茱萸。有浓烈香味,可入药。古代风俗,阴历九月九日重阳节,佩茱萸囊以去邪辟恶。芙蓉社:诗社名。指作者与沙市地区友人新结的诗社。

## 哭赵尚书,尚书死于宗室之变,予感尚书国士之知,闻而伤之①

白发尚书死可惜,可惜不死向疆场。高帝豢养十万孙,恩穷法尽少奇策。②老臣历练三十年,大才偏能理烦剧。③岂有吴楚七国难,启口陷胸势何逆。④赫赫大牙开府堂,空悬赤棒谁斗格。⑤是日白画忽无光,汉江波跳啼鬼魄。⑥事关国体岂容轻,草莽书生重哽咽。⑦去年射策上都门,下走王郎劳系袜。⑧首难乃是真龙孙,踟蹰袖却含光铁。⑨素旐摇摇逐西风,艳涵堆前飞冻雪。⑩汉江重勒羊公碑,不用堕泪只堕血。⑪

注:①万历三十二年(1604)作于公安。作者为赵尚书死于宗室之变感到极大悲伤和愤慨,要求当局严惩肇事者,为赵尚书重刻"羊公碑",表彰其惠政于民的功绩。赵尚书:赵可怀。少成进士,为令,升御史、大中丞,后至工部侍郎,出督楚。宗室之变:《明史·神宗本纪》:"万历三十二年闰九月,武昌宗人(皇族)蕴鉁等作乱,杀巡抚都御史赵可怀。"(见《珂雪斋集》卷十七《赵大司马略传》)国士之知:赵尚书把袁中道当国士看待,对作者有知遇之恩。国士,旧称一国杰出的人物。②高帝:指明太祖朱元璋。③老臣:赵尚书。④吴楚七国难:指西汉景帝时吴楚等七国的叛乱。⑤牙:牙旗。《文选·张衡〈东京赋〉》:"牙旗缤纷。"薛综注:"牙旗者,将军之旌……竿上以象牙饰之,故云牙旗。"开府:原指成立府署、自选僚属。此指督楚地巡抚、都御使赵可怀的府署。⑥啼鬼魄:喻指发生宗室之变。⑦国体:国家体制。此处谓国家大事。草莽书生:此处指作者。草莽:杂草、丛草。引申为草野,与"朝廷"、"庙堂"相对。⑧射策:汉代考试法之一。主试者提出问题,书之于策。此处代指科举应试。系(jì)袜:此喻指作者受到了赵尚书的抬爱。⑨真龙孙:此指明皇族的子孙。含光铁:含光剑。据说春秋时,卫人孔周有殷代留下来的三把宝剑:一曰含光,二曰承影,三曰宵练。含光之剑,"视之不可见,运之不知有,其所触也,泯然无际,经物而物不觉"。(见《列子·汤问》)此句诗谓赵尚书面对宗族之变态度犹豫,行为退却,没有坚决地正当防卫而招不测。⑩旐(zhào):指旧时出丧时为棺柩引路的旗,俗

称魂幡。滟滪堆:俗称"燕窝石",为江心突起的巨石。在四川奉节县东五公里瞿塘峡口,旧时是长江三峡的著名险滩。⑪勒(lè):刻。羊公碑:晋羊祜都荆州诸军事,镇守襄阳,有惠政。死后,襄阳百姓为之建碑立庙。后因用"羊碑"称颂官吏之有惠政于民者。刘孝绰《栖隐寺碑名》:"召棠且思,羊碑犹泣。"故又称"堕泪碑"。

## 归笻笆谷逢苏潜夫,得灰字①

浓香试冷灰,一笑出章台。②粉黛情初尽,烟岚眼乍开。雨尼佳客去,竹爱主人来。风叶残膏夜,禅锋送酒杯。③

注:①万历三十二年(1604)作于公安。作者与友人白天冶游章台寺,夜晚又聚首笻笆谷,饮酒赋诗谈禅至深夜。笻笆谷:在柳浪湖后,中道别业,又名香光林、小竹林,原为举人王官谷所有。笻笆谷本在陕西洋县西北,因谷中多竹而名,苏轼曾在谷中树碑并作有笻笆谷诗,袁氏兄弟处处推崇苏氏,故借用此名。苏潜夫:苏惟霖,字云浦,号潜夫。龙湾(现属潜江市)人,万历二十六年进士,官监察御史。巡视两淮漕储,巡按山西,终河南按察副使。与宏道交往甚密。得灰字:即分得"灰"字韵。②冷灰:僧人,又名冷云、寒灰。作者的好友。章台:章台寺。位于今沙市。③残膏:灯油将尽,喻夜深。禅锋:谓谈禅悟道,彼此话很投机。

## 别苏潜夫分得江字①

动是明年聚,愁看子夜缸。乱钟来近寺,小月出寒江。②冶习聊同白,禅心久似庞。③语深难造次,竹影映西窗。

注:①万历三十二年(1604)作于公安。作者在临别前,通宵与友人畅饮、赋诗、深谈,表现了与友人相投的志趣。得江字:即分得"江"字韵。②乱钟:谓听到传来的纷乱的钟声,此处当理解为作者酒醉后听到的钟声。③冶习:谓爱好野游。冶,通"野"。白:白居易,唐朝大诗人。禅心:佛教用语。谓清静寂定的心境。庞:庞德公,东汉襄阳(今湖北襄阳)人。躬耕于襄阳南岘山,与诸葛亮、司马徽、徐庶等友善,曾称亮为"卧龙"、徽为"水镜"、庞统(其侄)为"凤雏",被誉为"知人"。他拒绝刘表礼请,后隐于鹿门山,采药以终。

## 又即席分得星字①

帆影寒沙下,人离草不青。圆来才似月,散去已如星。飘叶遮归路,回风逗远舲。[2]别怀迷却好，宜醉不宜醒。

**注**：①万历三十二年(1604)作于公安。作者赋诗细腻婉转地描绘了江边送友人的别景与离意，抒发了对友人的难舍之情。得星字：即分得星字韵。②舲(líng)：有窗户的船。

## 夜坐栀子楼读杜诗分韵[1]

### 其一

厌酒亲书帙，焚香静诵诗。[2]穷来神自王，乱后语尤悲。[3]漏转灯花落，风摇竹桁危。[4]篇中饶酒字，读罢忆清卮。

**注**：①万历三十二年(1604)作于公安。作者夜诵杜诗，情感受到极大感染；联想自身际遇，顿生无尽的愁苦和茫然之情。栀子楼：中郎斗湖堤居处内有一小楼，下有栀子二树，故名栀子楼。杜诗：杜甫的诗。分韵：作诗的术语。见卷二《侯师之席上……》注。②帙(zhì)：包书的套子，用布帛做成。因即谓书一套为一帙。③穷来：谓作者诵到杜诗写穷困境况时。王：通"旺"。乱后：谓杜诗写战乱境况时。④桁(héng)：梁上的横木。全句意谓作者诵杜诗至深夜，大风快要把房梁上的横木摇落。此时此刻作者的境况似乎与杜诗中"穷来"的情景浑然融为了一体。

### 其二

蕉若文章伯，千秋一老翁。[1]衣冠崇汉夏，礼乐奉周公。[2]堕地心何壮，穿天字未工。[3]我思焚纸笔，端坐事虚空。[4]

**注**：①伯：足为表率。此二句写杜甫面容憔悴，但创作的诗歌竟成为千秋之伯。②"衣冠"句：谓杜甫在服饰上崇尚夏朝、汉朝人的质朴。周公：西周初年政治家。姬姓，周武王之弟，名旦，亦称叔旦。因采邑在周(今陕西岐山北)，称为周公。③堕地：谓作者来到人世间。穿天：凿天。形容锻炼文字功夫。字：犹文章。④虚：空。与实相对。道家认为"天之道，虚其无形"。即用"虚"来形容"道"的无形无象和宇宙的原始状态。空：佛教术语。《大智度论》五："观五蕴无我无我所，是名为空。"

## 送郝公琰东下[1]

有客采兰还，啸歌夜出关。雨中三澨水，雪后九华山。[2]怪石添诗格，寒花学道颜。[3]秦淮春事好，留滞叹缘悭。[4]

**注**：①万历三十二年(1604)作于公安。作者赋诗送郝公琰东归，称道他添了诗格，

学了道颜。郝公琰:郝之玺,字公琰,徽州人。家贫,年少,喜为诗。早卒。中道称其为"新安小友"。(见《游居柿录》)宏道称其"年少而才新"。(见《郝公琰诗序》)②三澨(shì)水:在今湖北省境内,清水入汉江处。九华山:在今安徽省青阳县西南。旧名九子山,因有九峰,形似莲花,故名。与峨眉、五台、普陀合称为中国佛教四大名山。③诗格:诗的格律。道颜:喻指通常的佛学知识。颜:脸面。④秦淮:秦淮河,长江下游支流。在今江苏省西南部。悭(qiān):欠缺。

# 寿中郎兄①

　　伴水依山又一时,卯君和仲喜追随。②清斋抵足何辞老,绿鬓休心尚恨迟。③修竹乍同高士韵,怪崖难比道人奇。太玄自赏谁能信,当代重推杜甫诗。④

　　**注**:①万历三十二年(1604)作于公安。作者赋诗为仲兄祝寿,畅述兄长多年来对自己的深深情谊;热情赞美兄长的人品美、风韵奇、才识博与诗文成就高。寿中郎:中郎生于隆庆二年(1568)十二月初六日,到是年的生日,已三十七岁。②山、水、仲:皆指代中郎。卯君:此指代作者。卯,地支的第四位。此指代作者在同胞兄弟姊妹中排老四。"伴"、"依"、"追随":皆指代作者紧随中郎兄。和仲:尧时治四方之官,掌秋天之政。此谓与仲兄。③斋:屋舍。抵足:谓兄弟抵足而眠,情深谊笃。休心:犹熄灭机心。④太玄:亦称《太玄经》,西汉扬雄著,共十卷。体裁模拟《周易》,内容则是儒、道、阴阳三家的混合体。全书以"玄"为中心思想,相当于《老子》的"道"和《周易》的"易"。北宋司马光作《太玄集注》。此处喻中郎才识渊博。杜甫诗:喻中郎诗作水平之高。

# 五弟初度①

　　一门七业艺垂成,第五于今总并名。②春草堂中多丽字,天花楼上有新声。③养来绮石添斑驳,种得寒梅已纵横。④更喜老亲常住世,日长不必羡为兄。⑤

　　**注**:①万历二十二年(1604)作于公安。作者赋诗致贺五弟生日,勉励他后来居上。五弟:名宁道。生于万年五年,是年二十七岁。初度:初生之时。后称生日为"初度"。②七业艺:谓袁氏一门有七人(指三袁兄弟和两个异母弟安道、宁道及宏道儿子彭年、中道儿子祈年等七人)皆参加了科举业及应试。并名:《后汉书·郑玄传》:"比牒并名"。李贤注:"并名,谓齐名也。"③春草堂:指作者一门的故居正屋。④绮石、寒梅:皆喻指作者

和几位兄弟。添斑驳：喻为袁氏家门增添了光彩。已纵横：指袁氏兄弟已长大成人，在学业或事业上皆有了发展。⑤老亲：指作者的父亲大人。不必羡为兄：意谓勉励五弟后来居上。

## 又和中郎兄韵①

才情一石弟兄分，兄弟居然五色云。②终似王家人有集，每同谢客梦成文。③花前对舞霞千片，月底吹笙鹤一群。自古食蔗应食尾，小冠杜子倍多闻。④

注：①万历三十二年（1604）作于公安。作者写袁氏一门兄弟的才情、业艺各具风采，应把更多的希望寄托于袁氏后来者。②才情一石（担）：晋谢灵运尝云："天下才有一石（担），曹（植）子建独占八斗，我得一斗，天下共分一斗。"五色云：五种颜色的云彩，古人以为祥瑞。《旧唐书·郑肃传》："仁表（肃孙）文章尤称俊拔，然恃才傲物……尝曰：'天瑞有五色云，人瑞有郑仁表。'"此处谓袁氏一门兄弟各有才情。③王家人有集：当指东晋书法家王羲之一门，其子王献之、王徽之等皆为历史上有名的书法家和文人雅士。集，成功、成就。谢客：南朝宋诗人谢灵运。幼时寄养于外，族人因名为客儿，世称谢客。④小冠杜子：指唐文学家杜牧。其诗在晚唐成就颇高，后人称杜甫为"老杜"，称牧为"小杜"。

## 次东坡聚星堂雪诗韵①

夜窗冷冷鸣枯叶，不识封林一天雪。东郭先生太耐寒，枕上开窗叫欲绝。②积巘明溪三尺强，十万龙孙皆磬折。③一回只向水边飞，数片俄从衣上灭。快雪今朝逢快人，战冷深杯如电掣。击竹成歌飘成舞，可是青腰亲缕缅。④冻浦寒塘洗肺肠，纷纷万事如尘屑。⑤石外裂蕉如有人，长尾寒禽只一瞥。⑥三径不扫绝来踪，兄弟燔枯相讲说。⑦雪收微月乍窥林，庭下梅枝如拗铁。

注：①万历三十二年（1604）作于公安。作者在一个大雪天的晚上和兄弟们在自家房子里一边烤火一边绘声绘色地讲述东郭先生和狼的故事。诗人巧妙地将大雪纷飞实景与故事中冰天雪地的环境有机地融汇在一起，产生了虚实结合、浑然一体的艺术效果。东坡：苏轼，号东坡居士。眉山（今属四川）人。北宋文学家、书画家。次韵：亦称步韵。②东郭：寓言《东郭先生和狼》中的主人公。太耐寒：谓实在经得住寒冷。③巘（yǎn）：大小成两截的山。十万龙孙：比喻大风雪铺天盖地来势威猛。磬（qìng）折：弯腰如磬。谓俯

身向前冲貌。④青腰:青女。神话中的霜雪之神。缕缬(xié):用丝打的彩结。喻大朵的雪花。⑤"冻浦"句:谓东郭先生的全身已冻透,感觉人世间的万事皆化为了灰尘。⑥蕉:通"焦"。枯焦。此处指东郭先生的僵尸。长尾寒禽:指狼。⑦三径:归隐后所住的田园。此处指中郎兄弟在公安的住处。

# 卷 之 四

## 梅 花①

### 其 一

怪石巉岩间，萧然一株在。②素质与清心，不逐群芳队。众人爱此花，此花岂宜爱。譬如觐大士，只合敛容拜。③独存烟霞姿，了无妖韶态。④神契渺难参，风领绝尘外。⑤

**注**：①万历三十二年(1604)作于公安。赞美梅花品格清心，风姿淡雅；其标格居花之首，"风领绝尘外"。②萧然：形容梅花清静独处貌。③觐(jìn)：晋见。大士：佛教称佛和菩萨。敛容：犹正容，表示肃敬。④烟霞姿：喻梅花的风姿有如烟霞般素洁淡雅。妖韶：犹言艳丽。⑤神契：此谓梅花的韵致灵气达到了与神相契合的境界。风领：谓梅花的仪态韵致独领风骚。绝尘外：隔绝于尘俗之外。

### 其 二

何地无名花，第一论标格。艳色与浓香，等是花臧获。①我欲忻赏之，只是难招客。净名作上宾，庄周处下席。②阮宣何点辈，行酒充厮役。③若无世外人，吾宁为花惜。④天上俗仙娥，勿来为花厄。⑤

**注**：①花臧(zāng)获：谓花中的奴婢。此处比喻梅花论艳色与浓香都是花中最贱的等级。臧获，古代对奴婢的贱称。《方言》卷三："荆、淮、海、岱、杂齐之间骂奴曰臧，骂婢曰获。"②净名：人名。净名居士。新作《毗摩罗诘》译曰："无垢"。旧称维摩诘，翻为净名。菩萨名。净者，清净无垢之谓。名者，名声远布之谓。唐诗人王维，字摩诘，即以此菩萨之名为其名字也。庄周：庄子(约前369—前286)。战国时哲学家，名周，宋国蒙(今河南商丘市东北)人。做过蒙地方漆园吏。家贫，但拒绝了楚威王的厚币礼聘。他继承和发展老子"道法自然"的观点，认为道是无限的、"自本自根"、"无所不在"的，强调事物的自生自化，否认有神的主宰。著有《庄子》。③阮宣：阮修，字宣子，晋咸从子。好易老，善清言。性简任，不喜见俗人。家贫，尝作《大鹏赞》以自况。后为鸿胪丞，转太子洗马。避难南行，为寇所害。何点：何求弟，字子晳。方雅真素，博通群书，善谈论，遨游人世，历宋及齐。④"若无"二句：绝不拿梅花去招待世俗之人。⑤花厄：厄花。谓迫害梅花。厄：迫害。

### 其 三

朝来花底坐，微香染清醉。清醉犹未已，冷然成佳寐。瞥见四围山，万仞直拔地。玲珑万窍空,苔文缀深翠。①山径响石渠,珠泉自天坠。澹月来山腰,流波湛寒泪。途逢一高僧,邀我岩中寺。坐我白石床,语语天外事。谭锋尚未终,惊鹤一声至。依然花下人,清香来扑鼻。

注:①玲珑:明彻貌。万窍空:谓极聪慧。苔文:梅树干上青苔丛生,长出了种种文饰。

## 乙巳元日试笔呈中郎①

### 其 一

生计今粗定,停游且住家。坐眠常隐竹,杖履不离花。②鱼鸟专三径,金汤付五车。③夭桃春水涨,湖上试新槎。

注:①万历三十三年(1605)乙巳元日(正月初一)作于公安。作者打算止游居家,读书著述,并计划帮助仲兄宏道做成"乳和三教义","毁解一朝诗"等大事。②隐竹:隐居于竹林之中。杖履:谓持杖着履,为敬老之辞,亦用指老人出游。③三径:旧指归隐后所住的田园。金汤:"金城汤池"的省语。此处谓坚守。五车:五车书。言读书、著述之多。《庄子·天下》:"惠施多方,其书五车。"故称读书多为"学富五车"。

### 其 二

石篁无俗叶,浪柳有清丝。①通绩非同调,王裴属异枝。②乳和三教义,毁解一朝诗。③去去烟林畔,吞花未许迟。④

注:①浪柳:即柳浪馆(宏道的别墅)。②通绩:犹"通籍"。记名于门籍,可以进出宫门。又指初做官。同调:志趣相同。王裴:当指唐朝诗人王维和裴迪。他们早年同做官,关系友善,同居终南山,相互唱合,创作出了大量描写幽寂景色的山水诗。王维,见卷三《初至村中》注。裴迪,唐诗人,关中(今属陕西)人。官蜀州刺史及尚书省郎。异枝:犹异类。指不同品类。③乳和:水乳般地融和。三教:指儒教、佛教、道教。毁(tāo)解:逐渐废除。一朝诗:指明朝前后以七子为代表的复古派在文坛上推行的模拟剽窃的诗风。④去去:犹言"行走";"劳作"。烟林畔:指柳浪湖畔。吞花:此处喻指实现美好意愿。未许迟:谓必须抓紧时间做成。

## 曾长石太史以诗寄,率尔次韵①

园竹迟佳客,庭梅忆道人。②交情同水乳,会合系星辰。花送三番信,湖销一半春。③夜堂听雨好，莫负暂闲身。④

注：①万历三十三年(1605)作于公安。写作者十分珍视同曾太史的友情，热切希望他如期来相会。曾长石：曾可前，字退如，号长石，石首人。万历二十九年进士，官至翰林院编修。长石与三袁可视为同乡，犹可视为知音。长石曾为中郎作《瓶花斋集序》，中郎致函长石说："《瓶花序》佳甚，发前人所未发。"万历三十二年中郎退隐公安柳浪湖时，曾为长石作《叙曾太史集》。次韵：步前诗(指曾长石太史诗)韵。时中郎隐居柳浪湖。②迟(zhì)：等待。道人：谓有道术之人。此处指曾长石太史。③三番信：指作者和中郎兄与曾长石太史间的多次书信往来。④暂闲身：谓暂时清闲之身。指作者仲兄中郎时隐居柳浪湖。

## 栀子楼苦雨①

不是绝来客，清溪久涨门。室中人隐几，楼外雨翻盆。倚柱悲红树，开窗见绿村。病余持酒戒，契阔对青尊。②

注：①万历三十三年(1605)作于公安。连续多日的倾盆大雨使得楼中人与外界断绝了往来，诗人寂寞之中又端起了过去因病而久别的青樽。栀子楼：中郎斗湖堤居处内有一小楼，下有栀子二树，故名栀子楼。栀子亦名林兰，故栀子楼又名林兰阁。②契阔：谓久别的情愫。《诗·邶风·击鼓》："死生契阔，与子成说。"

## 送苏中舍云浦北上①

萝月松云一枕清，尘缘催促赴王程。②只将九陌飞沙气，换去三湖卷雪声。③众里且收牙后慧，行来宜似耳中鸣。④闲时独步城西社，忍见蒲桃抱蔓生。⑤予与伯修诸公旧结蒲桃社。

注：①万历三十三年(1605)作于沙市。作者赋诗送苏云浦赴京师任职，勉励他带上新的精神风貌，善于听取他人意见，勤谨敬业。并请他闲时到城西葡萄社旧址看看。苏云浦：苏惟霖，字云浦，号潜夫。见卷三《归笈笻谷逢苏潜夫……》注。中舍：官名。中书舍人。明清时内阁中的中书科设有中书舍人，职责为写文书。②萝：薜萝。代称隐士的服装，有时也借指隐士的住处。萝月、松云：此处皆借指苏云浦的隐居处，江陵县龙湾。尘缘：佛教名词。佛经中把色、声、香、味、触、法称作六尘，以心攀缘六尘，遂被六尘牵累。赴王程：指为朝廷去做事。③九陌：谓都城中的大路。三湖：此处指苏云浦的家乡在江陵县三湖畔龙湾市。④牙后慧：牙慧。《世说新语·文学》："殷中军(殷浩)云：'康伯未得我

牙后慧。'"后称蹈袭别人的言论为"拾人牙慧"。此谓注意多听取他人的意见。⑤城西社:万历二十六年(1598),三袁汇集京师,在西郊崇国寺由他们兄弟发起和组织成立了葡萄社。公安袁氏三兄弟的共同才名和公安派队伍的阵容正是在此时期形成的。

## 游章台寺,同中郎、傅仲执诸公①

### 其 一

走马蹊犹在,鸣牛路不遥。沉苍存古柏,净绿涨新苗。②香迹传骚代,荒城想闰朝。③青青墙畔柳,还似美人腰。

**注:**①万历三十三年(1605)作于沙市。作者同中郎及诸友人往游章台寺,目睹楚地沧桑,感慨人世兴亡。章台寺:在今江陵沙市,元朝泰定年间建。(见《湖北通志》十九)傅仲执:作者友人,居沙市。②沉苍:指历史久远的旷野。③香迹:指自古流传的有关美人的故事传说。骚代:骚人。指诗人或忧愁失志的文人。荒城:此指废弃的都城。闰(rùn)朝:非正统的朝代。此指五代时的荆南国,后唐同光二年(924)荆南节度使高季兴受封为南平王。后因与后唐争夺夔忠等州失败,转臣于吴,封为秦王。闰:偏;副。对"正"而言。

### 其 二

鼎沸人烟尽,澄湖素练开。雨清调马路,月上看花台。地僻丫畦菜,僧贫一院苔。钟声日暮起,松梵有余哀。①

**注:**①松梵(fàn):从松林边传来的梵音。梵:梵呗。佛教歌赞。

### 其 三

风月凄清夜,时时见楚王。①姹魂凭郑袖,嬖鬼侍龙阳。②蔽日旋台树,遮天绕殿篁。兴亡飞鸟迹,定里讯支郎。③

**注:**①时时见:常常想到、说到或梦见。楚:古国名。芈姓,始祖鬻熊。西周时立国于荆山一带,熊渠做国王时,疆土扩大到长江中游,建都于郢(今湖北江陵)。公元前223年为秦所灭。②姹:指道家所炼的丹汞(水银)。姹魂:此处指代张仪。郑袖:一作郑褒。战国时楚怀王的夫人,为怀王所宠信。张仪为秦使楚,因欺骗楚王,将被杀,经靳尚向她游说,她日夜言于怀王,张仪得释。嬖(bì):宠爱;宠幸。龙阳:龙阳君。战国卫幸臣。③定里:犹定数。此指人的命运归宿。

# 午日沙市看龙舟①

## 其 一

旭日垂杨柳,倾城出岸边。黄头郎似鸟,青黛女如仙。②龙甲铺江丽,神装照水鲜。③万人齐着眼,看取一舟先。

**注:**①万历三十三年(1605)作于沙市。写作者端午在沙市江岸看了一场激烈的龙舟竞渡,感慨"苦极皆成欢",赞叹楚人为世上真正的弄潮儿。龙舟:龙形的船。我国民间每年端午盛行龙舟比赛,据说为了纪念战国时代怀石投江的大诗人屈原。②黄头郎:掌管船舶行驶的吏员。亦指水军。青黛女:旧时女子用青黛画眉,后指青年女子。③龙甲:谓龙舟上饰的鳞甲。神装:指龙舟水手们穿戴的竞赛服装。

## 其 二

水犀神手出,天雁疾星来。①卷雪蛟精怒,回风羯鼓催。②一标如掣电,万笑似奔雷。③何处妖娆女,靓妆又上台。

**注:**①水犀(xī):喻指像犀牛般强壮有力的水手。天雁:比喻竞渡的龙舟像天上的飞雁。②卷雪:喻指水手们用力划船激起的阵阵水浪。羯(jié)鼓:用公羊皮做的鼓。③一标:指一艘划得很快的龙舟。

## 其 三

倏忽青龙吼,翻身截逝波。搅江摇地轴,激水溅天河。态似七盘舞,声同九辨歌。①黑云楼阁起,风雨奈游何。

**注:**①七盘舞:汉代民间舞蹈。见卷三《秋日携妓游章台……》注。《九辨》:《楚辞》名篇。战国时楚人宋玉作,叙述他在政治上不得志的悲伤。

## 其 四

苦极皆成笑,欢来忽变嗔。万桡同一臂,双眼要分身。汹涌嗟江势,剽轻叹楚人。①弄潮休羡越,盘马莫夸秦。②

**注:**①剽(piāo)轻:剽悍轻捷。②弄潮:候潮戏水。越:古国名。由于地处东南水乡且临海,故越人善戏水。盘马:谓驰马盘旋。秦:古国名。此谓秦人善养马骑射。

## 同龙君超诸公游便河,得桥字①

### 其 一

率尔翻成乐,裙簪藉小舠。远林才出寺,深柳欲藏桥。明月迎团扇,流波染素蕉。②偶来穿水曲,咫尺便为遥。

**注:**①万历三十三年(1605)作于沙市。作者同友人白天乘船游览便河,夜晚饮酒赋诗,兴味甚浓。龙君超:龙襄,字君超。武陵人,万历十年举人,著有《檀园集》。《武陵县志》卷二十一有传。便河:原沙市境内的一条河,故址在今沙隆达广场北面。得桥字:谓作诗分韵得"桥"字韵。②团扇:圆形有柄的扇子,古代宫中常用,又叫"宫扇"。

### 其 二

晚风来细细,薄露净轻绡。近岸添新树,前溪识旧桥。杯飞常带雪,歌罢忽生潮。不独烟林胜,阿龙故自超。①

**注:**①烟林:指烟水苍茫、林木繁茂。阿龙:此指龙君超。

## 又步君超韵①

总是高阳侣,何妨便脱簪。②春云妖女态,秋水慧人心。一字凰求曲,三千鸟嗽金。③晚来凉月上,人影散花阴。④

**注:**①万历三十三年(1605)作于沙市。春夜友人们欢聚一处,一字命题众人唱和,夜深了尤不忍散去。步韵:依照所和诗中的韵及其用韵的先后次序写诗。君超:见前诗注。②高阳:古乡名。在今河南杞县西南。秦末郦食其即此乡人,自称"高阳酒徒"。曾帮刘邦献计克陈留,说齐王田广归汉。东汉末,汉献帝封著名文学家蔡邕为高阳乡侯。③凰求曲:指《凤求凰》,乐府琴曲歌名。辞中有"凤兮凤兮归故乡,遨游四海求其凰"句,后人乃名之。嗽金:鸣唱美妙的乐曲。金:八音之一。④散花:佛教故事。据《维摩经·观众生品》记载,维摩室中有一天女,以天花散诸菩萨身,即皆坠落。至大弟子,便着不坠。天女说:"结习未尽,花着身耳。"谓结束学习的时间还没有到。

# 龙君超招饮章台，赋得看花台三韵①

## 其 一

不敢辞炎暑，良朋会面难。风流存语笑，方略见杯盘。②地敞风柯乱，庭空浪壁寒。荷 花真是好，能得几人看。

**注:**①万历三十三年(1605)作于沙市。众友人应君超之招，同登章台。有凉风美女相伴，诗人们开怀畅饮，谈笑风生，兴致盎然。龙君超:龙襄，字君超。章台:章台寺。看花台:章台寺有古梅，旁有看花台。三韵:谓诗三首。②风流:风度;标格。多指有才学而不拘礼法。方略:筹划。

## 其 二

此地旧繁华，林香路不赊。①倾囊羞异品，通国拣名花。埋玉千封乱，飞鞭一道斜。②余情聊粉黛，结习总烟霞。

**注:**①林香:谓聚集许多美女。香:常用来形容女子或作为女子的代称。②埋玉:对有才华的人的去世表示悼惜。

## 其 三

炎极且登台，凉风动地来。尊前飞冷雨，箸下起惊雷。八笏藏红袖，三衣染绿醅。①滂沱遮笑语，但见口频开。

**注:**①笏(hù):朝笏，古时臣朝见君时手中所执的狭长的板子。醅(pēi):未滤的酒。

# 送水部叶寅阳还朝排律二十七韵①

竹箭才名旧，梅花气格清。襟怀黄叔度，名理郑康成。②北阙通金籍，南陵佐水衡。③江涛如踊跃，郢树也芬荣。国算重重密，关条暗暗轻。④祇因忧利病，不忍问奇赢。⑤酌水宁言洁，投香耻近名。⑥诛求无宿泪，弦管有新声。堤柳千门雪，崖花五月莺。估舟朝酾酒，商女夜弹筝。祝厘偏祠庙，讴歌满士氓。⑦妙综酬物累，萧静谢尘缨。⑧每好深湛思，常怀玄澹情。⑨素缥罗几案，苍翠扑檐楹。峙岳还同静，澄川可似莹。想沉穿月胁，学博下星精。⑩宝镜宁疲照，洪钟不倦鸣。⑪大言罗百氏，一字倒诸生。妙悟开心筏，先机阅世枰。⑫郢歌全是雪，楚宝岂须珩。⑬拭土干将泣，披衣骥子惊。⑭凫飞欣北极，鹄立怅南平。⑮云壑秋容变，霞江晚市晴，朱幡穿下隽，白马出溢城。⑯署粉经年别，邮签二月程。⑰予惭北海迹，君似蔡公迎。⑱何以酬明德，清修不负盟。⑲

**注：**①万历三十三年（1605）作于沙市。作者赋诗送友人还朝，称誉他有才名，淡泊名利，勉励他做郢中白雪、楚人骥子。水部：官署名。晋以后设水部，明改为都水司，掌有关水道之政令。叶寅阳：水部官员，楚地人，余未详。排律：诗体名。律诗的一种。就律诗定格加以铺排延长，故名。二十七韵：即二十七个上下全句。②黄叔度：黄宪，字叔度。后汉慎阳人。初举孝廉，又辟公府，人劝其仕，暂到京师而还，竟无所就。年四十八而卒，天下号曰征君。名理：从汉末清议发展起来的辨名析理之学。郑康成：郑玄（127—200），东汉经学家。字康成，北海高密（今属山东）人。世称"后郑"。曾入太学学今文《易》和公羊学，又从张恭祖学《古文尚书》、《周礼》、《左传》等，最后从马融学古文经。玄游学归里，聚徒讲学，弟子众至数百千人。因党锢事被禁，潜心著述，以古文经学为主，兼采今文经说，遍注群经，成为汉代经学的集大成者。后人称其学为"郑学"。③北阙：古代宫殿北面的门楼，为臣子等候朝见或上书之处。亦为朝廷的别称。南陵：县名。在今安徽省东南部、青弋江流域。唐移置南陵县（故址在今繁昌县境）。佐水衡：此谓叶寅阳还朝前曾在南陵辅助掌管水道之政令。④国算：为国家计。重重密：谓层层精到，缜密。关条：指通关文书。⑤忧利病：谓担心国家利益受损害。⑥投香：喻指做有益于他人的事。近名：指有求名之心。⑦祝厘（xī）：祈求福佑。士氓（méng）：士民。指学习道艺者。⑧妙综：巧妙地综合处理。物累：事物堆积。萧静：闲静。缨：通"撄"。缠绕。⑨深湛：精深；深邃。玄：郑玄。⑩沉：隐伏。月胁：诗文奇异，令人惊叹者，谓之蹙大腰、穿月胁。《全唐诗话·顾况》："偏于逸歌长句……往往若穿天心、出月胁、意外惊人语。"星精：星宿之精，旧时迷信认为伟人或特殊人物的出生，皆为星精下降。北周庾信《周太子少保步陆碑铭》："降兹岳渎，诞此贞明。祥符云气，庆合星精。"⑪宝镜：喻指镜考，即借他事以自省，犹言借鉴。洪钟：借指警钟，即引以往之事作为警惕和教训。⑫先机：谓抢先获得机会。世枰：指人世间的博局。⑬雪：郢歌《白雪》，国中属而和者不过数十人。后因以郢曲（郢歌）指优美的歌曲或诗文。珩（héng）：组成玉佩的一种玉，在玉佩的顶端。⑭干将：古代传说中的人物。干将、莫邪夫妇为楚王铸雌雄二剑，三年而成。干将留雌而献雄，语其妻曰："王若觉，必杀我。汝若生男，告以雄剑所在。"遂持剑往，王果觉而杀之。及其子壮，持雄剑出，得客之助而报父仇。骥（jì）子：比喻英俊的人才。《北史·裴延俊传》："延俊从父兄宣明二子景鸾、景鸿，并有逸才，河东呼景鸾为骥子，景鸿为龙文。"后因用作佳子弟的代称。⑮南平：五代时十国之一，公元907年高季兴仟后梁荆南节度使，924年受后唐封为南平王，史称荆南或南平，据有今江陵公安一带，建都荆州。⑯下隽（jùn）：古县名。西汉置，因隽水得名。治所在今湖北通城西北。溢城：溢口城。故址在今江西九江市。以地当溢水入长江口得名。后改浔阳。⑰邮签：指在邮件上亲署名或画押。此处借指叶寅阳循驿道往京城。在古代，邮传与官员通行的驿道是同一的。⑱北海：当指今北京市故宫西北侧

的北海公园。迹:指作者过去曾多次到京师留下的行迹。君似蔡公迎:谓叶寅阳对作者像当年蔡邕倒履迎王粲一样热情。⑲明德:美德。清修:当指作者打算安居家园,静心读书著述,并计划做成"乳和三教义"、"弢解一朝诗"等大事。(见《乙巳元日试笔呈中郎》)

## 送王囮囵①

掷去尘缘尽,古人不似公。②五男劳栗里,一婢扰司空。③发岂须方黑,颜宁待酒红,莫愁今夜雨,明月在壶中。

注:①万历三十三年(1605)作于公安。作者赋诗送友人,热情鼓励他眼下虽不得志,但来日方长,定有远大前程。王囮囵:作者友人。余未详。②尘缘:佛教名词。见前诗《送苏中舍云浦北上》注。③栗(lì)里:地名。晋陶潜等古人的隐居地。见卷三《入村步中郎韵》注。一婢:指司空图的家婢鸾台。司空:指唐诗人、诗论家司空图。见卷三《入村步中郎韵》注。

## 别陶不退,时陶有长子病死瘗于此,分手凄然,故有此赠①

旋风战叶满江乡,瘗玉埋兰独惨伤。十九年来悲万子,千秋亭下哭潘郎。②楚天路尽无鸿雁,鬼国山深怕虎狼。八载飘零辛苦尽,且寻松菊旧柴桑。③

注:①万历三十三年(1605)作于公安。作者赋诗送别友人,为其痛失长子而深感悲痛。陶不退:陶珽,字不退。滇人,举人,曾为容城教谕,见《游居柿录》二。瘗(yì):埋葬。②十九年:当指陶不退长子的年龄。潘郎:当是西晋文学家潘岳,字安仁,荥阳中牟(今属河南)人,长于诗赋,与陆机齐名,文辞华靡。因谄事权贵贾谧,后为赵王(司马伦)及孙秀所杀。③八载飘零:当指陶不退到楚地容城做教谕的漂泊历程。柴桑:古县名。西汉置,因柴桑山得名。治所在今江西九江市西南。是晋诗人陶渊明的家乡。

## 寿湘山孙给谏五十①

### 其 一

堕地名遂重,还山赋更工。无涯白雪字,有限黑头公。②调马寻新路,浇花出故宫。道人闲适久,阶药似颜红。③

**注**：①万历三十三年（1605）作于公安。作者赋诗给友人贺寿，劝慰他放弃再出仕的念头，安心归隐。湘山：洞庭山，又名君山。孙给谏：湖南君山人，余未详。给谏：宋代为给事中及谏议大夫的合称。职掌均为纠正及规谏。②白雪：指郢曲《白雪》。形容孙给谏所作诗文的雅致。③道人：得道之人。指孙给谏。

## 其 二

欲知张楚甚，家世步骚坛。①叶叶珥貂易，人人著籍难。②春华敷丽藻，秋柏凛高寒。玉简金书在，齐驱日月丸。③

**注**：①张楚：秦末农民起义领袖陈胜建立的政权。骚坛：文人讲学的场所。②珥(ěr)貂：汉代侍中、中常侍的帽子上都插貂尾为饰，故名。泛指在朝任官。③玉简：亦作"玉板"。即有刻字的玉片，多指古代帝王用来叙事颂德和记述教戒的典册。金书：指在会试或殿试中金榜题名，取得功名。此处皆指代优美的诗文和著述。日月丸：指运行中的太阳和月亮，喻指永恒的未来。

## 其 三

归山何所事，�屐与乘槎。青草湖边雪，朱陵洞口花。①须眉澄水石，文字染烟霞。却笑裴丞相，中年鬓已华。②

**注**：①青草湖：又名巴丘湖。即今湖南洞庭湖东南部，为湘水所汇。朱陵：道家称洞天。朱陵洞天，周回七百里，在湖南衡山县。唐陆龟蒙《和伤开元观顾道士》诗："多应白简迎将去，即是朱陵炼更生。"（参阅《云笈七签》卷二七《洞天福地》）②裴丞相：裴度（765—839），唐宪宗时宰相。字中立，河东闻喜（今属山西）人。贞元进士，由监察御史进升为御史中丞，力主削除藩镇，转升为宰相。

## 其 四

凌云陈羽猎，画地讲甘泉。①日月何当霁，烟萝未稳眠。②心应沙共赤，鬓与石长玄。大药何须问，名臣半是仙。

**注**：①羽猎：用箭射猎。喻凌云志向。甘泉：宫名。故址在今陕西淳化西北甘泉山。本秦林光宫，汉武帝增筑扩建。武帝常在此避暑，接见诸侯王、郡国上计吏及外国客。②烟萝：女萝。《楚辞·九歌·山鬼》说山鬼以薜荔为衣，以女萝为带。后用以称隐士。此指代孙给谏。稳眠：喻安心隐居。

## 龙君超过访筼筜谷，即席有赠①

征袍常带五陵尘，江柳江花随分春。②宝剑高车来陆贾，长头大鼻坐陈遵。③一天霁月偕佳客,十亩新篁胜主人。斗算才情石算酒,闲时光景健时身。

注:①万历三十三年(1605)作于公安。作者在笫笃谷热情接待龙君超的到访,并盛赞他的才情和酒量。龙君超:龙襄,字君超。见前诗《同龙君超诸公游便河……》注。笫笃谷:作者在公安的别业。见卷三《归笫笃逢苏潜夫》注。②五陵:当为"武陵"。旧县名。隋改临沅县置,治所在今湖南常德市。龙君超为武陵人,诗中的"征袍"指代龙君超。③陆贾:汉初政治家、辞赋家。楚人。从汉高祖定天下,有辩才,常使诸侯为说客。曾官至太中大夫。传见《史记》九七、《汉书》四三。陈遵:西汉杜陵(今陕西西安东南)人,字孟公。初任京兆史,郁夷令。王莽当政时,为校尉,以镇压赵明、霍鸿等起义,封嘉威侯。更始时,任大司马护军,奉命前往匈奴,在朔方为人所杀。作者此处借用陆贾、陈遵来喻指龙君超的才识不凡。

# 哭江督学进之①

蜀客传来信已果,西望三川泪万颗。②天下寒士尽吞声,使君心肠热如火。③兴到常时信口哦,愁来不解将眉锁。④十五年前老制科,乍开乍落槿花朵。⑤忆昔飘零馆娃宫,仓忙一见深怜我。⑥老马难忘纻衣恩,赎子百身无不可。⑦沧江九月卷霜波,水冷不见西来柁。身后寂寞为君宽,有薪尚喜佳儿荷。⑧

注:①万历三十三年(1605)作于公安。作者赋诗哭诉江进之的逝世,深情追忆进之生前"心肠热如火"。江督学进之:江盈科,字进之,湖南桃源人。万历三十三年(1605)秋,身为按察司金事的江进之在视蜀学政时卒于蜀。见卷二《长歌送中郎之吴门……》注。②蜀(shǔ):古国名,三国之一。公元 221 年刘备在成都称帝,国号汉。史称蜀或蜀汉。今为四川省的简称。三川:郡名。战国秦庄襄王元年(前 249)置,以境内有河(黄河)雒(洛)伊三川得名。③吞声:不敢出声。此句谓当时天下读书人面对前后七子推行的复古、摸拟之风都不敢出声反对。"使君"句:意谓唯有江进之古道心肠,敢于公开站出来热情支持公安派"独抒性灵"的文学革新主张。使君,旧时尊称奉命出使的人为"使君"。此处指视蜀学政江进之。④信口哦:随口吟哦。哦(é):吟哦。袁中道《江进之传》云:"(进之)诗多信心为之,或伤率意,至其佳处清新绝伦。"⑤老制科:临时设置的考试科目。此处代指江进之。槿花:木槿花。此喻指江进之英年早逝。⑥昔:指作者万历二十一年(1593)东游吴地,是年江进之令吴地长洲县。馆娃宫:古代宫名,吴王夫差为西施建造。⑦纻衣:用纻布做的衣服。借指进之当年对中道生活上的接济支助。⑧薪:柴火。此处谓薪传,即传火于薪,后继有人。佳儿:江进之子,名伯通。见《游居柿录》卷一。

## 岁暮游江上①

白沙江上踏沙回,闲逐儿童步沼台。②寒鸟也应喧岁暮,好花如不待春来。春粮分给胡居士,治酒频召符秀才。目疾小康重病肺,千般浓想尽成灰。③

**注:**①万历三十三年(1605)岁暮作于公安。作者岁暮踏沙江岸,闲逐儿童。闲适之中想到自己因重病染身没能够做成岁初"千般浓想"的大事,而特别揪心。②沼台:指赘笯谷池塘边的土台。③千般浓想:指作者是年元日(正月初一)打算在新一年中,居家读书,并做成"乳和三教义、毁解一朝诗"等大事。见本卷前诗《乙巳元日试笔呈中郎》。

## 陶孝若、谢于楚偕来赋赠,于楚自蜀至,而孝若游吴①

山城生雾径生苔,忽地诗人过草莱。②响屧廊边迟月去,浣花溪上踏香来。③三千烟柳摇湖月,十万风篁绕屋雷。④自喜追随同述作,果然陶谢是天才。

**注:**①万历三十四年(1606)作于公安。作者赋诗欢迎陶、谢一行造访柳浪湖和赘笯谷,热情赞美他们是天才般的诗人。陶孝若:陶若曾,字孝若。东湖人。万历十六年(1588)举人,官祁门教谕,公安派诗人之一,著有《四部醒醐》、《外史七传》、《南北游诗》。《宜昌府志》卷二十有传。谢于楚:歙县人。工诗。足迹遍天下。②山城:指作者的家乡,公安斗湖堤县城。诗人:指陶孝若、谢于楚一行。草莱:犹草茅。在野的、未出仕的。这里指作者的家。③响屧(xiè)廊:春秋时吴王宫中的廊名。相传以梓板铺地,让西施穿屧走过时发出声响,故名。遗址在今江苏省苏州市西灵岩山。"屧"亦作"屟"(xiè),古代鞋中的木底。浣花溪:在四川成都市西郊,锦江的支流。溪旁有唐诗人杜甫的故居,号浣溪草堂。④烟柳摇湖月:指中郎的别墅地柳浪湖。风篁绕屋雷:指作者的别墅赘笯谷。

## 别谢于楚东下①

碣石宫前话别忙,秋风忽到辋川庄。②虚留客子登山屐,只看贫家绕屋篁。帆逐冶云归建业,人随雪水下浔阳。③谁言白发无公道,投老而今鬓未霜。

注：①万历三十四年（1606）作于公安。作者赋诗赠别友人，赞美其年轻常驻，投老鬓未霜。东下：谓谢于楚往家乡的方向而去。②"碣石"二句：谓谢于楚刚刚话别碣石宫，又很快到了辋川庄。碣石，山名。在河北昌黎北。《尚书·禹贡》："导岍及岐……太行、恒山，至于碣石，入于海。"秦始皇、汉武帝皆曾东巡至此，刻石观海。东汉建安十二年（207）曹操用兵乌桓过此，作有《碣石篇》。辋川：水名，即辋谷水。在今陕西蓝田南，唐诗人王维曾置别业于此。③建业：古县名。治所在今南京市。浔阳：古江名。在今江西九江市北。唐白居易《琵琶行》："浔阳江头夜送客。"

# 雁　字①

僧有作雁字诗者，众诧以为难。予乃与中郎坐橘乐亭中角此题，自晨至午，各得七言律十首，都无一字同者。虽远近离合之间，不能悉穷其变，而比物属词，差胜于寒涩不能出口者耳，因悉存之。

注：①万历三十四年（1606）作于公安。写作者与兄长中郎以"雁"字为题角力赋诗。一个上午各自写成了十首文字优美、质地高洁的七言律诗，表现了其高昂的创作激情、大胆丰富的想象力和创造力，抒发了淡泊名利、安于山水的情怀。橘乐亭：在作者别业笴筜谷的西园内。《游居柿录》卷十曰："盖橘树四株，不惟花香实美，而浓阴遮蔽骄阳，真可无暑。故治一亭，以避猛雨，非避日也。"

## 其　一

云汉溪藤万丈长，规烟裁雨下潇湘。②有时密密排千点，何处匆匆坠一行。凌月乍同王矫劲，随风忽作旭颠狂。③果然写出秋思曲，青草湖头夜夜霜。

注：②规烟裁雨：比喻诗人构思选材。潇湘：泛指湖南一带。③王矫劲：王绩（585—644），唐诗人，字无功，绛州龙门（今山西河津）人。仕隋为秘书省正字，唐初以原官待诏门下省。后弃官还乡。放诞纵酒，其诗多以酒为题材。原有集，已散佚。后人辑有《东皋子集》。旭：张旭。唐书法家。字伯高，吴（苏州）人。官金吾长史。工书，草书最为知名。张旭草书与李白诗歌，裴旻剑舞，时称"三绝"。

## 其　二

先后参差结构同，同排笔阵向湘中。画波隐现沉沉雾，使转轻盈细细风。①书去书来愁雨雪，文成文灭付虚空。偶然霞气侵天路，仙篆丹砂灿烂红。②

**注:**①画波:形容行文之势如波浪起伏,富于变化。使转:指对行文之势(即结构、节奏等)的掌控。②霞气:喻指写作的灵感,即性灵。仙篆、丹砂:皆比喻锦绣般的诗文。

## 其 三

倒薤悬针点碧烟,依行燕雀似旁笺。①路经练渎重多态,影落巴江两斗妍。②龙跃天门随变化,蚓萦秋草失翩翾。殷勤写就清秋曲,谱向江南十五弦。

**注:**①倒薤(xiè)悬针:比喻使用毛笔写字。薤,植物名。多年生宿根草本,鳞茎圆锥形(形同毛笔笔头)。点碧烟:形容写诗文。"依行"句:形容依行写出的字,像燕雀依傍在纸上。②练渎:谓在河里漂洗丝麻或布帛。比喻锤炼文字。渎,小沟渠或大川。巴江:古水名。在今四川境内。

## 其 四

苦向西风忆断群,联翩兄弟总能文。①行分势布刚辞渚,发缕丝骞尽入云。②河北峰峦生墨气,江南田亩展罗纹。盈盈六幅潇湘水,都作羊欣白练裙。③

**注:**①断群:失去群体。暗指作者亡长兄伯修。联翩:鸟飞貌。此处喻作者兄弟。②行分势布:即分行布势。指兄弟统一部署行动。骞(qiān):飞起。③羊欣(370—442):南朝宋书法家。字敬元,泰山南城(今山东费县西南)人。年十二作隶书,后官至中散大夫、义兴太守,亲受王献之传授书法。欣夏自著新绢裙昼寝,献之见之,书裙数幅而去。欣加临摹,书法益工。《南史·羊欣传》有载。梁沈约称其善于隶(正)书,献之之后,可以独步。故谚曰:"买王得羊,不失所望。"

## 其 五

翩翩文采出烟萝,电激龙盘势更多。①数点忽留如想象,一行才起便吟哦。②朝冲白月都垂露,夜宿青溪尽偃波。③锋锷不须凌厉甚,前途尤恐大张罗。④

**注:**①电激龙盘:比喻诗文气势激越高昂。②忽留:忽然停留。指行文的节奏舒缓了下来。吟哦:吟咏。此处谓作诗。③青溪:古水名。三国吴赤乌四年(241)在建业城东南凿东渠,称为青溪。④锋锷:形容语言犀利。大张罗:大肆地设罗网捕虫鸟。比喻政治上大肆地搜捕异己。

## 其 六

形容天上逼高寒,南斗阑干北斗残。①芳草池边紫草易,白沙洲上画沙难。疾徐总以昏朝变,肥瘦还须远近看。宋玉宅边逢燕子,缄书一字报平安。②

注：①形容：指形体容颜。"南斗"句：语出刘方平《夜月》诗："更深月色半人家，北斗阑干南斗斜。"北斗，也叫"北斗七星"。在北天排列成斗（或杓）形的七颗亮星。南斗，即"斗宿"。因同北斗相对，位置在南，故俗称"南斗。"②宋玉：战国楚辞赋家。或称为是屈原弟子，曾事顷襄王。其代表作《九辩》叙述他在政治上不得志的悲伤，流露出抑郁不满的情绪。字：此指短束。

## 其 七

霞布云舒纵复横，只为过去要留声。①时和气润行遍好，日燥风炎阵未成。颉史也须称弟子，宜官何处拜先生。②前途若向长沙去，代我修书问屈平。③

注：①要留声：诗人们要把以往经历的事都书写在满天的霞光和云彩上。②颉（jié）史：当为颉利。唐突厥可汗，姓阿史那氏，名咄苾。宜官：师宜官，东汉书法家。其弟子梁鹄也成为了著名书法家，深得曹操的喜爱。③屈平：屈原（约前 340—前 278）。名平，字原。战国楚人。初辅佐怀王，做过左徒、三闾大夫。作有《离骚》《九章》《天问》《九歌》等篇，创造出骚体这一新形式，对后世影响很大。

## 其 八

动如得意静如忧，力倦心慵且暂休。何用十年工八法，只将一字傲千秋。①密来乍可同梁鹄，忙处还应效史游。②不是衡阳过不得，金书玉简好淹留。③

注：①八法：本指书法的八种笔画。此代指作诗的多种方法。一字：指"雁"字。②密：安定。梁鹄：东汉书法家。字孟皇，安定乌氏（今甘肃平凉西北）人。灵帝时官至选部尚书。得师宜官法，以善八分著名。后附刘表，再归曹操。曹操甚爱其书，以为胜于师宜官。宫殿题署，多出鹄手。史游：西汉人。元帝时任黄门令。用韵语撰《急就篇》，便于记诵，当时学童识字多用之。③衡阳过不得：衡阳有回雁峰，相传雁至此峰不过。因以衡阳雁断比喻音书阻隔。衡阳：市名，在今湖南省南部。金书玉简：泛指古代帝王用来叙事颂德和记述教戒的典册。

## 其 九

星河灭后见文章，妙处拖云更挟霜。①偶傍草边寻郑叟，闲过斋里笑萧郎。②九霄已自悬珠玉，百口何须足稻粱。可是湘川多怪鸟，欲将封事上鸾凰。③

注：①星河灭后：谓长夜过去，天亮了。妙处：指文章的美妙之处。拖云：形容文章像铺满了云彩般的锦绣。挟霜：比喻文章寓有严霜般的高洁。②郑叟：当指郑玄（127—

200)，东汉经学家。他一辈子读书、求学、讲学、著述，成为汉代经学的集大成者，后人称其学为郑学。见前诗《送水部叶寅阳……》注。萧郎：原指梁武帝萧衍。后泛指女子所爱恋的男子。见卷一《花楼曲》注。③湘川：泛指作者的家乡。怪鸟：奇异的鸟。此处喻指作者和兄长中郎。封事：受到封赏的事。鸾凤：鸾鸟和凤凰。比喻贤达之士。

## 其 十

水作心情霞作衣，多能肋骨少能肥。①烟笼雨暗青重杀，月冷霜寒白更飞。忽画一横诠易象，乍飘三点露禅机。②江南尽有淋漓地，何事风尘要北归。

注：①水作心情：谓心情像水一样淡泊。多能肋（lèi）骨：形容能者多劳。②诠：诠释。《易》象：《周易》用卦爻等符号象征自然变化和人事休咎。《易·系辞下》："是故易者，象也，象也者，像也。"禅机：佛教名词。指悟入禅定的关窍。见卷二《重过关将军祠二偈》注。

## 新亭成即事①

量来八笏已周遭，左置庄周右楚骚。②宽筑垣墙围笋竹，虚张弓矢护含桃。深林得月偏多影，小水经风也作涛。掷下万缘书癖在，强如嵇锻与刘髦。③

注：①万历三十四年(1606)作于公安。作者以新落成的橘乐亭来安放《庄子》、《楚骚》，打算抛开人生各种机缘，安心在这里读书著述。新亭：即作者箕筜谷中的橘乐亭。见前诗注。即事：即事诗。以当前事物为题材的诗。②笏（hù）：朝笏。庄周：庄子。战国时哲学家。见前诗《梅花》注。《楚骚》：《楚辞》。总集名，西汉刘向辑，东汉王逸为其作章句。收战国楚人屈原、宋玉及汉代淮南小山、东方朔、玉褒、刘向等人辞赋共十七篇。全书以屈原作品为主，其余各篇也都是承袭屈赋的形式。以其运用楚地的文学样式、方言声韵，叙写楚地风土物产等，具有浓厚的地方色彩，故名《楚辞》。后世因称此种文体为"楚辞体"，又名"骚体"。③万缘：泛指人生中的各种缘分、机缘、因缘等。书癖（pǐ）：作者特别喜好读书的习性。嵇锻：嵇康(224—263)，三国魏文学家、思想家、音乐家。字叔夜，谯郡铚(今安徽宿县西南)人。官中散大夫，世称嵇中散。有奇才，博学多闻，崇尚老庄。为"竹林七贤"之一，与阮籍齐名。性好锻，夏月常锻大柳下，故有"嵇锻"之称。遭钟会构陷，为司马昭所杀。锻，锻铁。刘髦（máo）：当为刘安(前179—前122)，西汉思想家、文学家。沛郡丰(今江苏丰县)人。汉高祖之孙，袭父，封为淮南王。好读书鼓琴，善为文辞，才思敏捷，奉武帝命作《离骚传》。曾"招致宾客方术之士数千人"，集体编写《鸿烈》(也叫

《淮南子》）。髦：毛中的长毫，比喻英俊杰出之士。

## 送王以明南都应试①

细雨春帆一笑开，浔阳九派起风雷。②井生饱贮纷纶字，苏子摩成游说才。③有月便寻调马路，无钱莫上散花台。④黄金馆里虚前席，只待谭天辨士来。

注：①万历三十四年(1606)作于公安。作者送王以明先生赴金陵参加科举考试，盛赞他学识广博，能言善辩。王以明：名王辂，字以明。公安派诗人。南都：金陵（今南京）。②浔阳：古江名。指长江流经浔阳县境一段，在今江西九江市北。九派：长江在湖北、江西一带，分为很多支流，因以九派称这一带的长江。亦泛指江流支派之多。③井生：毕升（？——约1051），宋代人，活字版印刷术的发明者。据沈括《梦溪笔谈》记载，毕升在宋庆历年间(1041—1048)，发明在胶泥片上刻字，一字一印，用火烧硬后，便成活字。还研究过木活字排版。苏子：苏秦，字季子，纵横家。见卷二《夜入燕境》注。④散花台：指金陵的雨花台。在今南京市中华门外。相传梁武帝时，云老法师在此讲经，落花如雪，故名。

## 书三月初一日事①

岁三月清明，玄在过我屋。②自云能迎神，请焚香沐浴。竹箕衔木屑，花果灿灯烛。③篆符赤煌煌，浩唱迎神曲。倏忽灯无光，阴风来谡谡。题云是阿舅，夹山列仙箓。④云口不能言，书之尔试读。自我之云亡，已经几寒燠。⑤因果理无差，所修悉蒙福。⑥上帝念我贤，毋吝一方牧。⑦仙位列崇班，潇然少拘束。⑧朝觐清泰光，暮食众香粟。邑中已死魂，我眼悉能瞩。伯修慧根深，青莲已受育。⑨吉翁福业牵，人间享尊禄。⑩官谷念未熟，胎胞还再宿。⑪我有临终书，托嗣子付嘱。⑫生死亦大难，尔曹宜勉勖。无论堕泥犁，诸皋亦极酷。⑬夜台冷荒荒，磷火照幽独。不见生时人，青枫林下哭。神明好升济，白业要纯熟。⑭家有小男儿，烦君为青目。⑮已能学拜跪，婚姻宜可卜。意中颇恋恋，虽去未免俗。昔时百尺楼，今已鹜天竺。哀哉楼上书，流落失卷轴。阿鹜既已嫁，嫁去我所欲。⑯家门既孤寒，仗扶持是祝。语多不能记，大都念骨肉。言及小男儿，箕如以头触。⑰我初疑非真，恐是游魂属。⑱穷以世外机，语语令我伏。⑲铁锤生异证，泥船海不覆。香象帖天飞，白牛五只足。⑳开口注箭锋，非舅那能速。㉑我乃拜跪言,双泪流簌簌。西华著练衣,孝标以文督。㉒结交尚应尔,何况我自出。阿弟失父时,如我在母服。㉓小者仅四岁,大者不盈六㉔,舅时念黄口,抚养同顾复。㉕爱我有智慧,长与异书读。昔同客长安,助金买燕玉。谑笑忘形骸,宽假缘爱笃。㉖三为小县令,函牛鼎烹鹜。㉗念我不能忘,时时寄远牍。受恩百倍深,人心岂土木。藐诸渐长成,甥等自亲穆。虚空有鬼神,我言敢食不。剥喙如我谢,欲去复彳亍。㉘急雨萧萧来,回风摇窗竹。

注:①万历三十四年(1606)作于公安。作者写一巫师主动上门迎神,请来已故夹山舅魂魄的故事。表达诗人深深铭记昔日龚氏母舅一家对自己兄弟三人的抚育教化之恩,抒发了对夹山舅的无限感念之情。②玄在:人名。旧时的巫师,古代称为舞降神的人。公安地方或称"神驾"、"马脚"、"收师"等。③箕(jī):扬米去糠的器具;簸箕。此指为巫师降神的导具,并被称为"箕神"。④夹山:作者的舅父龚仲敏,字惟学,别号夹山。卒于岚县知县任内,年56岁。见卷二《嘉祥怀龚惟学母舅》注。仙箓:道教的秘文秘录。道教记录天神名的书。⑤自我:此处指作者的夹山舅。寒燠(yù):寒暖,谓冬春,指一年。⑥因果:佛教名词。即因果报应。修:泛指行善积德。⑦牧:古代治民之官。⑧崇班:末班;最后面的班。⑨伯修:宗道,作者长兄。慧根:佛教术语。五根之一,能观达众生为慧,慧能生道,故名根。青莲:佛教常用以比喻眼睛。此处喻指伯修亡魂。⑩吉翁:当指唐朝的吉皎,官御尉卿。年八十八卒,名列九老会。此喻指伯修的亡魂已升天。⑪官谷:王承光,字官谷。公安人。万历十年举人。时官谷已故多年。"胎胞"句:谓官谷的亡魂已投胎,但还没有出生。再宿,谓在胎养之中。⑫我:指作者的夹山舅。嗣(sì)子:旧时无子者过继亲族的儿子为己子,称过继儿子为"嗣子"。此指作者夹山舅的嗣子。⑬堕泥犁:指犁掉进了泥水里。诸皋:谓允许上高地。皋:岸;近水边的高地。⑭神明:神祇(qí)。天神、地神。白业:善业。⑮青目:青眼。晋阮籍能为青白眼,常以青眼对所契重的人。青即黑,以黑眼珠对人是正视的状态。后因以"青眼"称对人喜爱或器重。⑯阿鹜(wù):当是龚夹山的一小妾的名字。我:指作者的夹山舅。⑰小男儿:指作者夹山舅的嗣子。⑱我:指作者。⑲世外机:此指作者夹山舅亡魂所托之辞。伏:通"服"。⑳香象:佛教中一种能飞的大象。帖(tiē):安定;帖伏。㉑箭锋:比喻谈锋甚健。此处指那位巫师一开口就提到是作者的夹山舅(指其魂魄)回来了。㉒西华、孝标:皆作者的友人,余不详。练衣:用洁白的熟绢做的衣服。穿练衣是表示对先父母的祭祀。㉓"阿弟"二句:谓阿弟失去父亲时的年龄,正如我(作者)当年为母亲服丧时一般大(四岁)。阿弟:此指夹山的嗣子,即作者的表弟,故称"阿弟"。在母服:指万历甲戌二年(1574)作者的母亲去逝为母服丧,时作者四岁。㉔小者:指作者自己。大者:指作者的二哥宏道。㉕黄口:雏鸟,也指儿童。此处指作者和二哥宏道。顾复:形容父母对子女的慈爱。㉖谑笑:指夹山舅十分喜爱作者,常逗他取乐。宽假:指夹山舅十分疼爱作者,待他宽容。笃(dǔ):情谊深厚。㉗三为:指作者的夹山舅三次做县令:一次任嘉祥县令,二次任太原县令,三次任岚县县令。鼎烹鹜:

比喻夹山做县令大材小用。㉘彳(chì)亍(chù)：小步；走走停停。形容作者夹山舅的魂魄离开时依依不舍的情状。

## 偶有俗冗入郡别篢笪谷①

### 其 一

栖隐刚旬日，柴桑又去陶。②随人偷笋竹，任鸟食樱桃。习静床初热，笺书笔未劳。岂因无客至，三径长蓬蒿。

注：①万历三十四年(1606)作于公安。作者在篢笪谷常遭到俗冗打扰，无法安心读书著述，于是做好安排，前往沙市旧居去住。俗冗(rǒng)：指平庸、世俗之流及闲杂人员等。郡：此处指荆州府。篢笪谷：作者的别业。②栖隐：指作者安居篢笪谷。旬日：谓上十天。柴桑：晋诗人陶渊明的家乡。此代指作者的隐栖地。陶：陶渊明。此处借指作者。

### 其 二

细嘱灌园者，吾忙返旧居。①没阶花莫扫，侵径草先除。雀乳防伤竹，燕泥怕点书。盆池勤守护，恐有鹤窥鱼。②

注：①灌园者：指为作者灌溉种植园林的雇工。旧居：指作者在沙市的居处(金粟园)。②鹤窥鱼：喻指盗者行窃。

## 江北道中①

### 其 一

长途只傍水，听水立江边。扑面杨花雪，熏衣麦穗烟。②远帆行似住，深树断犹连。芳草平于掌，僮眠牛也眠。

注：①万历三十四年(1606)作于公安。写作者暮春从公安乘船往沙市，沿途所见的江岸美丽而安宁的景象。②熏：气味侵袭。

### 其 二

逢僧知寺近，玩水爱溪遥。户户寻芦笋，村村入柳条。长堤随独马，夜浦话双樵。数点浇花雨，飞尘冷冷销。

### 初至沙市张园苦雨①

春晴暖日熏苗麦，仆夫脱衫走阡陌。一夕豆花雨淋淋，穿屋浸阶势太剧。朝如扃户绝来宾，夜似移床避刺客。②隔院琵琶不得闻，手把残书愁脉脉。须臾天怒墨沉酣，千山万山失青蓝。掷海倒江夹雷电，声如项羽破章邯。③月额雨来雨相续，犁锄生耳那须卜。④塌井颓墙势必然，令我翻愁筼筜谷。书生耳目无所寄，潇潇只有数竿竹。枳壳篱破垣墙倒，应有人去损寒玉。⑤移植参天亦自难，忍把斧斤截嫩绿。不能迂阔效庾郎，怕恼偷儿自藏伏。⑥世事牵我出墙东，故园花竹自膏沐。⑦芜径破窗绿暗暗，漏声如语伴幽独。停午细雨丝丝生，勉着高屐寺里行。僧房寂寂门都闭，乍听围棋落子声。

**注：**①万历三十四年（1606）作于沙市。作者初到沙市张园就遭遇一场久下成灾的大雨，愁苦之中又着实担心自家园中的竹子，表现诗人深深的爱竹情愫。②扃（jiōng）：门窗箱柜上的插关。刺客：喻指屋漏滴下的水。③项羽（前232—前202）：秦末农民起义军领袖。名籍，字羽。下相（今江苏宿迁西南）人。楚国贵族出身。秦二世元年（前209），从叔父项梁在吴（今江苏苏州）起义。项梁战死后，秦将章邯围赵，楚怀王任宋义为上将军。任他为次将，率军往救。宋义到安阳（今属河南）逗留不进，他杀死宋义，亲率兵渡漳水救赵，在巨鹿之战中摧毁秦军主力。④月额雨：指月头雨。月额，指蛾眉月。即月头初三、四的月亮。⑤寒玉：比喻具有清冷性质的物体。此处喻指竹。⑥庾（yǔ）郎：庾信（513—581），北周文学家。字子山，南阳新野（今河南）人。初仕梁，后历仕西魏、北周，官至骠骑大将军。善诗赋、骈文。⑦世事：此指俗冗干扰之事（见前诗《偶有俗冗入郡别筼筜谷》）。

### 寿吴人沈翁① 沈居郢

紫极长生国，朱陵大隐乡。②看云怀震泽，听水爱潇湘。③盛德披银字，高情润玉章。④美言成市好，尺宅治生良。⑤马足何妨数，鸥机久已忘。⑥誉应浮口颊，寒不到心肠。影好人人见，耳鸣事事藏。⑦木奴存侠策，瓮牖笑书囊。⑧康伯逃名地，君公避世墙。⑨河成九里润，雨澍万家凉。⑩花木高柔室，云霞摩诘庄。⑪鹄头朝看帖，雀尾夜焚香。⑫谱石三千甲，栽筼十万行。请云遮洞壑，邮水试旗枪。⑬八节滩新就，五侯鲭许尝。⑭置身随下泽，玩世逐高阳。⑮投去陈遵辖，分来陆贾装。⑯室中青玉案，门外紫游缰。萝月催乘屐，松风对举觞。

清尊邀剑客，宝瑟沸兰堂。北里歌钟细，南皮赋烛长。⑰春秋依社老，日月付仙郎。⑱九子浦还在，双珠树已芳。⑲既能歌白雪，不用祠黄羊。入梦真龙子，分毛自凤凰。衣冠来北阙，奏牍似东方。⑳宛国离离血，延津灿灿光。㉑有封宁是素，不醉也堪狂。㉒紫陌从生浪，黑头未许霜。迟予三纪后，烟水共徜徉。

注：①万历三十四年（1606）作于公安。作者赋诗祝贺友人生日，赞美他盛德比周公，高情似王维；勉励他保持高雅优游的生活方式，不接受朝廷的封赐。沈翁：吴人，隐士，居江陵，余不详。②朱陵：山名。在今湖南衡阳县。见前诗《寿湘山孙给谏》注。大隐：旧指身在朝市而无利禄心的人，谓真正的隐者。③震泽：古泽薮名。又名具区。《尚书·禹贡》："三江既入，震泽底定。"即今江苏太湖。④披银字：指用银饰字以颂扬盛德。润玉章：谓润育出美文。⑤市好：指市井之中普通老百姓的喜爱、嗜好。生良：生民⑥鸥机：鸥鹭忘机。古时海上有好鸥者，每日以鸥鸟游，鸥鸟至者以百数。其父说："吾闻鸥鸟皆从汝游，汝取来吾玩之。"次日至海上，鸥鸟舞而不下。见《列子·黄帝》。谓无机心者则异类亦与之相亲。⑦影：谓影响，口碑。耳鸣：喻指经常听到不良的事情。⑧木奴：《水经注·沅水》："又东历龙阳县之泛洲，洲长二十里，吴丹阳太守李衡植柑于其上，临死，敕其子曰：'吾州里有木奴千头，不责衣食，岁绢千匹。'"后因称柑橘树为"木奴"。侠策：指行侠的筹策。瓮牖（yǒu）：简陋的窗户。此指普通百姓。⑨康伯：韩伯。晋长社人，字康伯。君公：何武（？—3），西汉大臣。字君公，蜀郡郫县（今四川郫县北）人。⑩澍（shù）：时雨。⑪"花木"二句：谓沈翁的居住环境有如高柔和王维。高柔：三国魏人，字文惠。摩诘：王维，唐诗人、画家，字摩诘。晚年居蓝田辋川，过着亦官亦隐的优游生活。⑫帖（tiè）：书法的临摹范本。雀尾：喻指书卷旁。⑬旗枪：成品绿茶之一。芽尖细如枪，叶开展如旗，一旗一枪，故名。⑭五侯鲭（zhēng）：肉和鱼同烧的杂烩。汉成帝母舅王谭、王根、王立、王商、王逢同时封侯，号五侯。"鲭"同"月正"，鱼和肉共烧。"传食五侯间，各得其欢心……也称五侯鲭。"（见《西京杂记》）⑮玩世：放逸不羁，以消极游戏的态度对待生活。高阳：古乡名。见前诗《又步君超韵》注。⑯陈遵：西汉杜陵人，字孟公。见前诗《龙君超过访笃笃谷……》注。陆贾：汉初政治家、辞赋家。楚人。见前诗《龙君超过访笃笃谷……》注。⑰南皮：犹南面的邻人。赋：文体名。此处指作诗。⑱社：指诗社、学社等。仙郎：比喻超出凡庸之人。如：诗仙、酒中仙。⑲九子蒲：九子母神。古代传说，见卷二《艳歌》注。⑳东方：东方朔。西汉文学家。见卷二《送顾孝廉、晋甫再入都……》注。㉑宛国：大宛国。古西域国名。在前苏联中亚费尔干纳盆地。以产汗血马著名。延津：古津渡名。古代黄河流经今河南延津西北至滑县以北的一段，为重要渡口，总称延津。㉒素：此指有名无职的空头御。

送张聚垣三兄还晋,时以其先司徒公之丧入郢市椁木,寓此聚首,甚相爱也<sup>①</sup>

何期白首论交情,听雨居然似弟兄。戒去鸾刀非佞佛,毁来鸡骨莫伤生。<sup>②</sup>人冲晓月辞沙市,马逐奔星度柳城。<sup>③</sup>仓卒已申侨札分,南山石烂不寒盟。<sup>④</sup>

**注**:①万历三十四年(1606)作于沙市。作者在交谈之中又结识了一位性情中的朋友。张聚垣:作者新结识的友人,余未详。先司:指已故的上司。郢:泛指江陵沙市。②鸾刀:有铃的刀,古时祭祀割牲用。此谓杀生。鸡骨:谓人体瘠瘦。《世说新语·德行》:"王戎、和峤,同时遭大丧,俱以孝称。王鸡骨支床,和哭泣备礼。"③柳城:古地名。在往山西的道中。④侨札分:此谓寄居之人相互保持书信往来。南山:古山名。即秦岭终南山。不寒盟:谓不背约。

## 寓郢述怀<sup>①</sup>

### 其 一

人皆有一癖,我癖在冶游。<sup>②</sup>饶之尤前心,计算苦不周。中夜起长叹,百虑如丝抽。万事无巨细,逼迫乃成忧。忧来如春雨,日夜苦无休。以此一寸欢,博彼万斛愁。

**注**:①万历三十四年(1606)作于沙市。作者不耐寂寞,逐繁华好冶游,结果让自己失去了十年斋戒所得到的清净,也带来了生活中的无尽忧愁。郢:此处指江陵沙市。②癖(pǐ):积久成习的嗜好。冶游:野游。古乐府《子夜四时歌》:"冶游步春露,艳觅同心郎。"旧时专指狎妓。

### 其 二

箧衣质已尽,驱日竟无策。暮入惭妻儿,朝出惭宾客。忍耻告时人,人乃翻见责。<sup>①</sup>早知逼迫难,何用随手掷。<sup>②</sup>自不重黄金,黄金肯相索。嘿嘿不能言,仰面看山碧。

**注**:①时人:指合适(合宜)之人。翻责:反复地责备。②随手掷:形容随意地大把花钱。

### 其 三

十年禀县戒,枯草如冶性。<sup>①</sup>春风一以至,草生更繁盛。追思卧柞林,六凿愿清净。<sup>②</sup>迩来逐繁华,欢多愁亦并。不独损令名,所忧在疾病。猛日烁根荄,力与春风竞。<sup>③</sup>

**注:**①禀昙(tán):犹发誓愿,表示诚心。禀:向上陈述。昙:犹"坛"。戒:指戒除冶性。②柞林:在今公安孟家溪溪流上游数里处。此处指作者故里长安村。六凿(záo):即喜、怒、哀、乐、爱、恶。《庄子·外物》:"心无天游,则六凿相攘(排斥)。"③荄(gāi):草根。喻指色根。

## 其 四

十万修竹园,中有数间屋。<sup>①</sup>竹色暗春窗,萧萧一人读。风过响琳琅,雨至如膏沐。<sup>②</sup>世事苦泥人,一月几回出。<sup>③</sup>可怜林兰花,无人伴幽独。

**注:**①修竹园:指作者别业箓笁谷。②琳琅:精美的玉石。此处指风吹竹子发出的声响。③苦泥人:泥塑人。形容人稳坐不动的姿态。宋朱熹《近思录·观圣贤》:"谢显道(良佐)曰:'明道(程颢)先生如泥塑人,接人则浑是一团和气。'"此形容作者居园苦读状。

## 长石、何思二太史过公安,长石用杜韵作诗,因次其韵。二公皆访仙归<sup>①</sup>

### 其 一

修竹封天翠,澄江抱郭寒。玄言浮齿颊,仙气在眉端。<sup>②</sup>访岳盟初定,登朝兴总阑。大丹如可就,鸡犬逐刘安。<sup>③</sup>

**注:**①万历三十四年(1606)作于公安。作者与到访的长石、何思二太史交流出游盟定,才情大发,写出了奇僻的新诗章。长石:曾可前。见前诗《曾长石太史以诗寄,率尔次韵》注。何思:雷思霈,字何思。夷陵人。次其韵:步其韵。即按杜韵作诗。访仙归:袁宏道诗《曾、雷二太史过柳浪,用杜韵》其二:"时两太史方外归,谈男女术;云可得仙。"即指此事。②玄言:玄妙的话语。仙气:指曾、何二太史才情非凡,气韵飘逸。③大丹:指访岳盟订。丹,丹书。刘安:西汉思想家,文学家。见前诗《新亭成即事》注。此指代长石、何思二太史。

### 其 二

住马问刘营,追随吊古城。<sup>①</sup>霸图虽已尽,江怒几曾平。乱世孙曹事,清时屈宋名。<sup>②</sup>新诗奇僻甚,山水发才情。

**注:**①刘营:指刘备营,在公安。古城:指孙夫人(刘备的夫人)当年在公安筑的城,史称孙夫人城。②孙曹事:指三国时吴国孙权与北魏曹操争霸之事。屈宋名:指战国时

的大诗人屈原及其弟子宋玉名传后世。

## 步长石过公安韵，时将值生日①

擅招雷电泛江湖，谪作金门汉大夫。②尚有丹砂生唾雾，总无白雪染头颅。③登山且喜身常健，出世还欣调不孤。④烧笋留君君竟去，腐儒宁似郇公厨。⑤

**注**：①万历三十四年（1606）作于公安。作者赋诗劝慰友人，告诉其长生之术不可信，登山临水能健身。长石：曾可前。见前诗《曾长石太史以诗寄，率尔次韵》注。步韵：即按长石过公安诗韵作诗。生日：指作者的生日（阴历五月初五日）。②金门：汉代宫门名。也叫金马门。③丹砂：俗称"朱砂"。古代道家炼药。唾雾：喻指炼丹者鼓吹可使人长生的骗人术。④出世：指脱离世间束缚。即"解脱"。调：指意见、观点、情趣等。⑤郇（xún）公厨：郇厨。唐代韦陟袭封郇国公，精治饮食，时称"郇厨"。唐冯贽《云仙杂记·郇公厨》："韦陟厨中，饮食之香错杂，人入其中，多饱饫而归。"

## 又步长石舟中韵①

刘郎浦口阮郎归，阆苑蒸霞满薜衣。②李泌身轻辞世染，休文腰瘦忏前非。③人冲晓月听潮去，帆逐分风带雪飞。莫道长生学不得，离家三月貌能肥。

**注**：①万历三十四年（1606）作于公安。作者赋诗送友人逐帆东去，祝愿友人寻仙出游身心康乐。长石：曾可前。见前诗注。步舟中韵：按舟中诗韵作诗。②阮郎归：词调名。相传以东汉刘晨、阮肇仙而复归得名。阆（làng）苑：阆风之苑，传说中的神仙住处。唐李商隐《李义山诗集》卷五，《碧城》之一："阆苑有书多附鹤，女床无处不栖鸾。"薜衣：隐者的服装。见前诗注。③李泌（722—789）：唐大臣。字长源，京兆（治今陕西西安）人，原籍辽东襄平（今辽宁辽阳北）。玄宗时为皇太子供奉官，历仕肃宗、代宗、德宗三朝，位至宰相，封邺侯。好神仙道术。辞世染：没有受到尘世的浸染。休文：即沈约（441—513），南朝梁文学家，字休文。吴兴武康（今浙江德清武康镇）人。官至尚书令，卒谥隐。有《四声谱》、《齐纪》、《沈约集》等，已佚，明人辑有《沈隐侯集》。腰瘦：《梁书·沈约传》载《与徐勉书》："……百日数旬，革带常应移孔……以此推算，岂能支久。"言沈约以多病而腰围减小，后因以沈腰指代瘦弱的身体。

## 得慎轩居士无病消息志喜①

### 其 一

决定知无病,西僧近面来。乾坤留道眼,河岳护仙才。②好雨兼风至,繁花间竹开。懒残无诳语,计日聚燕台。③

**注:**①万历三十四年(1606)作于公安。作者得知慎轩健在,高兴得"起舞发狂颠","欢声入管弦"。并感激"乾坤留道眼,河岳护仙才"。慎轩:黄辉,号慎轩。见卷二《燕中早发……》注。居士:指在家修道之人。②道眼:佛教术语。修道而得之眼也,又观道之眼也。此处谓天地对黄慎轩的看护之眼。仙才:古代用以称颂才华非凡之人。此处指黄辉。③懒残:唐高僧,明瓒禅师。见卷二《寄伯修》注。聚燕台:此谓慎轩将登燕台拜将授相。燕台:黄金台。故址在今河北易县东南北易水南。相传战国燕昭王筑,置千金于台上,筵请天下士,后乐毅授大将军印。

### 其 二

西来传好事,起舞发狂颠。白社何多幸,苍生定有缘。①维摩聊示疾,弘景久成仙。②禽鸟知人意,骊声入管弦。

**注:**①白社:指三袁兄弟在京崇国寺与黄辉等名士组织的葡萄社,因皆崇尚唐大诗人白居易,故又称"白社。"②维摩:维摩诘。《维摩诘经》中说他是毘耶离城中一位大乘居士。和释加牟尼同时,善于应机化导。为佛典中现身说法、辩才无碍的代表人物。弘景:陶弘景。见卷三《初至村中》注。此皆指代黄辉。

## 箈笃谷暑中即事十绝①

### 其 一

三杯薄醉拂桃笙,一枕风窗梦也清。②天气晚凉新浴后,葛蕉纨扇竹中行。

**注:**①万历三十四年(1606)作于公安。作者全面述写了箈笃谷的翠竹、果木、花草、房舍、场地等的构成形置、周边环境,表现了诗人平日的悠闲生活情状。箈笃谷:又称"小竹林"。见卷三《归箈笃谷逢苏潜夫》注。②桃笙:竹名。节高而皮软,篾青可以织席。

### 其 二

新笋俄然过醉时,长成拂雨带云枝。①更芟老竹千千个,编作花蹊曲曲篱。

注:①醉时:形容刚破土的乳笋被笋壳包裹的样子。拂雨带云:形容新竹枝高而茂盛。

## 其 三

枇杷林里间冬青,池水正迎橘乐亭。[1]旋筑小台看乳月,更将竹断取浮萍。

注:①橘乐亭:在筼筜谷的西园内。见前诗《雁字》注。

## 其 四

姹草灵花到处丛,堂前止剩一方空。当门斫去芭蕉树,透过深林冷冷风。[1]

注:①斫(zhuó):本义为大锄。引申为砍,斩。

## 其 五

翻江一夜雨滂沱,门外油河长白波。[1]隔水酒人呼不得,自倾家酿自狂歌。

注:①油河:又称油水。《游居杮录》卷四:"油水,即古之油江口也"。

## 其 六

只许山僧对此君,柴门久已断人群。梅花奥里孤筇至,不是寒灰是冷云。[1]

注:①寒灰、冷云:两位高僧,都是作者的友人。冷云为公安石头庵僧人。

## 其 七

都无蚊蚋到禅房,幬帐何曾挂竹床。水冷石寒藏不住,痴人错料有仙方。

## 其 八

炎蒸日午气如烹,潜入深林自在行。忽有浓云西角起,忙穿竹径已瓢倾。

## 其 九

掷江风散晚云开,沉水星河绕一台,半夜前林飞翮响,柳浪湖上爆声来。[1]

注:⑧柳浪湖:袁宏道自万历二十八年(1600)到三十四年(1606)期间告病返里,"时于城下得洼地,可三百亩,修以重堤,种柳万株,号曰'柳浪'。"(中道《中郎先生行状》)

## 其 十

朝烟暮月几回新,世事何容到齿唇。三伏不曾还内阁,金铃猧子吠来人。[1]

注:①猧(wō):小狗。

# 打桃有怀园主人王官谷①

## 其 一

和枝带叶不沾尘,丹颊犹存一面春。②只道种桃容易等,而今不见种桃人。

**注:**①万历三十四年(1606)作于公安。写作者带着两个儿子在园中打桃的欢乐情景,抒发了"打桃"、"拾桃"却不见种桃人的怀想。王官谷:王承光,字官谷。公安人。万历十年举人。作者的篑篑谷原为其所有,故有"怀园主人"之说。②"丹颊"句:巧用比喻,写成熟的桃子犹如少女的两颊泛起一片春色。

## 其 二

大儿撼树小儿忙,入草鸣阶打石床。①拾取新桃三百颗,清茶沉水荐王郎。②

**注:**①"入草"句:写桃子从树上掉落下来的多种状态。②沉水:沉香木,为著名的熏香料。王郎:此指作者心中怀想的种桃人王官谷。

# 送吴生东归①

一叶凌流去,江声伴寂寥。酒浇溢浦月,歌逆海门潮。②笺字文都灭,刀环约已遥。③惟余春雪在,生计未萧条。

**注:**①万历三十四年(1606)作于公安。作者到江边送友人东归,一叶远去的小舟引起了他对同病相怜之人的同情。吴生:一个久不得志的寒士,吴人。余不详。②溢浦:一称溢水或溢江。源出江西瑞昌西南青山,东流经县南至九江县西,北流入长江。海门:古县名。五代周显德五年(958)置。治东洲镇,在今江苏启东东北。③刀环:此处指吴生乘船返回。刀:通"舠"。小船。环:周匝;环绕。此谓回还。

# 送彭长卿北游①

何处无游子,君行太可怜。老人年七十,北地路三千。夜雨投沙海,西风立渭川。②余生难自遣,岂不爱高眠。③

**注:**①万历三十四年(1606)作于公安。作者送友人北游,当看到一位终老不遇,潦

倒穷困的老士人仍风尘北上的情景时,心中生起一番怜惜,并产生了许多人生的感触。彭长卿:又称彭山人,蜀长寿人。见卷三《送彭长卿游秦……》注。②渭川:渭河。源出甘肃省渭源县,东流横贯陕西渭河平原,在潼关县入黄河。③高眠:高枕(即高枕而卧),表示无忧无虑。

## 赋得风林纤月落①

### 其 一

宿鸟栖枝定,凄清趁晚凉。深林生众响,密叶酿微光。竹露荧荧滴,花渠澹澹香。楼台浓雾里,薄雪在西廊。

**注:**①万历三十四年(1606)作于公安。作者以细腻的笔触生动地描绘了筼筜谷四季自然景物紧随时令变迁而不断变化的景象,抒发了物随时异,人亦随时而化的感慨。赋得:凡摘取古人成句为题之诗,题首多冠以"赋得"二字。后将"赋得"视为一种诗体,即景赋诗者亦往往以"赋得"为题。纤(xiān)月:月牙。

### 其 二

不辨烟林色,惟余灌木歌。①片时缄宝匣,无计挽修娥。②树影徐徐灭,星文渐渐多。③溪杨历乱处,萤火欲燃波。④

**注:**①灌木歌:指从树木丛生之处发出来的歌咏之声(谓吟诗)。②缄宝匣:(诗文)装满了一小箱子。缄:封闭。修娥:喻指秀美的竹。③"树影"句:夜深了,家人先后熄灯入睡,窗外的树影也渐渐没了。④燃波:比喻萤火的盛势就像起伏燃烧着的波涛。

### 其 三

一缕穿阿阁,盈盈傍露条。似随枝上下,如与叶飘摇。入树烟岚重,侵阶水气销。何人闲伴我,清坐转无聊。

### 其 四

万窍刁刁怒,一钩冷澹斜。分妍与柳叶,堕粉着梨花。开士虚持贝,仙源不认家。①灵妃归路疾,先为扫尘沙。

**注:**①开士:佛教名词。开悟之士,即以佛法开导众生之士。此处指信奉佛教的作者。贝:贝叶。即写有佛经的叶子,此指佛经。

### 其 五

摇竹难留照,亭梧尚有光。倚垣学顾盼,隐叶效迷藏。①乍有芭蕉破,如闻桂子香。封姨休造次，无忌怕凄凉。②无忌：月中仙人。

注：①"倚垣"句：谓花儿长出了墙，学着人的样子左顾右盼。"隐叶"句：用拟人的手法写出了有的花儿躲在叶子后面羞涩见人的情态。②封姨：古时传说中的风神。

## 其 六

澹澹荒荒夜，萧疏画不成。金筝千树响，银甲一痕明。①红叶将收泪，白杨只战声。何须重秉烛，静默坐西清。②

注：①"金筝"句：比喻秋风劲吹树木发出的阵阵萧瑟之声就像是金筝弹奏的声音。②西清：《汉书·司马相如传上》："青龙蚴蟉于东箱（厢），象舆婉僤于西清。"颜师古注："西清者，西箱（厢）清净之处也。"

## 其 七

缓去琉璃国，端居人意孤。①林青山鬼笑，露冷夜禽呼。天地随明灭，松篁乍有无。②夜阑风更起，澎湃涌江湖。

注：①琉璃国：喻指冰天雪地的世界。②"天地"句：谓天地随着季节的更替变得或明朗或暗淡。

## 七夕同彭长卿、中郎①

清谭闲送可怜宵，竹户斜通宛转桥。②白水青林秋澹澹，好风凉月夜萧萧。贫来冶客伤时序，老去诗人怨寂寥。③惊鸟不鸣更漏静，如闻银浦弄轻潮。

注：①万历三十四年（1606）作于公安。作者与友人和中郎兄于七夕雅聚清谈至深夜。七夕：农历七月初七之夕。彭长卿：又名彭山人，蜀长寿人。见卷三《送彭长卿游秦……》注。②清谭：友人间清雅的谈论。竹户：指作者的别业筼筜谷。③"贫来"句：常来客人虽影响了日常时间安排，但随着年龄增大却又希望平时常有冶客前来帮助排遣寂寞。冶客：泛指与作者一同文酒冶游的客人。

## 雨中夜酌彭生①

我唱君须饮，君歌送我觞。蜀声多俊快，楚调也飞扬。②绕屋奔雷怒，欺灯闪电光。③片时风雨寂，明月在回廊。

注：①万历三十四年（1606）作于公安。作者与友人晚上相聚，一边唱和一边饮酒。

一时间声音高亢,激情飞扬,有如电闪雷鸣般激烈。彭生:当指彭长卿,见前诗注。②蜀声:此指彭长卿讲的四川长寿方言。楚调:此指作者讲的公安方言。③奔雷怒、闪电光:形容作者和彭长卿在一起相互唱和,声音高亢激昂,有如电闪雷鸣。

## 月夜同中郎至柳浪①

清极转萧条,朱门傍曲桥。②月溪千亩净,风柳一湖摇。③鸟语歌中乱,莲香笑里飘。④老僧眠复起,披衲走茶寮。⑤

**注:**①万历三十四年(1606)作于公安。作者偕仲兄至柳浪,喜见月下柳浪湖的优美景观。此处为中郎六年高卧之地,高僧的相伴,更是平添了柳浪湖主人的风彩和神韵。中郎:袁宏道,时居柳浪馆。柳浪:柳浪馆,中郎在公安的别业。②"清极"句:谓柳浪馆平时少有杂人来往,显得十分清静。③"风柳"句:堤岸的杨柳与湖水在风中一起摇荡开来,柳浪与湖波交相辉映,浑为一体,壮美之极。④乱:湖上鸟语纷乱。笑:表现湖中人愉悦的心境。⑤老僧:柳浪馆中住的高僧,他们是中郎和作者的友人,常在一起谈佛论道。

## 灌洋道中①

野店午鸡鸣,编堤木槿荣。②带牵长荇密,梭掷小舟轻。水落存洲背,天空见树城。③捍江无上策,原隰少生成。④

**注:**①万历三十四年(1606)作于公安。作者乘舟往灌洋,沿途堤岸边种植的木槿长得很茂盛,并被编织成了藩篱以防浪护堤。灌洋:古时公安县境内的一乡市(小集镇)。位于东西河堤岸边。据作者在《游居柿录》中记载,"六月二十九日灌洋堤破……江南岸尽没……皆荡然一壑。"②编堤:指将木槿沿堤脚种植,并将其编织成藩篱,以起到防浪护堤的作用。木槿(jǐn):落叶灌木。夏秋开花,单生叶腋,花冠紫红或白色。栽培供观赏,兼做藩篱。③天空见树城:谓在水中看见天空和树林的倒影。④隰(xí):低下的湿地。此处指因江患造成的湿地。

## 江上听董五歌①

沙市女儿不解歌,听君一曲似韩娥。②黄鸡唱罢人初醉,江上东流奈乐何。

**注:**①万历三十四年(1606)作于公安。作者夜里于江上乘舟,一边听友人唱曲,一边饮酒,直到鸡鸣后还没有多少醉意。表现了诗人嗜水、酒无羁的习性。董五:作者友

人,余未详。②韩娥:古代传说中的人物。据《列子·汤问》载,韩娥善歌,曾在齐雍门卖唱,其歌声给人印象极深,甚至有"既去而余音绕梁欐,三日不绝"之感。

## 晓　坐①

好风生树露生台,独看明河步几回。②残月朦朦穿殿角,近钟才罢远钟来。

注:①万历三十四年(1606)作于公安。作者清晨独坐家园门前,静静观赏晓露中的朦胧景致,聆听阵阵梵音,犹处仙境一般。②台:指筼筜谷园中池水边所筑一小台,为作者赏月台。明河:此指筼筜谷门前的油河。

## 沈生置酒林伯雨园,以病不至,同吴未央、徐楚楚赋得秋字①

岂学元龙卧,腰肢怯隐侯。②月来不待夜,风至易成秋。③写石花枝瘦,窥池鹤韵幽。良宵兼胜友,无主也堪留。④

注:①万历三十四年(1606)作于公安。写作者对酒宴主人风韵气度的钦慕及对良宵胜友的留连之情。沈生、林伯雨、吴未央、徐楚楚:皆为作者的友人,余不详。赋得秋字:即以"秋"字为韵作诗。②元龙:陈登。见卷一《武昌坐李龙潭邸中赠答》注。隐侯:即沈约,南朝梁文学家。卒谥隐。腰肢怯:谓担心像(沈约)一样身体瘦损。均见前诗《又步长石舟中韵》注。③"月来"句:谓月出之时天还没有黑。指上旬初的月亮升起得早。④无主:谓主人因病未出席酒宴。

## 早发公安有感,书呈中郎①

大斾清箛逆晓风,青山新别住山翁。②难忘园竹千竿绿,忍看湖枫十里红。③喜惧关心椿雪里,悲欢满目雁行中。④也知悟得圆通法,官署长林一样同。⑤

注:①万历三十四年(1606)作于公安,作者早晨启程赴京应考,临别呈书,表达了对家乡和老父的不舍之情及对仕途已淡然的心境。书呈中郎:据中道《中郎先生行状》记载:"丙午,乃偕中道入都,补仪曹主事"。故此诗当是作者在启程之前就写好了并书呈其兄的。②山翁:此指隐居柳浪六载的中郎。③园竹:指作者别业筼筜谷的竹子。湖枫:指中郎别业柳浪湖中的枫树。④椿:古称父为椿,因椿有考寿之征。雪:满头白发,喻指其

父年事高。雁行(háng)：喻兄弟同行。⑤圆通：佛家语，谓觉慧周圆，通入法性。长林：喻隐者的居处。

## 荆门早发游惠蒙泉①

出城即是水，何不昨宵游。可惜好明月，空然照碧流。试茶分众啜，写字被僧留。若比康王谷，峰峦略欠幽。

**注**：①万历三十四年(1606)作于荆门。写荆门的水多且碧，但山欠幽雅。荆门：五代荆南升荆门县置军，治所在今荆门。明洪武初以州治长林县省入。惠蒙泉：为荆门的一旅游景点。

## 泉上有黄山谷、黄平倩大字偶题①

溅珠喷雪沁心凉，瞥见银钩挂石梁。②千古一双黄太史，不知谁解木樨香。

**注**：①万历三十四年(1606)作于荆门。作者游山泉，见到两位黄太史的大字偶题，感慨其为该地的山水增添了香色。黄山谷：太史。余未详。黄平倩：黄辉，字平倩。见卷二《燕中早发》注。据宏道诗《惠泉见黄平倩大书，作字时余同在玉泉，今五年矣》：辉五年前(万历三十年)在惠泉大书作字。②溅珠喷雪：喻指泉水喷出，水珠四溅。沁：渗入。

## 丽　阳　驿①

满眼巉岩路，稍平聚落依。②绿畴才麕集，赤地便乌飞。③风急催霜至，云繁接日归。岂因愁朽蠹，侨也损墙围。

**注**：①万历三十四年(1606)作于荆门。作者夜宿高山峻岭中的驿站，内心隐隐透露出了对自然灾异与人为祸患的担忧之情。驿(yì)：古时供递送公文的人或来往官员暂住、换马的处所。②聚落：谓来往的路人都在这儿落脚休息。此处指驿站。③才麕(jūn)：犹才俊。才能出众的人。麕：兽名，亦做"麇"。即獐。赤地：旱灾、虫灾严重，地面寸草不生。

## 宣城道中①

几日羊羹路，能添鬓上华。南来愁怒岭，北去怅飞沙。②枳壳编离密，枫林绕屋遮。久晴行役好,只是困田家。③

**注**:①万历三十四年(1606)作于宣城。作者一路行程还算顺利,只是成天围于山野田家并且旅途劳顿,日子显得平淡寂寞。宣城:县名。在安徽省东南部,水阳江中游,北邻江苏省。汉置宛陵县,隋改宣城县。以产纸著名。②怒岭:形容崇山峻岭。怒:形容气势强。③行役:犹行旅。出行;旅行。困:犹局限。

## 道中闻柴车声赋①

肃肃百里见平畴,风吹草根原野秋。②车声轧轧不肯休,欲出不出涩难抽。利刀刺割锐且遒,下滩之水咽不流。吴中女儿好声喉,忽发清嗔杂歌讴。③莫是青腰弹箜篌,中树叶落鸣飕飕。羁官游子马上愁,酸风入眼泪双流。④古道黄昏我心忧,白雪如山在前头,何不归来走道周。⑤

**注**:①万历三十四年(1606)作于赴京道中。秋日作者一行赶到一片原野,听到吴中女子清脆亮呖的歌声,顿时唤起了深深的思乡之愁。柴车声:指载运柴草的吴中女唱出的优美歌声。赋:作诗。②肃肃:疾速貌。③吴中:泛指春秋时吴地。嗔(tián):同"闐"。大声。④羁官:指客旅在外的仕人。游子:出游在外的人。此处指中郎和作者一行。⑤白雪:楚曲《白雪》。此指优美的歌声。道周:即周道。环绕着走回家乡去。

## 襄阳道中①

### 其 一

积雪在平沙,澄潭宛宛斜。剪齐十万树,墨布两三家。②金子明篱落,樗蒲漾水涯。③枫林红不尽,散作一天霞。

**注**:①万历三十四年(1606)作于襄阳。写襄阳的自然景色优美,地方物产丰富,百姓勤劳智慧,人文历史悠久。襄阳:在今湖北省北部,邻接河南省,明初复为府,治所在襄阳(今襄阳市)。②"剪齐"句:形容阵阵大风把大片森林的树冠都刮得低下了头。墨布:比喻乌云密布。③"金子"句:谓大风把成熟的橘子都刮掉了,篱笆边落满了黄橙橙的橘。

### 其 二

风烟犹楚蜀,音语带周梁。①人学养鱼法,家传种树方。雪梨作茗饮,霜柿代糇粮。滚滚蹄轮接,玄宫与帝乡。②

**注**:①"风烟"句:谓当地人的生活习惯与楚地、蜀地相同。"音语"句:指当地人说话

的声音带有周和梁地的腔调。周：古代陕西、河南等地为周朝的中心。梁：古代梁国。在今陕西韩城南。②"滚滚"句：谓这里是古战场，曾经滚滚的马蹄和车轮接连不断。"玄宫"句：谓这里也是历史上出高人和帝王的地方。

## 襄阳道中逢龙君御，时有出塞之行①

已尽潇湘路，同班声子荆。②汉臣重出塞，才子更谭兵。③楯鼻书奇字，铙歌有正声。④偶然看举止，令我念亡兄。君御与伯修甚肖。

**注**：①万历三十四年(1606)作于襄阳。好友龙君御字写得奇、文作得正，如此才子竟出任塞外做了武官。作者由友人的举止思念起了亡长兄。龙君御：龙膺，字君善，一字君御，又字朱陵。襄弟。湖南武陵人。出塞之行：指膺时任甘肃兵备道。②潇湘：湖南的别称。同班：犹等同。声子：公孙归生。春秋楚国人，号声子。③汉臣、才子：皆指龙膺，膺时任甘肃兵备道。④楯(shǔn)：拔擢。《铙歌》：乐府《鼓吹曲》的一部。用以激励士气及宴享功臣。

## 赠龙君御佥宪备兵甘肃①  君御前倅秦中。

### 其 一

风流儒雅汉仙官，笑靖胡沙学谢安。②十载旌旗重出塞，早年诗赋已登坛。别他渔浦花千树，度尽函关雪万盘。③边地近来痫瘵甚，知君不用惠文冠。④君御前倅秦中。

**注**：①万历三十四年(1606)作于襄阳。作者赋诗赞誉友人风流儒雅，文武兼备；勉励友人速破天骄，给边民带去安定。龙君御：龙膺。见前诗注。佥宪：佥院。即都察院。膺时任副都御史。备兵：兵备道。明制于各省重要地方设整饬兵备之道员，称为兵备道。时膺往任甘肃兵备道。倅(cuì)：副职。秦中：古地区名。指今陕西中部平原地区。此指甘肃。②靖(jìng)：安定。谢安：东晋政治家。见卷三《长歌送谢在杭之东昌》注。③渔浦花千树：指桃花源的景色。因龙膺是武陵人氏，故有"别他渔浦花千树"之说。函关：函谷关，在今河南灵宝东北。战国秦置。因关在谷中，深险如函得名。④痫(xián)：病名。癫痫，俗称"羊痫风"。瘵(zhài)：指肺结核病。惠文冠：古代武官所戴冠。相传为战国时赵惠文王所制，故名。惠：赐。有所求于人的敬辞。此处作者借用"惠文冠"这一典故委婉地表达了他愿意追随友人的想法。

## 其 二

大漠阴山朔路遥,雪花乱点汉臣貂。①前茅虎旅倾秦甲,后帐莺雏尽楚腰。②香茗阁中书露布,管弦声里破天骄。③边人伫望从军乐,竹马迎歌何暮谣。

注:①阴山:在内蒙古自治区中部,东西走向。貂:指官帽上插的貂尾。②莺雏:雏莺,即小莺。喻指军营中的歌妓。楚腰:《韩非子·二柄》:"楚灵王好细腰,而国中多饿人。"后因以楚腰泛称女子的细腰。③露布:不缄封之文书。汉蔡邕《独断》:"唯赦令、赎令,召三公诣朝堂受制书,司徒封印,露布下州郡。"天骄:"天之骄子"的略语。汉朝称北方匈奴为天之骄子。《汉书·匈奴传》:"南有大汉,北有强胡。胡者,天之骄子也。"

## 裕州道中①

千古中原路,萧条似大荒。②朝廷急赋税,刺史叹流亡。③原兔藏烟突,春禽乳画梁。④从来啸聚地,招抚有遗岗。⑤

注:①万历三十四年(1606)作于裕州。裕州沿途已满目萧条,连地方官都担心会造成大流亡,但朝廷仍急着催缴赋税,诗人担忧隐藏民间的矛盾会激化,于是向当司者(即朝廷)发出了强烈的警示。真实而深刻地表达了诗人对民生和时政的关切之情。裕州:州名。金泰和八年(1208)分唐、汝、许等州地置。治所在今方城(今县,明废入本州)。辖境相当今河南方城、舞阳、叶县等地。②大荒:荒废不治,特指大灾之年。《荀子·强国》:"故善日者王,善时者霸,补漏者危,大荒者亡。"③刺史:官名,犹太守。即府或州的地方长官。流亡:因在本地不能存身而逃亡流落在外。《诗·大雅·召旻》:"瘨我饥馑,民卒流亡,我居圉卒荒。"④藏烟:隐藏烟火。喻指隐藏着极其尖锐的矛盾冲突。"春禽"句:谓春天鸟儿在画梁上哺育乳鸟,暗示乳鸟有随时从梁上坠落的危险。喻指暗藏危机。⑤啸聚地:指百姓聚集起事的地方。遗岗:指当年招抚留下的遗址。

## 邺城道中①

### 其 一

天网罗奇士,云台集胜游。②才人千羽盖,鼓吏一岑牟。③水咽铜驼月,风喧石马秋。南皮无俗韵,漳浦有清流。④

注:①万历三十四年(1606)作于邺城。写作者游览邺城,感慨人世间霸图无永存,

只有人的铮铮气节能得到永久传颂。邺(yè)城:古都邑名。在今河北临漳县西南一带。②天网:喻指当年曹氏父子(即曹操、曹丕)网罗天下人才的种种强有力的举措。奇士:指有各种特殊才华的人才。云台:汉代台名。《后汉书·马武传论》:"永平中,显宗(明帝刘庄)追感前世功臣,乃图画二十八将于南宫云台。"此处借云台代指曹操所建之铜爵台(亦名"铜雀台")。胜游:指游览的胜景。③才人:指曹氏父子网罗来的奇士。羽盖:古时用鸟羽装饰的车盖。谓才人坐的车很华贵。鼓吏:指汉末文学家祢衡曾被曹操召为鼓吏,在大会宾客时,祢衡反辱曹操之事。祢衡:字正平。见卷一《武昌坐李龙潭邸中……》注。岑牟:《后汉书·祢衡传》:"更着岑牟单绞之服。"李贤注:"岑牟,鼓角士胄也。"即古代击鼓吹角士兵所着之服。④南皮:县名。在河北省东南部,邻接山东省的临清县,南运河连接临清、南皮两县。临清为祢衡的故乡。此处借南皮指代临清的祢衡。漳浦:漳河。卫河的支流。卫河流经祢衡的故乡临清县。无俗韵、有清流:皆为颂扬祢衡的超凡气节。

## 其 二

怪得如丸地,能生许俊人。①写螺山有态,照胆水无尘。②乐府捒词丽,渔阿唱梵新。③泥蛙非绣虎,亦可作嘉宾。④

**注**:①丸地:弹丸之地。指邺城地域不大。许俊人:谓如此多的才俊之人。②山有态:谓像山峦一样的形态。喻指诗文写得有形有态。胆:胆气。此处指象祢衡那样不畏强势的胆量和气节。水无尘:谓祢衡的心地清白如水,纤尘不染。③乐府:古代音乐官署。梵(fàn):梵呗。佛教赞歌。捒(yàn):发舒,铺张。④泥蛙:喻指现在说的"草根歌手",如诗中说到的"渔阿"之类。绣虎:曹植。《玉箱杂记》:"魏曹植号绣虎。"绣:谓其词华隽美。虎:谓其才气雄杰。

## 其 三

只作词场看,何人不可传。①霸图无永岁,文字有长年。②甄女蒲陈怨,何郎粉唱玄。③至今台上瓦,和墨尚生妍。④

**注**:①词场:文坛。何人:此处指曹操、曹丕、曹植父子三人的文学成就。传:流传千古。②霸图:称霸天下的宏图大业。文字:文学作品。永岁、长年:皆指永古不朽。③甄女:甄后,三国魏无极人,九岁喜书,视字辄识。袁绍破邺,其子熙纳为妻。及曹操破绍,曹丕又将甄女纳为夫人,有宠,立为后。后为郭后谮死。当时曹植也甚爱甄女,曾作《感甄赋》(即《洛神赋》)。蒲:蒲柳,落叶树。喻指甄后色衰失宠受谮致死。何郎:何晏。三国魏玄学家。人称"傅粉何郎"。见卷三《同黄昭素、昭质及……》注。④台上瓦:指铜爵台上的盖瓦,用作制砚,世称"铜爵砚"。

## 其 四

看碣坠羲和,鸣鞭下峻坡。①人悲台榭少,狐喜墓田多。山出浓鬟嶂,溪流锦石波。英雄无俗气,解道酒当歌。②

**注**:①碣:圆顶的碑石。羲(xī)和:传说中掌天文历法的官吏。又神话中太阳的御者。屈原《离骚》:"吾令羲和弭节兮,望崦嵫而勿迫。"鸣鞭:唐末皇帝仪仗有鸣鞭。振之发声,使人肃静。出生、纪典、视朝、宴会时用之。《唐诗纪事·郑嵎诗》有记。峻:高。②解道:谓停止走老路,选择新的道路。解:废除;停止。

## 其 五

司马门前醉,翻成泰伯贤。①文章劳反胃,世路叹磨钱。②五字销奇气,千杯送壮年。③英雄韬不尽,一箭两禽连。④

**注**:①"司马"句:指三国魏主曹氏一门长期来对司马氏家族的人丧失警惕和防范,导致大权旁落,国政丧失,司马晋朝代替了魏。泰伯:李觏(gòu)(1009—1059),北宋思想家。字泰伯,建昌军南城(今属江西)人。南城在盱江边,旧称盱江先生,曾任太学助教,后升直讲。反对道学家不许谈"利"、"欲"的虚伪道德观念。很重视发展生产,注意土地问题,还提出了一些巩固和发展封建经济的办法。著有《直讲李先生文集》。②反胃:指劳累过度,胃不能纳食,食而复吐。《太平御览》卷三七六引《魏略》:"陈思王精意著作,食饮损减,得反胃病也。"世路:旧指处世的经历。磨钱:谓多经受磨砺能够给人带来很多的益处。即好事多磨。③五字:五言诗。销奇气:五言诗是建安作家普遍采用的新形式,曹氏父子的五言诗都有自已的独特风格,尤其曹操的一部分乐府诗则表现了他的统一天下的雄心和顽强的进取精神。④韬(tāo):用兵的谋略。"一箭"句:一箭双雕,一举两得。此指司马氏善用韬晦之策,既保存了自己,又取得了天下。

## 其 六

若话丹台事,乘除理亦然。①两龙成霸业,一虎作神仙。②天上无愁酒,人间有限年。阿甄虽婉丽,不及玉妃妍。③

**注**:①丹台:相传道家神仙居住的地方。唐李白《题随州紫阳先生壁》:"复闻紫阳客,早署丹台名。"此处喻指铜爵台。②两龙:指曹操"挟天子以令诸侯";曹丕代汉帝自立做了七年皇帝。一虎:曹植,号绣虎。作神仙:指曹丕父子做皇帝后,对曹植深怀猜忌,横加压抑与迫害,使他在愤满与苦闷中死去。③阿甄:甄后。玉妃:指谗言害死甄后的郭后。

## 其 七

驱马莫匆匆,慧人聚此中。①尘沙抟粉黛,车斗算英雄。散火妖啼月,旋空鬼战风。三台犹可数,何处问离宫。②

**注**:①慧人:聪慧之人,此指邺城古代俊才的英灵。②三台:指邺城西北隅列峙的冰

井、铜爵、金虎三台。离宫:皇帝正宫以外的临时居住宫室。

## 其　八

山是才人宅,地为霸主邮。流星传玺绶,飞电转神州。①玉帐春莺在,金题海燕留。②青青陵上草,天子永无忧。③

**注:**①玺(xǐ)绶:古代印玺上所系的彩色丝带,因称印玺为"玺绶"。玺:秦以来,天子独以印称玺。②金题:指金饰的书签。宋米芾《书史》:"嗟尔方来眼须洗,玉躞金题半归来。"③永无忧:谓天子驾崩。

## 其　九

白日不回照,夜台或有春。交芦学凤啸,委木蜕龙鳞。①沙阵迷归骑,石皴啮去轮。冬衣犹未授,何处问针神。②

**注:**①学凤啸:谓芦叶经风吹发出的声响像是凤凰的叫声。蜕龙鳞:谓枯树上掉下的皱皮像是龙的鳞甲。②授衣:制备寒衣。针神:三国魏文帝(曹丕)所宠美人薛灵芸。其妙于针工,虽处于深闺之内,不用灯烛之光,裁制立成。宫中称为"针神"。见晋王嘉《拾遗记》卷七。

## 其　十

乍有雨声至,萧萧见白杨。山川存旧韵,草木嗅余香。野寺钟声月,官桥石路霜。重台犹可陟,无奈远游忙。①

**注:**①重台:指铜爵台。陟(zhì):登。

## 铜雀砚歌为黄观察赋①

魏帝当年愁寂寞,半谋征战半行乐。②自言朝露去时多,高筑三台结绮阁。③西园才子唱新诗,南国佳人藏绣幌。④玉柱金题化为烟,至今碧瓦台边落。⑤当时英雄好文雅,山川佳丽草木冶。风流词藻气熏蒸,遗瓦犹堪供挥洒。留与人间作结邻,凤味龙尾不如尘。⑥晋院唐宫收不尽,犹余一片在荆榛。野人将来献使君,手自摩挲辨款文。⑦笑道古人作事异,一瓦重来十八斤。珍重付与老铃下,高斋盘礴任挥写。⑧行草八分信手涂,一泓春雾自倾写。写罢解衣发大叫,雪花墨光相照耀。中书欢喜廷珪嗔,远山袖手微微笑。⑨一朝醉我漳江畔,尊罍中间夸古玩。⑩长髯堂吏双手擎,文绫未展先称赞。果然古物无如真,润泽光莹眼未见。不用雕琢自精坚,先朝物力那能

算。笑谓使君英雄客，四十方面门列戟。⑪肥肠巨脔有用人，大纛高牙势赫
奕。只今边徼要奇才，走马横槊出疆场。斗大鹊印肘后悬，安得萧闲伴冷
石。⑫前年长安会大苏，虿尾银钩世所无。⑬一从传予运腕法，自笑端不让官
奴。行草翩翩入胜场，只是濡笔少精良。光滑由来不受墨，骨粗又苦损毫芒。
使君剑戟尚纷驰，独我清闲好临池。殷勤掷与米颠去，便是贫儿暴富时。⑭

**注：**①万历三十四年(1606)作于赴京道中。作者赋《铜雀砚歌》赠黄观察：黄炜得来
一方铜雀砚，即兴临池验证果为真品。后竟将此方宝砚三等分送给了其兄长和中郎及自
己(参见中郎同时所作诗《黄昭质宪使得铜雀败瓦，割而为三，一以寄乃兄平倩，其二遗余
及小修弟》)。铜雀砚：用铜雀台上的盖瓦制成的砚，世称"铜雀砚"。黄观察：黄炜。见卷
二《黄驾部新携广陵姬北上》注。炜时任河南按察使。赋：犹吟诵。②魏帝：魏武帝曹操。
③朝露去时多：出自曹操诗《短歌行》："对酒当歌，人生几何？譬如朝露，去日苦多。"抒发
了诗人对时光流逝，功业未成的深沉感慨。三台：即冰井、铜雀、金虎三台。皆在邺城。
④西园：汉上林苑的别称。汉末曹操所建，在邺都。三国魏文帝曹丕芙蓉池作诗："乘辇
夜行游，逍遥涉西园。"国：指一个地域。⑤金题：金饰的书签。见上诗注。台：指铜雀
台。⑥凤咮龙尾：喻指帝王、帝妃身边的珍宝之物。⑦使君：出使在外的朝廷官员，此指黄
炜。⑧铃下：唐代对太守的敬称。王志坚《表异录·职官》："唐称太守曰书下，又云铃下，又曰
第下。"此处借指黄炜。⑨廷珪：三宝柱，元代畏吾儿(维吾尔)人，字廷珪。知瑞安州，除
剔强梗，绥安贫弱，兴学校，均役赋。除兵部员外郎，出为浙东副使。远山：指明代金陵名
妓孙瑶华所著的《远山楼稿》一书。瑶华字灵光。归江左大使汪景纯，筑楼六朝古松下，
读书赋诗，屏却丹华。王百谷极称之，以为今之李清照。景纯没，遂不作诗。此指代孙瑶
华。⑩漳江：漳河，卫河支流。在河北、河南两省边境。⑪使君：指黄炜。列戟：私门列
戟。古代皆为显贵之家。⑫鹊印：饰有鹊的印章，指将军印。冷石：代指铜雀瓦。⑬大
苏：北宋文学家、书画家苏轼。见卷二《读子赡集……》注，与父洵弟辙，合称"三苏"。父
洵称"老苏"，弟辙称"小苏"，苏轼称"大苏。"此指代黄辉(黄炜之兄长)。因黄辉推崇苏
轼，工书善诗文，故作者称其为"大苏"。⑭米颠：米芾。北宋书画家。见卷二《齐云山》
注。此处借指作者。

## 中郎有郑州忆伯修诗，感赋呈中郎，并示方平①

君在我未贵，常念我贫贱。②我贵已有期，君容不可见。五十非上寿，不
能延漏箭。③道上白头人，滚滚如沙霰。有鬓不待玄，有颜不待变。④回思一生
事，急急如飞电。昔时授餐馆，粉壁犹未换。⑤道旁嫩杨柳，曾识旧颜面。忍
蘖以待蔗，蔗尾终如幻。⑥同官三四人，亚卿列朝殿。⑦天上好亨涂，只是少寿

算。贵贱不足论,长年殊可羡。百里千里程,十声九声叹。生存好兄弟,永作白头伴。形影相追随,莫效离群雁。

**注**:①万历三十四年(1606)作于赴京道中。作者深切怀念长兄生前对自己的细心关照,沉痛哀悼长兄的英年早逝,衷心祝福二哥和四弟保重身体,永做白头伴。中郎:袁宏道,作者二哥。伯修:袁宗道,作者长兄,万历二十八年(1600)于京任上"悫极而卒",年四十一。方平:袁安道,字方平。中道异母弟。②君:指作者长兄宗道。③五十:指宗道卒年五十岁。古人往往以整数计算寿年,凡不满十的数皆包计一位整数,故宗道卒年四十一岁,便计为"五十"。漏箭:古代滴水计时仪器的指示箭头,代指时间。④待玄:谓保持黑色。待变:即等待变化。此句谓宗道英年早逝,去之匆匆。⑤授餐馆:指长兄宗道给作者安排食宿。⑥蘖(niè):嫩芽。全句意谓我们热切期待宗道兄的境况越来越好,结果希望成了幻影。⑦亚卿:泛指朝廷中次一等的高级官员。

## 涿州访顿年丈园中①

家世为廉吏,无多负郭田。岂能雕素业,只是守青编。②一水如凝雪,千峰尽吐莲。入门莎不剪,名士韵萧然。

**注**:①万历三十四年(1606)作于涿州。写友人世家为官清廉,坚守儒业家学,居处环境幽清,颇有名士风韵。涿(zhuō)州:州名。唐人历四年(769)分幽州置。治所在今范阳(今涿县)。辖境相当今河北涿县、雄县及固安县地。顿年丈:作者友人,余未详。②素业:清高的事业,旧指儒业。青编:《南齐书·文惠太子传》:"时襄阳有盗发古冢者,相传原是楚王冢,大获宝物:玉屐、玉屏风、竹简书、青丝编。"后因以青编为古代记事之书。

## 送李酉卿参知湖州①

### 其　一

金节新颁出九天,春明南去草芊芊。②镜中鬓发如螺黑,腰下金章似火燃。千里泛家临水国,万人遮马看神仙。③建牙吹角浑闲事,闻道而今是少年。④

**注**:①万历三十四年(1606)作于赴京道中。作者赋诗送年轻才俊的友人及家人离京前往湖州做官,预祝其续写出更加精美的篇章。李酉卿:李长庚,字酉卿,号梦白。见卷二《李户部梦白》注。参知:参政,为参知政事的简称。明代在布政使下设左右参政,以分领各道。湖州:府名。隋仁寿二年(602)置州,因地滨太湖得名。治所在乌程(今吴

兴）。明改为府。湖州自古以产毛笔著称于世。②金节：指朝廷高规格的欢送仪仗。隋制，仪仗之属有金节，上施圆盘，周缀红丝拂八层，并绣龙袋笼之。唐刘长卿《奉饯郎中四兄罢余杭太守承恩加侍御史充行军司马赴汝南行营》："权分金节重，恩借铁冠雄。"春明：唐首都长安城东面三门，中间的叫春明门。后人即以"春明"作为首都的别称。③泛家：谓带着家人乘船而行。神仙：喻指李酉卿前往湖州上任时的超凡风采。④建牙：古代出兵，在军前树立的大旗称建牙。少年：指年轻的李酉卿。

## 其　二

文人例合住湖州，墨妙飞英续胜游。①紫橐仙曹辞画省，黑头连帅领诸侯。②春山绕郭朝乘屐，远水浮空夜上楼。才大官闲多韵事，画眉盘马亦风流。③

**注：**①墨妙飞英：用佳妙的笔墨写出精粹的文章。②画省：指尚书省。汉代尚书省中皆以胡粉涂壁，上画古烈士像，故称。③韵事：旧谓风雅之事，指文人诗歌吟咏及琴棋书画等活动。亦谓男女私情为风流韵事。

# 密云寄别四弟①

## 其　一

错料今生事，蹉跎又一春。②梦肠才欲尽，铩羽泪犹新。③老矣吾何计，归欤尔未贫。故园风物好，珍重侍严亲。④

**注：**①万历三十五年(1607)作于密云。作者赋诗深情送别四弟南归，嘱咐他好好侍奉父亲大人，并表示自己不甘挫折，将继续在外寻求出路。密云：在今北京市东北部，长城居庸关外，潮北河上游，邻接河北省。北魏置密云县，明沿用。古北口为历史上交通重镇。四弟：袁安道。见前诗注。作者此时应蓟辽总督塞达的邀请，已经到了他的府上做幕僚，并被聘为家庭教师。②蹉跎：光阴虚度。此处指作者随中郎入京后应第二年(万历三十五年)春试又未中。③梦肠：谓仕途之梦。铩(shā)羽：羽毛摧落。此喻作者失意、受挫折。④严亲：谓尊敬的父亲。严：尊重。

## 其　二

幕府方留客，那能送汝行。艰难别爱弟，涕泪望都城。野馆浓花气，春塘沸水声。亲朋如借问，投笔欲从征。

## 别陈孝廉①

同是萧条易水年,两人幕府共床眠。山游且学邹从事,米价难支白乐天。②杯里杨花胡地雪,梦中芳草锦城烟。③陆郎已上班骓去,带草离离伴郑玄。④

**注:**①万历三十五年(1607)作于北京。作者与友人同为游子做幕客,现在他竟离走了。抒发了失意悲伤的情怀。陈孝廉:作者幕府新结识的友人。孝廉:明时对举人的称呼。②山游:谓山水游子。此指作者和陈孝廉同为山水游子。邹:当指邹阳,西汉文学家,齐(郡治今山东东部)人。初从吴王刘濞,有《上吴王书》,劝吴勿起兵叛汉,濞不听。后去为梁孝王客,被逸下狱,有《狱中上梁王书》,申诉冤屈。释放后,为梁王上客。所作散文,尚有战国游士纵横善辩之风。"米价"句:唐白居易,字乐天。未冠时,以文谒顾况,况睹姓名,熟视曰:"长安米贵,居大不易"。及披卷读其《芳草诗》至"野火烧不尽,春风吹又生"句时,叹曰:"吾谓斯文遂绝,今复得子矣,前言戏之耳!"(顾况:唐诗人,字逋翁,苏州人。至德进士,曾官著作郎。后隐居茅山,自号华阳真逸。)见卷一《浔阳琵琶亭赋》注。③锦城:四川成都的别称,即"锦官城"的简称。锦城当是陈孝廉的家乡。④陆郎:当指陆机,西晋文学家,后为成都王司马颖所杀。见卷三《同王昭素,昭质及两兄……》注。此处代指陈孝廉离别而去。郑玄:字康成。东汉经学家。见前诗《送水部叶寅阳还朝……》注。

## 太保蹇令公一见辱以国士知,率尔投赠,共得七言律八首①

三朝元老帝长城,胸贮雄边百万兵。②太尉领军陪汉相,上公分陕护周京。③卿云不散投戈色。夜雨犹闻洗甲声。④白裌青编无一事,萧然还是旧书生。⑤

**注:**①万历三十五年(1607)作于密云。作者赋诗高度评价蹇达总督镇守长城保卫京都职责重大,功勋卓著;并热情赞美他忠于朝廷,操守清廉,颇具儒将风范。太保:官名。西周设置,为辅弼国君的官。历代沿置,多为大官加衔,并无实职。蹇令公:蹇达,字子上,号理庵。巴县人。嘉靖四十一年进士。官蓟辽总督。《四川通志》卷一百四十六有传。辱:谦词,犹言承蒙。国士:旧指一国杰出的人物。知:相知。七言律:七言律诗。②三朝元老:指蹇达。他嘉靖四十一年中进士,到是年,其间经历了嘉靖(计五年)、隆庆(计六年)、万历(计三十五年)三个朝代,共计在朝廷任职四十六年之久。③太尉领军陪

汉相:汉朝初年吕后专权,吕后刚一死,任太尉的周勃马上与丞相陈平定计,入北军号召将士拥护刘氏,诛杀企图夺取政权的吕产、吕禄等人,迎立文帝。之后周任右丞相,陈任丞相。"上公"句:西周初年政治家周旦分封周地(今陕西岐山北),称为周公。曾助武王灭商。武王死后,成王年幼,由他摄政。他出师平定叛乱,分封诸侯,营建洛阳新京,巩固了西周的统治,然后还政于成王,自己北向而称臣。见卷三《夜坐栀子楼……》注。此处皆指代蹇达总督。④洗甲:洗净甲兵,收藏起来,意谓停止战争。唐杜甫《洗兵马》:"安得壮士挽天河,净洗甲兵长不用。"⑤青编:为古代记事之书。见前诗《涿洲访顿年丈园中》注。

## 其 二

天家锁钥重渔阳,亲遣元臣镇塞荒。①白羽扇中麾属国,青油幕底拜降王。②莺花暖送千门雨,介胄寒生六月霜。身事累朝关社稷,中宵私语跪焚香。

**注**:①渔阳:古县名。秦置。治所在今北京密云县西南。以其在渔水之北得名。②麾(huī):通"挥"。指挥。降王:指前来投降的王者。

## 其 三

大旆春随柳带翻,建牙吹角几寒暄。①惟将安静酬君父,止以清廉畀子孙。署里葵蔬闲视圃,边垣禾黍尽成村。浣花溪上思垂钓,师相那能避主恩。②

**注**:①建牙:古时出征建立军旗,叫做"建牙"。寒暄:此指军中例行的某种仪式。②浣花溪:在四川成都西郊,锦江的支流。溪旁有唐诗人杜甫的故居,号浣花草堂。师:效法。相:佛教名词。对"性"而言。佛教把一切事物外现的形象状态,称之为"相"。

## 其 四

塞北重欣借寇君,琵琶曲里说功勋。①校书百帙高连屋,种柳千行翠入云。鲁国到门诸弟子,渔阳回席旧将军。②太平销尽干戈气,闲却袁家倚马文。③

**注**:①塞(sài)北:一称塞外。旧时指长城以北。寇君:指靠文治武功建立起江山的强势军政统治者。此指蹇达总督。②鲁国:公元前十一世纪周分封的诸侯国。在今山东省西南部,建都曲阜(今属山东)。回席:谓返回做教师。此指蹇达以太保衔名义督学山东。③袁家倚马文:晋桓温北征,袁宏(东晋文学家、史学家)倚马前草拟文告,顷刻写成七纸。事见《世说新语·文学》。后称人文思敏捷为倚马才。

## 其 五

早年节钺便登坛,历尽羊肠几百盘。①怒掷千金酋长哭,密诛三校悍兵

安。<sup></sup>②梧楸局外吹毛易，剑戟林中任事难。白发老臣忧世道，艰危未必是呼韩。<sup></sup>③

**注：**①节钺（yuè）：符节和斧钺，将其授予将帅，作为权力的象征。节：符节。古代使者所持，以作凭证。钺：古代兵器。登坛：指登上高台，进行军事盟誓。②怒掷千金：指塞达严辞拒绝酋长的贿赂。密诛三校：指塞达运用铁腕整肃军纪。③呼韩：呼韩邪（？——前31年）。匈奴单于。汉宣帝神爵末，匈奴呼韩邪单于为兄郅友单于所败，谋归汉，甘露二年，至五原寨，正月谒见宣帝于甘露官。元帝竟宁元年，再次入朝，元帝遣后宫王嫱（昭君）嫁单于。号宁胡阏氏。见《汉书·匈奴传下》。

## 其 六

戟枝入树带春莺，坐看边峰雨后清。万卷每同袁伯业，千杯不让郑康成。<sup></sup>①山程幸逐登临屐，月夜熟闻函道声。止恐三台虚上相，尚书尺一要来迎。<sup></sup>②

**注：**①袁伯业：袁遗，后汉袁绍从兄，字伯业。为长安令。张超荐之于太尉朱隽，称其有冠世之懿，干时之量。曹操曾曰："长大而能勤学者，惟吾与袁伯业也。"郑康成：郑玄。后汉经学家。见前诗《送水部叶寅阳还朝……》注。②三台：汉时对尚书、御史、谒者的总称。尚书为中台，御史为宪台，谒者为外台，合称"三台"。尚书：官名。始置于战国时，或称掌书，尚即执掌之意。明以六部尚书分掌政务，六部尚书遂等于国务大臣。尺一：古代诏板的代称。《后汉书·陈蕃传》："尺一选举。"李贤注："尺一，谓板长尺一以写诏书也。"

## 其 七

屹然全似鲁灵光，虎峙龙盘狐兔藏。<sup></sup>①处世心同羊叔子，立朝岁比郭汾阳。<sup></sup>②止将文酒销戎隙，懒把笙歌贮画堂。<sup></sup>③拟报国恩归未得，梦中常到午桥庄。<sup></sup>④

**注：**①鲁灵光：出自东汉辞赋家王延寿所作《鲁灵光殿赋》。蔡邕称《鲁灵光殿赋》叙述汉代建筑及壁画等，可考鉴当时社会生活的一个侧面。原有集，已失传。②羊叔子：羊祜，字叔子，西晋大臣。见卷一《赠人》注。立朝：指个人对待朝廷所持的立场和态度。郭汾阳：郭子仪（697—781），唐大将。华州郑县（今陕西华县）人。③"止将"二句：谓塞达平时利用闲暇饮酒赋诗，很少在幕府大堂举行音乐会。④午桥庄：为唐裴度（宰相）的别墅。唐白居易有《奉和裴令公新成午桥庄绿野堂即事》诗。至宋，为张齐贤所有。位于河南洛阳县南。

## 其 八

经营南北阅年华，闻说活人事已奢。棨戟门庭传素业，瑶环仙子吐奇葩。<sup>①</sup>千枚简策同何氏，七叶金貂事汉家。<sup>②</sup>尺宅寸田堪不朽，何须粒枣大如瓜。

注：①棨（qǐ）戟：有缯衣和油漆的木戟，古代官吏出行时作前导的一种仪仗。素业：善业。此指清白的操守。②简策：编连成册的竹简，即书籍。何氏：何休（129—182），东汉经学家。字邵公，任城樊（今山东曲阜）人。官至谏议大夫。钻研今文诸经，历十七年撰成《春秋公羊传解诂》，系统地阐发《春秋》中的"微言大义"，成为今文经学家议政的主要依据。另撰有《公羊墨守》、《左氏膏肓》、《穀梁废疾》等，已佚。金貂：汉以后皇帝左右侍臣的冠饰。诗词中多以金貂称侍从贵臣。

## 密云署中赠别周子还里<sup>①</sup>

中人之仕少良谋，轻将朝市换林丘。下泽为车款段马，乡里善人称少游。<sup>②</sup>令公靡下士如云，扫门行炙上将军。<sup>③</sup>骁骑材官可唾取，君却掉头如不闻。<sup>④</sup>自言身世无所羡，离家既久思乡县。有头慵着进贤冠，有手懒控大羽箭。<sup>⑤</sup>夜踏月光听水泉，朝冲浩露看原田。归去闭门教儿子，长养山中草木年。

注：①万历三十五年（1607）作于密云。作者写周子有马少游的才名，放弃都会幕客之职，回到乡下做隐士。密云署中：指蓟达总督官署。周子：与作者同为蓟总督署中幕客，余未详。②少游：马少游，为东汉伏波将军马援之从弟。马少游曾对马援说："士生一世，但取衣食裁足，乘下泽车，御款段马，为郡掾吏守坟墓，乡里称善人斯，可矣。"（《后汉书·马援传》）③令公：古代对中书令的尊称。此处代指蓟达。行炙（zhì）：谓做饭菜。④骁骑：泛指精壮的骑兵。材官：泛指供差遣的低级武职。⑤进贤冠：古人冠名。《后汉书·舆服志下》："进贤冠，古缁布冠也，文儒之服。"大羽箭：装有羽毛的长箭。唐杜甫《丹青引》："良相头上进贤冠，良将腰间大羽箭。"

## 送人新授材官南归<sup>①</sup>

渔阳古署花不扫，终日踏花听新鸟。<sup>②</sup>觅得灵文苦伊吾，拭眼明窗手自草。古言直心是道场，天真不琢绝机巧。<sup>③</sup>红尘赤日出燕关，西川犹自在天杪。<sup>④</sup>告身一束也风流，进贤轻不到人头。<sup>⑤</sup>书生灯火几年载，犹带儒冠着敝裘。君不见，袁小修！

注：①万历三十五年（1607）作于密云。作者面对平日与自已一道做文字且性情相投的新授材官入关南归，触境生情，感叹读书人想改变自身境遇真是太困难了！②渔阳：古县名。秦置。治所在今北京密云县西南。以在渔水之北得名。③直心：指率真的性

情。道场:道之所在。天真:指未受礼俗影响的性情。④燕关:指山海关。西川:唐方镇名,在今四川境内。⑤告身:古代授官的凭信,类似后世的任命状。进贤:进贤冠。见前诗注。

## 署中闻蝉①

### 其 一

乍闻声切切,便觉树深深。长日幽人意,空山静者音。不妨杂画角,聊与伴瑶琴。②吸露绝尘滓,吟成掷地金。③

注:①万历三十五年(1607)作于密云。写阵阵凄厉细急的蝉鸣声唤起了作者内心的共鸣,他高声吟诵楚词,心境有如宋玉一般抑郁与悲伤。署:指塞达总督的官署。②画角:古乐器。出自西羌。形如竹筒,本细末大。以竹木和皮革制成,因外加彩绘,故名。发声凄厉高亢。古时军中多用之,以警昏晓。瑶琴:饰以美玉的琴。③掷地金:犹金石声。此处以如金石的蝉鸣喻指诗人的吟诵声。

### 其 二

高柳孤鸣处,千声一息时。风来传静院,雨过沸新枝。此地闻孙啸,何人唱楚词。①清秋犹自远,宋玉漫成悲。②

注:①孙:当指西晋文学家孙楚。楚字子荆,太原中部(今山西平遥西北)人。官至冯翊太守。能诗赋。此处代指作者。何人:指作者。楚词:即《楚辞》。其运用楚地的文学样式、方言声韵,叙写楚地风土产物等,具有浓厚的地方色彩。见前诗《新亭成即事》注。②宋玉:战国楚辞赋家。见前诗《雁字》注。

### 其 三

话来清切处,不必用宫商。①只益青山静,能添白日长。②翼随云气薄,声带露华香。千古文人习,叨叨苦自忙。

注:①"话来"二句:写鸣声的意境美——犹如性情中人相互清切的交流。②"只益"二句:谓蝉鸣声能够反衬青山的静谧感。

## 蒋子厚、真长、尚之看新月,时子厚新自都中来此①

月与人同瘦,轻寒向晚生。薄施风树影,澹咽水泉声。尽祛周何累,稍如维迪清。<sup>②</sup>嘿然亦自好,时有暮禽惊。

**注:**①万历三十五年(1607)作于密云。作者与友人一道赏新月,静静领略朦胧月光下的幽静之美。蒋子厚、真长、尚之:皆作者友人,余未详。②祛(qū):摆脱、去掉。周何累:谓古代周、何二氏不辞劳苦。维迪清:谓古代维、迪二氏尚清闲。


## 夜 月<sup>①</sup>

### 其 一

迟月月升林,凉风细细发。莫教尘想生,点污松边月。<sup>②</sup>

**注:**①万历三十五年(1607)作于密云。作者夜晚静心观赏月下自然景物的光洁、寒凉景象,竭力保持心境平和,不做任何尘俗之想。②尘想:犹尘虑。即俗念。颜真卿《夜集联句》:"兹夕无尘虑,高云共片心。"

### 其 二

明月在松枝,光凝枝上露。和光和露寒,沁入心脾去。<sup>①</sup>

**注:**①和光和露:旧谓与世俗人合流。此处谓月光和露水。


## 蒋子厚以诗投赠,讯以诗旨,予非其人也,书此志答<sup>①</sup>

风雅久迷津,文体归酬应。<sup>②</sup>尘务一经心,天分总为病。<sup>③</sup>俗肠非慧业,媚世少高韵。<sup>④</sup>画肉不画骨,笔底失神骏。<sup>⑤</sup>出水芙蓉鲜,宁与雕搜并。<sup>⑥</sup>花月及江山,千秋写不尽。愈出乃愈新,发硎精光映。<sup>⑦</sup>道人无剩技,所乐在闲静。<sup>⑧</sup>不杂烟火尘,泉石为正令。<sup>⑨</sup>二何与弘景,吐词韵秀甚。<sup>⑩</sup>积迷忽以开,此心如明镜。万象绝搜求,按指发海印。<sup>⑪</sup>公主担夫争,大娘舞剑迅。小技需神悟,况与骚坛竞。<sup>⑫</sup>努力穷其源,珠泉吐清咏。<sup>⑬</sup>聊作洗金盐,此道予不侫<sup>⑭</sup>

**注:**①万历三十五年(1607)作于密云。作者赋诗为友人志答诗旨之讯:诗坛长期来失去了诗歌创作的正确方向,误入到世俗应酬的歧途;俗肠媚世永远写不出高韵神骏的诗作,只有走近山水抒发真情,像二何和陶宏景那样才能够创作出大量如珠似玉的优美诗文来。蒋子厚:作者友人,余未详。诗旨:谓作诗的意旨,要素。②风雅:本指《诗经》中的《国风》和《大雅》、《小雅》。此处指诗歌创作。迷津:指找不到渡口。此处喻指晚明诗歌创作失去了正确的发展途径。"文体"句:谓当时的诗歌成了世俗的应酬之作。③"尘务"二句:意谓一心专注于微末小事。尘务:指微末小事。经心:注意、留心。天分:犹天

资。《世说新语·贤媛》："王江州夫人语谢遏曰：'汝何以都不复进？为是尘务经心，天分有限？'"④俗肠：世俗气很重。媚世：讨好、迎合世俗。⑤画肉：喻写表面的浮泛之辞。画骨：喻写反应事物内在本质性的东西。神骏：指充满精神气的良马。喻指文章的精神风骨。⑥雕搜：指诗歌创作中的模拟、剽窃之风。⑦"发硎(xíng)"句：经磨硎，刀剑就会映出精光。喻指经不断地砥砺，就能创作出优秀之作来。硎：磨刀石。⑧道人：旧谓有道术之人。此指善于创作新诗的诗人。⑨烟火尘：喻指世俗、尘务。泉石：指自然山水。正令：谓摩写自然山水为正确的写作途径。⑩二何：当指南朝著名隐士何点与何胤二兄弟。何点：字子晢。方雅真素，博通群书，善谈论，遨游人世。见前诗《梅花》注。何胤：字子季。暮年辞官隐居，断肉减粮，刻苦著述。见卷二《戏赠詹生入道》注。弘景：陶弘景，南朝齐梁时期道教思想家、医学家、人称"山中宰相"。见卷三《初至村中》注。⑪万象：宇宙间的一切事物或现象。⑫神悟：喻指悟性高。骚坛：诗坛、文坛。⑬穷其源：指彻底弄明白创作诗歌的道理和方法。吐清咏：指创作出清丽的诗文。⑭金盐：即五加皮。本草名文章草，可以酿酒，道家用以炼金石，入药。

## 夜①

不复思文字，披衣带月行。粉墙松树影，静夜柳枝声。独酌忽成醉，无家也自清。闭门孤寂处，赢得会无生②

**注：**①万历三十五年(1607)作于密云。作者夜里放下手中的笔，披衣戴月行，独自饮酒成醉，又回到家里关起门来以寂寞为趣。表达了诗人寂寞之极的无奈心境。②无生：佛教语。此处谓"不生喜乐而趣于寂"。

## 即 事①

### 其 一

五更车柱雨，积水未全销。初日穿深树，晓风清石桥。浅池窥独鹤，密叶沸丛蜩。②鹦鹉金笼贵，能无念碧霄。③

**注：**①万历三十五年(1607)作于密云。作者即景生情写自己不明不白飘泊到了密云，像鹦鹉被关在笼子里，得不到他人理解，只能觅求与古人谢客、王微神交。表达了深深的寂寞之苦。即事：当前的事物。后因称以当前的事物为题材的诗为"即事诗"。②沸丛蜩(tiáo)：即丛蜩沸。形容许多蝉叫得很欢。③"鹦鹉"二句：把鹦鹉装进金笼，它能不想念青天吗？此喻指作者的境遇。碧霄：青天。

## 其 二

岩岫知何意，烟云常自生。静余苔少迹，秋信树多声。谢客山容健，王微病骨清。<sup>①</sup>不知缘底事，飘泊在檀城。<sup>②</sup>

**注：**①谢客：指南朝宋诗人谢灵运，因其幼时寄养于外，族人因名其为客儿，世称谢客。见卷二《初至恒山纪燕》注。王微：南朝宋人，字景元。少好学，善属文，工书。兼解音律及医方卜筮数术之事。②檀城：檀州。隋开皇十六年(596)分幽州置，治所在燕乐（今北京市密云东北）。

## 晓<sup>①</sup>

不识是何鸟，天明话百般。枕边闻扫叶，梦里说游山。除欲先除慧，学禅且学闲。<sup>②</sup>觉来开眼处，无事到心间。

**注：**①万历三十五年(1607)作于密云。作者拂晓仍在睡梦之中，朦朦胧胧地听到了鸟鸣、扫叶声，抒发了其想出游山水的急切心声。②禅：佛教用语。谓清静寂定的心境。

## 有 怀<sup>①</sup>

拭盏清光后，阵琴浩露初。竹栖常至鹤，池养自来鱼。江氏十茎草，班家万卷书。<sup>②</sup>小园数亩地，归去理葵蔬。<sup>③</sup>

**注：**①万历三十五年(1607)作于密云。作者客居密云，想起了昔日在箬笠谷安居的美好情景，抒发了"归去理葵蔬"的心愿。②江氏：南朝宋南平王铄妃。班家：指东汉史学家、文学家班固(32—92)一家人。其父班彪(3—54)，东汉史学家，作《史记》的《后传》六十余篇。班固继承父业，继续修成《汉书》。其妹妹班昭（约49—约120），东汉史学家，又补充兄长班固所未完成者。此处借喻作者的家里藏书多，诗人回到家里可以好好读书著述。③小园：指作者的别业箬笠谷。

## 惠安伯张公园中芍药盛开，可十万余本，同顾升伯、李湘洲二太史、中郎诸公往赏之，有作<sup>①</sup>

廿亩畦胜地，栽蔬已是繁。如何幽径转，但见雪涛翻。<sup>②</sup>缬子难分色，旋心不辨痕。<sup>③</sup>扬州花事减，那得似名园。

注：①万历三十五年（1607）作于京师。作者与友人、兄长一道观赏芍药：大片盛开的芍药如雪涛翻滚，美不胜收。不禁感叹此地的花事胜过扬州的名园。惠安：县名。在今福建省东部沿海。宋置县。伯：古爵位名。为五等爵的第三等。芍药：多年生草本。初夏开花，与牡丹花相似。顾升伯：顾开埈，字升伯。见卷二《舟中偶怀同学诸公……》注。李湘洲：李腾芳，字子实，号湘洲。见卷三《中郎广陵姬卒于都……》注。②雪涛翻：形容大片的芍药花盛开的景象。③"旋心"句：谓芍药的花瓣围绕花蕊排列得很紧凑。

# 卷 之 五

## 感怀诗五十八首①

　　署中无事,诵读之暇,默然枯坐。四壁光莹,偶有所思,提笔书之。念故感今,醉语呓言,参差不伦。不忍弃置,命仆从壁上录出,共得诗若干首。

　　**注:**①万历三十五年(1607)作于密云。作者的五十八首感怀诗内容十分丰富,综合起来,主要包括他对密云闲静、寂寞生活的记实,对个人往事、兄弟情谊、袁氏家风、家园及家乡的回顾与思念,对社会现实与人生的思考,对读书、写作的见解与打算,对未来隐居生活的憧憬以及打造个人不朽人生的精心构想等等。总之,感怀既总结了诗人的过去,也规划了他的未来,当是诗人人生重要时期的一部重要诗作。感怀:谓有感于心。诗人抒写怀抱,常用作诗题。

### 其 一

　　朝见日东生,暮见日西没。日没树影藏,日出树影发。移床随树影,披衣任散发。荇蒂走潆洄,紫苔波滑滑。①人心若清凉,炎曦似冷月。②

　　**注:**写暑日作者的悠闲。①潆(yíng)洄:水回旋貌。②炎曦(xī):火辣辣的太阳。

### 其 二

　　天意忽欲雨,诸山起翠霭。一峰绿油油,忽出青蓝外。倏然昼昏黑,九域起甘霈。①花溪曲曲流,都赴石桥会。石渠流不迭,激激发大籁。宿雨藏密叶,欲往不能盖。②

　　**注:**写塞北的一场暴雨。①甘霈(pèi):甘雨。即适时而有益于农事的雨。②宿雨:隔夜的雨。

### 其 三

　　沿溪兔目繁,绿柳枝垂镜。①雨过出曦阳,蝉声更炽盛。别有急音声,切割如刀刃。翛然成稳眠,金磬出予定。②

　　**注:**写雨过天晴,山溪生机勃勃的景象。①兔目:形容槐树初生的叶芽。《艺文类聚》卷八八引《庄子》:"槐之生也,入季春,五日而兔目,十日而鼠耳。"②翛(xiāo)然:无拘无束、自由自在之貌。金磬:钟磬之类的乐器。金磬之声清越优美,后因用以形容文词的

优美。

## 其　四

望风风不来，望雨雨不至。惟余疾雷声，不测皇天意。垂柳入电光，金枝变青翠。疾若阿歘国，一现失明媚。[①]何必对金樽，佳茗作荷气。不用逐陈编，默坐有清致。[②]枕箪易余凉，齁齁成佳睡。

**注：**作者在电闪雷鸣之夜，默坐品茶，情趣清雅。①歘（xū）：同"欻"。欻忽，如火光之一现。②陈编：老一套的写法。清致：清雅的情趣。

## 其　五

少时有雄气，落落凌千秋。何以酬知己，腰下双吴钩。[①]时兮不我与，大笑入皇州。长兄官禁苑，中兄宰吴丘。[②]小弟虽无官，往来长者游。[③]燕中多豪贵，白马紫貂裘。君卿喉舌利，子云笔札优。[④]十日索不得，高卧酒家楼。一言不相合，大骂龙额侯。[⑤]长啸拂衣去，飘泊任沧洲。[⑥]

**注：**作者少时虽怀雄心大志，却生不逢时。①吴钩：古代吴地所造的一种弯刀，后泛指锋利的刀剑。诗文中的佩带吴钩，往往意在表现人的雄心大志。②长兄：宗道，时任春坊庶子。中兄：宏道，时任吴县县令。③长者：此指作者的两位兄长。④君卿：楼护。汉齐人。字君卿。为京兆吏，甚得名誉。王氏五侯之上客，能言善辩，守信用，举方正，为谏大夫。后位列几卿。子云：谷永，字子云。王氏五侯之上客，工于笔札（指书信）。⑤龙额侯：韩说。武帝时以校尉从大将军卫青击匈奴有功，封龙额侯。此处代指达官显贵。⑥拂衣：犹拂袖，表示愤怒。沧洲：滨水的地方。古时常用来称隐士的居处。

## 其　六

步出居庸关，水石响笙竽。[①]北风震土木，吹石走路衢。蹀躞上谷马，调笑云中姝。[②]囊中何所有，亲笔注阴符。[③]马上何所有，腰带五石弧。雁门太守贤，琵琶为客娱。[④]大醉砍案起，一笑捋其须。[⑤]振衣恒山顶，拭眼望匈奴。[⑥]惟见沙浩浩，群山向海趋。夜过虎风口，马踏万松株。我有安边策，谭笑靖封狐。[⑦]上书金商门，傍人笑我迂。[⑧]

**注：**作者忆起昔日游云中登恒山的情景。①居庸关：旧称军都关、蓟门关，在今北京市昌平西北部。长城要口之一。②蹀（dié）躞（xiè）：小步貌。上谷：郡名。战国燕置。辖境相当今河北张家口等地。云中：即今大同市。③《阴符》：道家书名，旧题黄帝撰。有太公、范蠡、鬼谷子、诸葛亮、李筌六家注。经文三百八十四字。一卷言虚无之道，修炼之术。④雁门：雁门关。在今山西省代县北部。长城要口之一。唐于雁门山顶置关，明初移筑今址。为山西省南北交通要冲。"雁门"句：语出《雁北门太守行》。为乐府《瑟调曲》

名。为赞美后汉洛阳令王涣的歌词。此处当指大同巡抚梅国桢。⑤"大醉"二句:写梅国桢与作者饮酒中所表现出的豪放与儒雅风姿。砍:谓用手猛劈。⑥恒山:在山西省东北部,亦称"北岳"。此二句写作者当年登恒山的风采。⑦封狐:大狐。屈原《离骚》:"羿淫游以佚畋兮,又好射乎封狐。"⑧金商门:此指梅国桢的官署。

## 其 七

北登恒山顶,车盖云茫茫。①中心忽愁思,思我兄中郎。去去信马首,几日穷蓟疆。潞河沙浩浩,卫水流汤汤。②清渊饮美酒,彭城待秋光。③黄河迅竹箭,忽若鸟飞翔。含泪拜漂母,流落叹韩王。④五日芙蓉水,送我到维扬。⑤不见雷塘路,不闻琼花香。旧桥二十四,尘土扑衣裳。⑥金焦望海阔,梁溪酌泉凉。⑦锦缆青雀舫,忽已到金阊。⑧追寻听雨乐,清谭殊未央。

注:作者思念仲兄,信马直下吴地(时中郎令吴)。①登恒山:指作者万历二十三年(1595)应梅国桢之邀,往游大同,登临恒山。②潞河:古水名。潞水,即今山西浊漳河。卫水:卫河。在今河北与河南两省交界处。③清渊:当指清河。作者昔日往返于京师和吴地时曾过清河。"彭城"句:作者万历二十六年(1598)秋从仪征启程,往京师入太学,途经彭城(今江苏徐州市)时曾作有《彭城》一诗(见卷三),抒发了依然流落的失落心境。④漂母:汉韩信钓于淮阴城下,有一漂母见信饥,饭信,竟漂数十日。信谓漂母曰:"吾必重报母。"母怒曰:"吾哀王孙而进食,岂望报乎?"后信为楚王,召所从食漂母,赐千金。韩王:韩信(? —前196)汉初诸侯王。淮阴(今江苏清江西南)人。初属项羽,继归刘邦,被任为大将,后封为齐王。楚汉战争中助刘邦击灭项羽于垓下,汉朝建立,改封楚王。后有人告他谋反,降为淮阴侯。又被告在长安谋反,为吕后所杀。他善于用兵,自称"多多益善"。⑤维扬:旧扬州府别称。明初曾置维阳府,后改扬州府。⑥二十四桥:古代名胜,位于江苏都江县西门外。唐杜牧《寄扬州韩绰判官》诗:"二十四桥明月夜,故人何处教吹箫?"⑦金:金山。在今江苏镇江市西北。明代还独峙长江中,清末江沙淤积,始与南岸相连。焦:焦山。在今江苏省镇江市东北。传东汉末焦光隐居于此,因而得名。屹立江中,向为江防要地。梁溪:江苏无锡的别称。因城西梁溪而得名。梁溪河水源出惠山。作者曾往惠山饮凉泉。⑧青雀舫:指船头画有青雀的船。金阊:旧苏州的别名。

## 其 八

清谭未云几,邸舍厌高眠。凌云振羽翮,吾志欲游仙。闻道天子郭,真人下九天。①道引八百人,同日凌紫烟。是事有与无,我欲访幽玄。泛舟西子湖,澹水艳红莲。②螺岚幻诸峰,玲珑发巧妍。振衣严陵滩,曲折爱清涟。③水中石齿齿,山上草芊芊。朝度芙蓉岭,岭与天相连。空山无人处,花落流涓涓。白月上衣裳,画沙坐水边。访之无要领,一笑九华颠。④浔阳十二派,震怒响山川。潇湘急雨里,白浪打行船。⑤复归旧栖隐,扫梧弄笔研。⑥

**注:**作者梦中仙游天下,不忘复归故国隐居。①真人:道家称修真得道或成仙的人。九天:指天的中央和八方。②西子湖:西湖。西子:即西施。苏轼《饮湖上初晴后雨》诗:"欲把西湖比西子,淡妆浓抹总相宜。"③严陵滩:地名。以汉严光而得名。严光,字子陵,会稽余姚人。少时与汉光武帝(刘秀)同游学,有高名。《后汉书·逸民列传》有传。④九华:九华山。在今安徽省青阳县西南。旧名九子山,因有九峰,形似莲花,故名。主峰为天台峰。与峨眉、五台、普陀等山合称中国佛教四大名山。⑤浔阳:古江名。指长江流经浔阳县境一段,在今江西九江市北。派:水的分流。⑥潇湘:潇水、湘江。湖南境内的两条大的河流。此处泛指作者的家乡。

## 其 九

轻帆止江涯,家山在烟雾。①振衣入郭门,城池已非故。朱门涌清波,长堤亘衢路。手植门前柳,亏蔽成高树。②道逢小儿子,长揖向阿父。入门眷属惊,猛犬猖狺怒。昔时携手人,大半先朝露。③感旧有余悲,叹逝伤情愫。

**注:**写作者梦中回故乡。①家山:作者的故乡。②蔽:犹小树。③携手人:关系亲近之人。先朝露:形容早已不在人世的故人。

## 其 十

山村松树里,欲建三层楼。上层以静息,焚香学熏修。①中层贮书籍,松风鸣飕飕。右手持净名,左手持庄周。②下层贮妓乐,置酒召冶游。四角散名香,中央发清讴。闻歌心已醉,欲去辖先投。③房中有小妓,其名唤莫愁。七盘能妙舞,百啭弄珠喉。④平时不见客,骄贵坐上头。今日乐莫乐,请出弹箜篌。⑤

**注:**写作者理想中的隐者生活。①熏修:以香气或药物熏炙,达到祛除病邪保养身体的目的。②《净名》:佛教经典《净名经》。即《维摩诘经》。《庄周》:书名,即《庄子》,为战国时哲学家庄周(后人也称"庄子")的著作。③辖先投:即投辖。喻指主人热忱留客。见卷一《嘉兴同张、徐二公夜饮……》注。④莫愁:古乐府中所传的女子。⑤七盘:七盘舞。汉代民间舞蹈。见卷三《秋日携妓游章台寺……》注。

## 十 一

昔时旧酒人,倾尊定酒帅。①一吸百余盏,酒徒皆罗拜。是夜月如昼,大堤共于迈。②狂歌若奔雷,长江吼滂湃。居民不得眠,亲党皆嗔怪。精悍在面颜,零落旧坛会。③回首忆当年,咋指以自戒。④

**注:**写作者悔恨当年聚众闹酒的荒唐行为。①旧酒人:指作者年轻时喜饮酒。②共

于迈:谓作者与一帮酒徒豪迈地走在大堤上。③坛会:指旧时读书人在一起聚会讲学或作诗文的场所。④咋(zé)指:把自己的手指咬住,忍住不言。形容极度悔恨。自戒:指作者决心戒除聚众闹酒的不良习气。

## 十 二

　　阿香皎如月,阿雪温如玉。湘文校书郎,七弦弹黄鹄。①芙蓉侘腜五,水仙写瘿六。金阊怜慧卿,凤凰桥上哭。②章华歌者玉,梅花清芬馥。③回首看朱楼,恍然犹在目。金石尚且摧,何况粉黛速。多半玉钩斜,青枫根下宿。④发愿誓空王,清净以自勖。⑤稽首告天姝,我情成土木。⑥今生则已矣,来生莫相逐。

　　**注:**作者发愿礼佛参禅,不再近女色。①校书郎:西汉的兰台和东汉的东观,都是藏书室。置学士于其中,典校藏书。未置官,以郎充任,则充校书郎;以郎中充任,则充校书郎中。至三国魏始置官,称秘书校书郎。参阅《通典·职官》。《黄鹄》:乐曲名称。②金阊:金阊亭。旧在苏州城西阊门外。为苏州的别称。③章华:章华台。楚离宫名。此指湖北沙市境内的豫章台。④玉钩斜:古地名。此处谓倾斜、倒毁(指"金石")。"青枫"句:谓"金石"、"粉黛"早已被埋葬地下。⑤誓:谨慎。空王:佛教术语。佛之异名。法曰空法,佛曰空王。勖:勉励。⑥稽(qǐ)首:古时一种叩头到地的跪拜礼。天姝(shū):天下的美女。

## 十 三

　　一自入情缘,棘蓬忽身堕。①愁令不耐生,恨令不顾祸。竦身出重围,天萝挂衣破。幸然除热恼,清净已心诺。既向棘中出,不回棘里卧。南山有危峰,瀑泉如雷过。②开窗听水声,扫地焚香坐。

　　**注:**作者冲出了情欲的棘蓬,幸然寻得了清净。①情缘:指男女间情爱的机缘。②南山:泛指南面的山。此处指作者的隐居之处。

## 十 四

　　偶景青葱下,崖岫弄峭清。倏闻悬雷响,自为胜九成。①世乐岂不乐,不如清冷云。②孙娘亦自好,不能留许生。苕华富文藻,晞也无复情。③如何冯敬通,不知出尘缨。④终日房栊里,耳听布谷鸣。

　　**注:**作者欲避开尘世的干扰,寻求清静的生活。①九成:乐曲一终为一成。九成,犹九章、九阕。②清冷云:指隐者所居之处清静的环境。③苕(tiáo)华:苕之华。《诗经》篇名。《诗序》说是周幽王时的大夫所作。晞:晞颜。宋高僧,字圣徒,号雪溪,奉化人。文藻高妙,工诗。曾步菜畦,见垦掘杀伤之多,遂不茹(即吃)蔬,日取海苔供粥。专志诵佛。

复:免除。④冯敬通:冯衍。东汉辞赋家。字敬通,京兆杜陵(今陕西西安东南)人。从刘玄起兵,玄死,从光武帝,为曲阳令,迁司隶从事。因交通外戚免官,潦倒而死。其赋多写自己失官后的感慨。原有集,已散佚,明人辑有《冯曲阳集》。尘缨:指受到外戚之事的迁连。

## 十　五

云户蔽岫寝,栾危对桂荣。①秫芝浮霜净,剪松沉雪清。②怜肌蓄骨髓,宝气爱精神。腐鸩看梁锦,土石视侯卿。③哀哉夸毗子,膏火日纵横。④生灭搅梦寐,途长空苦辛。⑤

**注:**作者主张重视身体健康,批评科举应试危害生命。①"云户"句:谓作者的住房掩映在白云和峰峦之中。栾危:高耸的栾树。②秫芝:养植芝兰。③腐鸩(yuān):喻指酸腐的读书人。鸩:鸩雏。传说中与鸾凤同类的鸟。梁锦:指饰有锦绣图案的栋梁。喻指朝廷中的高官。土石:喻指普通百姓。④夸毗(pí)子:大受损伤的学子。夸:大。毗:损伤。日纵横:谓不分昼夜到处是膏火。形容读书人为了科举进仕不分日夜地挑灯读书。⑤生灭:灭生。指危害生命。搅梦寐:扰乱睡眠。

## 十　六

回数八禩先,兄弟长安陌。①阿大官词林,银榜侍经席。②白面漆髭须,三鬊马赫弈。中郎列虎闱,簪袡映列柏。③予时为诸生,时时分米赤。伯也有新居,是旧江陵宅。④前有抱瓮亭,后斋名苏白。⑤阶前种花竹,森森无遗隙。春日弄微暄,檐下坐欢适。⑥兄云家门盛,伯仲继通籍。⑦独子时不遇,万里锻羽翮。⑧予云兄无言,万事怕啧啧。⑨即此是盛时,此盛恐难益。但恐后视今,今翻为奇迹。此言犹未寒,伯也归寂寞。蒲桃林不改,零落碎圭璧。⑩欲哭近妇人,感叹坐终夕。

**注:**大哥宗道不幸逝世,作者赋诗怀念之。①禩先:即先辈;先祖。②阿大:大哥宗道。词林:翰林院的别称。明洪武时建翰林院,额曰"词林",故名。时宗道官春坊庶子兼翰林院侍读(即皇子的老师)。银榜:银牌。银牌是用于公示当日侍读师者名字的。侍经席:指侍陪太子读儒术经典的席位。③中郎:指作者的二哥袁宏道。虎闱:古时国子学的代称。国子,公卿大夫的子弟。国子学在虎门之左,故称虎闱。柏:柏台。御使台的别称。汉御使府中列柏树。见《汉书·朱博传》。亦称"柏府"、"柏署"。④伯:伯修。江陵:即今沙市。时沙市属江陵县下镇。⑤抱瓮亭:在伯修沙市宅院内。语出《庄子·天地》:"凿隧而入井,抱瓮而出灌"。苏白:即苏东坡、白居易。因伯修生前崇拜苏白二人,故把书房命名为"白苏斋"。⑥弄微暄:谓春晚小聚首。暄:春晚。⑦伯仲:此指作者的大哥宗道、二哥宏道。通籍:谓记名于门籍,可以进出宫门。⑧时不遇:指作者时运不好,没有及

第进仕。锻羽翮(hé)：喻作者周游天下，提高才识。⑨啧啧：赞叹声。此句突出了作者长兄宗道"稳实"的性情。⑩蒲桃林：即北京西郊崇国寺的葡萄园。三袁兄弟在此成立了崇国寺葡萄社。圭璧：古玉器名。此比喻宗道的人品。

## 十 七

友于有至情，伤哉王景玄。①阿谦一以逝，拊心祇自怜。②昔时宝三光，割嗜以祈年。③今也惟速化，不望世间延。④感此泪如雨，零落弥岁年。会合亦有期，定志在青莲。⑤

注：作者深情缅怀大哥的逝世。①王景玄：王微，字景元。南朝宋人。见卷四《即事》注。此指代作者长兄宗道。②阿谦：指作者的大哥宗道。③三光：指日、月、星。"割嗜"句：谓作者割舍父子之情，将儿子祈年过继给大哥宗道做嗣子。④化：死。陶潜《自祭文》："余今斯化。"⑤青莲：本指产于印度的青色莲花，佛教常用以比喻眼睛。此处指天国。

## 十 八

凤神缘戢羽，麝走为遗香。如何英灵士，耿耿露寒铓。①激锻多大韵，搏黍见颠狂。②世路虽崄巇，藏身亦乖方。山北与山南，白石可为粮。流连尘网中，哀哉罹祸殃。③回首五松桥，谭易析毫芒。④惟有聪明泉，流水常汤汤。发言潜宝契，一室闭蒙庄。⑤书存人已往，抚卷有余伤。

注：作者感伤大哥英年早逝。①英灵士：指英年早逝者。此处指作者的长兄宗道。②激锻：指经受激烈的锤炼。韵：风韵气度。搏黍(shǔ)：拾取黍米。③尘网：犹尘世。旧把现实世界看做束缚人的罗网。罹(lí)：遭遇不幸。④五松桥：地名。作者昔日听长兄宗道讲学的地方。《易》：《周易》。儒家重要经典之一。"易"有变易(穷究事物变化)、简易(执简驭繁)、不易(永恒不变)三义，相传系周人所作。内容包括《经》和《传》两部分。析毫芒：谓讲析细致、透彻。⑤蒙庄：即庄周。因他是宋国蒙人，又做过蒙漆园吏，故有此称。此指代宗道。

## 十 九

龙章与凤质，叔夜何清远。①神明忌太遒，流俗恶狂懒。②坦非邻险地，险者疾其坦。驯即非龙性，龙性岂求免。③揆景奏鸣琴，一曲消愤懑。以此七尺身，顿令网罗管。④胡不从公和，藏身何太简。⑤杨氏欲见招，翩然不复返。⑥衣冠虽已潜，常在黄马阪。

注：作者感叹人生遒劲，难免遭厄运。①龙章、凤质：比喻像龙样的华章、凤样的美德。皆喻指作者的长兄宗道。叔夜：嵇康。三国魏文学家、思想家、音乐家，字叔夜。见

卷四《新亭成即事》注。②遒：强劲。流俗：犹世俗。狂懒：狂妄、懒惰。③龙性：比喻雄才壮志、气概威武的优良性情。④网罗：捕捉鱼类和禽兽的用具。比喻旧时束缚人的礼教等。⑤公和：孙登。晋朝共地人，字公和。⑥杨氏：杨业（？—986），又名杨继业。北宋名将。

## 二 十

古人重结交，意气身相许。抽心有至情，鼎镬不足语。曹敞收吴章，脂习哭文举。①郭亮葬李固，胡腾埋窦武。②岂不畏死生，攘臂赴砧俎。③交情重丘山，忍令无处所。何人无缓急，夜半难扣户。扣户犹且难，安能挑乳虎。④慷慨有余哀，掷杯以中柱。⑤

**注**：作者主张重结交讲义气，急人之难。①吴章：东汉平陵人。字伟君。在长安讲授《大夏侯尚书》。王莽时官博士，徒众甚盛。脂习：三国魏京兆人。字元升。②郭亮：后汉朗陵人，字恒直。胡腾：后汉贵阳人，字子升。少师事窦武，武死，腾独殡殓行丧。坐禁锢。后党锢解，官至尚书。③攘臂：捋袖伸臂，毫不畏惧的样子。④挑乳虎：挑战小老虎。比喻勇于帮助别人解除急难。⑤余哀：助人会给自己带来危险。"掷杯"句：当别人需要救助时就该大胆出手相助。

## 二十一

夜梦大峨岭，积雪天际头。爽气入心脾，清冷透衣裘。山下有高士，丰璧凛清修。①轻财若棰箨，重谊等山丘。名理罗二氏，技艺综九流。②晤对万山中，清言可消忧。③我欲从之往，惜哉无扁舟。安得生羽翼，凌风以远游。

**注**：抒发了诗人对高雅闲适人生理想的追求。①圭（guī）璧：比喻美好的品德。②名理：从汉末清议发展起来的辨名析理之学。技艺：旧指诗词歌赋，琴棋书画等。九流：先秦至汉初的学术流派，即法、名、墨、儒、道、阴阳、纵横、杂、农九家。③清言：清谈。指魏晋时期崇尚老庄，空谈玄理，逃避现实斗争的各种谈论。

## 二十二

朝亦对青山，暮亦对青山。①青山不知名，常在窗槛间。我欲登此山，见之不得攀。洗尘一日雨，忽似美人鬟。谢公调马路，惆怅感心颜。②

**注**：写作者见山不得攀的惆怅心境。①朝、暮对青山：作者朝朝暮暮面对青山，却可望不可及。②谢公：南朝宋诗人谢灵运。他常常游山水，描写山水名胜，开文学史上山水诗一派。

## 二十三

朝出古北口，暮归渔阳道。①驰马走平原，箭如饿鸥叫。习习耳后风，醉余发长啸。呼韩过不先,琵琶余歌笑。②壮志久已销,百城从所好。③

**注**:作者感慨昭君出塞给边民带了欢乐与安宁。①古北口:在今北京市密云县东北部。长城要口之一。渔阳:古县名。秦置。治所在今北京市密云县西南。以在渔水之北得名。②呼韩:匈奴单于呼韩邪。他归顺汉朝后,于汉元帝竟宁元年迎娶王昭君做了阏氏。见卷四《太保塞令公……》注。琵琶:指王昭君出塞时身带的琵琶。此代指做阏氏后的王昭君。③壮志:此指北方游牧民族入侵中原的野心。百城:此指北方边塞的广大地域。

## 二十四

愚者愿为知,知者愿为愚。知者多计算,一息几百驰。①古来饮酒贤,陆沉心中悲。②心中何所悲,了了嬲神思。③奈此了了何,混之以酒厄。酒多宁不病,幸忘了了知。④李云嗜非甘,乐取其昏迷。⑤分别不留行,浑沌近无为。此是似现量,犹可遣岁时⑥。现量况于真,不乐复何之。

**注**:作者谓嗜酒是为了消遣岁时。①几百驰:比喻思考问题想得很多很远。②贤:指才能、德行好。陆沉:喻指人的得志与失落。③了了:太聪明、懂事。嬲(niǎo):戏弄;纠缠。④了了:清清楚楚。⑤"乐取"句:乐趣在于酒醉后的昏迷状态。⑥现量:佛教术语。因明用三量之一,又心识三量之一,现实量知也。

## 二十五

栗里有醉石,平泉有醒石。①醉石令人醉,是非总消释。醒石令人醒,恩怨生剑戟。是非既消释,宇宙何不适。剑戟可伤人,回刃亦自刺。所以栗里子,一笑易其簀。②平泉无主人,魂兮归不得。醉石可为珍,醒石宜弃掷。③

**注**:作者提倡乐天安命,不与世争。①栗(lì)里:地名。在今江西九江南陶村西。晋陶潜曾迁居于此。醉石:为江西庐山名胜。宋陈舜俞《庐山记·叙山南》:"又二里过栗源,有陶令醉石。陶令名潜,字元亮,或曰字渊明,……所居栗里,两山间有大石,视悬瀑,平广可坐十余人,元亮自放以酒,古名醉石。"平泉:县名。在今河北省东北部,老哈河上游。古属燕国,为古代战争频发之地。醒石:亦名醒酒石。传说唐李德裕平泉别墅,采奇花异竹、珠木怪石,为园池之玩。有醒酒石,醉刘踞。见《旧五代史·李敬义传》和《新五代史·张全义传》。②栗里子:指住在栗里的陶潜。易其簀:即更换寝席。春秋鲁人曾参临终,以寝席过于华贵,不合当时礼制,命子曾元扶起易簀。既移,反席未安而死。见《礼记·檀弓上》。后因以易簀喻将死。③醉石:此处指象陶潜那样的性情。醒石:喻指争强好胜。

## 二十六

月额雨相续,人皆愁雨苦。我有千卷书,不愁千日雨。雨气冷榴轩,开窗玩今古。<sup></sup>亲与古人谭，丹铅代麈尘。有时抉皮肤，昭昭见肺腑。文锦胜天孙，快舌类鹦鹉。<sup></sup>只此十笏地，无日不歌舞。珍重谢天公，无妨作霖雨。

**注**：作者谓读书是与古人交流思想，其乐无穷。①玩今古：指作者边读书边玩味书中写的古今之事。②文锦：文采。天孙：古星名。即"织女"。织女为民间神话中巧于造织的仙女。

## 二十七

墨子行十笈，姬公朝百篇。<sup></sup>采梠闲暇日，牛衣记诵年。<sup></sup>古人急典籍，穷困且益坚。安坐蠹衣食，何不亲韦编。<sup></sup>妍皮裹痴骨，张口坐云烟。弘景亦有言，才鬼胜顽仙。<sup></sup>此理通出世，毋为惜丹铅。<sup></sup>卯金能博学，上帝遣人观。<sup></sup>

**注**：作者决心学习古人爱读书的品质。①墨子（约前468—前376）：春秋战国的思想家、政治家，墨家的创始人。名翟。相传原为宋国人，后长期在鲁国。曾学习儒术，因不满其繁锁的礼，另立新说，聚徒讲学，成为儒家主要的反对派。力主"兼相爱"、"交相利"，不应有亲疏贵贱之别。行十笈：指每次外出要带上十箱书。笈：书箱。姬公：周公。西汉初年政治家。姬姓，周武王之弟，名旦。见卷三《夜坐栀子楼……》注。朝百篇：指每天早上读书百篇。②牛衣：给牛御寒用的覆盖物。《汉书·王章传》："初，章为诸生，学长安，独与妻居。章疾病，无被，卧牛衣中；与妻决，涕泣。"后以"牛衣对泣"形容夫妻共守穷困。③蠹（dù）：蛀蚀。此处谓消耗。韦编：韦，熟牛皮。古代用竹简写书，用熟牛皮把竹简编联起来叫"韦编"。旧亦用为一般古籍的代称。④弘景：陶弘景。南朝齐梁时期道教思想家、医学家。见卷三《初至村中》注。⑤出世：指脱离世间束缚。即"解脱"之意。丹铅：指用丹砂和铅粉点校书籍。⑥卯金：形容早晨的时间象金子一样贵重。卯：十二时辰之一，即五时至七时。

## 二十八

六经为粱肉，子史为鼓吹。<sup></sup>百家及稗官，海错罗珍奇。<sup></sup>譬若延大宾，庖厨萃膏腴。饱后江瑶柱，亦能佐酒卮。煌煌银印文，妙理抉玄微。可以开心眼，华梵非所知。<sup></sup>持衣在得领，索食重疗饥。<sup></sup>如何郊天鼓，必用麒麟皮。腐儒八十宗，穿凿亦何为。<sup></sup>凿井失美源，有若天南箕。<sup></sup>

**注**：作者认为读书要有选择，得要领，不穿凿附会。①六经：六部儒家经典。即"六艺"。孔子曰："六艺于治一也，《礼》以节人，《乐》以发人，《书》以道事，《诗》以达意，《易》以神化，《春秋》以道义。"粱肉：指精美的膳食。子：指先秦百家的著作。史：记载过去事迹的书。鼓吹：宣扬；宣传。②稗（bài）官：《汉书·艺文志》："小说家者流，盖出于稗官。街谈巷语，道听途说者之所造也。"后也称野史小说为稗官。海错：谓大海中物产众多。此喻古书种类繁多。③华：指美文精华。梵（fàn）：梵文。指佛经。④得领：喻指读书要抓

住要领。疗饥:喻指读书要选择自己最需要的内容。⑤腐儒:旧指迂腐保守、不合时宜的读书人。宗:宗派;宗支。穿凿:犹言附会。任意牵合意义以求相通。⑥箕:星名,指箕宿,二十八宿之一。苍龙七宿的最后一宿,有星四颗,在天的南方,故有"天南箕"之说。《诗·小雅·大东》:"维南有箕,不可以簸扬。"

## 二十九

贵耳贱其目,千古同一揆。①亲见扬子云,名迩位尤卑。②覆瓿视太玄,抵掌笑其愚。③张率假沈约,虞讷顿称奇。④虬之清思赋,托名乃见知。⑤文章有定价,世眼迷真伪。马髀及牛头,嘈嘈以相师。世名何足取,留之待来兹。千秋无赝本,惟余碧落碑。⑥

**注**:作者主张文学人应当写真文章。①贵耳:指重视亲耳听见的话。揆(kuí):尺度;准则。②扬子云:扬雄。西汉文学家、哲学家。见卷二《过蕲州哭王伊辅秀才》注。③覆瓿:覆瓿(pǒu)。《汉书·扬雄传下》:"钜鹿侯芭常从雄居,受其《太玄》《法言》焉。刘歆亦尝观之,谓雄曰:'空自苦,今学者有禄利,然尚不能明《易》,又如《玄》何!吾恐后人用覆酱瓿也。'"后因以"覆瓿"比喻著作没有价值,只能用来盖盛酱的瓦罐。《太玄》:扬雄仿《易经》作《太玄》,提出以玄作为宇宙万物根源的学说。④张率:南朝梁文学家。字士简,能属文。尚秦待诏赋,武帝很赏识,夸他兼有相如、枚皋二子之才,官至新安太守。沈约:南朝梁文学家。见卷四《又步长石舟韵》注。⑤托名:假借名义。谓《清思赋》乃虬之的托名之作。⑥"千秋"句:谓所有的文学赝品都经不住时间的检验,只有真文章才能与苍天共存。

## 三 十

山禽味以短,水禽味以长。箕毕殊嗜好,朱紫异文章。①千古才人习,任情以雌黄。好之则为羽,恶之则成疮。子才重沈约,不为彦升臧。②魏收慕任昉,抵掌笑沈郎。③俗态胡为尔,三斗贮烂肠。④心如诸葛秤,那能轻低昂。⑤大海控八河,一味少参商。⑥

**注**:作者认为,评品文章要有诸葛亮的"心秤"和"大海"般的胸怀。①箕毕:指箕星和毕星。《尚书·洪范》:"庶民惟星,星有好风,星有好雨……月之从星,则以风雨。"《孔传》:"箕星好风,毕星好雨。"殊嗜好:特殊爱好。此处谓特别用途。朱紫:《论语·阳货》:"恶紫之夺朱也。"何晏集解:"朱,正色;紫,间色之好者。恶其邪好而乱正色。"后因以"朱紫"比喻以邪乱正或真伪混淆。②子才:与沈约同时代的才人,余未详。沈约:南朝梁文学家。见前诗注。彦升:任昉(460—508),南朝梁文学家。字彦升,乐安博昌(今山东寿光)人。仕宋、齐、梁三代,梁时历任义兴、新安太守等职。当时以表奏、书、启诸体散文擅名,而沈约以诗著称,时人号以"任笔沈诗"。臧(zāng):臧否(pǐ):犹言好坏、得失。③魏

收(506—572):北宋史学家。字伯起,下曲阳(今河北晋县西)人。北魏时任散骑常侍,编修国史。北齐时任中书令兼著作郎,奉诏编撰《魏书》,后累官至尚书右仆射,监修国史。任昉:梁博昌人,字彦昇。八岁能属文,初仕齐为大学博士。王俭、沈约皆称之。④三斗:谓三斗才,富有才学。⑤诸葛:诸葛亮(181—234),三国蜀汉政治家、军事家。字孔明,琅邪阳都(今山东沂南南)人。东汉末,隐居隆中(今湖北襄阳西),留心世事,被称为"卧龙"。建安十二年(207),刘备三顾茅庐,他向刘备提出占据荆益两州,谋取西南各族的支持,联合孙权,对抗曹操,统一全国的建议,从此成为刘备的主要谋士。建兴十二年病死于五丈原军中,葬定军山(今陕西勉县东南)。低昂:起伏;升降。⑥参(shēn)商:参商二星此出则彼没,两不相见,因此比喻人分离不得相见。此处谓言论;评说。

## 三十一

修词有慧脉,妙处在生动。①非法非无法,写照阿堵重。②小夫啬才情,诧法以自控。③大音无细响,嗤之为豪纵。④徐熙花写生,新意出时众。⑤黄筌妒其能,出格以为讽。⑥

**注**:作者提出,文章修辞应达到生动、豪纵的艺术高度。①修词:修辞。依据题旨情境,运用各种语文材料、各种表现手法,恰当地表现写作者所要表达的内容的一种语言活动。慧脉:喻指最重要最关健的方法。脉:血管。②写照:画像。《晋书·顾恺之传》:"传神写照,正在阿堵中。"引申为真实描写。③小夫:作者自谦之词。④"大音"句:作者用音乐的表现手法比喻写作,谓运用了整体表现就不需要在细节上花过多的笔墨。豪纵:气魄大而无拘束。⑤徐熙:五代南唐画家。江宁(今江苏南京)人,一作钟陵(今江西进贤西北)人。⑥黄筌:五代后蜀画家。见前注。其能:指徐熙画中所表现的潇洒风格。

## 三十二

人多悲秋气,我独爱秋声。①洞庭一夜脱,萧瑟有余清。梧叶飘空阶,随风走且鸣。草间啼络纬,蟋蟀响四楹。②大化递迁流,日月徂且征。③万卉渐零落,刻露见山岑。④艳艳繁华色,枯槁不复侵。譬如学道者,披剥见天根。⑤

**注**:作者赋诗描绘了秋气、秋声与秋色。①秋气:秋天的气象。秋声:秋天自然界发出的种种声响。②络纬:虫名。又名莎鸡、纺织娘等。楹:厅堂前部的柱子。③大化:指自然的变化。递迁流:指按照时序不断地更易。徂(cú):过去。④刻露(lòu):形容像雕刻一样。⑤天根:犹头顶。

## 三十三

日暮望遥山,绛霞散林野。如雪如素练,晃耀乱山赭。①白者移过树,乃知是人也。暮色苍然至,牛羊皆来下。万物尽有归,扰扰何为者。②

**注**:作者面对边塞美好、安宁的景象,不禁发出了"扰扰何为"的愤慨之声。①"如

雪"句:喻指山间的流水清澄纯净。②扰扰:纷乱貌。

## 三十四

少小读诗书,志欲取青紫。①命也可如何,七上七回否。②弃置如蓬麻,谁怜一段绮。缫丝出藕肠,剥肤洞石髓。过眼一蚊虻,参差逮暮齿。③膏腴传世间,资润后来士。④拾取牙后慧,翩翩见雀起。⑤自怜射雕儿,控弦无虚矢。⑥何为独流落,刺头入故纸。⑦

**注:**作者决心埋头故纸,留下传世之作。①青紫:汉制,丞相、太尉皆金印紫绶,御史大夫银印青绶,三府官最崇贵。《汉书·夏侯胜传》:"士病不明经术,经术苟明,其取青紫如俛拾地芥耳。"后亦称贵官之服为青紫。此借指高官显爵。②"七上"句:谓作者上京参加七次科考都没有中第。否(pǐ):穷;不通。③暮齿:老年;晚年。二句谓作者快到暮年,在别人眼中像一只蚊虫。④膏腴:肥脂。此喻指作者的美文。⑤"拾取"二句:作者批评社会上有的人写诗蹈袭别人的言辞,还沾沾自喜。⑥射雕儿:射雕手。此处喻指作者为创作诗文的高手。⑦刺头:比喻老年人稀疏蓬乱的头发,此指作者。入故纸:指作者一头扎进文籍,忙于读书写作。

## 三十五

黄金高筑台,乐毅为燕客。①三星聚虚危,管仲走即墨。②当其濩落时,所忧在朝夕。③一旦乘风云,时主望颜色。何代无奇才,欲飞无羽翮。治世诎雄图,流落在草泽。④不解作骈语,终身堕荆棘。⑤流汗负盐车,困穷理亦剧。⑥一见解纻衣,长鸣泪双滴。

**注:**作者感慨世代奇才皆隐于草泽。①黄金台:古地名。又称金台,燕台。古址在今河北易县东南北易水南。相传赵国燕昭王筑,置千金于台上,延请天下士,故名。乐毅:战国时燕将。中山国灵寿(今河北平山东北)人。②三星:明亮而接近的三颗星,在天空有参宿、心宿、河鼓等三星。《郑笺》以三星为心宿。虚、危:虚宿、危宿。该为二十八宿之一。管仲(? —前645):即管敬仲。春秋初期政治家。名夷吾,字仲,颖上(颖水之滨)人。由鲍叔牙推荐,被齐桓公任命为卿,尊称"仲父"。他在齐进行改革,从此国力大振,帮助齐桓公以"尊王攘夷"相号召,使其成为春秋时第一个霸主。言论见《国语·齐语》。《汉书·艺文志》道家著录有《管子》八十六篇。即墨:古邑、古县名。在今山东平度东南。战国齐邑。公元前284年,燕将乐毅攻齐,连拔七十余城,唯即墨与莒不下。公元前279年,田单于此用火牛阵大败燕军,尽复齐地。③濩(huò)落:谓空虚、孤寂貌。④治世:犹盛世。即秩序安定、社会繁荣。诎(qū):通"屈"。委屈。"流落"句:谓制订雄图的奇才皆流落在草泽之间。⑤骈(pián)语:骈文。起源于汉魏,形成于南北朝。全篇以双句(即俪句、偶句)为主,讲究对仗和声律。其以四字六字相间定句者,世称四六文,即骈文的一

体。⑥盐车:《战国策·楚策四》:"夫骥骥之齿至矣,服盐车而上大行,蹄申膝折……中阪迁延,负辕不能上。伯乐遭之,下车攀而哭泣,解纻衣以幂之。"服盐车,旧时比喻有才而遭抑制,未得其用之人。

## 三十六

终军弃其襦,郭丹投其符。①升仙桥上客,携赋入神都。②升沉指顾间,弩矢耀乡间。惜哉瑰奇士,年年泣穷途。③末世网目密,不采布衣愚。④低头营疏笺,霜雪点头颅。⑤英锐宜蚤用,老矣难驰驱。

**注**:作者要趁早把自己的聪明锐气投入到诗文创作之中。①终军(? —前112):西汉济南人,字子云。十八岁被选为博士弟子,上书评论国事,武帝任为谒者给事中,迁谏大夫。后奉命赴南越(今两广地区),被杀。死时年仅二十多岁,时称"终童"。《汉书·艺文志》儒家有《终军》八篇。郭丹:后汉穰人,字少卿。七岁而孤,事后母至孝。后从师长安。王莽征之,遂与诸生逃于北地。更始(即刘玄)立,征为谏议大夫。更始败,丹独保平氏不下,为更始发表。东汉明帝永平元年拜司徒,居官廉直,卒时家贫如洗。②升仙:武周时代的读书人,靠其赋敲开了仕途的大门。神都:唐光宅元年(684)武则天定都洛阳。洛阳旧号东都,至是改称神都,即今河南洛阳市。③奇士:此处指代作者。④末世:指明朝末年。纲目:指管理国家的纲纪。⑤营疏笺:经营疏笺。此谓作者在笺上创作诗文。

## 三十七

千古相如才,千古相如遇。①当其不偶时,亲着犊鼻裤。②一朝见明主,视草承天顾。③更有黄衣翁,催作大人赋。④鬼神亦怜才,才高鬼神慕。余芳袭后来,置之高士数。慢世未必然,文采为士附。⑤

**注**:作者赋诗称赞司马相如文采斐然,其赋流芳后世。①相如:司马相如,西汉辞赋家。所作《子虚赋》为武帝所赏识,因得召见,又作《上林赋》,武帝用为郎。见卷一《拙薹呈冯开元……》注。②偶:犹"遇"。犊鼻裤:犊鼻裈(kūn)。裤子,形如犊鼻,故名。扬雄《方言》卷四:"无袛之袴谓之襂。"郭璞注:"裤无跨(裆)者,即今犊鼻裈(围裙)也。"③明主:此处指汉武帝。视草:旧指词臣受命商讨、修改诏谕一类的公文。后亦称词臣起草诏谕为"视草"。《汉书·淮南王传》:"时武帝方好艺文,以安属为诸文,辩博善为文辞,甚尊重。每为报书以赐,常召司马相如等视草。"④黄衣翁:谓穿黄马褂的老者。当指淮南王刘安(参见上注)。《大人赋》:司马相如著。该赋迎合了武帝好神仙的心理,故武帝读后大为欢喜,"缥缥有凌云之气"。⑤慢世:谓任性放纵,不拘礼法。不以世人的毁誉为意。嵇康《司马相如赞》:"长卿慢世,越礼自放。"附:增益。

## 三十八

夷羊即在牧,飞鸿满路歧。①割鼻以饴口,息主能无危。②洛阳铜雀声,久矣绝鸣期。③秣马金闺歌,志士有余悲。④子阳识桃亡,知伯悟炙遗。⑤大者蔽泰山,小者如列眉。⑥顾瞻周道衰,费子亦何愚。⑦岂忧河水浊,不如清泪滋。⑧沸波欲止潮,徒为众鸟嗤。⑨

**注**:作者提出用清雅高洁的美文来润泽当时的混沌之世。①夷羊:古代传说中的神兽名。此喻贤者。在牧:谓在郊野牧地。《国语·周语上》:"商之兴也,梼杌次于丕山;其亡也,夷羊在牧。"韦昭注:"夷羊,神兽;牧,商郊牧野也。"飞鸿:喻指做官的仕人。鸿:雁。②"割鼻"句:谓割下自己的鼻子送给人吃。指愚忠行为。息主:谓不给主子添乱。③铜雀:铜雀台。建安十五年冬作,在今河北临漳西南古邺城的西北隅。曹操建铜雀台亦有招揽天下人才之目的。④金闺:金马门的别称。汉代征召来的人,其中才能优异的令待诏金马门。⑤子阳:王吉,字子阳,汉皋虞人。桃:犹逃。知伯:知瑶,春秋晋莹玄孙,亦称荀瑶。⑥泰山:喻指主上(帝王)。列眉:《战国策·燕策二》:"吾必不听众口与谗言,吾信吾也,犹列眉也。"鲍彪注:"列眉,言无可疑。"后人把"列眉"作"明白"解。⑦周道:指周代的王纲。费子:晋穆侯(?—前785),姬姓,名费生(或名费王)。前844年—前785在位。⑧清泪:喻指质地清雅高洁的美文。滋:润泽。⑨沸波:使水沸腾。喻指使用强行的办法。

## 三十九

贫穷难久处,憔悴苦心神。亲友既疏远,妻儿或反唇。中郎著九惟,自叹星值贫。①应璩遭霖雨,得粟复虞薪。②机檶已见谋,一饱复无辰。③尺帛不得贷,易水哭苏秦。④人生固有命,天地岂不仁。志士百炼刚,固穷以为珍。口腹安葵藿,烹饪非所营。⑤落毛以蔽体,罗绮非所亲。⑥但令心无累,聊以适此生。

**注**:该诗谓人生有命,当安贫为珍,聊以适此生。①中郎:蔡中郎,即蔡邕。东汉文学家、书法家。曾官左中郎将,故称为蔡中郎。②应璩(qú)(190—252):三国魏文学家。字休琏,汝南(郡治今汝南东南)人。应场(德琏)之弟。官至侍中。博学工文,善为书奏。其诗语言通俗,今存《百一诗》数篇。③机木禽(xǐ):机关;枢机。辰(chén):日子。特指好时日。④贷:借入。"易水"句:苏秦奉燕昭王命入齐从事分裂活动,暴露后,在易水(齐地)被车裂而死。见卷一《有感》注。易水,在河北省西部。源出易县境,故名。⑤葵藿(huò):葵和豆的花叶倾向太阳,故古人每用为下对上,表示忠诚渴慕之辞。此处指粗食。烹饪:烹调食物。此指精食。⑥落毛:落叶、毛发。喻指简单的粗布衣服。

## 四 十

陈蕃所憩家,已定玄篆期。①华歆夜闻语,悬记北陵时。②钟山一丘土,万日前已推。③人生数有定,何必苦奔驰。饮水亦有司,贪求复奚为。④所以物外人,淡然少思惟。自心徒冰炭,定命岂可移。劝君息妄想,毋为路鬼嗤。

**注**:该诗谓人生有定数,任何贪求苦索都改变不了命运。①陈蕃(?—168):东汉大臣。字仲举,汝南平舆(今属河南)人。桓帝时任太尉,与李膺等反对宦官专权,为太学生所敬重,被誉为"不畏强御陈仲举"。玄箓(lù):道教的秘文秘录。如:符箓。此指劫难。②华歆(huáxīn)(157—231):三国平原高唐(今山东禹城西南)人。字子鱼。东汉末举孝廉,任尚书郎。献帝时,任豫章太守。孙策占江东,他受到重视,后被征入京。荀彧死,他为尚书令。魏文帝时,任司徒。北陵:即昭陵。唐太宗墓。在陕西醴泉东北五十里九嵕山。③钟山:即南京紫金山。④有司:古代设官分职,各有专司,因称官吏为有司。此处谓自有办法解决。

## 四十一

孔雀爱珠毛,终为罗网婴。①灵龟白银骨,亦以灾其身。陵雪戒长涂,灭迹必无因。鸿钟既在御,岂能消声尘。②人苦名不高,名高益苦辛。世乱求退难,罗网觥觥陈。南山有隐地,子孙何避秦。③已矣复何言,退藏以为珍。④

**注**:该诗谓乱世求退,以隐为珍。①罗纲:喻指各种暗伏的危险。婴:缠绕;羁绊。②"鸿钟"二句:钟声正在警醒人们戒免危险,岂能让钟声消失于尘世?③避秦:逃避秦军带来的战乱之灾。此处借用《桃花源记》中的说法。④退藏:退隐。

## 四十二

昔我先邵公,高喧凌千春。①皎怀若白雪,直节似朱绳。②四世承素业,曰惟俭与仁。③路中悍鬼者,骄奢隤家声。④密饭行绛道,率以自圮倾。⑤乃知安恬素,实为保世珍。⑥吾家有夏甫,乱世解藏身。⑦土室诵贝叶,千秋为典刑。⑧

**注**:作者认为,"直节"、"俭仁"、"恬素"为袁氏的保世之珍。①先邵公:犹祖先。高喧:谓家势显赫有威仪。到了三袁祖父这一辈,袁氏已是里中首富。"明嘉靖年间,公安发生饥荒,大化(三袁的祖父)倾其家财,拿出两千石稻谷和两千两银子周借给灾民,之后又烧掉了这些借据。"(李寿和《三袁传》)凌:高出,超越。②皎怀:襟怀光洁。直节:正直、有气节。朱绳:红色的绳墨。比喻规矩或法度。③四世:指四代。素业:旧指儒业。即书香传家。④悍鬼者:指凶暴蛮横之人。隤(tuí):丧败。⑤密饭:指过日子要精细谋划。绛道:正道。绛:大红色。圮(pǐ)倾:坍塌倾倒。⑥安:安稳。恬:淡然。素:质朴、清白。保世珍:确保袁氏世代兴旺的传家宝。⑦夏甫:袁闳,字夏甫。⑧贝叶:贝叶经,即佛经。

## 四十三

梦入梅花岭,行至万松处。①松声如奔涛,乔木叶亏蔽。重湖得日色,晃耀荡远素。②好鸟一声来,清寐倏非故。忆之不能忘,尘鞅催上路。③三径倏已荒，欲往非朝暮。④

**注**：作者梦中回到了故里山水。①梅花岑：喻指作者故里，美丽的荷叶山。万松处：荷叶山上"郁然攒浓松"（作者《清阴台记》）。②重湖：作者家乡公安县境内一湖泊。昔日三袁兄弟从公安往故里孟家溪乘舟，常路过此处。"涉重湖、过横溪桥……见长松参天蔽日，新禾如锦……"（作者《游居柿录》）③尘鞅：指代马。鞅：套在马腹上的皮带。④三径：旧指归隐后所住的田园。

## 四十四

一别箕筸谷，荒芜心常切。①小阮八行来，园林转茂密。②入门石容古，垂藤不落格。③行至竹香径，新笋成高节。微风一以至，万竿响琴瑟。来禽与枇杷，森森皆结实。④含桃多布子，采之得一石。⑤黄柑压树繁，甘美殊可啜。八月木樨开，香风十里彻。腊月梅花放，冷冷一天雪。⑥众卉不胜书，大抵皆苗发。止是无主人，寂寞谁赏适。⑦览此令人欢，南归兴勃勃。如何走尘沙，不还众香国。⑧

**注**：作者的心飞回了故园箕筸谷。①箕筸谷：作者在公安的别业。见卷三《归箕筸谷逢潜夫》注。②小阮：小袁。指作者的儿子或侄子辈。八行：八行书。信札的代称。③石容古：谓（入门处）摆放的石头饰品显古色。不落格：谓（垂籐样式）不落俗格。④结实：双关语。一谓枇杷树上结满了果实；同时谓鸟儿和枇杷结成了老相识（实）。⑤含桃：樱桃。⑥一天雪：怒放的梅花像满天的雪。⑦"寂寞"句：双关语。一谓箕筸谷的主人出外久久未归，庭院的寂寞有谁来尝（赏）试（适）；二谓作者在外受寂寞未能得到别人的赏识（适）。⑧众香国：佛教语。《维摩诘经·香积佛品》："有国名众香，佛号香积。"后来诗文中多用来比喻烂漫的境界。此处应指代诗人魂牵梦绕的别业箕筸谷。

## 四十五

家有百亩田，膏腴可以耕。家有十亩园，竹树何萧森。①老农以为友，老圃以为邻。二十七种菜，庾郎昏度晨。②肉食由来鄙，葵蔬养性灵。道旁有秘药，名载于仙经。金盐与玉豉，可以致长生。③

**注**：作者赋诗描绘了自家的沃田良园。①十亩园：即箕筸谷，作者的别墅。萧：形容竹的风姿潇洒。森：形容树木繁茂。②二十七种菜，庾郎昏度晨：出自南齐庾杲之的故事。杲之为尚书驾部郎，家清贫，食唯有韭菹、瀹韭、生韭杂菜。任昉戏之曰"谁谓庾郎贫，食鲑常有二十七种。"三九（韭）二十七，音谐三韭。事见《南齐书·庾杲之传》。③金盐：即五加皮。本草名文章草，可以酿酒，道家用以炼金、石、入药。《金楼子·志怪》："五加一名金盐；地榆，一名玉豉。唯此二物可以煮石。"玉豉（chǐ）：地榆的别名。以花子紫黑色如豉，故又名玉豉。北魏贾思勰《齐民要术·地榆》引《神仙服食经》云："地榆，一名玉

札……其实黑如豉,北方呼豉为札,当言玉豉。与五加煮服之可神仙。"作者所言"长生""秘药"实即此。

## 四十六

初日照燕市,灿灿若绯桃。<sup>①</sup>剧藕萦天丝,罗绮不胜骄。铜驼集冶子,金马罗贤豪。<sup>②</sup>濯龙门外车,日暮恣游遨。<sup>③</sup>赵李经过乐,歌舞无昏朝。一岁复一岁,韶华易为销。人语暂时歇,鬼语复嘈嘈。鬼语复何道,九陌生人劳。<sup>④</sup>九陌生人劳,土尽槐根高。<sup>⑤</sup>

**注:**作者置身繁华燕市,感慨其浪费了年华,平添了忧愁。①燕市:燕地的都市。此指密云。②铜驼:指待诏一般才人的公署。冶子:指征召的一般才人。金马:指金马门。汉代征召来的人,其中才能优异的令待诏金马门。贤豪:指征召的优秀才人。③濯(zhuó)龙门:当为密云城的一重要集游地。④九陌:都城中的大路。此指都城。生人:犹生民。此谓客居之人(即外来之人)。劳:辛劳且忧愁。⑤"土尽"句:辛劳忧愁的外来人都走了,都城很快就会荒芜。

## 四十七

天门平旦开,绮罗朝市盈。白马桃花绶,拱揖似群真。<sup>①</sup>尚冠罗戚里,履道聚公卿。<sup>②</sup>堂堂槐与棘,轩轩入承明。<sup>③</sup>紫貂映霜雪,呵殿似雷声。<sup>④</sup>不知舆上谁,见之心胆惊。燕市多飙风,常吹陌上尘。一层尘已去,一层尘又生。

**注:**密云绮罗盈市,公卿聚道,一派甚嚣尘上的繁华景象。①桃花绶(shòu):汉九卿二千石印绶。汉应劭《汉官仪》下:"二千石,绶,羽青地,桃花缥,三采。"拱揖(yī):双手合抱致敬。群真:真群,谓真正的朋辈。②尚冠:此处指总督官署的属官。公卿:原指三公九卿,后泛指朝廷中的高级官员。③槐棘:周代外朝种植槐棘,以为朝臣列班的位次。见《周礼·秋官·朝士》。后因以槐棘指公卿之位。轩轩:仪态轩昂貌。承明:此处指总督官署大堂。④呵殿:古时官吏出行,前后都有随从吆喝,着人让道。在前称"呵",在后称"殿"。

## 四十八

盛衰不可常,阅世惟山丘。岂待华表鹤,归来惨离忧。<sup>①</sup>譬如日及花,朝夕零陌头。四世青厢史,五代赤泉侯。<sup>②</sup>一朝时运改,萧瑟如凛秋。虫念春蝥泣,鸱为腐鼠愁。<sup>③</sup>富贵若常在,乐应属爽鸠。<sup>④</sup>

**注:**作者感叹世上荣华盛衰如朝花夕零。①华表鹤:出自丁令威的传说故事。丁令威,传说汉辽东人,在吴虚山学道成仙。后化鹤归来,落城门华表柱上,有少年欲射之,鹤乃飞以作人语:"有鸟有鸟丁令威,去家千年今始归。城郭如故人民非,何不学仙塚累

累。"见晋陶潜《搜神后记》。后常用比喻人世的变迁。②青箱:《宋书·王淮之传》:"家世相传,并谙江左旧事,缄之青箱,世人谓之王氏青箱学。"旧因指世代相传的家学。赤泉:古地名。③春螀(jiāng):春蝉。鸱(chī):即鸱鹰。④爽鸠:亦作"鹴鸠"。鹰类。《左传·昭公十七年》:"爽鸠氏,司寇也。"按少皞氏帝挚,用鸟作官名,"爽鸠氏"为掌刑狱之官。

## 四十九

九衢喧渐静,日暮动歌钟。冠带各相索,置酒会群公。水陆陈异品,美酝清若空。子夜骒马唊,澹脆间醇酿。①妙舞清歌辍,闲房坐从容。翩翩周小史,有如日在东。和颜善调笑,清冷体柔丰。如何青桂树,寂寞伴扬雄。②独余书带草,冉冉随轻风。③

注:该诗写密云的夜晚,群公在通宵达旦地聚宴。①骒(tián)马:骏马。②扬雄:西汉文学家、哲学家、语言学家。字子云。见卷二《过蕲州哭王伊辅秀才》注。此处指代作者。③书带草:谓作者独自在夜晚静静地读书写字。

## 五 十

时平才士贵,仕路渺云霄。乘时策高足,毋为沉下僚。①有如指日轮,无迹自成高。②有若乘风御,不往自逍遥。但知问升沉,谁觉素颜凋。③君看龙尾路,砖石砌坚牢。④朝綦成洼迹,石泐砖有销。⑤今朝耀黻绶,三彩桃花娇。⑥设拨与沈榆,转盻不相饶。⑦宦途亦有涯,念此使人焦。

注:目睹了仕宦的丑恶,作者打算趁时策高足。①策高足:谓谋求更好的出路。下僚:指低级官吏。此指幕僚。②日轮:指太阳的运行轨迹。③升沉:宦途的得失。素颜凋:谓脸色憔悴。④龙尾路:即龙道。指皇宫内正殿(朝堂)斜坡道。唐白居易《浔阳岁晚寄元八郎中》诗:"螭头阶下立,龙尾道前行。"《新唐书·安禄山传》:"禄山计天下可取,逆谋日炽,每过朝堂龙尾道,南北睥睨,久乃去。"⑤綦(qí):古方言,谓两脚并连,不能开步。即站着。泐(lè):石依其纹理而裂开。⑥黻(fú)绶:系印的丝带。⑦设拨:筹划不正。沈榆:沈汁。《礼记·檀弓下》:"为榆沈。"郑玄注:"以水浇榆白皮之汁。"此比喻官场相互倾诈。盻(xì):怒视。

## 五十一

朝为魏其客,暮为武安宾。①昨日长平吏,今朝拜冠军。②时来手可热,鹤盖画成阴。紫耕塞门巷,意气何缤纷。③一朝势零落,雀罗冷户庭。绮席厚苍苔,蹊路草青青。轻薄逐暄寒,蝉翼未为轻。徒令旁观者,苍狗笑人情。

注:该诗讽刺了官场上的投机钻营者,认为他们爬得快,败得惨。①魏其:窦婴。西汉大臣,字王孙,观津人。窦太后侄。七国之乱平定后,封魏其侯。武帝初任丞相,推崇

儒术,反对黄老学说,为窦太后贬斥。后因罪被杀。武安:田蚡,西汉大臣。武帝初年封武安侯。见卷二《喜傅仲执……》注。②长平:古地名。在今河南西华东北。公元前212年,秦始皇派蒙骜取魏长平,即此。冠军:古时将军的名号。③軿(píng):古代贵族妇女所乘的,有帷幕的车。

## 五十二

西北有高楼,望见连云宅。黄棘北焕间,置第无遗隙。①金盏与玉盏,门前罗画戟。②五妇呈奇峰,三侯罗怪石。郁郁雁翅桧,森森珠子柏。③亭台无复改,惟见主人易。今日金吾馆,明朝侍中室。④所以筑夫言,致令郭令泣。⑤置铁为门关,路鬼笑额额。

注:该诗叙述了一大宅第的显贵宅主频繁更换,世人嗤笑富贵不长久。①"黄棘"二句:谓长满荆棘的北焕间,现已建满了宅第。黄棘:泛指有刺草木。②"金盏"二句:谓宅第的主人用金盏、玉盏饮酒,门前还列满了持戟的士兵。门罗戟:谓私门列戟,古代皆为显贵之家。③雁翅桧(guì):指一种名雁翅的桧树。珍子柏:指一种珍贵的柏树。桧、伯,皆属柏科,常绿乔木,寿命长达数百年。木材细致、有芳香。为旧时宅第名贵风景树。④金吾:武官名。《汉书·百官公卿表上》:"中尉,秦官,掌微循京师……武帝太和元年更名机金吾。"侍中:官名。秦始置,为丞相属官。因侍从皇帝左右,出入宫廷,应对顾问,地位渐显贵重。见《汉书·百官公卿表上》。⑤筑夫:指曾参加建造宅第的匠人。

## 五十三

中夜起望气,异气何氤氲。①黄者为金膏,白者为玉英。②惟有铜钱气,蠹蠹如青云。钱气如青云,此语毋乃真。君看青铜子,行乐四时春。陌上飞紫燕,矫首凌苍旻。③

注:该诗描写了晚明社会,钱气如青云的状况。①氤(yīn)氲(yūn):气和光混和鼓荡貌。②金膏:指代金印章,喻指朝廷高官显贵。玉英:玉之精英;美玉。喻指优秀的人才。③紫燕:喻指紫铜钱。此指代飘飘然的有钱人。矫:通"挢"。举起;昂起。苍旻(mín):苍天。

## 五十四

燕赵多冶女,初日照芙蓉。①粉黛失颜色,罗绮怯柔丰。妆成度新曲,莺燕娱芳丛。②冶游谁家子,骑马若飞龙。③日暮上高堂,琵琶出帘栊。左手兴奴好,右手曹纲工。④今日乐云乐,但醉莫匆匆。君看桃李花,暂盛终随风。郊外白杨路,十里马鬣封。⑤牧儿坐其上,狐兔穴其中。枯骨当时在,小语面发红。

**注**:作者借歌妓之口,揭示了当时的社会矛盾。①燕、赵:两个古国,在今河北、山西一代。冶:妖艳。②度新曲:谓按新曲歌唱。莺燕:此喻妓女。③冶游:旧时专指狎妓。见前诗"四十六"注。④兴奴、曹纲:两个古人,皆为弹琵琶的高手。曹纲,唐人,弹琵琶,运拨如风雨,而不事扣弦。同时有裴兴奴者,弹琵琶,长于拢撚。时人曰:"曹纲有左手,兴奴有右手。"见唐段安节《乐府杂录·琵琶》。工:善于。⑤马鬣封:坟墓上的一种封土的形状。见卷三《入都过秃翁墓》注。

## 五十五

吴国有馆娃,楚国有章华。①不闻香水溪,惟见金登花。绮罗气销尽,皆为空王家。②赤华藏贝叶,青豆贮袈裟。③乃知色为空,尘土悟豪奢。

**注**:馆娃、章华遗址上的野花,启示人们要懂得"色为空"、"豪奢如尘土。"①吴国:古国名。在今江苏、安徽、浙江一带,建都于吴(今江苏苏州)。馆娃:馆娃宫。古代宫名,吴王夫差为西施建造。楚国:古国名。西周时立国于荆山,后疆土扩大到长江中游,建都于郢(今湖北江陵)。章华:章华台,楚离宫名。此指豫章台,位于湖北沙市。②绮罗:有花纹的丝织品。此喻美女。二句意谓美女为帝王空守,销尽了青春年华。③赤华:谓有真正才华之人。贝叶:贝叶经,即佛经。青豆:青灯。

## 五十六

天弓架日箭,遥遥射四时。①人命非金石,伤哉露易晞。阮籍与陶潜,世累潇然离。②此情难摆落,迷之以酒卮。积金东涧士,选客属大虚。③流珠虽在龟,对月常歔欷。世人如犬羊,时至任烹脶。岂有慧心人,能忘生死悲。麦化宜以灰,痛饮亦何为。④

**注**:作者感叹人生苦短,要以痛饮来忘记人生的愁苦。①"天弓"二句:意谓拉开天弓架上日箭,一箭箭地射完了一年之中的春、夏、秋、冬四个季节。比喻天体运行、日月如梭,时间过得很快。②阮籍(210—263):三国魏文学家、思想家。字嗣宗,陈留尉氏(今属河南)人。曾为步兵校尉,世称阮步兵。与嵇康齐名,为"竹林七贤"之一。陶潜:陶渊明。见卷一《江上示长孺》注。世累:为世俗所累。③金:喻指贤士。涧(jiàn):涧水。源出河南渑池县东北。自古涧水之地皆为名士聚集之处。大虚:犹上天。④麦化:犹腐蚀;碳化。

## 五十七

人生贵不朽,不朽亦非名。寂寞身后响,枯骨讵有灵。嗟彼啖名客,生时苦怦营。①前有杜武库,沉碑入汉津。②后有颜尚书,镂石寄高深。③七尺为尘土,赞毁宁我亲。别有不朽方,欲言难语卿。火布怪曹子,虾须骇滕生。④

注：作者欲效法杜预、颜真卿，经受艰难困苦的磨砺，努力打造自己的不朽人生。①唉：通"淡"，清淡；淡雅。苦怦(pēng)营：谓在苦难和忠谨之中营生。怦，忠谨。②杜武库：杜预(222—284)，西晋将领、学者。字元凯，京兆杜陵(今陕西西安东南)人。沉碑：指杜预文治武功的丰碑。入汉津：谓记入了汉文化的历史。③颜尚书：颜真卿(709—785)，唐大臣，书法家。字清臣。京兆万年(今陕西西安)人。其书法开创了新风格，对后世影响很大，人称"颜体"。碑刻有《多宝塔碑》、《麻姑仙坛记》、《李元靖碑》、《颜勤礼碑》、《颜家庙碑》等，行书有《争座位帖》。后人辑有《颜鲁公文集》。④火布：当指建安十三年(208)曹操率兵二十余万南下，孙权和刘备联合共同拒曹，在赤壁利用火攻大破曹军。曹子：曹操。虾须：帘子的别称。此指于垂帘后听政的北宋高太后和小皇帝赵煦(哲宗)。滕生：滕元发。北宋哲宗时除龙图阁直学士。议论谠直，在帝前论事，如家人父子，言无文饰。

## 五十八

何必蒸灵芝，何必润澧泉。何必晞朝阳，何必绥五弦。①一心苟不生，万化无亏全。②不捉疑索蛇，毒怖豁心田。不求网吹满，终日乐陶然。我有养生术，无身亦无年。③扣之不即应，露柱语便便。④

注：作者奋发刻苦，努力在诗文创作领域作出一翻不朽的业绩。①晞：晒。绥(suī)：安。②苟不生：不苟生。即不苟且偷生。无亏全：不会亏损人生。③无身：不过多地担心自己的身体状况。无年：不过多地考虑自已的年纪大。④"露柱"句：夜晚或凌晨，作者像立柱般地站在露天里，孜孜不倦地读书或吟诵诗词。

## 檀州书院有龙爪槐，枝叶婆娑，荫覆数亩，诗以纪之①

幕天茵地锦屠苏，龙种居然万卉殊。②聊借藤萝藏火甲，欲搏星斗作明珠。③冰霜屯结寒池馆，鳞鬣开张入画图。④莫怪婆娑须拄杖，中郎醉后要人扶。⑤用蔡中郎醉龙事。

注：①万历三十五年(1607)作于密云。作者形象生动、层次分明地描绘了龙爪槐的生长环境和华美外形。颇显传神写照之功。檀州：州名。隋开皇十六年(596)分幽州置。治所在今燕乐(今北京密云县东北)。明洪武元年(1368)改为密云县。书院：书院之名始于唐代。唐置学士，掌校正经籍、征集遗书、辨明典章，以备顾问应对。宋代书院尤盛，创办者或为私人，或为官府。一般选山林名胜之地为院址。不少有名学者讲学其间，采用个别钻研、相互问答、集体讲解相结合的教学方法，以研习儒家经典为主，同一议论时政，对学术思想发展有一定影响。清末废科举，书院改为学校。②幕天茵地：形容书院的四周都是遮天蔽日的绿树和茵茵的草地。③火甲：豪华的宅第。喻指枝叶婆娑、阴覆数亩

的高大龙爪槐。④冰霜屯结：比喻龙爪槐枝干上屯结着一层厚厚的冰霜。鳞鬣(liè)开张：比喻龙爪槐的表皮显露着一层鳞甲与硬刺。⑤婆娑：此处指龙爪槐的树冠。柱(zhǔ)杖：比喻龙爪槐的树干。

## 阻　水①

白浪粘天蛟龙怒，激水溅城向东注。不待丽玉弹箜篌，如此风波将安去。②莫言留滞在渔阳，并州也不是家乡。③且向龙爪槐下饮，受用清秋一夜凉。

注：①万历三十五年(1607)作于密云。作者秋日出游，被大水阻于檀州书院，一夜未归，只得在龙爪槐下饮酒赋诗，坦露了不得久留密云的心迹。时作者在密云总督塞达幕府做家庭教师。②丽玉：周代朝鲜津卒霍里子高妻。子高晨起划船，看见有狂夫乱流而渡。狂夫的妻子急呼其夫停下来，不及，狂夫坠河死，其妻援箜篌而歌，曲终，亦投河死。子高以语丽玉。丽玉伤之，引箜篌而写其声，闻者莫不堕泪。箜篌：古代拨弦乐器。③渔阳：古县名。治所在今北京市密云县西南。以在渔水之北得名。并州：古"九州"之一。在今山西平遥等地。为诗人应山西总督梅国桢之邀，出塞游历之地。

## 凌总戎招饮北极楼①

兵戈散尽古渔阳，有客相延看大荒。胡地诸山如拜舞，汉关列岫自飞翔。②闲持杯酒观云变，斜倚栏杆嗅雨香。留得庾楼风景在，他年来此醉秋光。③

注：①万历三十五年(1607)作于密云。作者应密云一大将军的邀请，一边轻闲自在地饮酒，一边尽兴地欣赏北方边塞崇山峻岭的自然风光。凌总戎：指一姓凌的大将军，当为密云总督塞达属下的一员主将。总戎：犹主将。②胡地：古代泛指北方和西方少数民族聚居之地。拜舞：形容山势高低起伏，连绵不断貌。汉关：此处当指居庸关，旧称军都关、雁门关。③庾(yǔ)楼：即庾公楼。晋庾亮尝为江荆豫州刺史，治武昌，曾与僚吏殷浩、王胡之等登南楼赏月，谈咏竟夕。事见《世说新语·容止》及《晋书·庾亮传》。后江州州治移浔，好事者遂于此(武昌)建楼，曰庾公楼。此处借庾楼典故以喻北极楼。

## 京师雨大注，曾长石太史以诗来，因属和①

等闲尘土变清流，鸟爪仙人笑不休。②履道宅中惟贮水，善和坊里好行舟。③高车何处来惊坐，曲室差宜贮莫愁。④恒雨恒旸公等事，漂城陷邑我忘忧。

**注：**①万历三十五年(1607)作于密云。作者写京师的一场大暴雨淹了许多地方,认为这是自然界阴阳平衡的正常现象。此时诗人高兴的是友人寄来了特别心爱的诗作。曾长石:曾可前,号长石,石首人。官至翰林院编修。见卷四《曾长石太史以诗寄……》注。②鸟爪仙人:即麻姑女仙。寓人世的沧桑变迁。见卷一《浔阳琵琶亭赋》注。③履道:犹行走的道路。④高车:古时称车盖高,可以立乘的车子。此指曾太史乘坐的车。惊坐:此指代曾太史寄来的诗函。莫愁:古代传说中的女子。此亦喻指曾长石的诗作。

## 别中郎南归,时偶值嫂及庶嫂之变,槥车双发,不胜酸楚,离别之情可知,因赋诗十首①

### 其 一

患难催人别,重寻旧薜萝。②绮琴伤凤靡,宝瑟怨鸾吡。③夜月寒燕市,秋风撼潞河。④临歧悲骨肉,此地客魂多。

**注：**①万历三十五年(1607)作于密云。作者寒秋送中郎兄槥车双发,启程南归,不胜酸楚。劝慰兄长节哀自好,筹划好未来。面对兄弟星散,诗人心中充满痛苦,真希望与兄长一道南归去醉心读书,参禅行善,并像苏氏一门一样在文学上做出成就来。庶:旁支。与"嫡"相对。变:指亡故。槥(huì):小而薄的棺材。②"重寻"句:谓中郎又要南归,前往昔日隐居之地(柳浪湖)。薜萝:此处指隐者的住处。③凤、鸾:此处皆喻指作者的嫂夫人。靡:倒下。吡(é):动。④潞河:即今北京市通县以下的白河。

### 其 二

束发为廉吏①,饥寒不自存。那能甘豹隐,颇亦仗鱼轩。②蒿里歌相续,春曹席未温。③同来不共返,南国费招魂。

**注：**①束发(fà):古代男孩成童时束发为髻,因以为成童的代称。此处指代作者兄长中郎及第进仕年龄小(中郎二十一岁举于乡,二十五岁中进士)。②豹隐:《列女传·陶答子妻》:"妾闻南山有玄豹,雾雨七日而不下食者何也？欲其泽其毛而成文章也,故藏而远害。犬彘不择食以肥其身,生而须死耳。"后因以比喻隐居伏处,爱惜其身,有所不为。鱼轩:古时贵妇人所乘的车,用鱼皮为饰。《左传·闵公二年》:"归夫人鱼轩。"后世用以代指夫人。③蒿里:乐府《相和曲》名。相传原是齐国东部(今山东东部)的歌谣,为出殡时挽柩人所唱的挽歌。晋崔豹《古今注·音乐》:"薤露、蒿里,并丧歌也。出田横门人。横自杀,门人丧之,为之悲歌……"歌相续:谓中道的嫂、庶嫂相继亡故。曹:仪曹。

### 其 三

秋辉冷射堂,蒲社草荒凉。①笛里才思旧,闺中又悼亡。白波喧建业,红树染浔阳。②未病先储药,生平解老庄。③

**注:**①蒲社:指中郎、伯修、小修三兄弟在北京崇国寺发起并领导成立的葡萄社。②白波:谓宏道为两位夫人送柩南归,一路所造成的影响。白:汉民族传统丧服的颜色,因以为丧事的代称。建业:即今南京市。红:通"功"。丧服名。浔阳:古江名。③先储药:喻指中郎昔日在吴越之地做县令时,与当地的才人名士所建立的联系。老庄:老子、庄子学说。见卷三《梅花》注。

## 其 四

牛衣君自念,蛇胆我难寻。①万里工程苦,两河秋气深。②戍烟生夜浦,巢影露寒林。③花草雷塘路,凋残旧日心。

**注:**①牛衣:亦称"牛被"。形容夫妻共守穷困。此处喻指中郎的两位亡妻生前留下的诸多令人怀念之事。蛇胆:可入药,有清心明目之功效。我难寻:反衬其兄中郎像吃了蛇胆的眼睛,有先见之明。②两河:古称河北、河东地区。即今河北、山东等地。河:黄河。③戍烟:形容烟雾聚集貌。巢:鸟窝。此喻指夜里停放在寒林中的两个灵柩。

## 其 五

少别与长别,应无不散筵。生来薰白业,家世种青莲。①了却鸳鸯梦,闲寻鸥鹭缘。②也知怜稚子,不娶效先贤。

**注:**①薰:气味侵袭。谓受到熏陶、影响。白业:善业。青莲:青色莲花。佛教常用以比喻眼睛。此处犹善业。二句谓袁氏世家长期行善积德,中郎从小受到了家庭兴善业的影响。②鸥鹭缘:比喻无机心的新夫妇缘分。

## 其 六

忧来不下泪,笑里带伤神。霜叶如羁客,秋天似去人。休心凭宦拙,省事任家贫。①柳浪湖边水,排愁看逝鳞。②

**注:**①休心:指辞官不做的想法。宦拙:形容做官受到制肘,不能得心应手。②柳浪湖:中郎在公安隐居六年的别业。

## 其 七

渐与道人似,归来梅鹤清。①竹风秋院净,水月夜湖明。扫地焚香坐,栽花种柳行。世缘难寂寞,赢得会无生。②

**注:**①道人:谓修道之人,或得道之人。此处指中郎。②世缘:犹俗缘。指世俗的牵绕。无生:佛教术语。

## 其 八

一夕皆星散,令予何所依。①边风如夜哭,塞草重寒威。老定连床约,贫催异国飞。②必惩苏氏事,白首要同归。③

注:①星散:喻指袁氏三兄弟各自散离。宗道逝去,宏道南归,中道留密云。②"老定"句:谓作者兄弟三人曾约定年老后在一起共度晚年。③"必惩"句:指三袁兄弟立志要效仿苏氏三父子(即苏洵、苏轼、苏辙),在文学上做出卓越的成就。

## 其 九

扫尘一夜雨,割叶满天霜。雁也思离北,侬胡不忆乡。骚人归梦泽,鼓吏滞渔阳。①去住都难决,徐徐葺草堂。②

注:①骚人:诗人。此指作者的中郎兄。梦泽:即云梦泽。鼓吏:指祢衡,被曹操召为鼓吏。见卷一《武昌坐李龙潭……》注。此指代作者。渔阳:泛指密云。②徐徐:迟缓貌。葺(qì):修理房屋。

## 其 十

家有文中子,真宜老醉乡。①衔杯捐世法,蒔药辦仙粮。②筮仕缘焦革,开山祀杜康。③尊兄知胜韵,凭世笑颠狂。④

注:①文中子:王通(584—617),隋哲学家。字仲淹。著作有《中说》,亦称"文中子"。老醉乡:谓作者过去长期在家醉心于读书。②衔杯:口含酒杯。多指饮酒。捐世法:谓支助家乡的佛善之事。世法:佛教名词。也称"世间法"。蒔(shí):蒔萝。植物名。仙粮:犹素食。③筮(shì)仕:古人出外做官前,先占卦问吉凶。后称初次做官为"筮仕"。焦革:古人名。余未详。杜康:即少康。传说中酿酒的发明者。④凭世:中郎对于诗韵的把握处于居高临世的位置。颠狂:放荡无羁。此处指代作者。

## 送张云影还山①

还山栖隐去,静坐任云封。长爪仙人气,休粮道士容。②卷帘千亩雪,当户一株松。莫道无姬侍,双鬟雨后峰。

注:①万历三十五年(1607)作于密云。作者赋诗送友人返回家乡,称道他聪慧、清秀、年轻,劝慰他端居山中,安心度过隐者人生。张云影:即张五教,江陵秀才,从寒灰僧人学佛。他和方子公都是宏道的多年门客,这次也相伴宏道送枢南归。②仙人:比喻才情超凡、气韵飘逸之人。休粮:犹节食。道士容:形容面容清瘦。

## 其 二

大事止如此,端居严岫中。①心应同水色,耳只贮松风。②软草谭边绿,闲花定里红。由来称净土,癖洁不妨空。③

注：①大事：当指个人仕途之事。②"心应"二句：谓心地淡泊，两耳不管窗外事。③净土：佛教所谓无五浊（劫浊、见浊、烦恼浊、众生浊、命浊）垢染的清净世界。空：佛教认为一切事物的现象都有它各自的因和缘，而没有实在的自体，此名"空"。

## 送方子公附中郎舟南归①

懒持祢刺向侯门，南北相依念旧恩。②囊里无钱诗卷在，老来多病酒肠存。③一天白月澄山市，几朵黄花艳水村。我已不能随雁阵，赖君清弈伴晨昏。

注：①万历三十五年（1607）作于密云。方子公多年来伴随中郎走遍南北，日子虽过得很穷，但却帮助中郎收集整理了不少诗卷。作者深情嘱托子公一路好好照顾兄长中郎。方子公：方文僎，字子公。见卷一《景升弧辰日……》注。②懒持：犹放弃侍奉。祢（mí）刺：祢衡，汉末文学家，性刚傲物，由于不屈于曹操，终被杀。见卷一《武昌坐李龙潭……》注。此处借指潘之恒。侯门：指代宏道。南北相依：方子公自万历二十二年以来，十多年里一直跟随宏道上北京、下吴越、住公安，长期没有离开过。念旧恩：指方子公"为人质直"，忠于人事的品质。③囊里无钱：谓方子公随宏道日子过得很贫穷。

## 赠别朱上愚铨部予告南还①

### 其 一

心澹官凭热，神闲应不忙。②百函惊佐史，半字识卢郎。③秋水迎仙佩，闲云贮客装。④九流需藻鉴，随雁别潇湘。⑤

注：①万历三十五年（1607）作于密云。作者赋诗赠别朱上愚铨部，谓自己多年嗜出游、好饮酒、喜吟诗，又语言犀利，与仕途无缘，希望能够得到他的赏识和帮助。朱上愚：朱光祚，字上愚。江陵人。万历二十三年进士。初授邯郸知县，调任钱塘知县，擢吏部主事，后至河道总督。《钱塘县志》卷十六、《江陵县志》卷十七有传。铨部：即吏部。铨：量才授官。予告南归：谓作者诗中告知朱上愚自己将要南归。②心淡：心地淡泊。官凭热：仕途走得很顺利。此皆谓朱上愚。③佐史：指代朱上愚。佐：副职。"半字"句：谓朱上愚铨部能从很少的文字中识别一个人。④仙佩：喻指才华非凡的人才。此指朱上愚。闲云：喻指隐士。此指作者。⑤九流：先秦至汉初的学术流派，即法、名、墨、儒、道、阴阳、纵横、杂、农九家。此处指代各种才人。藻鉴：旧谓评量和鉴别人才，多指考试。

### 其 二

少年专赤县，无处不攀轮。①西子湖边雨，神仙枕畔春。②黑头台辅贵，白屋滞才伸。③应向丛台过,还思用赵人。④公初为邯郸令,后令钱塘。

注:①专赤县:谓作者一门心思游览天下山川。赤县:赤县神州的简称,指中国。②"神仙"句:谓作者曾在春日和一班友人在西湖之畔神仙般地相枕而卧。③黑头:谓少年。此指朱上愚。台辅:旧指宰相,言其位列三台,职居宰辅。白屋:指用茅草盖的屋。此指穷苦士人作者的住房。滞才伸:谓滞留人才的发展。④丛台:谓众多的高级官员。台:旧时对高级官吏的謏称。如:抚台;藩台;学台等。赵人:指代朱上愚。因其做过邯郸县令。战国时,邯郸曾是赵国的都城。故有"赵人"之说。

## 其 三

岂惟张楚国,经世借名流。①犀利销奇气,深沉见老谋。②朗吟千戍月,大醉两河秋。③天上神仙吏,山川总胜游。

注:①张楚国:张扬楚人的性情。因作者和朱上愚皆为郢地人,故有此说。②犀利:形容言词尖锐明快。销奇气:抒发胸中的奇特感受。③"朗吟"句:谓作者有多少夜晚伫立在月下吟诵诗文。戍:戍守,犹伫立。两河:宋代称河北、河东地区为"两河"。河:黄河。

## 中秋渔阳道中①

### 其 一

悔别丹溪与碧莎,黄沙拂面鬓先皤。②闲随猎马穿荒碛,怕见寒鸦缀瘦柯。③明月总圆无赏处。边风乍起奈秋何。箕筜谷里芬香夜,清露团团湛碧波。④

注:①万历三十五年(1607)作于渔阳。作者中秋之日随狩猎队伍往游渔阳,悲叹自身命运之苦,并流露出了不安心于边塞,想回归隐居的感情。渔阳:古县名。治所在今北京市密云县西南。②碧莎(suō):青绿色的莎草。皤(pó):白。③猎马:指打猎的马队。碛(qì):浅水中的沙石。④箕筜谷:作者在家乡公安县城中的别业。里面长满了翠竹和各色的花卉及果木。

### 其 二

半生那解泪沾巾,顾影飘零万里身。乍别鹡鸰如隔岁,欲亲僮仆也无人。①心孤不忍冲鸿阵,骨冷何堪伴桂轮。②前日绿华芳草地,而今枯槁作灰尘。

注:①鹡(jī)鸰(líng):鸟名。体小,尾很长,头黑额白,大如鹦雀,巢于沙上,常在水

边捕食昆虫。常用来比喻兄弟。亦作"脊令"。《诗·小雅·棠棣》:"脊令在原,兄弟急难。"②冲鸿阵:参与捕猎鸿雁。伴桂轮:陪伴坐着豪华车的达官显贵巡猎。

## 其 三

八特羊羹走峻坡,照人白发是溪河。醒来鹰隼盘云上,怒后骅骝激电过。①修岭西横无汉树,短墙北去有胡戈。②并州欲住犹难住,敢望家山旧薜萝。③

**注:**①骅骝:周穆王八骏之一。亦谓骏马。②汉树:疆界的标识物。如:城墙;界碑等。③并州:汉武帝所置"十三刺史部"之一,约今山西大部和内蒙古、河北的一部分。东汉治所在晋阳(随改太原,今山西太原市西南)。宋嘉祐四年(1095)升为太原府。家山:指作者家乡。薜萝:指隐居地。

## 其 四

纷纷黄叶下城池,疲马重裘走路歧。沙岸总因霖雨塌,原莎不受劲风吹。如何芬馥中秋夜,翻似萧条暮岁时。三十八年尘土命,祇将明月照奔驰。①

**注:**①三十八年:是年作者三十八岁。

## 寿蹇令公① 期为八月十七日

### 其 一

生悬长矢射胡尘,屡代承天一柱身。②欲识朝多深厚福,但看边有老成人。③时无害马销戎隙,口不谭兵扰塞民。旧日关门亲种柳,于今摇曳漾河津。

**注:**①万历三十五年(1607)作于密云。作者赋诗为蹇达祝寿,称颂他性情淳正、治军严谨,确保了军队的稳定和边塞的安宁,其才能和功德可与古代的良臣尚父和张良比美。蹇令公:蹇达。官蓟辽总督。见卷四《太保蹇令公一见辱以国士知……》注。②屡(lǚ)朝:蹇达为嘉靖四十一年进士,经历了嘉靖、隆庆、万历三个朝代。承天:承受天命。一柱身:谓蹇达像一根擎天柱矗立着。喻指他肩负着国家的戍边重任。③老成人:指蹇总督为老练成熟的戍边人。

### 其 二

鼓角无喧历岁年,醉翁华发映池莲。新分桐酒延宾从,尽採铙歌入管弦。①雁带朱霞穿画戟,桂团明月照清筵。衡门幕府何分别,元老功成即是仙。②

**注:**①铙歌:乐府《鼓吹曲》的一部。用于激励士气及宴享功臣。②衡门:横木为门,

指简陋的房屋。《诗·陈风·衡门》:"衡门之下,可以栖迟。"后借指隐者所居之处。幕府:军队出征,施用帐幕,所以古代将军的府署称"幕府"。仙:仙才。喻指蹇达统帅军队打仗的才能非凡。

## 其 三

是日红云绕帝州,蕊珠天上贺长秋。① 先持绛节朝宸阙,后闪朱旗见彻侯。② 酺酒普沾鸡鹿塞,彤弓新出凤凰楼。③ 悬知社稷金瓯固,黄发干城足老谋。④

**注:**①帝州:京城所辖之地。指蓟州,治所在渔阳(今天津蓟县)。明嘉靖二十九年置蓟州总督,次年改蓟辽总督,三十三年移驻密云(今属北京市),辖顺天(即京师)、保定、辽东三巡抚。蕊珠:蕊珠宫,神仙所居。道家传说,天上上清宫有蕊珠宫,神仙所居。后来泛指道观。参见《云笈七签·上清黄庭内景经》。长秋:长年。谓长寿。②绛节:红色符节。符节,古代使者所持,以作凭证。宸(chén)阙(què):帝王的宫殿。引申为帝王。彻侯:爵位名。秦制二十等爵之最高一级。汉沿置,后因建武帝讳,改称通侯,又改列侯。言其爵位上通于皇帝,位最尊。汉因之,金印紫绶。参阅《汉书·百官公卿表上》。③酺(pú):聚饮,特指命令所特许的大聚饮。此处指为蹇总督祝寿的盛大聚饮。鸡鹿塞:要塞名。在今内蒙古境内,磴口西北哈萨格峡谷口。见《汉书·匈奴传》。彤弓:朱红色的弓。古代帝王以赐有功诸侯者。《尚书·文侯之命》:"彤弓一,彤矢百。"鸡鹿塞、凤凰楼:当是为蹇总督祝寿,接待宾客的两处大酒楼。④社稷:国家的代称。金瓯(ōu):金盆。黄发:老人发白,白久则黄,因以黄发为寿高之象。也指老人。此处指蹇达。干城:犹"干臣"。即办事老练的臣子。老谋:谓谋略很深。

## 其 四

不随蒲柳艳韶光,石干铜柯傲雪霜。① 周室耆年推尚父,汉家仙吏重张良。② 灯花欲夺秋辉色,戟叶时闻桂子香。天下安危需寿耇,如今休话午桥庄。③

**注:**①蒲柳:植物名,即水杨。因其早凋,也用以比喻低贱的事物。石干:石头做的盾牌。形容坚固。干:盾。铜柯:铜做的斧柄。形容牢实。柯:斧柄。②尚父:周文王称吕望为尚父,意谓可尊尚的父辈。吕望:周代齐国的始祖,姜姓,一说字子牙,西周初年官太师,辅佐武王灭商有功,封于齐。俗称姜太公。仙吏:才能非凡的大臣。张良:汉初的大臣。字子房。传为城父(今安徽亳州东南)人。③寿耇:指寿诞老人蹇达。午桥庄:为唐宰相裴度的别墅。见卷四《太保蹇令公一见……》注。

## 即　事①

### 其　一

镇日支颐望远岚，葳蕤重锁似春蚕。②花前懒学陶公醉，梦里欣逢释子谭。③草浅牛羊迷塞北，烟围竹树忆江南。故园橘柚垂垂耀，不得亲分一味甘。

注：①万历三十五年（1607）作于密云。写作者在密云的日子：除了细读陶诗、重笺庄语、流览塞垣消息，就是闲步、静思，想念江南的家园，思念丢失的小妾。表现了诗人闲适寂寞的生活和勤奋读书的品格。即事：以当前的事物为题材的诗为"即事诗"。②葳（wēi）蕤（ruí）：草木茂盛下垂貌。③陶公：陶渊明。见卷一《江上示长孺》注。释子：僧徒的通称，取释迦弟子之意。

### 其　二

易水飘零泪染貂，那堪紫塞遇青腰。①北来刀尺无消息，南去帆樯久寂寥。②觅醉几曾储竹叶，试书何处有芭蕉。③只宜脱却儒冠去，闲逐胡儿看射雕。

注：①易水飘零：万历二十六年（1598）秋，作者从仪征往京师入太学时路过易水，在此地丢失了爱妾如愿，曾留下诗《失婢》、《清河道中有怀》两首，抒发了途中失妾的寂寞、烦恼与深深的念情。紫塞：北方边塞。晋崔豹《古今注·都邑》："秦筑长城，土色皆紫，汉塞亦然，故称紫塞焉。"青腰：主霜雪的神女。②刀尺：此处指代作者丢失的婢女。③竹叶：酒名。《文选·张协〈七命〉》："乃有荆南乌程、豫北竹叶。""试书"句：谓唐代僧人怀素以芭蕉叶练习写字的故事。怀素，玄奘弟子，字藏真，俗姓钱，长沙人，迁居京兆。相传种芭蕉万株，以蕉叶代纸写字，因名所居为绿天庵。勤学苦练，秃笔成冢，以狂草出名，继承张旭笔法，自谓得草书三昧，世称"颠张狂素"。参阅《宣和书谱》。

### 其　三

日穿松树射闲身，戟外青山看渐真。定里鸣禽如唤客，秋来游蚁也抛人。陶诗细读愁何在，庄语重笺意更新。①最喜塞垣消息到，黄花一带虏无尘。②

注：①陶诗：陶渊明的诗。其诗多描写自然景色及其在农村生活的情景，不少优秀作品隐寓着他对现实的憎恶和不愿同流合污的精神，以及寄寓抱负的悲愤慷慨之音。庄语：庄子的话。庄子，战国时哲学家。他继承和发展了老子"道法自然"的观点，认为"道"是无限的、无所不在的，强调事物的自生自化，否认有神的主宰。见卷三《梅花》注。②塞

垣消息：此指边塞抗击外虏入侵取得胜利的消息。塞垣：边界险要关塞。唐高适《蓟中作》："策马自沙漠，长驱登塞垣。"

## 月①

明月凉如水，树影湛湛动。遮天露雾深，入面风稜重。步楹时独行，老眼倦读诵。闲却好清言，只是无人共。②不如拥襊眠，细作青山梦。③

**注：**①万历三十五年（1607）作于密云。作者夜里读诵疲倦，独自到月下散步，真想有人清谈一阵，无奈只好抱着被子细作青山梦。②清言：清谈。亦称"玄言"、"玄谈"、"谈玄"。指魏晋时期崇尚老庄、空谈玄理、逃避现实斗争的一种风气。后泛指不接触实际问题的谈论。③襊（cuì）：犹绒被。

## 落　叶①

商风忽以至，遮天蔽城郭。②只此数株树，能禁几回落。叶去独空枝，谁与伴寂寞。③转盼失青林，参差见朱阁。一岁等闲休，飞花尚如昨。④叶落不离地，我行眇天末。感叹步空阶，不住旋宝络。⑤随风时一行，腾地如小雀。

**注：**①万历三十五年（1607）作于密云。秋风到来，青林很快变成了参差不齐的枝干。作者步空阶，感叹要冲出旋宝络，如小鸟一样飞向远方。抒发了渴望摆脱寂寞的急切心情。②商风：秋风。商，旧以商为五音中的金音，声凄厉，与肃杀的秋气相应，故称"商秋"。③"谁与"句：谓没有了树叶，能有谁与我作伴一起渡过寂寞的时光呢？④"一岁"句：谓秋天是花木的闲休之季，一年就等这一次。⑤旋宝络：喻指华丽精美的居室。旋：通"璇"，美玉。络：泛指网状物。此指代房子。

## 夜　读①

雪藤陈丽字，银烛照秋毫。②朱点生红焰，沉笺沸绿膏。③叶声如遇雨，茶响似奔涛。只作山中看，何须更郁陶。④

**注：**①万历三十五年（1607）作于密云。作者灯下读书，或书中点批，或笺上撰文。室外的叶声与室内的茶响增添了隐居之趣。②雪藤：谓白纸。古时质地好的纸是用藤皮做原料的。③红焰：喻指用红笔在书上做的点批。绿膏：喻指精美的文字。④山中：指山水中的隐居处。郁陶：喜而未畅貌。

## 静 坐①

掷却残书去,端居万虑忘。边风无昼夜,塞月带冰霜。钟断犹余韵,炉寒不受香。②如何当此夕,啼鸟也潜藏。

**注**:①万历三十五年(1607)作于密云。作者夜晚把书放到一边,端坐起来,感觉除了边风、寒月及断钟的余韵,周围的一切皆变得悄无声息。②不受香:香不易点燃。

## 九月塞上已雪①

### 其 一

昨夜尚余星,随风舞不停。当窗山已白,拂户树犹青。隐几寒披襂,烹茶预洗瓶。纵晴无处去,拨火玩残经。

**注**:①万历三十五年(1607)作于密云。边塞九月的一场过急的大风雪把路封了,天气寒冷,诗人避之不得,呆在家里很无聊,只得喝酒睡觉。

### 其 二

乱舞迷天地,窥帘入幌斜。①中槐犹隐叶,著菊尚疑花。②候冷先传塞,梦寒不到家。欲知边地苦,亲自到龙沙。③

**注**:①入幌斜:谓在风中斜挂着的酒店招子进入了眼帘。②疑花:谓菊花在风雪中显得很不分明。疑:不分明;难于确定。③龙沙:地名,位于边塞的北部。

### 其 三

欲蔽飞狐道,横遮饮马泉。①杨花如昨日,稷雪已残年。②老怯冲风看,愁思带酒眠。③寒威应不减,聚墨似胡天。

**注**:①蔽:犹"避"。飞狐道:古道路名。《后汉书·王霸传》:"诏霸将弛刑徒六千人与杜茂治飞狐道,堆石布土,筑起亭障,自代城至平城三百余里。"②稷雪:即霰。下雪前或下雪时所下的小冰粒。③老怯:老胆小,此指作者。

## 闻丘长孺武场被落志感①

事事每如此,浓想倏成梦。盛年已不还,常作穷途恸。②刘郎有书来,九箭九回中。射策乃剩技，文章翻无用。③岂有倚马才，不能压余众。④瑰奇轻毂率，毋乃太豪纵。⑤近事不可知，白黑殊罾罾。马肆不收龙，鸡群常落凤。命也可如何，造物工调弄。⑥李白谪仙人，低头丐薄俸。⑦灯下闻落第，我身亦为重。家累日渐多，所忧在朝饔。⑧子贵我亦遭，富贵几时共。⑨老来怯奔波，吾志甘抱瓮。⑩世途亦有涯，万事觉前送。展转不能眠，窗月松枝动。

**注：**①万历三十五年（1607）作于密云。作者为好友邱坦举武进士落第而深感痛心，细心劝慰友人对于功名不必想之太甚、操之过急。应承认年岁不饶人，当对比李白谪仙的遭遇，接受命运的安排。邱长孺：丘坦，字长孺。见卷一《别山风雨，得邱长孺书》注。武场被落：谓邱坦参加武进士考试落第。②穷途恸（tòng）：路走到了尽头，则哀痛之极。《世说新语·栖逸》："阮籍常率意独驾，不由径路，车迹所穷，辄痛哭而反。"③射策：汉代考试法之一。主试者提出问题，书之于策。分为甲乙科。射策者随意解答，按其难易而分优劣。射是投射之意。见《汉书·萧望之传》注。剩技：谓多余的考试办法。④倚马：《世说新语·文学》："桓宣武北征，袁虎时从，被责免官，会须露布文，唤袁倚马前令作，手不辍笔，俄得七纸，殊可观。"后因以"倚马"比喻文思敏捷。此指丘长孺。⑤毂（gòu）率（lǜ）：弓拉开的程度。⑥造物：犹"造化"。即命运。⑦李白：唐代大诗人。谪仙：谓如谪降人世的神仙。用来称誉才学优异的人。《新唐书·李白传》："白亦至长安，往见贺知章，知章见其文，叹曰：'子，谪仙人也！'"后特指李白。低头：谓李白地位低下。丐薄俸：谓朝廷给李白的俸禄微薄，只相当乞丐的生活标准。⑧朝饔（yōng）：每天的饮食。⑨遭（zhān）：转。跟着沾光。⑩抱瓮（wèng）：《庄子·天地》："子贡南游于楚，反于晋，过汉阴，见一丈人方将为圃畦，凿隧而入井，抱瓮而出灌。搰搰然用力多而见寡。"后多以"抱瓮"比喻淳朴的生活。

# 闲　步①

且莫辞游衍，无风塞上稀。②鸟争松子落，霜减药苗肥。入洞苔侵屐，攀岩棘罥衣。③日斜容易坠，峰顶尚辉辉。

**注：**①万历三十五年（1607）作于密云。作者傍晚闲游山坡，喜见野外生机盎然的自然景色。②游衍（yǎn）：即纵意游乐。《诗·大雅·板》："昊天曰旦，及尔游衍。"③罥（juàn）：缠绕；牵挂。

# 怀中郎①

## 其一

黑云酿雪乱山高，梦里明明见节旄。②孤客广陵凄夜月，一帆溢浦溅秋涛。③

归来应喜存三径,悼逝将无长二毛。<sup>④</sup>万里辽阳稀客至,尺书空自忆江皋。<sup>⑤</sup>

**注:**①万历三十五年(1607)作于密云。作者怀念兄长孤客送枢一路凄寒,回首自身在边塞半载却一事无成,不禁感叹不如南归学耦耕。中郎:是年秋,作者二哥中郎南归。见前诗《别中郎南归……》。②节:符节,古代使者所持,以作凭证。旄(máo):古时旗杆头上用旄牛尾作的装饰,因以指有这种装饰的旗。③广陵:即今扬州市。溢浦:一称溢水、溢江,今名龙开河。④三径:归隐所住的田园。此指柳浪湖。长:指长兄宗道。二毛:头发斑白,指作者。⑤辽阳:即今辽宁省辽阳市。江皋:此指作者家乡公安县城。因地处长江南岸,故名。皋(gāo):岸。

## 其　二

偶逐尘沙忆濯缨,蒲骚若见眼先明。<sup>①</sup>鱼游鸟逝如归兴,水落山空似宦情。<sup>②</sup>堕地几曾经岁别,涉江动是半年程。<sup>③</sup>腐儒笔研成何事,归去山中学耦耕。<sup>④</sup>

**注:**①逐尘沙:指作者这次到风沙之地。濯(zhuó)缨:濯,洗涤;缨,系冠的丝带。旧时文人用"濯缨"表示避世隐居或清高自守。蒲骚:犹"蒲梢"。古代良马名。《史记·乐书》:"后伐大宛,得千里马,马名蒲梢。"此喻指作者仲兄中郎。②"鱼游"二句:谓作者归兴很盛,如游鱼飞鸟;宦情落空,似水落山空。③"堕地"二句:谓作者和中郎出生以来几乎没有长时间分开过,此次分手从去年到现在已经过去了半年之久。④耦(ǒu)耕:两人各持一耜(翻土的工具),骈肩而耕。引申为二人一组。

## 夜　酌<sup>①</sup>

不须座客满,酒至自倾壶。阶荇如堪拾,窗松似可图。倾醪归碧石,投枣入红炉。<sup>②</sup>咤咤灯花语,家书到也无。

**注:**①万历三十五年(1607)作于密云。作者夜晚自酌自饮,一边玩味着身边的景物,一边琢磨着家书怎么还没有来。②醪(láo):本指汁滓混合的酒,即酒酿。引申为浊酒。

## 至日晨起感怀<sup>①</sup>

沙上浓霜雪未消,乱鸦鸣处转无聊。黄帝绿幕终何事,红蕊青缇又一朝。风里传来残鼓角,梦中失去旧渔樵。<sup>②</sup>故园履袜何时寄,目断南云信转遥。<sup>③</sup>

**注：**①万历三十五年（1607）作于密云。写作者日日夜夜思念家音，望断南云。至日：此处指冬至。还可指夏至。②旧渔樵：谓昔日捕鱼打柴的老相识。喻指作者的故友乡亲。③南云：喻指作者家乡的信使。

祈年姪以书来讯，兼寄近作，殊可观；且云家园花木益茂，因喜而有述，并寄之，不更作报章也①

## 其 一

挑灯看远牍，喜逐八行生。②笔札存风气，文章渐老成。赏心成一醉，讯使到三更。③小阮非凡品，穷途慰步兵。④

**注：**①万历三十五年（1607）作于密云。作者读罢侄子来信来诗，兴奋不已，诗情大发。其热情称道侄子才华超凡，谆谆告诫侄子修正业、养品性、图谋生计大事。祈年：作者的大子，字未央、田祖。因作者长兄宗道无嗣，给过继长兄做了儿子，故作者称祈年为"侄"。近作：指祈年近来的诗作。报章：此指书信。②远牍：此指作者家信。八行书。信札的代称。旧时信笺每页八行，故称。③讯使：谓传递音信的使者。指作者看家信回家书。④小阮：晋阮籍之侄阮咸，字仲容，叔侄都是当时名士，同列竹林七贤。世称阮籍为大阮，阮咸为小阮。后因以大阮小阮为叔侄的美称。此处小阮指代祈年。穷途：作者谓自己人生之路到了尽头。步兵：阮籍。籍曾为步兵校尉，世称"阮步兵"。此指代作者。

## 其 二

非复少王郎，多年识豫章。①好惩惊粉蝶，莫佩紫罗囊。细挹沾衣润，常披入室香。东京袁世贵，修谨不如杨。②

**注：**①王郎：即王昌。新莽末邯郸（今属河北人）人。本以卜相为业，后自称为汉成帝之子刘子舆，被西汉宗室刘林和大豪李育等立为汉帝，都邯郸。不久，刘秀攻破邯郸，王昌被杀。豫章：豫章行，乐府《清调曲》名。现存古辞写豫章山上的白杨变为洛阳宫中栋梁，述其根与株分离之苦。②东京：指东汉的国都洛阳。袁氏贵：指东汉袁安的家族。袁安，东汉汝南汝阳（今河南商水西南）人，字邵公。明帝时，任楚郡太守、河南尹，以严明著称。后历任太仆、司空、司徒。其子孙世代任大官，"汝南袁氏"成为东汉有名的世家大族。修：学习、研究。谨：慎重小心。杨：指东汉杨震的家族。杨震，东汉弘农华阴（今属陕西）人，字伯起。少好学，博览群经，当时称为"关西孔子"。历任荆州刺史、涿郡太守、司徒、太尉等职。其子孙注重修谨，世代任大官，"弘农杨氏"亦成为东汉有名的世家大族。

## 其 三

纷纷薄俗子,弃掷莫为邻。过似闻家讳,谭如延大宾。①衣冠存古朴,文字尚清新。努力图生事,弃时等弃身。②

注:①家讳:指家里所避讳和顾忌的,犹家训。延:邀请。"过似"二句:谓有了过错要想起家里人的教诲,与人说话要谦虚谨慎。②生事:指个人生计大事。

## 其 四

痴叔秋来健,狂踪一寄声。①抛书学走马,饮酒似行兵。素业惭先辈,高文让后生。②蒲骚犹未到,眼目已先明。③

注:①痴叔:傻叔叔。指作者。狂踪:谓狂放的踪迹。即放纵无羁的行为。一寄声:放纵无羁是我(指作者)唯一的名声。②素业:旧指儒业。即读书进第入仕之业。惭先辈:谓作者面对先辈感到惭愧。③蒲骚:犹"蒲梢",古代千里马名。见前诗《怀中郎》注。此喻指作者仲兄中郎。

## 其 五

塞垣非腹里,念我客渔阳。①大将不生事,边人今小康。②胡骑多北徙,戎事毕秋防。未忍言归去,令公恕酒狂。③

注:①"塞垣"二句:处边塞之地,主人念我是客居之人,平时很照顾我。②不生事:平时不扰民。小康:家庭经济尚足,能安定度日。③令公:古代对中书令的尊称。此处指蹇达总督。恕:宽恕。酒狂:指代作者。

## 其 六

乡物将来好,虽轻路已赊。①衣单须大布,酒渴仰真茶。半世长为客,无宵不梦家。悬知书到日,绿萼正敷花。②

注:①乡物:指作者家里寄来的物品。将:送。赊:远。②悬知:牵挂。绿萼(è):即绿萼梅。梅花品种之一,花色白,萼绿色,极名贵。敷:铺;施。犹保护。

## 其 七

报道园林胜,依然摩诘庄。①古梅如见雪,新竹似闻香。石冷穿云屐,池虚泛月觞。②有山不用买,何故滞他乡。③

注:①园林:指作者在公安的别业�笃谷。摩诘庄:指唐朝诗人王维的辋川山庄。王维字摩诘。见卷三《赠鲁印山》注。②"池虚"句:浮动着月亮倒影的小池像是一个盛酒器。池:指笫笃谷园内的水池。③山:指作者家乡的笫笃谷可做隐居之地。

## 其 八

幸有春为伴,南归乐事奢。十茎珍异草,九锡宠名花。<sup>①</sup>扫叶开吟径。磨苔出钓槎。<sup>②</sup>游囊无长物,一束烂云霞。<sup>③</sup>

注:①珍异草、宠名花:喻指作者在这次出游中所获得的各种新知、新趣或新礼品。十茎:犹言多。九锡:古代帝王赐给有大功或者有权势的诸侯大臣的九种物品。锡,通"赐"。②吟径:谓作者在园中的小路上边走边吟诗。③游囊:指作者出游中背的袋子。烂云霞:比喻作者出游中撰写的诗文。

# 懊恼曲,代友人赋<sup>①</sup>

## 其 一

扬州梦觉到如今,洛浦萧条旧锦衾。<sup>②</sup>流水高山难再遇,止缘同调倍伤心。<sup>③</sup>

注:①万历三十五年(1607)作于密云。作者代友人作赋:友人与一娇艳灵巧的歌女情投意合,共同商定了婚姻大事及将来的人生安排。后来宁王选美,强逼他与歌女断绝婚姻关系。歌女悲伤之极,愤然投江自尽。回想自己心爱之人被强娶致死,诗中男主人公似乱箭穿心、懊恼不已。懊恼:悔恨;烦恼。古乐府《懊侬歌》主要产生于东晋、南朝吴地,原流行于民间,后宋少帝更制新歌三十六曲。现存诗歌十四首,大多是情歌。②扬州:府名。隋开皇九年改吴州为扬州,治所在江都(今扬州)。明改为府。当运河交通冲要,经济、文化繁荣。洛浦:洛水水边。传说为洛神出没处。③同调:谓情调相投。

## 其 二

青骢白马渡江涯,剧藕晴丝满碧沙。<sup>①</sup>记得大堤十字曲,穿心一道过他家。<sup>②</sup>

注:①晴丝:喻指情思。②大堤:指江堤。十字曲:犹"十字架"。比喻苦难。此处暗示歌女已不在人世。穿心:喻指诗中男主人公乱箭穿心般的痛苦。

## 其 三

珠帘斜倚太轻盈,秋水梅花沁骨清。欲识泥人魂断处,当场一曲似春莺。<sup>①</sup>

注:①泥人:指歌女已投江自尽成了泥人。春莺:春莺啭。唐乐舞名。传高宗李治晨听莺声,命龟兹乐工白明达作曲,名《春莺啭》,依曲编舞。此处指代本赋《懊恼曲》。

## 其 四

郎心不道折花枝，妾意宁同掷果姬。①水里戎盐胶里色，一班风味少人知。②

**注**：①掷果姬：晋潘岳美姿容，每出行，老妪以果掷之满车。后因以掷果盈车以形容美男子为妇女所爱慕。（见《世说新语·容止》）②戎盐：即岩盐。因产于戎地（古代少数民族聚居地），故名。《本草纲目·戎盐》引陶弘景《名医别录》："戎盐生胡盐山，及西羌北地酒泉福禄城东南角。"

## 其 五

今朝喜不上徘场，自煮春茶自爇香。①见说郎来飞舞甚，私将金串治壶筋。

**注**：①徘（pái）场：犹"陪场"，陪伴客人的场所。爇（ruò）：点燃。

## 其 六

江边水底送金杯，子夜红氍浸绿苔。①嗔道舆人频见促，教他归去我行来。②

**注**：①氍（qú）：氍毹（shū），毛织的地毯。②嗔（chēn）：怒。舆（yú）人：古代职位低微的吏卒。此处谓驾车的随从。

## 其 七

翻䙰体态似惊鸿，鹦鹉由来慧业同。①默默不言能解意，可怜心曲太玲珑。

**注**：①翻䙰：犹"翩翩"，上下飞动貌。惊鸿：形容美人的体态轻盈。

## 其 八

清言密室罢歌声，郎颊粲花旧有名。①酬得来机浑未易，看他谭笑似风生。

**注**：①粲（càn）花：形容面颊红润。

## 其 九

他家席上错称呼，心里怀人碧作朱。听说相如词赋好，自夸眼内有明珠。①

**注**：①相如：司马相如，西汉大辞赋家。见卷一《拙藁呈冯开元……》注。此处代指郎君。

## 其 十

眼角才逢逸兴生,通宵不惜酒卮倾。①竹林近日萧条甚,粉黛丛中觅步兵。②

**注:** ①逸兴(xìng):超逸豪放的意兴。②竹林:指竹林七贤。即魏晋间七个文人名士。《魏氏春秋》:"(嵇康)与陈留阮籍、河内山涛、河南向秀,籍兄子咸、琅邪王戎、沛人刘伶相与友善,游于竹林,号称七贤。"步兵:阮步兵,即阮籍。见前诗注。

## 其十一

自伤零落在歌楼,桃叶闲悲团扇秋。①话到将来归结处,清眸剑戟泪双流。②

**注:** ①桃叶:人名。晋王献之之妾。亦乐府吴声歌曲名。南朝陈时,江南盛歌王献之桃叶词:"桃叶复桃叶,渡江不用楫,但度无所苦,我自迎送汝。"团扇秋:汉班婕妤《怨歌行》有:"我为合欢扇,团团似明月"句,后人因称为《团扇歌》。班婕妤,汉雁门楼烦班况女,班彪之姑。成帝时选入宫,后为赵飞燕所谮,退居东宫,作赋自伤,成帝崩后,充奉园陵。②将来:谓不知将来怎么办。剑戟:指小女子的眼中充满了似兵器般的寒冷之气。

## 其十二

欲随苏晋去逃禅,浣却红莲种白莲。①闻说城西范大士,与郎随分送金钱。②

**注:** ①苏晋:唐代人。数岁知为文,作《八卦论》。房颖叔、王绍叹曰:"后来之王粲也。"举进士及大礼科,皆上第。先天中为中书舍人,玄宗时监国,所下制命,多晋及贾会稿。屡献谏言,累迁吏部侍郎、典选事,有时誉。终太子左庶子。逃禅(chán):此处指逃避世事,参禅学佛。浣却红莲:谓了却红尘。红尘,人世间。种白莲:喻指参禅学佛。②大士:佛教称佛和菩萨。随分:照例。

## 其十三

怀人曾到小池台,绚履盈盈印绿苔。穿过竹中浑似燕,一声娇笑带香来。

## 其十四

醉余花蕊压青鬟,饮兴风骚未易删。①犹记西园明月夜,满阶花影鹿胎班。②

**注:** ①花蕊(ruǐ):喻指小女子花容般的脸蛋。鬟(huán):古代妇女的环形发髻。风骚:指女人的姿容俏丽。②鹿胎班:即鹿胎花。为牡丹的一种。宋欧阳修《洛阳牡丹记》:"牡丹之名,或以氏,或以州,或以地,或以色,或族其所异者而志之……鹿胎花,倒晕檀

心,莲花花萼,一百五,叶底紫,皆志其异者。"

## 其十五

几时嫁去事宁王,易水闻言泪染裳。①富贵不来苏季子,令他生拆绣鸳鸯。②

**注:**①宁王:指安定天下的帝王。《尚书·大诰》:"用宁王遗我太宝龟,绍天明。"易水:在今河北省西部。大清河上源支流,战国时苏秦曾在此遇难。②苏季子:苏秦,字季子。主张合纵,联合抗击秦国,曾挂六国帅印,衣锦还乡。后被齐国在易地车裂而死。见卷一《有感》注。他:指宁王。绣鸳鸯:指歌女和他的郎君。

## 即 事①

五亩家园昼掩扉,不知何苦费心机。②悔为抱叶寒蝉计,愿逐衔芦旅雁归。③柳浪湖边波艳艳,梅花廊里雪辉辉。④八行昨日传家去,早拭溪头旧钓矶。

**注:**①万历三十五年(1607)作于密云。作者传书家人,告诉他们将很快启程返回家园。即事:即事诗。②五亩家园:指作者在公安的别业筼筜谷。③抱叶寒蝉:谓抱来树叶给蝉御寒。比喻从长计议,为自己的将来做好准备。衔芦旅雁:此指含着芦草南飞的雁。④柳浪湖:作者中郎兄在公安隐居的别业。梅花廊:指筼筜谷内种植的梅花。

## 雨变诗戏作,万历丁未夏京师霖雨不止,城中如江河,官舍民居皆塌,因赋①

长安风俗近好奇,不爱尘土爱涟漪。②但喜宅中多贮水,那闻床下便穿池。使君蹑屐趋衾榻,小妇登床送酒卮。③酒后耳热仰天卧,屋漏直滴口边髭。浮床忽如青雀舫,谓是蔡姬荡耶非。④未闻满朝拂衣去,胡为家家水上载西施。⑤莫是尽学东平籍,坏壁颓墙任阚窥。⑥釜中闻唈喝,灶下听鼓吹。⑦郈成分宅今多见,楼缓同餐谊更稀。⑧昨闻张京兆,置妻八尺梯,自上梯边为画远山眉。⑨又见待诏金门狂李白,长安市上醉淋漓⑩,天子呼来不上船,自称臣今为水师。烟波钓徒张志和⑪,不复泛家浮宅雪苔间,只来铜驼陌上坐钓矶。谢安不造浮海装,海道近日在金闺。⑫天子有道公卿贤,胡为乘桴学宣尼。⑬或云天子怒,公卿罚作陛盾郎⑭,皆令立雨中,不及侏儒有休时。又云岁星精是小儿,上帝付与三天司命咨⑮,却来银浦恣游嬉。雕云屑雷,橪龙命鸦,引水作花溪。⑯致令天河水奔溃,茫茫陆地走蛟螭。⑰方朔是仙才,不宜如此痴。⑱又云箕子陈五行,惟水一行天所滋,其余四行可置之。⑲水为天淫气,多则为祸基。披香女博士⑳,能免唾且嗤? 道路老人言,臣心信且疑。近日上帝怒灵祇,天地反目不相宜。天公不念地祇卑,尊宠萍翳困地维,致令四海横流五岳夷。㉑地上苍生皆为鱼,地上诸苍生,俱是上帝儿。猛虎不噬儿,天心岂不慈。天若无地无所承,将令天轴亦下亏。㉒星斗灿灿沉海底,一半皆为蛟龙貽。㉓小臣不胜哀,再拜以陈词。日月是君子,萍翳小人资。萍翳肆毒虐,日月不扬辉。下土昏昏无所见,白昼沉黑阳光微。萍翳柔而害物,破人室家,圮人屋庐,致令四海多浮尸。犬不安窦,鸡不安塒,所遭之处立残破,金石虽坚亦摧危。㉔上帝信萍翳,好恶毋乃歆。雷霆本是上帝印,萍翳盗去市天威。将来乞印不得印,汤汤之水入玉墀,未央驰荡无孑遗。㉕臣愿上帝逐萍翳,信日月,收丰隆㉖,和地祇,当令珠囊叶庆,四海安覆盂。臣言犹如败鼓皮,愿帝止辇收臣愚。

注:①万历三十五年(1607)丁未夏作于密云。京师遭霖雨之灾,城中水流成河,官民房舍倒塌,地上苍生皆为鱼。诗人即景生情,祈求上天怀仁慈之心,驱逐肆虐害物的云雨之神,还日月之辉。表达了诗人关爱生灵,憎恶邪恶和向往明主的思想感情。霖雨:连绵的大雨。②长安:指代京师(今西安市)。③使君:旧时尊称奉命出使的人。④蔡姬:蔡琰,字文姬。汉末女诗人。博学有才辩,通音律。⑤拂衣:振衣而去,谓归隐。西施:春秋末年越国苎罗(今浙江诸暨南)人。由越王勾践献给吴王夫差,成了夫差最宠爱的妃子。西施帮助越国灭掉吴国后,与范蠡偕入五湖。见《吴越春秋》。⑥东平:在山东省西南部,大运河东岸,大汶河下游。西境东平湖。东平境内湖多,故有"尽学东平籍"之说。阚(kàn):俯视。⑦釜(fǔ):古代炊器。喁(yǎn)喁(yóng):鱼在水中群出吸气貌。⑧郈(hòu)咸:郈成子,春秋鲁大夫。楼缓:战国赵国人,事俸武灵王。王欲胡服,群臣皆不欲,缓独称善。由于缓支持武灵王的政治改革举措,得到了武灵王的信任,君臣之间建立了很深的情谊。⑨张京兆:张敞。西汉河东平阳(今山西临汾西南)人,字子高。初为太仆丞,宣帝时任太中大夫、京兆尹、冀州刺史等。敢直言,明赏罚,有治绩。夫妻相敬如宾,常与妻画眉,时长安有"张京兆眉忧"之说。张敞为妻画眉,成为夫妻恩爱的典故。《汉书》有传。⑩待诏:待命供奉内廷的人。在唐代,不仅文词经学之士,即便是医卜技术之流,亦分别设院给以粮米,使待诏命。金门:汉代宫门名,又名金马门。汉代征召来的人,都待诏公车(官署名),其中才能优异的令待诏金马门。李白(701—762):唐大诗人。字太白,号青莲居士。诗风雄奇豪放,想象丰富,语言流转自然,音律和谐多变。有《李太白集》。水师:古代官名。掌水,监涤濯之事。⑪张志和:唐诗人,号烟波钓徒。见卷二《江午》注。

泛家浮宅：谓把家安顿在船上或水边。霅（zhà）苕（tiáo）：霅溪。浙江吴兴的别称。因境内东苕溪、西苕溪等汇合为霅溪而得名。铜驼陌：霅苕境内一古地名。⑫谢安：东晋政治家，字安石。见卷三《长歌送谢在杭司理之东昌》注。金闺：金马门的别称。亦指朝廷。⑬有道：古代称国家政治清平、百姓安居乐业为"有道"。宣尼：即孔子。汉元始元年追谥孔子为褒成宣尼公，后因称孔子为宣尼。见《汉书·平帝纪》。⑭罚作：汉时罚轻罪者做苦工。此处谓惩罚。陛盾郎：谓在帝王宫殿台阶前持盾牌的郎官。⑮岁星：即"木星"。木星在黄道带里每年经过一宫，约十二年运行一周天，所以我国古代叫它做"岁星"。并用以纪年。司命：星官名。属虚宿，共两星，即宝瓶座24、26号星。此处谓掌管天命咨询。⑯雕云：犹浓云。屑（xiè）雷：迅雷。檄（xí）：此处谓征召。⑰蚩螭（chī）：蛟龙。古代传说中的动物，民间相传以为能发洪水。⑱方朔：东方朔。西汉文学家。见卷二《送顾孝廉晋甫再入都……》注。⑲箕子：星名，指箕宿，二十八宿之一。苍龙七宿的最后一宿，有星四颗。五行：指水、火、木、金、土五种物质。我国古代思想家用日常生活中习见的五种物质，说明世界上万物的起源和多样性的统一。⑳博士：官名。源于战国。秦及汉初，博士掌古今史事待问及书籍典守。㉑祇（zhǐ）：古代地神。萍翳（yì）：当为天宫掌管云、雨之神。地维：地的四角。㉒天轴：支撑天的柱子。古人以为天圆地方，天有九柱支持，地有四维系缀。㉓齝（chī）：牛反刍。即食之已久，复出嚼之。㉔埘（shí）：墙壁上挖洞做成的鸡窠。㉕墀（chí）：台阶。未央：汉宫名。故址在今峡西西安市西北。当时常为黄帝朝见群臣之处。骀（tái）荡：汉宫殿名，在建章宫中。孑（jié）：遗留；余剩。㉖丰隆：古代神话中的雷神。叶庆：谓世间同庆云。叶，世。庆，犹庆云，彩云，喻祥瑞之气。覆盂：覆置的盂，比喻稳固，不可动摇。㉗辇（niǎn）：人推挽的车。特指君侯所坐的车。臣：此指作者。愚：愚见。谦指作者上面陈述的种种意见。


# 题刘将军壁上画水歌①

## 其 一 文

天明风静气微和，澄江金斗熨织罗。有时商飚微微发，一沤才起万沤多。②清风徐来黄州水，木叶微脱洞庭波。③水云鱼鳞布天上，天色波心相荡漾。素练叠开流冷光，桃笙乍展萦轻浪。④呷唼游鱼应不惊，凫容鸥貌静相向。欣见澄清旧碧流，却挂将军壁上头。⑤谁将小李将军手，貌得吴淞一段秋。⑥十年颜面悲尘滓，对此莲漪堪洗耳。⑦乞得葛疆并州刀，剪取潇湘入袖里。⑧

注：①万历三十五年（1607）作于密云。作者以刘将军壁上一幅水景图为对象赋诗，

既生动描绘出了画面的优美,又铺陈出了画面的气势。意境亦文亦武,驰张相衬,切中了题歌刘将军文武兼备之意旨。刘将军:蓟辽总督塞达手下的一员将军。②商飙(biāo):秋风。③黄州:州,路,府名。隋开皇五年(585)改衡州为黄州。治所在南安(后改黄冈),明改为府。辖境在今湖北武汉以东。洞庭:洞庭湖,在今湖南省北部,长江南岸。④桃笙:竹名。节高而皮软,篾青可以织席。⑤澄清旧碧流:谓刘将军壁上的碧水图成色旧了。⑥小李将军:指唐代山水画家右武卫大将军李思训的儿子李昭道,言山水者称其父为大李将军、小李将军。貌:描绘。吴淞:地名。在今上海市北部、黄浦江口西岸。一段秋:清秋的碧水。⑦悲尘滓:此指作者久困场屋不得志而深感蒙羞。"涟漪"句:谓画中的这一点水只能供作者洗耳朵。⑧葛(gé):古国名。在今河南睢县北。曾为商汤所伐。并州:汉武帝所置"十三刺史部"之一,约当今山西大部和内蒙古、河北的一部分。治所在今太原市。潇湘:指潇水和湘江。

## 其 二　武

千百年来画活水,道子以后无良工。①手摸疑有洼隆迹,止与印板争雌雄。黄筌知微穷水变,兴到疾走笔如风。②急湍洪涛满天地,怕见崩屋势汹汹。此图妙得古人意,倒海排山荡碧空。鲸吞鲵怒如咫尺,萧然置我沧海东。③吴国三千水犀手,射之不得空挂弓。④六月火云掣飞电,将军对此开华宴。瞥然一见洗炎蒸,不须更用龙皮扇。⑤

**注**:①道子:吴道子。唐画家,阳翟(今河南禹县)人。少时孤贫,相传学书不成,改习绘画,年未二十已有成就。苏轼说:"画至吴道子,古今之变,天下之能事毕矣。"②黄筌(约903—965),五代后蜀画家。字要叔,成都人。与江南徐熙并称"黄徐",形成五代花鸟画两大主要流派。③沧海东:指东方靠近大海的地方,即作者当时所处之地。④水犀手:谓水兵。犀:犀牛。常常出没在有河流的热带森林里。⑤龙皮扇:扇名。《唐人故事记》卷五:"王元宝家有一皮扇子,制作甚佳,每暑日宴客,即以此扇子置于座前。使新水洒之,则飘然风生。"故称龙皮扇。

## 初春德州署中刘户部元定席上①

### 其 一

一见话青州,登坛绝献酬。②客从今夕至,酒是去年留。白乳龙湫净,苍官鸟道幽。③喜君微点缀,随意有沧洲。④

**注**:①万历三十六年(1608)作于德州。作者造访刘户部,受到热情款待。宾主随和,叙话至夜半。德州:在今山东省西部,临接河北省,大运河流贯其境,明、清为德州。

刘元定:刘戡之,字元定。时任德州知府。见卷三《同慎轩赴刘元定诸君子……》注。②青州:古九州之一。《尚书·禹贡》:"海、岱惟青州。"海指今勃海,岱即泰山。即当时山东德州一带地域。献酬:指相互以诗文相赠答。③白乳:指白色的钟乳石假山。湫:水潭。苍官:头发灰白的客官。此指作者。④点缀:略加衬饰。沧洲:滨水的地方。古时常用来称隐士的居处。

## 其 二

不作他人看,深斋话夜分。儿郎皆踊跃,童仆也欢欣。素业存寒士,青山忆冷云。①拨烦名已著,白社漫邀君。②

注:①素业:旧指儒业。②拨烦:治理繁剧的政务。白社:白莲社。

## 小园即事①

滴沥一园露,带露野花香。买鹅为鹤伴,芟竹作兰床。②怪石新移槛,小舟初下塘。渐于巾帻远,露顶卧深篁。

注:①万历三十六年(1608)作于公安。此诗为作者从密云回公安后作。写作者忙于修理打点小园,光着头在竹林深处卧床歇息。小园:指作者在公安的居处箨篁谷。②芟(shān)竹:除去多余的竹子。兰床:兰花园地的围栏。

## 初 秋①

### 其 一

微凉宿阴林,顿觉烦暑退。登台对清池,过萤停鹤背。静夜发啸歌,邻犬数声吠。

注:①万历三十六年(1608)作于公安。作者初秋晚宿阴林,烦暑过后登台临池,饮酒赋诗,放声吟唱,渐渐地醉倒于台上,直到天快亮时,才回屋休息。具体形象地表现了诗人在自家园中彻夜纵乐的情景。

### 其 二

台上人正醉,池中鹤正睡。浩露渐深林,鹤惊人亦去。

## 醉　归①

水气抱柴扉,林阴夜凛冽。风至如有人,芭蕉一声裂。暗暗梅花廊,残月如凝雪。②

**注:**①万历年三十六年(1608)作于公安。作者深夜醉酒归来,看见园中景物,颇有朦胧之状。②梅花廊:指筼筜谷中种植的一排排的梅花树。

## 送胡叟东汀入蜀①

少年意气何轩举,谊重财轻如粪土。指囷寄帑不足言,口未开时心已许。②而今老来生事微,故交已故新交稀。苍狗游云同世态,夜半扣门应者谁。③楚尾吴头归未得,一帆又作江干别。④七十老人怜爱子,不怕滟滪堆边雪。⑤一片热肠我最怜,风尘少有如公贤。他日西华来见我,葛衣脱去与纯绵。⑥

**注:**①万历三十六年(1608)作于公安。写胡叟年少时气度不凡,慷慨济人;年老后生计贫贱,求助无门,但为了爱子还得去闯滟滪堆。胡叟:名东汀,安徽人。②指囷(qūn):《三国志·吴志·鲁肃传》:"周瑜为居巢长,将数百人故过侯肃,并求资粮。肃家有两囷米,各三千斛。肃乃指一囷与周瑜。"旧时因以"指囷"为慷慨济助朋友的典故。寄帑:把金帛寄放在朋友家里很放心。③"苍狗"二句:谓世态炎凉,有急难无处求助。④楚尾吴头:泛指安徽境内,其地理位置正处于楚、吴之间。归未得:谓胡叟未能够归去。由此可知,胡叟当为安徽人氏。⑤滟滪堆:滟滪滩,俗称"燕窝石"。为长江江心突起的巨石。在今四川省奉节县东五公里瞿塘峡口,旧时为长江三峡著名险滩。⑥西华:冉瞻。晋内黄人,字弘武。因骁猛多力、攻战无前,历位左积射将军,封西华侯。此指代胡叟。

## 步顾山人韵奉酬①

### 其　一

十五春秋别,清狂兴宛然。王维诗里画,苏晋酒中禅。②老健赢高贵,雄心长暮年。一帆寒雪里,吹笛过湘川。

**注:**①万历三十六年(1608)作于公安。作者与十五年前的老友重逢,发现他体健心雄,性情不改当年,犹如一棵久经沧桑的老松树。步韵:亦称次韵。即依照所和诗中的韵

及其用韵的先后次序写诗。顾山人:谓姓顾的隐士。余未详。奉酬:酬答。②王维:唐诗人、画家。见卷三《初至村中》注。北宋苏轼称他诗中有画,画中有诗。苏晋:唐代人。数岁知为文,作《八卦论》。见本卷《懊恼曲》注。

## 其 二

父子为台向,休嗟僮仆亲。①缚綦寻石遍,倚杖看云新。②癖尽惟余醉,技多岂救贫。故园曾种树,千尺长龙鳞。③

注:①"台(yí)向"二句:父子之间总是相互心系彼此,这是由血缘亲情决定的。台:何。仆:依附。②缚綦(qí):系上鞋带。寻石:谓出游。③故园:此指顾山人的老家。龙鳞:形容老松的皱皮。千尺长龙鳞:喻指顾山人。

## 将发,顾山人席上得清字,同傅叔子①

去住皆为客,明朝又远征。惊风花乱影,怯月雁流声。②不浅庾公兴,难澄叔子清。③今宵戒绮语,相对话无生。④

注:①万历三十六年(1608)作于公安。作者赋诗送别友人,勉励他要雁过留声。将发:谓顾山人将发舟远征。得清字:即以"清"字为韵赋诗。傅叔子:作者友人。居沙市。②惊风:谓很大的阵风。怯月:形容月光柔弱。雁流声:此喻指友人赋诗。③庾(yǔ)公:庾信。北周文学家。善诗赋、骈文。见卷四《初至沙市张园苦雨》注。叔子:羊祜,字叔子。西晋大臣。见卷一《赠人》注。此亦指在场的傅叔子。④绮语:佛家语,指涉及爱情或闺门的艳丽辞藻及一切杂秽语。无生:佛教语。没有生灭,不生不灭。

## 礼冷云上人塔①

班竹经厢在,瘿楠佛像存。②褯犹温木榻,云已冷山根。③怪石常来牖,寒潮自扫门。④凄凉禅友尽,宿草染啼痕。⑤

注:①万历三十六年(1608)作于公安。作者赋诗祝贺石头菴上人塔落成,赞颂冷云住持为寺庙建设做出的功德,并对僧门修行人生活的艰辛表示深切同情。礼:表示敬意。犹祝贺。冷云:公安石头菴住持僧。上人塔:塔名。为冷云僧在石头菴主修建的佛塔。②班竹:即斑竹。也叫湘妃竹。经厢:谓藏经的厢房。瘿(yīng):植物瘿。植物受病菌、昆虫、叶螨、线虫等寄生后,形成的囊状性的赘生物,有软木质或木质。③褯:犹被褥。榻(tà):狭长而较矮的床。"云已冷"句:巧妙点出了"冷云"上人的法号。④怪石:犹风沙。牖(yǒu):犹牖,窗户。⑤"凄凉"句:谓禅友尝尽了凄凉之苦。

## 王龙屿绣林江阁值雪杂诗①

### 其 一

小楼枕石根,波浪溅檐瓦。②游客莫凭栏,大江在其下。

注:①万历三十六年(1608)作于绣林。写作者风雪天乘舟游绣林的无限情趣。王龙屿:长江中一小岛名。为绣林山脚延伸到江中隆起的一方岩石。绣林:石首县县城,因紧傍绣林山,故名。江阁:指建在江边王龙屿上的一楼阁。值雪:正逢下雪。②枕(zhèn):以身(头)枕物。石根:指江上的小岛王龙屿。

### 其 二

浓寒辍校书,晨酒宿颜面。隐几不成眠,静听水石战。①

注:①水石战:形容江水剧烈地冲击和拍打着山石。

### 其 三

皓然满一洲,洲畔千樯列。①不见舟中人,但见舟上雪。

注:①皓然:洁白貌。樯:桅杆。引申为帆船。

### 其 四

宾从亦何喜,水石亦何怒。⑤日暮绝来舟,江心双白鹭。

注:⑤宾从:宾客带着仆从。

### 其 五

以手掬江流,取之涤砚瓦。①尊罍稍远窗,莫被过帆打。

注:①砚瓦:指铜雀砚。为黄炜所送。见卷四《铜雀砚歌为黄观察赋》注。

### 其 六

江光本自白,皎雪满天地。江流本有声,兼之猛风至。


## 曾长石太史以短歌三首见别,步韵奉答,时予忧路梗回棹,故末及之①

### 其 一

鱼甲浪中清,马蹄沙里浊。近希子固远玄真,一生专以水为乐。②不须穷渤流,不用遍灵岳。③近水近山入眼来,回视家园已龌龊。兼之高人玉屑飞,耳目都清那忍归。④十日淹留谢朓宅,此是浮家第一适。⑤弟劝兄酬有余欢,君宁作主我宁客。

**注:**①万历三十六年(1608)作于公安。作者乘舟到绣林,受到了曾太史一家的热忱款待。淹留数日,作者感受到了泛家近游的畅快与便捷;并为曾太史的才华、人品和性情所打动,将其视为志同道合的朋友。曾长石太史:曾可前,号长石,石首人。官至翰林院编修,故名太史。见卷四《曾长石太史以诗寄……》注。步韵:即按照曾太史送别诗中的韵及其用韵的先后次序写诗。奉答:进献作答。梗:阻塞。未及之:未能及时对曾太史的赠别诗作酬答。②希:通"睎"。仰慕。子固:曾巩(1019—1083),字子固,北宋文学家。南丰(今属江西)人。嘉祐进士,尚奉召编校史馆书籍,官至中书舍人。曾得王安石所推许。散文平易,为"唐宋八大家"之一。有些文章对当时在位者的因循苟且不满,提出"法者所以适度变也,不必尽同;道者所以立本也,不可不一。"主张在"合符先王之意"的前提下对"法制度数"进行一些改易更革。著有《元丰类稿》。此处指代曾太史。玄真:唐张志和,著有《玄真子》。见卷二《江午》注。③渤:即渤海。我国的内海。灵岳:古人说高山都有灵气(即神灵),故有"灵岳"之说。此处指高大的山,如五岳。④高人:此指曾长石。玉屑(xiè):美玉的碎末。喻指才华。⑤淹留:久留。谢朓(tiǎo):南朝齐诗人。见卷二《小竹林赠别傅叔睿》注。此处指代曾长石。泛家:谓乘舟出游。

## 其 二

山水虽胜人兀兀,安得方舟走吴越。①看君神骨何轻清,一泓寒泉流皎月。②马颊羊羹等世路,几人白首能如故。③知君爱我岂凡情,松箭真堪保岁暮。④持藤蹑屐几春秋,剩水残山非壮游。惟怜别我同心友,独立沧洲岂禁愁。⑤

**注:**①兀兀:昏沉貌。吴越:泛指长江下游,古代吴国、越国的地域。②轻:谓仪态轻逸,优美。清:指心地纯洁。③"马颊"二句:谓世俗之人把友情看成马颊羊羹,其交往终不得长久。④松箭:指松树、箭竹。此喻指作者与曾太史间的感情如松树、箭竹般长青、坚劲。⑤同心友:指性情志向相通的朋友。沧洲:滨水的地方,古时常用来称隐士的居处。此处指作者的居处。

## 其 三

江籁常吹沙雪古,一帆又指刘郎浦。浪打冠巾雨溅眉,岸上相逢浑欲舞。口言青女正愁人,未可轻舟离李姥。①荆州有李姥浦依旧登山山上楼,猛风吹浪带山流。②波涛盗贼皆可惧,人言愁时我始愁。且复斯须语,已归宁急去。换却远游作近游,当筵有曲还须顾。③石头沙头好放船,尽把行装作酒钱。④子瞻漫道吾从众,米老如今不辩颠。⑤

**注：**①青女：神话传说中的霜雪之神。未可：犹未几。②登山：喻指小船在大风浪中行驶。山上楼：喻指小船像浪尖上的楼阁。③近游：到邻近的石首绣林游览。"当筵"句：谓曾太史在钱行筵上赠短歌三首,作者还须回公安后作酬答。顾：回看,反顾。④石头：指代石首县城的绣林山。沙头：即沙市。因沙市古时在长江、沮漳河与夏水三角洲头,故有沙头之称。⑤子瞻：苏轼,字子瞻。见卷二《读子瞻集……》注。米老：米芾。因其行多违世俗,人称米颠。见卷二《齐云山》注。

## 附曾太史长石赠诗

小修自燕还,辄复有吴越之游,过余言别,为留数日,而赠之以七言歌行三首,时万历戊申冬仲也①。

### 其 一

在山泉水清,出山泉水浊。韵士畸人身不赀,一生偏以出为乐。②羽翮望三山,襟怀属五岳。孙郎闭户太拘挛,袁安卧雪犹醒醒。③昔日都门春雪飞,劳劳亭上羡君归。④今日江头一叶轻,开樽却复快君行。看君意气盈太宅,君行我住知谁适。秋燕春鸿去住殊,由来鸿燕总如客。

**注：**①万历戊申：万历三十六年(1608)。冬仲：指冬季的第二个月,即阴历十一月。②韵士：风雅之士。畸(jī)人：不合于世俗的异人。不赀：无可计量。以上均为曾太史对中道的评述。③挛：蜷曲不能伸。袁安：东汉人,字邵公。见卷一《饮驾部龚惟长舅宅……》注。④昔日都门：当是万历二十九年(1601)中道从京师护伯修枢归公安之时。是年春,曾太史中进士,也在京师,曾前往劳劳亭为中道送行。

### 其 二

怪哉此出何突兀,梦魂久已飞吴越。雪山晴拥广陵涛,霜镜寒悬太湖月。①江南故是旧游路,神王那解分新故。②桂苑菱歌任放浪,红楼朱箔堆朝暮。③我怀郁郁几经秋,与君同梦不同游。④吴钩祇合为君赠,越唱其能解独愁。⑤

**注：**①广陵：即今扬州市。②旧游路：指中道曾几次出游过吴越。③桂苑：指古时为帝王及贵族游玩和打猎的风景园林。箔(bó)：帘子。④郁郁：沉闷貌。同梦：谓与中道性情相通、志趣相投。⑤吴钩：古代吴地所造的一种弯刀。

## 其 三

绣林山下石枰古,江涛人立刘郎浦。坐石披云日几回,发狂大叫兼歌舞。醉后卢敖叩太清,梦中李白游天姥。①眼前便是岳阳楼,沅湘日入大荒流。②离情何似长流水,酒兴能消万斛愁。君山留君语,晴川趣君去。③腊月水鳞刃不容,黄鹤疑君亦返顾。最喜图书载满船,疗贫绝胜一囊钱。区区富贵知余事,惟嘱南宫莫太颠。④

**注**:①卢敖:秦为博士。避难隐于庐山,今有卢敖洞。②岳阳楼:今湖南省岳阳市西门城楼。高三层,下瞰洞庭湖,碧波万顷;遥望君山,气象万千。始建于唐,宋滕子京重修,以范仲淹所作《岳阳楼记》而著名。③君山:一称湘山、洞庭山,在洞庭湖中。相传为舜妃湘君游处,故又名湘山。晴川:晴川阁。在今湖北省武汉市汉阳,龟山东麓禹功矶上。建于明代。取唐诗人崔颢"晴川历历汉阳树"诗句而命名。登临其上,可远瞰江汉景色。④南宫:米芾。宋徽宗召其为博士,曾官礼部员外郎,人称"米南宫"。见卷二《齐云山》注。

## 沙市舟行①

苦爱烟波好,浓寒亦泛舟。惊涛倾酒盏,团雪上貂裘。聊博临涡醉,难为拾石留。②闲悲陵谷变,江浪悉成洲。③

**注**:①万历三十六年(1608)作于公安。作者浓寒泛舟,一边饮酒,一边观赏大江的惊涛骇浪。抒发了苦爱烟波的情怀。②聊:姑且。博:换取。临涡醉:在船上喝醉酒。拾石留:谓用十石酒款留客人。形容主人留客的盛情。③陵谷变:喻指世事变迁,高下易位。

## 姚生舟中①

君伟滕元发,我闲张志和。②寒林攒渡口,积雪贮岩阿。故着红衫好,直冲白鹭过。算来人世乐,谁胜住烟波。

**注**:①万历三十六年(1608)作于公安。作者与友人于舟中观赏长江沿岸的自然景观,感慨烟波之中才有人世的最大快乐。②滕元发:北宋东阳人。字达道。举进士,神宗时历官御史中丞,除翰林学士,任开封知府。论议说直,在帝前论事,如家人父子,言无文饰。张志和:唐诗人。见前诗《雨变诗戏作……》注。

## 除 夕<sup>①</sup>

### 其 一

如何将尽夜，沙际尚维舟。不是谢康乐，定然许远游。<sup>②</sup>村肴饶菜甲，山火点松球。<sup>③</sup>巧避城中事，闲忙得自由。

**注**：①万历三十六年（1608）作于公安。作者为了年后远游，特地乘舟到老家长安村，在那里度过了一个清静自适的除夕之夜。②谢康乐（lè）：即谢灵运。灵运曾袭封康乐公，故称。见卷二《初至恒山纪燕》注。许远游：许迈。晋句容人，一名映，字叔元。少恬静，不慕仕进，携同心遍游名山，因改名玄，字远游。永和初入临安西山，与王羲之为世外交。著书十二篇，论神仙之事。后莫知所终。好道者皆谓之羽化（升仙）。③村：指作者的故里长安村。菜甲：菜初生的嫩叶。

### 其 二

最厌俗喧哗，枯清耐水涯。<sup>①</sup>夜灯分猎火，年酒散樵槎。软草依洲净，长松逐岭斜。仙源真是好，隔岁想桃花。<sup>②</sup>时予将游桃花源。

**注**：①枯清：犹绝对清静。②仙源：谓袁氏子孙的源发之地（即长安村荷叶山庄）。桃花：即桃花源。

## 澧阳晚泊<sup>①</sup>

少入繁华路，晚于疏澹宜。水禽无俗梦，岩石抱幽姿。<sup>②</sup>浪绕蜂衙市，风屯鸟爪枝。四旬今已至，独往莫迟迟。<sup>③</sup>

**注**：①万历三十七年（1609）作于澧阳。作者乘舟至澧阳，欲避开繁华，寻得疏淡之处泊船。说明时至不惑之年的诗人，其行为和性情已变得持重起来。澧阳：澧州，治所在澧阳（今湖南澧县）。明洪武初改为府，后又降为州。②水禽：水上的禽鸟，此处喻指作者。俗梦：指平庸、世俗的想法。幽姿：指山上生长的各种树木花草优雅的姿容。③四旬：四十岁。旬：十年，指人寿。此处指作者已年到四十岁。

## 澧阳道中<sup>①</sup>

崇竦存孤岫，澄鲜异浊河。松离天不远，石隔水无多。<sup>②</sup>僧寺全依涧，人家半住坡。牛鸣宁几里,惭愧到岩阿。③去余里甚近。

**注:** ①万历三十七年(1609)作于澧阳。作者乘船往澧阳,一路上皆是怡人的山乡景色。②"松离"句:形容松长在高山之巅。③"牛鸣"句:谓牛鸣的声音伫满了几里以内的地方。

## 晓　行①

小舟穿涧曲,欹笠数诸峰。②晓雾江干柳,初曦岩际松。石铺如锦砾,水罩似轻容。今之银条纱类。蕉篝千山色,才开第一重。③

**注:** ①万历三十七年(1609)作于澧阳。作者一早乘舟穿涧曲,抬头望见晓雾初曦时的秀美山色。②涧曲:谓两山间的流水弯弯曲曲。欹(qī)笠:倾斜笠帽。谓抬头。③蕉篝:芭蕉叶遮掩貌。第一重:犹第一幕。

## 早春鼎州梁山道中①

担风握月为春忙,桐帽棕鞋野客装。②山芋入盘存药气,松毛着火带脂香。才离僧寺遮天树,又见人家暎水篁。近日有文新誓墓,永同逸少问金堂。③

**注:** ①万历三十七年(1609)作于梁山。作者近距离地接触了山地的风土人情,产生了永久栖隐的想法。鼎州:州名。宋大中符祥五年(1012)改郎州置,治所在武陵(今常德市)。辖境相当于今湖南常德、汉寿、沅江、桃源等县市。梁山:山名,在武陵境内。②担风握月:形容农民在风月之中辛勤劳作。桐帽:指用桐油浸过的帽子,可以防雨水。棕鞋:指用棕衣编织的鞋,可以防滑保暖。③誓墓:《晋书·王羲之传》:"时骠骑将王述,少有名誉,与羲之齐名,而羲之甚轻之……述后检查会稽郡(羲之时任会稽内史),辩其刑政,主者疲于简对,羲之深耻之,遂称病去郡,于父母墓前自誓。"后因称辞官归隐,誓不再出为"誓墓"。逸少:即王羲之(321—379),东晋书法家,字逸少,琅邪临沂(今属山东)人。官至右军将军、会稽内史,人称"王右军"。金堂:华丽之堂。此喻指书法艺术的殿堂。

## 入德山同龙君超①

### 其　一

芳屧隋春至,莺花伴寂寥。台基肇帝世,山有善卷台。树腊始唐朝。②岭竹烟常暗,溪梅雪未销。霏微昨夜雨,若为洗尘嚣。

注:①万历三十七年(1609)春作于德山。作者同友人龙君超一道登德山、进山庄、入僧寺,饱览了独特优美的自然和人文景观。德山:位于湖南常德东南。本名枉山,隋开皇年间,武陵刺史樊子盖以善卷曾居于此,改名善德山。龙君超:龙襄,字君超。见卷四《同龙君超诸公游便河……》注。②肇(zhào):创建。帝世:帝王世家。树腊:指皴皮的古木。

## 其 二

青鞋莫便去,花片点山坡。竹路都忘远,莺声不厌多。得江还大叫,选石忽狂歌。①处处堪云卧,空闲萝薜阿。②

注:①得江:谓望见了山下的沅江水。沅江,流经常德,到汉寿县入洞庭湖。②云卧:犹隐居。萝薜:薜萝。旧称隐士的服装,此借指隐居。见卷一《西郊别业》注。

## 其 三

桂老知何代,莺啼不计双。①经行红染屐,晏坐绿沉窗。贪竹缘依路,嫌松为碍江。山深田几亩,花里吠仙尨。②

注:①"桂老"句:从老桂树的年轮可推知它所经历的时代。②尨(máng):多毛的狗。

## 其 四

层岩开佛舍,纡岭闭禅关。①啼鸟金丸转,陈柯锦石班。高台重览瞩,远水几湾环。谁作公超雾,都成米芾山。②

注:①佛舍:为来往的佛门弟子所提供的客舍。闭禅关:佛教名词,亦称"坐关"。僧人闭居一室,在内诵经、坐禅,不与任何人交往,满一定期限才出来。②公超:张楷,后汉人,字公超。通《严氏春秋》《古文尚书》。隐居弘农山中,学者随之,所居成市。华阴山南遂有公超市。五府连辟,举贤良,皆不就。好道术,能作五里雾。米芾:北宋书画家。见卷二《齐云山》注。

## 入桃花源四首,步中郎韵①

## 其 一

不是偕春至,由来节序温。②修篁常引道,姹草欲封门。水脉鸣千亩,山岚滴一村。③未须愁夜色,梅雪照黄昏。

注:①万历三十七年(1609)作于桃花源。作者进入桃花源,详尽观察了源中的自然

环境和百姓的生活状况,深深感慨此处为人间仙境。桃花源:在今湖南桃源县。见卷二《游阳和坡》注。步韵:即按中郎诗中的韵及用韵的先后次序写诗。②节序温:人们提到节日、节令,就会有一种温馨的感受。③水脉:谓排灌水的渠道。山岚(lán):山林中的雾气。

### 其 二

寂寂闻啼鸟,逢人或是仙。一丸堪塞路,千嶂总围田。浩露朝锄月,微风夜耨烟。过桥寻洞口,夹道有花燃。①

注:①洞口:指进出桃花源的通道。花燃:喻桃花盛开。

### 其 三

直扪烟萝入,石门半掩关。花深迷古洞,泉坠响空山。独往能轻骨,长闲即驻颜。谁言仙路远,咫尺在人间。

### 其 四

寻源那肯止,仙榻可能分。①白洒千层雪,红烧十里云。春储鱼子饭,秋采女萝裙。②誓不离丘壑,群真耳尽闻。

注:①寻源:寻求世外桃源。可能分:作者将告别友人。②鱼子饭:素食,斋饭。女萝裙:指隐者的衣服。


# 附中郎入花源诗


### 其 一

溪雨濯云根,花林水气温。睡鸾常守月,仙犬欲遮门。绿壁红霞宅,丹砂石髓村。人中几甲子,洞里一黄昏。

### 其 二

白头丫髻子,花里去如仙。鸟弄云霞栅,人耕芝朮田。庚年看红蕊,生死在苍烟。认着炉香去,瞿童火尚然。

### 其 三

花石当云阙,驿门临水关。何年骑马客,踏断采芝山。古井沈烟雾,空潭洗面颜。丘陵一变海,一度到人间。

## 其 四

洞外一长揖,人仙从此分。看君如水影,要我以溪云。花气熏崖户,霞光绕茜裙。往来江海上,鸾鹤冀相闻。

## 仙蜕石①

### 其 一

霞泐云封几万年,圆珠方壁媚澄川。②清清之水鳞鳞石,道是仙人好墓田。③

**注**:①万历三十七年(1609)作于鼎州道中。作者认为,河中的清水碎石是人类的好墓田。所有人死后都会归葬于地下,变成一抔尘土。仙蜕石:喻人和山石一样,都会蜕变成泥土。②泐(lè):通"勒"。本指铭刻,引申为书写。此处谓霞光映在石头上。圆珠方壁:喻指山中的峰峦和石璧。璧(bì):美玉。③仙人:神仙。

### 其 二

如崩如缀又如搴,骨理沉苍色更妍。①长爪王孙无妄语,几回天上葬神仙。②

**注**:①崩:倒塌。缀(zhuì):连结。搴(qiān):拔取。此句谓自然界的力量让山石发生了巨大的变化。骨里:犹骨质。沉:深沉。苍:茂盛,富有生机。②长爪:犹长指。指代聪明人。妄语:谓无知,胡乱的话。

# 卷 之 六

## 穿石望新湘溪诸山①

岚彩萦为佩,春花绣作裳。②中悬一片镜,照见万山妆。③盘绕髻云出,浅深眉黛长。④芙蓉青朵朵,彷佛似闻香。⑤

注:①万历三十七年(1609)作于武陵望穿石。作者运用一连串比喻形象生动地描绘出新湘溪山水的秀美景色。②"岚彩"句:山岚像五彩的佩带萦绕在山头,春花像锦绣的衣裳着满了山坡。③一片镜:比喻在环山之中有一片明镜般的湖水。④髻云出:比喻像美女发髻般的山峰高出云霄。眉黛长:比喻有的山像美女黛青色的眉毛一样,连绵延伸到很远。⑤芙蓉:比喻高耸俏丽的山峰。

## 又回望穿石①

日暮将安去,天边起怒雷。回头望江口,香象截流来。②

注:①万历三十七年(1609)作于武陵望穿石。作者出游正待回归,天边突然响起怒雷。回头望见诸诗友已聚集江口,抒发了诗人的野游之趣。②江:指沅江。香象:香象渡河。佛教用语。譬喻悟道精深。《优婆塞戒经》卷一:"如恒河水,三兽俱渡:兔、马、香象。兔不至底,浮水而过;马或至底,或不至底;象则尽底。"亦用来称美诗文写得透彻精辟。此处喻指同伴出游的几位诗人(宏道和龙襄、龙庸兄弟等)。

## 过新湘溪①

壁壁皆生动,盘旋不厌多。②近山存远态,高岭有回波。四展烟屏障,全收水縠罗。③仙人真狡狯,幻出巧岩阿。④

注:①万历三十七年(1609)作于武陵新湘溪。写作者沿盘旋的山路观赏新湘溪,忽然发现了一汪湖水竟被包围在四周的山峦中,不禁感叹大自然的鬼斧神工。②壁壁:谓一座座陡峭的山崖。③烟屏障:比喻一座座烟岚萦绕的山峰。水縠(hú)罗:比喻丛山之中的一片碧波荡漾的湖水。縠:绉纱一类的丝织品。罗:丝织物,兼有质地薄、透气、手感滑爽等特征。④仙人:指造就天地的大自然的力量。狡狯:狡诈奸滑。此处谓神奇伟大。巧岩阿:犹奇妙的自然山水。

## 水心岩①

濯濯春花飐水开，丹砂翡翠冷金苔。②百年三万六千日，一日还应绕百回。

**注:**①万历三十七年(1609)作于武陵。水心岩滨水处遍开鲜艳的春花,岩身像一座朱红色的高台,在阳光下闪着金辉,岩顶布满了翡翠般的树丛。②丹砂:即"辰砂"。俗称"朱砂",矿物名。翡翠:即硬玉。辉石的变种之一,玻璃光泽。因一般呈翠绿色,故有时作为绿色的代称。冷金苔:喻指水心岩。

## 雪中望诸山①

青莲花间白莲开,万簇千攒入眼来。②别有销魂清艳处,水边雪里看红梅。③

**注:**①万历三十七年(1609)作于武陵。作者望见雪中的群山都成了无数个被花团簇拥的青莲和白莲;水边正绽放出清新艳丽的红梅花。②青莲花:比喻长满绿树的山峰。白莲:比喻覆盖着白雪的山峰。③销魂:旧谓人的精灵为魂。因过度刺激而神思茫然,仿佛魂将离体。此形容欣喜的情状。

## 雪中别水心崖①

小舫周三匝,依然系石根。②水中峰雪影,天外壁波痕。③易别桃花洞,难忘鱼网村。④贪看山意态,寒冱也如温。⑤

**注:**①万历三十七年(1609)作于武陵。作者连日游览了雪中山水,心里暖融融的,似乎忘记了天气的严寒。②匝(zā):环绕一圈。"小舫"二句:谓乘着小船在水心崖周边游览。系:拴缚。③壁波痕:在阳光下,水中波浪的影子映射到了石壁之上。④桃花洞:谓桃花源。鱼网村:指沅江岸边的村子。⑤山意态:山的意境与情态。寒冱(hù):天气严寒,积冻不开。冱:冻结。

## 君御隐园即席奉答并次其韵①

怒猊渴骥等行游,那问初春与暮秋。溪上縠罗迎画舫,尊前剑戟射清眸。②云烟过眼谁能障,宫殿随身不用谋。③尽买花源成小墅,祇凭竿水一渔舟。④

**注：**①万历三十七年(1609)作于武陵。初春时节，作者来到武陵游玩，在主人陪同下，一路饮酒赋诗，尽情饱览了新湘溪的秀美山水。君御：龙膺，字君御。襄弟。见卷四《襄阳道中逢龙君御……》注。隐园：谓君御时在武陵老家居住。即席奉答：当场赋诗酬答。次其韵：依照君御所和诗中的韵及其用韵的先后次序写诗。②溪上：指新湘溪。縠(hú)罗：比喻在丛山环抱之中的一片湖水。剑戟射清眸：喻指竞赛创作诗文。剑戟：古代武器。喻指辞锋。射：逐取。清眸：澄澈明亮的眼睛。喻指美文。③宫殿：宫阙。特指帝王的宫廷。此处指代在朝廷做官的龙君御。④"尽买"句：本句描写了作者心目中的桃花源。花源：桃花源。

## 德山别杨西来①

山水发幽情，一月鼎州道。②来如抉石猊，去若穿云鸟。杨子素心人，一见输怀抱。③送我到枉山，先期入窅窈。④固是山灵留，亦缘交情好。梨花流水边，一笑破枯槁。夜雨滴僧寮，数作平子倒。⑤人生贵知心，定交无暮早。看君有灵骨，萧然出尘扰。花源山水佳，兹行尚草草。迟我二三年，偕子资幽讨。⑥久住鱼网溪，高登石囷表。⑦九疑九向背，一一穷缥缈。⑧金堂玉室间，于焉可终老。⑨

**注：**①万历三十七年(1609)作于德山。作者此次鼎州之行有幸结识了一位新知己，他心地纯朴，性情潇洒，堪做自己的暮年知己。杨西来：湖南常德人。作者暮年定交。②幽情：指郁结已久的情结。鼎州：州名。治所在武陵(今常德市)。③杨子：杨西来。素心：心地纯朴。④枉山：位于湖南常德市南，下有枉水，注入沅水的小水湾。窅(yǎo)窈：深远貌。⑤寮(liáo)：小屋。平子：王澄，晋人，字平子。⑥迟(chí)：等待。子：此处指杨西来。幽讨：谓深入地探讨研究。⑦鱼网溪：地名。当是杨西来的居处。石囷：指像圆形谷仓的石山。表：特出。⑧九疑：九嶷山，又名苍梧山。在湖南宁远县南，相传虞舜葬此。九向北：谓作者多次想去而没有去成。缥缈：形容九嶷山仙景般的气象。⑨金堂玉室：比喻豪华的房宅。焉：指代德山。

## 洞庭雨中①

一叶轻舟泛泛凫，卷帘大地总虚无。②只将千顷鹅溪练，写出营丘骤雨图。③

**注：**①万历三十七年（1609）作于洞庭。作者雨中泛舟，过洞庭时见到了千顷鹅练、水天浩渺的奇特自然景观。②凫（fú）：泛指野鸭。大地总虚无：作者乘舟在洞庭湖中，眼前所能看见的除了水和天的浩渺，似乎见不到其它任何景物，故生发了"大地总虚无"的感受。③鹅溪：地名。古代有名的产练的地方。练：柔软洁白的熟绢。营丘：古邑名。在今山东淄博市临淄北，以营丘山得名。周武王封吕尚于齐，吕建都于此。后改名临淄。

## 八百湖①

### 其 一

如雪一湖水，绕湖黄菜花。高台新柳色，围着两三家。

**注：**①万历三十七年（1609）作于洞庭。作者于早春时节乘舟过八百里洞庭，沿途看见如雪的湖水、鲜艳的黄菜花、嫩黄的新柳及高台上的人家……不禁深深陶醉于其中。八百湖：八百里洞庭湖。洞庭湖在今湖南省北部，长江南岸，为我国第二大淡水湖。

### 其 二

黄菜黄无极，新黄汁染天。①安能湖变酒，一醉藉花眠。

**注：**①黄无极：谓菜花的颜色很鲜艳，美到了极致。

## 彭山人洞庭遇盗，赋此谑之①

郢国有贫客，遭时苦不利。②终岁惟出游，逢人但觅刺。止见攒眉出，未见舒眉至。若是带笑归，决定无此事。既空鼎州装，复下潭洲泪。③如何赤沙间，更与绿林遇。④盗与君无缘，君正盗所忌。⑤盗贼若逢君，盗亦大失意。张眼看空箐，怜君也发喟。

**注：**①万历三十七年（1609）作于洞庭。同游的彭山人不幸遇盗贼，被拿走了随身装行李的竹箱子，作者玩笑说，这是贼人倒霉找错了主。彭山人：字长卿。见卷一《寄彭长卿，蜀人……》注。②郢国：指古楚国，建都于郢（今湖北江陵）。贫客：谓贫穷的寓居人。此指彭山人。③鼎州装：与作者为伴，到常德出游时所带的行装。潭州：州、府名。隋开皇九年（589）改湘州为潭州。治所在今长沙市。辖境相当于今湖南长沙、株州、湘潭等地。明初改为潭州府，后又改为长沙府。④赤沙：湖名。又称赤湖、赤亭湖。在湖南华容县西南。夏秋水涨，与洞庭湖相接连。见《读史方舆纪要》卷七七。绿林：旧时指啸聚山林的好汉，亦指群盗股匪。⑤盗所忌：谓强盗最担心的是被打窃之人没有钱财。

## 沈冰壶水部招饮庾楼①

春树绿无极，十里暗郊原。不辨章华寺，微露枇杷门。②缓饮迟新月，开轩酌冶云。庾宅无所属，今属我与君。庾楼乃庾信宅。

**注：**①万历三十七年(1609)作于沙市。作者春日应友人之邀往庾楼宴饮，主客二人一边慢慢饮酒待月，一边欣赏着窗外的景色，甚是惬意。沈冰壶：沈朝焕，字伯含，一作伯函，号冰壶。仁和人，万历二十年进士。授工部主事，榷荆州税。累官至福建参政。《千顷堂书目》载有《沈伯含集》二十七卷。《湖北通志》卷一百十九有传。水部：因沈冰壶授工部主事，其职责为掌管各项工程、工匠、屯田、水利、交通等政令，故有"水部"之称。庾(yǔ)楼：作者谓"乃庾信宅"，即为庾信的住宅楼。庾信(513—581)，北周文学家。见卷四《初至沙市张园苦雨》注。②章华寺：当是沙市的章华寺。元泰定间建。枇杷门：唐胡曾《赠薛涛》："万里桥边女校书，枇杷花下闭门居。"后泛称妓家为枇杷门巷。此指古沙市一繁华游乐处。

## 江 风①

江风吼怒雷，浩浪渺无极。小艇落盘涡，惟余两点黑。

**注：**①万历三十七年(1609)作于公安。作者写江面突发的一场水难，意在警示人们要防范出舟跑马的危险。

## 雨泊东流县，登渊明祠① 东流即彭泽旧址

### 其 一

山县雨声里，一城静似眠。怒雷时绕地，浩浪不离天。钓艇云根着，垂杨石窦穿。②醒魂今在否，囊底有沽钱。③

**注：**①万历三十七年(1609)作于东流。作者在风雨天泊船东流县城，登岸凭吊陶渊明。东流：旧县名。在今安徽省南部，邻接江西省北部，为彭泽县旧址。今名东至县。渊明祠：陶渊明曾任彭泽令，老百姓为了纪念陶渊明，在当地给他修建了祠庙。②云根：犹水边的石头。着：犹停靠。石窦穿：谓把船的缆绳穿进石孔，再系牢实。③醒魂：指陶渊明的灵魂。沽(gū)钱：谓买酒钱。

## 其 二

陶家无俗迹,风雨也须来。<sup>①</sup>木主生寒菌,石床绣冷苔。<sup>②</sup>庭空榆叶暗,城古刺花开。何事不沈饮,东流岂再回。<sup>③</sup>

注:①陶家:指陶渊明。见卷一《江上示长孺》注。②木主:指用木为陶渊明雕刻的身像。石床:指放置陶木身像的石床。③沈(chén)饮:指嗜酒无度。沈,同"沉"。东流:此处指东去的江水。

## 登采石矶<sup>①</sup>

山径倚江欹,綦舄邻五两。<sup>②</sup>郁叶藏朱棂,门草深余丈。<sup>③</sup>松里出石巉,峰头闻水响。万山尽约眉,谱眉向水上。<sup>④</sup>伫思谪仙人,山川留其爽。<sup>⑤</sup>归舟呼酒尊,长啸发清赏。<sup>⑥</sup>

注:①万历三十七年(1609)作于梁山。作者描绘了采石矶优美的自然景观,抒发了对大诗人李白的无比景仰之情。采石矶:在今安徽当涂县西北,为牛渚山北突入江中之矶。矶上建有李白祠。②山径:山中的小路。此处指通往采石矶的小路。綦(qí)舄(xì):古代一种系带的复底鞋。此处指代脚下的采石矶。五两:古代候风器。用鸡毛五两(或八两)系于高竿顶上而制成。此处指代作者泊岸的船。③朱棂(líng):大红的雕花阑干和窗户。此处指采石矶上的李白祠。④万山:指采石矶后面的梁山山麓。约眉:呈现在眼前。谱眉:谓作示范画眉。此处比喻梁山山麓长满了繁茂的草木。⑤伫思:谓长时间站着静静地思考。谪仙人:谓天上受贬谪而下凡的仙人,此喻指政治上受贬谪的诗仙李白。爽:俊爽之气。⑥长啸:指大声吟诵诗歌。发清赏:抒发了对大诗人李白的无限景仰之情。

## 李 白 祠<sup>①</sup>

浅水云根系钓槎,芳蹊诘曲逐江斜。<sup>②</sup>祠前绿树犹唐世,户外青山即谢家。<sup>③</sup>忽有好声难辨鸟,乍闻香气不知花。<sup>④</sup>遥看怪石都无路,松里参差驳雾霞。<sup>⑤</sup>

注:①万历三十七年(1609)作于当涂。作者往悼李白祠,看见众多素不相识之人来这里祭拜李白,不禁发出感慨。李白:唐朝大诗人。见卷五《雨变诗戏作……》注。李白晚年飘泊困苦,于公元七六二年卒于安徽当涂县。李白祠:今名太白楼。在今安徽省马

鞍山市区西南七公里的青山山麓(长江东岸)之采石矶上。李白晚年寄寓当涂,后人建祠以纪念他。②云根:谓水边的石头。钓槎(chá):钓鱼的小船。槎:用竹木编成的筏。③户外:指李白祠外。青山:原属当涂县,李白墓在该山的西麓。谢家:谢家山,即青山。④"忽有"二句:谓此处有不知名的鸟唱着好听的歌,有不知名的花散发着芳香。喻指众多不知名的人们自发地来到这里纪念李白。⑤怪石:怪异的石头,即顽石。喻指李白玩世不恭的性格,同时也喻指作者及有相似性格的人们。故作者接着有"都无路"之说。意在说像李白和自己这样性格怪异的人,都不会有好的仕路。驳:斑驳,文采交错。

## 又题祠壁①

李白祠前草自生,青松无主乱禽鸣。独余沸水崩崖处,犹带惊天动地声。

**注:**①万历三十七年(1608)作于当涂。作者以隐喻的手法,热情赞颂了李白傲然的骨气和豪放的诗风。题:题诗。祠:李白祠。

## 舟中看采石①

登岭穷遥峰,下山玩近岫。②一叶过山根,始知此山瘦。数丈忽中泐,芳草如错绣。③岩下万窍空,渔翁实其窦。④窦中绝来蹊,小舟系左右。缅想此中人,六凿应不斗。⑤

**注:**①万历三十七年(1608)作于当涂。作者下山往洞穴中看渔翁采石,获得了做人应该自然平和的感悟。②岫(xiù):山穴。③泐(lè):石依其纹理而裂开。错绣:野草丛生,互相交织貌。④万窍空:形容四通八达的孔穴。实其窦:谓从孔穴中拾取石头(即采石)。实,犹"石"。⑤六凿:谓六窍。指喜、怒、哀、乐、爱、恶。《庄子·外物》:"心无天游,则六凿皆寝。"

## 江行逢龚表弟①

黑云满汀洲,乱石走江岸。舟子识熟舟,波里欣相见。昨夜梦君来,今日同欢宴。②蓬雨滴江鸣,讯问直达旦。关心惟老亲,一语托君便。③游子甚平安,无恙旧颜面。

**注:**①万历三十七年(1609)作于往南京途中。作者乘船行驶于江中,巧遇龚表弟,与其共进晚宴;并托咐表弟要代其问候舅父,转告平安的消息。龚表弟:指作者舅父的儿

子。舟子:驾船的人。②君:指龚表弟。③老亲:指作者父亲。托君便:顺便托咐龚表弟,要代自己问候舅父大人。

# 哭茂直焦二兄十首①

## 其 一

沦落已无天,如何命不延。逢时偏处后,薄命独居先。寒月窥萝户,秋风罢锦弦。②东坡犹未艾,遽失小斜川。③

注:①万历三十七年(1609)作于南京。作者深情哭诉好友焦茂直性情温良,博学多才,竟然久不得志,英年早逝。茂直焦:名尊生,字茂直。金陵人,焦竑第二子,万历二十五贡生。②萝户:谓隐士之家。此处指焦茂直的家。萝,薜萝。此指代隐地。③东坡:苏轼,号东坡居士。见卷二《读子瞻集,书呈中郎》注。遽(jù)骤然。斜川:苏过,号斜川居士,南宋人。著有《斜川集》,原集已佚,今本辑自《永乐大典》,六卷。

## 其 二

圭璧随心唾,椒兰竟体芳。①全家称孝友,举国重温良。②经折才尤老,论交谊独长。频年绝讯问,忽去断人肠。

注:①圭璧:比喻美好的品德。椒、兰:皆为芳香之物,此喻焦茂直的美德。②孝:指孝敬父母。友:敬爱兄弟。温良:温和善良。

## 其 三

人谁不有死,子死倍堪嗟。弟病烦调药,亲衰仗理家。①先霜悲异卉,殿雪叹凡花。感此心灰冷,余生付钓槎。

注:①亲:父母。仗理家:谓依靠茂直管理家庭。

## 其 四

有客传消息,频年体未平。方书为本业,大散作和羹。①止讶偏多病,何期遽陨生。早知成永别,飞度石头城。②

注:①方书:指医书。②石头城:南京的别名。

## 其 五

珍珠桥上路,一步一酸辛。①极目繁华地,伤心锦绣人。无方留蚕尾,永不近龙脉。②入骨交情在,千年岂化尘。

注:①珍珠桥:南京一桥名。为昔日作者与茂直同游之地。②虿(chài)尾:此处借指茂直是美男。脤(shèn):古代王侯祭社稷时所用的肉。

## 其 六

若话亡来事,萧条亦可怜。青蝇伤吊客,白雪散遗篇。①阿鹜今存否,童乌竟窅然。②惟期慧业在,才鬼胜顽仙。③

注:①青蝇吊客:此处意谓参加吊唁的人少,但来的皆为逝者的知己。伤:悲伤。谓吊客为逝者焦茂直而悲伤。白雪:古曲名。《乐府诗集》卷五七《白雪歌序》琴集曰:"白雪,师旷所作。"此处喻指茂直生前创作的美文。②阿鹜:犹聪慧的小女。童乌:《法言·问神》:"育而不苗者,吾家之童乌乎!九龄而与我玄文。"童乌,扬雄之子。后因以称聪明而早死的孩子。此指代逝去的焦茂直。窅然:深远难见貌。犹逝去。③慧业:佛教语。指生来赋有智慧的业缘。才鬼:指有才能之鬼。顽仙:指愚笨的神仙。语出唐张彦远《法书要录》。

## 其 七

少年蜚丽藻,艰苦阅星霜。曹植思伤胃,扬云梦出肠。①银钩犹未燥,缥帙尚余香。②雨夜千秋话,于今忆不忘。

注:①曹植(192—232):三国魏诗人。字子建,谯(今安徽亳州)人,曹操子。封陈王,谥思,世称陈思王。因富有才学,早年曾被曹操宠爱,一度欲立为太子。及曹丕、曹叡相继为帝,备受猜忌,郁郁而死。诗歌多为五言,也善辞赋、散文。原有集,已散佚,宋人辑有《曹子建集》。思伤胃:指曹植受迫害郁郁而死。扬云:扬雄。西汉文学家、哲学家、语言学家。字子云。见卷五《感怀诗》二十九注。梦出肠:形容扬云梦中思念他早丧儿子的悲痛。②银钩:比喻书法笔姿遒劲,刚劲有力。《晋书·索靖传》:"盖草书之为状也,婉若银钩,漂若惊鸾。"此处指茂直善书法。缥帙:淡青色帛做成的书衣,也指书卷。

## 其 八

好学谁能似,光阴惜转丸。①锐床成夙志,焠掌戒偷安。②魂去谁招得,书存欲续难。应为八法死,不遇五灵丹。③

注:①转丸:转动的小圆球,喻指地球围绕太阳一天天地转动。②锐床:在床铺放置有棱角的硬物,让自己不能安寝,记得要学习。夙志:平素的志向。焠(cuì)掌:旧谓苦学,以火灼手掌,以免睡而废读。③八法:指书法的八种笔画,即点、横、竖、撇、捺、钩、策、啄。南朝宋鲍照《鲍氏集》卷十《飞白书势铭》:"超工八未能,尽奇六文。"灵丹:谓能让人起死回生的妙药。

## 其 九

夹池仍翠竹,映沼自长杨。止是虞贫贱,何曾算死亡。龟罗延伏腊,虬甲露文章。①逝者凌云去,生存苦未央。

注:①龟罗:老龟的甲边缘处长出的一圈像裙罗的肉边。据龟罗的大小能识别出龟寿的大小。延伏腊:谓延长寿命。伏腊,古代两种祭祀的名称。伏,夏天的伏日;腊,冬天的腊日。此处指代时间,即龟的寿命。虬(qiú):古代传说中的一种龙。露文章:谓甲上的纹路显露出文章来。古人用龟甲占卜吉凶,此处意在说明茂直早丧是其命运所定。

## 其 十

佳丽六朝地,我来惨百忧。①懒行调马路,不上落星楼。②趣隔言常在,莎陈泪未休。③青莲遗愿重,永劫共熏修。④

注:①六朝:朝代名。三国的吴,东晋,南朝的宋、齐、梁、陈,都以建康(吴名建业,今江苏南京)为首都,历史上合称六朝,指三世纪初到六世纪末前后三百余年的历史时期。②调马路:谓改变行程,离开南京。落星楼:楼名,在今江苏省南京市东北。《太平御览》卷一七六《金陵地记》:"吴嘉禾六年,于桂林苑落星山起三层楼,名曰落星楼。"③"莎(suō)陈"句:谓莎草条形的叶片披散如发,状如流不断的泪水。喻作者悲伤不已。④青莲:佛教常用来比喻眼睛。此指代修炼佛法。劫:佛教名词。音译"劫波"之略,音译是"远大时节"。后来讹为"劫杀"之"劫",成为"厄运"的意思。熏修:佛教语。指佛教或道教徒焚香持戒,修真养性。《楞严经》卷七:"同处熏修,永无分散。"此处谓修练佛法。

## 蠹鱼行戏赠程全之①

程生读书号书痴,舆马途塘总不知。老眼隔书仅分寸,墨花常是染须眉。自言百事总淡然,不愿成佛不愿仙。惟愿死作老蠹鱼,游戏金题玉躞间。②随我嬉游长干道,一束灵文自怀抱。③鹍弦铁拨间伊吾,桃叶桃根皆大笑。④归来夜夜对灯檠,夜静惟闻金石声。胸中千卷饱欲死,一任饥肠泪泪鸣。⑤世人自苦君自乐,死作蠹鱼亦不恶。⑥他年饱啖神仙字,与汝相将跨云鹤。⑦

注:①万历三十七年(1609)作于金陵。作者用恢谐的语言写友人甘心做蠹鱼,热情褒扬他酷爱书籍的美好品格。蠹(dù)鱼:即蟫,又称"衣鱼"。蛀蚀书籍衣物等的小虫。程全之:吴中寒士,善印章,武功高强。见卷二《戏赠善印章程生从军》注。②金题:指金饰的书签。玉躞(xiè):用玉做的书卷的杆轴。米芾《书史》:"白玉为躞,黄金题盖。"③长干:古建康(今南京)里巷。灵文:指抒写性灵的诗文。④鹍弦:用鹍鸡筋做的琵琶弦。铁拨:谓弹拨琵琶的力度强。桃叶、桃根:两亲姐妹,姐姐桃叶为王献之之妾。此处指代各色歌女。⑤"胸中"二句:谓他做起自己计划中的事非常投入,连肚子空空的也不顾。

⑥君自乐：谓他在做自己喜欢的事中自取其乐。⑦跨云鹤：谓骑鹤升天。

## 大会词客于秦淮，赋得月映清淮流，分韵得八庚①

暝色来钟岫，清辉出冶城。②人随归鸟静，光逐暮潮生。③未照乌衣巷，先穿朱雀桁。④水寒渔艇息，露冷酒船横。密树沉沉黑，雕栏粲粲明。七盘迷舞态，百啭试歌声。⑤桃叶桃根过，还须鼓楫迎。⑥

**注**：①万历三十七年（1609）作于金陵。秦淮河的晚上游人如潮，灯火齐明，俨然一幅优美的秦淮晚游图。大会词客于秦淮：作者《游居柿录》卷三曰："词客三十余人，大会于秦淮水阁……赋得月映清淮流五言律六韵。予诗于座上成之。"词客：即诗人。秦淮：秦淮河。长江下游支流，在今江苏省西南部。经南京市区西入长江。八庚：凡作近体诗（即格律诗）的诗人，自宋以来都习惯于押平水韵。平水韵按"平、上、去、入"四声分部，共百零六部。其中平声韵三十部，分上平声十五部，下平声十五部。"庚"韵为下平声韵的第八部，故称"八庚"。②钟：钟山，即紫金山。位于今南京。岫（xiù）：山峦。冶城：古城名。相传春秋时吴王夫差冶铸于此，故名。故址在今江苏省南京市朝天宫一带。③暮潮：比喻秦淮地晚游的人潮。④乌衣巷：地名，在南京市东南。三国吴时在此置乌衣营，以兵士服乌衣而名。朱雀桁（héng）：古浮桥名。"桁"亦作"航"；又名朱雀桥。故址在今南京市镇淮桥稍东，跨秦淮河上。⑤七盘：七盘舞，用于宴享。见卷三《秋日携妓游章台寺……》注。⑥桃叶、桃根：此处指代歌女。见上诗注。楫（jí）：划船的短桨。

## 登 金 山①

万派回江势，孤标插海门。②水风悲日夜，潮雪溅乾坤。③点啜清泉醉，摩抄冷石温。④何年涛浪竭，拔地看山根。

**注**：①万历三十七年（1609）作于金山。作者登金山，面对高山独峙于浩瀚的江面而峭然不动的奇特景观，颇为震撼。一面品茶抚石，一面细细寻究着其中的根源。金山：山名。在今江苏镇江市西北。本在长江中，清末江沙淤积，始与南岸相连。唐时裴头陀获金于江边，因改名。②万派：指长江下游一带江水的分流丛多，江面辽阔，水势浩荡。派：水的分流。孤标：独立的标帜，形容清峻突出。此指独峙于长江中的金山。海门：长江自金山以东的江面水势浩瀚犹如大海，故称"海门"。③悲：动听。"水风"句：谓不分白天和夜晚，江面上的水和风都发出了动听的和鸣声。④点啜（chuò）：谓慢慢地品尝。清泉：金山中的冷泉，被誉为"天下第一泉"。摩挲（suō）：用手抚摸。

## 哭陶石篑学士①

昔从白社后,得奉紫芝颜。②叔度陂千顷,颜渊桂一山。③寒潭同朗洁,枯木比虚闲。④道眼能余几,飘然去世间。⑤

**注**:①万历三十七年(1609)作于金山。作者痛哭石篑先生的逝世,赞美先生有叔度的才华和颜渊的德行。陶石篑:陶望龄,字周望,号石篑。见卷二《燕中早发……》注。作者《游居柿录》卷三曰:"得陶石篑先生卜音,感叹泣下者久之。此当今一颜子(颜渊)耳,心和骨劲,学道真切……"②白社:白居易文社。指万历二十六年(1598)三袁在京与石篑先生等组织的蒲萄社(中道《中郎先生行状》)。紫芝颜:即尊颜。此代指陶学士。③叔度:廉范。东京京兆杜陵(今陕西西安东南)人,字叔度。以义侠显名。后举茂才,为云中等地太守,有政绩。颜渊(前521—前490):春秋末鲁国人。名回,字子渊。孔子学生。贫居陋巷,箪食瓢饮,而不改其乐。孔子称赞他的德行,并说他"不迁怒"、"不贰过","其心三月不违仁。"(《论语·雍也》)早卒,孔子极悲痛。后被尊为"复圣"。桂一山:满山的桂树。比喻颜渊的德行。④寒潭:谓寒冷的潭水。朗洁:明亮纯洁。虚闲:谦逊文雅。闲:通"娴",文雅貌。⑤道眼:佛教语。指抉择真妄的能力。《楞严经》:"发妙明心,开我道眼。"

## 蒋墅晚发①

宿病尘尘减,新秋渐渐凉。月寒千亩湿,树暗几家藏。近岫随烟没,良苗带水香。橹柔浑不住,梦里过朱方。②

**注**:①万历三十七年(1609)作于丹阳。作者晚上乘船往游篁川,月下怡人的景色,阵阵柔和的浆声,把诗人带入了梦乡。蒋墅:《游居柿录》卷三:"过蒋墅,贺氏诸昆(兄弟)住处。"晚发:谓晚上乘船往游篁川。②朱方:地名,春秋吴邑,今江苏丹徒县地。春秋时,丹徒县名朱方。秦时,有言其地有天子气。始皇令三千人凿金岘山为长坑,刑徒服赭衣,因改名丹徒。南朝谢灵运《庐陵王墓下作》有句曰:"晓日发云阳,落日次朱方。"

## 篁川即事示函伯①

### 其 一

曲阿传古澹,此地益清幽。②画阁酣深树,文栏织净流。移来银浦色,分得洞庭秋。梧子溪边去,穿花一荡舟。

**注:**①万历三十七年(1609)作于丹阳。作者游览篁川,被眼前生机盎然、优美清雅的山水景色陶醉,仿佛进了王维的别业辋川山庄。篁川:距丹阳县城不远的一风景游览园。即事:以当前事物为题材写诗。函伯:贺函伯,为蒋墅主人家的公子。《游居柿录》卷三:"贺中秘虚谷及令子函伯,邀游篁川,去市可里许。"②曲阿(ē):古县名。本战国楚云阳邑,秦置曲阿县。治所在今江苏丹阳。

## 其 二

觅径依红药,登台挂紫萝。易澄惟月浪,难静有风柯。驰罟恣鱼戏,忘机任鸟歌。①雕胡堪共饱,不用玉山禾。②

**注:**①驰罟(gǔ):解除网。忘机:泯除机心。②雕胡:菰米。多年生水生宿根草本。颖果狭圆柱形,名菰米,可煮食。其嫩根茎俗称"茭白",可作蔬菜。玉山:县名。在江西省东部、信江上游。唐置县。

## 其 三

澄鲜秀媚处,宛似雪堆庄。①荷叶遮书屋,流波溅笔床。屯云寒古石,照水净新篁。且莫回桡去,青溪曲正长。②

**注:**①雪堆庄:喻水面开满大片的白色莲花。②青溪:古水名。三国吴赤乌四年(241)在建业城东南凿东渠,称为青溪。发源于今南京市钟山西南,屈曲穿过今南京市区流入秦淮河,长十余里。亦称九曲青溪。

## 其 四

不喜同金谷,将无似辋川。①石仓储异字,蕌叶写新篇。听水俄成韵,看云忽悟禅。②倚楼频眺望,白马浪光天。③

**注:**①金谷:古地名。在今河南洛阳市东北。《水经注·穀水注》:"金谷水出自太白原,东南流历金谷,谓之金谷水"。晋石崇筑园于此,世称金谷园。辋川:指唐诗人王维在辋川的山庄。②成韵:谓写诗押好了韵。悟禅:谓领悟禅义。③白马:借指光阴迅速。

## 初至甘露夜坐①

夜深绝顶也须攀,水月相遭第一开。②带雪寒流争赴海,横江薄雾不遮山。空门风物何辞澹,病后心情且是闲。③颠史已归香国去,海天墨戏在人间。④

**注:**万历三十七年(1609)作于镇江。作者夜坐甘露寺,静观月下寒流争赴海、薄雾不遮山的景象,顿感进入了风物淡雅的空门境界。甘露:甘露寺,位于镇江北固山。《游

居柿录》卷三:"按甘露寺,乃唐宝历中李卫公建,以资穆宗冥福。时甘露降兹山,故名。"
②绝顶:指北固山的最高处。第一关:谓镇江北固山为长江水与吴地月的相逢之地。
③空门:佛教语。佛经曰"诸法皆空",以悟"空"为进入涅盘之门,故称佛教为"空门"。
④颠:米颠,即米芾。见卷二《齐云山》注。史:米芾号"海岳外史"。香国:犹佛国。海天:
指代米芾。米芾生前曾在镇江北固山西麓建海岳庵。墨戏:米芾的儿子友仁继承父法,
自称"墨戏"。画史上有"米家山"、"米氏云山"和"米派"之称。

## 夜月甘露凌云亭①

绕郭峰峦好,讯僧不记名。长潮风转劲,近海月尤明。②野鹤迎霜唳,山
钟带叶声。一从多病后,刻刻想无生。③

**注:**①万历三十七年(1609)作于镇江。作者秋夜坐凌云亭观赏城外山景,感叹自身
多病须刻刻勿忘无生。凌云亭:位于甘露寺大殿前不远处。作者《游居柿录》卷三:"殿上
礼佛后,出坐凌云亭。"②潮:定时起落的海水。因长江镇江段离大海近,故也能看见起落
潮的现象。③无生:佛教语。没有生灭,不生不灭。

## 甘露寺中秋①

秋节无佳月,何如坐揜扉。静钟清肺病,哀呗冷心机。楚国双鱼断,秦
关一雁飞。②尘劳方未艾,湘水几时归。③时中郎主试秦中。

**注:**①万历三十七年(1609)作于镇江。作者中秋之夜在甘露寺掩门静听山钟、哀
呗,深深思念起远方的家乡和亲人。②双鱼:指书信。唐杜甫《送梓州李使君之任》:"五
马何时到,双鱼会早传。""秦关"句:谓作者的中郎兄时出使秦关。③湘水:泛指作者的
家乡。秦中:今陕西中部平原地区。

## 赠张白瑜①

少小不沾罗绮气,青编贪识扬家字。②尔雅虫鱼穷性情,神农本草辨精
细。③肘后常系活人方,寸田尺宅作生事。迩来喜读竺西书,百八胡珠手中
沸。④我老最爱陶弘景,弃去红尘伴灵岭。⑤积金东涧付芟除,十赍为尔驱毛
颖。⑥

**注:**①万历三十七年(1609)作于仪征。作者重访老房东张白瑜,称道他朴实,爱识

字读书，会做生意，常以医方救人。抒发了对老房东的深深情谊。张白瑜：为作者及其二哥中郎十二年前寓居仪征的老房东。②罗绮(qǐ)气：讲究吃穿的习气。青编：古代记事之书。见卷四《涿州访顿年丈园中》注。贪识：形容特别好学。扬雄字：当指西汉文学家、哲学家、语言学家扬雄的文字。雄博通群籍，多识古文奇字，著有《训纂篇》、《方言》等。见卷五《感怀诗五十八首》二十九注。③尔雅：我国最早解释词义的专著。虫鱼：虫鱼之学。穷性情：此指张白瑜对《尔雅》的虫鱼考订没兴趣。神农：神农氏。传说中农业和医药的发明者。相传远古人民过采集渔猎生活，他用木制作耒、耜，教民农业生产。又传他曾尝百草，发现药材，教人治病。本草：中药的统称。这里指记载中药的书籍。如《神农本草经》等。辨精细：谓张伯瑜细心研读神农本草。④竺(zhú)西书：指西域竺国传来的佛经。又名竺经。竺：天竺，古印度的别称。百八胡珠：即念珠，也称百八丸。因有一百八颗成串，故称。宋陶谷《清异录·器具》："和尚市语，以念珠为百八丸。"⑤陶弘景：南朝齐梁时期的道教思想家、医学家。见卷三《初至村中》注。灵岭：犹佛山。⑥十赉：指道家所说的十种赐扬的事物。其名目见南朝梁陶弘景《授陆敬游十赉文》。毛颖：唐代韩愈作《毛颖传》，以毛笔拟人，后因用"毛颖"为毛笔的代称。

## 过瓜洲吊萧启元①

只道生离苦，谁将死信传。家贫缘爱客，宦拙为嫌钱。②吴酒雷塘路，燕歌杜曲筵。③天阶温语后，会合竟无年。④

注：①万历三十七年(1609)作于瓜洲。作者过瓜洲，前往吊唁友人萧启元，缅怀昔日与他交游吴燕的情景，赞美他慷慨大方，盛情待人。瓜洲：镇名。在今江苏省邗江县南部、大运河入长江处。与镇江市隔江斜对，向为长江南北水运交通要冲。萧启元：作者友人。余未详。②宦拙：谓仕途穷尽。拙：犹穷尽。③"吴、燕"句：写萧启元生前与作者在吴地、京师交游的情形。雷塘：古堤塘名。在吴地钱塘境内。杜曲：酒名。此指杜康曲。④天阶：此称宫殿台阶。《文选·潘正叔(尼)〈赠侍御史王元贶〉》："游鳞萃灵沼，抚翼希天阶。"此处代指京师。

## 同潘稚恭闲步①

一径穿溪去，溪穷得小园。僧归黄叶寺，人语白沙村。肺病犹疏酒，心交不择言。十年才晤对，频过莫辞烦。

注：①万历三十七年(1609)作于仪征。作者与久别的文酒故知相逢，二人一边散步一边谈心。潘稚恭：仪征人。

# 中郎邸中除夕①

尘土霏霏换鬓玄,抛他浪柳几迴眠。②来云依日同今夕,漏石分沙想去年。③去年余夕澧州。柏子重拈闲意味,桃花入梦旧因缘。④只将终夜瓶笙响,误作山头百乳泉。⑤

注:①万历三十七年(1609)作于京师。写作者再次得与中郎兄团聚的无限欣喜。中郎:作者二哥袁宏道。②浪柳:即柳浪馆(中郎在公安隐居六年的别业)。"尘土"句:中郎这次秦中主试和游览所受的风尘之苦不算什么,因为有过去高卧柳浪的闲适来作弥补。意谓中郎此次秦中之行十分值得。③来云依日:喻作者前来与中郎兄团聚。漏石分沙:比喻作者与中郎兄分离。去年余夕澧州:谓作者去年除夕后往游澧州。④拈(niān):用指取物。桃花入梦:比喻作者与中郎兄京师团聚。旧因缘:此处谓兄弟缘分。⑤瓶笙:以瓶煎茶,将沸时声音幽细如吹笙。百乳泉:借用"百泉"。百泉,在今河南省辉县城西北三公里苏门山下,卫河上源。因泉出无数,故名百泉。泉水汇集为巨池。附近自古引泉灌溉,稻田连绵,泉水象乳汁般抚育着这里的大地,故又名"百乳泉"。此喻指中郎与作者的手足深情。


# 黄粱祠逢张金吾①

## 其 一

仙祠在何许,垂杨大道口。道旁逢故人,下马饮杯酒。

注:①万历三十八年(1610)作于南归道中。作者南归道中偶遇昔日文酒故知,感叹友人风姿清雅,入山冶情情深。是年作者会试未中,春随中郎南归(《游居柿录》卷四)。黄粱祠:位于今河北邯郸附近的临洺。张金吾:张懋忠,字金吾,肥乡人。作者的文酒故知。

## 其 二

马上一千里,今朝见柳絮。树下何处郎,宛然似张绪。①

注:①张绪:南齐裕孙。字思曼,风姿清雅。见卷一《哭少年》注。

## 其 三

入山真是好,无奈冶情深。①安得卢生梦,销除未了心。②

注:①入山:谓到山中隐居。冶情:同"冶游"。古乐府《子夜四时歌》:"冶游步春露,艳觅同心郎。"旧时专指狎妓。②卢生梦:即黄粱梦,邯郸梦。《文苑精华》卷八三三唐沈

既济《枕中记》载:“卢生于邯郸客店中遇道者吕仙,自叹穷困,翁乃授之枕,使入梦。在梦中历尽富贵荣华。乃醒,主人炊黄粱尚未熟。”后因以比喻富贵终归虚幻,或欲望破灭。

## 临漳道中①

秀麦好颜色,土膏旧绮罗。②古坟因作堡,官道渐成河。榆叶垂垂堕,桃花渐渐多。道途荒落甚,宝瑟不闻歌。

**注:**①万历三十八年(1610)作于临漳。昔日的繁华都市邺城(临漳)今日已面目全非,一路所能见到的除了秀麦、古坟、榆叶、桃花,便是满途的荒落和寂寞。反映了时事的巨大变迁。临漳:县名。在今河北省南部、漳河沿岸,邻接河南省。秦置邺县,三国魏建邺都,晋改临漳县。该县有三国魏铜雀台遗址。②“土膏”句:谓今日的沃土皆为旧时的绮罗(有花纹的丝织物)腐化而成。

## 游 百 泉①

### 其 一

五里芳菲路,依山雪一湖。鲛珠鸣石砾,鸾尾走菰蒲。②乳水烹茶净,深潭照影无。余生何所愿,泛泛此中凫。③

**注:**①万历三十八年(1610)作于辉县。苏门山下百亩泉水湖的碧波如七彩云霞般美丽,它给峰峦添秀媚,花鸟增灵和,为百姓送来了江南的稻禾。百泉:见前诗《中郎邸中除夕》注。《游居柿录》卷四:“清明,迂道往辉县,游百泉……天放晴,骑马出县西门。桃李芳菲,秀麦盈畴。五里许,至苏门山百泉……”②鲛(jiāo):即鲨鱼。此处指可做装饰的鲨鱼皮。鸾(luán):传说中的凤凰一类的鸟。菰(gū)蒲:都是浅水植物。菰:俗称“茭白”。蒲:香蒲。③泛泛:漂浮貌。凫(fú):泛指野鸭。

### 其 二

日光来映射,潭底幻云霞。凡石皆成怪,陈苔尽缀花。①小桥通竹院,流水响山家。一树棠梨雪,深深没钓槎。

**注:**①“凡石”句:这里的山石在泉水的冲击下都变成了奇形怪状的样子。缀花:谓长出了花纹。

### 其 三

偏爱青岩下,潆洄湛碧波。峰峦添秀媚,花鸟倍灵和。藻鬣涵冰镜,石

玑隔雾罗。<sup>①</sup>近泉三百亩,到处玉山禾。<sup>②</sup>

**注:**①藻颣:指水中藻类植物伸出的细长的叶或根须。涵:沉浸。冰镜:形容水寒、澄、亮、平静。玑:不圆的珠。②玉山:县名。在今江西省东部、信江上游。唐置县。

## 登 九 山<sup>①</sup>

九子依稀似,攀跻莫厌劳。泓渟卫水净,刻露太行高。<sup>②</sup>选石登岩遍,邮泉试茗遥。东峰多带土,何不种夭桃。

**注:**①万历三十八年(1610)作于辉县。作者登九山,一览明净的卫河、刻露的太行。九山:亦名"九峰","以有九峰得名"。"山去邑(辉县县城)十里,上亦有虎劈石。""此山石理亦佳,恨无树耳。"(《游居柿录》卷四)②渟(tíng):水积聚而不流通。卫水:卫河。海河水系五大河之一。在今河北省南部和河南省北部。太行:太行山。在山西高原与河北平原间。

## 将至襄中<sup>①</sup>

处处桃花路,家家枳壳篱。<sup>②</sup>蔬畦鸣暗滴,麦垄发香吹。<sup>③</sup>山好连云动,沙明与雪疑。莫将愁意绪,污却绣城池。<sup>④</sup>

**注:**①万历三十八年(1610)作于襄中。作者路经襄地,这里遍野皆是桃花、枳篱、蔬畦、麦垄,好山好水,心情一下变得特别爽朗。襄中:指湖北襄阳、谷城等地,在今湖北省北部,邻接河南省。②绪(xù):残余。绣城池:谓锦绣般美丽的城池。此指襄中。

## 隆中分得从字,同于野、于林、中郎兄赋<sup>①</sup>

### 其 一

攀蹊泉是导,度岭鸟难从。一户丸泥闭,千岩篝笋重。<sup>②</sup>云中来馌妇,花里见耕农。<sup>③</sup>何客偏饶舌,呼人作卧龙。<sup>④</sup>

**注:**①万历三十八年(1610)作于隆中。作者全面而详尽地描述了诸葛亮隆中幽居的位置、环境和房子内部的基本情形,让人身临其境地了解到当年卧龙先生与刘备隆中对的情景,使人产生深深的启迪。隆中:隆中山。在湖北省襄阳西,临汉江。东汉末年诸葛亮曾隐居于此。分得从字:即以"从"字为韵作诗。于野、于林:作者兄弟友人,余未详。②一户:指诸葛亮的隆中山房。丸泥闭:喻指隐居地闭塞,不与世俗通往来。③馌(yè):

给在田耕作的人送饭。④卧龙:旧比喻隐居的俊杰。此处指诸葛亮。诸葛亮,三国蜀汉政治家、军事家。字孔明。琅邪阳都(今山东沂南)人。东汉末隐居邓县隆中(今湖北襄阳西),留心世事,被称为"卧龙"。建安十二年(207),刘备三顾草庐,他向刘备提出了占据荆益、谋取西南、联合孙权、对抗曹操、统一全国的建议,从此成为刘备的主要谋士。见卷五《感怀诗五十八首》三十首注。

## 其 二

眷此幽居胜,居然见隐才。①数椽山鄣蔽,十亩水萦回。火井催人出,鱼梁罢客来。②惟余抱膝处,冷石绣苍苔。

注:①眷(juàn):恋慕。隐才:指诸葛亮。②火井:产天燃气之井。古时多用以煮盐,故又称盐井。《文选·左太冲(思)〈蜀都赋〉》:"火井沉荧于幽泉,高烂飞煽于天垂。"鱼梁:一种捕鱼设置,用土石横截水流,流缺口,以笱承之,鱼随水流入笱中,不得复出。《诗·邶风·谷风》:"毋逝我梁,毋发我笱"。

## 饮于野王孙谢公岩,同于林、中郎兄赋①

郭外田堪种,城边山好登。阴岩泉细细,高阁嶂层层。石长碑文瘦,藤深壁髓凝。②酒阑还授简,赋月主人能。③

注:①万历三十八年(1610)作于襄阳。写作者与中郎兄及友人游谢公岩,观赏到长石碑文等奇特景观。谢公岩:《游居柿录》卷四:"游谢公岩,岩以谢庄得名。去城三里,过大堤,依山下……"野王孙:指于野(见上诗)。王孙,泛指古代贵族子弟。②"长石"句:《游居柿录》卷四:"堂后为岩,若长廊,上有字,乃至元年间赵清老祭阵亡将士文也。"谓谢公岩在正房后面,像长廊,上有碑文。③授简:指作诗前拈写有韵字的竹片。诗写完后,则需将授简还回原处,这叫还授简。能:谓(主人)很能写诗。

## 送罗伯生之柳州别驾任,初为茂州判,皆近边①

十年槐市鲁诸儒,转眼行边汉大夫。②粤峤山川多秀媚,潇湘烟雨正虚无。③神刀已历千番淬,老骥宁辞万里途。④好似弈棋真国手,末赢数子便非输。

注:①万历三十八年(1610)作于公安。作者送友人往柳州任别驾,称赞他多年从政,能力老道,相信他定能在国手博弈中稳操胜券。罗伯生:作者友人,新任柳州别驾。柳州:州名。治所在马平(今广西柳州市)。别驾:官名。汉置别驾从事史,为刺史的佐吏,刺史巡视辖境时,别驾乘驿车随行,故名。判:通判。近似别驾之职,后世因沿称通判

为别驾。茂州:州名。唐贞观八年(634)改南会州置,治所在汶山(今茂汶)。边:指边远之地。②槐市:汉长安市场名。在城东南,常满仓北。因其地多种槐树故名。参阅《三辅黄图》。鲁:古国名。在今山东省的西南部,建都曲阜。大夫:古时一般任官职者之称。③粤:同"越"。古族名,泛称百粤。峤(jiào):尖而高的山。潇湘:潇水、湘江。泛指南方。虚无:此处谓烟雨朦胧的样子。④神刀:喻指罗伯生从政能力强。淬(cuì):亦作"焠"。铸造刀剑时把刀剑烧红浸入水中,用以提高金属的硬度和强度。

## 赠公琰①

欲雪寒江气象昏,征衣犹带浪花痕。可怜千里寻知己,不见中郎见虎贲。②

注:①万历三十八年(1610)作于公安。友人郝公琰冒着严寒乘船千里来公安寻找知己,竟不见中郎。公琰(yǎn):郝之玺,字公琰,徽州人。家贫,年少,喜为诗。早卒。作者在《游居柿录》中称其为"新安小友"。宏道有《郝公琰诗序》,称其"年少而才新"。见《游居柿录》卷三十五。②知己:指志趣、性情相同的朋友。不见中郎:指是年九月初六日中郎以血下注,不起逝世。虎贲(bēn):官名,皇宫中卫戍部队的将领。此处指代作者。

## 往玉泉八岭山道中示宝公①

棘林脱去任西东,盖紫堆蓝杖履中。②许迈入山鱼得水,萧家遗墓鸟呼风。③眼观碧岫无劳白,颜照清溪尽驻红。④一笠一瓢堪自老,是何俗物管城公。⑤后梁陵墓多近此山。

注:①万历三十八年(1610)作于玉泉道中。作者经历了仲兄中郎病逝的沉重打击,于是年冬来到玉泉山。玉泉:玉泉山。亦称复船山、堆蓝山。在湖北当阳县西。山中有玉泉寺,隋开皇年间(581—600)晋王广(后为隋炀帝)为智顗所建。有玉泉八景,为佛教名胜。八岭山:位于荆州城西门外二十多里处,山上多古陵墓。宝公:宝方,一名圆象。无迹僧弟子。后随宏道至公安,为二圣寺住持。见《游居柿录》卷十一。②棘林:古代断狱(审理和判决罪案)的处所。此处谓劫难、灾祸。指是年九月初六日宏道以血下注,不起病逝之劫难。盖紫:一山名,在玉泉山周边。堆蓝:堆蓝山,玉泉山别名。③许迈:晋朝,句容人。一名映,字叔元。少恬静不慕仕进。见卷五《除夕》注。④劳白:谓担心头变白。劳,忧愁。青溪:此处指玉泉山附近的一溪名。⑤管城公:管城子,也叫"管城侯"。笔的别称。

# 合溶晓发道中①

## 其 一

居人忙岁暮,野客正山行。②溪岸月无色,板桥霜有声。③分沙寒水净,积铁冷峰迎。禾黍皆陵巤,昭丘久已平。④

注:①万历三十八年(1610)冬作于玉泉道中。作者一路山行,触景生情,抒发了对亡仲兄的哀痛、对先贤的缅怀和出游不问年的情怀。合溶:《游居柿录》卷五:"按合溶,乃沮、漳二水合流处也。"在今当阳市境内,离玉泉不远处。②野客:指作者和宝方等一行。③月无色:喻指作者此时的悲伤心境。是年九月初六日中朗病逝于沙市宅中。④陵巤(liè):坟墓。昭丘:《游居柿录》卷六:"出城(当阳县)外寺,右有山隆隆起,讯之,则荆王坟也,意即昭丘耳。"荆王墓,即春秋楚昭王墓,在今湖北当阳县东南。《文选·王仲宣(粲)〈登楼赋〉》:"北弥陶牧,西接昭丘。"李善注引《荆州图记》:"当阳东南七十里,有楚昭王墓,登楼则见,所谓昭丘。"

## 其 二

如兹幽邃地,能隔几由延。①野渡绳为楫,樵筐背代肩。山头双树好,岭外一僧缘。②但任年相逼,游人不问年。

注:①幽邃:幽静深邃。由延:犹因缘。②一僧缘:谓有缘在一起的僧人。

# 玉泉山居①

小阁枕鸣泉,青松覆峻岭。刁刁一夜风,泉声在山顶。②

注:①万历三十八年(1610)作于玉泉。作者夜宿玉泉山居,感受了山顶的鸣泉和刁刁的夜风。②刁刁:形容风古怪、强劲。

# 山 游①

近岭翠层层,远山望正窅。老僧上绝颠,先道一声好。

注:①万历三十八年(1610)作于玉泉。写作者偕老僧山游的无限情趣。②窅(yǎo):隐晦貌。

# 游青溪同度门①

## 其 一

且莫攀岩去,拖蓝十里泉。②飞流鸣古雪,净色似秋天。③秀媚依溪寺,淋漓带水田。不图乡国内,见此好山川。

**注**:①万历三十八年(1610)作于玉泉。作者游玉泉青溪,尽见秀美与幽静的景色,生发了在玉泉结庐隐居的情思。青溪:青溪山,在玉泉山旁。有泉、溪,即名青溪。度门:僧名。为当阳度门寺住持。②"拖蓝"句:形容青溪的水澄清流长。③"净色"句:写清溪水像秋天的万里澄空,纯净无瑕。

## 其 二

初曦明岭路,草木有余欣。曲曲贮秋水,山山学夏云。①乱桥萦洞脉,九子露峰纹。②已过绯桃洞,仙凡自此分。③

**注**:①夏云:指夏天的雨云又浓又黑。比喻山上的树丛繁茂浓密。②洞脉:洞流。犹溪流。九子:谓九峰。③绯(fēi)桃洞:即桃花洞,位于玉泉山中。

## 其 三

尽有幽栖地,堪怡草木年。①逢岩思结屋,爱水欲求田。白甀石蹊净,青螺壁影妍。②飞禽不到处,犹自有樵烟。

**注**:①草木年:喻指像草木一样度过自己的岁月。②白甀(dié):比喻白色的山岩。甀:细棉布。青螺:形容螺形的青山。

## 其 四

为寻禽向侣,闲逐老声闻。①洞洒桃花墨,石书竹叶纹。缓移康乐屐,细玩郭熙云。②安得常无事,深山伴鸟耘。

**注**:①禽向侣:指后汉的北海人禽庆与朝歌人向长结伴游五岳名山。禽庆,字子夏,以儒生去官,不仕王莽。向长,字子平,隐居不仕,性尚中和,通老易。建武中男女婚嫁既毕,遂肆意与禽庆俱游五岳名山,不知所终。②康乐屐:即谢公屐。南朝宋诗人谢灵运游山时常穿一种有齿木屐。上山时去掉前齿,下山时去掉后齿。郭熙:北宋画家。字淳夫,河阳温县(今属河南)人。后人把他和李成并称"李郭"。存世作品有《早春》等。

## 其 五

岩洞裹珠城,重门取次行。千年凝雪隐,一炬幻霞明。溜乳盘空变,冰

莲蹴地荣。<sup>①</sup>仙源知不远,流水隔蓬瀛。<sup>②</sup>

**注**:①冰莲:指溶洞中形成像莲花座样的石灰岩。②蓬瀛:蓬莱和瀛州。古代传说中的神山名。后来泛指想象中的仙境。

## 赠鬼谷道士<sup>①</sup>

桃花洞口老刘郎,斑鹿胎冠紫布裳。<sup>②</sup>岩臼积泉充道馔,石垣捍土种山粮。采来野橡分猿食,上得危峰似鸟翔。说客已收名利志,欲依丹鼎驻年光。<sup>③</sup>

**注**:①万历三十八年(1610)作于玉泉。写作者听了鬼谷的一番述说,更加坚定了留居玉泉修炼佛法的想法。鬼谷:为玉泉山的道士。道士:指奉守道教经典规戒并熟习各种斋醮祭祷仪式的人。一般指道教的宗教职业者。②桃花洞:此处指玉泉山一山洞。老刘郎:当指鬼谷姓刘,年岁较大。③说客:善于用语言说动对方的人。此处指鬼谷。丹鼎(dǐng):道士用以炼丹煮药的炊器,多用青铜铸成。此处指代道人鬼谷。

## 除夕伤亡仲兄,示度门<sup>①</sup>

### 其 一

梦中也不料兄亡,温语慈颜竟渺茫。<sup>②</sup>骨肉可怜零落甚,独来山里伴支郎。<sup>③</sup>

**注**:①万历三十八年(1610)除夕作于玉泉。作者除夕之夜在玉泉寺深切缅怀亡仲兄宏道;失兄的悲伤促使诗人选择玉泉,隐身空门,与僧为伴,同鱼鸟共沉浮。亡仲兄:作者仲兄宏道于是年九月初六日在沙市居处去世,终年四十三岁。度门:当阳度门寺住持。②温语慈颜:说话亲切面容慈善。指宏道生前的音容笑貌。③零落:比喻死亡。此指作者的两位兄长都与世长辞了。支郎:东晋佛教学者支道林。见卷一《李坪遇郝生》注。

### 其 二

乞取前生旧衲衣,永同鱼鸟遂沉飞。从今海内无知己,不向深山何处归。

## 正月四日紫盖道中怀度门<sup>①</sup>

野客游山兴,还随春草生。<sup>②</sup>近云遮马过,远雪照人明。西岭眉如迭,南田掌似平。③断鸿零落甚,仗有道林兄。④

**注**:①万历三十九年(1611)作于当阳。作者游紫盖,望着沿途的秀美山色,脑子想到的竟是"断鸿"、"零落"和"仗有道林兄",表达了诗人深深的失兄之痛和倚身空门、寻求解脱的痛苦心境。紫盖:指玉泉山附近的另一片山地。度门:当阳度门寺住持。②野客:此处指作者。③眉如迭:比喻紫盖西岭的层峦迭障。④断鸿:喻指作者失去了兄长。道林:支道林。东晋佛教学者。见卷一《李坪遇郝生》注。此处指代僧人度门。

# 度门得响水潭,将结庵作邻,志喜六首①

## 其 一

岫色当门易,泉声绕屋难。飞濡鲜草木,发响撼峰峦。正好风前听,偏宜月下看。从兹溪畔石,常有两蒲团。②

**注**:①万历三十九年(1611)作于玉泉。作者将结庵于响水潭之邻,再次明确表达了要择隐玉泉的决心。度门:当阳度门寺住持。响水潭:位于玉泉山中。《游居柿录》卷六:"潭上乳窟五十步,为听泉第一处"。结庵作邻:作者与度门僧结为邻居。②两蒲团:指作者和邻人度门两人的蒲草坐垫。此指代作者和度门。

## 其 二

买山隐不妨,胜境借支郎。①木杓当珠瀑,荆柴近乳房。②奔雷无昼夜,曳练几星霜。③止隔一泓水,轮蹄有底忙。④

**注**:①支郎:支道林,东晋佛教学者。②木杓:即木勺,古代舀酒的器具。乳房:喻近临的泉水。③奔雷:指泉涌的声音。星霜:指从晚上出现星星到早上降霜。犹整夜。④"只隔"句:谓作者与度门僧两庵之间只隔着一响水潭。轮蹄:即车轮马蹄。唐韩愈《南内朝贺归呈同官》:"绿槐十二街,涣散驰轮蹄。"谓车轮马蹄来去匆忙。此处喻指作者与邻僧度门往来频繁。

## 其 三

岩曲宜穿屋,山头好结亭。松涛犹有住,泉语更无停。共鼓离絃曲,同听没字经。①卜邻非细事,法侣怅晨星。②

**注**:①共鼓:指松涛、泉语合鸣。②卜邻:选择好邻居。法侣:犹僧侣。怅(chàng):失意;懊恼。

## 其 四

清流何切切,不比俗筝琴。爱此圆通耳,贻之净妙音。①响来神矫健,唤起定昏沉。便是王官谷,何须策杖寻。②

**注:**①圆通:佛教语。圆,不偏倚;通,无障碍。贻(yí):留下。②王官谷:地名。在今山西永济县中条山中,旁有天柱、跨鹤诸峰、贻溪诸水。岩洞深邃,泉壑幽胜。唐末司空图隐于此。见《读史方舆纪要》卷四一。此指玉泉山。

### 其　五

闲来寻石坐,偶尔破云行。雪色同溪色,松声战水声。扫苔安砚几,就乳置茶铛。①不复精禅讲,听泉过此生。

**注:**①砚几:此指放笔砚的小桌子。乳:指泉水。铛(chēng):温器。如:酒铛;茶铛。

### 其　六

不爱师文字,爱师高且真。①尔宁惭惠远。我欲效遗民。②贝叶收雄辨,莲花结净因。③绕溪三百踊,吾喜得吾邻。

**注:**①师:效法。高:高人,志行高尚之人。真:指做真人。②惠远:即慧远(334—416),东晋雁门楼顶人,俗姓贾,也称庐山慧远。师事名僧道安,大元九年入庐山,居东林亭。与刘遗民、宗炳、慧永等十八人结白莲社,在山三十余年,净土宗推尊为初祖。著有《法性论》、《匡山集》。见《高僧传》卷六《释慧远》。遗民:即参加慧远白莲社的遗民。③贝叶:贝叶经(佛经)。莲花:佛座莲花台,此处指禅定打座,修炼佛法。净因:犹净业。佛教术语。清净之善业也,又往生西方净土之业因也。

### 游龙泉胡文定墓上①

长袖风如折,寒林翳古丘。径荒麋迹乱,阶净鹤翎留。③风气有时息,松声不肯休。春王正月里,一盏酎康侯。②

**注:**①万历三十九年(1611)作于玉泉。作者游龙泉寺时路过胡文定墓,以上好的醇酿祭祀墓主人。表达其对先贤才华、人品的景仰之情。龙泉:此处指龙泉寺。胡文定:胡安国(1074—1138),南宋经学家。字康侯,建宁崇安(今属福建)人。曾任中书舍人兼侍讲、宝文阁直学士。卒谥文定。长于春秋学,系出孙复再传,撰有《春秋传》三十卷,往往借用《春秋》议论政治。另撰有《资治通鉴举要补遗》等。《游居柿录》卷六:"至龙泉寺,过胡康侯墓,宋时老松尚存。康侯,武夷人,父渊寓迹荆、湖间。至安国,为蔡京所恶,退居当阳之漳滨。"②春王:指春季的第一个月。酎(zhòu):重酿酒,犹"酽",祭奠。

### 登　九　子①

多时餐黛色,逼视益孤清。切玉锋端过,盘鸦髻上行。雪明双水合,云展万峰平。②重见山尤物，移予选胜情。③池州九子山，刘禹锡云："自是天地间一尤物。"

**注：**①万历三十九年（1611）作于玉泉。九子山是独峙群峰之中，至高至美的山，似切开的玉、盘鸭的髻。其在漳、沮二水的映衬中，宛若一美貌女子。九子：九子山。《游居柿录》卷六："从龙泉早发，往游九子。沿途山色，空翠扑人。左清漳而右曲沮，至九子山如高髻亭亭……诸山绝似莲花，此峰又莲花出水之最高者。"②双水：指漳水、沮水。合：指两水交汇。③山尤物：喻指山中最美的山。尤物，特出的人物，多指美貌的女子。移：通"施"。胜情，犹胜景。即风景优美的地方。池州：州、路、府名。唐武德四年（621）置州，治所在秋浦（今安徽贵池）。明改为府，辖境扩大至今铜陵市。刘禹锡（772—842）：唐文学家、哲学家。字梦得，洛阳（今属河南）人。贞元间擢进士第，登博学鸿词科。其诗通俗清新，善用比兴手法寄托政治内容。著有《天问》三篇及《刘梦得文集》。

## 游智者洞还道中值雨①

柱杖闲穿冷翠围，青山奇怪树芳菲。②藤垂宝络深遮洞，水学书文乱蚀矶。柳影初曦迎客至，桃花暮雨送人归。冲泥更向亭边去，带湿新岚色上衣。

**注：**①万历三十九年（1611）作于玉泉。写作者游智者洞所见的生机秀美的山中景色。智者洞：在当阳县，为晋智者禅师静修处。石理甚坚，中若夏屋，洞下有井，与江水为盛衰。见《当阳县志》。②冷翠围：形容沿途树木丛生、林荫覆盖。芳菲：花草美盛芬芳。

## 再游青溪①

体为登山倦，石桥一醉眠。澄潭深可畏，碧乳净须怜。海涌流渐活，苏门色让玄。②不知住此者，何福可消泉。

**注：**①万历三十九年（1611）作于玉泉。作者再游青溪，细致观赏了泉潭、泉水、泉流、泉色，不禁感叹：能受用青溪者定是有福人。青溪：青溪山。在玉泉山旁，有泉、溪，即名青溪。②海涌：比喻容量极大的泉水。涌，水向上冒。苏门：山名，太行山支脉。在今河南辉县西北。又名苏岭、百门山。晋孙登、宋邵雍、元姚枢皆曾栖隐于此。又晋阮籍与隐士孙登相会于苏门山，互相长啸。见《世说新语·栖逸》。

## 青溪道中看山口占①

云轻石常重,石每不如云。石态若如云,不与诸石群。②昔者郭河阳③,画石得三昧。如云画家难,兹山等熙绘。④马上看起伏,扑衣生冷翠。⑤频玩发清颠,遂为石所醉。⑥

**注:**①万历三十九年(1611)作于玉泉。作者在青溪道中看山壁上题写的口占诗,称道一些诗写得迭宕起伏,翠色扑面。并认为诗人只有经常即兴吟哦,才可能达到如痴如迷、为石所陶醉的境界。口占:指作诗不打草稿,随口念出。②"石态"二句:谓石的形态如果像云,就不会与诸多的石头在一起了。③郭河阳:即郭熙,河阳温县(今属河南)人。故称"郭河阳。"④熙:郭熙,北宋画家。常于巨幛高壁,作长松乔木。见本卷《游青溪同度门》注。⑤起伏:指诗的意境变化。翠:青绿色。喻指诗美。⑥频:屡次;连续多次。玩:此谓随意地吟哦。清颠:犹痴迷。醉:陶醉。

## 鸣 凤 山①

### 其 一

绣岭重重裹,淙流曲曲环。②扑天砂翠色,拔地鼎彝山。③石上桃花丽,坛边鹤使闲。翅头乘兴往,且住莫愁还。④

**注:**①万历三十九年(1611)作于鸣凤。鸣凤山像鼎彝一样峙立在锦绣的群山之中,其山势陡峭而秀美;四周的山峦生长着繁茂的树木花草,犹如盛开的千万朵青莲。鸣凤山:位于今湖北省远安县境内。沮水之北,与玉泉相邻数十里。为道教圣山。②"绣岭"句:谓鸣凤山在山岭的重重包围之中。③鼎(dǐng)彝(yí)山:比喻鸣凤山像鼎彝般魁岸。鼎,古代炊器,多用青铜制成,以为立国的重器。彝,彝器,也称"尊彝"。古代青铜器中礼器的通称。④翅头:喻游览的兴致。莫愁:古代传说中的女子。此谓莫发愁。

### 其 二

危峰何秀媚,置几亦为珍。歃处微生树,滑来不受尘。割云锋锷利,沐雨鬘鬟新。①好畤田堪买,明年称道民。②

**注:**①"割云"句:谓山峰像锋利的剑刃,能割断天上的飞云。极言山峰的陡峭。鬘(mán):头发美好貌。鬟(huán):古代妇女的环形发髻。此比喻山峰上的树丛。②好畤(zhì):古县名,治所在今陕西乾县东。此处指鸣凤山地域。道民:犹道教徒。

## 其 三

游客且从容,山程细玩峰。晴峦生墨绣,仙宇住针锋。<sup>①</sup>破壁常愁堕,羁云每被封。青莲千万朵,莫比俗芙蓉。<sup>②</sup>

注:①墨绣:谓深色的锦绣,比喻繁茂的花草树木。仙宇:指鸣凤山巅的仙宫。住针峰:形容(鸣凤山顶的仙宫)在针尖大小的山巅之上。极言山峰的陡峭。②青莲:喻指长满树丛的山峰。

## 山 上 饮<sup>①</sup>

浓云起尊前,雨足森森去。<sup>②</sup>洒酒入云中,人间闻酒气。

注:①万历三十九年(1611)作于鸣凤。作者用浪漫的笔触描绘出了一幅高山饮酒戏雨云的优美图画。②尊:古代酒器。青铜制,后泛指一切酒器。此处指酒杯。森森:阴沉可怖貌。

## 鹿 苑 山<sup>①</sup>

鹿溪才入眼,匝地烂云迎。七度桃花水,十重翡翠城。安能营数笏,便可娱余生。<sup>②</sup>誓欲新兰若,和公作证盟。<sup>③</sup>此山即陆法和旧邸也。

注:①万历三十九年(1611)作于鸣凤。作者春游鹿苑山,满眼皆灿烂的云彩和翡翠般的绿色;诗人触景生情,表示将放弃仕途,归隐寺门。鹿苑山:指畜养鹿并种植林木的山。多为古代帝王及贵族游玩和打猎的风景园林区。该山离鸣凤山十数里,在沮水之畔,古代当是楚王和贵族们的游猎林苑。②营:谋求。笏(hù):朝笏,古时臣子朝见君王时手中所执的狭长的板子,用玉、象牙或竹片制成,以为指画及记事之用,也叫“手板”。此处代指做官。③新兰若:谓新入寺庙。兰若,寺庙。和公:陆法和。北齐人,有道术,能前知。隐于江陵百里洲。

## 山行怀中郎<sup>①</sup>

流水淙淙逝,青山簇簇新。不知归去后,举似与何人。

注:①万历三十九年(1611)作于玉泉。作者春日山游,看见逝去的流水和聚集的群峦,就想起了亡仲兄中郎。表达了诗人对亡兄的难舍之情。

# 岳阳楼<sup>①</sup>

## 其 一

四望波无极,封天雪未销。始惊三楚大,欲辨九疑遥。<sup>②</sup>水气澄炎国,涛声接海潮。君山在咫尺,鞭石好成桥。<sup>③</sup>

注:①万历三十九年(1611)作于岳阳。作者登岳阳楼极目四望,看见洞庭湖水烟波浩渺的壮美的景象。诗人感慨人生犹在风大浪急的洞庭湖中行船,须谨防名利欲膨胀。岳阳楼:湖南省岳阳市西门城楼,高三层。下瞰洞庭湖,碧波万顷;遥望君山,气象万千。始建于唐,宋滕子京重修,以范仲淹《岳阳楼记》著名。②三楚:古地区名。秦汉时分战国楚地为三楚。《史记·货殖列传》以淮北沛、陈、汝南、南郡为西楚;彭城以东东海、吴、广陵为东楚;衡山、九江、江南豫章、长沙为南楚。九疑:山名。九嶷山,又名苍梧山,在湖南宁远县南,相传虞舜葬此。山有九峰,异岭同势,游者疑惑难辨,故名。③君山:一称湘山,洞庭山,在洞庭湖中。鞭石桥:传说秦始皇有赶山鞭,能鞭石作桥。诗人借此传说表达了他要在岳阳楼和君山之间筑起一道桥的心愿。

## 其 二

白浪满天地,孤舟何所之。水明鱼眼怒,风紧蛤帆移。积练莹双戒,跳丸转二仪。<sup>①</sup>欲清名利火,来对净琉璃。<sup>②</sup>

注:①"积练"句:谓大风打破湖面的平静。跳丸:指日月。此处喻时间的速逝。唐韩愈《昌黎集》卷一《秋怀诗》九:"忧愁费晷,日月如跳丸。"二仪:即天地。②名利火:喻指追逐名利的欲望。琉璃:此处形容洞庭湖水如琉璃般明净。

## 其 三

巴陵共举杯,湖貌待风开。<sup>①</sup>一叶随流去,千帆结阵来。萧清延羽客,震荡孕骚才。<sup>②</sup>断雁飘零甚,寒汀叫转哀。<sup>②</sup>

注:①巴陵:郡名。南朝宋元嘉十六年(439)分长沙郡置。治所在巴陵(今湖南岳阳)。风:此喻好的时风。②羽客:道士的别称。骚才:骚人。指忧愁失志的诗人。③断雁:犹失群的孤雁。此处喻指失去兄长的作者。

# 君　山①

## 其　一

颢气盈坤轴，安能判水空。②更无山作障，直与海争雄。芥子烟云地，扶摇日夜风。③欲知丹在鼎，看取旭轮红。

**注：**①万历三十九年（1611）作于君山。作者写君山兀立于洞庭之中的壮观景象。君山：一称湘山、洞庭山。②颢（hào）：通"昊"。指昊天。坤轴：地轴，谓地的轴心。此处指君山。③芥（jiè）子：小草。比喻君山之地很小。扶摇：急剧盘旋而上的暴风。

## 其　二

草青微露色，沙赤已潜洲。夜坐常如月，山居不异舟。龙孙垂万部，鸭脚历千秋。①总与仙都似，高真也爱游。

**注：**①龙孙：此指湖中的鱼、虾、蟹、蚌类。鸭脚：指湖里的禽类动物。

## 其　三

十里迂回路，茶香胜酒香。千畦拳石隐，万鹤一松藏。斑竹偏多笋，黄柑可荐筋。①轩辕台上好，拟老白云乡。②

**注：**①斑竹：一种有斑纹的竹子，也叫"湘妃竹"、"湘竹"。《群芳谱·竹谱一》："斑竹，即吴地称湘妃竹者。其斑如泪痕。"荐筋：谓作礼品敬献人。②轩辕：即黄帝。《史记·五帝本纪》："黄帝者，少典之子，姓公孙，名轩辕。"白云乡：犹隐居之处。

# 岳阳晚眺①

下无波浪上无云，积水长空雨不分。双合江湖摇地肺，九回向背织峰文。②髻螺雉尾陈香案，樯橹蝇头写练裙。③日晚抛丝矶上者，几人闲静得如君。④

**注：**①万历三十九年（1611）作于岳阳。写作者于晴日的晚上登岳阳楼远眺洞庭湖。诗人以细腻的笔触向我们展示了一幅"晴晚洞庭"的优美风景图。岳阳：在今湖南省东北部，长江南岸，滨临洞庭湖，邻接湖北省。②地肺：《菩提寺》有注，指江湖深处。峰文：此处喻指洞庭湖四周分布的曲折的河流。③髻螺：形似螺壳的发髻，比喻峰峦的美姿。樯橹：指大帆船。蝇头：此喻指湖面的小帆船。练裙：此喻波浪起伏的洞庭湖水。④君：此

指代洞庭湖。

## 别王石洋<sup>①</sup>

粘天浊浪溅征衣，惊雁那堪两处飞。君为友朋真不薄，我亡兄弟欲何依。乌林浦上殷勤去，青草湖头痛哭归。<sup>②</sup>皓首相庄无异约，入山同采首阳薇。<sup>③</sup>

注：①万历三十九年（1611）作于公安。作者送别友人，衷心感激友人远道乘舟来访。王石洋：居士。作者友人，洪湖乌林矶人。②乌林：古地名。即今湖北洪湖东北，长江北岸乌林矶。东汉建安十三年（208），孙权与刘备联军大败曹操于此。乌林浦，即乌林矶。殷勤：情意恳切深厚。此处指代王石洋。青草湖：又名巴丘湖。即今湖南洞庭湖东南部，为湘水所汇。③"皓首"二句：谓我们相互庄重约定，一起进首阳山采摘巢菜。入山采薇：喻指归山隐居。首阳：首阳山。采薇：伯夷、叔齐反对周武王伐殷，武王灭殷后，他们逃跑到首阳山，采薇而食，终于饿死。见《史记·伯夷列传》。薇：即"巢菜"。多年生草本，嫩芽称巢芽，可做蔬菜。《诗·召南·草虫》："言采其薇。"

## 登舟，舟在三穴桥<sup>①</sup>

### 其 一

涸尽白石源，扬尘久非故。<sup>②</sup>澄潭贮菱蒲，尚认油江路。<sup>③</sup>

注：①万历三十九年（1611）作于公安。写作者从斗湖堤往三穴桥一路所见的景象，生动地反映了家乡人世的沧桑变迁和水乡生活的无限情趣。三穴桥：又名太平桥。明正统年间，一为大道通行，又为锁住虎渡口分江之水不致走捷径下洞庭，即在今公安黄金口北之虎渡河上架此石桥。桥下有七门，雄伟为当时公安桥梁之最。早已毁。见同治本《公安县志》。②白石源：指已淤塞干涸的流经三穴桥的油河，其发源于武陵白石山。③油江：即油河，因其与长江相通，故名。

### 其 二

古路小兰若，饷茶愧少钱。渴时一杯水，三管箜篌天。<sup>①</sup>

注：①三管：指笛、箫、笙三种吹管乐器。箜篌：古代拨弦乐器。此喻廉价的饷茶带给饥渴路人的喜悦感受。

## 其 三

斗大夫人城,城中摇燕麦。⑤止应泐石街,曾印香絢迹。⑥

**注**:⑤斗大:一谓夫人城占地不大;二谓夫人城的形置似"斗"。斗:古时一种方形量器。夫人城:指刘备孙夫人在公安所筑之城。《元和郡县志》载:孙夫人城"屠陵城东五里。汉先主孙夫人所筑,夫人与先生相疑,别筑此城居之。"⑥泐(lè)石:指石头依其纹理而裂开。香絢(qú)迹:谓此处留下了孙夫人的足迹。香:古时用作女子的代称。絢:鞋头上的装饰,此处指鞋、脚。

## 其 四

雨到漩涡密,风吹芦苇开。前溪成一笑,船载小船来。

## 其 五

撒手铺鱼網,舟欹忽乱流。观其游戏意,可以不须舟。

## 苏云浦侍御还里,时先兄中郎将移槟入里,故中及之①

## 其 一

忽闻骢马近,喜极泪双流。死友今将至,灵车应不留。②画楼空乳月,宿草又传秋。③犹记分离语,山公在勿忧。④

**注**:①万历三十九年(1611)作于公安。作者正为先兄中郎移槟入里之际,先兄生前至交苏云浦千里而至,诗人顿时感动得双泪直流。该诗表达了对至友和亡兄的真挚情谊。苏云浦:苏惟霖,字云浦。见卷三《归笾笤谷逢苏潜夫……》注。侍御:明代监察御史。苏云浦曾任此职。还里:指苏云浦回老家江陵龙湾。移槟入里:指是年作者将亡兄宏道的灵棺从沙市移至老家公安孟家溪长安村。中(zhòng):恰好逢上。及之:一同前往。②死友:谓苏云浦是作者亡兄的至交。③"画楼"句:谓卷雪楼的主人走了,留下空楼陪伴新月。画楼:指宏道在沙市江边住宅楼(名砚北楼)前加筑的三层卷雪楼。宿草:谓宏道的灵柩将宿故里。传秋:谓度过岁月。④山公:山人,即隐士。此指作者。在:犹"再"。

## 其 二

我哭直邻死,君愁亦应深。①九言黄父会,千里素车心。②鸳妾终烦嫁,龙唇永绝音。③知交零落尽,不忍更商参。④

**注**:①直邻:指作者的仲兄宏道。因宏道生前最疼爱中道,中道几十年来一直伴随

着宏道,两兄弟没有长期分开过。故作者称仲兄为"直邻"。君:指苏云浦。②九言:谓多次。黄父:古地名,又名黑壤。春秋晋地,在今山西沁水县西北。此处犹言"黄泉"。素车:古代帝王居丧时所乘的车子,用白土涂刷,不加油漆,用白色的麻和缯为饰。也泛指丧事用的车子。③骘妾:指宏道的小妾。④商参(shēn):参商。参、商二星此出彼没,两不相见,因以比喻人分离不得相见。


## 即　事①

斜阳烧近林,林内鸟声急。嫩绿涨平畴,一翁背手立。

**注:**①万历三十九年(1611)作于公安。初春的傍晚,夕阳照射着一片近林,林中鸟儿喧闹声急,田野铺上了一层嫩绿,一位老翁剪着双手站立村头,正陶醉于眼前的怡人景色。这位老者正是回故里的诗人。即事:称以当前事物为题材的诗为"即事诗"。


## 送云浦按山西①

豸冠换却鹿胎巾,且掷龙湖旧钓缗。②河上忽来周柱史,晋中偏用楚才人。③封天碧岫侵缇扇,映水夭桃点画轮。酬了国恩同隐去,堆蓝山里作佳邻。④

**注:**①万历三十九年(1611)作于公安。作者送至友苏云浦往山西任巡按,并约他将来同往玉泉山隐居。云浦:苏惟霖。字云浦,号潜夫。见卷三《归筇笻谷逢苏潜夫……》注。按山西:做山西巡按。巡按:明代派遣监察御史分赴各省区巡视,考核吏治,称为巡按。②豸(zhì)冠:即"獬(xiè)豸冠"。古代执法官戴的帽子。"獬豸,神羊,能别曲直。"(《后汉书·舆服志》)龙湖:此处指云浦家乡江陵龙湾的一湖名。缗(mín):钓丝。③周:古朝代名。此代指明王朝。柱史:喻指担任国家重任的御史云浦。楚才人:此处指苏云浦。云浦老家江陵,古代为楚的中心地域,故称其为"楚才人"。④堆蓝山:玉泉山别名。


## 合溶道上①

朝辞炎火宅,夜度幻霞关。②水后寻新路,云中认熟山。危峰仍秀色,逋客渐尘颜。③寂寞吾何怨,求闲已得闲。

**注:**①万历四十年(1612)作于当阳(即作者往玉泉的道中)。作者至合溶渡沮、漳二水,望见远处熟识的玉泉山的秀色,感觉自己已经寻到了人世间的清闲之处。合溶:为

沮、漳二水合流处。在今当阳境内,与玉泉相邻。②炎火宅:佛教语,用以比喻充满众苦的尘世。幻霞关:指沮、漳二水合流处,即合溶。③遁客:避世之人。

## 涔阳道中①

### 其 一

雨过烟尚凝,涛响江弥静。顺水一帆风,舟师如入定。②

注:①万历四十年(1612)作于玉泉。写作者雨后傍晚乘船走山溪,一路所见到的独特的山乡景观。涔(cén)阳:地名,在当阳境内。②舟师:谓驾船的师傅。入定:谓进入安定状态。

### 其 二

人家多种树,溪上稻麻密。素练已昏黄,下见树影黑。

### 其 三

夹路刺花繁,斜阳鸟语沸。雨余溪水深,童立渡牛背。

## 山游口号①

天色欠晴明,山行艰杖屦。②樵人说不妨,南上一枝雨。

注:①万历四十年(1612)作于玉泉。作者用大众化的语言真实地记写了一次山行逢雨的有趣经历。口号:谓口语化、通俗化的语言。②杖屦(jù):谓扶杖步行。屦:麻、葛等制成的单底鞋。

## 五月十三日玉泉道中,此日为关公诞日①

千山万山雨忽至,大珠小珠溪里沸。此是关公洗刀雨,沾身也带英雄气。疾雷先雨雨如露,停车且认玉泉树。志士奇穷避地时,将军血战灰心处。②

注:①万历四十年(1612)作于玉泉。作者在玉泉道中时正值关公生期,这天风雨大作,雷电显威,诗人称此为关公的洗刀雨(即洗冤雪恨之雨)。作者对关公最终在荆州血战无援的悲壮结局,表示了深深的惋惜,同时也嗟叹了自身的奇穷身世。关公:关羽

(? —219),三国蜀汉大将。字云长,河东解县(今山西临猗西南)人。东汉末亡命奔涿郡,从刘备起兵。建安五年(200),刘备为曹操所败,他被俘后,极受优礼,封为汉寿亭侯;后仍归刘备。由于其生前忠义感天地,后世加以神化,尊其为"关公"、"关帝"。②志士:此处指作者。奇穷:指作者进第之路极其坎坷,经历二十年的场屋之苦,屡考屡败,不能不说是"奇穷"。将军:关羽将军。血战灰心处:关羽建安十九年(214),镇守荆州。建安二十四年(219),他围攻曹操部将曹仁于樊城,又大破于禁所领七军,因后备空虚,不久孙权袭取荆州,他兵败被杀。英雄镇守荆州达六年之久,最后血战无援,竟落得如此结果,此处怎不叫将军的"灰心处"呢!

## 堆 蓝①

### 其 一

朝自堆蓝去,暮自堆蓝还。堆蓝无所虑,只虑树遮山。②

注:①万历四十年(1612)作于玉泉。写作者终日陶醉于玉泉山的美丽景色。堆蓝:玉泉山的别称。②虑:诗句中前一个"虑"作"忧"理解;后一个"虑"犹担心。

### 其 二

不爱山上石,不爱山上树。惟爱树抱石,棱棱有媚趣。①

注:①树抱石:谓树根紧紧地咬着岩石生长。棱棱:方正威严貌。

### 其 三

梦里识松声,醒余闻鸟唱。慵来忽步檐,拭眼数山浪。

## 乳窟同无迹、伏之闲步①

### 其 一

乳窟忽成行,临流有茂树。隔溪苔壁寒,拾石渡溪去。②

注:①万历四十年(1612)作于玉泉。该诗写作者偕几位僧人于乳窟闲步。乳窟:指玉泉山中的溶洞。石灰岩地区地下水沿岩层层面或裂隙溶蚀并经塌陷而成的岩石空洞。洞内常见有钟乳石和石笋。无迹:僧人,公安二圣寺住持。伏之:僧人名。余未详。②拾(shí)石:谓经由石级而下。

## 其 二

扫石主敷蒲,听泉客倚杖。老僧貌寂然,独坐松根上。

## 玉泉夏日山居①

### 其 一

好花留住恶莎焚,趁雨还宜种此君。别墅水来如斗水,他峰云过似邀云。②闲同天上三禅乐,戏草山家十赉文。③月馆露台萧静夜,岩端松呗几回闻。

注:①万历四十年(1612)作于玉泉。作者夏日在玉泉谈佛论道,接待来往高人,还布置妥了隐居庵,打算像袁子雄那样安心修炼。足见诗人为隐身玉泉已付诸了实实在在的行动。玉泉:玉泉山。②别墅:喻指他处来的高僧。斗水:形容水流急猛,相互冲击的样子。喻指佛道高僧在一起激烈地辩论。邀云:喻指迎候、招待来往的高僧。③三禅:犹仙人。山家:犹山人,指隐士。十赉(lài):指道家说的十种赏赐的事物。见前诗《赠张白瑜》注。

### 其 二

幻雨奇云弄晚天,伊蒲饱后罢安禅。①溪藤欲仿堆蓝岫,竹杖频穿叠雪泉。移得云根和乳滴,采来仙掌带霞鲜。峰头趺坐忘归去,九子青如九朵莲。②仙掌,玉泉茶名。

注:①伊蒲:指素食。安禅:指一种佛教仪式。②趺(fū)坐:即跏趺坐,佛教修禅者的坐法,即双足交叠而坐。九子:九子山。

### 其 三

水宜当户石宜台,布置居然小隐才。紫盖山僧遗笋至,清溪道士饷茶来。①编篱已觉朝荣活,布砌犹欣夜合开。弹指三生如梦幻,子雄遗愿在天台。②隋袁子雄曾于天台寺为智者构讲堂。

注:①紫盖:山名。在玉泉山附近。清溪:青溪山。与玉泉山相邻。②天台:天台宗,亦称"法华宗"。中国佛教派别之一。实际创宗者为陈隋之间的智颛(通称天台大师),因他住天台山,故名。

### 其 四

乳窟前头一径斜,小桥雁齿到山家。①孤流震地飞浓雪,绝壁连天洒幻霞。②十里青松多似韭，千年白蝠大如鸦。客来未有盘餐具，旋汲新泉旋采茶。

注：①乳窟：玉泉山的一溶洞名。山家：此指作者在玉泉新做的隐居房（名"堆蓝亭"）。②孤流震地：指响水潭泉涌声大。洒幻霞：指泉水喷起的水雾在阳光下幻出五彩霞光。

### 赠李次飞① 次飞少为开士

游遍东南胜，堆蓝共隐藏。铅华情渐尽，烟水兴偏长。②声爱渔阿梵，书传狸骨方。③再寻调马路，难辨旧支郎。④

注：①万历四十年（1612）作于玉泉。作者告诉友人，将选择隐居玉泉，开始新的人生之路。李次飞：作者友人，"少为开士"。余未详。开士：佛教术语。开悟之士。前秦符坚赐沙门有德解者号开士。因而亦为和尚之尊称。②堆蓝：堆蓝山，玉泉山的别名。共：通"供"。铅华情：喻指爱穿着打扮，重男女私情。烟水兴：即山水兴致。③渔阿梵：犹山歌、民歌。狸骨方：狐狸尸骨所在之处。喻指山野之地。④调马路：调转马头。此喻指重新选择人生之路。旧支郎：指代作者。支郎，支道林，东晋佛教学者。见卷一《李坪遇郝生》注。

### 王给谏将有卜居东南之志，予秋来亦有游兴，会间共有山行之约，有述①

禽尚相逢意正投，枇杷门下不悲秋。②未来玄岳峰头醉，先向朱陵顶上游。③朝爱岭霞同蹑屐，夜贪湖雪共乘舟。回思碣石谭天事，时鸟候虫一笑休。④

注：①万历四十年（1612）作于沙市。作者与友人心愿相投，约定未来共同出游武当和朱陵。王给谏：姓王，官给谏。作者友人。给谏：宋代为给事中及谏议大夫的合称。卜居：择地居住。②禽尚：当是"禽向"。指后汉的北海人禽庆与朝歌人向长性情相投，二人结伴出游。见卷六《游青溪同度门》注。枇杷门：泛称妓家。此指古沙市的繁华之地。③玄岳：即武当山。朱陵：山名。在今湖南衡阳市。见卷四《寿湘山孙给谏……》注。④碣石：山名。在河北昌黎北。秦始皇、汉武帝皆曾东巡至此，刻石观海。东汉曹操作有《碣石篇》。时鸟、候虫：此皆喻指喜出游的作者及友人。

## 九溪陈君垣茂才世万户，父以死事加爵，耻武不就，以文谒予，口占赠别①

有客啸歌至，翛然美丈夫。②愿为门下士，不作羽林孤。③丹叶枫遮路，白苹水满湖。君虽不好武，予又耻为儒。

**注：**①万历四十年(1612)作于沙市。作者称道新纳弟子陈垣君一表人才，性情无拘，不受武爵，愿为门下士。陈君垣：为作者新纳弟子，秀才。茂才：秀才。万户：官名。金初设置，为世袭军职，统领千户。父以死事加爵：谓因父死，将爵位加其子。以文谒予：指拿文章进见作者。口占：作诗不起草稿，随口吟诵而成。②翛(xiāo)然：无拘无束、自由自在的样子。③门下：弟子。士：士民，指脱离生产的读书人。羽林：犹军队。羽：指箭羽。

## 哭慎轩黄学士①

### 其 一

世道何时泰，名贤取次徂。②普天寒士泣，通国正人孤。绣虎终潜穴，灵凰竟陨梧。③信来身仆地，含泪老僧扶。

**注：**①万历四十年(1612)作于公安。写作者痛哭良友黄辉的仙逝，赞美他有曹植的俊才、灵凤的厚德。感念他与三袁兄弟交往甚密，对袁氏一门恩重如山。黄慎轩：黄辉，号慎轩。见卷二《燕中早发，黄太史慎轩……》注。学士：官名。明代设翰林院学士及翰林院侍读、侍讲学士。学士专为词臣之荣衔。②名贤：著名的贤人。此指黄慎轩。次徂(cú)：一个接一个地死去。徂：通"殂"。③绣虎：魏曹植号绣虎。见卷一《饮驾部龚惟长舅宅中……》注。此处喻指黄慎轩。

### 其 二

我已亡兄弟，孤鸿日夜悲。君今复去我，年老更依谁。夜雨披衣坐，西风动地吹。余生游兴尽，誓不到峨嵋。①

**注：**①峨嵋：峨眉山。在今四川省峨眉山市西南。有山峰相对如蛾眉，故名。佛教称为光明山，道教称为"虚灵洞天"、"灵陵太妙天"。为中国佛教四大名山之一。此指代黄辉的家乡蜀地。

### 其 三

阅人颇不少，慧业几能俦。妙悟兼三教，旁综及九流。①世祈斗大斗，身已付寒丘。②白马应相待，宁辞路阻修。

**注**：①三教：指儒、道、释。即儒学、道教、佛教。九流：先秦至汉初的学术流派，即法、名、墨、儒、道、阴阳、纵横、杂、农九家。②"世祈"句：谓世人用大杯酒为黄辉祈寿。

## 其　四

体汇四时备，技分十辈多。①博闻穷尔雅，妙迹继灵和。②细雨天人泣，阴云魃魃歌。已谋磨镜去，不畏峡风波。③

**注**：①辈：车百辆。②尔雅：我国最早解释词义的专著。由汉初学者缀辑周、汉诸书旧文，递相增益而成。今本十九篇。灵和：源子雍。后魏人，字灵和。③磨镜：犹魔镜。峡：此指长江三峡。

## 其　五

自闻来紫极，终日望黄牛。①国少和平福，士多坷壈忧。②梧风终夜响，蕉雨一天秋。岂独怀恩纪，苍生望未酬。③

**注**：①来紫极：犹紫气东来。传说老子出函谷关，关令尹喜见有紫气从东而来，知道将有圣人过关。果然老子骑了青牛过来，便请他写下了《道德经》。后人因以"紫气东来"表示祥瑞。黄牛：化用"紫气东来"中的"青牛"之典，此处指代黄慎轩。②坷(kě)壈(lǎn)：同"坎廪"(lǐn)。即困顿；不得志。③怀恩：指作者始终记得黄慎轩对其长兄宗道的恩情。万历二十八年十一月初四，宗道暴亡于京师任上，其丧事全由京中的朋友们料理，特别是黄慎轩尽了很大的力。随后又来公安"为伯修志墓"。苍生望：指百姓对慎轩的期待。

## 其　六

易理通神契，玄言细襞分。①尊前图地脉，掌上辨星纹。②北药难弘景，真书窘右军。③名涂少不贱，多艺孰如君。

**注**：①易：《易经》。即《周易》。玄言：玄谈。即"清淡"。指魏晋时期以老庄学说和《易经》为依据而形成的辨析名理的谈论。襞(bì)：折叠衣服。襞分：犹"辨析"。②图地脉：谓能画出地的脉络。星纹：指天体星座图。③弘景：陶弘景。南朝齐梁时期道教思想家、医学家。见卷三《初至村中》注。右军：王羲之。东晋书法家，字逸少。见卷五《早春鼎州梁山道中》注。

## 其　七

夺尽江山秀，伤哉埋此人。诗思通汉魏，才气逼周秦。①紫阁行成幻，黄垆信竟真。②从今佳迹少，遗墨倍堪珍。③

**注**：①诗思：指诗的意境及表现形式。通汉魏：即通晓汉魏诗风。汉诗以汉赋为主，吸取《楚辞》、荀卿《荀子·赋篇》的体制词藻、纵横家铺张的手法而形成。魏诗的主要特

征是辞情慷慨,语言刚健。逼周秦:谓迫近周人和秦人。周:周朝。秦:秦朝或秦国。②紫阁:神仙或道士、隐士所居之处。晋陆云《喜帝赋》:"改望舒之离毕兮,曜云龙于紫阁。"紫阁行:指作者与黄慎轩过去曾商定一起参禅修道。黄垆(lú):《世说新语·伤逝》:"(王濬冲)乘轺车,经黄公酒垆下过,顾谓后车客:'吾昔与嵇叔夜、阮嗣宗共酣饮于此垆'"。垆:酒店安置酒瓮的土墩子,因亦以为酒店的代称。③佳迹、遗墨:皆指黄慎轩留下的诗、文、字。

## 其 八

少欲辞婚宦,欣然慕阮宣。①冶心泥上絮,尘事火中莲。②自绝青娥癖,非关白骨禅。③孔明虽淡泊,竟亦不延年。④

注:①阮宣:阮修,字宣子。好易老,善清言,性简任。见卷四《梅花》注。②泥上絮:比喻沾染不上污秽。火中莲:《维摩诘经·佛道品》:"火中生莲花,是可谓希有,在欲而行禅,希有亦如是。"此比喻希有和难得。后指身陷火坑,而能洁己不毁。③"非关"句:谓不需闭关修炼白骨禅。白骨:喻指贪女色的危害。古云有"色是刮骨钢刀",即谓此意。④孔明:三国蜀汉重臣诸葛亮。见卷五《感怀诗五十八首》三十注。此指代黄慎轩。

## 其 九

北阙谈心处,西陵泣别时。①常钦行古澹,犹记貌慈悲。②青李遂无帖,朱弦永断丝。③神游定何所,梦里报予知。

注:①北阙(què):指代京师(今北京)。阙:古代宫殿的高建筑物。西陵:即今宜昌境内。②行古澹:仿照古人淡泊心志。③青李:古字帖名。

## 其 十

恩义丘山重,相从恨不能。典衣放野鸟,赊米饭名僧。神理终难昧,佛天应可凭。两兄常入梦,今又赠良朋。①

注:①两兄:指作者已故的两位兄长宗道、宏道。良朋:指黄慎轩。

# 九日登中郎沙市宅上三层楼①

## 其 一

满眼伤心处,谁能上此楼。林烟迷蜀道,帆影识吴舟。砚北人何在,江南草又秋。茱萸空到手,欲插泪先流。②

注:①万历四十年(1612)作于沙市。作者于重阳日在沙市登亡仲兄的砚北楼,面对

空楼,诗人心中除了凄楚,更多地怀想起了亡兄生前以人中之龙的霸气造就了明末文学革新的伟业。中郎沙市宅:即砚北楼。位于沙市江堤旁,自谓取(唐)段成式"杯宴之余,常居砚北"意。宏道万历三十八年在楼前复作一三层小楼,可望江,名曰"卷雪楼"。②"茱萸"、"欲插"二句:用(唐)王维《九月九日忆山东兄弟》诗句"遥知兄弟登高处,遍插茱萸少一人"之意。

## 其 二

西瞻巴子国,北眺庾公台。①林影依沙净,涛声触岸回。鱼龙存霸气,山水发骚才。②故侣何人在,余生亦可哀。③

注:①巴子国:古国名。主要分布在川东、鄂西一带。庾公台:即庾信的楼台。《游居柿录》卷二:"又《江陵流寓》载:'新野庾易,徙居江陵。'"谓庾信在江陵确有住宅楼。庾信:北周文学家。见卷四《初至沙市张园苦雨》注。②鱼龙:鱼中之龙。龙:旧时比喻才能优异的人。此处喻指宏道。存霸气:指宏道在文学革新运动中所表现出的强霸之气:"中郎之论出,王、李之云雾一扫,天下之文人才士始知疏瀹心灵,搜剔慧性,以荡涤摹拟涂泽之病,其功伟矣!"(钱谦益:《列朝诗集小传》)。骚才:骚人。屈原作《离骚》,因称屈原或《楚辞》作者为骚人,也泛指诗人。此处指宏道。③故侣:指作者的仲兄宏道。因以往的岁月中,作者一直伴随着宏道,两兄弟很少分开过,故称"故侣"。

## 又 登 楼①

登楼祗益愁,愁极且登楼。细雨江南树,浓烟渡口舟。飞尘千万户,出水两三洲。犹记好光景,裙簪沙际游。

注:①万历四十年(1612)作于沙市。作者想念兄长就登其生前的住宅楼,而登楼则更加忧愁。眼前的景象无处不留下了昔日与亡兄共游的形影。

## 由草市至汉口小河舟中杂咏①

## 其 一

陵谷千年变,川原未可分。长湖百里水,中有楚王坟。②

注:①万历四十年(1612)作于赴汉口途中。写作者乘船由草市往汉口途中随处所见的自然及人文景观,反映了诗人多彩的旅途生活与闲适的精神情趣,给人以清新扑面的感受。草市:一乡村集市,位于今荆州城北门外数里处。②长湖:湖名。在江陵境内。

## 其 二

日暮黑云生,且依龙口住。<sup>①</sup>小舟裙作帆,笑语过湖去。

**注**:①龙口:即江陵龙湾市(作者友人苏云浦的家乡)。

## 其 三

自发桃花浪,白苹尚满湖。欲知今岁水,但看垂杨须。

## 其 四

冲月渔舠去,鸣榔欸乃多。<sup>①</sup>自身非墨子,也不厌朝歌。<sup>②</sup>

**注**:①鸣榔(láng):捕鱼时用长木条敲船所发出的声音。欸(èi):答应声。谓敲船时,渔人发出的应答声。②墨子:春秋战国之际思想家、政治家,墨家的创始人。名翟。见卷五《感怀诗五十八》二七注。朝歌:此指早晨唱的渔歌。

## 其 五

旭日乍停舟,岸行两三步。登舟且迟迟,白沙好净路。

## 其 六

明月渐潜波,冲风蹙水面。快哉顺水船,好看船边岸。


# 登舟吟效白<sup>①</sup>

## 其 一

九陌飞尘奈乐何,才登小艇便高歌。<sup>②</sup>未周春夏秋冬节,已历沮漳江汉波。怕迩铅华熟旧习,全凭山水起沉疴<sup>③</sup> 欲知火宅非清净,试看居家诗几多。<sup>④</sup>予春夏泛舟沮漳及江,今又浮汉水。

**注**:①万历四十年(1612)作于汉口。作者为了救治沉疴、远离女色,而沉醉于山水之中。效白:谓仿效白居易平易通俗的诗风。②九陌:谓都城中的大路。③怕迩铅华:谓担心接近女色。迩:接近。铅华:搽脸的粉。喻指女人、女色。山水起沉疴:谓出游山水能救治久患不逾之重病。沉疴:久治不愈的病。④火宅:佛教语。佛家把人世间称为火宅。

## 其 二

白苹寒水白沙洲,一段萧萧莽莽秋。<sup>①</sup>露柳霜枫攒小市,晓风微月送轻舟。劳劳城阙终何事,泛泛江湖尽自由。②水态已多山貌少,武昌先作九峰游。③

**注**:①白沙洲:洲名。在长江汉阳段的江中。②劳劳:纷纷扰扰貌。城阙:都城。此处指汉口。③九峰:九峰山。在武昌境内。


## 汉阳感旧①

泊天白浪净无尘,惟有孤峦塞去津。②芳草偏怜衡处士,桃花不梦息夫人。③江头鼓枻机全息,汉上题襟迹已陈。④屈指光阴今二纪,无情痴泪漫沾巾。⑤志载汉阳有桃花夫人庙,即息夫人也。

**注**:①万历四十年(1612)作于汉阳。作者舟泊汉阳码头,触景生情,深深哀怜处士祢衡被曹操迫害而死,沉痛缅怀曾有恩于自己的赵可怀在宗室之变中惨遭杀害。②孤峦:当指汉阳境内在汉水与长江交汇处的龟山。去津:谓供人离散的渡口。③衡处士:祢(mí)衡。汉末文学家。因不满曹操羞辱而反辱曹操,被转送江夏太守黄祖处杀害。见卷一《武昌坐李龙潭邸中赠答》注。处士:古时称有才德而隐居不仕的人。④机:机心,后指深沉权变的心计。机全息:此处指万历三十二年闰九月,武昌宗人(皇族)蕴珍等作乱,杀巡抚、都御史赵可怀一事已平息多年。见卷三《哭赵尚书……》注。题襟:犹连襟,即姻亲。此指武汉蕴珍等一帮作乱的宗人(皇族)。⑤二纪:此指八年(即万历三十二年宗室之变发生到是年整八年)。痴泪:谓在宗室之变中被杀害的巡抚、都御史赵可怀曾对作者有知遇之恩,故此次感旧中作者又为赵可怀流出了感恩之泪。见卷三《哭赵尚书……》。


## 赠别梁观察迁浙江右辖①

鼎吕声名重,圭璋德器优。②朱绳遵道检,白雪凛清修。③淡泊南阳志,汪洋叔度流。④琐闱无草在,易水有碑留。⑤伏阙多危论,匡时见老谋。⑥北垣韬指略,南极著风猷。⑦宽博敷条教,光明彻葌幽。百城膏雨日,一署冷霜秋。⑧操比衡嵬峻,恩同汉沔悠。⑨清湘无怪鸟,繁楚失全牛。⑩歌舞方江域,旌麾又越州。⑪列藩专大国,东海领诸侯。⑫五长旬宣夏,十联屏翰周。⑬山光迎画扇,水气映仙舟。政暇频登涉,公余有唱酬。行春看柳阵,问俗对潮头。智井还思浚,葑田或再筹。⑭大才宁急试,时事要相求。⑮经画参官府,营综及滋陬。⑯高牙来雁塞,彤矢出龙楼。⑰谬托通家谊,深怀明德稠。康成常念马,苏子不忘欧。⑱浓影资余叶,洪膏借一沤。⑲感来三百踊,非作大人游。

注：①万历四十年（1612）作于武昌。此为应酬之作，作者赞誉梁观察人品高尚，淡泊清修，能给百姓带来膏雨；并表示自己深深记得他人的好处，希望能得到友人的推誉。梁观察：名惺田，时迁任浙江右布政使，为宗道的门生。观察：唐代于不设节度使的区域设观察使，为州以上的长官，后人因为分守、分巡道员也管辖府州。右辖：即右布政使，为一省的副行政长官。②鼎：古代以为立国的重器。吕：我国古代音乐十二律中的阴律，有六种，总称六吕。圭璋：贵重的玉器。比喻人品高尚。《三国志·蜀志·郤正传》："吾子以高朗之才，圭璋之质，兼览博阒，留心道术。"德器：比喻有杰出的德操和才力。③朱绳：比喻规矩、法度。清修：指远离罪恶与烦恼，循佛法教义以修身。④南阳志：指诸葛亮隐居南阳，胸怀定天下的志向。叔度：廉范。东汉京兆杜陵（今陕西西安东南）人，字叔度。初授业京师，事博士薛汉。明帝时，薛汉以事诛，故旧远避，他独往收敛，由是以义侠显名。后举茂才，为云中及武威、武都太守。章帝初，任蜀郡太守，坐法免。⑤琐闱：有雕饰的门，指宫门。也用为宫庭的代称。易水碑：指荆轲刺秦王的英雄故事。时燕太子丹在易水为荆轲壮酒饯行，荆轲歌曰："风萧萧兮易水寒，壮士一去兮不复还！"⑥伏阙：谓拜伏于宫阙下。古时臣下向皇帝陈请之辞。故代指陈请的臣下。匡时：谓挽救艰难的时势。⑦韬指略：谓运用韬略。著风猷（yóu）：谓帮助谋划。⑧百城：指梁观察所管辖的广大地域。冷霜秋：形容严明执法、为官清廉。⑨衡：衡山，南岳。嶷：九嶷山。在今湖南宁远县南，相传为舜所葬处。⑩怪鸟：犹"九头鸟"，古代传说中的不祥怪鸟。全牛：即"目无全牛"。语出《庄子·养生主》"庖丁解牛"，谓杀牛不用眼睛，而是用心去体会。比喻技艺高超。此指代梁观察。⑪江域：此指武昌江岸。旌麾：古代用羽毛装饰的军旗，主将用以指挥军队。越州：州名。隋大业初改吴州置，治所在会稽（今绍兴），为梁观察新迁任之地。⑫东海：郡名。秦置，治所在郯（今山东郯城北），辖境相当今山东、江苏的部分地区。⑬五长：指年高、位高、辈份高。⑭智（yuān）：枯竭。莘（fēng）田：指水已干涸，杂草丛生的湖沼。⑮"大才"句：谓超常之才可在危急关头经受检验。相求：谓与人探索，寻取办法。⑯经画：谋划治理。参：相互参证。营综：谋求综合。陬（zōu）：角落。⑰牙：牙旗。古代将军之旌，竿上以象牙饰之，故云牙旗。彤（tóng）矢：朱红色的矢。古代诸侯有大功时，天子赏赐弓矢。⑱康成：郑玄（127—200），东汉经学家，字康成。见卷四《送水部叶寅阳……》注。念马：郑玄曾入太学学今文《易》和《公羊学》，又从张恭祖学《古文尚书》、《左传》等，最后从马融学古文经。最终成为汉代经学的集大成者，其学称"郑学"。马：马融。苏子：苏洵（1009—1066），北宋散文家。字明允，眉山（今属四川）人。嘉祐年间，得欧阳修推誉，以文章著名于世。其文章语言明畅，笔力雄健。与其子轼、辙合称"三苏"，旧时俱被列入"唐宋八大家"。有《嘉祐集》。欧：欧阳修。⑲浓影：喻指前辈人的功德。余叶：喻指后生，此处指代作者。

## 观音阁夜话①

日暮将安去？危栏且共凭。尊前金口树，窗外汉阳灯。②古庙思文命，沉桥说霸陵。③月寒波淡淡，相对两三僧。

**注**：①万历四十年(1612)作于武昌。作者月夜与几位僧人在观音阁上饮酒、赏景，讲说古代夏禹及霸陵的故事。②金口：地名。在武昌西南，因在金水入长江之口，故名。③文命：文德教命。《尚书·大禹谟》："曰文命敷于四海，祗承于帝。"孔传："言其外有文德教命，内则敬尧舜。"或曰，"文命"为禹之名。霸陵：古县名。本芷阳县，汉文帝九年(前171)于此筑霸陵，并改县名。治所在今陕西省西安市东北。文帝卒后葬此。

## 秋日同巨源、伏之、世高游洪山①

### 其 一

醒却禾农华梦，来为冷石游。纤回缘绿嶂，枕籍见红楼。②雪影江天净，林烟沙渚浮。倚栏神顿爽，信矣癖山丘。③

**注**：①万历四十年(1612)作于武昌。作者十年后重游洪山，倍感神清气爽、大地清凉。巨源、伏之、世高：均为作者友人，余皆不详。洪山：山名，在武昌境内。②秾(nóng)：花木繁盛貌。冷石：即洪山。③癖(pǐ)山丘：谓作者有游山的嗜好。癖：积久成习的嗜好。

### 其 二

已寻萝薜径，渐远市朝尘。①绿树深藏寺，苍松健对人。楼台惊物力，烟水赍闲身。迦叶无余习，歌吹任北邻。②

**注**：①萝薜：此谓隐居。②迦(jiā)叶：摩河迦叶波之略，"摩河"是大的意思，迦叶波是他的姓。他在佛教弟子中年高德重，称为大迦叶。

### 其 三

石存前代驳，枫饱累朝霜。①凿岫嵌珠塔，登天列画廊。重湖何皎洁，大地总清凉。弹指十年事，山灵识酒狂。②

**注**：①前代驳：谓现在的驳蚀痕迹是前代留下的。极言石的年代久远。②酒狂：指作者十年前游洪山时嗜酒成狂的样子。

## 九峰戏作①

江水连湖水,遍地是潇湘。②九峰九朵莲,宛在水中央。花心梵王居,峙立如莲房。③松竹似花须,含裹弄芬芳。游人戏花中,欲出旋已忘。清夜篝灯语,似闻莲花香。

注:①万历四十年(1612)作于武昌。由湖水环绕的九峰山像九朵盛开的莲花,游人在嬉戏莲中迷路忘返。九峰:九峰山。在今武昌境内。②潇湘:湘江的别称。因湘江水清深得名。③梵王:犹菩萨、神仙。

## 与世高、廓虚上人夜话①

恰好潇清意,僧贫岂是贫。②竹声醒客梦,松火照人亲。村芋犹堪煮,园茶尚未陈。③各谈山水胜,无计可分身。

注:①万历四十年(1612)作于武昌。写作者与高僧夜坐叙话山水之胜。世高、廓虚上人:两位高僧。余不详。②潇清意:谓清静、淡泊的心境。

## 登洪山绝顶①

游客嫌荒落,孤藤冷冷过。遥天秋更净,大地水偏多。正好茵云卧,还为扣石歌。②不须重点缀,粉黛染烟萝。③

注:①万历四十年(1612)作于洪山。秋高气爽之日,作者登洪山之顶,融身烟云,敲击岩石,放声歌咏。②茵云卧:谓躺在云层上。形容登上了山顶。扣石歌:谓一边敲击石头,一边歌咏起来。扣:同"叩",敲击。③"粉黛"句:谓山峦的树木花草熏染了作者的衣裳。烟萝:犹萝薜。用以称隐士(此指作者)的衣服。

## 游九峰寺①　　先无念禅师道场

纡回穷尽水烟乡,九点青山一寺藏。尘覆瓶衣思大士,髯张弓矢拜昭王。②直依岩壁为绀殿,高出云宵起画廊。③藻井香厨遗制好,前朝物力也非常。④

**注：**①万历四十年(1612)作于武昌。九峰寺位于水烟环绕的九峰山中，寺内依山建殿宇，菩萨众多。高山起画廊，藻井香厨俱全，制作甚工。九峰寺：寺名。位于九峰山中，这里曾是无念禅师的道场。无念：名深有，亦称"常觉"。麻城龙湖芝佛院住持。道场：指佛教礼拜、诵经、行道的场所。②大士：佛教称佛和菩萨。如：观音大士。昭王：寺庙中一菩萨名。③绀(gàn)：天青色。④藻井：谓有荷菱等图案。汉张衡《西京赋》："蒂倒茄于藻井，披红葩之狎猎。"

## 九峰绝顶①

### 其 一

狮子岩边去，千峰不辨云。②谁能拔树障，尽与露山纹。浩浪明双柳，晴烟见八分。③茎柴宜此处，松火尽堪焚。双柳，溪名；八分，武昌山。

**注：**①万历四十年(1612)作于武昌。作者登九峰绝顶，饱览金秋山峦的美色。②狮子岩：狮子山。位于今武昌南湖之南。③双柳：双柳溪。八分：八分山。位于武昌东南六十里。有水分流如八字，故名。

### 其 二

终日探佳丽，安能遗髻鬟。粉墙阳逻市，墨壁富川山。①扫石安蒲净，依松啜茗闲。人耽金碧好，此地有谁攀。

**注：**①阳逻市：乡村集市，位于今武昌西南郊。富川山：山名，在九峰山附近。

## 黄 鹤 楼①

登临绝主客，清寂倍堪留。②水国无多地，江声益壮秋。③青山孤绕郭，芳草尽潜洲。④楚稔关天下，民鱼亦可忧。⑤今年大水。

**注：**①万历四十年(1612)作于武昌。作者独登黄鹤楼，望见四周皆水泽之国的景象，担心今年的大水会让楚地的粮仓成泡影，黎民百姓有葬身鱼腹的危险。黄鹤楼：故址在今湖北省武汉市蛇山的黄鹤矶头。《太平寰宇记》卷一一二："昔费祎登仙，每乘黄鹤于此憩驾，故号为黄鹤楼。"相传始建于三国黄武二年(223)，历代屡毁屡建。唐崔颢、李白及宋陆游等均有题诗。雄伟壮丽的黄鹤楼与岳阳楼、滕王阁并称江南三大名楼。②绝主客：指作者出游没有做东之人，客人自做东家。③水国无多地：《游居柿录》卷七："盖今年大水，经秋不减，千里浩白，所存者出水之山耳。"又曰："登黄鹤楼，水涨只见诸山。"④青

山:此处指蛇山。郭:此处指武昌城的外城。⑤稔(rěn):庄稼成熟。民鱼:指洪水泛滥使民众葬身鱼腹。


## 再游黄鹤楼①

买看山水兴犹清,闲逐儿童楼上行。窗外钟声大别寺,杯中堞影汉阳城。②峰连建业何曾断,浪接潇湘总未平。③小艇犯涛如履地,果然水战利南兵。

**注:**①万历四十年(1612)作于武昌。作者再次只身登游黄鹤楼,饱览了眼前的山水,想到了建业的峰、潇湘的浪,情思清幽而隽永。②堞(dié):城上的矮墙。亦称女墙。③建业:古县名。东汉建安十七年(212)孙权改秣陵县置。治所在今南京市。


## 登汉阳东门城①

朱栏照水殷,此地扼江关。芳草思名士,浓云识字山。②飞流何日定,到海几曾还,扰扰千家沸,烟蓑一老闲。③

**注:**①万历四十年(1612)作于汉阳。作者登汉阳东门城,面对浩浩荡荡的长江,遐思驰骋,心慕垂钓人。②名士:指在黄鹤楼、晴川阁等地游览并留有诗作的著名诗人,如:唐崔颢、李白及宋陆游等。字山:指历代名人在此处留下的诗文。③扰扰:纷乱貌。烟蓑(suō):指在烟水边穿着蓑衣垂钓的人。


## 寄慰石洋居士,兼订匡山之约①

留得余生在,升沉岂足鞿。②云宵为选客,烟水作嘉宾。③溢浦流声壮,匡庐瀑布新。④且依鬼谷子,何苦学苏秦。⑤

**注:**①万历四十年(1612)作于汉阳。作者主张人生不要在意出仕,要效法鬼谷子终生不仕,永做山水的嘉宾。石洋:王石洋。洪湖乌林矶人。居士:犹处士。古称有才德而隐居不仕的人。匡山:即庐山。②升沉:指出仕或隐居。③云宵:喻指朝廷高官。烟水:山水。此代指山野隐士。④溢浦:溢水。今名龙开河。源出于江西瑞昌西南青山,东流经县南至九江市西,北流入长江。匡庐:即匡山、亦名庐山。⑤鬼谷子:相传为战国时楚人。隐于鬼谷,因以自号。长于养性持身和纵横捭阖之术。苏秦:字季子。见卷一《有感》注。

## 欲游沮漳，治一小舟已成，志喜①

性如鱼鸟爱沉浮，梦到烟波也不愁。江汉自雄多恶浪，沮漳虽小足清流。青莲国里看云坐，白雪滩头照水游。②已似张融无片瓦，差同陶岘有三舟。③

**注：**①万历四十年(1612)作于公安。作者治得一舟，打算往游汉、沮、漳三水及周边的山峦，学习古人张融、陶岘，广越嶂险，泛游江湖。沮漳：沮水、漳水。皆为汉水的支流。②青莲国：喻指大范围的山峦之地。此处指沮、漳交汇的玉泉山及其周边的山地。③张融：字思光，有早誉，广越嶂险。陶岘(xiàn)：唐代人，陶潜的后人，开元中定居崑山，雅号游览。

## 送澧州守秦中费君入觐①

甘雨和风溉澧城，千门炫管沸春声。②滋兰种蕙名同馥③，漏石分沙德似清。岳色云开随去马，河流冰泮照行旌。仙郎燕罢忙脂抹，骑竹儿童郭外迎。④时令子正赴春闱。

**注：**①万历四十年(1612)作于沙市。时作者正要赴京参加明春的会试，逢澧州知府入京晋见，便写下了这首应酬之作。该诗赞美澧州知府行德政，重培养美质之才，受到了百姓欢送。澧州：州、路、府名。隋开皇九年(589)置松州，不久改为澧州。治所在澧阳(今湖南澧县)。明洪武初改为府，后又降为州。守：太守。明代专以称知府。秦中费：澧州知府。余未详。入觐(jìn)：谓入京晋见皇上。②甘雨和风：比喻太守秦中费在澧州施德政。③滋兰种蕙：比喻培养美质之才。兰、蕙，皆香草，比喻才质之美。④春闱：明代以在京城举行的会试为"春闱"，亦称"春试"。

## 醉 歌①

危楼峨峨插天半，天边江雪露清倩。未辨桃花扇里人，先见一室桃花扇。画栏展转红袖攀，壮士髯斗美人鬟。夜半酒客皆咋指，将军已夺昆仑关。②末句用中郎酒评语。

**注：**①万历四十年(1612)作于沙市。作者酒后看见酒楼里有醉客调戏歌妓，事后醉

客在众多酒客的大声指责中夺路而逃。反映当时众多的社会民众皆有明确的道德行为观念。②咋(zé)指:谓大声指责。"将军"句:典出北宋大将军狄青以奇兵破昆仑关的故事。将军:此指代酒醉之人。夺昆仑关:喻指调戏歌妓的醉酒人在众人的指斥中夺路而逃。昆仑关:即昆仑山的边塞。中郎:官名。蔡邕为左中郎将,世人习惯称其为蔡中郎。

## 野　鹤①

野鹤立苗田,见人惊欲起。②低飞数丈余,依旧下田里。

**注:**①万历四十年(1612)作于公安。作者用简洁通俗的语言真实生动地记写了一只野鹤在苗田觅食的情景。②苗田:栽种秧苗的田。

梅花鹊巢。园中梅花盛开,有鹊巢于花间,予冬来抱病,疏笔研久矣,见此偶有诗兴,并命无烦弟及未央、述之和焉

## 其　一

天上无愁侣,移居白玉堂。应知来驿使,偏爱绕灵芳。②冷冷依深雪,亭亭噪夕阳。仙葩绝匹耦,不用架桥梁。③

**注:**①万历四十年(1612)作于公安。作者病后长时间未提笔写诗了,见到鹊巢作到了自家园里的梅花之中,顿时想到她是上天遣来的匹偶信使,于是欣然与五弟和儿子、侄子们唱和起来。研(yàn):通"砚"。无烦弟:袁宁道,为中道异母五弟,佛名无烦。未央:作者大子祁年,字未央。见卷五《祈年侄以书来讯……》注。述之:宏道长子彭年,字述之,号特邱。②驿使:传递公文的人。此处指在梅花中筑巢的喜鹊。绕灵芳:此指筑鹊巢。③仙葩:奇花。喻优美诗文。匹耦:配偶。耦:通"偶"。

## 其　二

三匦从今定,瑶华第一柯。①占随鳞片乱,跃下鹿胎多。②尾好还疑爇,舌香也解歌。东君消息好,终作大羹和。③鹊尾,炉名。

**注:**①三匦:指大家约定在一起赋诗唱和。瑶华:传说中的仙花。屈原《九歌·大司命》:"折疏麻兮瑶华,将以遗兮离居。"王逸注:"瑶华,玉华也。"②占:口授。鹿胎:花名,牡丹花的一种。此喻美好的诗句。③东君:此处指代喜鹊。羹和:五味调和的浓汤。此处喻指大家创作出的优美诗作。

## 大德寺元画罗汉①

开匣手拊识元绢，衣上水纹流淡淡。大耳长眉眼烁人，近观不见远观见。模糊无处寻题字，守僧都不知年岁。开山长老旧传言，西方神僧自貌自。②

**注：**①万历四十年(1612)作于津市。作者在津市嘉山大德寺赏元代画《罗汉》，当匣子打开，诗人就识得该画是在元绢上所作。画中的衣纹如水般流畅，罗汉大耳长眉，眼睛还散发着光彩。守僧虽说不出画中有什么题字，但却讲出了前代僧人传下的秘密：此画是西方神僧的自画像。大德寺：位于津市嘉山。②开山：指最早创建大德寺的长老。

## 过崔晦之山居，儿子能吟予诗，偶作①

三载何曾异短篱，最怜荷叶满庭池。②欲知不浅通家意，稚子能吟老父诗。③

**注：**①万历四十年(1612)作于公安。作者看见稚子能吟诵自己的诗作，顿时感到袁氏家门后继有人。崔晦之：公安人，作者友人。②三载：依唐制，三品以上官员可以在邸院门前立载。张俭兄弟三院立载，人称三载张家。见《旧唐书》卷八三《张俭传》。后以三载指大官僚家庭。异短篱：喻指不同于普通人家。③通家：谓世代有交谊之家。《后汉书·孔融传》："(河南君李膺)勑外自非当世名人，皆不得白。融欲观其人，故造膺门，语门者曰：'我是李君通家子弟。'门者言之，李请融，问曰：'高明祖父常与仆有恩旧乎'融曰：'然，先君孔子与君先人李老君(聃)同德比义，而相师友，则融与君累，世通家也。'"此处指代作者的小儿子如孔氏后世子孙孔融般聪慧。

## 正月初四日从公安至三穴桥，登新舟往游鼎、澧，时病初愈①

病逐寒威散，欢随春草生。亲朋绝故侣，烟水缔新盟。②大汉龙孙国，东吴虎女城。③时清无阨塞，随意作山行。屡陵街有遗城，系孙夫人筑。

**注：**①万历四十一年(1613)作于公安。作者病愈后赶在早春时节赴友人之约，顺利到达三穴桥，准备登舟往游鼎澧。三穴桥：见本卷前诗《登舟，舟在三穴桥》注。鼎、澧：湖南鼎州、澧州，今均属常德。②故侣：过去的伴侣。指作者已逝的两位兄长及过世的老朋友。③大汉：此指东汉末年。龙孙国：指蜀汉刘备的孙夫人在公安屡陵街附近筑的夫人

城。东吴:三国吴因地处江东,亦称东吴。虎女城:指孙夫人城中有一批勇猛的女兵。

# 澧州晤蔡大参元履,投赠并志谢①

## 其　一

高牙雄峙楚云阿,载外层峰聚米多。白石紫兰同道气,赤沙青草拟恩波。②片言也带周秦色,大鼎能调夷夏和。③欲识百城无害马,茶山深处有讴歌。④

**注**:①万历四十一年(1613)作于澧州。此诗亦为应酬之作。作者称道蔡元履有大国臣子的气度风范,其资望和才能足以让澧州的百姓和谐相处;并称自己遇上了惜才的裴度名相。澧州:州、路、府名。治所在澧阳(今湖南澧县)。明洪武初改为府,后又降为州。蔡元履:澧州参政。参政:明代在布政使下设左右参政,以分领各道。投赠:赠送。②白石:姜夔(约1155—1221),南宋词人、音乐家。字尧章,号白石道人,鄱阳(今江西波阳)人。一生未仕,往来鄂、赣、皖、苏、浙间,与当时诗人词客交游,卒于杭州。紫兰:喻祥瑞高洁。赤沙:赤沙洲。青草:青草湖。均在洞庭湖周边。③周秦:指古代大国臣子的气度风范。大鼎:喻指蔡参政运用国家赋予的权力。④百城:《南史·乐法才传》:"武帝嘉其清节,曰:'居职若斯,可以为百城表矣。'"百城:谓各地的地方官。茶山:山名,一名景阳山。在湖南茶陵县东,以多产茶故名。相传炎帝葬于茶山之野,即此。

## 其　二

三秀仙人湘水涯,等闲唾雾总丹砂。①登朝早已陈千牍,问俗何曾废五车。②飞盖兰江看错绣,停舟茹浦爱分沙。怜才重见裴观察,水竹遥存处士家。③

**注**:①三秀:芝草的别名。禾类、草类开花叫秀,芝草每年开花三次,故名。屈原《九歌·山鬼》:"采三秀兮于山间。"湘水:湘江。湖南省最大的河流,流贯湖南省东部。②牍(dú):此处指奏请圣上的文牍。问俗:指了解民俗、民情。五车:谓五车书,言读书、著述之多。③裴观察:裴度。唐宪宗时宰相,贞元进士,曾任监察御史,故称"裴观察"。此处代指蔡大参。水竹:此指作者别业篔筜谷中的竹。处士家:此指作者的隐士之家。

# 澧州逢毛氏大姊以避盗至①

璎珞昨呈梦,蛛丝偶到裾。②水荒多盗贼,山馆暂宁居。住世贫兼病,同生姊共予。胜游亲说与,不用大雷书。③

注:①万历四十一年(1613)作于澧州。作者在澧州偶逢已出嫁的大姐,大姐因家乡水灾而来此地躲避暂住。她贫穷且患病,现在在世的同胞姊妹只剩下大姐和自己了。表达了诗人对大姐悲惨命运的深深同情。②璎珞:同"缨络"。用珠玉串成的装饰品,多用为颈饰。裙:衣服的前襟,也称大襟。此指代作者的大姊。③"亲说(yuè)"句:谓作者在胜游中遇大姐,大家都很高兴。说:通"悦"。大雷:地名,在今安徽望家县。南朝陈置大雷郡。大雷书:语出南朝宋鲍照《登大雷岸与姊书》。鲍与姊,袁与姊,其情相同。

## 德山闲步①

棕笠桃丝杖,层峰取次缘。绿筇依白水,清响答鸣泉。台迥舒高啸,松敧供假眠。暖风桃李路,日暮又归船。

注:①万历四十一年(1613)作于德山。作者戴笠扶杖闲步于山水之中,高兴时向远方啸歌,倦了倚松歇息一阵,至日暮方归船,一路轻松之极。德山:位于湖南常德东南。

## 德山怀君超①

一帆重过湖,枕衾依鸥鹭。日暮见烟林,维舟枉山住。②尚识桃花蹊,熟认竹阴路。③策杖上孤峰,倦倚枇杷树。老眼倦远瞩,况乃多烟雾。俯过枉人湾,绿叶藏丹素。④楼阁倏已新,游人已非故。昔时赏心地,今日断肠处。慧业岂不深,熏修俟晚暮。⑤冶习未消除,再来将无误。⑥鳌舟送隽人,漏箭不能住。⑦造物亦太狞,敢怨不敢怒。⑧身如失群雁,烟水动哀诉。

注:①万历四十一年(1613)作于德山。作者重游德山,景物依旧,游人竟非故;昔日赏心地,今天成了断肠处。表达了对亡友君超深深的缅怀之情。君超:龙襄,字君超。见卷四《同龙君超诸公游便河……》注。②维:连结;系。犹"泊"。枉山:山名。即德山。在今湖南常德东南,枉山下有枉水,为沅水的支流。③尚识、熟认:皆谓作者万历三十六年初春往游德山,同君超一道游览过的故地。④枉人湾:指枉水注入沅水的小水湾。⑤慧业:佛教术语。即分别事理,决断疑念。熏修:即薰修。佛教术语。熏为薰习,如薰香于衣也。修:修行。以德薰身修行也。⑥冶习:同"游冶"。旧时专指狎妓。⑦隽(jùn)人:俊美之人,此指龙君超。漏箭:犹时间如飞箭般。漏:古代滴水计时的器具。⑧造物:旧时以为万物是天造的,故称天为"造物"。狞:凶恶貌。

李长叔水部以使事至鼎,晤于杨文弱席上,时一别廿余年矣①。长叔犹记辛卯下第,阻风泊汉川民舍,予语同行人曰:"此处流水孤村,寒鸦数点,景亦自不恶,特吾辈怀抱自作祟耳。"长叔言之,予犹依稀记忆,回首往事,升沉存亡,有如一梦,因把笔次其事,书之扇头

人生宁有几,一别廿年期。流水烟村处,秋风暮雨时。升沉何足问,会合也堪奇。若不从君饮,桃花笑我痴。

注:①万历四十一年(1613)作于德山。作者与老友人酒宴相会,共同回忆起昔时二人乡试落第,阻风泊汉川民舍的情形。感慨升沉不重要,老友能重新相会就属稀奇。表达了诗人重友情、重生命,却不在意仕途的淡泊坦然的心境。李长叔:作者昔日老朋友,时任都水司,余未详。水部:官名。晋以后设水部曹郎,明改为都水司,掌有关水道之政令。使事:出使办事。鼎州:州名。宋大中祥符五年(1012)改朗州置,治所在武陵(今常德市)。杨文弱:杨嗣昌(1588—1641),字文弱,湖广武陵(今湖南省常德)人。万历三十八年进士,官至兵部尚书。晚明重臣,为崇祯所倚重。辛卯下第:指万历十九年(1591)作者与长叔在武昌应乡试不中。汉川:县名。在今湖北省中部偏东,汉江下游。怀抱:志向,抱负。升沉:谓进第入仕或落第归隐。次其事:犹记下李长叔讲的事。

## 赠文弱令祖可亭翁①

雪堆庄外小亭舟,耆旧欣然一笑留。②洞里生涯黄石老,朝中图画赤泉侯。③汉灵帝令蔡邕画赤泉侯杨喜五代将相图。烟霞有癖欣同调,杖履如飞怯共游。④已约渔郎偕避世,年年花底奉觥筹。⑤

注:①万历四十一年(1613)作于武陵。作者赋诗赠杨文弱的祖父,称道老人家待人热忱,高龄尚杖履如飞;感叹其生世有如传奇的黄石公。文弱:见前诗注。令祖:尊称文弱的祖父。可亭翁:即文弱的祖父杨时芳老人,其字可亭。②雪堆庄:指文弱家所在庄名。耆(qí)旧:旧指年高而有声望的人。此指文弱的祖父。③生涯:生计。黄石老:黄石公,又称圯上老人。见《赠别牟镇抚南归》注。④烟霞癖:指游山水的嗜好。⑤渔郎:钓鱼的男子。此指杨文弱辈。避世:隐居。花底:花下,指春天。

## 赠文弱①

余生誓不系尘缨,望见青山眼倍明。②敢以晚研同尚子,只将凤悟让班生。③眉端常带堆蓝色,梦里欣闻瀑布声。④白社旧交零落尽,与君世外缔新盟。⑤晚研、凤悟见谢康乐《山居赋》。

注:①万历四十一年(1613)作于武陵。作者赋诗赠文弱,谓自己面对"白社"旧交皆零落,计划学尚父不离山水,效班固常书凤悟,广结新盟,走隐者之路。文弱:杨嗣昌。见前诗注。②尘缨:指俗气的官帽带子。缨:系在颔下的帽带。③晚研:此指作者后期的人生历程。尚子:指尚父,即吕望。见卷五《寿蹇令公》注。凤悟:指素常的心得。班生:指班固,东汉史学家、文学家。见卷四《有怀》注。④堆蓝:堆蓝山。玉泉山的别称。⑤白社:指作者三兄弟在北京所结的葡萄社。因崇尚白居易诗文通俗之风,故又称"白社"。零落:死亡。谢康乐:谢灵运,南朝宋诗人。晋时袭封康乐公。见卷二《初至恒山纪燕》注。

## 德山闲步①

饱后烟峦缓缓登,铿然闲杖一枝藤。未能免俗听山鸟,旁若无人壮野鹰。花里怪崖添秀媚,竹间流水太清澄。眼中谁是烟云伴,且对忘机土木僧。②时有野鹰掠食。

注:①万历四十一年(1613)作于武陵。作者在闲游德山之中想到,须找无机心且性情敦厚之人做自己的出游伴侣。②忘机:泯除机心。指一种淡泊宁静的心境。土木僧:喻指敦厚质朴之人。

## 花源道中纪游,并示文弱①

### 其 一

一帆走朱陵,扬风如飞箭。②忽枉故人书,蔼蔼迟相见。③我行亦何常,去住惟所便。青山与良友,等为心所恋。急呼舟人止,舟回舣枉岸。④重作武陵客,再拾桃花片。⑤

注:①万历四十一年(1613)作于武陵。写作者为纪念故人,历旬日重游桃花源。花

源:桃花源。在今湖南桃源县。见卷二《游阳和坡》注。文弱:杨嗣昌。见前诗注。②朱陵:道家称洞天。在今湖南衡山县。见卷四《寿湘山孙给谏……》注。③杻:杻山,即德山。故人:指逝去的友人龙君超。他几年前(万历二十七年)曾陪同作者在杻山、杻水游览过。书:指龙君超生前写给作者的信。④舣(yǐ):附船着岸。杻岸:指杻水岸。⑤武陵:旧县名。隋改临沅县置。治所在今湖南常德市。隋以后历为武陵郡、朗州、鼎州、常德府、常德路治所。

## 其 二

携手上层楼,雪凉洒江津。<sup>①</sup>隔岸夭桃花,十里红烁人。有如谢公妓,可望不可亲。<sup>②</sup>开轩来远黛,置酒罗佳宾。我愧为父党,宿悟班嗣邻。<sup>③</sup>笑杀轻薄子,白头常如新。

注:①江:指沅江。②谢公妓:谢公展。谢灵运,南朝诗人。见卷二《登上方和江明府》注。③宿悟:夙悟。犹素常的心得。班嗣:即班固家嗣。见卷四《有怀》注。

## 其 三

武山何坦迤,树里见楼阁。<sup>①</sup>试酌武溪源,清爽心神豁。停舟阅古碑,辨析穷奥博。<sup>②</sup>一里双鱼梁,数部钩天乐。<sup>③</sup>

注:①武山:武陵山脉。坦迤:平坦延伸。②穷奥博:谓穷尽古碑的奥秘。③鱼梁:筑堰拦水捕鱼的设置。见卷六《隆中分得从字……》注。钩天乐:钧天广乐。神话中天上的音乐。

## 其 四

渌萝如篆刻,锋刃驳云雾。<sup>①</sup>下临百尺潭,丹碧写练素。沿溪望前村,都似避秦处。<sup>②</sup>停舟入花源,携筇临水步。桃花千树红,花深迷往路。带月石间流,夜深响瀑布。清坐澹忘归,一山滴浩露。

注:①渌(lù)萝:山名。在桃花源附近。篆刻:镌刻印章。印章字体,一般采用篆书,先写后刻,故称篆刻。此喻指山体陡峭嶙峋貌。②避秦处:即桃花源。东晋陶潜作《桃花源记》,谓有渔人从一山洞入桃花源,见秦时避乱者的后裔聚居其间。

## 其 五

渔仙水石聚,拨苔寻洞蹊。<sup>①</sup>洞后如铁瓮,欲往无丹梯。穿石俨象王,截流渡江湄。共坐石中央,万山尽约眉。

注:①渔仙:谓陶潜《桃花源记》中的武陵渔人。此处指作者及同游的友人一行。蹊:山路。

## 其　六

新湘溪回环,欲往疑无路。山色似攒莲,水文如束素。<sup>①</sup>溪上两三家,非仙有仙趣。山神闻予言,明年当来住。

**注:**①攒(cuán)莲:谓聚集的莲花。形容聚集的山峦。束素:系住的白色生绢。

## 其　七

怪崖水中央,往路临无底。左耳属于垣,右袂影沉水。<sup>①</sup>山水实清新,胡为拚一死。下崖复登舟,维舟溪山址。白石为茵席,明月岩边起。夜深潭水碧,清澄彻骨理。乱石蹲潭边,森然若奇鬼。

**注:**①垣(yuán):墙,又用为城池的代称。此喻指山峦迭障。袂(mèi):衣袖。

## 其　八

拭眼看危峰,狂呼欲坠笠。常苦胆量劣,可玩不可即。望岫遽息心,刀剑视层级。昔日伯功曹,闻鼓以被袭。登城数觇贼,遂言胆可习。<sup>①</sup>旬日逐子行,竦身凌巘岌。<sup>②</sup>徘徊云汉间,身轻等绝粒。愞子化健儿,谁谓老夫力。<sup>③</sup>忆从中郎游,常矜勇莫及。<sup>④</sup>九原谁可作,三叹有余泣。<sup>⑤</sup>

**注:**①"登城"二句:比喻经历多次的登山,胆量越来越大。②旬日:谓十天。逐子行:谓跟随杨文弱游山。凌巘(yè)岌:谓逾越高峰。③愞(nuò):怯懦。④中郎:作者仲兄宏道。⑤九原:九州。

## 其　九

初日照怡溪,舟行穷水派。<sup>①</sup>溪水碧可怜,下似有光怪。山溪苦相依,山转溪亦迈。舍舟觅舴艋,清浅见鳞介。<sup>②</sup>石骨忽纵横,溪流转滂湃。山肤似鼎彝,拾石以相赉。<sup>③</sup>疾流蚀石文,悬针与倒薤。<sup>④</sup>涛势响玉屑,上沸如有械。<sup>⑤</sup>小舟忽已穷,跣行缚履芥。<sup>⑥</sup>揭衣水至膝,力尽兴无败。行至龙角亭,旋将衣履晒。<sup>⑦</sup>渔夫皆筦然,樵子亦发喟。

**注:**①怡溪:武陵山中的溪流名。水派:水的分流。②舴(zé)艋(měng):小船。鳞介:指带有甲壳的虫。③鼎:古代炊器,多用青铜制成。彝(yí):彝器。古代青铜器中礼器的通称。④薤(xiè):植物名,又名"藠头",鳞茎圆锥形。此喻指倒悬水中的岩石。⑤械:械器:即灵巧的工具。⑥跣(xiǎn):赤脚。⑦龙角亭:一亭子的名称。亭:一种供休息、眺望和观赏的小型建筑物。

## 其　十

水行继以陆,重茧恣登眺。灵岩无好肤,空中而多窍。<sup>①</sup>洞与洞相连,珠曲暗有道。②溪流萦洞中,洄环出深奥。乍见雪文蚀,又闻水声闹。蛇行入重门,虚空发光耀。绿萼一粲然,毛女为前导。③朽骨载腐肉,抠衣畏泥淖。④明明桃花源,隔水可呼叫,欲往不得前,缘悭空自吊。⑤

注:①灵岩:灵岩洞,紧傍桃花源。②珠:形容像珠一样的圆洞。③绿萼(è):即萼绿华,古代仙女。粲然:笑貌。毛女:传说中的仙女,字玉美,在华阴山中,遍体生毛,自称秦始皇宫人,流亡入山,食松叶。④朽骨:一群鬼怪。抠衣:古礼,见尊长时提起衣服的前襟,以示恭敬。淖(nào):泥。⑤悭(qiān):欠缺。吊:伤痛。

# 赠别文弱①

## 其 一

良缘不再合,心期会无因。②年非盛壮时,百感增酸辛。骨肉既相捐,良友亦中分。③西瞻峨眉雪,东眺禹穴云。④中夜念往昔,五内忽如焚。一朝山水间,对子有余欣。⑤圭璧惭温润,兰蕙失清芬。⑥猎石终无厌,餐霞亦已勤。⑦我有新著作,一一尽呈君。寂寞后来者,谁能定我文。

注:①万历四十一年(1613)作于武陵。作者赞赏杨文弱有玉兰般的品质,并表示要以杨家为模范,告诫自家子孙要好好学习杨家的谦谦君子德。②"良缘"句:谓作者与文弱间的良缘应珍惜,如果失去了,就不可能再有这样好的缘分。③骨肉:指作者的两位兄长宗道、宏道。中分:作者将与良友文弱分别。④峨眉:指峨眉山。见本卷前诗注。禹穴:禹陵。在浙江绍兴县城稽山门外。传为夏禹的陵墓。《史记·夏本纪》或言禹会诸侯于江南,计功而崩,因葬焉,命曰会稽。陵旁有禹王庙,内有禹碑。为东南著名圣迹。⑤子:指文弱。⑥圭璧:皆为古代的良玉,此处喻指文弱有玉的品质。温润:温和润泽,为玉的品质。⑦猎石:猎取山石。指代出游山水。

## 其 二

西京杨与袁,煌煌世贵盛。①朱衣与华辇,前后相辉映。袁氏较繁华,不如杨清令。谦谦君子德,之子可钦敬。春葩有余妍,冬柏有余劲,持此为模范,归以诚子姓。

注:①西京:指东汉的国都洛阳。杨:指东汉杨震的家族。袁:指东汉袁安的家族。皆见卷五《祈年姪以书来讯……》注。

# 卷 之 七

## 花源道中①

飞花十里染缢衣,回首渔仙旧钓矶。山点湘溪狐女黛,水横穿石象王威。②芙蓉城里看新月,翡翠峰头望落晖。③周鼎商彝崖色似,绕来千匝不思归。

**注：**①万历四十一年(1613)作于武陵。作者在桃花源游玩了多时,还舍不得归去。花源：桃花源。见卷二《游阳和坡》注。②湘溪：溪名,位于离桃花源不远的武陵山中。穿石：穿石洞,位于桃花源附近。象王：象之最大者,佛家喻佛。《涅槃经》卷二三："是大涅槃,唯大象之能尽其底。大象王者：谓诸佛也。"③芙蓉城：古代传说中的仙境。此处指桃花源。翡翠峰：峰名。在桃花源周边。周鼎：周朝的鼎。青铜制成,古代以为立国的重器。商彝：商朝的彝器。古代青铜器中礼器的通称。

## 山中晓行①

秀壁牵人往,途崎步转轻。初曦千叶影,浩露一山声。颇厌桃花俗,偏怜石骨清。风柯与谷鸟,相对话无生。②

**注：**①万历四十一年(1613)作于武陵。作者一大早望见远处秀美的岩壁,便忍不住踏着崎岖的山路进入山中。表达了诗人痴迷山水、忘机悟空明的心境。②无生：一是无生命知觉。《庄子·至乐》："察其始而本无生,非徒无声,而本无形。"二是佛教谓万物实体无生无灭。唐王维《登辨觉寺》："空居法云外,观世得无生。"前者是静中养性而忘机,后者是参透禅心悟空明。

## 书周子册,中有中郎手迹①

大恩不报已千秋,才见牙笺泪暗流。②金剪书存情脉脉,玉楼人去恨悠悠。③丹鸡白犬盟常在,紫府瑶台愿莫酬。世事总来如梦幻,与君皓首话熏修。④

**注：**①万历四十一年(1613)作于公安。作者在为周子的簿子题字时,发现簿子上有

仲兄宏道的手迹。诗人见字生情,热泪暗流。周子:作者与宏道的友人。子:古代对男子的美称或尊称。中郎:作者仲兄宏道。②牙笺:旧时藏书者系于书函上作为标志,以便翻检的牙制笺牌。③金剪书:唐司马承祯,字子衡,善篆书,自为一体,号金剪书。见五代沈纷《续仙传》。此指宏道留下的手迹。玉楼人:玉楼,相传为仙人住处。汉东方朔《十三册记·昆仑》:"其一角有积金为天墉城,面方千里,城上安金台五所、玉楼十二所。"玉楼人指宏道。④熏修:即薰修,佛教术语。熏为薰习,如薰香于衣也。修:修行,以德薰身修行也。《楞严经》卷七:"同处薰修,永无分散。"

## 将往太和由草市发舟①

枇杷门外足风尘,且办游装学道民。②好鸟弄声如姹女,奇云作态似仙人。③同居浊世非无事,得到青山别有因。④清暑台边千丈水,楚王遗迹定谁真。⑤清署台在今三湖内,见《水经注》。

**注:**①万历四十一年(1613)作于江陵。作者置办道民服装,希望脱离尘世早赴青山。太和:太和山,即武当山,在均县南。见卷三《送徐元叔游太和》注。草市:在荆州城北门外数里处,为古时江陵河湖运输的重要码头。②枇杷门:旧指妓巷。此指古沙市一繁华之地。道民:道人。③奇云作态:喻指学道民着装。④青山:指远离浊世的山水之地。此处指太和山。⑤清暑台:为楚王遗迹,在江陵三湖境内。

## 三 湖①

分风随意往,一叶似飞翔。水上霞尤丽,波中草更芳。茭芽堪入馔,菰米可为粮。②中有荷花荡,开来五里香。

**注:**①万历四十一年(1613)作于江陵。写作者乘舟过三湖时所见的优美景观。三湖:在原江陵县境内。②茭芽:指湖中生长的"茭白"或蒿草、蒲草的嫩心等。馔(zhuàn):食物。菰(gū):植物名,俗称"茭白"。多年水生宿根草本,基部形成肥大的嫩茎,即平常食用的"茭白"。颖果狭圆柱形,名"菰米",可煮食。

## 湖 中①

半是征程半当游,一帆自在不惊鸥。②茭蒲满泽围孤渚,杨柳遮门系小舟。晒网偶成渔聚落,采菱忽动棹歌讴。沧桑不待麻姑说,弹指红尘换碧流。③

**注：**①万历四十一年(1613)作于江陵。作者乘舟过三湖，一路见到茭蒲满泽的生机勃勃的景象，不禁深深感慨世事沧桑。②征程：指作者此次出发往太和。③沧桑："沧海桑田"的略语。此处指三湖之地古时曾是楚王的行宫，现在竟成了沧海。麻姑：神话中的仙女。见卷五《京师雨大注，曾长石……》注。红尘：闹市的飞尘。此指昔日楚王行宫的繁华热闹的景象。


## 宜城道中①

宝马重嘶冠盖乡，此生端的为山忙。②一泓素练蒲稍净，千里黄云麦穗香。宋玉坟边花正好，齐堤驿外草尤芳。③数钱姹女炉头望，索取金沙酒味尝。④

**注：**①万历四十一年(1613)作于宜城道中。作者一行到了仕官之乡的宜城，这里水净如练，麦黄如云，一派美好安宁的景象。宜城：县名。在今湖北省中部偏北，汉江纵贯其境。②冠盖：旧指仕宦的冠服和车盖。这里用作仕宦的代称。端：真正。③宋玉：战国楚辞赋家。见卷四《雁字》注。坟边：相传宋玉的坟在宜城境内。齐堤(kūn)驿：古驿站名。驿：古代供递送公文的人或来往官员暂住、换马的处所。④姹女：少女。索取：求取；讨取。金沙：酒名。


## 襄中怀先兄中郎①

五岳同游誓未忘，一藤独往泪千行。②青山到处悲王粲，明月曾经照谢庄。③苏岭云开浓似黛，襄江春涨沸如汤。④寻思旧日经行处，鸟语花飞总断肠。⑤王仲宣楼并谢公岩，皆此中佳处。

**注：**①万历四十一年(1613)作于襄中。作者独行襄中，一路怀念着旧日与仲兄中郎同行此处的往事。襄中：指今湖北襄阳等市县。②五岳：中国五大名山的总称。即东岳泰山、南岳衡山、西岳华山、北岳恒山、中岳嵩山。一藤：指作者一人。藤：藤杖。③王粲(177—217)：汉末文学家。其诗语言刚健，词气慷慨。为"建安七子"之一。见卷二《寄梅开府衡湘……》注。此处指代作者先兄中郎。谢庄(421—466)：南朝宋文学家。字希逸，陈郡阳夏(今河南太康)人。曾任吏部尚书，明帝时官金紫光禄大夫。要求收复北方，反对与北魏议和；又主张不限门阀，广泛任用人才。能文章，善诗赋。著有《月赋》、《怀园引》等名诗赋。原有集，已散佚，明人辑有《谢光禄集》。此处亦代指作者先兄中郎。④苏

岭：即鹿门山，在襄阳东南二十公里处。汉末庞德公、唐代孟浩然、皮日休等均曾在此隐居。襄江：汉水在襄阳、樊城境内段的别称。⑤旧日经行处：指作者昔日随仲兄中郎一道进京或南归时，皆途经襄中。王仲宣楼：指王粲依刘表多年，常登楼抒发寄人篱下的感慨。后人称王粲所登之楼为仲宣楼。见卷一《送同舟归州人》注。

## 由樊城早发①

荷衣鸠杖道民装，闲客游山也似忙。柿叶满村春昼暗，蔷薇夹路晓风凉。逼来峰色神先醉，互答泉声话正长。欲界仙都真在此，右军何处问金堂。②

**注**：①万历四十一年（1613）作于樊城。作者一行早起行进在秀美的山色之中，很快就到了太和仙都。樊城：今湖北襄阳市樊城。②仙都：神仙的都城。指太和。右军：魏晋至南北朝，置中军及左右前后军各将军。王羲之曾任右军将军，因而有王右军之称。此处代指作者。金堂：此指太和庙的主殿堂。

## 武 当①

### 其 一

天柱居然龙凤姿，群峰屏息似追随。②聚沙洒墨三千界，骇绿惊红十二时。③春树不遮石骨瘦，夏云犹让壁纹奇。④幽崖别有栖真地，皓首黄冠亦未知。⑤

**注**：①万历四十一年（1613）作于武当。写武当山有帝王之相，乃神仙之都。武当：武当山，即太和山。见前诗注。②天柱：山名。天柱山，为武当山的主峰。龙凤姿：形容有帝王的相貌。③聚沙：喻把零散之地连接成片。洒墨：此处比喻武当山的大规模改造和建设。三千界：形容武当山所辖范围广，规模宏大。十二时：古时分一日为十二时，即夜半、鸡鸣、平旦、日出、食时、隅中、日中、日昳、晡时、日入、黄昏、人定。④"不遮"、"犹让"：皆以拟人手法，写出了山体石骨嶙峋和壁纹刻露的特征。⑤栖真：犹隐居真地。皓首黄冠：谓年纪大后去做修道之人。此指作者。

### 其 二

青岩何地不追攀，终隔仙凡未易班。①隘处尚容千佛子，分来可作百名山。②秦敦汉鼎存肤骨，瑶草琼枝作鬓鬟。③谁道此中灵液少，雷奔雪沸水潺湲。

注:①隔仙凡:谓武当山是神仙之地,与凡人相隔绝。②佛子:佛陀。子:古代对男子美称或尊称。③秦:古代秦国。敦(dūn):古代食器。青铜制,盖和器身都作半圆球形,上下合成球形,各有三足或圈足。流行于战国时期。汉:汉朝。鼎:古代炊器,多用青铜制成。古代以为立国的重器。瑶草:喻指青翠如玉的草。琼枝:指美玉般的枝。鬟鬟:指古代妇女美好的环形发髻。

# 太和山中杂咏①

## 其 一

浪说三山与五城,而今亲自到蓬瀛。②珠宫恰好针锋住,琪树偏从石窦荣。③贪看岭云缭壁色,喜听谷水坠潭声。芒鞋竹杖经行处,梨枣煌煌个里生。

注:①万历四十一年(1613)作于武当。作者经过寻访,发现太和山自然景色优美,环境清静,为修炼的最佳隐居地。处圣境之中,作者时时不忘缅怀两位先兄,并萌生了以太和为隐地的想法。②三山:有多种说法,此处取"三神山"之说。古代传说东海中有蓬莱、方丈、瀛洲三山,为神仙所居,总称三神山。相传山上有不死药,以黄金白银为宫阙。战国齐威王、宣王、燕昭王,及秦始皇皆曾遣人入海访此三山。五城:即五都。西汉时首都长安以外的五个大都市,即雒阳、邯郸、临菑、宛、成都。蓬瀛:此处喻指太和山。③珠宫:喻指太和山上的宫殿小巧豪华。针锋:形容山峰小且陡峭。

## 其 二

霞外仙标绝品题,吴峰越峤隔云泥。①琼楼宝阁伤心丽,复道危梁过眼迷。②树底浓阴清石径,岩头爽籁震山溪。③好乘三五团栾月,天柱峰前一杖藜。④

注:①仙标:喻指作者两位先兄才华超群。绝品题:谓品第极高。隔云泥:云在天,泥在地,此喻指两先兄与作者天地之隔,永无相见之日。②伤心丽:谓眼前的美丽景物触发作者伤心。③爽籁(lài):指从洞穴中发出的明朗的声音。犹泉水从源头流下发出的声响。④三五:指阴历十五日。天柱峰:指太和山的主峰。一杖藜:此指作者孤身一人。

## 其 三

灵境经年入梦魂,不知何岳更称尊。山为函夏诸丘长,帝是轩辕有道孙。见《真诰》。①楚泽秦川罗下界,日兄月姊贮天门。②晴空万里尘氛净,一缕卿云玉座存。③

注：①函夏：指全中国。《汉书·扬雄传上》："以函夏之大汉兮，彼曾何足以比功。"古时，华夏、函夏、诸夏都为中国之别称。帝：国君。轩辕：黄帝。《史记·五帝本纪》："黄帝者，少典之子，姓公孙，名轩辕。"有道：旧时称治理国家有方。《真诰》：道教书名，梁陶弘景撰。二十卷，分七篇，传录神仙授受真诀的事项，兼及道教修养方法，另有类似佛教的戒条和地狱脱生等说。②日兄：古以日喻帝王，故帝王之弟妹称帝王为日兄。《唐诗纪事》卷三五陆畅《云安公主下降奉诏作催妆诗》："天母亲调粉，日兄怜赐花。"月姊：指嫦娥。唐李商隐《楚宫》之一："月姊曾逢下彩蟾，倾城消息隔重帘。"天门：神话传说中的天宫之门。③卿云：一种彩云，古以为祥瑞之气。玉座：神话中玉皇大帝的座位。此喻指太和山。

## 其　四

向平何用苦栖栖，此地余生足隐栖。①栎栗子分狙母饭，椰梅花发道人妻。②破云缓步千盘路，带月频听九渡溪。止恐搜寻终未遍，不愁无处问刀圭。③

注：①向平：向长，字子平。隐居不仕，性尚中和，通《老》、《易》。见卷六《游青溪同杜门》注。②狙（jū）：猿猴类。③搜寻：此处指遍游。刀圭（guī）：古时量取药末的用具，形状像刀头的圭角，端尖锐，中低凹。一刀圭为方寸匕（匕，即匙）的十分之一。后亦称医术为"刀圭"。此处指代作者要寻访的真经。

## 其　五

烟眠月宿渐沉酣，邃壑崇峰任意探。不碍繁华随点缀，有情污垢尽包含。①朝曦北岭生浓翠，细雨南岩发异蓝。七十二仙佛弟子，青山依旧隶瞿昙。②

注：①污（wū）：洗去。②七十二仙：喻指太和山有七十二峰。瞿昙：古代天竺人的姓。因释迦牟尼姓瞿昙，故常以瞿昙代表释迦牟尼。

## 其　六

烟霞金碧两氤氲，异草奇葩处处芬。①仙梵一山泉外冷，静钟千院夜深闻。树如大士胸前络，峰似天孙锦上云。②日暮五龙南畔望，横披一幅李将军。③

注：①烟霞：喻指山水。金碧：指黄、绿二色。氤（yīn）氲（yūn）：气和光色混和动荡貌。②大士：佛教称佛和菩萨。如：观音大士。天孙：古星名，即"织女"。织女为民间传说中巧于织造的仙女，为天帝之孙，故亦称天孙。③五龙：指神话中的四海龙王及龙太子。李将军：李靖（571—649），唐初军事家。本名药师，京兆三原（今陕西三原东北）人。

精熟兵法,隋末任马邑郡丞。高祖时,任行军总管区。太宗时,历任兵部尚书、尚书左仆射等职,先后击败东突厥、吐谷浑,封卫国公。著有《李卫公兵法》,原书今佚,《通典》中保留了部分的内容。此二句谓有李靖将军镇守太和山,五龙也不敢来觊觎寻衅。

## 其 七

九朝物力斗嶙峋,气象居然逼紫宸。① 金龟有祠空陋汉,宝鸡作畤转羞秦。② 露坛月馆萧清夜,秘殿深宫艳冶春。莫怪繁华异寂寞,由来天子作仙人。

**注**：①九朝：泛指多个朝代。嶙峋：山崖突兀貌。此处指太和山。斗：形容修建太和殿宇需要大量人力物力,困难重重。紫宸(chén)：帝王的宫殿。紫：紫气,即祥瑞之气。宸：北宸所居,因以指帝王的宫殿。②金龟：黄金铸的官印,龟纽。汉代皇太子、列侯、丞相、大将军等所用。祠：此处指印匣。畤(zhì)：古代帝王祭天地及五帝的固定处所。秦代有密畤、上畤、下畤、畦畤。汉代有北畤。见《史记·封禅书》。二句谓在武当山建成的如帝王宫殿般的祭祀场所,让历史上的大汉强秦都感到窘迫和羞涩。

## 其 八

弥天绝壁鸟难通,也有平畴万壑中。陆贾买来同好畤,胡宽营处似新丰。① 割云入眼千年翠,照水消魂十里红。② 自是上真栖隐地,安容降礼作三公。③

**注**：①陆贾：汉初政论家、辞赋家。楚人。见卷四《龙君超过访笐笃谷……》注。好畤：古县名。秦置,治所在今陕西乾县东。胡宽：古人名。余未详。新丰：古县名。汉置,治所在今陕西临潼东北。汉高帝定都关中,因太公思归故里,乃于故秦骊邑仿丰地街巷筑城,并迁故旧居此,以娱太公。高帝十年(前197)改名新丰。②消魂：亦作"销魂"。旧谓人的精灵为魂,因过度刺激而神思茫然,仿佛魂将离体。③上真：道教称修炼得道的人为真人,上真即仙。三公：泛指朝廷中的高级官员。

## 赠别吴水部还朝①

青缣重夜襞,赤管仍朝擎。② 一去兰常馥,重来柳更荣。浪花迷建业,叶雨下溢城。③ 苍壁予将隐,空怀缟带情。④

**注**：①万历四十一年(1613)作于沙市。作者赠别吴水部还朝,告知友人自己将往苍壁之地隐居;并感谢友人的深情厚谊。吴水部：疑是吴维东,字表海。万历三十二年进士。为掌有关水道政令的官。表海仰慕宏道的才名,赏识中道的才气。②缣(jiān)：双丝

的细绢。重夜:深夜。襞(bì):折叠衣服。③建业:今南京市。溢城:溢口城。古城名。故址在今江西九江市,以地当溢水入长江口得名。④缟带:犹缟贮。《左传·襄公二十九年》:"(呈季札)聘于郑,见子产如旧相识,与之缟带,子产献贮衣焉。"后因以"缟贮"指深厚的友谊。缟:未经染色的绢。

## 须水部日华邀饮龙山落帽台① 时方缮修

### 其 一

名山何必是崇高,岁暮登临兴也豪。雄楚望沙罗几席,堆蓝盖紫照旌旄。②谁能公隙耽游屐,自古词人例水曹。③妆点烟云须韵士,忍将名迹付蓬蒿④。雄楚望沙,俱荆楼名。

注:①万历四十一年(1613)作于沙市。作者岁暮应邀登龙山落帽台,众友人谈笑风生,兴致盎然。须水部日华:作者友人姓须名日华,为掌水道政令的官。龙山落帽台:龙山,出荆州西门向西南约二十华里,为八岭山脉,上有落帽台,即"龙山落帽"一典的出处。晋孟嘉(万年)为征西大将军桓温参军。九月九日温游龙山,宾僚成集,皆戎服。有风吹嘉帽落,初不觉。温令孙盛作文以嘲之,嘉即时以答,四座嗟服。见《世说新语·识鉴》。②雄楚、望沙:皆为当时荆州城区的酒楼。堆蓝:山名。当阳玉泉山的别名。盖紫:山名。紫盖山,位于湖北远安县南。旌旄:古代旗的一种,缀旄牛尾于竿头,下有五采析羽。用以指挥或开道。③水曹:这里借指须水部。典出南朝梁何逊。何逊,东海郯人,为建安王水曹行参军兼记室,时称何水曹。诗与阴铿齐名。世称"阴何"。文与刘孝绰齐名,世称"何刘"。有《何水部集》。唐杜甫《北邻》诗:"爱酒晋山简,能诗何水曹。"④韵士:指富有气派、风度的读书人。此指须水部。

### 其 二

不为登高一望乡,烟霞奇幻助飞觞。万家生齿今天府,千里平原古战场。①柴紫峰头云浩浩,枇杷门外树苍苍。②豫游谭笑敷文藻,前辈风流话亦香。

注:①生齿:借指人口、家口。天府:谓自然条件优越,形势险固,物产富饶的地方。此处指荆州。②柴紫峰:山名。在八岭山附近。枇杷门:犹"妓巷",此指古沙市一繁华之地。

## 送张广文归桃源①

且芟书带草,重觅钓鱼矶。白日瞿童鼎,朱霞莱子衣。②夏泉添谷响,春雨纵桃肥。如此神仙国,三公也合归。③

注:①万历四十一年(1613)作于公安。作者赋诗送别友人,谓自己将在笠笃谷芟除野草、清理书籍,以度过自已神仙般的隐者人生。张广文:作者友人。武陵人。桃源:武陵桃花源。②瞿童鼎:谓持瞿的奴仆象鼎一样峙立。童:奴仆;瞿:兵器名,戟属。鼎(dǐng),犹峙立。此形容站着钓鱼一动不动的样子。莱子:《艺文类聚》卷二十引《列女传》:"老莱子孝养二亲,行年七十,婴儿自娱,着五色采衣。尝取浆上堂,跌仆,因卧地为小儿啼。"儒家常用莱子以宣扬"孝道"。③三公:泛指朝廷的高级官员。

## 早春入村①

### 其 一

不知昨夜雨,但觉野莎生。②百里茭蒲国,千秋狐兔城。③云分山寺出,风约渡舟横。水照游人影,棕藤且自清。

注:①万历四十二年(1614)作于公安。作者早春回故里长安村,一路皆是秀美的水乡景象。②莎(suō):莎草,亦称"香附子"。多年生草本,地下有纺锤形的块茎,可入药。③茭蒲国:指公安县的大片河湖之地。茭:茭白。《本草纲目·草部八》:"江南人呼菰为茭,以其根交结也。"蒲,又称"香蒲"。狐兔城:指古屏陵城今天却成了狐兔出没的荒野。

### 其 二

莫负烟云约,头颅雪易侵。①切泥尘世事,画水道人心。②带月穿瓜渚,踏花出柞林。③祇因春事早,垂柳绿沉深。瓜渚柞林,皆村地名。

注:①烟云约:指与友人出游山水的约定。雪:喻白发。②切泥:贴近泥土。比喻走进故里。画水:即写故里水乡的诗文。③瓜渚、柞林:皆作者故里周边的村地名。柞林:在作者故里孟家溪上游数里处。

## 早春书怀忆苏云浦①

镜中霜雪渐盈头,检点闲忙仔细筹。二十四番中令考,六千三万醉乡游。②和云松叶遮茆屋,照水梅花覆钓舟。屈指今年行乐事,龙湖人在好相求。③

注:①万历四十二年(1614)作于公安。作者年岁渐大,回顾以往的历程,感叹人生的失落与无奈。苏云浦:苏惟霖,字云浦。见卷三《归笠笃谷逢苏潜夫,得灰字》注。②中

令考:指朝廷组织的全国统一的科举考试。即会试、乡试等。③行乐事:指相约出游之事。龙湖人:指苏云浦,因其老家江陵龙湾周围皆湖水,故称。

## 竹 鹤 诗①　　王太学维南鹤,夜失一足,次早以竹代之,遂起舞,今尚存。

王郎王子晋,仙禽驯几案。②临风幽唳圆,照雪殊毛灿。③怪哉忽如夔,委顿良可叹。④岂因华表归,偶值青城难。⑤真类王骀兀,又同凿齿半。⑥世少纫骨膏,将有吮靡患。⑦定烦龙爪书,瘗之焦丘畔。⑧仙骥遇医王,琳琅以续断。⑨弹指起摧残,长鸣竦修干。⑩龙跃与凤跄,星离复雾散。⑪眷此凌霄姿,终为耳目玩。鹤膝既可代,何难长羽翰。王郎格外人,庭轩忍相绊。⑫何不效支郎,纵之入云汉。⑬

注:①万历四十二年(1614)作于公安。作者赋诗称道鹤主人用竹为鹤接断肢的奇巧之功,同时批评鹤主人把仙禽关在庭院中训养的不良作法,表达了诗人珍爱鹤的感情。王太学维南:王维南太学。隐退客居之士,住江陵沙市。余未详。太学:中国古代的大学,为传授儒家经典的最高学府。此处指太学老师。②王子晋:王子乔。神话人物。一说名晋,字子晋,相传为周灵王太子,喜吹笙作凤凰鸣声,为孚丘公引往嵩山修炼。三十余年后,在缑氏山顶上,向世人挥手告别,升天而去。故有"王子登仙"的说法。事见《列仙传》。"仙禽"句:谓把鹤放在几案之间驯养。③幽唳(lì)圆:指鹤的幽雅、高亢的鸣叫声。④夔(kuí):古代传说中的一种异兽,状如牛而无角,一足。此处比喻鹤失一足。⑤华表归:引丁令威化鹤归来的故事。见卷五《感怀诗五十八首》四十八注。青城:古县名。北周天和四年(569)改齐基县为青城县,因山为名。唐开元中改"清"为"青",治所在今四川灌县东南。青城难:此指鹤受失足之灾。⑥王骀(tái)兀:《庄子·德充符》:"鲁有兀者王骀。"谓王骀是古代鲁国人,为一兀者。兀者:刖(yuè)去一足的人。刖,断足,古代一种酷刑。凿齿半:谓把大象的两颗象牙凿掉了一颗。齿:此处专指象牙。"王骀兀"、"凿齿半"皆指失去了一只腿的鹤。⑦纫骨膏:指能够连接骨头的药膏。纫:联缀。吮(é)靡患:谓化解倒下的病患。⑧龙爪书:书法的一种,相传晋王羲之醉时常书数字,点画类龙爪,号为龙爪书。参阅唐李绰《尚书故实》。此指代焦山的瘗鹤铭石刻。瘗(yì):埋,埋葬。焦丘:焦山。在今江苏省镇江市东北。传东汉末焦光隐居于此,因而得名。现存文物,有瘗鹤铭石刻等。⑨仙骥:喻指鹤。骥:千里马。医王:指王太学。琳琅:精美的玉石。此喻竹。续断:植物名,又名接骨草。桑上寄生,根入药。《急救篇》卷四:"远志续断参土瓜。"⑩竦(sǒng):伸着脖子,提起脚跟站着。修干:修长;形容鹤亭亭玉立的样子。⑪龙跃、凤跄(qiāng):形容鹤起舞的优姿。跄:走动。⑫"王郎"句:谓王太学的性情不同于常人,忍心让鹤羁绊于庭轩之中。⑬支郎:支道林。东晋佛教学者。见卷一《李坪遇郝生》注。

## 送李谪星游衡山,寄呈李湘洲太史①

春雨春帆别故乡,祗缘名胜在衡阳。②花深湘浦千重色,米到长沙五里香。③宝洞开云游爽豁,帘前洒雪坐清凉。④邺侯休自悲留滞,残老相期话未狂。⑤

**注：**①万历四十二年(1614)作于公安。作者送友人往游衡山,嘱友人不可久滞花深湘浦之地,家乡的老朋友正期待着他回来纵谈呢。李谪星:李再白,字谪星。公安人。见卷一《风雨舟中李谪星……》注。衡山:五岳中的南岳,位于今湖南省衡阳市。李湘洲:李腾芳,号湘洲。见卷三《中郎广陵姬卒于都……》注。②祗(zhǐ):恭敬。此犹"只"。衡阳:在今湖南省南部、湘江中游蒸水流域。③湘浦:湘江边。长沙:府名,明洪武五年(1372)改潭州府置,治所在长沙。④游爽豁:指游衡山,感受到了爽朗开阔。⑤邺侯:李泌。唐大臣,官至宰相,封邺侯。见卷四《又步长石舟中韵》注。此指代李谪星。残老:指患病且年岁大。此指作者和李谪星。

## 赠归田老人①

青阳日去素颜凋,岂以云林换市朝。②松柏难栽难得待,拟将十亩种芭蕉。③

**注：**①万历四十二年(1614)作于公安。作者谓自己年岁大了,不好高骛远,将安心于云林之中读书写字。归田老人:指作者。归田:谓回归家乡隐居。作者是年四十五岁。②青阳:喻作者的青壮年时代。云林:指有山水的隐居之地。③种芭蕉:语出唐代僧人怀素种芭蕉万株,以蕉叶代纸写字的故事。见卷五《即事》注。此指作者练字作书。

## 书 卷①

三径绝綦迹,拂阶草带青。②静听虚谷籁,卧看北山醒。③宿鸟时惊竹,残花尚冻瓶。④斋中何所有,一卷净名经。⑤

**注：**①万历四十二年(1614)作于公安。作者隐居田园,静听大自然的声音,卧看古籍和佛教经典,终日与鸟、竹、花作伴。②三径:指归隐后所住的田园。綦(qí):鞋带。此处指代鞋、足。③籁(lài):声音;声响。北山:《诗经》篇名。《诗序》:"《北山》,大夫刺幽王也。役使不均,已劳于从事,而不得养其父母焉。"然据作者自述,其身分实为士而非大

夫。诗中写他自己任事繁重劳苦,而大夫们则清闲安逸,饮酒作乐,他深感不满。④冻瓶:指瓶中装的晶莹润泽的珠和石头。比喻暮春残花的美丽。⑤净名经:佛教经典,《维摩诘经》之异名。

## 云浦请告成,却寄①

喜掷贤冠与世辞,丙丁绶作钓鱼丝。②阮宣有地惟栽竹,庾叟为家半是池。③但采雕胡堪自老,只盟鸥鸟岂相疑。④春来应有山游兴,准备棕鞋步步随。

注:①万历四十二年(1614)作于公安。云浦请告归乡,作者非常高兴,表示将与他同居水云,相伴出游。云浦:苏惟霖,字云浦。见卷三《归竟笃谷逢苏潜夫……》注。请告:请求告假。却:再。②掷贤冠:谓抛下官帽。世辞:辞世。即告别朝廷。丙丁:《吕氏春秋·孟夏》:"其日丙丁。"高诱注:"丙丁,火日也。"丙丁于五行属火,因以谓火为"丙丁"。绶:系印章的丝带。③阮宣:阮修,字宣子。好《易》、《老》,善清言。性简任,不喜见俗人。见卷四《梅花》注。庾叟:即姓庾的老人。指庾信(513—581),北周文学家。见卷四《初至沙市张园苦雨》注。④雕胡:菰米。植物名,俗称"茭白",一称"雕胡米",可煮食。盟鸥鸟:谓与鸥鸟订盟,同住在水云乡里,旧指归隐。此处喻指作者与苏云浦盟誓归隐。

## 王别驾以明居士致仕还山,有赠①

菖蒲潭上叟,貌得海山归。②恋壑鳞深逝,贪云鸟健飞。③社添新酒盏,箧取旧荷衣。④五岳游如决,予当逐孝威。⑤

注:①万历四十二年(1614)作于公安。作者的老师为贪恋山水而弃官回家园。作者表示,只要老师出游,弟子一定紧随侍奉好老师。王以明:名王辂,字以明。公安人。年四十,由监生除凤翔府通判。半载弃官归,隐居于公安平乐村小竹林,著书自娱。所著有《竹林集》,宏道为其作序。见卷四《送王以明南都应试》注。居士:犹处士。古称有才德而隐居不仕的人。致仕:谓放弃官职。②叟:此指王以明老人。海山归:比喻从官场退归。③鳞、鸟:皆喻指王以明居士。深逝:喻王以明还山归隐。④社:此处指作者的文社、诗社。新酒盏:此指代饮酒的新成员,即王以明居士。荷衣:指隐士所穿的衣服。屈原《九歌·少司命》:"荷衣兮蕙带。"⑤五岳游:泛指游览天下的名胜山水。逐:追随。犹"效仿"。孝威:台佟。后汉郎人,字孝威。隐武安山,凿穴而居。见卷三《从夷陵峰宝山至玉泉……》注。此借指以明先生。

## 寄丘游击长孺塞上①

胡风猎猎卷旌旗,旧是词坛一健儿。老去关山羁定远,梦中花鸟媚丘迟。②闲持服匿浇情绪,新谱琵琶寄别离。③乡里善人款段马,少游行径报君知。④

**注:**①万历四十二年(1614)作于公安。作者热情赞美长孺文武兼备:今天为游击将军,长驻边塞,有风卷胡地的威风;昔日是词坛健儿,工诗善书,富古人丘迟般的才华。丘长孺:丘坦,字长孺。见卷一《别山风雨,得丘长孺书》注。游击:官名,明代边区守军,设游击将军,无品级,无一定员额,分掌驻地的防守应援。塞上:边界险要之处。②关山:泛指关隘山川。羁(jī):通"羇"。犹在外驻防。定远:古城名。在今陕西西乡南,东汉永元中帝封班超为定远侯于此。又名平西城,以班超平定西域得名。丘迟(464—508):南朝梁文学家。作《与陈伯之书》,劝陈伯之自魏归梁,是当时骈文中的优秀之作。见卷一《江上示长孺》注。此处喻指长孺能作优美的诗歌。③持服:指居丧守孝。匿浇:暗暗消散。寄别离:谓寄托长孺与作者的别离之愁。④善人:指作者。款段:马行迟缓貌。少游:马少游,为东汉伏波将军马援之从弟。马少游曾对马援说:"士生一世,但取衣食裁足,乘下泽车,御款段马,为郡掾吏守坟墓,乡里称善人斯可矣。"(见《后汉书·马援传》)行径:此指作者的境况。君:指丘长孺。

## 病中漫兴①

### 其　一

家计虽贫未夺糈,近来多病逐闲居。②抚琴一室山皆响,吮墨频年草似书。③自散钵斋供慧鸟,新敷盆藻护文鱼。小劳亦是调身法,雨后园蔬手自锄。

**注:**①万历四十二年(1614)作于公安。写作者在病中坚持清修,静养身心。②糈(xǔ):粮。③山响:借用南朝宗炳"抚琴动操,欲令众山皆响"的典故。见《宋书》卷九十三《宗炳传》。吮墨:吮笔。谓持笔沾墨写字。草似书:谓书似草,形容写的字多如地上的野草。

### 其　二

山园十亩半新篁,嫁枣疏葵也似忙。①岂以心灰分去住,总缘身病决行藏。②空阶月洒花枝雪,静夜寒添鹤背霜。歌扇舞裙都委却,那伽妙定一炉香。③

注：①嫁：此指嫁接。即选取植株的枝或芽，接于另一植株的适当部位，使二者结合成为新植株，以达到优化品种的目的。疏：疏理。即除去多余的的植株，使株距行距合理。②心灰：指作者长时间科考不第而心灰意冷。行藏：指出处或行止，即外出或居家。③那（nuó）伽（qié）：安闲的佛教寺院。

## 其 三

青苔泠泠照柴扉，也有闲人伴息机。①枣柏先生移锡至，烟波老叟掷纶归。②玄言不怕知音少，碧落从来赝本稀。③燕雀相逢堪自得，懒随黄鹄薄天飞。

注：①泠（líng）泠：清冷貌。息机：此指没有机心的人。谓作者放弃科举业。②枣柏：僧人名。锡：僧人所用的锡杖。烟波：烟波钓徒张志和，唐诗人。见卷五《雨变诗戏作……》注。烟波老叟：此指代作者。纶：较粗的丝线，常指钓线。③玄言：玄谈，即"清谈"。指魏晋时期以老、庄学说和《易经》为依据而兴起的辨析名理的谈论。碧落：一古书名。赝（yàn）：假的；伪造的。

## 其 四

艳陨芳销春又秋，雁王鹿女共夷犹。①偶穿竹叶烟中径，来坐梅花水上楼。②冷石寒汀鸥鸟梦，金题玉躞蠹鱼游。③亦从药裹关心后，闲却湖边小钓舟。

注：①雁王：即头雁，排头雁。唐王维《游感应寺》："雁王御果献，鹿女踏花行。"鹿女：出自佛经故事。昔有南窟仙人，见鹿产一女，即取回抚养，长大成人，唯脚似鹿，是为鹿女。一日，因洞中火熄，命鹿女往北窟仙人处取火。北窟仙人见鹿女步迹皆有莲花，因与鹿女言："绕我七匝，当与汝火。"鹿女如其所言，遂取火而去。见《杂宝藏经·鹿女夫人缘》。②水上楼：喻指船。③金题玉躞（xiè）：谓极美的书画或书籍的装潢。古时的书画、书籍，都为卷轴，金题是泥金书的题签，玉躞是系缚卷轴用的缥带上的玉别子（一名"插签"）。

## 其 五

风篁能笑亦能言，玄对经年静掩门。①定里空书惩往事，老来梦哭念深恩。②雄心已逐烟云散，绮习犹余笔砚存。春水桃花还有兴，一函先达武陵源。③

注：①玄：玄虚。引申为深沉静默。为作者病中心境的写照。经年：整年。②定里：犹定数，定命，旧谓人世祸福都由前定。念深恩：谓记得别人的好处。③武陵源：指武陵

郡,在今湖南省常德市。

## 其 六

尘事何曾挂笑颦,闲时一杖步花茵。无才永定山中计,有病催成道者身。① 冒雪出云朝絮絮,残霞逗日夜鳞鳞。近来微有歆心处,调象于今渐已驯。②

注:①无才:作者谦称。山中计:指隐居的计划。道者身:谓像道者一样清癯。②歆 (xīn):欣悦。调象:指作者根据自身实际调整生计策略。

## 其 七

绿琴入匣任尘封,老去逃人兴转浓。①马氏由来讥画虎,叶公原不爱真 龙。②闲听谷口悬雷瀑,细数山南破墨峰。③知己可怜凋丧尽,盘桓空对一株松。

注:①逃人:指作者躲避俗人的干扰。②马氏:指马援(前14—49),东汉初扶风茂 陵(今陕西兴平东北)人,字文渊。新莽末,为新城大尹(汉中太守)。继归刘秀,参加了攻 灭隗嚣的战争。建武十一年(35)任陇西太守,率军攻破先零羌。建武十七年(41)任伏波 将军,封新息侯。后在进攻武陵"五溪蛮"时,病死军中。曾在西北养马,得专家传授,发 展了相马法,著有《铜马相法》。画虎:画虎类狗。《后汉书·马援传》:"效季良(杜季良) 不得,陷为天下轻薄子,所谓画虎不成反类狗者也。"后以画虎类狗比喻好高骛远,一无所 成,反贻笑柄。叶公:叶公好龙。刘向《新序·杂事》:"叶公子高好龙,钩以写龙,屋室雕 文以写龙。于是天龙闻而下之,窥头于牖,施尾于堂。叶公见之,弃而还走,失其魂魄,五 色无主。是叶公非好龙也,好夫似龙而非龙者也。"后因以比喻表面上爱好某事物,但并 非真正的爱好它,甚至是畏惧它。③悬雷瀑:形容瀑布水大。《水经注·清水注》:"瀑布 乘岩,悬河注壑,二十余丈,雷赴之声,震动山谷。"破墨:中国山水画的一种墨法,始于唐。 张彦远《历代名画记》谓曾见王维、张璪的破墨山水。破墨是将墨色分破为多种程度的浓 淡,使相互掩映,以求墨采的生动。

## 其 八

世缘终浅道情深,况是头颅老渐侵。①白社六时销晚节,朱陵四择悟良 箴。②雕沙画石他生习,点雪销冰近日心。③肤骨总宜双澹漠,不妨皓首寄珠 林。④天台家有思公"朱陵四择"语,重说法也。

注:①世缘:犹俗缘,指世俗的牵绕。道情:道义,情理。头颅老渐侵:谓正逐渐受到 儒家正统思想的影响。②白社:指三袁兄弟组织的诗社。如:北京崇国寺"葡萄社",公安 城中"南平社"等。由于崇尚白居易通俗化诗风,故有"白社"之称。朱陵:道家称洞天。 在今湖南衡山县。见卷四《寿湘山孙给谏……》注。箴(zhēn):劝告;规戒。如:箴言。 ③点雪销冰:谓冰雪消溶。比喻心地淡泊、宽容,没有丝毫的机心。近日心:旧时以日喻 帝王,故人臣皆有捧日之心,思致仕则有近日之心。参阅《三国志·魏志·程昱传》。

④淡漠：安静，淡泊。寄：寄身。珠林：喻指佛教圣地。《文苑英华》卷二唐沈佺期《游少林寺》诗："长歌游宝地，徙椅对珠林。"

## 夏道甫有杜姬之戚，为作悼亡诗①

### 其 一

巧慧缘偏薄，骄嗔命太轻。鸳鸯才罢绣，鹦鹉尚呼名。②水月存遗态，溪花定别情。木樨香畔语，忽忽似三生。③

注：①万历四十二年（1614）作于沙市。友人失去爱妾后睹物思人，总是思念她的聪明和能干。夏道甫：作者友人，居沙市。余未详。戚：忧愁；悲伤。②鸳鸯：鸟名。雌雄偶居不离，古称"匹鸟"，后因以比喻夫妻。此指杜姬。③三生：佛家语。指前生、今生、来生，即过去世、现在世、未来世。唐白居易《自罢河南已换七尹》诗："世说三生如不谬，共疑巢许是前生。"句意谓瞬息间便恍然如隔世。

### 其 二

绰约谁能似，聪明剧可怜。①点茶方易晓，养纸法难传。不忍名香草，何堪对杜鹃。鸾钗犹在箧，销作诵经钱。

注：①绰（chuò）约：姿态柔美貌。剧：甚。

## 月印上人书杂华为作歌①

觉行互严圆顿宗，流入支那东复东。②波流瓶泻无穷尽，上函犹在水晶宫。③一言半偈岂轻闻，前人为法已殷勤。④木叶山花书妙义，纸皮骨笔记灵文。⑤乌焉三转即成马，解坑都学悠悠者。⑥试看仙人吴彩鸾，蝇头细字山中写。⑦蜀中藏经多仙人吴彩鸾写，见小苏诗。上人舞象德瓶全，真如红火吐青莲。⑧才韬不赋碧云句，心冷何须白骨禅。⑨五载朱陵念渐休，无妨城市更遨游。⑩文字知得非文字，杖底青龙钞可留。⑪心闻已返双荷里，海印还生十指头。⑫窗外寒花作清供，镇日无人香穗动。眼看柿叶几回秋，积得毛君十八瓮。⑬谁将宗教分两路，虚空穴耳难安眉。⑭已知悟得杂华因，只在心手相忘处。⑮

注：①万历四十二年（1614）作于公安。《杂华经》自古以来传播甚广，但因年代久远传写甚多，其妙义出现了谬误；现在月印高僧对《杂华经》进行了细致精道的阐释，很有意

义。作者读后获得很深的领悟,感到月印高僧为书杂华付出了很大心血,认为其文字将流芳后世。月印:僧人名,余未详。上人:高僧。书杂华:即为《杂华经》作书。杂华:佛教经名。《杂华经》又称《华严经》。②觉:觉悟。佛教谓领悟真理。行:佛教名词。"造作"和"迁流"的意思。佛经把因缘造作或迁流无常的事物,称为"行"。互严:谓"觉"与"行"互相端整妆束。圆:圆满融通。顿宗:佛教名词。即顿教,为顿成顿悟佛果之教。支那:古代印度、希腊和罗马等地人称中国人为"秦",故在佛教经籍中将"秦"译作支那、至那或脂那等。③"波流"二句:谓《杂华经》流传甚广,但其包容的含义却犹封沉在水晶宫里一般。④偈(jì):偈陀(梵文)的简称,义译为"颂",就是佛经中的唱词。法:佛教名词。梵文"达磨"的意译。指教说、规范等。殷勤:情意恳切深厚。⑤木叶:贝叶。印度贝多罗树的叶子,用水沤后可代纸,印度人多用以写佛经,故佛经也称为"贝叶经"。灵文:神异的文字。此指《杂华经》。⑥"乌焉"句:谓文字因形体相似而传写致误。"乌"字"焉"字传写易误,又易误成"马"字。古谚有"书经三写,乌焉成马"的说法。解坑:犹解迷。悠悠者:悠闲自在的人。⑦吴彩鸾:唐代人,自言为西山吴真君之女。太和末,书生文箫游西山,与彩鸾遇,约与俱归。箫贫不自给,彩鸾日写孙愐唐韵一编,鬻以度日,如是十载。后往吴越王山,各跨一虎仙去。见《宣和书谱》卷五。此处指代月印高僧。小苏:苏辙。与父洵兄轼合称"三苏",为"唐宋八大家"。⑧上人:指月印。舞象:古代成童所学的一种乐舞。成童,十五岁以上。此处喻指上人挥笔书作。德瓶:物名。又名贤瓶、善瓶、吉祥瓶、如意瓶等,人若祈天神而得此瓶,则所需如意自瓶中出云。见《大智度论》卷十三。青莲:本指产于印度的青色莲花。佛教常用以比喻眼睛。见《艺文类聚》卷十七。此喻指优美文字。⑨才韬:掩藏才华。赋:通"敷"。陈述。碧云句:喻美妙的言辞。白骨禅:佛教术语。佛教言身是幻相,仅见白骨。《楞严经》卷五:"优婆尼沙陀即从座起,顶礼佛足,而白佛言:'我亦观佛,最初成道,观不净相,生大厌离,悟诸色性,以从不净,白骨微尘,归于空虚。'"⑩朱陵:见卷四《寿湘山孙给谏……》注。遨游:游戏;闲游。遨,同"敖"。⑪"文字"句:谓月印上人为杂华书写的文字非普通的文字。杖:指代笔。青龙:喻指月印书写出的美文。钞:亦作"抄"。眷写。⑫心闻、海印:指古代二僧人。⑬毛君:此处喻指毛笔。⑭宗教分两路:谓我国古代佛教主要分为天台宗和华严宗两派。天台宗的实际创宗者为陈隋之间的智顗大师。华严宗的创始人法藏,武则天曾赐号他为"首贤大师"。⑮因:佛教名词。为事物生起或坏灭的主要条件。

## 灯下有感①

几同挥麈话无生,青李何妨一寄声。②越射陇游悲世路,南箕北斗叹交情。③冲风中烛花难结,冻雨侵香穗不成。④野老看来存古意,丹鸡白犬缔新盟。⑤

**注：**①万历四十二年(1614)作于公安。作者在为过去的世路悲伤、叹息的同时，依然心存夙愿，将一继如往地结交新友人，缔结新的出游计划。②麈(zhǔ)：鹿尾，即拂尘。无生：佛教俗语。谓没有生灭，不生不灭。③"越射"句：谓作者年轻时曾到越地、陇地探求人生之路，结果都令自己感到很悲伤。南箕北斗：星名。即箕宿、斗宿。《诗·小雅·大东》："维南有箕，不可以簸扬；维北有斗，不可以挹酒浆。"诗人常以"南箕北斗"或"箕斗"比喻虚有其名。④烛花：点残的蜡烛心结成的穗。结烛花：交好运。⑤野老：隐居山野的老人。此指作者。古意：此谓作者的夙愿。丹鸡白犬：喻指普通士人。缔新盟：指结交新友人并缔结共同出游的约定。

## 蔡元履廉访驻节辰、沅，率尔寄怀二首①

### 其 一

　　卿云珠雨仁神州，炎塞邀天使节留。②逸典从来穷酉室，清时不忍话壶头。③峒山聚墨层层嶂，溪水穿花曲曲流。④边事承蜩官署静，闲来摇笔注春秋。⑤用杜元凯事。

　　**注：**①万历四十二年(1614)作于公安。作者称美蔡元履廉访驻节辰、沅，面对承多纷扰的边事能够轻松应对；勉励他多问俗时，了解夷人的喜恶，实现因时因地而治。蔡元履：作者友人，湖南武陵人。余未详。廉访：元代有肃政廉访使，与按察使职掌略同。按察使，明中时后各地多设巡抚，按察使成为巡抚的属官。驻节：旧指高级官员驻在外地执行公务。辰：辰州。隋开皇九年(589)改武州置州，取辰溪为名。治所后移沅陵(今县)。沅：沅州。唐天授二年(691)改巫州置州。治所在龙标(今黔阳西南黔城镇)。②炎塞：指古代炎帝所管辖的地域。此指辰州、沅州等地。使节：指蔡廉访。③逸典：散逸的典籍。酉室：明陈继儒《太平清话》卷四："项子京藏紫端石子砚，如羊肝，不穴研池，而细滑可玩，其研匣银胎处漆之……上又有篆'酉室'二字，按此指小酉山石穴藏书事。"小酉山在汉置湖南酉阳县(非四川酉阳)，因在酉水之北，故名。隋废，故地在今湖南沅陵县。见《读史方舆纪要》卷八一《辰州府·沅陵县》。清时：清平之时。壶头：山名。在今湖南沅陵县东，相传山头同东海方壶山相似，因名壶头山。东汉马援南征曾驻军于此地。参阅《元和郡县志》卷三十《辰州沅陵县》。④峒(dòng)山：泛指湖南西南边地的山。⑤蜩(tiáo)：蜩螗，即蝉。《诗·大雅·荡》："如蜩如螗"。马瑞辰通释："按诗意盖谓时人悲叹之声如蜩螗之鸣。"后以"蜩螗"为纷扰不宁的意思。《春秋》：儒家经典之一。编年体春秋史。相传孔子依据鲁国史官所编《春秋》加以整理修订而成。起于鲁隐公元年(前722)，终于鲁哀公十四年(前481)，计二百四十二年。杜元凯：杜预(222—284)，西晋将领、学者。字元

凯。见卷五《感怀诗五十八首》五十七注。

## 其　二

万山深处拥旌旗,潕淑桃花问俗时。<sup>①</sup>草檄文章真尔雅,磨崖诗句太幽奇。<sup>②</sup>夷人不借黄龙誓,鬼国能歌白雪词。<sup>③</sup>数载茂陵闲卧病,登临空自想追随。<sup>④</sup>

**注:**①潕(wǔ):潕水。古水名。源出今河南方城县东,东流经舞阳县南,西平县北,至县东注入汝水。淑(xù):水名。淑水。源出湖南溆浦南,北流至县南,折西注入沅水。②檄(xí):古代官府用以征召、晓喻或声讨的文书。尔雅:我国最早解释词义的专著。见卷六《赠张白瑜》注。磨崖:亦摩崖。在山崖石壁上刻铭功、记事等文字,称磨崖。也有选刻儒书、诗文、佛经、佛像及题名。参见《金石索·石索一》。幽奇:谓深奥、奇涩。③夷人:旧时对异族的贬称,多用于东方少数民族。黄龙誓:黄龙,府名。治所在今吉林农安县,本渤海扶八府。辽天显元年,太祖平渤海,还至此。相传有黄龙显现,因更名黄龙府。南宋大将军岳飞谓:“直捣黄龙府,与诸君痛饮尔。”此即“黄龙誓”。鬼国:即鬼区、鬼方,喻指偏远之地。见《文选·班固〈典引〉》。白雪词:琴曲名。相传为春秋时晋师旷所作。至唐高宗时,吕才依词中旧重定曲调高下,以高宗所撰《雪》诗为《白雪歌词》,编入乐府。参阅《乐府诗集》卷五七《白雪歌》。④茂陵:古县名,陵墓名,西汉五陵之一。建元二年在槐里县(今陕西兴平东南)茂乡筑茂陵,并置县。治所在今兴平东北,武帝死后葬于此。是汉帝王陵墓中最大的一处。


## 甲寅除夜与眷属共持蔬素有述<sup>①</sup>

### 其　一

相对伊蒲案,椒花罢举觞。<sup>②</sup>龙鳞松火笑,兔褐乳泉香。<sup>③</sup>大喜身犹在,相携隐不妨。岂因新守岁,胁已久辞床。<sup>④</sup>

**注:**①万历四十二年(1614)除夕作于公安。作者一家人在除夕夜吃素餐,围着火坑喝茶守岁,景象清静、冷落。作者以为这样的景象很适合自己迟暮隐者的身份。眷属:家属;亲属。持:犹“食”。蔬素:素食。颜师古《匡谬正俗》卷三:“案素食谓但食菜果糗(粮)饵(糕饼)之属,无酒肉也……今俗谓桑门(沙门)斋食为素食,盖古之遗语。”②伊蒲案:即蒲馔,指佛寺素席。此指作者的年饭素席。椒花:晋刘臻妻陈氏尝在正月初一献《椒花颂》(见《晋书·列女传》)。后用为新年祝词。觞:古代酒器。③兔褐(hè):用兔毛皮制成的短衣,古代穷苦人所服。乳泉:喻指甘美的茶水。④守岁:旧俗,阴历除夕终夜不睡,以待天明,谓之“守岁”。胁:逼迫。此处指要保养身体。

## 其 二

萧然绝众籁,深夜鸟移枝。①久已悲迟暮,那能艳岁时。②淡妆偕隐便,蔬食住山宜。尘网还相系,春风又到篱。

注:①萧然:清静冷落的样子。②迟暮:形容衰老。艳岁:谓让年节的景象充满喜庆。

## 园 居①

潦草支尘事,闲僧不用邀。闻山皆欲去,爱雪只愁销。春近忙移树,溪平好作桥。诗文三百卷,全似许由瓢。②

注:①万历四十三年(1615)作于公安。作者居赀笥谷,简单应付尘事,欲效仿古人许由永不入仕。园居:居赀笥谷。②许由:一作许繇。相传尧要把君位让给他,他逃到箕山下,农耕而食。尧又请他做九州长官,他到颍水边洗耳,表示不愿听到。瓢:指许由洗耳的用具。见《汉书·古今人表》。

## 入 村①

好似催耕鸟,逢时一度来。烦心随水息,睡眼得松开。古屋深黄叶,闲窗照紫苔。②今年春色晚,池上未舒梅。

注:①万历四十三年(1615)作于公安。作者春节后回故里长安村拜先茔,感觉回一趟水乡多少烦心事都平息了。抒发了诗人眷眷的故里情。入村:指作者年节后到故里长安村"拜先人墓"。见《游居柿录》卷十。②古屋:指作者在长安村荷叶山的故居。深黄叶:谓故居已经陈旧不堪了。

## 晚 溪①

鸡阑村市喧,棹动晓星灭。②怪得夜衾寒,推蓬霜似雪。

注:①万历四十三年(1615)作于公安。写水乡早春的清晨喧闹、繁忙、寒冷的景象。②鸡阑(lán):谓鸡叫声将尽。指天将亮时。晓星:启明星,即金星。

## 送盛少尹东下①

世途不可问，之子复归田。②聋丞尚不罢，何况少且贤。③努力勤公家，晚餐夜省眠。亦知清白好，爱名不爱钱。修涂方欲骋，倏已遇迍遭。④虎爪板不下，鸡栖车顿悬。⑤榆枋已非远，控地益堪怜。⑥轻舟赋归去，春岸草芊芊。飞涛溢浦雪，疏树广陵烟。⑦栖迟岂不乐，壮士未华颠。鲁国有男子，江上独潸然。⑧

注：①万历四十三年(1615)作于公安。写作者送盛少尹东下归乡，称道他年轻有才能；惋惜他突遭恶势势打击被迫辞官归；勉励他等待时机另图发达。表达了对贤能者的推崇、怜爱与期待之情。盛少尹：作者友人。余不详。少尹：为县、府佐官的习称。②世途：世路。旧指处世的经历。③聋丞(chéng)：《汉书·黄霸传》："许丞老，病聋，督邮白欲逐之。霸曰：'许丞廉吏，虽老，尚能拜起送迎，正颇重听，何伤？且善助之，勿失贤者意。'"少且贤：指盛少尹年轻且有贤能。④修涂：谓美好的前途。涂，通"途"。迍(zhūn)遭(zhān)：谓处境困难，不得志。⑤"虎爪"二句：谓盛少尹遇到势力很强的对手，被迫辞官，失去了栖身之所。⑥榆枋(bìng)：犹"权柄"。枋，通"柄"，权柄。⑦溢浦：溢水，或溢江。今名龙开河。广陵：今扬州市的旧名。⑧有男子：指作者。潸(shān)然：泪流貌。

## 元宵赠散木舅①

同云苦雨暗亭台，未有瑶华照酒杯。②佳节风光虽不似，欢塲怀抱也宜开。时移入眼无陈物，老懒随君作散材。③岁岁愿如灯上影，儿童指点说重来。④

注：①万历四十三年(1615)作于公安。作者元宵之夜赋诗赠散木舅，劝慰他光景虽不如过去，但欢乐的心境宜常开。散木舅：龚惟用。龚大器(中道外祖父)之堂侄，为三袁庶舅。住在老家乡下谷升里。②苦雨：久下成灾的雨。瑶华：传说中的仙苑，服食可长寿。③老懒：此处指作者自己。君：指散木。散材：即散木。作者与散木舅年龄相当，是很好的朋友；散木聪慧，年轻能作诗，后来懒于动笔便荒芜了。鉴于以上情形，故作者有"老懒随君作散材"之说，意在劝慰散木舅。④灯上影：喻指人的形影留在世上。

## 龚晦伯表弟斋中夜话，悼念八舅①

华堂金菡萏，梦里旧欢娱。②尚作羊昙哭，难呼彦伯卢。③残灯寒缟带，鸿雪照茶炉。惭愧山公在,嵇生后不孤。④

注:①万历四十三年(1615)作于公安。作者面对八舅龚仲安的灵堂,不禁想起与他生前交往的欢娱情景,感到对八舅有哭不完的情愫,只要自己残灯存世,就要永远陪伴八舅。龚晦伯:作者龚舅家的表弟。余未详。八舅:即龚仲安,名龚惟静。见卷二《途逢八舅口占》注。②华堂:指龚仲安的灵堂。金菡萏(dàn):指用金纸作的荷花。旧欢娱:指作者过去与八舅欢乐的往事。八舅年龄小中郎一岁,长小修一岁,性情非常活泼。小时同在杜园蒙学,常在一起嬉戏。③羊昙(tán):晋代秦山人。谢安之甥,为安所重。安卒后,昙悲感不已,恸哭而去。见卷三《哭寿亭舅……》注。彦伯:王沉。晋代高平人,字彦伯。少有俊才,出于寒素。不随俗浮沉,为时豪所抑。仕郡文学掾,郁郁不得志。作释时论,读者莫不叹息。④山公:山人,指作者。嵇生:指嵇康。三国魏文学家、思想家、音乐家。见卷四《新亭成即事》注。此处指代作者八舅。

## 同以明至二圣寺闲游,并送月公东下①

初曦照柳浪,微寒犹宿树。②长堤直若弦,隐隐珠林路。③石浦衣带流,清浅立鸥鹭。④过桥竹引蹊,嫩绿藏丹素。主闭寂中关,客移闲里步。⑤檀乳宿衣文,金叠生唾雾。⑥应真龙眠图,海涛杨惠塑。⑦额珠久已寻,浮囊宜谨护。⑧必来山中人,同归山内住。⑨春江送苇浮,秋水忆杯渡。⑩莲花漏催人,努力莫迟暮。⑪

注:①万历四十三年(1615)作于公安。作者同以明先生闲游二圣寺,一路的景物优美如故。慰勉月印僧人归隐东下莫迟暮,愿山人间友谊将长存。以明:王辂,字以明。为作者和宏道的举业师,公安人。见卷四《送王以明南都应试》注。二圣寺:在公安县城东北,始建于东晋太和三年(368)。见卷一《寒食郭外踏青……》注。月公:月印,僧人。②柳浪:为作者仲兄宏道当年在公安的别墅。见卷三《柳浪馆》注。③长堤:指公安县城斗湖堤的江堤。珠林:谓佛法圣地。此指二圣寺。④石浦:公安县城斗湖堤的一古河。见卷二《思乡》注。⑤主:指二圣寺住持。闭关:佛教名词。亦称"坐关"。僧人闭居一室,在内诵经、坐禅,不与任何人交往,满一定期限才出来。⑥檀乳:指檀香油。檀木极香,通过蒸馏可得檀油,用以作肥皂的香科。金叠:指用金纸做的一层层的冥钞。⑦龙眠图:一幅雕塑图,其作者为唐杨惠之。杨惠:杨惠之。唐开元(713--741)时的雕塑家。曾学画,和吴道子同师张僧繇笔法。后专攻雕塑,当时有"道子画,惠之塑,夺得僧繇神笔路"之说。他在南北各地寺院制作过许多塑象,并著有《塑决》一书,现均已不存。⑧额珠:指龙眠图中的面额、眼珠。浮囊:指装龙眠图的袋子。浮:众多貌。⑨山中人:指隐居之人。山内:山野之地。此指作者和月印各自的家乡。⑩杯渡:人名。宋代京师杯渡,不知姓

名。常乘木杯渡水,因以为名。初见在冀州,不修细行,神力卓越。世无测其由来,见《梁书·高僧传十》。此处指代月印僧人。⑪莲花漏:古代计时器的一种。庐山慧远弟子慧要,有巧思,以莲华作漏刻,名莲华漏。

## 春日游石洲,同吴长统、龚遴甫、张景星赋①

大江喷雪涛,中有走龙锦②。江涨移宿储,水落发新廪③。未终沧浪歌,已到仇池境④。尤物自成图,华虫新上袗。⑤五采乱纷披,千丝相钩引。苔里驳奇形,潭中出幻影。乍凝蚁蜚胶,微傅解锡粉。⑥越隽空青深,磨嵯丹砂炳。⑦冉冉吹云气,沉沉泼墨沈。⑧宝手旋螺圆,天女鬟鬟靓。⑨磊落间疑星,迸裂忽成笋。⑩风来飞乳燕,雨过出蒸菌。⑪轻縠障枿蒲,薄烟罩钟鼎。⑫枣叶三山峰,针铓九子岭。⑬莹肤吐夏云,余窍出春蚓。⑭阁笔翡翠床,支发珊瑚枕。绚烂玉妃裙,突兀圣僧顶。⑮张口若有言,合胪似欲哂。⑯连翻列弟兄,钩连随牝牡。⑰可供道开餐,能填五鹿吻。⑱何缘异质文,似亦分灵蠢。⑲寝陋大可怖,姹稚还堪愍。⑳是日天气和,良朋具不请。一笑上锦滩,尽人离舴艋。㉑群少满衣裙,老眼须详审。终日苦搜寻,得宝在俄顷。徘徊坐水边,甲乙互相品。㉒骨清急宜收,肤好也须屏。㉓别有野逸趣,置之无等等。㉔自缚居士律,二勒汤代饮。㉕归来日已西,玩弄失光景。怀抱有余欣,一夜遂忘寝。二勒汤见白集。

**注:**①万历四十三年(1615)作于公安。写作者与众友人在一个晴和的春日喜游石洲的情景。抒发了诗人对家乡彩石洲这一奇特自然景观的深深爱恋之情。石洲:彩石洲,又名锦石洲。在公安县二圣寺下几里处的长江中,洲上多五彩石。见《清一统志》。吴长统、龚遴甫、张景星:皆作者偕游石洲的友人。②走龙锦:比喻彩石洲像一条锦龙游走在长江之中。③廪(lǐn):储藏的米。喻指彩石。④沧浪歌:《孟子·离娄上》:"沧浪之水清兮,可以濯我缨,沧浪之水浊兮,可以濯我足。"比喻超脱尘俗,操行高洁。仇池:山名。在甘肃成县西,一名瞿堆,又名百顷山。参阅《后汉书·西南夷传》。⑤尤物:特出的人物,多指美丽的女子。比喻彩石。华虫:谓放光彩的精灵。虫,泛指动物。此喻指彩石。袗(zhēn):衣纯色。⑥蚁蜚胶:犹蚂蚁产的卵。解锡粉:犹很细的锡粉。皆用来形容彩石的半透明胶状色。⑦空青深:像天空一样的深青色。磨嵯(cuó):犹磨研。丹砂:即"辰砂"。俗称"朱砂",矿物名。炳:光明。皆形容彩石的鲜艳色彩。⑧墨沈(shěn):墨汁。形容彩石的深黑色。⑨鬟(mǎn):头发美好貌。鬟(huán):古代妇女的环形发髻。靓(jìng):以脂粉妆饰。皆比喻彩石形如美女。⑩星、笋:皆喻指彩石的仪态俊伟亮丽。⑪乳燕:初生的燕子。蒸菌:犹新长出的菌类植物。皆比喻彩石的鲜嫩可爱。⑫縠(hú):绉纱一类的丝织品。罩钟鼎:比喻彩石在水雾的笼罩之中。⑬三山:泛指天下高山。九

子岭：九座山峰。此二句皆比喻有的彩石形如山峰、针芒。⑭夏云、春蚓：皆喻彩石形态各异，千奇百怪。⑮突兀：高耸特出貌。圣僧顶：比喻彩石的形貌特出。⑯胪(lú)：腹前肉。哂(shěn)：微笑。此二句形容彩石的形态富有情趣。⑰弟兄：比喻形、色、大小皆相似的彩石。牝牡(pìn)：雄性与雌性鸟兽。谓有的彩石还能分辨出雌雄。⑱道开餐：犹仙家的供品。五鹿：古地名。在今河南濮阳县南。《左传·僖公二三年》："晋重耳过卫……出于五鹿，乞食于野人。"此皆形容彩石为珍稀之物。⑲质文：花纹样的质地。分灵蠢：谓能分辨出彩石质地的优劣。⑳寝陋：容貌丑陋。姹稚：美丽，幼小。愍(mǐn)：哀怜。二句形容彩石有丑美之分。㉑锦滩：即彩石洲。㉒甲乙：谓比较彩石的等次。㉓骨清：质地清丽。肤好：外表好看。屏(bǐng)：亦作"摒"。除去；弃。㉔野逸趣：谓自然闲适之趣。无等等：犹没有品级的石头。㉕居士：犹处士。古称有才德而隐居不仕的人。《白集》：指白居易的《白氏长庆集》。

## 园　居①

独自穿疏树，谁能玩晚霞。苍筼啸士馆，白鹿锻翁家。②雨过寻新菌，风停扫积花。故人书不至，春带几回赊。

**注**：①万历四十三年(1615)作于公安。作者整日忙于吟诵诗歌、锤文炼字，常常连回复友人的书信也耽搁了。②筼：竹子的别称。啸士：此指大声吟诵诗歌的作者。白鹿：指尚未猎获的目标。此喻指作者没有取得功名。锻翁：锻文炼字的老人。此指作者。锻：喻诗文的推敲锤炼。

## 闲　步①

舟居翻爱步，三里傍江斜。山雨犹藏树，溪风忽聚花。穿云闲拣石，折柳坐书沙。望望夭桃色，层城一片霞。②

**注**：①万历四十三年(1615)作于公安。作者常到江边散步，或拣石而坐，折枝在沙地上书画，或抬头远望那一群群服饰鲜艳的少男少女。②夭桃：比喻年少貌美。层城：比喻一群群的少男少女。

## 江　行①

江上白雾生，无风先有气。才登一叶舟，便觉心无事。远浦静无人，鱼蛮各占地。②水边树色浓,雨后沙文细。柳下一僧归,近村知有寺。春来弄燠寒,弹指四时异。③黑云忽酿风,波起蛟龙戏。暂入芦花林,不测候天意。

**注**:①万历四十三年(1615)作于公安。作者在乍暖还寒的早春,登舟行江上,沿途见到远浦的鱼人、水边的绿树、雨后的沙纹、柳下僧人……突然黑云翻滚,大风扬波,无奈泊船芦苇丛中,等候天气好转。②鱼蛮:犹江上打鱼之人。蛮:我国古代对南方各族的泛称。③弄燠(yù)寒:谓春季气候不稳定,乍暖还寒。燠:暖。

## 入　郡①

岂有尘缘迫,临流聊自娱。②尚存瓶里雀,仍汛水中凫。夹岸黄花照,连天细草铺。余生闲自好,敢作旧欢呼。③

**注**:①万历四十三年(1615)作于公安。作者乘舟入郡道中,眼见两岸大好春色,不禁感慨自己孤鸟尚存,决定要不顾尘缘所迫,度过自己闲适自好的余生。郡:指当时的荆州府,治所在江陵。②尘缘:佛教用语。谓以心攀缘六尘,被六尘所牵累。六尘,色、声、香、味、触、法。③旧欢呼:谓作者长期不停地创作诗歌。

## 夜泊沙市①

宿世疑鸥鹭,舟居减旧疴。②涛平春市印,日暮客樯多。③照浦蒙蒙月,鸣崖澹澹波。无心学咏史,闲自唱渔歌。④

**注**:①万历四十三年(1615)作于沙市。作者夜泊沙市,面对眼前繁华的景象,诗人愈加感到离不开舟居和所喜爱的诗歌。②宿世:旧谓过去之世;前生。疑鸥鹭:怀疑自己的前生是一只鸥鹭。③"涛平"句:谓江涛平静,春天的景象倒影在江面上。樯:桅杆。引申为帆船。④唱渔歌:指用明白通俗的语言书写反映隐者生活的诗歌。

## 寄沂州守李玉圃社兄①

春草怀人意,萋萋满道周。郢中无和客,泗上有康侯。②鲁国坛边醉,王家池上留。③秋来持赤管,听雨续燕游。④

**注**:①万历四十三年(1615)作于公安。作者寄诗社兄,希望相互唱和交流。并告诉他,秋后将来京,听雨续燕游。沂州:州、府名。北周改北徐州置州。治所在即丘(今山东

临沂东南)。守:秦代一郡的长官,后世用为刺史、太守等的简称。李玉圃:沂州太守,作
者同诗社的社兄。②郢:楚国都邑。在今湖北江陵西北,即郢城。和客:指相互唱和的诗
人。泗上:泗水。郡名。秦置,治所在沛(今江苏沛县)。当为李玉圃的家乡。康侯:胡安
国,字康侯。南宋经学家。见卷六《游龙泉胡文定墓上》注。③"鲁国"二句:谓昔日作者
曾与李玉圃在曲阜、王家池等地饮宴交游。④"秋来"句:谓作者将于秋季赴京,准备参加
明年的春试。因以往考试皆不顺,故作者有"持赤管"之说,意谓对明春的会试又不抱希
望。赤管,空笔管。续燕游:谓作者与李玉圃将在燕地继续交游。


## 须日华署中同邓少府石田、朱奉常上愚小饮,时日华榷事竣将作参游①

行马沙洲寂,游龙草径荒。②深林藏古署,画舫列长梁。野逸存茅屋,幽
清对草塘。梨开犹蕴雪,梅老尚余香。玉蕊依何逊,芳兰挹谢庄。③银钩鸦乱
壁,细袠蠹酣床。④楚胜尊前话,吴泉饱后尝。鲙湖鱼自好,鹤泽鸟相将。陶
令篮舆醉,戴公野服狂。⑤体痊闲意味,官满澹思量。⑥抉石猊方怒,排云鸟欲
翔。⑦莫言清简甚,也为看山忙。郡城外有白鲙湖。

**注:**①万历四十三年(1615)作于沙市。作者在须日华署中同几位官员边饮酒边商
榷出游山水的计划。须日华:作者友人,掌有关水道政令的官员。余未详。署:办理公务
的机关。邓石田:官少府。少府,即县令之佐。朱上愚:朱光祚,字上愚。江陵人。见卷
五《赠别朱上愚……》注。榷:商榷。参(cēn)游:即游武当山。武当山,初名参山。②游
龙:比喻出游山水。③何逊:南朝梁诗人。为杜甫所推许。见卷三《同黄昭素、昭质及两
兄》注。挹(yì):牵引。谢庄:南朝宋文学家。能文章,善诗赋。见卷六《襄中怀先兄中郎》
注。④细袠(zhì):书套、书函。同"帙"。⑤陶令:陶潜,东晋大诗人。见卷一《江上示长
孺》注。篮舆:竹轿。戴公:戴复古(1167—?),南宋诗人。字武之,号石屏,黄岩(今属浙
江)人。长期流浪江湖,卒年八十余岁。曾向陆游学诗,也受有晚唐诗的影响,是"江湖
派"中较为突出的作家。部分作品指责当时统治者的苟且偷安,表达收复中原的愿望。
语言自然,也能词。有《石屏诗集》、《石屏词》。⑥官满:谓当时同桌小饮的人中,以官员
居多。淡:谓不经意;不热心。⑦抉石、排云:犹言选择出游的山水地。猊(ní)方怒、鸟欲
翔:形容作者要求出游的欲望很强烈。猊:狻(suān)猊,即狮子。


## 戏赠毛太初①

相看倏忽过知非,手植青松今几围。②莫道今年容渐瘦,君容虽瘦稻田肥。

**注：**①万历四十三年(1615)作于公安。作者赋诗赠姐夫五十寿辰。亲昵通俗的赠辞，表达了诗人对姐夫几十年勤劳人生的赞美。毛太初：作者的姐夫。公安县白湖里(今章庄铺镇法华寺一带)农民。"戏赠"含有亲昵之意。②过知非：指年龄到五十。《淮南子·原道》："蘧(qú)伯玉年五十而知四十九年之非。"此处指毛太初年到五十。围：表示长度的单位。即用手合抱为一围。

## 眇仙瞽而美，别予二十年矣，曾赠以诗，今仍题一绝扇上赠之①

萧郎鬓已皤，旧识笑枯槁。②相遇尽如卿，我容犹未老。③予旧赠诗云："堕马盘来晚更新，黯然无语似伤神。④止愁一顾能倾国，故遣秋波不射人。"⑤眇仙尚能诵之，故笔于此。

**注：**①万历四十三年(1615)作于公安。作者以换位描写的手法，写眇仙再次见到作者后，笑他鬓发已白，面容枯槁；并谓自己还和原来一样年轻，容颜未改。表达了诗人对眇仙美貌长驻的称美。眇(miǎo)：一只眼睛。瞽(gǔ)：瞎眼。绝：旧体诗的一种体裁。以五言、七言为主。其平仄和押韵都有一定规定。此指五言绝句。②萧郎：本为对姓萧男子的称谓，后泛指女子所爱恋的男子。见卷四《雁字》注。③卿：旧时朋友或夫妇间的爱称。④堕马盘：堕马髻。偏垂在一边的发髻。黯然：心神沮丧貌。⑤倾国：指容貌绝美的女子。秋波：旧时比喻美女的眼睛，谓其像秋水一样清澈明亮。

## 偶题沙弥扇①

乌衣巷口儿，解道空门好。②莫遇韩昌黎，巾簪误贾岛。③

**注：**①万历四十三年(1615)作于公安。作者为沙弥题扇，祈福他好运。沙弥：佛教名词。指依照戒律出家，已受十戒，还没有受具足戒的男性修行者。女性称沙弥尼。②乌衣巷：地名，在今南京市东南。三国吴时在此置乌衣营，以兵士服乌衣而名。空门：佛教用语。佛门。③韩昌黎：韩愈(768—824)，唐文学家、哲学家。字退之，河南河阳(今河南孟县南)人。自谓郡望昌黎，世称韩昌黎。其力反六朝以来的骈偶文风，提倡散体，与柳宗元同为古文运动的倡导者。其散文在继承先秦、两汉古文的基础上，加以创新和发展，气势雄健，被列为"唐宋八大家"之首。有《昌黎先生集》。贾岛(779—843)：唐诗人。字阆仙，一作浪仙，范阳(今河北涿县)人。初落拓为僧，名无本，后还俗，屡举进士不第。曾任长江主簿，人称贾长江。以五律见长，注重词句锤炼，刻苦求工，"推敲"的典故

就是由其诗句"僧敲月下门"而来。有《长江集》。

# 有　感①

翠竹朱桃作四邻，径生苔驳几生尘。弥天佛法侯门去，谁肯山中问故人。②

**注：**①万历四十三年（1615）作于公安。作者住筼筜谷，以竹、桃为邻，少有来客，昔日的老朋友有事也不来登门了。反映了世态的炎凉。②佛法：佛教术语。谓佛所说、所得、所知之法，为法界之真理。此喻指是非、诉讼等事。侯门：此泛指官宦之家。山中：此指作者的隐居地。

# 送须日华游参山①

春风披拂楚江湄，夜夜烟岚入梦思。词客去时梅惜别，清郎行处鹤来随。时署中偶有鹤至。②亭台已浣渚宫俗，洞壑难忘参岭奇。③蜡烛洞边千丈水，山灵应乞解嘲诗。④

**注：**①万历四十三年（1615）作于沙市。写作者春日在江边送词友往游参山，祝愿他此次山游能创作出新的诗章。须日华：作者友人，掌有关水道政令的官员。参山：武当山的初名。②词客：词人，诗人。此处指须日华。清郎：谓清廉的郎中。郎中，官名。《北齐书·袁聿修传》："魏齐世台郎不免交通馈遗，聿修在尚书十年，未曾受升酒之馈。尚书刑邵与聿修旧欢，每于省中语戏，常呼聿修为清郎。"此指须日华。③渚宫：春秋楚成王所建，为楚的别宫。故址在今湖北江陵城内。洞壑：指当时江陵三湖之水乡。作者《游居柿录》卷十："郢城去此二十余里，楚旧都也，故其楼台多在今三湖。今皆为巨浸，陵谷变迁，不可复识矣。"④蜡烛洞：为参山中一洞名。解嘲：谓受人嘲弄而自我辩解。

# 吴长统至柳浪哭中郎有赠①

世路今如此，栖栖何所为。②柳浪来一哭，萍迹转堪悲。苔积茵花径，尘生泛月池。孤贫齐堕泪，之子泪偏垂。③

**注：**①万历四十三年（1615）作于公安。写作者陪友人往柳浪馆哭祭亡兄中郎，看见昔日美丽的柳浪现在竟成了青苔丛生、池水干渴的荒废景象，想到自己的孤寂与贫困，不禁泪流不止。吴长统：作者友人，余未详。柳浪：作者仲兄中郎在公安的别业。即柳浪

馆。是年,中郎已逝去五年。②世路:人生之路。栖栖:亦作"恓恓"。忙碌不安貌。③孤贫:指作者失去两位兄长,生计贫穷。子:古时对男子的美称。此指吴长统。

## 度门屡遣人问病,兹复来,且寄诗二首,因步其韵答之①

### 其 一

烟云随处是,世外几闲人。一水藏清呗,千峰绕定身。②桥边犹有笑,镜内已无尘。疾病频相问,咨嗟法眷亲。③度门有"拭镜"楼,取秀师偈中语也。

注:①万历四十三年(1615)作于公安。作者赋诗答谢,并深深感激度门住持法眷之亲,并表示进玉泉隐居的初衷不改。度门:当阳度门寺住持。作者友人。兹:现在。步韵:亦称次韵。即依照所和诗中的韵及其用韵的先后次序写诗。②清呗:纯洁的赞歌。呗,即佛教中所唱的赞偈。此处指度门僧人诵赞偈。定身:指度门终日修炼不止。③法眷亲:佛门的关心、眷注令人感到亲切。此指度门住持。

### 其 二

大散初辞药,羸躯渐舍藤。①侥灵存泡沫,回首骇风灯。②岁月谁能系,神明不易升。入山无再计,楼楯即同凭。③

注:①大散:犹病愈。羸(léi):瘦;弱。藤:藤杖。②侥灵:谓侥幸有神灵保佑。泡沫、风灯:皆比喻作者虚弱的病体。③入山:指作者进玉泉山隐居。楼楯(shǔn):楼房,栏干。此处指作者在玉泉堆蓝亭所建的隐居庵(见卷六《玉泉夏日山居》)。

## 闲步承天寺①

三十年前住此中,入门还听旧时钟。古殿风高盘鹳鹊,空阶月朗沸儿童。措大如鲫穿廊庑,庾信罗含何处所。②莫言寂寞少谭人,黄家片石犹堪语。③寺有黄鲁直碑。

注:①万历四十三年(1615)作于沙市。作者三十年后漫步于承天寺:朗月下,景物依旧,只是这里的殿堂内外竟成了儿童游戏与贫寒士人读书的场所。承天寺:为荆州沙市地区一古老寺院。《游居柿录》卷十:"承天寺观音殿内大士像,原在北门(荆州城)外七里台观音院……"②措大:亦作"醋大"。旧称贫寒的读书人,含有轻慢意。廊庑(wǔ):厅房周围的走廊、廊屋。庾信:北周文学家。善诗赋、骈文。官至骠骑大将军。曾在湖北武昌、沙市等地遗留下有名的楼宅。见卷四《初至沙市张园苦雨》注。罗含:晋代耒阳人,字

君章。弱冠,州三辟不就,后为州主簿。桓温极重其才,以为江左之秀。累迁庭尉、长沙相。致仕卒。③黄:黄鲁直,即黄庭坚(1045—1105),北宋诗人、书法家。字鲁直,号山谷道人、涪翁,分宁(今江西修水)人。

## 朱奉常上愚招饮郊园赋①

### 其 一

密叶柴关寂,繁藤径路幽。聚山成九子,叠石是三侯。②秘阁筠光照,修渠蕊雪流。主人绝俗累,方略见林丘。③

注:①万历四十三年(1615)作于沙市。作者随友人到郊外一清静洁净之处,一边饮酒一边尽兴地辨名析理。朱上愚:朱光祚,字上愚。见卷五《赠别朱上愚……》注。奉常:即太常。专为司祭祀礼乐之官。②九子:比喻多个山峰在一起。侯:犹"猴"。③绝俗:谓杜绝俗套的作法,即不找繁华街市中的酒楼。林丘:此指郊野丘陵地带的园林。即主人招饮的郊园。

### 其 二

都无秾冶气,水石发清姿。一角聊施寺,千畦尽作池。入林熟鸟认,鼓枻慧鱼随。墅内穷名理,无心对弈棋。①

注:①名理:从汉末清议发展起来的辨名析理之学。

## 塔桥春游①

流水石桥路,踏花旧胜场。七盘来冶女,三闹集儿郎。②马灭尘犹在,人移草尚香。渚宫十万户,狂走为春忙。③

注:①万历四十三年(1615)作于沙市。作者写春天沙市塔桥风景怡人,游人众多,歌舞欢腾。阵阵布谷鸟的歌声提醒人们此时正值春种大忙季节,千万别嗜于游乐而耽误了农时。表达了关心农事的美好情怀。塔桥:沙市境内原便河上的一座桥,位于繁华之处。②七盘:七盘舞。汉代民间舞蹈,后用于宴享。见卷三《秋日携妓游章台……》注。③渚宫:春秋楚成王所建,为楚的别宫。故址在今湖北荆州城内。

### 其 二

三里朱桃径,游人织似梭。水边时见舞,树外忽闻歌。犹恨花枝少,谁

惊马鬣多。<sup>①</sup>道人别有嗜,谷鸟与风柯。<sup>②</sup>

**注:**①马鬣:坟上的封土。宋司马光《臧郎中挽歌》诗之二:"遗礼蝇头细,长阡马鬣新。"②嗜:此指不好的嗜好。如:嗜酒、嗜游乐等。谷鸟:布谷鸟,习称农民的朋友。春天,它用叫声催人早播种子,不要误了农时。

## 春游四绝<sup>①</sup>

### 其　一

桃花扇底步逍遥,野外鸳鸯态转娇。<sup>②</sup>日暮游人齐注目,一枝春色过河桥。

**注:**①万历四十三年(1615)作于荆州。春日,作者亲历亲见荆州古城郊外春游的盛况。②鸳鸯:鸟名。雌雄偶居不离,古称"匹鸟"。此喻指野外成双成对的青年男女。

### 其　二

溪边无处剩芳莎,西日沉沉奈乐何。青雀舟中传宋腊,夭桃枝下舞曹婆。<sup>①</sup>见元集。

**注:**①宋腊:人名。三国时善歌者。《艺文类聚》卷四三引魏文帝(曹丕)《答繁钦书》:"今之妙舞,莫巧于绛树,清歌莫善于宋腊。"曹婆:指《曹娥碑帖》。曹娥为东汉孝女,度尚曾为她立碑。据传曹操曾过曹娥碑下,杨修从,见碑背题有"黄娟、幼妇、外孙、齑(虀)臼"八字,曹操谓修曰:"解吾?"修曰:"黄娟,色丝也,于字为绝;幼妇,少女也,于字为妙;外孙,女子也,于字为好;齑臼,受辛也,于字为辞;所谓绝妙好辞也。"

### 其　三

无端歌笑总如狂,倾国踏花鼎沸忙。<sup>①</sup>急雨数通朱鹭响,众中知是汝阳王。<sup>②</sup>

**注:**①倾国:犹倾城。国,指一个地域。此指荆州沙市。踏花:犹踏青,春游。②朱鹭:汉鼓吹铙歌十八曲之一。传说战国楚成王曾有朱鹭合沓飞翔而来舞,因以为名。汝阳王:此指代明王室分封荆州的藩王。

### 其　四

草色淋漓花色燃,古坟作案醉留连。<sup>①</sup>芳魂日夜听歌舞,偏道扬州好墓田。<sup>②</sup>

**注:**①古坟作案:犹古坟被打开。比喻古坟中的灵魂被野外踏青的喧闹声给惊动了,都纷纷走出坟墓去看热闹。②芳魂:指古坟中的灵魂。"偏道"句:偏说这里野外的墓地有如扬州般繁华。

## 张相坟①

牛眠童起嬉,共捽石人耳。②竖子莫狂喧,江陵公在此。

**注:**①万历四十三年(1615)作于荆州。作者游张相墓,看见牧童在嬉戏中用手揪拉张相墓前石像的耳朵。作者急了厉声说:小子,休得放肆!这墓中安寝的正是国家功臣张江陵宰相。诗人借斥责孩子对张相的不敬,义正辞严地表达了对当朝统治者加害张相罪恶行径的极大愤慨。张相坟:即张居正宰相之坟。位于荆州城东门内。张居正(1525—1582),明政治家。字叔大,号太岳,湖广江陵(今属湖北)人。故史称"张江凌"、"江陵公"。嘉靖进士,隆庆元年(1567)入阁,后为宰相。万历初年,神宗年幼,国事都由他主持,前后当国十年。其时军政败坏,财政破产,农民起义此起彼伏,危机严重。他以"得盗即斩"的手段加强镇压。并进行了大胆的改革。但张相死后不久,即被查抄家产。有《张文忠公全集》。②捽(zuó):揪;拔。

## 别须水部日华还朝①

移沙取石贮轻舟,清冷何曾似宦游。②春雪歌成辞郢里,梅花落尽别扬州。③东风自护桓公树,明月谁登庾信楼。④兄弟凋残知已别,枇杷门外泪交流。⑤

**注:**①万历四十三年(1615)作于沙市。作者挥泪送别友人还朝,念想他忠于职守、淡泊名利,重情谊,为自己的知心朋友。须日华:官水部,执掌水上交通政令。作者友人。②移沙取石:喻指须日华还朝携带的极简陋的行装。宦游:旧谓在外做官。③歌成:既指须水部与作者等友人在一起赋诗成果多,也指须水部此次出使荆州取得成功。郢里:指古楚国都邑江陵,即今荆州沙市地区。扬州:江苏省扬州市,此指代沙市。④桓公:桓玄(369—404),东晋谯国龙亢(今安徽怀远西)人,字敬道。一名灵宝,字桓温子。袭爵南郡公。此借指须日华。庾信楼:指庾信在沙市住宅楼遗址。为作者与诗友常聚会之处。庾信:北周文学家。见卷四《初至沙市张园苦雨》注。⑤知已:指须日华是作者彼此相知、情谊深切的朋友。枇杷门:泛称妓家。此指古沙市一繁华游乐场所。

## 题颖中卷①

眉上山光构白泉,南参北访问因缘。②石霜旧有宗风在,枯木堂中白练禅。③

注：①万历四十三年(1615)作于沙市。写作者精心评品颍中书卷：首先仔细"参"、"访"、寻求"因缘"，认真把握书卷文字的主旨和语言风格，然后以清静寂定的心境，在明净、纯洁的书眉上精心地书写出评品的文字来。表现了诗人认真、精细、严谨的治学态度。题：评品。颍(yǐng)：水名，颍河，淮河最大的支流。颍中：泛指颍河流经之地。卷：书卷。后指全书的一部分。②眉：书眉。指书的上端或旁侧。山光：喻明净貌。杓白泉：喻指书写评品的文字。参：比较，参斟。访：咨询，寻求。因缘：原因，缘故。此句谓题书眉前须做细致的"参"、"访"、"问"等准备工作。③石：石刻，碑碣。喻指书中的文字。霜：年岁的代称。旧：陈旧，久远。宗风：指文章的主旨、风格。此句谓书卷中的文字年代久远，但其主旨、风格犹存。枯木：比喻年代久远的书卷。白练：洁白的熟绢。比喻书眉。禅：谓清静寂定的心境。此处指用清静寂定的心境来评品书卷。

## 题文华王孙小像①

微涛生偃盖，植杖意欣然。②莫是听渔梵，将无忆酒泉。③衣沾岚气滴，神泠瀑流悬。④洲渚芦花好，还添泛月船。⑤用赵王孙子固事。

注：①万历四十三年(1615)作于沙市。作者评述文华小像：额有细纹，头覆浓发；执杖欣然，思绪幽深；衣沾岚气，神色冷峻；背境为悬瀑渚洲芦花……画面如增添月下泛舟就更富情趣。题：评品。文华：为古代贵族子弟(即王孙)，住沙市，系作者友人。小像：指文华的画像。②微涛：比喻额上细小的皱纹。偃盖：谓长满浓发。植：犹"持"；"扶"。③渔梵(fàn)：犹渔歌。梵，与佛教有关的事物。酒泉：此处指醇酒。④神泠：谓神情严肃。⑤渚：水中的小洲。芦花：画像中的背境。添泛月船：谓画像中如添月下泛舟便可增添画面的情趣。子固：赵孟坚(1199—1267)，南宋画家。字子固，号彝斋，海盐(今属浙江)人，居广陈镇。

## 赠别关外侯①

词人不合到荆州，苦雨凄风只敝裘。②桃李凋残春又老，劝君莫上仲宣楼。③

注：①万历四十三年(1615)作于荆州。写作者对关外词人悲苦生活的同情。关外：旧称今辽宁、吉林、黑龙江三省为关外，因住在山海关以外得名。侯：古爵位名。为五等爵的第二等。②词人：同辞人。工于文辞的人。此指关外侯。荆州：府名。元至正二十

四年(1364)朱元璋改中兴路置。治所在江陵。敝(bì)裘:破旧的皮衣。③春老:谓暮春。仲宣楼:即麦城(今湖北当阳市东南)城楼。东汉文学家王粲(字仲宣)于此作《登楼赋》,故称。借指关外侯赋诗抒发伤感。见卷一《送同舟归州人》注。

## 登仲宣楼①

### 其 一

久矣承平日,登临壮郢疆。②水边三市润,树里万家藏。③南浦笙歌沸,西园剑舄忙。④驱车行乐好,游子不思乡。

注:①万历四十三年(1615)作于当阳。作者登仲宣楼,感慨当年楚国疆域的辽阔壮美;嗟叹一代才人王粲寄人篱下久不得遇;追思王粲登楼抒怀之处几经沧桑变迁,现在朱楼艳阁,环境优美,为后代才人提供了抒发情怀的场所。仲宣楼:见上诗注。②承平:谓相承太平。郢:古代楚国的都邑。即今荆州市纪南城遗址。此指楚国。③水:指汉水。三市:泛指汉水边的众多城镇。④南浦:古水名,一名新开港,在今湖北省武汉市南。西园:江苏省苏州市名园之一,在阊门外,明代始建。东部有戒幢律寺,西部为放生池。舄(xì):鞋。二句谓楚地辽阔,历史悠久,有的地方曾笙歌鼎沸,有的地方曾剑戟交加。

### 其 二

如掌神皋地,微茫一缕川。①日酣朱艳阁,春老绿沉田。古墓隆还伏,遗城断又连。②不须询往迹,朝市有移迁。

注:①一缕川:一条细长的河流。指汉水。②遗城:指麦城。朝市:朝廷,时代。

### 其 三

凄惋王孙赋,含情托怨嗟。①人徒惊绣虎,君岂类泥蛙。②嘹唳冲风雁,飘零带雨花。③毛班知几许,丧乱委泥沙。④

注:①王孙赋:指王粲所作《登楼赋》。王孙:泛指古代贵族子弟。此指王粲,见卷一《送同舟归州人》注。怨嗟:怨恨、悲叹。②绣虎:《玉箱杂记》:"魏曹植号绣虎。"绣,谓其辞华隽美;虎,谓其才气雄杰。君:指王粲。"泥蛙"句:谓王粲并不是泥人。③"嘹唳"句:谓王粲文学成就名列"建安七子"之一,与曹植并称"曹王"。飘零:指王粲久依荆州刘表,寄人篱下,郁郁不得志。④毛班:此指才智平庸的刘表等。丧乱:指混乱动荡的政局。泥沙:比喻刘表手下松散软弱的统治集团。

### 其 四

百战干戈地,难寻季汉碑。①清漳无往迹,朱槛又今时。②闾国刊题额,才人借藻思。③好文兼好武,犹忆小由基。④楼为高季兴之望沙,陈尧咨作守改今名。陈善射,号小由基。

**注**:①"百战"句:谓当阳麦城之地曾是当年的古战场。季汉碑:指汉末王粲的遗碑。②清漳:清清的漳水(在当阳县境内)。无往迹:指没有了当年王粲留下的遗迹。朱栏:朱红色的围栏。指后来又重建的仲宣楼。③闰国:非正式的国家。闰,与"正"对,即偏、副。此指五代时高季兴建立的荆南国(或称南平国),建都荆州(今湖北江陵)。共历五主,后为北宋所灭。刊题额:指诗注中所说,后来的仲宣楼为高季兴重建,题额"望沙"。藻思:指做文章的才思。④小由基:陈尧咨,宋朝人,字嘉谟。由基:养由基,一作养游基。春秋时楚国大夫,善射,能百步穿杨。


# 湘 城 歌①

湘城十里极方幅,城中无人春草绿。几从兰若望层城,偶值门开一寓目。忆昔贤王信天脯,文藻聪明窥二酉。②丹砂不事淮南仙,平乐宁同东阿酒。③左列六经右史籍,东平为师河间友。④琉璃砚匣常随身,翡翠笔床不离手。分藩赤社近三湘,不踏霜露守金床。⑤汉家刀笔胡相迫,天上钩铃永隔房。⑥葳蕤自锁百雉城,身骑白马绕城行。⑦焰尽珠楼还宝阁,灰埋乳燕与娇莺。⑧鸣鞭直入红云里,火光三昧真龙子。⑨隆准天人亦有灵,白面书生胡乃尔。⑩誓将阖宅付灰尘,不用天智玉裹身。要离尚有埋魂塚,感王遗事泪沾巾。⑪屈指已经九皇帝,空城寂寂门常闭。⑫隆处为台污处池,辟邪天禄沟中弃。⑬石竹花开野径幽,龙须草长无人薅。葵麦离离兔鹿肥,每岁采来供大祭。丛楚岂无青兕藏,英魂应挟彤弓至。⑭赤虬朱龙火中仙,追随或是宋无忌。⑮空城荒草令人悲,古木萧条屯朔吹。只今风雨阴霾夜,城上犹闻铁马嘶。⑯

**注**:①万历四十三年(1615)作于荆州。写作者对湘王人品、才华的赞美,悲惨遭遇的同情和对皇家统治者罪行的愤怒谴责。湘城:为古代湘王的封地,在今荆州市古城附近。《游居柿录》卷十:"湘王燔身灭家",葬于古城西八岭山附近。湘王:为西汉荆州藩王。②贤王:指才德兼备的王者。此指湘王。二酉(yǒu):指大酉、小酉二山。在今湖南沅陵县西北。《太平御览》卷四九《荆州纪》:"小酉山上石穴中有书千卷。相传秦人于此而学。"后称藏书多用"二酉",本此。③淮南仙:当指西汉思想家、文学家刘安。汉高祖之孙,袭父封为淮南王。好读书鼓琴,善为文辞,才思敏捷。奉武帝命作《离骚传》。曾招致宾客方术之士数千人,集体编《鸿烈》,也叫《淮南子》,其内容以道家的自然天道观为中

心。主张"无为而治"。后以谋反事发自杀。平乐:县名。在广西壮族自治区东部、西江支流桂江中流。三国吴析置平乐县。东阿:县名。在山东省西部,南临黄河。秦为东阿县地。④六经:六部儒家经典。东平:县名。在山东省西南部、大运河东岸、大汶河下游。秦置须昌县,汉属东平国,明入东平州。河间:在河北省中部偏南,冀中运河流贯其境。汉高帝置郡,文帝改国。明初改为府。⑤分藩:古代帝王把子弟分封各地,作为王朝的屏藩。后来因称之为分藩。元黄镇成《投赠郑守光远三十韵》:"累洽开皇极,分藩重守臣。"赤社:《史记·三王世家》:"于戏!小子胥,受兹赤社。"王者以五色土为太社,封四方诸侯,各以其方色土与之,使归以立社。广陵在南方,故称赤社。后来用为南方疆吏出守之典。三湘:一说湘水发源与漓水合流后称漓湘,中游与潇水合流后称潇湘,下游与蒸水合流后称为蒸湘,总名三湘。霜露:喻指山水。⑥汉家:指汉代各级官员。刀笔:旧时公牍称"刀笔"。指奏议制诰之文。天上:指汉天子。钩:星名。《晋书·天文志上》:"又北,二小星曰钩钤。房之钤健,天之管钥,主闭键天心也。明而近房,天下同心……"⑦葳(wēi)蕤(ruí):草名,即"玉竹"。雉(zhì):古代计算城墙面积的单位。长三丈、高一丈为一雉。⑧焰尽:此指湘王点燃大火,潘分灭家。阁:此指女子的卧房,即湘王眷属的闺阁。乳燕:喻指湘王幼小的子女。娇莺:喻指湘王年轻漂亮的妻子。⑨入红云里:指湘王最后自己走入火海之中焚身自尽。三昧(mèi):指事物的诀要或精义。龙子:指湘王是皇帝的儿子。⑩隆准:高鼻子。《史记·高祖本纪》:"高祖为人,隆准而龙颜。"此处指汉高祖刘邦。白面书生:指湘王。胡乃尔:谓何以如此呢?尔:犹"乎"。⑪要(yāo)离:春秋末年吴国人。他忠于吴王,以自己的右臂、妻、子生命为代价,取得庆忌(吴王的公子)的信任,然后杀死了庆忌,他亦自杀。见卷一《由吴入越,舟中……》注。冢(zhǒng):坟墓。⑫九皇帝:指自汉以后到明的九个朝代,即三国、晋、南北朝、隋、唐、五代十国、宋、元、明。空城:指湘城。⑬天禄:指皇帝发出的为湘王辟除邪说的文告。⑭丛楚:草木丛生的楚地。兕(sì):古代犀牛一类的兽名。英魂:指湘王的英魂。彤弓:朱红色的弓。古代诸侯有大功时,天子赏赐弓矢,使专征伐。彤弓就是其中之一。⑮纛(dào):古时军队或仪仗队的大旗。火中仙:指湘王。宋无忌:战国时燕方士名。道家附会说他是月中仙人,或说为火之精。参阅《史记·封禅书》。⑯铁马嘶:喻指湘王的冤魂为自己蒙受血海深冤的愤怒呼喊。

## 天皇寺孙太史鹏初偕令子双玉、士先小集,有述①

风雅今耆旧,相将过柏堂。②寺旧有柏堂。松枝为麈尾,碑石代绳床。③阿育容如故,僧繇画已亡。④乘闲来竖义,屡照借清光。⑤

注:①万历四十三年(1615)作于沙市。作者与孙太史相互扶助进寺中柏堂,以松枝

为麈尾,碑石代交椅小聚竖义一番;感叹孙太史容颜如故,自己却形容全非。天皇寺:在今荆州城附近,后来改名为护国寺(见《游居柿录》卷十)。孙鹏初:太史。作者友人。余未详。太史:官名。西周、春秋时太史掌管起草文书、策命诸候卿大夫,记载史事,编写史书等。明代,修史之事则归于翰林院,故翰林亦有太史之称。偕:俱;同。②风雅:旧指有文化修养和生活风度。为"风流儒雅"的简称。耆(qí)旧:旧指年高而有声望的人。此皆指孙太史。③麈尾:即拂尘。魏晋人常执的一种拂子,用麈(似鹿而大)的尾巴制成。绳床:唐内净《南海寄归内法传·食坐小床》:"西方僧众将食之时,必须人人净洗手足,各个别据小床,高可七寸,方才一尺,藤绳织内……"④阿育:即阿育王。古印度摩揭陀国孔雀王朝国王,义译为无忧王。其初奉婆罗门教,即王位后,改奉佛教,为大护法。曾三次结集整理经律论《三藏经典》,佛教传播于国外,多赖其力。见晋释安法钦译《阿育王传》。此处指孙太史。僧繇(yáo):张僧繇。南朝梁国画家,善佛教和道教人物画。为吴道子(唐画家)的老师。与吴道子齐名,并称"疏体"。亡:散失。此句喻指作者过去年轻的形象已经不存在了。⑤竖义:阐明义理。《陈书·张讥传》:"后主尝幸钟山开善寺,召从臣坐于寺西南松树下,勅召讥竖义。"照:会面;照面。

## 陈七洲诗人孙出家为僧号虚白,赋此赠之①

### 其 一

寂寞才人后,飘零异代孙。②犹堪传慧业,切莫厌空门。③世隔藏书散,家贫故砚存。④草堂遗迹好,努力溯禅源。⑤

**注:**①万历四十三年(1615)作于公安。陈七洲诗人的孙子出家为僧,作者提醒他遇事多思考,规范行为,切莫自悲;告诫他住寺修炼,永食素,做真释子、好沙门;鼓励他继承祖辈遗风,虚心学习高僧,努力探究禅源。陈七洲:诗人。公安人。家境贫寒。②才人:指陈七洲。异代孙:指陈七洲的孙子出家为僧后就成了佛门的后代。③犹堪:谓只能。慧业:佛教事业。空门:佛门。④世隔:谓佛门与人世为不同的世界。故砚存:指保存好爷爷留下的笔砚。即希望出家的孙子继承祖辈的学业,坚持读书学习。⑤草堂:指陈七洲一家人的居室。遗迹:指陈七洲生前在贫寒环境中坚持读书写诗的遗风。溯(sù):逆流而上,引申为寻源。

### 其 二

回首箕裘事,萧条实可悲。①开松求宝剑,凿柱取遗诗。②尚食文人泽,犹蒙国士知。③中郎存意气,倒屣事堪追。④孙鹏初太史与其祖善,甚念之,并赠以诗。

**注:**①箕裘事:谓吃饭穿衣(生活上)的事情。箕:扬米去糠的器具。裘:皮衣。②宝

剑:喻指陈七洲生前留下的诗和他勤奋读书写作的精神。③国士:旧称一国杰出的人物。此指孙鹏初太史。④中郎:指东汉蔡邕,其为中郎将。倒屣(xǐ):《三国志·魏志·王粲传》:"(蔡邕)闻粲在门,倒屣迎之。"倒屣:谓急于迎客,把鞋子穿倒。形容对客的热情欢迎。此指孙太史。

## 其 三

出家男子事,祖武漫思绳。①辛苦区中匠,优游世外人。水声生慧性,林影悦闲身。②莫自悲寥落,如来弃转轮。③

**注**:①祖武:谓祖先的遗迹、事业。武:足迹。思绳:思考并规范。绳:绳墨。比喻规矩和法度。②慧性:佛教语。谓佛性。慧:谓达于无用的空理。③寥落:冷落,寂寞。如来:佛教名词。为释迦牟尼的十种称号之一。"如"谓如实。"如来"即从如实之道而来,开示真理的人。佛常用以自称。转轮:佛教名词。说世界到一定时候,有金、银、铜、铁四轮王先后出现,金轮王统治四大洲,银轮王统治三洲,铜轮王统治二洲,铁轮王统治一洲。他们各御宝轮,转游治境,故名。

## 其 四

送汝依耆旧,栖山道亦尊。①无求真释子,不拜是沙门。②日永伊蒲送,天寒衲被温。③椒园兰若好,六字度晨昏。④时送之依宝方。

**注**:①耆旧:年高而有声望的人。此指僧人宝方。栖山:住在寺院中修行。道:在修练中悟得的佛法真谛。②无求:戒除欲念。释子:僧徒的通称。取释迦弟子之意。不拜:犹无求。沙门:佛教名词。专指依照戒律出家修道的人。③伊蒲:佛教语。伊蒲馔。指寺庙的素席。衲被:谓僧徒的被子和衣服一样,常用碎布补缀而成。④椒园:传说公安县斗湖堤古时亦称"椒园"。六字:即"南无阿弥陀佛"。宝方:一名圆象。无迹僧人弟子。后随宏道至公安,为二圣寺住持。见《游居柿录》卷十一。

## 登雄楚楼同诸王孙①

千里平原地,得山如得宝。此楼西窗处,八岭出林杪。②虽无叠嶂奇,淡冶亦自好。城内千万户,黄棘北焕道。雾栋与云楣,栉比呈工巧。高厢随宝马,日夜尘浩浩。城外见绿郊,倩林依白沼。是时方田作,数点春畦小。天下久矣乎,生齿乐羲皞。③庄院如蚁封,松柏似蒿草。白昼寂无人,蛙鸣沸隍藻。④欲雨绿暗村,微茫类初晓。忆昔楚文王,丹阳险可保。⑤却从沮漳内,移出江汉表。⑥去此十余里,郢城基可考。⑦章华清暑台,三湖恣登眺。⑧白波昔扬尘,变迁笑鸟爪。⑨孟老导沮漳,三海连浩淼。⑩至今西北路,尚有水萦绕。予好揽奇胜,舆图恣探讨。⑪试说与王孙,如天宝父老。千古旧战场,英雄迹已眇。虽异察憨时,颇同甫潦倒。⑫日暮歌钟发,落花深不扫。相牵理金尊,聊以浇忧恼。

注:①万历四十三年(1615)作于荆州。作者与诸王孙登雄楚楼,远望八岭山的淡冶,近观城中楼台宇檐、高厢宝马,不禁忆起了楚地先贤的历史功绩与沧桑变迁,并感叹自身的贫穷潦倒。雄楚楼:在荆州城北。《游居柿录》卷十:"同王孙瀛州、沅州、文华、刘恒沙、王天根诸公登城北雄楚楼,取子美(杜甫)诗中句也。楼上西窗可望八岭山。"②八岭:八岭山。在荆州城西门外约二十多里处。山上林木苍翠,有古代王公贵族的陵墓,为国家重点文物保护区。杪(miǎo):树木的末梢。③天下久矣:指明王朝的统治长久。是年明朝统治已达二百四十七年之久。生齿:《周礼·秋官·司民》:"百生齿以上,皆书于版。"郑玄注:"男八月、女七月而生齿。"后指人口、家口。羲(xī):羲皇上人。太古的人。羲皇:指伏羲氏。古人想象伏羲以前的人,无忧无虑,生活闲适。皞(hāo):皞皞,心情舒畅貌。④隍(huáng):没有水的护城壕。⑤楚文王:春秋时楚国国君,公元前689—678年在位。丹阳:古都邑名。在今湖北枝江东北,沮、漳二水会流处。春秋时楚文王自丹阳徙都于此,仍名丹阳。后世因区别于西楚,称为南楚。后楚文王又定都于郢(今江陵西北)。⑥沮漳:沮漳河。长江中游支流,在湖北省中部偏西。上源沮水和漳水均出荆山,东南流到当阳县河溶镇附近,与漳水汇合为沮漳河,南流到江陵县西入长江。⑦郢城:古代楚国的都邑。今荆州市纪南城有遗址。⑧章华、清暑台:均为楚国都城行宫的楼台。在今潜江龙湾境内。⑨"白波"句:谓三湖今天的茫茫白波正是昔日楚宫尘土飞扬之地。鸟爪:指女仙麻姑。见卷五《京师雨大注……》注。⑩孟老导沮漳:句见《游居柿录》卷十:"孟忠襄引沮漳二水绕城而东,接于三海,故荆西北有水险,今故道尚隐隐可寻。"三海:当指江陵三湖以下至监利、洪湖一带的众多湖泊。⑪揽:采摘。舆图:疆土。⑫察憨:察罕。西域拔勒纥域人。博览强记,通诸国文学。仁宗时累官参知政事。以白云自号。尝译《贞观政要》、《帝范》、《圣武开天纪》、《纪年纂要》、《太宗平金始末》等书。甫:陆龟蒙,号甫里先生,唐长洲人,居松江甫里。多所论撰,不善与流俗交,常乘舟设蓬席,放游江湖间。后以高士召,不至。有《甫里集》。

# 夏道甫小园① 园有垂柳

张绪当门立,婆娑映水斜。②邮泉新试茗③,税地遍栽花。冶习如春草,闲情等幻霞。④何妨儿辈觉,天际想琵琶。

注:①万历四十三年(1615)作于沙市。作者应招赴友人小园,在品茗、赏景时顿生

一种闲情冶性的浪漫之想。夏道甫:住沙市,作者友人。余不详。②张绪:南朝齐国人。清简寡欲,风姿清雅。见卷一《哭少年》注。此处喻指垂柳。③郎泉:此指惠泉。惠泉:江苏无锡惠山的泉水。④冶习:指男子拈花惹草贪念女色的不良习性。

## 邓田仲、王维南邀饮落帽台,怀须水部①

蜡屐穿花至,佳人眇一方。题碑犹未燥,种柳已成行。②山水开生面,亭台宿异香。③邮程经晦朔,屈指到维扬。④

注:①万历四十三年(1615)作于荆州。作者应友人邀饮于落帽台,见景生情,忆起了好友须日华昔日在此为落帽台"题碑"、"种柳"的情景。抒发了对好友的深深思念之情。邓田仲:作者友人,余未详。王维南:太学老师,住沙市。作者友人。落帽台:位于荆州城西二十多里外的八岭山。见前诗《须水部日华邀饮龙山落帽台》注。须水部:须日华,水部官员。作者友人。②题碑:指须日华为落帽台题写新名曰"顾影"。见《游居柿录》卷十。③异香:此指八岭山。相传八岭山名龙山,为荆州脉气之源,山中有许多古代王公贵族的陵墓,故有"异香"之说。④邮程:指须日华自沙市启程还朝的行程。见前诗《别须水部日华还朝》。晦朔:即朔晦。指阴历月始至月终。即一个月。晦,阴历月终;朔,初始。维扬:旧扬州府别名。

## 饮小泉王孙园①

别业居城市,湾环尽碧波。清筱穿细柳,芳楫避新荷。灯下青猊舞,尊前白绪歌。②看君真爱客,能不住烟萝。③白纻亦名白绪。

注:①万历四十三年(1615)作于沙市。写作者饮于王孙之园,听《白绪》看狮舞,为主人真情所感动,亦欢迎王孙到自己隐地去做客。小泉:王孙名。王孙:古代贵族子弟的泛称。②猊(ní):狻(suān)猊:即狮子。白绪歌:亦名白纻歌。乐府名,吴之舞曲。其词盛称舞者姿态之美。现有歌词以晋之《白纻舞歌》为最早。梁武帝令沈约改其词为《子夜四时歌》。参阅《宋书·乐志二》。③烟萝:隐者所处的山水之地。此指作者的隐地。

## 题瀛洲王孙像①

### 其 一

十里花开水满湖,深山深处静敷蒲。欲知七宝金轮种,看取张弓挂矢须。②唐太宗须能张弓挂矢。

**注：**①万历四十三年(1615)作于沙市。写作者评品瀛洲王孙画像，画中背景繁花绕湖水，飞红落曲池，远山色空明，流水下山崖。在桃花洞口两位如仙人般的禅僧回首以往，对坐清谈，弄明白自己今世界是谁，又共话禅语无生。题：评品。瀛洲：王孙名。王孙：古代贵族子弟的泛称。②七宝：指七种宝物。《新唐书》卷七六《后妃传上·则天武皇后传》："太后又自加号'金轮圣神皇帝'，置七宝于廷：曰金轮宝、曰白象宝、曰女宝、曰马宝、曰珠宝、曰主宾臣宝、曰主藏宦宝，率大朝会则陈之。"金轮：为七宝之第一宝。

## 其 二

少年结客气如云，走马三河侠少群。①近识尘缘如梦幻，桃花消息问灵芸。②卷上画一禅僧对坐。

**注：**①少年结客：客居他乡的少年。三河：泛指天下的江河。侠：旧时称仗恃己力以助被欺凌者的人。②尘缘：佛教用语。谓以心攀缘六尘，被六尘所牵累。六尘：色、声、香、味、触、法。桃花消息：喻指男女情爱的信息。灵芸：犹神话中管男女情爱的仙女。芸：香草。

## 其 三

如雨飞英下曲池，山空恰与道人宜。①而今莫问生前事，对面清谈果是谁。

**注：**①曲池：古地名。一名区蛇。春秋鲁地，在今山东宁阳东北。此处指弯曲的池水。

## 其 四

桃花洞口路分明，流水奔岩似有声。彷佛金仙来共语，长生不话话无生。①

**注：**①金仙：佛家谓如来之身。金色微妙，因称金仙。元萨都刺《游金山》诗："约客同游买渡船，闲观古刹礼金仙。"无生：佛教俗语。见前诗注。


# 题王维南像①

可是山中客，萧然世外姿。②兰芬生剑舄，石色泠须眉。③砚北闲刊帖，花前醉谱词。④总因耽八法，衫上墨淋漓。⑤

**注：**①万历四十三年(1615)作于沙市。作者评品王维南像。画中，一位隐退客居之士表现出了一幅超出世外的萧然之姿。题：评品。王维南：官太学，住沙市。隐退客居之士。余未详。②山中客：谓隐退客居之人。指王维南。萧然：清静、寂寞貌。③剑舄(xì)：

犹"剑及屦(jù)及"。形容行动坚决迅速。舄,鞋;屦,单底鞋。冷须眉:形容脸色冷峻。④刊:刻;雕刻。帖:指书法、绘画摹临范本。谱词:谓填写歌词。⑤耽(dān):酷嗜。即特别喜好。八法:指汉字书法的八种笔画:点、横、直、钩、策、撇、啄、捺。见卷六《哭茂直焦二兄》注。淋漓:沾湿或流滴貌。

## 口占寿夔亭王孙①

淮南鸿宝事谁传,闲适从来可驻年。②花下数通朱鹭响,汝阳原是饮中仙。③

注:①万历四十三年(1615)作于沙市。作者随口吟诗贺友人寿辰。谓友人长年闲适,种花养鹭,还是一位饮中仙。口占:谓作诗不起草稿,随口吟诵而成。寿:贺寿。②淮南:泛指安徽淮河以南地区。《鸿宝》:道术书籍名。《汉书·刘向传》:"上复兴神仙方术之事,而淮南有《枕中鸿宝苑秘书》,书言神仙使鬼物为金之术。"③朱鹭:汉鼓吹铙歌十八曲之一。传说战国楚成王曾有朱鹭合沓飞翔而来舞,因以为名。汝阳:指唐汝阳王李琎,他是唐玄宗的侄子,宠极一时,所谓"主恩视遇频,信比骨肉亲"(杜甫《赠太子太师汝阳郡王琎》),因此他敢于饮酒三斗才上朝拜见天子。杜甫《饮中八仙歌》:"知章骑马似乘船,眼花落井水底眠。汝阳三斗始朝天,道逢麹车口流涎,恨不移封向酒泉(今甘肃)。"此处代指夔(kuí)亭王孙。

## 寿沅洲王孙① 园有修月堂。

不逐凡缘老,潇然物外春。②身为修月户,家有扫花人。香茗风情丽,烟云供养新。何须寻火枣,尺宅净无尘。③

注:①万历四十三年(1615)作于沙市。作者赋诗贺友人寿,谓友人不逐尘缘性情潇洒,种花赏月情趣风雅,宅居烟云纤尘不染。②凡缘:犹"尘缘"。潇然:犹"潇洒"。③火枣:传说中的仙果,食之能羽化飞行。南朝梁陶弘景《真诰》二:"玉醴金浆,交梨火枣,此则腾飞之药,不比于金丹也。"

## 寄龙君御① 时住渔仙寺。

今日龙君御,前生马伏波。②重来寻洞壑,偶尔寄烟萝。③凯曲为渔梵,戎衣作钓蓑。④一丘胡置汝,西塞有干戈。⑤

**注：**①万历四十三年(1615)作于沙市。作者寄书龙君御，称他为马伏波般的良将。龙君御：龙膺，字君御。见卷四《襄阳道中逢龙君御……》注。时任西部巡按御史。②马伏波：马援。东汉建武十七年任伏波将军，故名。见前诗《病中漫兴》注。③寻洞壑：犹寻找退隐之处。寄烟萝：犹寄身于山水。萝，薜萝，此借指隐士的住处。④凯曲：凯歌。此处指军歌。渔梵：指江湖中的诵佛声。⑤丘：此指家乡的隐居之处。汝：你。指龙君御。

## 汪师中自花源来，得龙潋公、杨弱水消息，喜而有赠①

### 其 一

桃源洞口试渔竿，镜里浓鬓取次看。颜似朱霞须似雪，青山真胜紫金丹。②

**注：**①万历四十三年(1615)作于沙市。龙潋公身体健朗、老当益壮，作者赋诗感谢其全家对自己的殷情款待，并致意因病未能回报杨文弱的"买山钱"。抒发了作者不忘友人、珍爱友情的情怀。汪师中：作者友人。余未详。花源：指武陵桃花源。龙潋公：杨文弱(即杨嗣昌)的祖父杨时芳(字可亭)老人。万历四十一年春，作者游武陵时得到老人热诚相待，感动不已。曾作有《赠文弱令祖可亭翁》一诗表示感谢(见卷六)。杨弱水：杨文弱(见卷六《李长叔水部以使事至鼎……》注)。时作者游武陵，文弱为东道主随程陪同多日，建立了很深的友谊，作者曾作有《赠文弱》、《赠别文弱》等多首诗(见卷六)。②青山：喻指可亭翁的身体健朗。金丹：古时方士用黄金炼成的金液，用丹砂炼成的仙丹，以为服食后能长生不老。俗称"仙丹"。

### 其 二

胡麻香饭也殷勤，终恋渚宫返故林。①自是花源留不住，迷津未必似刘歆。②歆即花源后问津者。

**注：**①渚宫：春秋楚成王所建，为楚的别宫。后世皆以为古江陵别称。此泛指作者家乡。②刘歆(?—23)：西汉末年古文经学派的开创者，目录学家、天文学家。字子骏，后改名秀，字颖叔。刘向之子。沛(江苏沛县)人。继承父业，总校群书，撰成《七略》，包括辑略(总论)、六艺略、诸子略、诗赋略、兵书略、术数略和方技略。王莽执政，立古文经博士，歆任国师。后谋诛王莽，事泄自杀。著有《三统历谱》，造有圆柱形的标准量器。原有集，已失传，明人辑有《刘子骏集》。

### 其 三

扬帆拾月过溪头，马伏波岩怪石留。①逐虎咒龙开洞壑，喜君亲见谢康侯。②时龙隐公于伏波岩前后开得古洞数处。

**注：**①马伏波岩：位于武陵常德山，为马援（即马伏波）将军率军进攻武陵"五溪蛮"时，病死军中的地方。马伏波：马援。东汉名将。见前诗注。②逐虎咒龙：喻指开凿石洞工程十分艰难。谢康侯：谢灵运。南朝宋诗人，晋时袭封康乐公，故称"谢康侯"。见卷一《初至恒山纪燕》注。此指代杨时芳老人。

## 其　四

笑鼙难作世人缘，药里萧条伴草玄。①清白可怜杨御史，不能赠汝买山钱。②

**注：**①"药里"句：谓作者过去两年身体患病，长期服药，境况萧条，常以药和佛道为伴。②杨御史：指杨文弱此时正担任御史官职。买山钱：犹出游山水的盘缠。两年前作者游德山时与文弱就"缔结了新盟"。见卷六《赠文弱》。

## 无　题①

锦鸳憔悴旧容颜，独倚金笼镇日闲。②笑杀秃鸧湖畔鸟，斜风细雨伴鱼蛮。③

**注：**①万历四十三年（1615）作于公安。作者写自己容颜憔悴，终日闲居家里，被俗人嘲笑不已。②鸳："鸳鸯"的省称。雄鸟羽毛绚丽，故名锦鸳。此指代作者。③鱼蛮：鱼人。古称南方人为"南蛮"，此指代作者。

## 上愚枉舟中看渡有述①

晴沙十里绮萝围，人语涛声沸晚晖。君自忘机亲海鸟，我方缚律屏江妃。②穿花乳燕凌波去，戏水狞龙带雪飞。③幻雨奇云随过眼，玄言相对麈频挥。④

**注：**①万历四十三年（1615）作于沙市。作者傍晚与友人登船，一边观看紧张的龙舟比赛，一边挥麈对谈、辨析名理。表现了两位麈谈人处繁华热闹而不为所扰的淡泊宁静的心境。上愚：朱光祚，字上愚。见卷五《赠别朱上愚……》注。枉：屈就。②忘机：泯除机心。指淡泊宁静的心境。江妃：传说中的女神名。妃也作斐。《列仙传》载，江妃二女，游于江汉之滨，逢郑交甫，交甫求其佩，遂解而与之。后交甫寻佩，视女忽皆不见。此指美女。"我方"句：谓作者自律不近女色，屏去了身边的美女。③穿花乳燕：喻指穿着漂亮

服饰的年轻女赛手。戏水狞龙：喻指气势强盛的男子龙舟队。④幻雨奇云：比喻龙舟赛中激烈、壮观且富有戏剧性变化的竞赛场面。玄言：犹"玄谈"。指魏晋时期以老、庄学说和《易经》为依据而辨析名理的谈论。麈(zhǔ)：即拂尘。

## 舟中逢武昌胡季常①

### 其 一

蜀雪消时泛楚台，郢江日夜似奔雷。②瞥然遇着滕元发，独立扁舟破浪来。③

**注：**①万历四十三年(1615)作于沙市。作者贫穷之际于江面遇友人，谓友人多才华，曾偕游西塞山，为泛家浮宅的好邻人。胡季常：作者友人。余未详。②楚台：指古代楚国行宫的楼台，在今潜江龙湾境内。郢江：指长江流经郢地段。③滕远发：北宋东阳人。字达道，举进士。见卷五《姚生舟中》注。此代指胡季常。

### 其 二

上无片瓦下无尘，流水声中遇道人。西塞山头遗迹在，泛家浮宅好相隣。①季常家近西塞。

**注：**①遗迹：指作者与季常昔日于西塞山一起交游的往事。泛舟浮宅：谓以船为家，浪迹江湖。

## 戏赠张心兰①

四海觅知已，岂敢轻故乡。故乡寻故人，有似捉迷藏。面颜不得亲，况乃输中肠。谁知十万户，中有一女郎。女郎具慧心，出口成宫商。②好客爱文藻，闲情寄茗香。予已学无生，不逐少年场。③萧然声色外，聊以销景光。我非惊蛱蝶，君岂野鸳鸯。④一枰罢了却，携子访金堂。⑤

**注：**①万历四十三年(1615)作于沙市。写作者逗趣一歌妓：我四处寻知已，没找到旧友，竟觅得一女郎。可惜呀，我已学无生，喜清静，不近声色。表达了诗人恢谐淡泊的性情。戏：逗趣。张心兰：歌妓。②宫商：我国古代五声音阶的第一、第二音级。指代曲谱，唱歌。③无生：佛教语。④蛱(jiá)蝶：蝴蝶的一种。杜甫《曲江》诗："穿花蛱蝶深深见，点水蜻蜓款款飞。"⑤枰(píng)：古代博局；亦指棋盘。麄(cū)：粗；简单。金堂：犹"佛堂"。

## 游便河①

十里浓阴路,残莺佐酒卮。过桥添柳色,近岸损花枝。颇恨舟行疾,偏嫌月上迟。②天皇兰若在,披草觅遗碑。③

注:①万历四十三年(1615)作于沙市。作者先乘舟细细品味月下便河十里林荫水路的美好景色,又登岸到草丛中寻觅遗碑,游兴甚浓。便河:遗址在今沙市沙隆达广场处,旧为沙市内陆河运的重要集散地,也是沙市最繁华的地段。《游居柿录》卷十:"游便河,自天皇寺窑头发舟,过沙桥门,两岸垂柳覆渠。可十余里,至塔桥舍舟登……"②恨舟疾:谓船行驶过快,影响了游人细细观赏,故"恨舟疾"。嫌月迟:谓月下朦胧的景色,增添了景物的诗情画意,故嫌月光来得迟。③天皇:天皇悟禅师。《游居柿录》卷十:"至护国寺左,礼天皇悟禅师塔。同时有一天王悟,有一天皇悟……天皇悟,即今护国寺开基者也,初隐当阳之柴紫山,后始居此。"

予居舟中数月矣,沈褒中使君书来见讯,以少伯、玄真事相况,且云无西子、樵青得无少寂寥否,兼致酒米之具,走笔答之①

### 其 一

名山久已废乌藤,老爱沧江雪万层。②西子樵青无处着。月明闲对两三僧。

注:①万历四十三年(1615)作于沙市。作者赋诗答谢友人昔日的惠助。沈褒中:官使君。作者友人。余未详。使君:旧时尊称奉命出使的人为"使君"。见讯:谓得到消息。少伯、玄真:疑是两僧人。相况:了解近况。无西子、樵青:为沈褒中之友人,时客居沙市。②废乌藤:未使用乌藤手杖。即未远游山水。老爱沧江:指作者数月泛舟于长江。

### 其 二

青春朱夏舣江湄,苦恋烟波去路迟。①尊酒正空瓶米竭,使君恰送二千丝。

注:①青春朱夏:即春夏两季。舣(yǐ):附船着岸。

## 草市舟中①

每遇经行处,常深吊古情。②已迷夏水水,犹见郢城城。③

注：①万历四十三年（1615）作于江陵。作者每次出行经过草市，便产生一种凭吊往古的感情，好像迷恋上了夏水，看到了郢城。表达了诗人对楚地烟波与古代楚文化的深深爱恋之情。草市：为荆州古城北门外一农村集镇。时为江陵沙市内陆水运一重要码头。②经行处：谓出行所经之地。此指草市。③夏水：古水名。据《水经注》，故道从湖北沙市市东南分江水东出，流经今监利县北，折东北至沔阳县附近入汉水。自此以下的汉水，也兼称夏水。郢城：古楚国都邑，遗址在今纪南城。

## 沙　桥①

了了见潜鱼，且来桥畔坐。②沙桥名尚存，不见仙嫔墓。仙嫔，元微之婢也，葬于此。

注：①万历四十三年（1615）作于沙市。作者春日踏青沙桥，清楚可见桥下潜鱼。沙桥名甚古，唐朝诗人元稹的乳母仙嫔即葬于此。沙桥：位于沙市境内。《游居柿录》卷十："花朝踏青，过沙桥门。沙桥名甚古，见袁微之集，即其乳母仙嫔葬处，垂柳新渠，藉草而坐。"②元微之：元稹（779—831），唐诗人。字微之，河南（今河南洛阳）人。早年家贫。和白居易友善，常相唱和，世称"元白"，早期的文学观点也相近。为新文学运动的倡导者之一。有《元氏长庆集》。

## 太　白　湖①

太白自蜀来，江陵当暂止。②应过此湖边，往媾云梦女。③

注：①万历四十三年（1615）作于沙市。作者写李白离开蜀地到江陵，在这里住过一段日子；并来过太白湖边，与云梦的美女有过美好的交往。诗人运用合理的想象表现了李白的浪漫之情。太白湖：在江陵草市附近。传说为李白过江陵时的居处。太白，李白，唐大诗人，字太白。见卷五《雨变诗戏作……》注。②蜀：四川。李白幼时随父迁居锦州昌隆（今四川江油）青莲乡，到二十五岁时离川。江陵：县名。在今湖北省中部偏南，长江沿岸，秦置县。③媾（gòu）：交合；交媾。阴阳和合的意思。云梦：古泽薮名。据《汉书·地理志》等汉魏著作记载，云梦泽在南郡华容县（今潜江县西南）南。据今人考证，"云梦"泛指春秋战国时楚国的游猎区。包括整个江汉平原及周边的丘陵山峦，南则兼有郢都以南的江南地。

## 题王弘钓鱼①

本非钓鱼人，聊以寄潇洒。②意不在钓鱼，在看钓鱼者。

**注**：①万历四十三年(1615)作于沙市。作者写友人钓鱼，意在做做潇洒的样子。王弘：作者友人。余未详。②寄：寄托。此处犹"表现"。潇洒：洒脱，豪无拘束。

## 三湖杂咏①

### 其　一

百里荂蒲路，田田乱水涯。②新荷香自好，不必待开花。

**注**：①万历四十三年(1615)作于沙市。作者以热情奔放的感情和细腻生动的笔触，具体形象地描绘了优美的三湖水光荷色。三湖：湖泊名。在湖北江陵境内。《游居柿录》卷十："至三湖，常有十余里莲花相接，真众香国也。望水中远林近树，皆如黑汁点成，淋漓秀润。据《水经注》所云，清暑台、章华台，皆在此湖中。宗少文辍衡山之游，隐于三湖，亦此地也。今湖上犹有台观遗基。"杂咏：谓随时吟咏。常用作诗题。咏：作诗。②荂蒲：皆浅水植物。荂：荂白。蒲：菖蒲，亦称"香蒲"。田田：荷叶相连貌。

### 其　二

湖水发清光，了如秋月炯。若无荇藻文，不似月中影。①

**注**：①荇藻文：指湖中生长的荇、藻等水生植物相互交织成花纹状。

### 其　三

朝冶波中日，晚凝雪上霞。②平湖三百里，一半是荷花。

**注**：②"朝冶"二句：谓早晨艳丽的阳光照射进湖波中，晚霞凝结在湖面上。

### 其　四

宗炳辍衡游，三湖投老住。①来年高筑台，题曰卧游处。②

**注**：①宗炳(375—443)：南朝宋画家。字少文，南阳涅阳(今河南镇平)人，家居江陵(今属湖北)。擅弹琴、书法、绘画，有《嵇康像》、《孔子弟子像》、《狮子击象图》等。东晋末至宋元嘉中，当局屡次征他做官，俱不就。在庐山参加慧远、慧永等的"白莲社"，曾著《佛明论》。衡：山名。在湖南省衡山县西。俯瞰湘江，山势雄伟。有七十二峰，以祝融、天柱、芙蓉、紫盖、石廪五峰为著。②卧游：以欣赏山水画代替游览。出自宗炳"澄怀观道，卧以游之"语。

### 其　五

晒网起歌讴，采莲闻语笑。嬉游水烟中，信也渔家傲。①

**注**：①渔家傲：曲牌名。南北曲均有。南曲较常见，属中吕宫。此处取其字面义，即

渔家以家乡引以为傲。

## 其 六

远水布烟林,波中数点黑。<sup>①</sup>有如新绘图,饱墨尚余湿。

**注**:①数点黑:指远处波浪中驾船的渔人或来往的行船。

## 其 七

急将江上舟,来作泛湖用。<sup>①</sup>夜宿万花中,浓香入睡梦。

**注**:①江上舟:是年入春以来,作者一直泛舟于长江江陵沙市一带。

# 访苏潜夫于小龙湖赋赠<sup>①</sup>

## 其 一

聚落虽然住,何曾异泛家。<sup>②</sup>扫门千丈雪,出水万株花。渔浦通僧寺,游舟乱钓槎。不须重点缀,烟水也繁华。<sup>③</sup>

**注**:①万历四十三年(1615)作于江陵龙湾。写友人潜夫的家乡烟水繁华,环境优美。苏潜夫:苏惟霖,字云浦,号潜夫。江陵龙湾人。见卷三《归笭笃谷逢苏潜夫……》注。小龙湖:位于龙湾的一小湖泊。②聚落:村落,人们聚居的地方。③点缀:略加衬饰。

## 其 二

畚土添花径,防湖涨柳渠。黄芦亲睡鸭,碧水伴嬉鱼。沼墨知临帖,松鳞验著书。<sup>①</sup>重追宗炳迹,新筑卧游居。<sup>②</sup>宗少文旧筑室三湖。

**注**:①沼(zhǎo)墨:谓从池中取水磨墨。沼:小池。松鳞:指松树的皮为鳞片状。比喻人的脸色由于用脑或劳累过度以致憔悴、枯槁的样子。此指苏潜夫临帖、写作十分刻苦用功。②宗炳:南朝宋画家。见前诗注。卧游:谓以欣赏山水画代替游览。

## 其 三

贮水恣鱼戏,蕃林任鸟腾。诗招千里客,禅致五方僧。<sup>①</sup>开眼琉璃观,潜身鸥鹭朋。<sup>②</sup>团栾庞老宅,别有一枝灯。<sup>③</sup>

**注**:①诗招:谓以交流、创作诗歌的形式邀集志同道和之人。禅:参禅,悟禅。②开眼:指天下诗朋和高僧的到来让苏潜夫大开眼界。琉璃观:比喻观点、认识皆明透彻了。琉璃,一种矿石石质的有色半透明体材料。鸥鹭:即鸥鹭忘机。古时海上有好鸥者,每日从鸥鸟游,鸥鸟至者以百数。其父说:"吾闻鸥鸟皆从汝游,汝取来吾玩之。"次日至海上,

鸥鸟舞而不下。见《列子·黄帝》。旧谓人无机心,则异类亦与之相亲。③团栾(luán):团聚。一枝灯:比喻潜夫像一盏明灯一样给全家带来了光明。

## 送僧达止游峨眉①

巴水千层雪,孤藤何所之。②一从良友逝,不忍话峨眉。③

注:①万历四十三年(1615)作于沙市。写作者送僧人达止孤身一人走巴水。提到巴水,作者又想起了逝去的良友。表达了诗人对孤僧的同情和对良友的深深怀念之情。达止:僧人。余未详。峨眉:峨眉山。在今四川省峨眉山市西南。为中国佛教四大名山之一。见卷六《哭慎轩黄学士》注。②巴水:在今四川省东北部。《水经注》所谓巴水,兼指今平昌以下的南江及南江下游的渠江和嘉陵江。孤藤:一杆藤杖。喻指老僧人达止孤独一人。③良友:指四川籍的黄慎轩学士。见卷二《燕中早发,黄太史慎轩……》注。

## 居沮、漳有怀郡伯吴表海先生①

沮漳江上作渔翁,铃阁犹迟一纸通。②白社有心邀范宁,青山无路伴羊公。③春风夏雨酣南国,岚字烟书遍渚宫。④试看停车亲种柳,于今摇曳大堤东。⑤

注:①万历四十三年(1615)作于当阳。作者于沮漳江上怀想郡守吴先生,告诉他自己在沮漳江上作渔翁。春夏以来组织诗社,社友们创作了大量山水诗文,大家有心邀请吴先生也来参加诗社。沮漳:沮水、漳水。也称沮漳河。长江中游支流。在湖北省中部偏西。上源沮水和漳水均出荆山,东南流到当阳县合溶镇附近汇合,称沮漳河,南流到江陵县西入长江。郡伯:犹郡府地方长官。吴表海:名维东,字表海。万历三十二年进士。时任荆州知府。其仰慕宏道的才名和文学主张,对中道的才气也极赏识。是年秋升官离荆州前,为宏道公安县旧居立"袁中郎故里"碑,中道对吴表海援手于患难之际,特别感激。②渔翁:此指作者。铃阁:旧指将帅或州郡长官办事的地方。此处指代吴表海。③白社:即诗社。因作者兄弟三人都推崇白居易通俗化的诗风,故称自己组织的诗社为"白社"。范宁(339—401),东晋经学家。字武子,南阳顺阳(今河南杞县东北)人。曾任豫章太守。反对何晏、王弼等的玄学,推崇儒学,撰《春秋穀梁传集解》十二卷。此处指代吴表海。羊公:羊祜,字叔子,西晋大臣。见卷一《赠人》注。此处亦指代郡伯吴表海。④岚字烟书:指作者和社友们创作的山水诗文。渚宫:为楚的别宫。故址在荆州城内。⑤停车亲种柳:此指郡伯吴表海曾经下车参加种柳的事。

## 三义河水大涨，同宝方、达可二僧泛舟①

闲随净侣坐轻舠，张绪婆娑尽没腰。②水上山城如岛屿，西来帆影在云霄。朱栏翠袖新江阁，细雨垂杨旧板桥。喜有高僧茶说法，谩劳游女箑相招。③末句书所见。

**注：**①万历四十三年(1615)作于当阳。三义河涨大水，作者同二僧人乘舟往游玉泉。表现了诗人及其一行在大水中泛舟的悠闲与自在。三义河：在当阳境内。宝方：一名圆象。无迹僧人弟子。后随宏道至公安，为二圣寺住持。见《游居柿录》卷十一。达可：僧人。余未详。②净侣：指僧人。张绪：字思曼，风姿清雅，见卷一《哭少年》注。此指代柳树。③茶说法：谓(高僧)一边饮茶一边说法。谩劳：徒劳。谩，通"漫"。箑(shà)：扇子。

## 沙市水涨，时六月杪矣，居民犹竞渡，口占①

等闲沧海变杨尘，九陌茫茫倦问津。②六月已残犹竞渡，楚人终是爱灵均。③

**注：**①万历四十三年(1615)作于沙市。六月末，沙市江水大涨，居民们还在举行龙舟比赛。月杪：月末。口占：作诗不起草稿，随口吟诵而成。②杨尘：犹"扬尘"。喻指沸腾的江水。九陌：谓都市中的大路。此处指沙市江边的道路、码头。③灵均：屈原。名平，字原，别名灵均。战国楚人。见卷四《雁字》注。

## 初入沮、漳步达可韵①

### 其 一

苦爱堆蓝秀，沮漳六月游。②水程全失夏，山梦不藏愁。积练明村市，浓阴聚钓舟。南朝居士地，无主也顺留。③地名百里洲，即陆法和住处。

**注：**①万历四十三年(1615)作于当阳。作者刚离开了柴紫，又到了玉泉。这里虽然水大风恶(指涨大水)，但山色秀美、水明村艳，故自古便是居士的留连之处。再次表达了诗人对玉泉的珍爱之情。沮漳：沮漳河。见前诗注。达可：僧人。步韵：亦称次韵。即依照所和诗中的韵及其用韵的先后次序写诗。②堆蓝：玉泉山的别名。③南朝：时代名。

指420年刘裕代晋到589年陈亡,经历宋、齐、梁、陈代。居士:指陆法和。北齐人,有道术,人称"荆山居士"。见卷六《鹿苑山》注。

## 其 二

三年柴紫梦,今日遂闲游。①山屐同无着,峰鬟似莫愁。②悬雷初发水,激矢两来舟。莫怪西风恶,烟村自可留。江湖间舟相掠而过,名曰"两来"。

注:①柴紫:指江陵八岭山处一峰峦。"三年"句:谓作者近几年在江陵沙市等处交游。②无着:着亦作"著"。公元四世纪至五世纪古印度佛教哲学家,世亲之兄,大乘佛教喻伽宗理论体系的主要建立者。初习小乘教义,后归大乘,并多撰论著,阐扬大乘,对于"大乘有宗"或"有宗",在古代印度哲学发展中影响很大。无着是此宗重要典籍《瑜伽师地论》的作者。无着的其他重要著作,如《显扬圣教论》、《摄大乘论》、《阿毗达摩集论》等均有汉译或藏译。莫愁:古乐府中的女子。

## 沮、漳道中①

渔歌入耳梦难成,一曲清流起濯缨。②桨后圆涡如酒靥,舟头沸水似茶声。古邮久已迷三国,③三国时,襄阳走荆州道由此。遗址犹能辨万城。④欲访荆山居士第,茫茫江浪与云平。

注:①万历四十三年(1615)作于当阳。作者乘舟沮漳道中,听到沿途的渔歌声,看见桨后的水靥。便想到这里自三国就是一条古驿道。楚国筑的万城还能分辨出遗址,北朝齐人陆法和居士的隐地也在此处。表现了诗人把写景与记史融为一体的写作特色。沮漳:沮漳河。见前诗注。②清流:既写沮漳河的清清流水,又喻指诗人创作的清新的诗歌。濯缨:濯,洗涤;缨,系冠的丝带。"濯缨"表示避世隐居或清高自守的意思。③古邮:谓古代的驿道。④万城:在当阳县境内,为古代楚国徙居沮、漳之间时所筑。荆山:在湖北省西部、武当山东南、汉江两岸。西周时楚立国于此。居士:指上诗提到的陆法和。

## 舟 起①

一夜翻盆雨,朝来旭日新。待风闲估客,防水聚村民。②菰米家家饭,杨枝处处薪。③白头无再计,沮上老渔人。

注:①万历四十三年(1615)作于当阳。一夜暴雨后,山乡呈新、百姓安宁的景象。②待风:谓等待起风后再扬帆启程。估客:商贩。③菰(gū)米:菰,多年水生宿根草本,颖果狭圆柱形,名"菰米",可煮食。

# 紫盖道中①

直马万山头,云如泼墨起。斯须走怒雷,击散一天雨。

**注**:①万历四十三年(1615)作于玉泉。写作者乘马往紫盖山,不为雷雨所动的游山兴致。紫盖:紫盖山。位于湖北远安县南。

# 至紫盖寺①

流水乍停声,松风涨山谷。急登正法楼,聊豁平原目。大江百里外,晃耀如可掬。淡淡江南山,雨后新膏沐。颠末发深蓝,白云缠其腹。夜色渐苍然,犹能辨松竹。明月出疏林,积水浸原麓。山行忌夜猜,还愁耳生轴。六月抱云眠,畏寒不畏燠。②

**注**:①万历四十三年(1615)作于紫盖。写作者白天登楼赏景,夜里山行野宿,表现了如醉如痴地享受自然美景的性情。②燠(yù):暖。

# 紫盖道中值雨①

不测滂沱马首来,东生西没走惊雷。朝霞已识非晴兆,夏雾由来是雨媒。②纵有松阴难障蔽,急寻樵舍莫迟回。片时云净天如拭,新沐山容朵朵开。

**注**:①万历四十三年(1615)作于紫盖。写作者出游途中天气的瞬息变化:出门时朝霞满天,突然大雨滂沱,片刻云净天如拭。值:逢着。②雨媒:指雾是引发下雨的媒介。

# 途中遇雨口占①

莫是银河绽,云端发怒涛。牧儿藏石窦,樵子戴松毛。皮骨听赢马,泥沙任弊袍。②卧游今尚未,跋涉敢辞劳。③

**注**:①万历四十三年(1615)作于紫盖。作者乘马出游途中突然遭遇暴雨,一个体弱之人牵着瘦马摔倒在泥地上,又站起来继续向前跋涉。表现了诗人出游山水不辞劳苦的精神。口占:作诗不起草稿,随口吟诵而成。②皮骨:指代作者疲惫瘦弱的身躯。赢

(léi):瘦;弱。③卧游:以欣赏山水画代替游览。典出南朝宋画家宗炳老病回江陵(隐三湖),将所见景物画于壁上,自称"澄怀观道,卧以游之"。见前诗《三湖杂咏》注。

## 初至度门晤迹公①

犹有余生在,重忻见故人。②不眠相对夜,几死可怜身。风雨全侵笈,泥沙欲满巾。③家园何足恋,白首侍天亲。④

**注**:①万历四十三年(1615)作于度门。写玉泉寺住持无迹僧人的至深之情和自己投身佛门的决心。度门:当阳度门寺。迹公:无迹。玉泉寺住持。②余生:指作者。因其前几年常患大病,迹公曾多次遣人往公安看望,故有此说。③笈(jí):书箱。④天亲:佛教人名。梵名婆薮槃豆。释曰天亲。著《唯识论》等诸大乘论,弘宣大教。寿八十。寂于阿踰阇国。或言为天帝之弟,故名天亲。此谓佛主。

## 送达可还蜀①

闻说蚕业路,炎天亦有冰。②看山亲雪岭,听水过嘉陵。③云气穿疏葛,石声出瘦藤。他年兜率悦,讵止解文僧。④

**注**:①万历四十三年(1615)作于度门。作者送达可僧人回蜀地,祝福他将来有受乐知足而生欢喜的一天。达可:蜀地僧人,能诗。②蚕业路:即蜀道。古代蜀地蚕业很发达,长期与外界有贸易往来,故有"蚕业路"之称。③雪岭:雪山。宋高僧,歙人,少时遇盛夏,辄夜卧草莽中,以身施蚊蚋者二十年。后住休宁普满寺。有《池阳百问》。嘉陵:嘉陵江。长江上游支流,在四川省东部。怀素:唐书法家,僧人。字藏真,玄奘弟子。见卷五《即事》注。④兜率:佛教所说欲界六天中的第四天。义译为知足等,意思是受乐知足而生欢喜之心。解文:通晓文辞。

## 玉泉金粟庵中夏日桂花忽开二枝,度门以偈来,走笔答之①

法契缘非浅,闲花亦偶开。②若无径山老,难得子韶来。③诗中有状头语,故用子韶事。

**注**:①万历四十三年(1615)作于玉泉。由于佛法相合的缘分深,玉泉金粟寺的桂花便提前盛开。玉泉:玉泉山。金粟庵:一名金粟的小寺庙。度门:度门寺住持。偈(jì):偈陀的简称,即佛经中的唱词。答之:答谢度门僧人。②法契:谓佛法相合。闲花:此指桂

花。③径山老：谓子韶被谪南安军十四年之久，其人与所走的山路都变老了。子韶：张九成（1092—1159），南宋钱塘（今浙江杭州）人，字子韶。理学家杨时的弟子。绍兴进士，历官著作郎、宗正少卿、权礼部侍郎。以反对议和，为秦桧所贬，谪居南安军（今江西大余）十四年，桧死始得免归。著有《横浦集》。此处指代度门主持。状头语：谓先提出事情发生的原因，再补充说明事情发展的结果。这种语言结构形式称"状头语"。状头：即原告。

## 溯　溪①

初曦明乳窟，新霁爱溪澄。②飞瀑连花坠，欹岩带树崩。杖惊栖棘鸟，水隔送茶僧。山顶多松韵，披萝取次登。③

**注：**①万历四十三年（1615）作于玉泉。作者一行沿溪流向上，一路喜见雨后初阳下的优美自然山水。②乳窟：指玉泉山石灰岩质的山洞。③松韵：指松树挺拔、昂扬的气度。披萝：犹"薜萝"。旧称隐士的服装，此处指隐士。取次：任意；随便。

## 溯沮、漳还郢①　　时予将治装北上。

沮漳清浅石磷磷，百里鸣蝉沸绿津。唾取贤冠旋掷去，必来溪上作渔人。②

**注：**①万历四十三年（1615）作于当阳。作者乘船沿沮漳河返回江陵，一路想着就要治装赴京参加科考。郢：古代楚国都城，此处泛指江陵沙市。②贤冠：指科举进仕的头衔。

## 未央侄应省试，口占赠别①

### 其　一

风静江如拭，行行黄鹄船。②两家惟一子，荣别也凄然。③

**注：**①万历四十三年（1615）作于公安。作者江边送侄子乘舟赴省试，殷切期望他努力追赶前辈，考出优异成绩，为两个家庭争荣誉，为朝廷做贡献。并鼓励他中举后登黄鹄楼，创作出流芳后世的优秀诗章。未央：祈年，字未央。本为作者的长子，因其长兄宗道无后，则将祈年过继给宗道为嗣，故作者称未央为"侄"。省试：明代科举制度，每三年的秋季，由朝廷派出正副主考官，在各省省城举行一次乡试。亦称"秋试"、"秋闱"。口占：

作诗随口吟诵而成。②黄鹄船:谓发往省城的船。黄鹄:指黄鹄楼。见卷六《黄鹄楼》注。③两家唯一子:见前注。

## 其 二

造物酬阴德,朝廷急异才。①捷音吾久得,五月桂花开。②

注:①造物:犹"造化"。旧称命运。阴德:暗中有德于人的行为。②"五月"句:指作者游玉泉,看见"金粟庵夏日桂花忽开二枝"(见前诗)。此谓好的先兆。

## 其 三

努力追前辈,开门待汝荣。①未能离世网,安敢薄功名。②

注:①"开门"句:谓长兄和自己两家的传承和兴旺都靠未央的荣盛和发达。②世网:此指流行的风气、风俗。功名:科举时代称科第为功名。科第:即科考进第。

## 其 四

隽后登黄鹄,挥毫骋藻思。①谁言崔颢后,楼上更无诗。②

注:①隽(jùn):通"俊"。此指代科考乡试中举人。藻思:指作文章的才思。②崔颢(?—754),唐诗人。汴州(今河南开封市)人,开元进士,官司勋员外郎。早期诗多写闺情,流于浮艳。后历边塞,诗风变为雄浑奔放。有《黄鹄楼》诗,相传为李白所倾服。明人辑有《崔颢集》。

# 无题,效徐庾体①

## 其 一

镇日平台使,嘈嘈口似簧。防身愁意绪,避客病梳妆。野鸟宁无侣,山花各自香。肯同刘碧玉,偷嫁汝南王。②

注:①万历四十三年(1615)作于公安。作者整天在宅院里读书、吟诗,调养病体;自己情愿卖饼,也不侍奉王者。徐庾体:南朝梁徐、庾二家父子的诗风、文风。《周书·庾信传》:"时肩吾为梁太子中庶子,掌管记,东海徐摛为左卫率,摛子陵及信(肩吾子)并为抄撰学士……文并奇艳,故世号为徐庾体焉。"但庾信作品的风格后来有所转变。②刘碧玉:汝南王的爱妾。汝南王:宋代分封汝南的一藩王。见《乐府诗集》引《乐苑》。

## 其 二

岂是桑中约,前程自忖量。①宁甘卖饼者,不肯事宁王。②

注:①桑中约:《诗·鄘风·桑中》:"期我乎桑中,要我乎上宫,送我乎淇之上矣。"后

以喻私奔幽会。②宁王：明藩王封号。太祖第十七子朱权，于洪武二十四年（1391）受封。初封大宁（在长城喜峰口外），永乐初移南昌。传至玄孙朱宸濠，以叛乱被杀。此处泛指王侯之家。

## 三湖泛舟①

### 其 一

得水频须泛，兰桡一笑开。朱霞僧远寺，绿雾吕仙台。②满月烧林出，秋风叠浪来。不眠明夕在，清夜且徘徊。

**注：**①万历四十三年（1615）作于江陵。作者常常傍晚在三湖泛舟，其迷恋湖光水色，到了如痴如醉的程度。三湖：湖泊名，在原江陵中部位置。②吕仙台：喻指古代楚国行宫楼台在三湖地区的遗址。

### 其 二

晚风自送小船行，行过菰蒲乍有声。①共指远林猎火起，不知月向此中生。

**注：**①菰（gū）：多年水生宿根草本，基部形成肥大的嫩茎，即平常食用的"茭白"。颖果狭圆柱形，名"菰米"，可煮食。蒲：香蒲。乍有声：指采摘菰米、香蒲发出的声响。

## 游山偶与客语成句①

逢山即便游，不必匆忙去。四十余年忙，所忙成何事。

**注：**①万历四十三年（1615）作于当阳。作者过去四十多年忙于仕途，希望往后遇到好山水就游个够。

## 汪邻渔园书事①

依稀景物类田家，绿柳长桥一水斜。未到重阳先落帽，总因篱菊蚤开花。②

**注：**①万历四十三年（1615）作于公安。该诗写住在绿柳长桥边的一汪姓渔人。这是诗人少有的写普通农家渔人的诗作。汪邻渔：谓该邻居是一汪姓渔人。②落帽：《晋书·孟嘉传》："（孟嘉）后为征西桓温参军，温甚重之。九月九日，温燕（宴）龙山，僚佐毕集。时佐吏并着戎服。有风至，吹嘉帽堕落，嘉不之觉。温使左右勿言，欲观其举止。嘉良久

如厕，温令取还之。命孙盛作文嘲嘉，著嘉坐处。嘉还见，即答之，其文甚美。"后为重九登高的典故。蚤：通"早"。

## 送人至太和①

轻妆淡抹似仙娃，眉斗青山脸斗霞。白玉坛边私自语，无人知是忏烟花。②

注：①万历四十三年（1615）作于公安。作者赋诗送一烟花女往太和山拜忏。太和：武当山。见本卷《将往太和，由草市发舟》注。②忏烟花：此指到武当山拜祷忏悔的妓女。

## 送金仲粟入蜀①

忏逢旋惜别，密雨暗江干。我望长安远，君悲蜀道难。②黄牛千丈雪，白帝万重滩。③幸有知交在，应怜范叔寒。④

注：①万历四十三年（1615）作于公安。作者江边惜别友人，劝慰他一路保重。金仲粟：作者友人。②长安：指代京师。暗示作者将赴京参加科考。③黄牛：黄牛滩，位于长江三峡。白帝：白帝城。古城名，在今四川奉节县东白帝山上。④范叔：范睢。见《史记·范睢传》。

## 荆门道上①

### 其　一

渐远南平路，峰峦拂袖迎。②劫灰随处有，楚雨偶然晴。③山郭还堪憩，石田亦可耕。清时无阨寒，人踏虎牙行。④

注：①万历四十三年（1615）作于荆门道上。作者经沮漳走荆襄通道，渐渐地进入了荆门的峰峦之地，这里随处能见到昔日战火的残迹。反映了诗人北上路途的艰辛。是年秋作者赶赴京师准备参加明春的会试。荆门：在今湖北省中部、汉江与漳水之间。唐置荆门县，元以后为荆门州。②南平：即"荆南"。唐方镇名。至德二年（757）置，治所在荆州。③劫灰：佛教所谓"劫火"之余灰。后指被兵火毁坏后的残迹。④阨寒：犹阨（ài）塞（sài）。险要的地方。虎牙：山名，在今湖北省中部，荆门境内。《文选·郭璞〈江赋〉》："虎牙碟竖以屹崒，荆门阙辣而磅磄。"盛弘之《荆州记》曰："郡西溯江六十里……北岸有山名

曰虎牙……石壁红色,间有白纹如牙齿状。"

## 其 二

三国荆襄道,沮漳旧往来。①虎牙真是险,驿路几时开。地瘠须刀火,年荒尽草莱。惠蒙泉自好,掬水洗尘埃。②三国时襄阳至荆州路,俱由当阳。

注:①三国:继东汉后出现的魏、蜀、吴三国鼎立的历史时期。沮漳:沮漳河。②惠蒙泉:泉名,在今荆门城外山中,为荆门一重要旅游景点。

## 小 蓝 桥①

一片桃花别树头,泥干风乱不能休。蓝桥已度人何在,古木萧萧水乱流。

注:①万历四十三年(1615)作于襄阳道中。树头仅剩的一片桃花也惜别了,干尘与乱风还在不休地折腾;河上的小桥渡过了多少行人,现在桥下的萧萧古木与乱流还会有谁来惠顾呢? 诗人以哲人的角度揭示了自然与社会现象,带给了我们深深的思考。

## 丽 阳 道 中①

历尽羊肠路,崎岩尚未平。野柑霜后耀,秋草雨中生。西去山皆破,东来水乍明。斜阳须策马,佳酒想宜城。②

注:①万历四十三年(1615)作于襄阳道中。一路上山路险峻,太阳偏西了作者还在加鞭赶路,夜里住店后还得想明天赶往何处。反映了赴京途程的崎岖、艰辛和紧张。丽阳:襄阳境内一集镇名。②宜城:县名。在今湖北省中部偏北,汉江纵贯其境。

## 襄阳嘲李伏之①

三年不到鹿门寺,一日游完参上山。②儿女情多清趣减,几人忙里解偷闲。

注:①万历四十三年(1615)作于襄阳。作者再游鹿门寺,戏嘲友人儿女情多,清趣少,不懂得忙里偷闲。襄阳:在今湖北省北部,邻接河南省,汉江中游与唐白河在境内交汇。城西隆中山为诸葛亮隐居地。李伏之:作者友人。②鹿门寺:襄中一寺名。参(cēn)上山:此指不齐的山峦。

## 伯和王孙席上①

每经瘿俗便咨嗟，不合生他殷丽华。②今日尊前疑顿解，几回大笑倚琵琶。

**注**：①万历四十三年（1615）作于赴京道中。作者近年形成的沉默寡言的个性，不适易处繁华之中；而今天酒后竟靠着了琵琶女，表明诗人近些年为自己立下的"不近声色"之戒终究敌不住他的放纵性情。伯和：王孙。作者友人。王孙：古代贵族子弟的泛称。②瘿（yǐng）俗：犹不做声的习惯。瘿：通"瘖"，失音病。咨嗟：叹息。

## 九日过裕州，州守许伦所卧病，口占一绝①

九日萸尊欲对谁，雁行飘泊不堪悲。②天涯兄弟重相聚，又是匡床伏枕时。③

**注**：①万历四十三年（1615）作于裕州。九月初九的茱萸让作者想到了患病不起的州守，怀念起了两位亡兄。九日：即九月初九重阳节。裕州：州名。金秦和八年（1208）分唐、汝、许等州地置，治所在今方城。辖境相当今河南方城、舞阳、叶城等地。州守：指裕州太守许伦。口占：指作诗不起草稿，随口吟诵而成。②萸（yú）：茱萸。据古代风俗，阴历九月九日为重阳节，佩茱萸囊以去邪辟恶。③天涯兄弟：此指全国参加会试的举子。伏枕：此形容落第举子的痛苦情状。

## 朱仙镇五绝①

### 其 一

先朝名将典刑存，分阃从来大帅尊。②天子自临犹不拜，金牌谁敢到辕门。③

**注**：①万历四十三年（1615）作于开封。朱仙镇：地名。位于今河南省开封市西南。南宋抗金名将岳飞曾在此以五百骑兵大破金兵十余万，世称"朱仙镇大捷"。后人曾在此建祠纪念岳飞。②先朝名将：指南宋抗金名将岳飞。岳飞字鹏举，相州汤阴（今属河南）人，北宋末年投军，任秉义郎（下级军官）。南宋王朝建立，上书高宗反对南迁，被革职。后以"莫须有"（也许有）的罪名被杀害。阃（kǔn）：特指郭门的门槛。亦以指阃外负军事

专责的人,此指军事职务。③金牌:指高宋给岳飞下的退兵的金牌令。谁敢到辕门:指岳飞坚决反对撤军,拒不接受金牌令。

## 其 二

收却金牌走战场,麾军直复旧封疆。①回戈急斩奸臣首,迎取君王入汴梁。②

注:①旧封疆:指北宋被金兵占领的大片疆土。②奸臣:指卖国贼秦桧。汴梁:旧时对开封府的别称。

## 其 三

乘胜长驱靖虏尘,中原日月可重新。①康王如狃偏安计,五国城中问主人。②时钦宗尚存。

注:①靖虏:指靖康之变,金灭北宋的历史事件。靖康元年(1126 年)冬,金军攻破东京(今河南开封)。次年四月,金贵族大肆勒索搜刮后,俘徽宋、钦宗和宗室、后妃等数千人。北宋灭亡。②康王:宋高宗(1107—1187),即南宋皇帝赵构。狃(niǔ):贪。五国城:古城名。辽时,今黑龙江依兰以东至乌苏里江口的松花江两岸,有剖阿里、盆奴里、奥里米、越里笃、越里吉五国部落归附,设节度使领之,称为五国城。其中越里吉即在今依兰,称为五国头城。宋徽宗被金人所俘,囚死于此。时钦宗尚存。

## 其 四

可怜大业坏垂成,龙象翻依兔径行。①毕竟南朝多否运,堂堂虎将学书生。②

注:①龙象:比喻完成大业的大好形势。兔径行:比喻赵构、秦桧设计的偏安江南的丑恶投降行径。②南朝:时代名。南朝经历宋、齐、梁、陈四代,计一百七十年。学书生:指岳飞被迫向朝廷交兵权,又遭杀害。

## 其 五

官道垂杨只瘦柯,黄沙日夜变芳莎。①游人一掬冤魂泪,洒向前朝旧运河。祠前即宋运河。

注:①只瘦柯:谓只柯瘦。即谁瘦小,就将遭到斧伐。此喻指岳飞释兵权,失去势力任人宰割。柯,斧柄。此指代"斧"。黄沙:为历史的见证物,它见证了岳飞当年朱仙镇大败金兵的英雄岁月和光辉历史。芳莎:芳香的莎草。喻指岳飞崇高的爱国主义精神永远留芳后世。

## 周藩竹居宗侯宛委山房赋赠①

城里烟峦入画图,仇池有穴到蓬壶。②峰头忽上峨峨髻,洞口频穿曲曲珠。瑶草琼花熏宝帐,漆书银字照金铺。③莫惊谭笑敷文藻,刘向原为汉大儒。④

**注:**①万历四十三年(1615)作于赴京途中。作者赋诗盛赞主人所居的山房似城中的蓬莱仙境,又赞其谈笑风生富文采,学识堪比刘向。周藩竹:作者友人,余未详。②仇池:山名。一名瞿堆,又名百顷山,在今甘肃成县西汉水北岸。见前诗《春日游石洲……》注。蓬壶:古代传说中的海中仙山。③漆书:指用漆书写的竹简。《后汉书·杜林传》:"林前于西州得漆书《古文尚书》一卷,常宝爱之。"金铺:门上图面形钢环钮,用以衔环。汉司马相如《长门赋》:"挤玉户以撼金铺兮,声嘈宏而似钟音。"④刘向(约前77—前6),西汉经学家、目录学家、文学家。本名更生,字子政,沛(今江苏沛县)人。汉皇族楚元王(刘交)四世孙,治《春秋穀梁传》,曾任谏大夫、宗正等。此处指代周藩竹。大儒:犹大学者。

## 赠阮太冲,太冲以先人嗣宗墓在尉氏,故移家居焉①

岂有佳公子,胡为客大梁。②先人存釜鬶,遗迹久荒梁。③披棘寻珉碣,依云筑草堂。④千秋思醉骨,坏土有余香。⑤

**注:**①万历四十三年(1615)作于开封。作者热情称道佳公子阮太冲不忘先人遗骨,移家居守宗墓的孝道行为。尉氏:地名。位于古大梁郊外。②大梁:古城名。在今河南开封市西北。战国魏惠王三十一年(前339)自安邑(今山西夏县西北)迁都于此,是当时最大都市之一。隋、唐以后,又通称今开封市为大梁。③釜(fǔ)鬶:即坟上的封土。④坏(pēi):土丘。

## 淇县道中值雪①

霏霏忽蔽天,杨柳尚余妍。城郭方飘瞥,郊原已皓然。共山添澹冶,淇水益澄鲜。②正作干时客,高眠愧昔贤。③

**注:**①万历四十三年(1615)作于淇县道中。作者行至淇县,逢大雪,面对郊原皓然、共山淡冶、淇水澄鲜的美好景色,抒发了缅怀先贤的情怀,并表达了自己发奋努力的决

心。淇县:在今河南省北部。秦置朝歌县,隋改卫县,元改淇州,明改淇县。②共山:淇县境内的一山名。淇水:经淇县境内。古为黄河支流。东汉建安中,曹操于淇口作堰,遏使东北流,注入北沟(今卫河),以通漕运,此后遂成为卫河支流。③干时(乾时):春秋齐地。昔贤:指古代有才德之人。淇县曾是古都邑朝歌所在地,商代帝乙、帝辛(纣)的别都。周武王封康叔为卫侯,项羽封司马邛为殷王,皆都于此。

## 途中口占①

人言行路难,我言行路闲。雨余拖碧玉,细看太行山。②

**注:**①万历四十三年(1615)作于赴京道中。作者望见远方雨后碧玉般的太行山,心境闲适,随口成诗。②碧玉:刘碧玉。宋代汝南王的爱妾。太行山:在山西高原与河北平原间。北起拒马河谷,南至晋、豫边境黄河沿岸。

## 琉璃桥口占①

### 其 一

飞沙十里障燕关,身自奔驰意自闲。日暮邮亭还散步,琉璃桥上看青山。②

**注:**①万历四十三年(1615)作于燕地。作者日暮步燕地琉璃桥,看到眼前的青山、烟岚、流水、寒泉,宛如见到了江南山水。琉璃桥:古桥名,在今河北北部。②邮亭:古时设在沿途,供送文书的人和旅客歇宿的馆舍。

### 其 二

余霞犹自宿林丘,烟蕊岚翘天际头。①十里长桥莹似雪,一泓清水带冰流。

**注:**①烟蕊岚翘:形容山林中的云气像花蕊,似翘首,变幻无穷。

### 其 三

寒泉日夜洗尘埃,无数青莲水外开。①滚滚游人桥上过,几曾着眼看山来。

**注:**①青莲:比喻青色的山峦。

### 其 四

斜阳岚彩照清流,五色妖霞水上浮。①独倚危栏成一笑,北河犹自有南舟。

注：①岚彩：山中的水气在阳光下幻成的彩虹。妖霞：喻指桥上滚滚游人中穿红挂绿的娇艳女子。

## 喜 花 儿

晓妆理罢下阶迟，寒鸦轧轧鸣冻枝。帘外斑骓向门嘶，不是儿郎却是谁。②雪花如掌满天地，偏郎来处是此时。暖酌一杯荡寒酒，中间一朵喜花儿。

注：①万历四十三年(1615)作于燕地。作者以细腻生动的笔触描写了青年男女间的真情实爱，给人以美的感受。②斑骓(zhuī)：毛色苍白相杂的马。

## 桃 花 曲①

燕山十月弄寒威，簪裙相索夜无归。②十五女儿斗芳菲，桃花马上桃花衣。下马入门笑相向，天外游丝同荡漾。③暖饮三杯雪花酒，衣上桃花在面上。

注：①万历四十三年(1615)作于燕地。热情赞美了赛马少女桃花般的英姿。②燕山：在河北平原北侧，东西走向。簪(zān)：古人用来插定发髻或连冠于发的一种长针，后来专指妇女插髻的首饰。裙：古代下裳，男女同用。今专指妇女的裙子。③游丝：指飘荡于空中的细丝。此喻飘泊在外的游子。

## 即 事①

水沉满爇对青娥，只说因缘不唱歌。②天女持斋居士肉，祇缘身是病维摩。③

注：①万历四十三年(1615)作于燕地。作者因为患病、信佛，要求自己平时对待青年女子"热而不近"，保持修道人的纯洁。即事：以当前事物为题材的诗为"即事诗"。②水沉：沉水，沉香木的别称。满爇(ruò)：态度热情。爇：点燃；焚烧。青娥：青年女子。说因缘：指语言交流。不唱歌：喻指无交往。③斋：指食素。居士：指在家修道的人。病维摩：此指代平日多病的作者。维摩，即维摩诘，和释迦牟尼同时的一位大乘居士，善于应机化导。为佛典中现身说法、辩才无碍的代表人物。

## 步君御韵赠歌者①

香浓花艳酒犹清,静听何戡度曲声。②总是凤城春事晚,风前犹自有新莺。③

**注:**①万历四十三年(1615)作于京师。作者酒宴中静静欣赏优美歌声,热情赞美君御的诗作如新莺唱春曲一般美。君御:龙膺,一字君御。见卷四《襄阳道中逢龙君御……》注。步韵:亦称次韵。即依照所和诗中的韵及其用韵的先后次序写诗。歌者:君御。②何戡(kān):唐朝长庆间人,善歌。刘禹锡诗云:"旧人惟有何戡在,更与殷勤唱渭城。"此指代君御。度曲:按曲谱歌唱。此指吟咏诗歌。③凤城:犹皇城。莺:此处喻指君御。

# 卷 之 八

## 米仲诏湛园夜集看梅花,分得七青韵①

岁时不用叹飘零,胜地还忻聚德星。②怪石已惊呈幻巧,寒花况复斗清灵。维摩居士存丰骨,姑射仙人有典刑。③玉照堂前多艳质,何如名理对芳馨。④

**注:**①万历四十四年(1616)作于京师。作者与贤士夜集友人园赏梅,诗人表示自己身为修道明理之人,应当自觉绝于女色。米仲诏:米万钟,明关中人,籍顺天。字友石,别名仲诏。万历进士,官江西按察使,为魏忠贤所恶,削籍。后为太常少卿。生平蓄奇石甚富,称友石先生。又善书画,著有《篆隶考伪》。《游居柿录》卷十:"米户部友石招饮看梅花,斋中颇有奇石,梅花杂石中尤清绝。"七青韵:即以"青"为韵脚的七律诗。②德星:即"景星"、"岁星"。《史记·天官书》:"天精而见景星,景星者,德星也。其状无常,常出于有道之国。"旧时比喻贤士。③维摩:维摩诘。和释迦牟尼同时,善于应机化导。居士:指在家修道的人。此处指作者。姑射:《庄子·逍遥游》:"藐姑射之山,有神人居焉,肌肤若冰雪,淖约若处子。"后因以"姑射"形容女子貌美。④玉照堂:张镃。宋朝人,字功甫,号约斋,别名玉照堂。官奉议郎,直秘阁。善画竹石古木。有《仕学规范》、《南湖集》。名理:从汉末清议发展起来的辨名析理之学。此指代作者为名理之士。芳馨:比喻美女。

## 邀君御、修龄诸公小集净业寺,并送李增华水部南还①

西山树里碧嵯峨,十里楼台浸绿波。②景似江南堪一醉,江南人去兴如何。

**注:**①万历四十四年(1616)作于京师。作者邀友人聚净业寺,面对西山的碧峰绿水,顿觉性致怡然,欲畅饮一醉送友南归。君御:龙膺,一字君御。见卷四《襄阳道中逢龙君御……》注。修龄:杨修龄,湖南常德人。制科出身,曾任浙江巡抚。其子杨嗣昌亦为作者友人。李增华:水部官员。湖广武陵人氏。作者友人,余未详。②西山:北京西郊群山的总称,为京郊名胜地。嵯峨:高峻貌。此指峰峦。

## 喜君御先生过宿次韵①

未来先入梦,那忍不频过。②竖义维摩诘,谭兵马伏波。③严城将彻漏,西

第尚闻歌。话到圆通处,风尘奈尔何。④

注:①万历四十四年(1616)作于京师。作者与过宿的友人彻夜交谈,表现了他们深厚的情谊。君御:龙膺。见卷四《襄阳道中逢龙君御……》注。次韵:犹"步韵"。②先入梦:谓作者得知君御将来宿,心境十分喜悦。③竖义:即阐明义理。维摩诘:与释迦牟尼同时的一位大乘居士,善于应机化导。见前诗注。此处指代作者。马伏波:马援。见卷七《病中漫兴》注。此处指代君御。④圆通:佛教语。圆:无偏缺;通:无障碍。风尘:指污浊、纷乱的生活。旧多指仕宦。


## 同君御、修龄诸公夜饮米仲诏宅,分韵得豪字①

才动歌钟兴便豪,左持大白右持螯。②非关楚国多才子,自是诗人例水曹。③四壁石林云乍破,一帘花影月初高。④共知冶习泥边絮,沈约何须忏袖桃。⑤

注:①万历四十四年(1616)作于京师。写作者与几位楚地才人饮酒吟诗的豪放兴致。君御:龙膺。见卷四《襄阳道中逢龙君御……》注。修龄:杨修龄,见前诗注。米仲诏:字友石,见前诗注。分韵:旧时作诗方式之一,作诗时先规定若干字为韵,各人分拈韵字,依韵作诗。得豪字:即以"豪"字为韵作诗。②大白:这里指大酒杯。汉刘向《说苑·善说》:"魏文侯与丈夫饮,使公乘不仁为觞政。曰:'饮不釂(醉)者,浮以大白。'"螯(áo):节肢动物的第一对脚。末端两歧,开合如钳。此处用来喻指毛笔。③水曹:何水曹,即南朝文学家何逊。见卷七《须水部日华邀饮龙山落帽台》注。④乍破:诗人突然大声地吟诵诗歌。花影:诗人在月光下来回踱步的影子。⑤冶习:指狎妓习气。泥边絮:有被染黑的危险。沈约:南朝梁文学家。见卷五《感怀诗五十八首》二十九注。


## 修龄邀游西苑有述①

鹭羽追随出广途,谁知清禁有江湖。②浮空皓雪瞻银浦,入树黄云辨蕊珠。宝阁乍停山转净,琼台欲上径尤纡。峨峨鱼甲仙都物,羞杀秦松号大夫。③

注:①万历四十四年(1616)作于京师。作者应邀往游西苑,亲历亲见了皇家苑林的静谧、山水的秀美和宝阁琼台的庄重肃穆。修龄:杨修龄。见前诗注。西苑:指京师西边的苑林。为皇家及贵族游玩和打猎的风景园林。述:犹诗作。②鹭羽:谓鸥鹭,喻无机心的隐者。此指作者。清禁:谓西苑为皇家的禁地。③秦松号大夫:据《史记·秦始皇本

纪》载，秦始皇封泰山，曾避雨松树下，事后就封松树为秦五大夫。故后世诗文中多称松树为秦大夫。

## 送修龄按贵州，时苗部未平[1]

小丑无端抗僻陬，惠文冠在好虔刘。[2]决然发去难容虱，谁敢刀存不买牛。[3]车逐火云归梦泽，旌飞寒雨下黔州。[4]多艰时事须公等，莫问渔仙渡口舟。[5]

注：[1]万历四十四年（1616）作于京师。作者送友人巡按贵州，勉励他对边乱采取坚决、公正的政策。修龄：杨修龄，见前诗注。按贵州：做贵州的巡按。巡按，明代派遣监察御史分赴各省巡视，考核吏治。苗部：苗族部落。未平：指起义未被平定。[2]小丑：指苗部闹事者。僻陬（zōu）：荒僻角落。惠文冠：古代武官所戴的冠。此指朝廷赋予的使命和权力。虔（qián）刘：镇压；杀戮。[3]发去：驱散起义随从。虱（shī）：此喻寄生作恶的造反头目。买牛：指安心归农。[4]梦泽：云梦泽。此处泛指修龄的家乡，湖南常德。旌（jīng）：古代旗的一种，缀旄牛尾于竿头，下有五采折羽。用以指挥或开道。黔州：州名。北周建德三年（574）改奉州置。治所在今彭水县，辖境相当于今四川彭水、黔江等县地。[5]公等：公正平等。渔仙：喻隐于渔水之中修道的高人。

## 白大行五石出使周藩有赠[1]

白也维扬俊，论交快此生。[2]夏云词斗冶，秋水骨同清。[3]屐迹追灵运，轺程了尚平。[4]信陵席上客，为我问侯嬴。[5]

注：[1]万历四十四年（1616）作于京师。友人出使周藩，作者赋诗赠别，表达了对友人才华、人品的赞美及对古贤人的缅怀之情。白五石：官掌接待宾客。作者友人。余未详。大行：古官名，掌接待宾客。周：指古代周国的地域，泛指陕西西安一带。藩：封建王朝分封的地面。[2]维扬：旧扬州府的别称。维扬俊：出自杜甫《奉寄章十侍御》诗："淮海维扬一俊人，金章紫绶照青春。"此指代白五石人才俊美。[3]词斗冶：谓词作艳丽。骨同清：谓品质纯洁。[4]屐迹：指出游山水的踪迹。灵运：谢灵运，南朝宋诗人。见卷七《汴师中自花源来……》注。轺（yóu）：轻车。古代帝王的使臣多乘轺车。尚平：向长，字子平，又称向子平。汉朝歌人，隐士。光武帝建武中，子女婚嫁已毕，遂不问家事，出游名山大川，不知所终。见《后汉书·逸民传》。故旧时称子女婚嫁自立为"子平愿了"。[5]信陵：信陵君（？—前243），即魏无忌。战国时魏贵族，魏安厘王之弟，号信陵君。侯嬴：战

国信陵君门客。见卷二《舟中偶怀同学……》注。

## 君御过宿口占①

古庙无人草色浓，夜深寒雨滴杉松。②十年湘水飘零客，今夕同听长乐钟。③

**注：**①万历四十四年(1616)作于京师。友人君御再次来古庙与作者同宿，同听京师宫中的钟声。抒发了于飘零之中得遇知己的无限喜悦与感念之情。君御：龙庸。见前诗注。②古庙：为作者到京师参加是年会试的住处。③飘零客：此指作者(多年东奔西走、流落无依)和君御(多年宦游在外)。长乐(lè)：长乐宫。西汉主要宫殿之一。遗址在今陕西西安市西北郊，汉长安故城东南隅。此指代明朝王宫。

## 书许翁册①

燕赵有奇士，被褐怀珠玉。②一发即息机，颐神居岩谷。③隐德徐稺流，上行庾诜属。④九畹惟滋兰，百亩只种竹。⑤白波盟鸥鹭，青山友麋鹿。⑥欲知著书多，但看松鳞木。仙不访云来，禅不叩西竺。⑦闲学陶征士，北窗卧已足。⑧老学袁伯业。青编常诵读。⑨更有莱妻贤，偕隐安林麓。⑩种德如耳鸣，贞淳挽浇俗。⑪阅风桐乳巢，丰隆何用卜。⑫七业迭云兴，朱衣与华毂。⑬即饶何氏简，复赢崔家笏。⑭西第敞华筵，姹花映醽醁。⑮下有弄雏人，黄发笑相逐。天欲酬潜德，赍之以异福。优游地行仙，永算无须祝。⑯

**注：**①万历四十四年(1616)作于京师。作者称美徐翁为燕赵之奇士，其志趣与身世寄托了诗人对自我人生的向往与追求。册：古代文书用竹简，编简名为册。后凡簿籍均可称"册"。②褐(hè)：用兽毛或粗麻制成的短衣，古代贫苦人所服。珠玉：比喻优秀的才华和人品。③一发：指徐翁参加一次科举考试，未中。息机：此指没有了进第做官的心思。颐(yí)神：犹养神。④隐德：指暗中施德于人。徐稺：后汉南昌人，字孺子。庾诜(shēn)：梁国新野人，字彦宝。⑤畹(wǎn)：古代地积单位。《楚辞·离骚》："余既滋兰之九畹兮。"王逸注："十二亩曰畹。"⑥盟鸥鹭：谓以鸥鹭为盟友，同住在水云乡里。旧指退隐。鸥鹭，指无机心的隐者。⑦西竺：指西域印度佛教。竺："天竺"的省称。古印度别名。⑧陶征士：陶渊明。见卷一《江上示长孺》注。⑨袁伯业：袁遗，字伯业，后汉人。见卷四《太保赛令公一见辱以国士知……》注。青编：青简；编简。即书籍，多指史书。⑩莱妻：指老莱子妻。春秋楚老莱子隐耕于蒙山之南，楚王遣使聘其出仕，其妻谓曰："可食以

酒肉者,可随以鞭捶;可授以官禄者,可随以斧钺。今先生食人酒肉,受人官禄,为人所制也,能免于患乎?"于是离去,迁至江南。见汉刘向《列女传·楚老莱子妻》。后作为贤妻的代称。此指代许翁的贤妻。偕隐:共同隐居。⑪种德:犹积德。旧谓施恩德于人。耳鸣:形容名声在外,影响很大。贞淳:谓坚守贞操、质朴敦厚的品质。浇俗:指浮薄的风气。⑫阅风:谓汇集优良的风尚。丰隆:古代神话中的云神;一说雷神。此处谓丰满深厚。⑬七业:泛指家庭事业的方方面面。朱衣:古代绯色的公服,因亦指穿这种公服的官员。⑭何氏简:指东汉经学家何休。其钻研今文诸经,历十七年撰成《春秋公羊传解诂》,系统地阐发了《春秋》中的"微言大义",其学说成为今文经学家议政的主要依据。见卷四《太保蹇令公……》注。崔家笋:当指东汉政论家崔寔(? —170),崔寔字子真,涿郡安平(今属河北)人。官至尚书。曾对当时"政令垢翟元,上下怠懈,风俗彫敝,人庶巧伪",进行大胆地抨击。重视生产知识。著有《政论》及《四民月令》。⑮醽醁(lù):美酒。⑯地行仙:仙人的一种。《楞严经》卷八二:"有十种仙,阿难,诸彼众生,坚固服饵,而不休息,食道圆成,名地行仙。"此指人间的仙人。

## 海淀李戚畹园大会诗八首①

### 其 一

满目尘沙塞路蹊,梦魂久已忆山栖。②谁知烟水青溪曲,只在天都紫陌西。③镇日浮舟穿柳涧,有时调马出花畦。到来宾主纷相失,总似仙源径易迷。

**注:**①万历四十四年(1616)作于京师。作者与众诗友聚会城西,尽情欣赏了蓟北自然山水的秀美和皇城池馆的豪华,创作了一批优秀诗章,抒发了诗人浓郁的游趣和诗兴。海淀(diàn):亦作"海甸"。地名。在今北京城西北。李戚:作者友人,余未详。大会诗:指众多的诗人聚会作诗。②山栖:居于山水。③天都:国都京师(今北京)。紫陌:旧谓帝都的道路。

### 其 二

百尺飞桥宛转栏,闻香照影且盘桓。蹊边忽遇三侯石,杖底惊逢八节滩。①仙骥止同家鹜狎,国花长作野蔬看。②雨余山翠浓如滴,玄对还宜上露坛。③

**注:**①三侯石、八节滩:皆青溪畔的景点名。②仙骥:神马。喻指作者的友人才华超凡。鹜(wù):家鸭。谦指作者。狎:亲近;亲热。③玄对:谓相对玄谈。玄谈,即"清谈",为辨析名理的谈论。

## 其 三

沉绿殷红醉晓晖，入林花雨润罗衣。盘云只觉山无蒂，喷雪还疑水有机。遂与江湖争皓淼，可怜原隰总芳菲。[1]何妨携襆同栖宿，烟月留人讵忍归。

注：①原隰(xī)：指原野上低洼的湿地。芳菲(fēi)：花草芳香美丽。

## 其 四

追随鹭羽到山阿，梓泽兰亭未许过。[1]移得好花通禁苑，引来飞瀑自银河。[2]微风啸彻梢云竹，轻雨香添带露荷。野逸繁华都不碍，才闻灌木又听歌。

注：①鹭羽：喻指同游的友人。②禁苑：帝王的园囿。

## 其 五

雁翎桧覆虎纹墙，夹道雕栏织画梁。锦石三千呈翡翠，珠楼十二绕鸳鸯。林端御水偏明媚，雾里西山半隐藏。[1]但喜追随同沈谢，何知池馆是金张。[2]

注：①御水：指皇宫的湖水。西山：北京西郊群山的总称。②沈谢：即沈约和谢灵运。沈约：南朝梁文学家。见卷五《感怀诗五十八首》二十九注。谢灵运：晋末的著名诗人。见卷二《初至恒山纪燕》注。此处指代作者的诗友。金张：西汉金日磾与张安世的并称，二人子孙相继，七世荣显。后因以金张为功臣世族的代称。《文选·应林琏〈与从弟君苗君胄书〉》："且宦无金张之援，游无子孟(霍光)之资。"

## 其 六

久矣烟波愿未酬，何期浩荡泛清流。[1]江南岂有千人帐，蓟北今饶万斛舟。[2]锦柹兰桡穿别浦，繁弦急管过中洲。一湾净水菰蒲绿，宛似潇湘曲里游。

注：①烟波愿：水上泛舟的愿望。②斛(hú)：量器名，亦为容量单位。古代以十斗为一斛，南宋末年改为五斗。

## 其 七

烟云才见已颠狂，把臂清林趣更长。语鸟自能清热恼，流泉端的洗尘忙。石无甲乙皆呈怪，花有新陈不断香。尺五天边饶洞府，懒随逸少问金堂。[1]

注：①尺五天边：极言其与宫廷相近。汉辛氏《三秦记》："城南韦杜，去天尺五。"洞府：此泛指皇城附近的山水之地。逸少：晋王羲之，字逸少。金堂：华丽之堂。喻指王羲之的书法艺术有极大魅力。

## 其　八

枝中见舞水边讴，盘马登楼复荡舟。不但稻麻罗国卉，直将车斗算名流。①披陈奥妙皆龙胜，描写烟岚尽虎头。②佳会欲归还订约，芙蓉花满再追游。

注：①国卉：此喻指优秀的诗人。车斗：车载斗量。谓数量很多。《三国志·吴志·吴主传》："赵咨使魏，魏文帝善之，嘲咨……又曰：'吴如大夫者几人？'咨曰：'聪明特达八九十人，如臣之比，车载斗量，不可胜数。'"②披陈：表白；陈述。龙胜：即龙树。印度古代高僧，南天竺，释家灭后七百年出世。其母于树下生之，因字阿周陀那。梵语树名，以龙成道。故以龙配字号，号曰龙树，亦称龙猛、龙胜。初奉婆罗门教，后归依佛教，著有《大智度论》《中论》《十二门论》等，皆佛教经典著作。参阅东晋后秦鸠摩罗什译《龙树菩萨传》。虎头：旧时以为贵相。《东观汉记·班超传》："相者曰：'生燕颔虎头，飞而食肉，此万里侯相也。'"

## 后湖观莲，同龙君御、杨修龄、马康庄、仲良兄弟、萧尔先饮①

如何韦杜曲，有此芙蓉池。②雨至绿先暗，风来红尽披。深畦藏冶鸟，卧树走歌儿。亦爱无花处，浮空雪浪奇。

注：①万历四十四年（1616）作于京师。写作者同众友人观赏芙蓉池。龙君御：龙膺，字君御。见卷四《襄阳道中逢龙君御……》注。杨修龄：见前诗《邀君御、修龄诸公……》注。马康庄、仲良兄弟、肖尔先：皆作者友人，余未详。②韦杜曲：指韦曲、杜鄠这两处汉王朝的三辅之地，二者均为当时贵族豪门的聚居地。汉辛氏《三秦记》："城南韦杜，去天尺五。"此处指代京师西郊。

## 西湖看荷花寄客①

十里清流洗客尘，销魂芳艳满湖滨。②秋来亦自堪行乐，只恐荷花不待人。

注：①万历四十四年（1616）作于京师。作者于西湖赏荷，抒发了客居之人将惜别京

师的绵绵情思。西湖:指北京西苑之西湖。《游居柿录》卷十一:"同君御、修龄至西苑,度金鳌玉虫东桥,见西湖之水,澄湛晶莹,新蒲翠色,冷冷照人,宛似江南。"寄:寄语;寄情。②销魂:旧谓人的精灵为魂。因过度刺激而神思茫然,仿佛魂将离体。

## 饮刘白石镜园①

湖上楼台映雪明,佳人招醉芙蓉城。柳枝幸不遮山色,荷叶偏能益雨声。②迟月且登高阁坐,穿花更棹小舟行。长安岂是烟波地,戏水观鱼惬野情。③

注:①万历四十四年(1616)作于京师。写作者雨中醉听荷、月下泛舟穿花行的惬意之情。刘白石:作者友人。余未详。②益雨声:雨打在荷叶上声音大,使人听得更清楚。③长安:指代京师。烟波:此指江湖。惬(qiè):快意;满足。

## 过史金吾玉泉山庄口占题壁①

### 其 一

偶亲碧岫容,忽共清泉话。大喜辋川庄,归予杖履下。②

注:①万历四十四年(1616)作于京师。作者赞赏玉泉山庄的山碧、水清、竹韵、人佳。史金吾:作者友人。余未详。口占:不起草稿,随口吟诵成诗。②辋川庄:唐诗人王维别业,位于陕西蓝田辋水之滨。此处借指玉泉山庄。

### 其 二

看竹不问主,子猷大有韵。①若逢佳主人,那忍不相问。

注:①子猷:王徽(?—388),东晋琅邪临近(今属山东)人,字子猷。王羲之子。韵:风韵;气度。

### 其 三

名园共韵人,缺一皆成俗。山水有清音,还宜丝与竹。①

注:①丝:八音之一,指弦乐器。竹:八音之一,指箫管之属。

## 住中峰寺①

宛宛磊珂路,森森松柏林。②当风眠谷口,背日坐山阴。仰视星辰大,俯看烟雾深。晚岚侵骨冷,未许薄衣衾。

**注:**①万历四十四年(1616)作于京师。写作者暑日山游而不知暑的情趣。中峰寺:在北京市西郊西山。《游居柿录》卷十一:"六月初一日,暑甚,息于中峰庵。"又:"住中峰庵,左有序,可望都城,如在几席前。薰风大至,坐而忘暑。"②宛宛:曲折延伸貌。磊珂:犹"磊砢(luǒ)"。石众多貌。

## 碧 云 寺①

宝磴山全琢,璇题日并悬。②金铃长护果,石臼远邮泉。③鸭脚葵含雪,渔竿竹裹烟。市廛如火炙,洞里冷难眠。④银杏亦名鸦脚葵。

**注:**①万历四十四年(1616)作于京师。写碧云寺为山水幽净的佛法胜地。碧云寺:在香山,始建于元,名碧云庵,明正德间内监于经拓之为寺,俗称于公寺。②磴:石级。璇题:谓美玉般的题辞。③邮泉:形容泉流甚远。④廛(chán):古代城市平民的房地。

## 卧 佛 寺①

山深昼寂寂,危塔冷斜阳。万畛香为国,千围树是王。殿前有娑罗树,经云娑罗树王。觅泉源更远,寻石径偏荒。②数里新篁路,将无似楚乡。

**注:**①万历四十四年(1616)作于京师。该诗写古老沧桑的卧佛寺与生机蓬勃的流泉。卧佛寺:在西山北部的寿安山南麓,始建于唐贞观间,初名兜率寺,后又有十方普觉寺等称谓。《游居柿录》卷十一:"又数里为卧佛寺,寺在深山中,有娑罗树二株,其旁柯皆为他山乔木,生平见树无大于此者。寺西有奇石一具,色如碧玉,下瞰泉也。溯泉行,源极远,旁多美箭,宛似江南。泉最益养花,故僧舍多为中贵所据,千畦万畛(zhěn),奇花毕萃焉。山后有老僧,亦以养花自给,以其余施往来行脚,留斋甚丰洁。"②石:即作者在《游居柿录》中讲的那具"奇石"。

## 又

别嶂都如舞袖披,林含雪霰夏尤宜。和云种果全无地,分水浇花不到池。①闲日闲身同客至,老农老圃问僧知。殿前千尺无名树,犹是开元大历枝。②

注：①种果：谓佛门帮助人播种慧果。②开元：唐玄宗李隆基的年号。大历：唐代宗李豫的年号。

## 古刹有感①

泉自悲鸣花自开，窗书鸟迹径生苔。精蓝占去为池馆，一岁何曾几度来。②

注：①万历四十四年（1616）作于京师。写一废弃古刹的荒凉景象。古刹：古庙。②精蓝：伽蓝。即佛教寺院。池馆：指接待宾客的房舍。

## 送藩参君御先生至晋①

雄才岂合伴樵渔，旌旆悠悠入舜墟。②九塞风尘终借箸，二陵烟雨暂停车。③云边康乐朝乘屐，帐底征南夜注书。④莫忆仙源栖隐处，中条山色照人裾。⑤

注：①万历四十四年（1616）作于京师。作者送好友君御赴山西参政，勉励他安心于中条山任上，不要考虑仙源隐居之事。藩参：指到分封地做参政。参政，明代在布政使下设左右参政，以分领各道。君御：龙庸，字君御。见卷四《襄阳道中逢龙君御……》注。晋：山西省的简称。因春秋时晋在此建国而得名。②舜墟：舜的遗址。舜：传说中父系氏族社会后期的部落联盟领袖。③九塞（sài）：古代的九个要塞。《吕氏春秋·有始》："何谓九塞？太汾、冥厄、荆阮、方城、殽、井陉、令疵、句注、居庸。"借箸：《汉书·张良传》："郦生未行，良从外来谒汉王，汉王方食，曰：'客有为我计挠楚权者。'具以郦生计告良……良曰：'请借前箸以筹之。'"箸，筷子；筹，策划。后因以"借箸"比喻代人策划。陵：陵墓。④康乐：谢灵运。晋时袭封康乐公，故称谢康乐。见卷二《初至恒山纪燕》注。此指代龙庸。乘屐：穿登山鞋。代指登山。征南：谓运筹谋划军事问题。⑤仙源：指桃花源。中条山：在山西省西南部，黄河和涑水河、沁河间。东北至西南走向。主峰雪花山在永济县东南。

## 七夕集米友石勺园①

### 其　一

闻说园林胜，虽忙也爱游。到门惟见水，入室尽疑舟。②縈鸟凌香雪，尊叠映绮流。③藕花犹自好,宋玉漫悲秋。④

注:①万历四十四年(1616)作于京师。七夕之夜,作者一行到友人勺园聚饮赋诗,饱览绿水之胜,兴致益然。七夕:节日名。夏历七月初七的晚上。据古代神话,七夕之时牛郎织女在天河相会。米友石:万钟,字友石。见前诗注。勺园:海淀园。《游居柿录》卷十一:"七夕,与宛陵吴师每同赴米友石海淀园。京师为园,所艰者水耳,此处独饶水。楼阁皆凌水,一如画舫。莲花最盛,芳艳消魂,有楼可望西山秀色。"②"入室"句:虽在室内,但仍觉是在船上。③綦(qí):鞋带。舄(xì):鞋。罍(léi):古代器名,青铜制,用以盛酒。④宋玉:战国楚辞赋家。其代表作《九辩》叙述了他在政治上不得志的悲伤。见卷四《雁字》注。

## 其　二

不趁佳时至,其如胜地何。看山真是近,得水最为多。衣桁来沙鸟,书床避露荷。也忻吟灌木,不碍更听歌。

## 池上楼诗为张见一赋①

青山在城市,红尘霏烟雨。近嶂吐新眉,澄潭流净乳。枕巘置台榭,开径为场圃。②风柯有清音,霜叶代屡舞。千里裹粮游,得之在步武。③饮食烟峦俱,无劳攀跻苦。客儿犹是客,宁若君为主。未能忘曲盖,宁久与山伍。④张君素心人,水石为肺腑。若入莲社中,必为远公取。⑤美哉池上楼,日夕可挥麈。⑥他年得追游,为作山居谱。⑦

注:①万历四十四年(1616)作于京师。作者观赏友人在山中的居处,称道他心地纯朴,鼓励其入莲社,与山水为伍。张见一:作者新结识的友人,余未详。②枕巘(yǎn):在险峻的山峰上。③裹粮:犹带着盘缠。步武:六尺为步,半步为武。谓相距不远。④曲盖:仪仗用的曲柄伞。《晋书·马隆传》:"其假节,宣威将军,加赤幢、曲盖、鼓吹。"⑤莲社:即白莲社。晋释慧远与慧永、刘遗民、雷次、宗炳等十八人结社于庐山东林寺,同修净土之法,因号莲社。当时陈郡谢灵运恃才傲物,少所推重,一见远公,肃然心服。见宋陈舜俞《十八贤传》。远公:即白莲社主慧远,又称远公。⑥挥麈(zhǔ):麈谈。魏晋人清谈时常执麈尾,谈到兴奋时便常常挥动麈尾。因称清谈或闲居论谈为"挥麈"、"麈谈"。⑦追游:指结伴出游。谱:指此诗章。

## 题宛陵吴思每尊公遗像①

九京人去邈千秋,堂上丰神尚可求。②宛似扶筇归近岫,犹如欹笠盼飞

流。仙翁事业闲鸥伴,令子文章倚马俦。<sup>③</sup>隐德清风堪不朽,汉家空貌赤泉侯。<sup>④</sup>

**注**:①万历四十四年(1616)作于京师。作者为友人父亲的遗像题诗,赞美老人家以隐居为业,隐德传家。宛陵:古县名。汉初置,治所在今安徽宣城,隋改名为宣城。吴思每:作者友人。余未详。尊公:对人父亲的敬称,犹言令尊。②九京:春秋时晋国卿大夫的墓地。后泛指墓地。丰神:此指吴思美父亲生前的风采。③闲鸥:闲逸的鸥鸟,喻指隐士。令子:指吴思每。倚马:《世说新语·文学》:"桓宣武北征,袁虎时从,被责免官,会须露布文,唤袁倚马前令作,手不辍笔,俄得七纸,殊可观。"后因以"倚马"比喻文思敏捷。此指代吴思每。俦:伴侣;同辈。④隐德:指暗中施德于人。赤泉侯:汉杨喜,为赤泉侯。见卷六《赠文弱令祖可亭翁》注。

## 寿丁年伯<sup>①</sup>

鸥鸟闲盟了不猜,水纹山气静徘徊。<sup>②</sup>宝琴在室名珠柱,缃帙成书号玉杯。<sup>③</sup>家近淮南花似雪,门迎江水浪如雷。称觞此日须挏酒,令子新从上苑来。<sup>④</sup>

**注**:①万历四十四年(1616)作于京师。作者赋诗为友人贺寿。寿:祝寿。丁年伯:寿者,退隐之士。余未详。②鸥鸟闲盟:鸥盟。与鸥鸟订盟,欲同住在水云乡里,指退隐。③珠柱:琴上以珠玉为饰的枕木。《玉杯》:书名。北周庾信《庾子山集·小园赋》:"琴号珠柱,书名玉杯。"缃帙:浅黄色的书衣,引申为书卷。④称:举。觞(shāng):古代盛酒器。此指酒杯。挏(dòng):用力拌动。挏马:官名,后来误作酒名,省作挏酒。上苑:古宫苑名。此指京师的皇家贵族林苑。

## 梁中秘尊人荣封卷<sup>①</sup>

陵霞高韵著华阳,鹤辔将雏集帝乡。<sup>②</sup>手结牛衣刘处士,铭传龙骨汉仙郎。<sup>③</sup>紫泥乍映蒲筠字,苍玉新鸣薛荔裳。<sup>④</sup>鸡树凤池清切处,当阶红药助称觞。<sup>⑤</sup>

**注**:①万历四十四年(1616)作于京师。写颇有处士风韵的梁中秘穿上了皇帝赐予的衮龙衣。梁中秘:作者友人。余未详。卷(gǔn):通"衮"。即衮衣,古代皇帝及上公的礼服。②韵:风韵气度。华阳:古地名。因在华山之阳而得名。此喻指皇上封赏的龙衮服。鹤辔:犹鹤轩,大夫所乘的车。辔:驾驭牲口的缰绳。此代指车。将雏:指年轻的将

军。③结:编织。牛衣:亦称"牛被"。给牛御寒用的覆盖物。刘处士:谓汉代皇族刘家的隐士。铭传:谓文字记载以相传。龙骨:谓帝王之家的后代。汉仙郎:指汉朝皇家的子孙。此皆指梁中秘。④紫泥:谓紫衣的涂饰。苍玉:碧玉。指代衰服。薜荔:旧指隐士的衣裳。⑤鸡树:喻指普通人的住处。凤池:凤凰池。魏晋时中书省,掌管一切机要,因接近皇帝,故称"凤凰池"。

## 湖 上①

十里丹楼似落霞,一湖寒雪浸人家。芙蓉断处轻风过,尽写徐家没骨花。②

注:①万历四十四年(1616)作于京师。作者借湖上轻风中的芙蓉柔姿,讽喻徐家为官对上奴颜婢膝,对下兼并横行,没有人格和官品。②徐家没骨花:喻指徐家没有骨气。徐家:指徐阶(1494—1574),明松江华亭(今上海市松江)人,字子升。

## 送张收之赴铜仁府幕,兼寄郡贰张昭余①

夜郎明月冷萧萧,薄宦还惊去国遥。②路人五溪山万叠,凭君传语问龙标。③

注:①万历四十四年(1616)作于京师。作者送友人赴铜仁府幕,同情其官职卑微,任地寒冷。张收之:作者友人。余未详。铜仁:县名。在今贵州省中部,潜江支流辰水上游,邻接湖南省。唐置万安县,明改置铜仁县。府幕:犹幕僚。地方军政幕府中参谋、书记之类的僚属。郡贰:犹郡尉,辅佐郡守,并掌全郡军事。张昭余:官郡尉。②夜郎:古族、国名。战国至汉时,主要在今贵州西部及北部,还包括云南东北,四川南部及广西北部部分地区。薄宦:谓官职卑微,仕途不得意。国:此指一个地域。③龙标:地名。在今湖南黔阳县,唐武德七年为龙标县。此处代指张昭余。

## 候考馆无期,南归良乡道中书怀①

桑干清浅石鳞鳞,雾里西山看渐真。②喜作江南题柱客,羞为丞相扫门人。③来时书剑犹秦士,去日旌旄已汉臣。莫怪荣归翻下泪,可怜不逮白头亲。④

注:①万历四十四年(1616)作于北京良乡。作者在京等不到任职消息,便启程南

归,一路倾诉了满腹的惆怅。候考馆:犹等候朝廷授职。良乡:旧县名。在北京市西南部。《游居柿录》卷十一:"九月二十六日,从都门发,归兴颇浓。"②桑干:桑干河,永定河上游。在河北省西北部和山西省北部。西山:北京西郊群山的总称。③题柱:《华阳国志·蜀志》:"城北十里有升仙桥,有送客观。司马相如初入长安,题市门曰:'不乘高车驷马,不过汝下也!'"此处指作者实现了进算入仕的抱负。④不逮:谓作者的老父亲等不到儿子及第就逝去了。白头亲:指作者的白发老父亲。万历四十年逝,其生前念念不忘作者的进第之事。

## 过 督 亢<sup>①</sup>

断桥流分卧枯杨,千里飞沙草色黄。督亢如何称胜地,荆卿持去钓秦王。<sup>②</sup>

**注:**①万历四十四年(1616)作于河北督亢。作者过督亢,即景生情,赋诗缅怀古代先贤。督亢:古地区名。在今河北涿县东,跨涿县、固安、新城等县界。中有陂泽,周五十余里,支渠四通,富灌溉之利。战国时为燕国著名富饶地带。燕太子丹派荆轲献督亢地图,轲藏匕首于图中,谋刺秦王。今已废涸。②荆轲:战国末年刺客,卫国人。见卷三《入都过秃翁墓》注。

## 涿鹿邸中独坐<sup>①</sup>

旋风乍起似惊涛,马铎郎当伴寂寥。<sup>②</sup>莫叹长途无火食,官槐堕叶尽堪烧。<sup>③</sup>

**注:**①万历四十四年(1616)作于河北涿鹿。作者独坐涿鹿客舍,悲叹一路伙食无保障,这种惨状皆为朝廷这棵大树枝枯叶落所致。涿(zhuó)鹿:县名。在今河北省西北部、桑干河流域,邻接北京市。邸(dǐ):旅舍。②铎(duó):古代乐器。形如铙、钲,有舌,是大铃的一种。此处指马身上佩戴的饰铃。③无火食:指作者一路的饮食没有保障。

## 易 水<sup>①</sup>

### 其 一

流水沸雪晓汤汤,古岸倾颓草树僵。此水何缘逢侠客,至今两字尚余香。<sup>②</sup>

注：①万历四十四年(1616)作于易水。作者过易水，凭吊壮士荆轲，称其英雄精神永铭后世。易水：在河北省西部。大清河上源支流，有北、中、南三支，均源出易县境，汇合后入南拒马河。②侠客：旧称好逞意气，以"侠义"自任之士。此指荆轲。两字：亦指"荆轲"二字。荆轲为战国著名刺客，曾为燕太子行刺秦王。见卷三《入都迎伯修樑》注。

## 其 二

叶声才寂雁声哀，一道清泉去不回。游客岂宜轻此水，曾经壮士洗尘来。

## 金 台①

萧条三户冷炊烟，冻浦流冰韵悄然。十载筑台亲礼士，如何止得一人贤。②

注：①万历四十四年(1616)作于易县。作者历易水之滨金台遗址，凭吊古贤人，感慨贤才难得。金台：古地名。又称黄金台、燕台。故址在今河北易县东南北易水南。相传战国燕昭王，置千金于台上，延请天下士，故名。②一人贤：指战国时著名燕将乐毅。燕昭王二十八年(前284)，乐毅率军击破齐国，先后攻下七十多城，因功封于昌国，号昌国君。见卷五《感怀诗五十八首》三十五注。

## 泾阳驿步龙君御壁间韵①

千里飞沙蔽夕阳，松楸久已失青苍。愁逢朔塞千层雪，梦断深闺五夜香。载笔无缘随左马，开畦有日晤求羊。②等闲抛却尘缘去，寻取山中褐布囊。③用陆龟蒙事。

注：①万历四十四年(1616)作于泾阳。该诗句为步君御驿站壁间诗韵而作，作者劝慰友人，如果不想在西北边塞的恶劣环境中呆下去，就抛却仕途前程，回来与他结伴出游。泾阳驿：为龙君御诗作名。泾阳：古邑名，在今陕西泾阳县境，在陕西省中部、泾河下游。驿：古代供递送公文的人或来往官员暂住、换马的处所。步韵：即依照所和诗中的韵及其用韵的先后次序写诗。龙君御：龙膺。见卷四《襄阳道中逢龙君御……》注。②载笔：谓从事写作。左马：犹左道。谓友人背离了载笔之道。求羊：指汉代的两位隐士：求仲、羊仲。二人皆以治车为业，蒋诩舍中竹下开三径，二人曾从之游。时称"二仲"。③尘缘：佛教用语。心被六尘所牵累。六尘：色、声、香、味、触、法。此指仕途前程。褐布囊：谓粗布包袱。此处指代(在山中)隐居的作者。陆龟蒙：唐文学家。见卷七《登雄楚楼……》注。

## 途中怀先兄中郎①

墮地何曾远别离，难忘官路并行时。通宵麈塵眠嫌早，冒雨登山到恨迟。②奋笔偶然矜写字，分笺时复斗联诗。如今寂寂长途去，急管繁笳止益悲。③

注：①万历四十四年(1616)作于南归途中，作者在归途中常思念昔日与中郎兄往返同行，随处不离的情景，悲伤不已。中郎：作者亡仲兄宏道，晚明著名文学家，字中郎。见卷二《长歌送中郎之吴门……》注。②挥麈(zhǔ)：麈谈。称清谈或闲居论谈。见前诗注。③管：管乐。以铜、竹制成的管状乐器。笳(jiā)：古管乐器。

## 晋州署中与郡柏李素心夜话①

须拂飞沙衣试尘，久劳鱼尾暂休鳞。盘餐丰溢安游子，更漏分明重主人。华烛开筵新意味，寒灯书掌旧艰辛。鸡坛兄弟今谁在，相看重惊现在身。②

注：①万历四十四(1616)作于晋州。作者迁道往见社友，长夜共忆与昔日同窗的深情笃谊。晋州：蒙古成吉思汗十年(1215)置，治所在鼓城(今晋县)，明入晋州。郡伯：郡守。即管辖一郡的长官。李素心：即李学元，字素心，公安县人。时任晋州知府。见卷一《村居喜社友素心至》注。②鸡坛兄弟：越人每相交，社封土坛，祭鸡犬，故名。见晋周处《风土记》。此处谓作者与素心少时曾结拜为兄弟。

## 邢台令君王九生席上①

西川才子专城居，国士门边且住车。②沁雪满斟刁氏酒，带霜新脍济泉鱼。当筵不住霏佳屑，秘帐悬知有异书。话到为民亲切处，傅家家谱尚然疏。③刑台亦有百家，济水见处。

注：①万历四十四年(1616)作于邢台。作者称美邢台令王九生为西川才子。邢台：县名。在今河北省西南部、太行山东侧，邻接山西省。秦置信都县，宋改邢台县。王九生：邢台县令，西川才子，作者友人。②西川：指四川成都及周边地区。国士：旧称一国杰出的人物。③傅家：指西晋哲学家、文学家傅玄(217—278)父子。傅玄：字休奕，北地泥

阳（今陕西耀县东南）人。曾任校尉、散骑常侍。封鹑觚子。学问渊博，精通音律，工诗，且擅长乐府。有《傅子》、《傅玄集》，俱佚，明人辑有《傅鹑觚集》。傅咸（239—294），字长虞。傅玄子。武帝时任尚书左丞等官。多次上疏，主张裁并官府，唯农是务，谓"奢侈之费，甚于天灾。"惠帝时，任司隶校尉等职。也能诗文，原有集，已失传，明人辑有《傅中丞集》。疏：分条陈述。

## 黄梁祠① 门外有池。

杨叶滑官道，溜痕塌古城。荷花虽冷落，潭水益澄清。阶下遒柯影，帱中出鸟声。②到邮天尚早，一拜吕先生。③

**注**：①万历四十四年（1616）作于南归道中。作者暇时去祭拜了吕先生，一路上景色怡人令人陶醉。②帱（chóu）：车帷。③吕先生：为黄梁祠中供奉的神仙吕岩。唐代沈既济有传奇小说《枕中记》，元代马致远将其改编为杂剧剧本《邯郸道省悟黄梁梦》（又名《开坛禅教黄梁梦》）。诗中的黄梁祠与吕先生当是由此故事演绎而来。

## 夜坐成安署中怀吴表海观察①

### 其 一

惜别五花馆，音徽讵忍忘。②吴犹存季子，世尚有中郎。③楚雪都成帙，秦风渐满囊。④盐车流汗日，剪拂意何长。⑤

**注**：①万历四十四年（1616）作于成安。作者深深怀念友人，称其为楚地的高雅、仁德之士，亦不忘其对自己的援手之恩。成安：县名。在今河北省南部。汉置斥丘县，北齐改成安县。吴表海：名维东，字表海。见卷七《居沮、漳，有怀郡伯吴表海先生》注。观察：观察使。唐乾元元年（758）改采访处置使为观察处置使，掌考察州县官吏政绩，后兼理民事，管辖的地区即为一道。后人因为分守、分巡道员也管辖府、州，就借用以称一般道员。②音徽：徽音。犹德音；善言。③季子：苏秦，字季子，战国纵横家。见卷一《有感》注。中郎：即蔡中郎蔡邕。见卷一《饮驾部龚惟长舅宅中……》注。此皆指代吴表海。④楚雪：谓楚地的阳春白雪。此喻吴表海为楚地的高雅才人。⑤盐车：服盐车，旧时比喻有才而遭抑制，未得其用之人。见卷五《感怀诗五十八首》三十五注。剪拂：修剪拂拭。比喻吴表海援助作者于患难之际。

### 其 二

岂但怀恩纪，仁风畅郢畿。①萧然留剑去，不肯载书归。旅馆浓霜气，空阶冷月辉。玄言人已远,对酒怅分飞。②

**注：**①郢畿(jī)：指古代楚国都城郢所管辖的地域。②玄言人：指吴表海。其生前喜玄谈，常常做辨析名理的谈论。

## 大名赠别郡伯陶葛阆①

梦里忽来魏博乡，扶风太守旧名郎。②蒲团坐处嫌僧闹，尺牍来时怕客藏。清净自成经世法，虚闲别有养生方。年来好聚香光侣，卜筑真宜共楚湘。③陶工书。

**注：**①万历四十四年(1616)作于大名。作者称道陶郡守为资深名吏、儒雅方士。大名：府名。在今河北省南部，卫河及漳水流贯其境，邻接山东、河南两省。汉置元成县，明改为府，并移大名于今治。郡伯：郡守，即管辖一郡的地方长官。陶葛阆：又名陶不退。大名郡守，工书。作者友人。②魏博：唐方镇名。广德元年(763)为收抚安史余众而设置的河北三镇之一。治所在魏州(今河北大名东北)。扶风：郡名。三国时魏以右扶风改名。治所在槐里(今兴平东南)。辖境相当于今陕西麟游、乾县以西，秦岭以北地区。③香光侣：犹"禅和子"。参禅人的通称。卜筑：谓选择地方做房子。

## 焦大令涵一邀游大伾山大伾寺，山下即黄河故道，今淹①

### 其　一

历历烟峦到转迟，朝酣乘兴蹑幽奇。低回禾黍丰柔处，想像波涛震怒时。石里青林偏秀媚，苔中绿字尚淋漓。变迁陵谷寻常事，定有征南旧日碑。②

**注：**①万历四十四年(1616)作于浚县。作者游大伾山，发现黄河改道遗迹，于是便乘兴寻幽问奇。焦涵一：浚县县令。《游居柿录》卷十一："过浚县，县令焦涵一，中郎秦中主试门生也。"大伾(pī)山：《尚书·禹贡》："东过洛汭，至于大伾。""伾"或作"岯"、"邳"。唐以后以今河南浚县城东黎阳东山为大伾。见《括地志》。宋人于摩崖石刻上所镌"大伾伟观"四字，今犹见在。《游居柿录》卷十一："登大伾山，即禹贡'北过大伾'处也。黄河徙而入淮，故道久淹，今河岸污隆之象，尤可想见。山一峰最高，刻为石佛，往来阁复之，今废。石壁上宋、元人题字镌刻甚多，盖名人舣舟登临之所挥洒也。左有龙洞，能兴云雨。此山亦名黎阳，李密黎阳仓在焉。"②征南：指黄河南迁，改道入淮。

## 其 二

飞杯倚石瞰兴旺,风起云生草木僵。八相不遮昙迹冷,九河失道禹功荒。①岸纹隐约存原隰,石骨参差写宋唐。②大伾向闻今得见,冥搜宁问客程忙。

注:①八相:犹八方。相犹"向"。昙(tán)迹:指乌云密布的黑影。九河:此指九曲黄河。禹功荒:谓大禹治水的功绩荒废。②隰(xí):低下的湿地。写宋唐:谓石上留有唐宋人镌刻的碑文。

## 焦大令涵一邀游浮丘山园①

中宵犹自到山颠,最喜峰峦在市廛。②卫水晚萦衣带雪,伾云晴散宝炉烟。③不须灯火聊亲月,尽辍笙歌好说禅。④姑射城头忻一醉,总缘茂宰即神仙。⑤

注:①万历四十四年(1616)作于浚县。作者一行夜游浮丘山,犹如进了姑射仙境。浮丘山园:《游居柿录》卷十一:"邀游浮丘山。山据城,其前为大伾,若博山罏。后为卫河,一缕晶荧,绕山后而出。山园主人为同年朱舜年,新令胜县。"②廛(chán):房宅。③卫水:卫河。海河水系五大河之一。在今河北省南部和河南省北部。伾(pī):大伾山。④禅:佛教用语。意谓将散乱的心念集定于一处。⑤姑射(yè):山名。当在今山西临汾西。茂宰:草木繁茂的坟墓。喻指浮丘山。

## 朝歌晤翁承媺步原韵奉答①

桃叶频年别,朝歌此夜心。②飞腾期宿昔,留滞到如今。萍海呈琼字,浮湖出越吟。③久疏文酒会,卫水一披襟。④

注:①万历四十四(1616)作于朝歌。作者赋诗奉答友人,谓自己过去仕途不达,泛舟江湖,写出了不少美的诗文,吟诵了一批思乡之歌。朝歌:古都邑名。在今河南湛县。商代帝乙、帝辛(纣)的别都。翁承媺(měi):作者友人。余未详。步韵:亦称次韵。即依照所和诗中的韵及其用韵的先后次序写诗。②桃叶:晋王献之之妾。献之尝临渡歌以送之,后人因名其渡曰桃叶渡。③越吟:庄舄官至楚执圭,不忘故国,吟唱越国的歌寄托乡思。事见《史记·张仪列传》。旧因以"越吟"指代思乡之歌。④文酒会:指诗人定期聚会,饮酒赋诗。卫水:卫河。披襟:谓坦露胸襟。

## 河上谣四首①

### 其 一

北风吹岸沙，千里卷尘雾。白日不停留，游人何处住。

**注**：①万历四十四年(1616)作于黄河道中。写作者走马黄河道的艰辛与愁苦。河上谣：指诗歌采用黄河岸边民谣的形式。

### 其 二

黄河岸接天，日暮走平泽。旷野少居人，魂消独往客。①

**注**：①魂消：消魂，亦作"销魂"。旧谓人的精灵为魂。因过度刺激而神思茫然，仿佛魂将离体。多用于形容悲伤愁苦时的情状。

### 其 三

今日卷蓬程，当初携手路。①河梁一雁鸣，是我伤心处。②

**注**：①携手路：指作者与兄长中郎曾在此同伴而行。②一雁：犹"孤雁"。喻指作者失去两位兄长，孤身一人。

### 其 四

日暮北风生，刀刁号万窍。①似歌复似啼，逆风芦管啸。

**注**：①刀刁：亦作"刁刁"。摇动貌。谓风力大，使草木、帆船摇动不止。

## 渡 黄 河①

如雪寒沙千里平，猛风虽尽浪犹惊。草经青女全无色，雁过黄河别有声。②骑马久无浮宅梦，倚蓬忽动荡舟情。可怜广武山常在，寂寞谁知竖子名。③

**注**：①万历四十四年(1616)作于黄河道中。作者秋日过黄河，忆起广武山的往事，感叹项羽命运的悲哀。②青女：神话传说中的霜雪之神。③广武：古城名。故址在今河南荥阳东北广武山上。有东、西二城，相距约两百步，中隔广武涧。楚、汉相争时，刘邦屯西城，项羽屯东城，互相对峙。竖子：鄙贱的称谓，尤小子。此处指范增骂项羽的话。《史记·项羽本纪》："亚父(范增)受玉斗置之地，拔剑撞而破之曰：'唉！竖子不足与谋！'"

# 过 郑 州①

乍远黄河九曲纹,管城孤塔挂斜曛。②圃田寂寂存秋草,京水悠悠起暮云。③林锦村中寻相国,铁枪寺里忆将军。④褰帷随意飧山色,南北暄寒已渐分。⑤

**注:**①万历四十四年(1616)作于郑州。作者过郑州观赏古城风貌,寻访凭吊先贤。郑州:在今河南省中部偏北。春秋时为郑邑,隋置管城县,明废县入州。②九曲:指九曲黄河。管城:属郑州,隋置管城县。曛(xūn):落日的余光。③京水:水名。位于郑州近郊。④相国:指唐宪宗时的宰相裴度。《游居柿录》卷十一:"裴相公墓在郑州林锦村,旧碑尚存。盖卒于洛阳,而葬于此地者也。"将军:当指南宋抗金名将岳飞。见卷七《朱仙镇》。⑤褰(qiān):揭起。

# 禹州晤杨文弱于曹纯原宪副席上①

不须挥洒发新函,把臂烟霞兴已酣。②双屐欲凌嵩少雪,两眉犹带武山岚。③最欣明烛添人喜,稍厌清歌间我谭。况是主君今绣虎,相逢那忍不停骖。④

**注:**①万历四十四年(1616)作于禹州。写作者与好友杨文弱相逢禹州的喜悦情景。禹州:州名。明万历三年(1575)改均州置。治所在今禹县,辖境相当于今河南禹州、密县等地。杨文弱:杨嗣昌,字文弱,湖广武陵(今湖南省常德)人。他与其父杨修龄皆为作者的好友。见卷六《李长叔水部使事至鼎⋯⋯》注。曹纯原:禹州宪副。作者友人。余未详。宪:旧指朝廷委驻各行省的高级官吏。《游居柿录》卷十一:"禹州城西,自重岗下忽为平畴,林云雾树,宛似江南。杨户部文弱,以入京至,共晤于曹纯原宪副席上。"②把臂:握住对方的手臂,表示亲密。③双屐:喻指作者和文弱两位游人。嵩少:嵩山少林寺。《游居柿录》卷十一:"文弱将游嵩少,甫揖,即云嵩山有缘,得同往矣。后询之曹公,曰嵩少去此尚三百里,兴始止。予时思归甚,曰:'青女至矣,兄且急急渡河。'文弱始有止意。"两眉:指代作者和文弱。武山:武陵山。④绣虎:《玉箱杂记》:"魏曹植号绣虎。"绣:谓其辞华隽美;虎:谓其才气雄杰。此指代主君三人。骖(cān):一车驾三马。

# 游鹿门寺,同蔡丈人、余溶之①

入山不见寺,礼佛乍闻泉。七叠飞晴雪,千年划冷烟。乍沾行客袂,长伴老僧禅。②耆旧多佳韵,临流列绮筵。③

注:①万历四十四年(1616)作于襄阳。写作者一行入山寺礼佛闻泉、觅泉、赏泉的无限情趣。鹿门:鹿门山,在襄阳境内。《游居柿录》卷十一:"鹿门山重嶂包罗,极其宛遂,信隐者之居也。才入寺礼佛,即闻泉声,久之愈洪。至时已暮,急取火觅泉,泉即在殿后,喷珠跳玉。穷其源,凡七迭而下。是日,以小舟从凤凰台往游,偕者为蔡榔石、余溶之。"蔡丈人:即蔡榔石。丈人:古时对老人的尊称。余溶之:作者友人。余未详。④禅:佛教名词。"禅那"。意译为"思维修"、"弃恶"等,通常译作"静虑"。就是"安定而止息杂虑"。佛教修行者以为静坐敛心,专注一境,久之可达到身心"轻安"、观照"明净"的状态,即成禅定。③耆(qí):旧指年高而有声望的人。流:品级;流别。绮(qǐ):美盛。

# 还里怀两先兄①

谁言故国下仙轺,鸿雁飘零骨已消。②石浦河边云寂寂,柳浪湖畔草萧萧。③酒坛诗社基犹在,佛国天宫路已遥。④记得当年行乐事,鹤儿歌曲犬儿箫。⑤

注:①万历四十四年(1616)作于公安。作者中第归乡,面对石浦冷落、柳浪衰败的景象,深深悲叹兄弟分离之苦惨若消骨。还里:指作者中第归乡。两先兄:指作者的已故兄长宗道、宏道。②故国:此指作者的故乡。轺(yáo):古代轻小便捷的马车。③石浦河:流经县城的河(已淤塞),宗道生前曾住石浦河西岸。见卷二《思乡》注。柳浪湖:宏道生前隐居公安城郊的地方。见卷三《柳浪馆》注。④酒坛诗社:指作者三兄弟与诸舅等在公安结"南平"社。佛国天宫:指兄长去世升天。佛国,指佛居之地。⑤鹤儿歌曲:即指鹤舞。《韩非子·亡征》:"平公曰:'寡人之所好者,音也,愿试听之。'师旷不得已,接琴而鼓。一奏之,有玄鹤二八,道南方来,集于廊门之塊(guǐ 毁坏,坍塌);再奏之而列;三奏之,延颈而鸣,舒翼而舞。"后即以"鹤舞"形容舞姿。犬儿箫:即犬儿吹箫。犬儿:犹言小奴才。

# 上元日无烦弟宅中看灯①

浮云洗尽望舒来,绿萼当门籍鹿胎。②十丈蜃楼迎剑佩,九微花锁照尊罍。③氤氲忽作公超雾,笑语如驱汉朔雷。④午夜翻嫌弦管闹,携筇闲步吕仙台。⑤

注:①万历四十五年(1617)作于公安。作者元宵夜于五弟家看灯,在合家欢庆之

际,诗人仍保持着平日清闲与宁静的心态。上元:节日名。旧以阴历正月十五为上元节,
其夜为上元夜,也叫"元宵"。无烦:宁道,法名无烦,作者同父五弟。见卷三《襄阳道中题
逆旅,寄示两弟》注。②望舒:神话中为月神驾车的神。此指月亮。绿萼:即萼绿华,古代
仙女。此指一盏绿萼彩灯。藉(jì):以物衬垫。鹿胎:花名。系牡丹花的一种。③蜃楼:
海市蜃楼,亦称"蜃景"。此喻指无烦宅院中的清梵阁。见宏道《潇碧堂集》卷八《五弟清
梵阁落成……》。剑佩:此指带佩剑之人,当指作者同父兄弟安道、宁道等。九微花锁:谓
室内外摆放着多盏精妙的花灯。九微:灯名。梁何逊《七夕》诗:"月映九微火,风吹百和
香。"唐王维《洛阳女儿行》诗:"春窗曙灭九微火,九微片片飞花锁。"④氤(yīn)氲(yūn):气
和光色混和动荡貌。公超:张楷,后汉人,字公超。好道术,能作五里雾。见卷五《入德山
同龙君超》注。汉朔:指华夏之北。⑤吕仙台:指作者五弟的吕仙祠。《游居柿录》卷十
二:"过五弟吕仙祠,予颜之曰'仙源',络以方堤,种柳已成,堤内种油菜……"

## 周调九过访山园,即席赠别①

花关无俗辙,之子住行轩。②谒客书全灭,酬恩剑尚存。月澜清到骨,梅
蕊艳消魂。时红梅盛开。五岭何时返,予将入蓟门。③

**注:** ①万历四十五年(1617)作于公安。写作者时时怀有酬恩之情,即使耽误读书,
也要热情接待来客。周调九:作者友人。余未详。山园:指作者别业筼筜谷。即席:指当
座赋诗。②之子:这个人。此指周调九。《诗·周南·桃夭》:"之子于归,宜其家室。"轩:
古代一种供大夫以上官员乘坐的轻便车,车箱前顶较高,用漆有画纹或加皮饰的席子作
障蔽。③五岭:即越城、都庞、萌渚、骑田、大庾五岭的总称。在湘、赣和粤、桂等省区边
境。蓟门:古地名。在今北京城西南角。

## 将至玉泉,公安道中①

圭组虽然系,烟萝未忍忘。②买田偿旧诺,种树试新方。③经雪江尤净,依
流草易芳。栖迟吾岂敢,聊以浣尘装。

**注:** ①万历四十五年(1617)作于公安。写作者进第后仍不忘栖隐山水的情怀。玉
泉:当阳县玉泉山,为重要的佛教圣山。见卷三《从夷陵峰宝山至玉泉……》注。②圭组:
圭,古玉器名。长条形,上端作三角状。古代贵族朝聘、祭祀所用的礼器。组,用丝织成
的阔带子,古代用作佩印或佩玉的绶。喻指作者进第入仕做了朝廷仕人。烟萝:谓在山
水间隐居。萝:薜萝。谓隐者的衣裳或隐居地。③旧诺:此指作者过去有隐居玉泉的承
诺。

## 浣 市①

流水萦孤市,寒烟重近林。游人来到此,浣却利名心。②

**注:**①万历四十五年(1617)作于江陵道中。此地优美清净的山水能够让人浣却名利之心。浣市:乡镇集市,当在江陵境内。②浣:洗濯。名利心:指当官求取名利的思想。

## 松滋道中①

搴帷对蜀雪,最喜路临流。②树暗鸠兹国,沙明燕尾洲。③鱼虾村市集,鸡黍隐人留。原不驰名利,逢山即便休。

**注:**①万历四十五年(1617)作于松滋道中。写松滋的山水之地实可留人隐居。松滋:县名。在今湖北省南部、长江南岸,与公安、江陵一衣带水,邻接湖南省。晋置县。②搴(qiān):通"褰"(qiān)。揭起;撩起。③鸠兹:古邑名。春秋吴地,在今安徽芜湖东。燕尾州:指在松滋境内的长江中的一沙洲名。

## 过松滋江亭,次子美韵二首①

### 其 一

浊浪弥天地,低回过此亭。映山松更绿,临水草先青。棘里碑难问,旧有断碑。②云端路渐经。春晴犹未稳,点点照泥星。

**注:**①万历四十五年(1617)作于松滋道中。作者过松滋江亭祭拜杜甫;往玉泉买山为退隐做准备。子美:唐大诗人杜甫,字子美。晚年携家出蜀往江南,曾在长江一线的松滋、公安、江陵等地留下了许多优美的诗文。见卷五《感怀诗五十八首》五十七注。次韵:犹"步韵"。即依照所和杜甫诗中的韵及用韵的先后次序写诗。《游居柿录》卷十:"子美过松滋江亭诗,如'水流心不竞,云在意俱迟'。具闲适之趣,不可名言。"②碑:指古人为纪念杜甫到松滋而立的石碑。

### 其 二

烟霞独往处,辙迹暂闲时。路转逢江数,云停得岫迟。未成辞禄计,先遂买山私。①尘网如长系,回头视此诗。②予有终老玉泉之志。

**注**：①禄：古代官吏的俸给。此指官职。买山：指作者到玉泉山买山地。②尘网：犹尘世。此指官场。

## 邓茂才调元初度偶赠①

不复营尘事，优游草树青。看山来月岭，听水过江亭。②月岭、江亭俱邑胜地。结子花千树，将雏鹤一庭。③赠君杜陵语，甘作老人星。④子美过松滋诗有"甘作老人星"之句。

**注**：①万历四十五年（1617）作于松滋道中。作者为友人生日赋诗，劝慰他抛开尘世，优游山水。邓茂才：松滋镇上人氏。《游居柿录》卷十二："急欲至宜都，而市中邓氏诸昆相留。天复阴阴作雪，遂留数日。"初度：指初生之时。后称生日为"初度"。②月岭：地名。在今松滋市境内。江亭：指松滋杜甫诗亭。③"结子"句：喻指邓茂才子孙满堂。雏鹤：此喻指邓茂才才貌冠众的儿子。④杜陵：即杜甫。因其诗中尝自称少陵野老，故又称"杜陵"。

## 赠庞玉渚①

髯也超群甚，清言独启予。②家邻一柱观，腹贮九丘书。③古纸藏经笥，名花杂圃蔬。④怀蛟终变化，努力上公车。⑤玉渚家藏澄心堂纸，并牡丹一种甚大。

**注**：①万历四十五年（1617）作于松滋道中。作者称道友人才貌超众，鼓励他早日实现入仕之愿。庞玉渚：贡士，松滋人。《游居柿录》卷十二："过庞贡士玉渚舍，见子昂画松及澄心堂纸写《圆觉经》一册。又家种牡丹一本，可覆半亩，每岁开花五六枝，奇大。"贡士，即贡生。指地方向朝廷荐举的人才。②清言：指魏晋时期崇尚老庄、空谈玄理、不接触现实的谈论。③一柱观：寺观名。在松滋境内，位于长江入虎渡河口。观，道教的庙宇。《游居柿录》卷十二："一柱观原在江上，以崩，移近处，皆江临山。山多坦迤……有小河（指虎渡河）可达洞庭。"《九丘》：古书名。《左传·昭公十二年》："是能读《三坟》、《五典》、《八索》、《九丘》。"杜注："皆古书名"。孔颖达正义引《尚书序》："九州之志，谓之九丘。聚也，言九洲所有，土地所生，风气所宜，皆聚书也。"④古纸：指"澄心堂纸"。经笥（sì）：指用竹器装的经书（即《圆觉经》）。笥，盛物的竹器。名花：指"牡丹"。⑤怀蛟：比喻怀有超凡的才能和远大报负。蛟，古代传说中能发洪水的动物。公车：官车。

## 邓心还园[①]　　邓所居朱市名烟霞里。

偶过烟霞里，徘徊摩诘庄。[②]峡山当砚几，字水溅书床。语鸟随歌拍，飞花妒舞妆。何须谭拜衮，玩世似东方。[③]

**注**：①万历四十五年（1617）作于松滋道中。作者喜见烟霞里的优美山水，向往王维辋川山庄的隐居生活。邓心还：松滋朱市人。②烟霞里：为松滋古时镇名。又名朱市。摩诘庄：指唐诗人、画家王维（字摩诘），其晚年居蓝田辋川，过着亦官亦隐的优游生活。见卷三《初至村中》注。③拜衮：指穿着衮衣（古代皇帝及上公的礼服）下拜的样子。玩世：放逸无羁，以消极游戏的态度对待生活。东方：东方朔，西汉文学家，性诙谐滑稽。见卷四《寿吴人沈翁》注。

## 一　柱　观[①]

一柱传来久，名区自可留。经营依雪水，移置向芳洲。山尾蚕丛道，溪连虎渡流。[②]峡峰如剑戟，翻爱此平畴。[③]

**注**：①万历四十五年（1617）作于松滋道中。一柱观所处位置险要，能够保存如此长久，实乃不易。一柱观：一道教寺观名。见上诗注。②蚕丛道：犹蚕业道。指长江。蜀地蚕业自古很发达，其丝织品主要经长江与外界贸易，故称长江为"蚕业道"。虎渡流：虎渡河。为长江的分流河道，河口即在松滋县的一柱观处，河身穿越公安县，南通洞庭湖。③峡峰：指一柱观以上的地区皆为峡谷和山峰。平涛：指一柱观以下的长江江面开阔，水势平缓。由此可见，一柱观当是长江上游山区与下游平原的分界处。

## 枝江道中[①]

楚国丹阳路未赊，峰峦断处又平沙。[②]溪深不障斓斑石，梅老犹余冷澹花。水气漾洲全似月，山岚收雨尽成霞。风烟如此今方到，悔不从前细泛槎。

**注**：①万历四十五年（1617）作于枝江道中。作者惊叹枝江的山水竟如此之美，悔从前没来细细游览。枝江：在今湖北省南部，长江沿岸。②丹阳：古都邑名，在今湖北枝江西，一说在枝江东北，沮、漳二水会流处。春秋时楚文王自丹阳徙都于此，仍名丹阳。后世因区别于西楚，称为南楚。赊：远。平沙：犹平原。

## 赵枝江凤鸣邀游紫山，即席赋①

婐松不断绿，导我上山颠。峡水如堪漱，春洲恰好眠。送云辞近岫，指雨过平川。小邑烦名士，弦歌满市廛。②

**注：**①万历四十五年（1617）作于枝江。作者登游紫山，尽享枝江山水的醉人景色。赵枝江凤鸣：即枝江赵凤鸣。紫山：《游居柿录》卷十二："登枝江看紫山，乃玄德（刘备）入蜀着紫处也。大江如积雪，光照几席，后山皆情冶甚。"又："袁崧记：'郡西北陆行四十里有丹山，山间时有紫气，笼盖林岭如丹色，因以名山。'"②小邑：指紫山边的小集镇。烦：厌烦。实为"喜爱"。名士：指作者，为当地人对作者的称呼。廛（chán）：古代平民的房子。

## 哭亡友宜都刘孝廉玄度十首①

### 其 一

楚国饶才子，君才未易过。②常惊思入地，最爱口悬河。③嗣续偏愁少，文章只恨多。长生夸秘诀，灵验竟如何。

**注：**①万历四十五年（1617）作于宜都。作者痛哭亡友才华超众，竟早早地抛妻别子而去。宜都：县名。在今湖北省南部、长江南岸。汉属夷道县，南朝陈析置宜都县。刘玄度：举人（孝廉），作者友人。《游居柿录》卷十二："吊亡友刘玄度于宅，嗣子仅三岁。黄肠置暗室中，悽恻可掬。"②楚国：泛指古楚国的地域。③入地：犹入木。形容见解的深刻。

### 其 二

束发为良友，云霄每共期。①楚宫频征逐，燕市苦追随。②起舞闻鸡夜，高谭扪虱时。话来亲密处，难可告妻儿。

**注：**①束发：古代男孩成童时束发为髻，固以为成童的代称。云霄：喻指出游山水。②楚宫：此指江陵、沙市、荆州等地，这些地方为古代楚国都邑郢的所在地。故称楚宫。

### 其 三

大韵超绳墨，醯鸡那得知。①买田同陆贾，舍宅似王维。②土木形骸古，风霜字句奇。文人虽不祀，好语即佳儿。

**注：**①大韵：指气派、风度。绳墨：比喻规矩和法度。醯（xī）鸡：小虫名。即蠛蠓。此处形容诸多细小的方面。《庄子·田子方》："丘子于道也，其犹醯鸡与。"②陆贾：汉初政

论家、辞赋家,楚人。从汉高祖定天下,常使诸侯为说客。见卷四《龙君超过访赀笃谷……》注。王维:唐诗人、画家。见卷三《初至林中》注。

## 其 四

白猿夸异术,青鸟诧奇传。[1]九籥高谭道,三乘浩说禅。[2]门门皆晓了,事事欠精研。毕竟英雄气,何须效瓦全。

注:[1]青鸟:《山海经·大荒西经》:"西有王母之山……三青鸟赤首黑目。"郭璞注:"皆西王母所使也。"后因称传信的使者为"青鸟"。奇传:犹传奇。[2]籥(yuè):古管乐器。三乘:佛教以车乘喻佛法,学者接受的能力不一,分三种情况,称三乘。即声间乘、缘觉乘、菩萨乘。声闻者,悟诸谛而得道;觉闻者,悟十二因缘而得道;菩萨者,因六度而得道。唐释皎然《皎然集》卷八《能秀二祖赞》。禅:佛教用语。禅那之略。意谓将散乱的心念集定于一处。

## 其 五

芥不污沧海,瑕难损夜光。分财犹有仲,假盖岂无商。[1]可笑生鸦雀,群讥死凤皇。通人别具眼,宁问俗雌黄。[2]

注:[1]分财:即"分金多自与"。讲的管仲与鲍叔牙相交的故事。见卷一《有感》注。假盖:犹遭受迫害。假:给予。盖:通"害"。商:商鞅(约前390—前338),战国时期政治家,卫国人。公孙氏,名鞅,亦称卫鞅。初为魏相公叔痤家臣,后入秦进说秦孝公。秦孝公六年(前356)任左庶长,实行变法。旋升大良造。秦孝公十二年由雍(今陕西凤翔南)迁都咸阳(今陕西咸阳东北),进一步变法。后十年因战功封商(今陕西商县东南)十五邑,号商君,因称商鞅。他两次变法,奠定了秦国富强的基础。秦孝公死后,被贵族诬害,车裂而死。《汉书·艺文志》有《商君》二十九篇;又有《公孙鞅》二十七篇,今佚。[2]通人:旧谓学识渊博,贯通古今的人。别具眼:谓具有特殊的识别能力。

## 其 六

才士原无命,萧条孰与君。有人争绝产,无子护遗文。[1]清浦千层雪,丹山五色云。[2]我来人已逝,抚景内如焚。

注:[1]护遗文:犹"护丧"。旧谓主持丧事。遗文:指逝者留下的诗文,此代指亡者刘玄度。[2]清浦:即清江。《游居柿录》卷十二:"夷都(宜都)以夷水得名,即今所指为清江者也。水石清照数十丈,分沙漏石,在县西北。郦道元云:'此水所经皆石山,略无土岸,其水虚映,俯视游鱼如行空也。浅处多五彩石,旁多茂木,游者疲而忘归。'……惜乎哲人萎矣,即欲往,有唱无和耳。"丹山:紫山。见前诗注。

## 其 七

人行无细谨,磊落亦堪奇。小器轻朱勃,多方学惠施。[1]伐桃千古恨,埋玉一时悲。泪以哀鸿尽，重来哭故知。②

**注**：①朱勃：后汉扶风人，字叔阳，官至云阳令。勃少与马援为友，及援遇谗，勃以其爵土不传，上书陈状。明帝即位，赐勃子谷二千斛以旌之。惠施（约前370—约前310）：战国时哲学家、名家的代表人物。宋国人，与庄子为友。曾做过魏相，主张联合齐、楚，停止战争。并随同魏惠王朝见齐威王，使魏齐互尊为王。在当时的名辩思潮中，他和公孙龙分别代表名家的两个基本派别：一个倾向于合万物之异（"合同异"）；一个倾向于离万物之同（"离间白"）。②哀鸿：《诗·小雅·鸿雁》："鸿雁于飞，哀鸣嗷嗷。"此喻作者悲伤二位亡兄。

## 其　八

身后遂如此，登庭益痛酸。升天生未易，入地死犹难。①破壁留遗像，空堂贮冷棺。幸余文集在，检点为君刊。时尚未葬。

**注**：①升天：此处喻指进第入仕。死犹难：此指人死后家里的境况更加艰难。

## 其　九

西风吹败屋，狐兔走灵床。一剑非难挂，孤舟何处藏。贤妻忻征士，慧女羡中郎。①度曲青衣在，闻歌泪几行。②

**注**：①征士：旧称曾经朝廷征聘而不肯受职的隐士。此指玄度。中郎：蔡中郎，即东汉文学家、书法家蔡邕。曾官左中郎将，人称"蔡中郎"。此指代玄度。②度曲：按曲谱歌唱。青衣：古时用为婢女的代称。

## 其　十

欲废袁崧记，难经陆抗城。①情轻姬辍哭，谊重友吞声。文集编麁就，梵宫构未成。②再来如有意，切勿似萧生。许玄度后身为萧誉。

**注**：①袁崧：袁山松。晋人，一称崧。少有才名，博学能文。著《后汉书》百篇，今不传。善音乐，旧歌有《行路难》曲，辞颇疏质。每因酒酣纵歌之，听者莫不流涕。历官吴郡太守。孙恩之乱，崧守沪邑渎城，城陷被害。袁崧记：《游居柿录》卷十二："《袁崧记》曰：'郡（指荆州）西北陆行四十里有丹山，山间时有赤气，笼盖林岭如丹色，因以名山。又有望州山，丹水出焉，故今枝江名丹阳也。'"陆抗（226—274）：三国吴国名将。字幼节，吴郡吴县华亭（今上海松江）人。陆逊子。年二十为建武校尉，领其父众五千人。孙浩为帝，任镇军大将军，都督西陵、信陵、夷道、乐乡、公安诸军事，驻乐乡（今湖北江陵西南）。凤凰元年（272）击退晋将羊祜的进攻，攻杀叛将西陵督步阐。后任大司马、荆州牧。②麁（cū）：粗略；大略。梵宫：墓室。

## 徐从善手定玄度遗文授予,感而有赠①

瓶雀难遮事竟休,全凭良友足千秋。蝇头虿尾行行认,凤羽龙鳞字字收。②窃注不须愁郭象,订文久已讬杨修。③灯前手授殷勤甚,才见标题两泪流。

**注**:①万历四十五年(1617)作于往玉泉道中。作者深深感激徐从善为玄度手定遗文,并为玄度的遗文能够传世而激动不已。徐从善:《游居柿录》卷十二:"徐从善家住万山中,种树万株,山庄极壮丽,中有楼可望远,但为树蔽。以善酿最佳,且善庖事。天雨,为二日留。"手定:《游居柿录》卷十二:"徐从善令人抄集刘玄度诗文凡十本,授予为梓(印刷)。"②蝇头:此喻细小的字。虿(chài)尾:形容笔力劲锐。南齐王僧虔《论书》:"索靖,字幼安,敦煌人……其矜其书,名其字势曰银钩虿尾。"虿,蝎类毒虫。凤羽、龙鳞:此皆喻指刘玄度的奇文佳诗。③郭象(? —312):西晋哲学家。字弦,河南(今河南洛阳)人。官至黄门侍郎、太傅主簿。好老庄,善清谈。把向秀《庄子注》述而广之,别为一书,阐扬老庄思想,于是"儒墨之迹见鄙,道家思想遂盛焉"。后向本佚失,仅郭注存。认为"无既无矣,则不能生有……然则生生者谁哉? 块然而自生者!"批判了当时的"崇无"思想。此处指代刘玄度。杨修(175—219):汉末文学家。字德祖,弘农华阴(今属陕西)人。累世为汉大官。好学能文,才思敏捷,任丞相曹操主簿。积极为曹植谋划,欲使植取得魏太子地位。植失宠于曹操,操因修有智谋,又是袁术之甥,虑有后患,遂借故杀之。原有集,已失传,今存作品七篇。此处指代徐从善。

## 登宋山,相传宋女修真处也①

### 其 一

近岫眉初约,遥峰黛渐开。芝田存瓦砾,鹤径长莓苔。②人应随神女,山原接楚台。陆城宁寂寞,红粉亦仙才。③

**注**:①万历四十五年(1617)作于宜都。作者登宋山,寻宋女,凭吊楚地先贤。宋山:在宜都境内。《游居柿录》卷十二:"往游宋山,可三十里,俱在山中,至山始可眺望,传为宋女修真处,余意欲夺以与宋玉。于是,天日晴和,与徐李诸公步山间,甚适。"宋女:即古代传说中修道成仙的女子。修真:即修道。真:本源;自身。②芝田:古代传说中仙人种芝草的地方。③陆城:指三国时吴将陆逊为拒蜀,在宜都境内所筑的城。《游居柿录》卷十二:"过沧溔溪,水色沉碧,了了见锦石。昔陆逊拒蜀,屯军宜都,见此溪,跃而喜曰:'此地露文章也。'遂筑城于此。"

## 其 二

轻烟弹指净，平野入朝暾。小水如江婢，群山信蜀门。丹泉窥去冷，镜石坐来温。披棘寻兰若，癯僧忽似猿。①

注：①兰若：寺院阿兰若的省称，意为寂净，无苦恼烦乱之处。参见《释氏要览·居处》。

## 又

丹井泉虽在，仙媛迹已荒。⑤何如祠宋玉，千古重词场。⑥

注：⑤仙媛（yuàn）：美丽的仙女。媛：美女。此指宋女。⑥宋玉：战国楚辞赋家。见卷四《雁字》注。词场：犹诗词领域。

## 过张无尽坟偶题①

相业千秋笑，佛灯万古传。口门予苦窄，不解代君诠②。

注：①万历四十四年（1616）作于宜都。张商英任宰相，做事因循守旧，遭后世耻笑，晚年修练佛法有成，得到万古传颂。作者言其言路太窄，不会代皇上阐明事理。诗人一分为二地评价古人张商英，实则更多地褒扬他不奴颜媚骨、敢于直谏的优良人格和官品。张无尽：即张商英，北宋唐英弟，字天觉。②予：授予。谓讲述。苦窄：谓言路太窄。代君：代君王（此指北宋徽宗赵佶）。诠：阐明事理。

## 将往玉泉，宜都道中①

隔岁堆蓝约，穿云未可迟。②山寒忻日炙，人醉爱风吹。碧嶂交围处，清泉乱语时。尽言跋涉苦，闲适许谁知。

注：①万历四十五年（1617）作于宜都。作者急着赶往玉泉去履行约定，忘记了旅途的艰辛，感受到了苦中的闲适。玉泉：玉泉山。宜都：见前诗注。②隔岁：指前一年。堆蓝：玉泉山的别名。约：指作者隐居玉泉的承诺。穿云：喻指登山前往玉泉。

## 从善宅中有赠①

绣虎雕龙志未酬，养鱼薙药隐林丘。②宅边山气阴晴市，门外泉声日夜流。秋浦烟云栖李白,伏川花鸟媚高柔。③春来景物真堪醉,结子桃飞十二楼。④

注:①万历四十五年(1617)作于宜都。作者热情赞美深山隐者徐从善才华高人品美。从善:徐从善,宜都山中人,作者友人。见前诗注。②绣虎:曹植,号绣虎。雕龙:战国时,齐人邹衍"言天事",善闳辩,邹奭采邹衍之术以记文。齐人因称邹衍为"谈天衍",邹奭为"雕龙奭"。见《史记·孟子荀卿列传》。因用以指善于撰写文章。此皆指代徐从善。薙(tì):除草。隐:隐居。③秋浦:秋浦河。在今安徽省南部。李白:唐朝大诗人。晚年漂泊,卒于安徽南部的当涂县。此代指徐从善工诗文,有李白的才华。伏川:指高柔家乡的山水。高柔:三国魏国人,字文惠。曹操平原氏,以为管长,奸吏皆引去,历法曹操。文帝践阼,加治书执法,帝以宿嫌欲枉法诛治书执法鲍勋,柔固执不从。明帝时封寿亭侯,高贵廊公时累封安国侯,转太尉。卒谥元。此喻指徐从善人品正直,乐于助人。④结子桃飞:喻徐从善子女满堂。

## 初至玉泉晤无迹①

尽谢红尘事,来寻白社盟。②区中潜宝契,人外有交情。③水月非凡色,松风岂俗声。法门最小弟,不用过溪迎。

注:①万历四十五年(1617)作于玉泉。作者辞去繁华,来玉泉寺参加佛门善业社,受到了无迹住持的热情迎接。玉泉:玉泉山。佛教圣山。无迹:玉泉寺住持。三袁兄弟的友人。②红尘:闹市的飞尘,形容繁华。白社:指佛教善业社。白:白业,即善业。③区:隐匿。此指佛门。宝契:指作者几年前与无迹住持商定来玉泉隐居的协议。

## 别 迹 公①

空门犹幸有知音,握手松关去住心。②愿尔长年如宝掌,迟予廿载卸华簪。③六时礼佛身常健,十笋依岩住渐深。④投老别离非细事,忘情亦自泪沾襟。⑤

注:①万历四十五年(1617)作于玉泉。作者深深感激迹公:支持自己在玉泉来去自主;临别之际迹公住持老泪沾襟。迹公:即无迹。玉泉寺住持。②空门:即佛门。知音:相传古代伯牙善鼓琴,钟子期善听琴,能从伯牙的琴声听出其心意。后因称知己朋友为知音。此指无迹。"握手"句:谓迹公支持作者在玉泉来去自主。③宝掌:谓尊贵的掌门人。华簪:古人用簪子把冠别在头发上,华簪为贵官所用,故常用以指显贵的官职。此指

玉泉寺住持。④六时:六个时辰。礼佛:即祭祀佛。十笏(hù):代指众多仕人。笏:朝笏。
⑤投老:到老;垂老。忘情:指忘却了人间俗情的佛门僧人,此指迹公。

## 光泽掌藩见招,有玉兰二树盛开①

曳履西园愿不违,苍官篱下看芳菲。②银湾浩浩潮争坠,珠树亭亭鹤尽
归。岂与寒梅同寂寞,长如霁雪有光辉。灵香国里真怜客,一片时随酒斝
飞。③

**注:**①万历四十五年(1617)作于荆州(江陵)。作者应招观赏玉兰盛开的美景,热情
称道主人待客盛情。光泽:时任荆州知府。掌藩:谓一藩之地的掌权人。藩:封建王朝的
分封之地,此指荆州府。《游居柿录》卷十二:"光泽郡藩处,见玉兰花二种,如一天积雪照
人。"②曳(yè)履:曳踵。即拖着脚跟用小步子走。苍官:头发花白的官员。此指光泽。
③斝(jiǎ):古代酒器,青铜制,圆口,有鋬(pàn)和三足。用以温酒。

## 赠张叔曜①

懒作干时客,相依阅岁华。②态宁同蛱蝶,情欲缔梅花。得句如抽笋,学
书逼画沙。若逢游览胜,亦解貌烟霞。③

**注:**①万历四十五年(1617)作于沙市。作者赋诗赠友人,谓自己不求合于当时,只
想在闲适的环境中赋诗、学书、解貌山水。张叔曜(yào):作者友人。余未详。②干时:求
合于当时。阅岁华:指度过岁月,经历时事,增加阅历。③胜:此指山水名胜。解貌烟霞:
指观察、欣赏并表现山水的诗文创作过程。

## 艾仲美贻予以九品青莲衣,因作青莲衣歌志谢①

园客仙丝世无二,天孙机上呈工致。②剪取吴淞一段秋,移时即证发光
地。③绿窗刀尺响婵娟,何必裁衣效水田。④金针不绣凡花草,只貌西方九品
莲。岂是寻常秾冶色,异瓣殊须写不得。天画依然万八千,曹家针神皆叹
息。⑤四大淤泥忽清爽,娑婆弹指成安养。⑥清泰佛是诸佛尊,青莲花是莲花
长。⑦着来萧散道场行,不羡天衣六铢轻。⑧似瞻宝纲交罗色,如聆频伽和雅
声。⑨此衣能医热恼疾,终日闻香不破律。帝女龙裳总俗胎,王恭鹤氅皆凡

质。⑩他年好作金方客，宝池煜煜光相射。披衣直向空中游，朝嬉满月暮香
积。白下仙郎世外姿，意匠经营也太奇。⑪老来共作香光侣，披向山中礼六
时。⑫

注：①万历四十五年(1617)作于京师。作者赋诗志谢友人。该诗细腻描绘出了九
品青莲衣的精工制作及诗人穿上此衣后的离奇浪漫的情思，表达了入仕不忘禅的心志。
艾仲美：秣陵(南京)人，作者友人。《游居柿录》卷十二："重九日，故人艾仲美自秣陵来，
相与作登高之会。"贻：赠送。九品：古代官吏的等级。始于魏、晋时，第一品到第九品，共
分九等。青莲衣：指绣有青莲花色的九品官服。志谢：表示谢意。②园客：晋代济南人。
尝种五色香草，积数十年，食其实。一日有五色蛾止香树梢，园客收而以布荐之，生桑蚕，
至蚕时，有好女夜至，自称园客妻，与园客俱收蚕，得百二十头。缫一枚六七日始尽，讫则
俱出，莫之所在。济阴人立桑蚕祠记之。天孙：古星名，即"织女"。织女为民间神话中织
造的仙女，为天帝之孙，故亦称天孙。工致：工巧精致。③吴淞：地名在今上海市北部、黄
浦江口西岸。一段秋：谓一段秋水。④婵娟：月亮中的嫦娥。水田：喻指衲衣。因僧徒的
衣服常用许多碎布补缀而成，其形如水田，故以为僧衣的代称。⑤曹家针神：指三国魏文
帝(曹丕)所宠爱的美人薛灵芸，她妙于针工。见卷四《邺城道中》注。⑥四大：犹"四周"。
忽清爽：谓(淤泥中)忽然长出了荷叶、荷花，一下变得清新凉爽起来。安养：指莲子、莲藕
长大、成熟。⑦清泰佛：指如来佛。⑧道扬：指佛教礼拜、诵经、行道的场所。天衣：谓天
子穿的衣服。铢(zhū)：我国古代衡制中的重量单位。汉代以一百黍的重量为一铢，二十
四铢为两。⑨宝纲：指国家纲纪。交：交错；杂有。罗色：犹薜萝色。即隐者衣服的色彩。
伽(qié)：伽蓝。即佛教寺院。⑩王恭：晋代人，字孝伯。孝武时为前将军，兖青二州刺史。
会稽王道子执政，恭每正色直言，为道子所忌。后以讨王愉兵败被杀。性伉直，暗于机
会，虽以简惠为政，然自矜贵，与下殊隔。不闲用兵，尤信佛道，临刑犹诵佛经。自理鬓
发，无惧容。追谥忠简。鹤氅(chǎng)：鸷鸟的羽毛。汉晋间有用以制衣服的，叫做鹤氅。
⑪白下：东晋南朝建康(今南京)附近的滨江要地。旧时因此又以白下为南京市的别名。
意匠：谓作文、绘画等事的精心构思。⑫香光侣：谓佛法的信奉者。山中：此指玉泉山。
礼六时：谓按六个时辰礼佛。

## 酒间口占赠汪惟修①

一局公然列宦流，何如斗酒取凉州。②又策斑骓作远游，小妇欢喜大妇
愁。时有姬在京华。春灯夜雨对金尊，深谭往事尚消魂。平原门下三千客，几
个知恩解报恩。③惟修旧有患难，予救之，故云。

注：①万历四十五年(1617)作于京师。写友人▮▮▮利，行为潇洒；又感叹世间知

恩图报者少。口占:作诗不起草稿,随口吟诵而成。汪惟修:作者友人。余未详。②一局:此指参加一次科考。宦流:指官宦的行列。凉州:州、卫、府名。西汉置凉州,为汉武帝十三刺史部之一。辖境相当今甘肃等地。治所在陇县(今甘肃张家川回族自治县)。明洪武初改为凉州卫。③平原:平原君。赵胜,战国时赵贵族。有食客数千人。见卷二《赠别詹叔正……》注。

## 饮五弟天花馆①

柴柏翎遮屋,新杨线拂墙。归禽无静舌,暮蕊炽秾香。散步劳偏适,传杯兴偶狂。莫辞乘月醉,雁羽又分行。②

**注:**①万历四十五年(1617)作于公安。作者赴京前夕与五弟传杯畅饮,辞行话别。五弟:宁道。作者异母弟。见卷三《襄阳道中题逆旅,寄示两弟》注。天花馆:宁道的别业。②雁羽:此比喻兄弟。分行:指作者将告别弟弟赴京师。

## 入都门,辞大人墓四言六章①

### 其 一

吁嗟大人,逝矣何所。未见儿出,但见儿处。②

**注:**①万历四十五年(1617)作于公安。作者赴京前入长安村拜别先茔,告慰父亲大人在天之灵。入都门:作者是年春赴京候选,授新安校。冬离京赴任。辞大人墓:作者赴京前"入长安村,拜别先茔"(见《游居柿录》卷第十二)。大人:指作者先父袁士瑜。四言:古体四言诗。②出:指出仕做官。处:指隐居家里。

### 其 二

赫赫大人,神其可度。即见儿处,亦见儿出。

### 其 三

后有场圃,恐惊灵宅。①儿已夷之,永种松柏。

**注:**①场圃:犹"园场"。灵宅:此指作者父亲及先辈亡人的坟墓。

### 其 四

后有井灶,恐惊灵宅。█儿平之,永生葵麦。

## 其　五

两兄之仕,时与愿违。<sup>①</sup>丰碑未立,以俟儿归。<sup>②</sup>

注:①两兄:指作者的两兄长宗道、宏道。宗道万历二十八年卒,到是年已十七载;宏道万历三十八年卒,到是年已七载。仕:做官。时与愿违:谓两位兄长英年早逝,都未能实现个人的志向和抱负。②丰碑:指作者两位亡兄的墓碑。

## 其　六

儿今行矣,何日遄归。<sup>①</sup>树影已灭,泪犹沾衣。

注:①遄(chuán):急速。

## 襄阳史郡伯梦斗召饮文选楼<sup>①</sup>

层楼指顾兴飞扬,秀媚烟云冠楚疆。<sup>②</sup>入座青山传晚黛,卷帘白雨送新凉。低回季汉干戈迹,仿佛南朝楮墨香。<sup>③</sup>羁客却忻邹润甫,追随叔子岘山阳。<sup>④</sup>

注:①万历四十五年(1617)作于襄阳。作者登文选楼,远眺秀美的山水和古战场的遗迹,激起了对楚地古贤人的缅怀之情。襄阳:郡,府名。东汉建安十三年(208)分南郡、南阳两郡置,治所在襄阳(今襄阳市)。明初复为府。史梦斗:襄阳府知府。郡伯:即知府。②指顾:手指目顾。③季汉:指东汉末年三国时代。季:一个季节或一个朝代的末了。南朝:时代名。经历宋、齐、梁、陈四代。楮墨:纸和墨。指代书画或诗文。④羁客:在外作客。此指作者。邹润甫:晋新野人,字润甫。少以才学知名,仕魏为太学博士。秦始间历征南从事中郎,深为羊祜所器重。累迁国子祭酒,转少府。叔子:羊祜,字叔子,西晋大臣。见卷一《赠人》注。岘山:又名岘首山。在襄阳南,东临汉水,为襄阳南面要塞。

## 襄阳令君王羲云招饮文选楼<sup>①</sup>

才大公多暇,清言共倚楼。<sup>②</sup>看云成快雨,变夏作凉秋。岘首岚如滴,鱼梁水乱流。<sup>③</sup>高情钦父党,予岂草玄俦。<sup>④</sup>

注:①万历四十五年(1617)作于襄阳。作者夏天应邀登楼赴宴,一场山雨带来了清新和凉爽。表达了作者对王令君的敬重之情。襄阳:县名。在今湖北省北部,邻接河南省。汉置县。县城西隆中山为诸葛亮隐居处。王羲云:襄阳县令。②清言:指魏晋时期

崇尚老庄、空谈玄理的一种风气。③岘首:即岘山。见上诗注。鱼梁:指水中筑堰拦水捕鱼的设备。④父党:此指长辈。予:此指作者。玄俦(chóu):指玄谈的伴侣。

## 黄广文招饮文选楼①

岩壑偏多态,游人眼亦忙。昨宵看急雨,今日送归阳。人语随烟寂,山容待月妆。无双江夏士,文藻佐飞觞。②

注:①万历四十五年(1617)作于襄阳。作者应邀观赏山中多姿的岩壑,晚上与友人飞杯畅饮、纵情赋诗。黄广文:作者的文酒友人。江夏士人。②江夏:即今武昌。

## 夏日过伯和王孙斋中和壁间黄太史韵①

最忻停马足,得暂与鸥群。②古柏偏藏雨,初篁渐住云。百城聊自快,二斗任人分。③深愧泥蛙客,难追绣虎文。④

注:①万历四十五年(1617)作于赴京途中。作者很高兴与几个地方官员谈诗论文,谓自己的诗作远不及黄太史。伯和:王孙,作者友人。余未详。王孙:古代贵族子孙的泛称。和韵:犹次韵,或称步韵,即用其原韵原字,且先后次序都须相同。黄太史:黄辉,字平倩。见卷二《燕中早发……》注。②鸥群:此喻指一群隐者。③百城:《南史·乐法才传》:"武帝嘉其清节,曰:'居职若斯,可以为百城表矣。'"百城,谓各地的地方官。二斗:谓二斗才。晋谢灵运尝曰:"天下才有一石,曹子建独占八斗,我得一斗,天下共分一斗。"见《宣和书谱》。④泥蛙客:作者谦称。绣虎:曹植,号绣虎。此指代黄太史。

## 书淇县公署壁①

淇园有竹旧知名,伐矢填河迹最明。②偏指王刍殊未允,支离真笑郑康成。③

注:①万历四十五年(1617)作于淇县。写自古有名的淇园竹被乱伐,其荒唐行径遭到了世人耻笑。淇县:在今河南省北部。秦置朝歌县,明改淇县。公署:办理公务的机关。②淇园:淇县有名的园林。矢:箭。此指竹。③刍:草把。《礼记·祭统》:"士执刍。"郑玄注:"刍谓蒿也,杀牲时用荐之。"支离:奇离不正,异于常态。郑康成:郑玄。东汉经学家,字康成。见卷四《送水部叶寅阳……》注。

# 豫 让 桥①

清流渐涸见蒲根,吞炭先生迹尚存。②委质自然轻一死,何须国士始酬恩。③

**注:**①万历四十五年(1617)作于赴京途中。作者路过豫让桥,即景生情,深深感慨豫让的忠义行为。豫让:战国初事中行氏,无所知名。②吞炭先生:即豫让。③委质:古代臣下向君子献礼,表示献身。《国语·晋语九》:"臣闻之,委质之臣,无有二心,委质而策死。"韦昭注:"言委质于君,书名于册,示必死也。"国士:旧称一国杰出的人物。此指豫让。酬恩:此指豫让酬报智伯对自己的知遇之恩。

# 保定署中初度①

征轺正值射弧辰,邮舍一尊共浣尘。②此日燕关乘传客,往年湘水泛舟人。③都无角黍添蔬席,尚有榴花照葛巾。④南北东西听任使,如今莫话自由身。

**注:**①万历四十五年(1617)作于保定。作者赴京途中路过保定,在邮舍过生日,此时自己已经为朝廷仕人,当南北东西听任使。保定:路、府名。元至元十二年(1275)改顺天路置路,治所在清苑(今保定市),明初改为府。在今河北省中部。初度:指初生之时。后称生日为"初度"。作者隆庆四年(1570)五月初七生于长安村,是年满47岁。②轺(yáo):古代轻小便捷的马车。射弧长:指作者的生日。依古代风俗,家生男,于门左挂弓一张。弧:即弓。故称生男子为弧长令旦。见《礼记·内则》。邮舍:驿站。供过客歇宿的馆舍。③传客:指驿站负责传送公文的客人。此指作者。④角黍:即粽子。

# 滹沱怀晋州守李素心社丈①

十载蹉跎共敝裘,专城今作汉康侯。②八行好付滹沱水,一夜随流到晋州。③

**注:**①万历四十五年(1617)作于河北境内。作者过滹沱,怀想起少时同窗好友李素心,其今已成了朝廷安一方之侯。滹(hū)沱(tuó):水名。滹沱河。子牙河北源,在河北省西部。晋州:州名。蒙古成吉思汗十年(1215)置,治所在鼓城(今晋县)。守:太守,即知州。李素心:李学元,字素心,公安县人。见卷一《村居喜社友李素心至》注。社丈:犹社

友。谓素心与作者少时曾为城南社社友。②十载蹉跎：此谓十年苦读。指素心与作者（还有宏道）等一起在公安读书、办文社的时期。专城：古时称州牧、太守等地方官为一城之长。此指晋州太守李素心。康侯：为帝王赞美臣下之词。泛指安国家之侯。③八行：八行书，信札的代称。旧时信笺每页八行，故称。

## 工部署中遇缮部郎李增华偶赋①

仙曹偶尔奉清扬，鸣佩追随鸳鹭行。②嗜水也忻为水部，爱山犹喜作山郎。③文书历落蚕头字，带舄氤氲燕寝香。④弹指桃花源上别，梅花署里又相将。⑤

注：①万历四十五年(1617)作于京师。作者赋诗称道郎官李增华眉目清秀，才能超众。工部：官署名。西晋以后置田曹掌屯田，又有工部掌工程，水部掌航政及水利。缮：修补；整治。郎：帝王侍从官的通称。李增华：缮部郎官，湖广武陵人氏，作者友人。余未详。②仙曹：此喻指工部署中。奉：敬辞。此谓奉访。清扬：眉目清秀。此指李增华。鸳鹭：比喻朝官的行列。③山郎：汉代宿卫职。《汉书·杨恽传》："郎官故事，今郎出钱市财用，给文书乃得出，名曰'山郎'。"颜师古注："山，财用之所出，故取名焉。"④历落：疏疏落落，参差不齐。舄(xì)：鞋。氤氲：气和光色混和动荡貌。燕寝：古代帝王休息安寝的宫室。亦称内寝、小寝。⑤桃花源：指湖南武陵桃花源。梅花署：指作者万历四十三年(1615)在京师米仲诏湛园看梅花。将：随。指作者与李增华相随于湛园看梅花。

## 工部署中偶成①

八座迟来署冷清，人声依约乱禽声。②慵来偶向庭阶立，指爪闲敲革带鸣。

注：①万历四十五年(1617)作于京师。作者形象描述了工部官署上班"迟、散、懒"的情状。②八座：当指工部几位主要官员的座位。

## 赠刘玄晖①

### 其 一

走马弯弓出玉关，长城一缕挂青山。②汉家文法牛毛密，莫效陈汤斩虏还。③

注：①万历四十五年（1617）作于京师。作者赋诗勉励军旅友人建功立业，成家嗣子。刘玄晖：西部戍边将士，作者友人。余未详。②玉关：玉门关的省称。汉武帝置。因西域输入玉石取道于此而得名。故址在今甘肃敦煌西北小方盘城。③文法：此指国家有关的纪纲、法律、政令等。陈汤：西汉山阳瑕丘（今山东兖州东北）人，字子公。元帝时，为西域副校尉。匈奴郅支单于奴役康居人民，攻掠乌孙、大宛等，威胁西域。他和西域都护甘延寿发兵至康居，攻杀郅支单于。封关内侯。

## 其　二

青骢白马健儿装，大醉徘徊古战场。秦月汉关那久住，桃花结子待刘郎。①

注：①秦月汉关：指代刘玄晖戍守的西部边塞。桃花结子：比喻成家嗣子。

## 口占送龚沧屿大行表弟使福藩①

### 其　一

金符玉册下天门，伊阙黄河带砺存。②长袖飞来闲览眺，洛阳犹自有名园。③

注：①万历四十五年（1617）作于京师。表弟龚沧屿持金符出使明福王的封地洛阳城。作者勉励他淡泊远志，超出尘世。口占：作诗不起草稿，随口吟诵而成。龚沧屿表弟：为作者龚氏舅家的表弟。大行：古官名，掌接待宾客。福藩：明福王的封地。福王，明神宗之子朱常询，万历二十九年（1601）受封，四十二年到洛阳就国，得庄田二万顷。②符：古代朝廷传达命令或征调兵将所用的凭证，用金、玉、铜、竹、木制成，双方各执一半，合之以验真假。天门：帝王宫殿之门。伊阙：古关名。在今河南洛阳市南伊阙山上。伊阙山，因两山相对如阙门，伊水流经其间，故名。砺：磨。犹磨砺。③长袖：指龚沧屿穿的官服，代指龚沧屿。洛阳：我国古都之一。东汉、三国魏、西晋、北魏（孝文帝以后）、隋（炀帝）、武周、五代唐先后定都于此。为龚沧屿出使福藩之地。

### 其　二

王程闲作看山人，澹远情怀迥出尘。磨墨小鬟堪送日，无心更问洛川神。①

注：①洛川神：即洛水的女神。曹植曾作有《洛神赋》，李善在《文选》注中引如淳说，谓系宓（伏）羲之女，称宓妃，因渡水淹死，成为水神。宓妃之名，亦见于《离骚》。

## 射圃看西山短歌①

谁家肯作看山楼,射圃无遮粗可游。西山夏云有无里,西山难与夏云比。玉狗金鸡画不成,烟蕊岚翘故故生。青山未能除冶习,幻出美人如有情。须臾风起天如扫,依然冷碧天容好。

**注:**①万历四十五年(1617)作于京师。作者于射圃中,观赏西山群峦倩冶,夏云变幻,瞬间碧空如洗的奇特自然景观。射圃:习射之场。西山:泛指北京西郊群山。有百花山、灵山、妙峰山、香山、翠微山、卢师山、玉泉山等。为京郊名胜地。

## 送阮同年集之大行使闽①

### 其 一

小阮知予胜自知,经年相见又相思。却怜雁羽分行日,正值西风脱叶时。②

**注:**①万历四十五年(1617)作于京师。作者赋诗送阮集之出使闽地,称赞其风度翩翩,佳作满囊,有顾恺之的才华。阮集之:阮大铖(约1587—约1646),明末怀宁(今属安徽)人,字集之,号圆海。同年:科举制度中称同科考的人。大行:古官名,掌接待宾客。使闽:谓出使福建。②雁羽:喻指作者的两位兄长宗道、宏道。西风脱叶:指秋季。

### 其 二

澹月微霜弄早秋,才人出使太风流。烟书岚字缥囊满,处处青山顾虎头。①

**注:**①烟书岚字:喻指阮大铖创作的诗文。缥囊:盛书囊。顾虎头:顾恺之,东晋画家。小字虎头。见卷一《江上示长孺》注。

### 其 三

相逢唾雾总烟云,禽向终偕襟乍分。①闽海山川不共赏,一缄烦寄武夷君。②

**注:**①唾雾:谓很善言谈。烟云:比喻言辞像山水般秀美。禽向:指后汉北海禽庆与朝歌人向长俱游五岳名山,不知所终。见卷六《游青溪同度门》注。②缄(jiān):书信。武夷君:此指武夷山,在今江西崇安县城西南十公里。是由红色砂岩构成的低山,为福建省

第一名山。

## 其　四

邸舍常余三日香，王程蹜屐与飞舠。<sup>①</sup>堪殢燕玉妖韶甚，休唉王家十八娘。<sup>②</sup>

**注**：①邸舍：此指作者在京的住处。余三日香：谓作者不几日也将离京。王程：此指代负王命使闽。②十八娘：荔枝的一种，指色深红而细长的荔枝。相传闽王有女，排行第十八，爱好此种荔枝，因有此名。参见宋蔡襄《荔枝谱》卷七。

## 改教疏下部有作<sup>①</sup>

懒慢偷全病后身，岂为龙性果难驯。<sup>②</sup>东方宦迹惟逃世，司马家传不治民。<sup>③</sup>鸠计一茎聊适性，鹏营万里枉劳神。<sup>④</sup>深秋鼓棹烟波去，依旧登山涉水人。

**注**：①万历四十五年（1617）作于京师。作者写自己性情不佳，不效万里鹏，安心往新安校职做个闲适的登山涉水人。教疏：指作者将从事的新安校职。下部：犹敝部。②慢：慢世。指作者任性放纵，不拘法理，不在意世人毁誉。龙性：喻优良的性情。即雄才壮志、气概威武。③东方：东方朔。西汉文学家，性诙谐滑稽，善辞赋。见卷二《送顾孝廉晋甫再入都……》注。司马：司马相如。西汉大辞赋家。见卷一《拙藁呈冯开之……》注。④鸠：鸟名。《禽经》："鸠拙而安。"谓鸠性拙，不善营巢，常取它鸟之巢居之。

## 哭白五石大行<sup>①</sup>

把臂西园岁甫周，不堪消息自通州。<sup>②</sup>神清未是人间物，思苦遂为性命忧。文考梦中呈魍魉，贾生室里兆鸺鹠。<sup>③</sup>中郎去后君随逝，帝所相逢好唱酬。白诗学中郎。<sup>④</sup>

**注**：①万历四十五年（1617）作于京师。写作者对友人逝去的无比震惊、痛楚与怀念的感情。白五石：掌接待宾客的官。作者友人。余未详。大行：古官名。掌接待宾客。②把臂：握住对方的手臂，表示亲密。岁甫周：谓刚一周年。此指作者万历四十四年来京赴考时，曾与白五石聚会西园。作者作《白大行五石出使周藩有赠》一诗（见前诗）。通州：州名。五代周显德改静海军置，治所在静海（今南通市）。③文考：指科考。魍魉：古代传说中的山川精怪名。兆：事物发生前的征候或迹象；预示。鸺（xiū）鹠（liú）：鸟名。亦

称"横纹小鸦"。④白诗:指白居易通俗化的诗风。学中郎:指白五石生前曾向宏道学习白诗。

## 赴西陵侯宋伯亨席有作①

林樾真无暑,追随竟夜留。②荷花为麈尾,酒案代游舟。③霞布依城寺,烟萦映水楼。主人多胜韵,才子汉通侯。④御河不敢用舟,以酿酒者盛水之案如长盆,可坐十人,名曰酒案。

注:①万历四十五年(1617)作于京师。作者赴侯爵之家宴,夜里,宾主乘坐酒案在荷花中清谈。西陵:指今湖北省宜昌等地区。侯:古爵位名,为五等爵的第二等。宋伯亨:侯爵。②樾(yuè):两木交聚而成的树荫。亦指道旁成荫的树。③麈(zhǔ)尾:即拂尘。用麈的尾巴制成。案:狭长的桌子。④胜韵:优美的诗韵。指代宋伯亨善作诗。才子:旧指才德兼备的人。此指宋伯亨。通侯:爵位名。即彻侯。《汉书·高帝纪》:"通侯诸将,毋敢隐朕,皆言其情。"颜师古注引应劭:"旧曰彻侯,避(汉)武帝讳曰通侯。"此指代宋伯亨。

## 净业寺独坐①

城西湖水剩清凉,古寺凌波树几行。十里芙蓉通太液,一方蒲荻宛潇湘。②都无久雨妨行乐,忽有轻风伴坐忘。假寐偶然呼不醒,贪他魂梦也生香。

注:①万历四十五年(1617)作于京师。作者独坐净业寺,赏十里芙蓉、一方蒲荻,假寐成眠,贪梦生香。《游居柿录》卷十二:"乃先往净业寺看荷坐大柳下,凉风袭肌。僧送花下藕,如腕玉。假寝数时而去。"②芙蓉:荷花。此指荷花湖。太液:此指皇宫内的水系。荻(dí):多年生草木,根茎外有鳞片,茎直立,生长在路旁和水边。潇湘:湘江的别称,因湘江水清深得名。此泛指南方水域。

## 刘百世镜园七夕,先夜风雨大作①

着意寻花花事稀,昨朝犹自饱芳菲。风波欲冷黄姑约,草木全彰白帝威。②绕郭远山传暮景,窥林乳月弄微辉。亦知投辖留宾意,河朔年来兴渐非。③

注：①万历四十五年（1617）作于京师。作者在友人家过七夕节，感叹节令的变化将带给人们气候渐非的感受。刘百世：作者友人。亦名白石，余未详。七夕：农历七月初七日的晚上。②黄姑：星名，即河鼓星。《玉台新咏》卷九《东飞伯劳歌》："东飞伯劳西飞燕，黄姑织女时相见。"《晋书·天文志上》："河鼓三星，旗九星，在牵牛北。"白帝：中国古代神话中的五大帝之一，古代指西方之神。③投辖：比喻主人留客的殷勤。见卷一《嘉兴同张、徐二公夜饮……》注。河朔：地区名。泛指黄河以北。

## 寿 王 翁①

澍雨息游龙，绝尘停驶骥。②归来兮山中，山中酿可醉。已悟蜘蛛隐，遂同鸥鹭戏。③风吹褐布囊，山冷霞纹被。倚藤瀑流雄，欹笠峰容媚。陈琴爱不弦，作诗喜无字。三万六千朝，无朝不把臂。④眷望林间人，非仙有仙致。⑤

注：①万历四十五年（1617）作于京师。作者赋诗为王翁祝寿，称美他隐游山中，有仙人般的情趣。②澍（shù）雨：时雨。游龙：喻指喜出游的人。此指王翁。驶骥：驾驭千里马。③蜘蛛隐：此指独居而隐。见卷三《送三舅夹山至太原任》注。鸥鹭：喻指住在水云乡里的隐者。④把臂：握住对方的手臂，表示亲热。⑤眷（juàn）：恋慕。仙致：指仙人的意态、情趣。

## 送李仲达赴南康司理任①

匡庐天下胜，胜处在南康。②宿有烟霞志，今来水石乡。③画轮沾瀑雪，缇扇拥山光。公隙都无事，笺书与爇香。

注：①万历四十五年（1617）作于京师。作者赋诗送友人赴任南康司理，祝贺他终得山水之幸。李仲达：南康司理，作者友人。余不详。南康：军、路、府名。宋太平兴国七年（982）分洪、江等州置，治所在星子（今县）。明初改为西宁府，不久又改为南康府。司理：官名，司理参军的简称。宋代置于诸州，掌狱讼。②匡庐：庐山，一名匡山，故又称匡庐。在江西省北部，耸立于鄱阳湖、长江之滨。为著名游览胜地。③宿：通"夙"。素常；平素。烟霞志：出游山水的志向。

## 报国寺老松①

古寺寻松几度游，炎威乍到冷飕飕。孤株欲上还中止，老干劳挐不肯休。②虎倒龙颠争气象,犬年羊月纪春秋。③大夫空领秦家爵,何似山僧骨韵幽。④此松元时物也。

注:①万历四十五年(1617)作于京师。作者诗赞报国寺古松虽然没有了昔日秦大夫的伟岸,却有着山中僧人的风韵气度。报国寺:京师西郊的古寺。《游居柿录》卷十一:"息于报国寺松下。乔松五株,参天入云,拗枝曲干,鹄峙鸾翔,大都宋元以前物也。"又:"再见寺松陡健,清人肌骨。"②孤株:指只剩主干,没有了旁枝。挐(rú):纷乱。谓长出许多树枝。③虎倒龙颠:比喻老松主干倒伏,树冠扬起的样子。④秦大夫:此指松树。见前诗《修龄邀游西苑有述》注。韵幽:气韵幽深。

# 报 国 寺①

渭城人去且从容,曲径离离乱草封。②古刹依稀如小县,危楼彷佛似高峰。③云翮雾羽千章柏,凤翥龙骞几树松。④日暮凭栏虚阁里,直西云岫翠重重。

注:①万历四十五年(1617)作于京师。作者赋诗诉说报国寺的离奇来历:有一位古人从容地离开报国寺,去了渭城,便给后世留下了一座千年不败的古刹。②渭城:古县名。本秦都咸阳县,汉高祖元年改名新城,七年废。元鼎三年(前114)复置改名,因南临渭水得名。治所在今陕西咸阳市东北二十里,东汉并入长安县。③刹(chà):佛寺。④章:文采。翥(zhù):飞举。骞(qiān):高举;飞起。皆形容古松昂扬劲挺的风姿。

# 姜翼龙先生偕元配胡夫人双寿诗①

清时黻佩岁年高,眼底龙文与凤毛。②长举人间青玉案,不须天上赤霜袍。③千岩秀色争迎杖,万壑泉流尽泛桃。④九百九枚何苐在,金貂七叶漫雄豪。⑤

注:①万历四十五年(1618)作于京师。作者赋诗志贺姜先生和胡夫人双寿,赞美二老举案齐眉、和谐到老。②黻(fú):古代礼服上黑与青相间的花纹。眼底:指姜先生与夫人的眼中。龙文:比喻才华出众的子弟。《北齐书·杨愔传》:"愔从父兄黄门侍郎昱,特相器重,曾谓人曰:'此儿驹齿未落,已是我家龙文,更十岁,当求之千里外。'"凤毛:谓先人遗下的风采。《世说新语·容止》:"王敬伦(劭)风采似父(王导)……桓公(温)望之曰:'大奴固自有凤毛。'"③举案:举案齐眉。《后汉书·梁鸿传》:"(鸿)为人凭舂,每归,妻为具食,不敢于鸿前仰视,举案齐眉。"案:有脚的托盘。旧因称夫妇相敬为"举案齐眉"。青:年轻。玉:相爱,相助。赤霜:袍名。④秀色:秀美的姿色。此指胡夫人。杖:指代姜

先生。⑤蕑(jiān)：即兰草。金貂：汉时冠饰，又名武弁大冠，诸武官冠之。见《后汉书·舆服志下》。雄豪：威武有气魄。

## 又① 代

家庭朝典世争传，雾峤云庄阅岁年。②王谢儿孙皆著藻，刘樊伉俪总登仙。③青藜紫橐风云接，赤界黄书日月悬。④经术由来崇汉代，当年万石漫称贤。⑤

**注：**①万历四十五年(1617)作于京师。作者再次赋诗称美姜先生教子有方，又称其常年出游山水，钻研经术，老俩口皆可登仙。②朝典：谓教子典范。朝：子见父母。雾峤云庄：谓山庄在高山云雾之中。③王谢：当指东晋的王导与谢安两个大家族。著藻：谓文采显出。刘、樊：古代一对成仙的夫妻。喻指姜翼龙夫妇。伉俪：夫妻；配偶。④藜(lí)：此指藜杖，藜茎做的杖。橐(tuó)：同"橐"。袋子。赤界：犹道界。黄书：犹升天的诏书。⑤经术：犹经学、儒学。万石(dàn)：万石君，即石奋。汉朝温人。此指代江翼龙先生。

## 巩华城南楼①

### 其 一

积岚藏野市，流水绕高墉。②玉砌朱桃坠，金铺碧草封。③乱山遮塞北，一罅走居庸。④渐觉尘缘净，将追禽向踪。⑤

**注：**①万历四十五年(1617)作于京师。作者登皇城南楼，眺望皇邸及远近景物，感叹自己尘缘已净，将追随古人禽庆向长去游名山。巩华城：即内皇城。②野市：指民间做买卖的场所。墉(yōng)：城墙。③玉砌：指皇城的墙是用玉石砌成的。朱桃坠：指皇城上挂着红灯笼。金铺：门上图面形铜制环钮，用以衔环。见卷七《周藩竹居宗侯……》注。④居庸：居庸关。旧称军都关、蓟门关。在今北京市昌平县西北部。⑤尘缘：佛教用语。谓以攀缘六尘，被六尘所牵累。六尘：色、声、香、味、触、法。净：净尽；无余。禽向踪：谓后汉的禽庆与向长俱游五岳名山。见卷六《游青溪同度门》注。

### 其 二

不远神京路，遂亲漠朔天。南瞻双阙树，西认九陵烟。①帝邸龙鳞耀，军储雀尾连。②汉关曾一度，屈指已多年。城外运舟毕集。

**注：**①阙(què)：古代宫殿、祠庙前的高建筑物，通常左右各一，建成高台，台上起楼观。②龙鳞：指代穿着衮服的皇宫中人。军储：军队的储备物。此指"城外运舟"。

# 法 云 寺<sup>①</sup>

直北西山曲,峰峦似剑铓。<sup>②</sup>近皴飞雨点,高岭入星光。西水浸茶灶,东泉绕饭堂。双流鸣玉雪,滚滚赴鱼梁。<sup>③</sup>

**注:**①万历四十五年(1617)作于京师。法云寺处崇山峻岭之中,内有双泉环绕,山水景色尤胜。法云寺:《游居柿录》卷十二:"去沙河四十里,在山半。远视之唯一山,逼近则山山相依如笋箨,皱云驳霞,极其生动。其根为千年雨溜洗出,石骨稜稜。"②西山:北京西郊群山。铓(máng):刀剑等的尖锋。③鱼梁:筑堰拦水捕鱼的一种设施。

# 病 余 偶 成<sup>①</sup>

身入膻途已二年,铜乌蓄口罢谭禅。<sup>②</sup>浮名应作高官障,多病翻成静者缘。风过蔬畦交薤字,雨清石径盛苔钱。昨宵忽作家园梦,笑上车湖旧钓船。<sup>③</sup>

**注:**①万历四十五年(1617)作于京师。作者入仕途两年后的一场病,促使他又头脑清净、心境淡泊起来。②膻途:犹仕途。膻:羊腹内的脂膏。喻指官俸。铜乌:古代铜制的鸟形风向器。亦称"向风乌"。禅:佛教用语。意谓将散乱的心念集定于一处,进入清静寂定的心境。③车湖:作者故里公安县孟家溪的车台湖。

# 赠 鹿 苑 吕 居 士<sup>①</sup>

长安扰扰利名场,几见莲花出水香。<sup>②</sup>解得西江一口吸,有家不必付清湘。<sup>③</sup>

**注:**①万历四十五年(1617)作于京师。作者称美吕居士处繁华仍保持莲花般的淡泊心境。鹿苑:指养鹿的园林。居士:古称有才德而隐居不仕的人。②长安:指代京师。莲花:此喻指吕居士淡泊的心境。③西江:珠江干流,在今广东省西部。清湘:谓清澄的湘江水。

# 黄 山 八 景 诗 为 张 给 谏 华 东 赋<sup>①</sup>

## 兔 柴

眼底非凡界,何须向僻陬。天孙分秀嶂,地媪贲清流。<sup>②</sup>爽豁峰峦峻,纤回洞鑿幽。殷勤捣药使,此处即丹丘。③华东步山间,有兔突起去,视其处形势最胜,定为别墅,因名。

注:①万历四十六年(1618)作于安徽黄山。作者先后从多个侧面聚焦黄山奇异多姿的优美景观,表达了对黄山的喜爱。黄山:古称黟(yī)山,唐改黄山。在今安徽省南部,跨歙、黟、太平、休宁四县。为我国著名的游览胜地。给谏:宋代为给事中及谏议大夫的合称。职掌纠正及规谏。张华东:官给谏,作者友人。余未详。《游居柿录》卷十三:"(万历四十六年)十月初一日,往游黄山,有记。"②天孙:古星名,即"织女"。织女为民间神话中巧手织造的仙女,为天帝之孙,故亦称天孙。地媪(ǎo):犹地神。媪:老妇人。赉(lài):赏赐;赠送。③捣药使:仙兔。传说月中的捣药的白兔。唐李白《把酒问月》:"白兔捣药秋复春,嫦娥孤栖与谁邻?"丹丘:神话中的神仙之地。楚屈原《远游》:"仍羽人于丹丘兮,留不死之旧乡。"

## 超 然 洞

金堂如有待,玉室许谁来。春水桃为导,仇池穴正开。①千山分点墨,万井辨飞埃。②邃秘还虚朗,光明近帝台。

注:①"春水"句:谓桃花盛开后即将发春水。称"桃花水",亦称"桃花汛"。仇池:山名。以山上有仇池得名;又因山上有平地百顷,亦称百顷山。在今甘肃成县西西汉水北岸。②点墨:犹点染。为作画用墨的一种技法。此比喻丛山似墨染一般。井:深穴;坑谷。

## 对 仙 楼

莫向蓬瀛去,焚香坐此楼。①鸟鸣知昼夜,花发辨春秋。赤鲤真人过,斑龙姹女游。②功成须早至,黄石待留侯。③

注:①蓬:蓬莱。瀛:瀛洲。皆为传说中的"三神山"之一。《汉书·郊祀志上》:"自威、宣、燕昭使人入海求蓬莱、方丈、瀛洲,此三神山者,其传在勃海中。"后泛指想象中的仙境。②赤鲤:传说中的仙骑。汉刘向《列仙传·琴高》:"入涿水中取龙子,与诸弟子期曰:'皆洁斋待,于水傍设祠。'果乘赤鲤来,出坐祠中。"真人:佛教术语。总称阿罗汉,亦称佛。以是为证真理之人。姹女:少女。③黄石:黄石公。又称圯上老人。见卷三《别牟镇抚南归》注。留侯:张良。汉初大臣,封留侯。见卷五《寿蹇令公》注。

## 柿 泉

秋容无限好,散步畅幽居。独倚酣霜树,来观沸雪渠。汲泉聊漱齿,拾叶且临书。①若把寒潭比,君心较澹如。

注:①临书:犹临池。对着字帖学习书法。

## 问偈山房①

斋后游山好,悄然转觉亲。昙磨无半字,童子漫东询。②白月田中鹭,红罗扇里人。知君深荐取,端坐鸟啼春。③

注:①问偈山房:指作者往寺院询问偈义。偈:义译为"颂",即佛经中的唱词。②昙(tán)磨:昙摩罗。古鸟场国(故地相当今巴基斯坦北部斯瓦特河流域)僧人。于北魏时来洛阳,学习中国语言,并在洛阳建立法云寺,采用西域建筑方式,有名于时。见《洛阳伽蓝记》卷四。漫东询:谓昙磨经漫漫长途到中国来学习语言。③君:此指张给谏华东。

## 坎 井

和雪惟添冷,浮花祗益香。廉泉同皎洁,孝水共清凉。①蔬瓮何辞抱,槔机久已忘。②山家存素朴,奢侈笑银床。

注:①廉泉:即廉泉让水。南朝宋时,梁州范柏年因事谒见明帝,明帝说到广州的贪泉,就问柏年:"卿州复有此水否?"柏年曰:"梁州惟有文川、武乡、廉泉、让水。"又问:"卿宅在何处?"曰:"臣所居廉、让之间。"(见《南史·胡谐之传》)范语暗示自己清廉。后以"廉泉让水"比喻风土之醇美。皎洁:明亮洁白。②蔬(xū)瓮(wèng):谓用瓮中的水浇灌蔬菜。《庄子·天地》:"凿隧而入井,抱瓮而出灌。"槔:桔槔,亦称"吊杆"。一种原始的提水工具,春秋时代已经应用。机:机巧的心思。

## 佛迹石

爱此玲珑质,铿然触瘦筇。①移来元鹿苑,分得自鹭峰。②幻窍霞纹市,奇皴雪浪重。佛魔都不用,看作兔狐踪。

注:①玲珑:明彻貌。此喻指佛迹石。铿然:象声词。言金钟之声铿铿作响。筇:杖。②鹭峰:指黄山中的一山峰名。鹭:古水鸟名。相传似鹤,青苍色。

## 虎 头 崖

突兀都无地,凌虚小置斋。不争龙尾道,偏爱虎头崖。①去只邀云伴,来应得鸟偕。卧游亦自好,宗炳静澄怀。②

注:①龙尾道:指自城外至城上所筑陂陀道。其道前高后卑,下蹋于地,逶迤曲屈,宛如龙尾下垂,故谓之龙尾道。《越绝书·吴地传》:"无锡西龙尾陵道者,春申君初封吴所造也。"②卧游、澄怀:此指躺在虎头崖上观赏四周的自然景观。宗炳:南朝宋画家,家居江陵(今属湖北)。见卷七《三湖杂咏》注。

## 寿陈眉公六十①

湖泖生来作道民,扁舟皂帽几经春。②逃名怕作仙人障,息影真成静者身。③十亩蔬畦书薤字，数椽茅屋绕松鳞。华阳犹自惭高隐，轻与时君问答频。④

注：①万历四十五年(1617)作于京师。作者赋诗为陈眉公志寿，称道他为修道而高隐不仕。②泖(mǎo)：水面平静的湖荡。道民：犹道士。③逃名：谓避声名而不居。息影：犹停止活动。静者：犹修道之人。④华(huà)阳：古地区名，因在华山之南得名。相当于今陕西秦岭以南、四川和云南、贵州一带。高隐：犹高卧，隐居不仕。时君：指深谙时势的才德之人。

## 赠萧封公①

掷却毛椎鬓尚玄，闲攀碧岫溯清泉。身藏何必留文字，机息真宜对酒船。②柳市投车高会客，铜街跃马小游仙。③八萧宦业儿曹事，烂醉花前不计年。④

注：①万历四十五年(1617)作于京师。写作者劝勉萧封公，趁年轻，安心地去游览山水、尽情娱乐。表达了诗人彻底地超脱世外的情怀。②身藏：指隐居。机息：谓熄灭机心。机心：犹言巧诈的心术，或深沉权谋的心计。酒船：指泛舟饮酒。③柳市：犹花巷柳市。指游乐之地。铜街：犹古都市。④八萧：指萧氏大家族。宦业：指做官的事。

## 将赴新安任，出都门①

喧极翻成静，悠然出帝畿。②人因南去喜，春在腊前归。风软貂犹谢，晴酣羽尚挥。③不须吹玉律，到眼尽芳菲。④

注：①万历四十五年(1617)作于京师。作者悠然离开京城，一路欣喜地南去任职。新安任：指作者到新安担任校职。新安：郡名。隋大业三年(607)改歙州置。治所在今休宁(今县东万安)，后移歙县(今县)。辖境相当于今安徽新安江流域、祁门及江西婺源等地。后世因以新安为歙州、徽州所辖地的别称。都门：指京师之门。《游居柿录》卷十二："十月初十日，赴新安校。"②悠然：闲适貌。畿(jī)：古代王都所处的千里地面。③貂：动物名。大如獭，尾粗。黄色或紫黑色。其皮为珍贵的皮料。古时以其尾为冠饰。④玉律：指清雅和谐的音乐。

## 雄县道中①

才出江南路，遂逢芦苇村。②远山真似睡，近水忽如言。古邑惟蔬圃，荒垣见树根。雁行乘传侣,萧瑟一人存。③

注:①万历四十五年(1617)作于雄县。作者路过一处似江南的水乡,进入雄县城区。眼前的荒寂与雁行,使诗人想起了失去的两位兄长。雄县:在今河北省中部、大清河中游、白洋淀以北。秦置易县,唐改设归义县,明入雄州,后改雄县。②江南路:指河北省中部大清河中游、白洋淀一带水源丰富,其景色如江南水乡。③乘传:乘驿站的传车。一人存:指作者失去了宗道、宏道两位兄长。

## 过鄚州城①

燕南垂兮赵北际,中央不合大如砺。②当时公孙并幽州,自云此中可避世。③避世兼思避此身,传呼尽用健妇人。袁家鼓角天中至,城内儿郎心胆惊。④萧萧易水带冰流,北风吹沙动地愁。追思悲歌慷慨士,荆卿过去又田畴。⑤

注:①万历四十五年(1617)作于鄚州。作者过鄚州、易水,追思缅怀古代燕赵悲壮之士。鄚(mò)州:古县名。战国赵邑,秦置县,治所在今河北任丘北鄚州镇。宋熙宁六年(1073)废入任丘。②燕:指战国燕国。垂:通"陲"。边境。中央不合:谓国家不统一。③公孙:公孙瓒(?—199),东汉末辽西令支(今河北迁安西)人。字伯珪。初为辽东属国长史,曾镇压青徐黄巾军,屠杀至数万人。后割据幽州(今河北北部),与袁绍连年混战。建安四年(199)为袁绍所败,自焚而死。④袁家:指袁绍(?—202),东汉末汝南汝阳(今河南商水西南)人。字本初。出生于上世三公的大官僚家庭。初为司隶校尉。何进召董卓诛宦官,卓未至而事泄,进被杀,他尽杀宦官。卓至京师专朝,他逃奔冀州(今河北中南部),号召起兵攻卓。后在与各地方势力的混战中,据有冀、青(今山东东北部)、幽(今河北北部)、并(今山西)四州,成为当时地广兵多的割据势力。建安五年(200)在官渡(今河南中牟东北)为曹操大败,不久病死。其子袁谭、袁尚互相攻击,先后为曹操所灭。⑤荆卿:荆轲。战国末年刺客。见卷三《入都过秃翁墓》注。田畴:三国魏无终人。字子泰。好读书,善击剑。

## 白 沟 河①

寂寂黄沙去,谁言翠辇过。②可怜张叔夜,哭死白沟河。③

注:①万历四十五年(1617)作于白沟河。作者过白沟河,忆起北宋王朝在"靖康之变"中所遭受的耻辱。又缅怀气节之士张叔夜不甘当俘虏,在白沟河绝食而死。白沟河:

今河北新城县东至北而南的白沟河。②翠辇(liǎn):此指被金兵俘虏的北宋皇帝、皇室、后妃及其随从官员等一行所乘的车。③张叔夜(1065—1127):北宋末年开封人,字稽仲,徽宗大观中赐进士。靖康元年(1126)金兵南下,他请以骑兵断其后路,不报。旋以知邓州(治今河南邓县)领南道都总管。金兵再围京师,他率军驰援,进签书枢密院事。城陷后被俘北去,至白沟(原宋辽界河)绝食而死。

### 德州张民部钟石署中,同马远之分韵。予曾访旧友刘元定饮此①

尚不迷松径,犹然识柳衙。②暗城才吐月,冻树尽生花。共和尊前雪,同瞻眉上霞。③回思池水满,荷叶拥浮楂。

**注**:①万历四十五年(1617)作于德州。作者在德州官署饮酒、赋诗、会友,欣喜之中忆起昔日旧友曾来池中泛舟赏荷的往事。德州:秦设鬲县,明为德州。在今山东省西北部,邻接河北省。张钟石:民部官员,作者友人。余未详。民部:官署名。即户部之前身,唐以避太宗李世民名改。署:办理公务的机关。马远之:作者友人。余未详。分韵:旧时作诗方式之一。指作诗时先规定若干字为韵,各人分拈韵字,依韵作诗。刘元定:刘戡之,曾任德州知府。三袁兄弟的友人。见卷三《同慎轩赴刘元定诸君子……》注。②识:谓作者十年前曾来德州造访过刘元定(见卷五《初春德州署中刘户部元定席上》)。③和:以诗唱和;和答。

### 马郡伯北海招饮泛舟①

不意尘中轸,能为物外游。②南来才见水,冬暖一浮舟。沙鸟随歌拍,冰枝杂酒筹。时艰真可虑,犹幸有康侯。③

**注**:①万历四十五年(1617)作于彭城。作者乘车于风尘之中,又幸得机会在湖中泛舟。马北海:彭城知府,作者友人。余未详。伯:古指管辖一方的长官。②轸(zhěn):车的代称。③康侯:谓安国之侯。为帝王赞美臣下之词。见前诗《滹沱怀晋州守李素心……》注。此指马郡伯。

### 马郡伯遗予墨竹①

拔地神清健,凌霄骨格清。可知文氏派,不独在彭城。②

注：①万历四十五年(1617)作于彭城。作者以墨竹喻人，称道马郡伯人才特出，品格清廉，知书能文，名声遐迩。马郡伯：彭城知府。见前诗注。遗(旧读 wèi)：赠予；致送。②文氏派：此指读书能文的人。彭城：郡、国名。西汉地节元年(前 69)改楚国为彭城郡，治所在彭城(今徐州市)。

## 趵突泉，兼呈大中丞李梦白、直指毕东郊二先生四首①

### 其　一

按牒寻流杖几穿，鹊华原畔见灵渊。②祇疑伏地烹砂火，能作腾空沸雪泉。③龙女捧珠同日月，天孙飞乳润山川。④无端出没呈奇变，画手犹难吴道玄。⑤

注：①万历四十五年(1617)作于济南。写作者与友人在大明湖畔观赏趵突泉的神奇美妙景观。趵(bào)突泉：在今山东省济南市。是泺水源头。泉水喷涌，高数十厘米。中丞：官名。汉代御史大夫的属官，受公卿奏事，举劾案章。李梦白：李长庚，字酉卿，号梦白。见卷二《舟中偶怀同学诸公，各成一诗》注。毕东郊：任绣衣直指官。直指：汉代政府特派官员衣绣衣，持节发兵，有权诛杀不力的官员，称绣衣直指，或称直指绣衣使者。《游居柿录》卷十二："齐河发，李开府又遣人来迎，止谭城历山书院。其右为趵突泉，泉有三，上沸可三尺。依泉有水草，冬夏青青。此泉盖温也。是日李开府梦白、毕直指邀饮大明湖上。城中一片湖雪，极为可观。"②按牒：谓奉命巡行。此指李梦白、毕东郊。杖几：犹"杖履"。即持杖着履。几：几几。形容鞋头装饰的美盛。代指鞋。鹊华原：一古地名。此指谭城历山书院处。灵渊：此喻指趵突泉。③伏地烹砂火：谓藏在地下生火烹煮。腾空沸雪泉：形容趵突泉泉水喷涌。④龙女捧珠：喻指喷出的泉珠。天孙：织女星。为民间神话中巧于织造的仙女。⑤吴道玄：吴道子。唐画家。玄宗闻其名，任以内教博士，改名道玄。见卷五《题刘将军壁上画水歌》注。

### 其　二

独立石梁看几回，云蒸雾委逼人来。天生珠树联翩映，地涌莲花次第开。一部鼓吹喧昼夜，三分鼎足震风雷。①下流水性翻同火，鲁国儒生仔细猜。②

注：①鼓吹：比喻喇叭状的喷泉。三分鼎足：指三国时代的魏、蜀、吴。喻指喷涌的三泉。②下流：泛指泉水流经之地。火：喻指经泉水滋润，花草林木繁茂，农田庄稼丰收。鲁国：古国名。此指山东济南。儒生：此指作者同游的几位山东士人。

## 其 三

草树全呈白帝威,水花泉蕊更芳菲。<sup>①</sup>岭头踊跃非关咒,汉上淋漓不用机。<sup>②</sup>忽地喧腾遮客语,有时翔舞上人衣。中宵如傍银湾宿,骨冷魂清梦不归。

**注:**①白帝:中国古代神话中的五天帝之一,指西方之神。"白招矩之神也。"(《晋书·天文志上》)此谓主管寒冷之神。芳菲:花草美盛芬芳。②关咒:谓神话传说中的神仙咒语。汉上:银河。此喻指湖水中。机:机关。

## 其 四

泉上闲听野老言,果然往复征乾坤。涓涘昔作鲛珠滴,滂湃今同轴雨翻。<sup>①</sup>偶尔灵源回地脉,都由福曜在天鼋。<sup>②</sup>会看甘液从兹澍,赐履山河总被恩。<sup>③</sup>

**注:**①涓涘(sì):指细小的水。鲛(jiāo):即鲨鱼。轴雨:比喻大雨。②灵源:犹神灵之源。此指趵突泉。地脉:指地下水系。天鼋(yuán):星次名。《国语·周语下》:"星在天鼋,次名,一曰玄枵,从须女八度至危十五度为天鼋。"③澍(zhù):通"注"。灌注。履:通"禄"。被:通"披"。

## 千 佛 寺<sup>①</sup>　　寺前正对华不注。

叠叠烟云地,何妨近市廛。<sup>②</sup>城中湖弄雪,甸外水生烟。<sup>③</sup>前岭囊锥出,层峰铁瓮悬。今朝华不注,偏与我周旋。<sup>④</sup>

**注:**①万历四十五年(1617)作于济南。写千佛寺位于市郊的山水之中,群山环抱,山势陡峭。《游居柿录》卷十二:"历山亦名千佛山,一名襀被山,离城可五六里。其上石理碧色如堆砌,华不注诸山绕其左右,皆锐如锥。城内外诸泉,晶晶可掬。"千佛寺:当是千佛山上的一寺庙。②廛(chán):古代贫民的房地。③甸(diàn):古时郭外称郊,郊外称甸。④华不注:山名。周旋:喻华不注诸山环绕千佛寺。

## 灵 岩<sup>①</sup>

秀媚山峦傍岱宗,天孙缕结翠重重。<sup>②</sup>石花珂蕊深藏寺,蜡泪螺烟巧作峰。一勺已尝法定水,千章真爱朗公松。<sup>③</sup>数年赤地飞泉断,我欲潭边起睡龙。

注:①万历四十五年(1617)作于济南。作者游灵岩古寺,饱览了秀媚的山水。想到数年来北方农村赤地千里的景象,真想唤起潭边的睡龙。②岱(dài)宗:即泰山。天孙:织女星。为民间神话中巧于织造的仙女。③法定水:犹佛水。法定:佛教术语。初地之菩萨证此定,含法先定、法界定。朗公:朗然。唐高僧,南徐魏氏子。

## 登岱宗十首①

### 其 一

岳势同云气,天然秀冶稀。冰狩添瀑韵,树蜕益山威。地轴孤峰尽,羲轮午夜辉。②层棱骨理别,不必较芳菲。③

注:①万历四十五年(1617)作于泰山。作者登泰山,热情赞美泰山的高大雄伟,并鼓励人们登山不畏劳苦艰险方能领略"极顶天下小"之神韵。岱宗:即泰山。在今山东省中部。从东平湖东岸向东北延伸到淄博市南,和鲁山相接,长约两百公里。为片麻岩构成的断块山地。主峰玉皇顶在泰安县城北,古称"东岳",一称岱山、岱宗。山峰突兀峻拔,雄伟壮丽。有南天门、日观峰、经石峪、黑龙潭等名胜古迹。②地轴:谓地的中心。孤峰:指泰山。羲(xī):羲和。驾日车的神。③层棱骨理:指片麻岩构成的断块结构。层棱:一层层的尖角石。

### 其 二

穴底窗犹远,珠中曲莫偕。前人踏皂帽,后侣戴青鞋。九地阴霾壑,三天瘦削崖。飞禽难到处,隐室似鸠柴。①

注:①隐室:指隐者的居室。鸠柴:即鸠巢,用树枝搭的巢。鸠:鸟名。我国有绿鸠、斑鸠等。

### 其 三

不远蓬玄路,攀跻莫厌劳。①剪峰成蕊叶,插汉尽波涛。大海环三界,中原仅一毛。②由来天下小,况复此山高。

注:①蓬玄路:指寻仙之路。此指泰山之顶。蓬:蓬莱,古代传说中的"三神山"之一,相传在渤海中。玄:玄洲。神话中的十洲之一,在北海中。跻(jī):登;升。②三界:指天、地、冥三界,即神仙、人间、地狱。中原:即中土,指中国。

### 其 四

近水如飞缕,遥封似列村。孤高呈海蜃,尊特压天鼋。①射首同鬐婢,租徕岂弟昆。②古人饶目力,曾此见吴门。

**注:**①孤高:高傲孤僻的习气。海蜃:海市蜃楼,亦称"蜃景",常发生在海边和沙漠地区。天鼋(yuán):星次名。见前诗《趵突泉……》注。②射首:当是古代一著名的美女。徂(cú)徕:徂徕山。一称驮崍山、龙崍山。在今山东省泰安市东南。大汶河、小汶河分水岭。弟昆:即弟和兄。

## 其 五

千秋填海曲,五岳重神房。①典礼从三代,尊崇历九皇。②石消遗字隐,地老旧坛荒。人主通天事,儒生不敢详。

**注:**①五岳:中国五大名山的总称。即东岳泰山、南岳衡山、西岳华山、北岳恒山、中岳嵩山。旧时传说群神所居之处,历代帝王祭祀于此。神房:祭祀神的殿堂。②典礼:指祭祀神的隆重仪式。三代:指夏、商、周三个朝代。九皇:泛指历代皇帝。

## 其 六

风日今朝好,遍游按旧图。攀崖忘失脚,入洞倦垂颅。疥壁锥何厉,污云墨尽涂。①秦碑差可语,有字不如无。

**注:**①疥壁:谓石壁生疥疮。锥:此指毛笔。污云:比喻文人墨客在石壁上留下的大片墨迹。

## 其 七

天际瞻苍翠,今宵此处眠。近人山月皎,照壁海霞鲜。瑟瑟穿崖树,荧荧带雪泉。何须寻玉简,梦已告长年。①

**注:**①简:信件。长(zhǎng)年:老人。此指作者年长的亲朋。

## 其 八

凌冰双屐缓,拨雪一藤艰。偶到黄花洞,重逢翠羽山。龙章前作阙,凤质后为关。①蕉尾居然似,游人且莫还。

**注:**①龙章:龙纹。喻指泰山上龙形的古松。阙:古代宫殿、祠庙前的高建筑物。凤质:凤的资质。喻指有凤姿的古松树。

## 其 九

极目神皋地,萧条满大荒。①祈年何切切,遍雨竟茫茫。青帝非无意,苍生合有殃。②主人供酒食,三叹不能尝。

**注:**①神皋地:谓供奉神的高地。此指泰山之地。大荒:荒废不治,特指大灾之年。②青帝:古代神话,五天帝之一,即"东方青帝灵威仰"。见《周礼·天官·大宰》。

## 其 十

莫话登封事,民艰值此时。①巢梁无故燕,依井有新葵。②好雨同甘露,嘉禾等瑞芝。三公神秩贵,福国竟如斯。③

**注:**①登封:指古时帝王登泰山筑坛祭天。②巢梁:谓(燕子)在梁上筑巢。葵:植物名。即"冬葵"。为我国古代重要蔬菜之一。③三公:明代以太师、大傅、太保为三公。秩:官吏的俸禄,亦指神的祭品。

## 登岱还,柬州守侯佩之①

历险皆平善,相看贺一卮。峰峦随客到,神骨有谁知。②九子宁尤物,三峨失秀眉。③主人应仲远,模写益新奇。④

**注:**①万历四十五年(1617)作于新安。作者一行从泰山归来,脑子里仍装着泰山的"峰峦"和"神骨";并勉励东道主柬州守能写出更加新奇的诗作。登岱还:指作者结束登泰山后回到住所。守:指太守、刺史等地方官。侯佩之:字柬。徽州太守,作者友人。②峰峦:山峰。神骨:指泰山层棱骨理的山势。③九子:九子母。古代传说中能佑人生子的女神。尤物:特出的人物。多指美貌的女子。三峨:指丛多高峻的山。峨:高;蠡起。④应(yīng)仲远:应劭(shào)。东汉汝南南顿(今河南项城西南)人,字仲远。献帝时,任泰山太守。著有《汉宫仪》十卷、《风俗通义》三十卷。其所著《汉书集解音义》,唐颜师古注《汉书》多所征引。此指代侯佩之。

## 文宇王孙园同少府龚我醒、司理吕豫石见所贞白隔岁预作上元之宴,即席赋①

处世忽如梦,为欢贵及辰。②同偷忙里适,共赏腊前春。枝蕊千灯映,绳竿百戏陈。主人富丽藻,诗画总清新。

**注:**①万历四十五年(1617)作于新安。写作者与友人一道提前庆祝元宵节。表现了其富有创意的文化生活。王孙:古代贵族子弟的通称。少府:官名。唐代因县令称明府,县尉为县令之佐,遂称为少府,后世亦沿用。龚我醒:官县尉,作者友人。司理:官名。司理参军的泛称。宋代置于诸州,掌狱讼。吕豫石:官司理,作者友人。隔岁:此谓提前一年。上元:节日名。旧以阴历正月十五日为上元节,其夜为上元夜,也叫"元宵节"。即席赋:谓当座赋诗。②贵及辰:谓贵在趁早。辰:通"晨"。

# 题会稽女子诗跋①

予过兖东一古驿中②,见壁间有字云:"余生长会稽,幼攻书史,年方及笄,适于燕客。③嗟林下之风致,事腹负之将军。④加以河东狮子,日吼数声。⑤今早薄言往诉,逢彼之怒,鞭棰乱下,辱等奴婢。⑥余气溢填胸,几不能起。嗟乎!余笼中人耳,死何足惜,但恐委身草莽,烟没无闻,故忍死须臾,候同类睡熟,窃至后亭,以泪和墨,题三诗于壁,并序出处。庶知音读之⑦,悲余生之不辰,则余死且不朽。其一曰:银红衫子半蒙尘,一盏孤灯伴此身。恰似梨花经雨后,可怜零落旧时春。其二曰:终日如同虎豹游⑧,含情默坐恨悠悠。老天生妾非无意,留与风流作话头。其三曰:万种忧愁诉与谁,对人强笑背人悲。此诗莫把寻常看,一句诗成千泪垂"。予览之不觉泫然,犹冀其未必死也,因作三诗书其后。

注:①万历四十五年(1617)作于新安。作者偶然读了会稽女子留下的壁文和诗,对其所受的摧残,表示了深深怜惜与愤慨。会稽:地名,即今浙江绍兴。跋:文体的一种,写在书籍或文章的后面,多用以评价内容或说明写作经过等。②兖:同"充"(yǎn)。兖州,古九州之一。明洪武十八年(1385)升兖州置,治所在滋阳(今北京兖州)。驿:古时供递送公文的人或来往官员暂住、换马的处所。③及笄(jī):特指女子可以盘发插笄的年龄,即成年。笄:簪子。古代以簪结发如成人,相当于男子之冠礼。古代女子已许婚者,十五而笄,二十而嫁;未许婚者,二十而笄。参见《礼记·内则》。适:往。燕:在今河北北部一带。客:旅居他乡作客。④林下:《世说新语·贤媛》:"王夫人神情散朗,故有林下风气。"王夫人:晋王凝之妻谢道蕴。后因称妇女仪度闲雅者为有"林下风致"。事腹负:谓忠心服事。⑤河东狮吼:宋陈慥,字季常,妻柳氏,悍妒。苏轼常以诗戏慥:"龙丘居士亦可怜,谈空说有夜不眠。忽闻河东狮子吼,拄杖落于心茫然。"河东为柳姓郡望,狮子吼,佛家以喻威严。慥好谈佛,故轼借佛家语为戏。后遂泛称悍妇为河东吼。参见洪迈《客斋随笔》卷三《陈季常》。此处谓将军的妇人性悍喜怒吼。⑥薄言往述,逢彼之怒:谓会稽女有事要向将军禀告,恰逢他发脾气。语出康成婢的故事。见卷三《失婢》注。彼:指将军。棰(chuí):鞭子。等:等同。⑦庶:幸;希冀。知音:此谓对自己的遭遇表示理解、同情的人。辰:特指好日子。⑧虎豹:喻指那位性情粗暴的将军。

## 其　一

枉读新诗泪满巾,近踪燕越好追询。⑨将军应是饶钱癖,急把黄金赎慧人。
注:⑨枉:徒然;偶然。新诗:指会稽女子哭诉自己悲惨遭遇的诗。越:泛指浙江绍

兴一带。

## 其 二

含情一字泪千行，兰玉心情锦绣肠。买入五湖舟里去，山花水月细平章。①

**注**：①五湖：泛指吴越地区太湖流域一带所有的湖泊。平章：品评。

## 其 三

安能长伴虎狼游，日夜摧残命合休。女鬼冤仇谁报得，几回怒发对吴钩。①

**注**：①吴钩：古代吴地所造的一种弯刀。

## 峄　山①

## 其 一

乍爱堆云秀，还惊累卵危。仙书遗断墨，帝弈雨残棋。②禹迹孤桐寺，秦功大篆碑。③生居文藻国，名胜尚多奇。

**注**：①万历四十五年(1617)作于邹县。作者登峄山，见到了秦功大篆碑和大禹孤桐寺的遗迹，感慨秦始皇登峄山刻石颂秦德之时，其统治的天下已经成了一盘残棋。峄(yì)山：又名邹山。在山东邹县东南。秦始皇二十八年(前219)，曾登此山，刻石颂秦德。《尚书·禹贡》：“峄阳孤桐”，《诗·鲁颂·閟宫》：“保有凫、峄”的峄，皆指此。②仙书：指秦始皇登峄山刻石颂秦德的文字。断墨：指断碑。帝弈：喻指秦始皇治理天下。③禹：传说中古代部落联盟的领袖。姒姓，名文命。亦称大禹、夏禹。原为夏后氏部落领袖，奉舜命治理洪水。孤桐寺：见前注。大篆：汉字的一种字体，狭义专指籀(zhòu)文。春秋战国间通行于秦国。

## 其 二

澹烟呈异色，古溜发奇章。①依土何须蒂，弥天尽欲翔。②微歆忻有宇，中断叹无梁。③试望层颠上，石帆几叶张。④

**注**：①古溜：即大篆。奇章：指秦始皇登峄山颂秦德的碑文。②蒂(dì)：蒂芥，细小的梗塞物。比喻积在心里的怨恨和不快。③“微歆(yì)”句：谓出身贫贱的陈胜、吴广取得了天下。④层颠：喻秦朝统治者的最高层。石帆：石做的帆。喻当时的秦二世及其臣属都成了无能的傀儡。

# 邮亭见亡友白尔亨壁间诗感赋①

是我同声友,维扬一俊人。②春花生齿颊,秋水作精神。访岳盟何在,忧时墨尚新。③漏钟三十六,定数漫悲辛。④

丙辰春,予在京华,尔亨近予城西极乐寺晤言。尔亨时年三十六,谓予曰:"予往得一异梦,梦至帝所,询以寿。帝曰汝试听我殿前名声。予即静听之,击至三十六而止。予曰:寿止三十六耶? 帝无言,但令予归。今年予三十六矣,恐定数不可逃也。"至秋病,归而逝,得年果三十六。

注:①万历四十五年(1617)作于新安任上。作者在邮亭见到亡友壁间诗,便赋诗缅怀其时为扬州俊才,与自己情趣相投。邮亭:古时设在沿途,供送文书的人和旅客歇宿的馆舍。白尔亨:扬州人。善诗,喜出游山水。为作者已故的友人。②同声友:两人性情相近。维扬:旧扬州府别名。明初曾设维扬府,后改扬州府。③访岳盟:指作者与白尔亨出游山水的约定。墨:指亡友留下的壁间诗。④漏:古代滴水计时的器具。三十六:指作者亡友生前活了三十六岁。定数:犹定命。

# 全椒道中①

高峰已下日,凹处尚留明。深嶂传灯火,暗桥沸水声。风紧车尤啸,石狞马忽惊。香泉知不远,急去洗尘缨。②

注:①万历四十五年(1617)作于全椒。写作者傍晚历全椒道中的艰辛与愉悦。全椒:县名。在今安徽省东部、滁河上游。汉置全椒县。②香泉:《游居柿录》卷十二:"香泉在全椒,有池二。晚浴其中。"

# 香　泉①

如此温泉沸四时,不须凡火也稀奇。可知清泰如来国,定有莲花七宝池。②

注:①万历四十五年(1617)作于全椒。写香泉的水四季皆温,在此沐浴可感受到如来西天佛国的清泰与莲花七宝池的美妙之趣。②清泰:清和泰安。如来:佛教名词。为释迦牟尼的十种称号之一。"如"即如实。"如来"即从如实之道而来,为开启真理的人。如来国:即如来的西天佛国。此喻指香泉。七宝池:指用七种宝物镶嵌而成的莲花佛池。

七宝:佛教名词。诸经论所说多异,《法华经·受记品》曰:"金、银、琉璃、砗磲、玛瑙、珍珠、玫瑰七宝合成。"

## 采 石①

### 其 一

风起浪喷岩,宫商幻余窍。②青林作冶妆,大江为写照。雪花忽飘瞥,谢家山已皓。③依岩一夕眠,骨冷绝梦到。彷佛青莲魂,登顶发清啸。④晓起弄新晴,千山浓雪耀。

注:①万历四十五年(1617)作于和县。写作者不安官道,不畏风雪,与友人结伴舟游采石矶。采石:采石矶。位于安徽西梁山的长江北岸。《游居柿录》卷十二:"芜湖挂帆至西梁山雨微作,晚泊采石矶。"西梁山:位于今安徽省和县东南,长江北岸,与江南东梁山隔江相峙。②宫商:我国古代五声音阶的第一、二音阶。此指代江浪击打岩石的声音。③谢家山:又名青山,在今安徽当涂县,李白墓在该山西麓,在采石矶附近。④青莲:唐大诗人李白,号青莲居士。清啸:指大声吟诗。此喻指寒风呼啸。

### 其 二

清寂何曾似宦游,鸥凫结伴此溪头。①祗缘柳下安卑秩,仍效玄真作隐流。②雨急渔翁刚住钓,风来估客共维舟。谢家山色居然好,不得移栖且暂留。

注:①清寂:清静寂寞。宦游:旧谓在外求官或做官。凫(fú):泛指野鸭。②祗缘:犹只因。柳下:柳下惠,即展禽。春秋时鲁国大夫。展氏,名获,字禽。食邑在柳下,谥惠。任士师(掌管刑狱的官)。鲁僖公二十年(前634),齐攻鲁,他派人到齐劝说退兵。以讲究贵族礼节著称。卑秩:谓自谦自抑的礼节。玄真:玄真子,即唐张志和。其放浪江湖,自称烟波钓徒,号玄真子。见卷二《江午》注。隐流:谓隐者。

## 姑 熟 溪①

雪霁山日生,光辉发皓白。小舟觅故人,谢家山咫尺。②溪行向南去,屡顾恋采石。③寒林夹清渠,澄潭晒网集。鱼鹰沙上行,嘴似珊瑚赤。曝背忽成眠,此中莫喻适。④

**注**：①万历四十五年(1617)作于和县。雪过天晴,作者乘小舟经姑熟溪去访故人。姑熟溪：位于和县西梁山采石矶附近。《游居柿录》卷十二："晨起,买一小舟,溯姑熟溪,行五六里。回望采石,不忍释也。两岸沙上鱼鹰甚多,喙类瑚珊。午抵郡城浮桥,往吊同年曹元甫。"②故人：指作者的同年(科举制度中称同科考的人)曹元甫。谢家山：青山。见前诗注。③采石：采石矶。见前诗注。④曝(pù)：晒。适：舒适；畅快。

## 雨泊采石①

### 其 一

银竹漫江来,菁林如翠羽。②不爱采石月,偏爱采石雨。

**注**：①万历四十五年(1617)作于和县。写作者乘小舟遇大雨,泊于采石矶的无奈情状。②银竹：比喻大雨。

### 其 二

盘旋小舟中,闲话雨声里。舒襆即成床,卷襆即成几。①

**注**：①舒襆(pú)：打开包袱。几：短而小的桌子。

## 除日采石阻风,兼柬曹元甫①

竹箭走西陵,忽过天门嶂。②稷雪乱飘扬,微吟寄小舫。③千顷白鸥波,中有青莲相。④风驱云尽飞,山约水弥壮。峰似写眉烟,松穷偃盖状。时倚依岩树,细听触石浪。薄宦亦何为,所志在清旷。⑤北来尘路穷,仍得遂微尚。⑥除日峨眉亭,兹游亦何畅。⑦寂寞更何辞,所喜绝尘鞅。⑧我有同心友,块处抱凄怆。⑨如此秀山川,未得偕禽向。⑩结伴固有时,兹来未可望。水泊予所安,君无忧旅况。

**注**：①万历四十五年(1617)作于和县。作者除夕日受风雪之阻,泊于采石矶,赋诗抒发自己的穷松之气、清旷之志,并劝慰友人走出郁闷伤感,偕禽向之侣走向山水。除日：除夕之日。柬：犹"谏"。直言规劝,使改正错误。曹元甫：作者同年。②竹箭：喻指飞行的船。西陵：西陵峡,长江三峡之一。西起湖北省巴东县官渡口,东至宜昌南津关,全长一百二十公里。此泛指楚地,作者的家乡。天门嶂：天门山。在今安徽省当涂县西南。东面是东梁山,西面是西梁山,二山夹江对峙,形状像门户,故称天门山。③稷：通"畟"。急速。④青莲：唐大诗人李白,号青莲居士。⑤薄宦：谓官职卑微,仕途不甚得意。此指

作者。清:纯洁;廉洁。旷:开朗;旷达。⑥遂微尚:谓想办法谋求通达之路。遂:通达。微:精妙。尚:超过。⑦峨眉亭:指西梁山上的亭阁。⑧尘:尘世;尘俗。鞅(yāng):通"怏"。郁郁不乐貌。⑨同心友:此指曹元甫。块处:犹块垒。指郁积在内心的不平之气。⑩禽向:指后汉的禽庆、向长偕游五岳。见卷六《游青溪同度门》注。

## 采石岁暮即事①

### 其 一

秀冶堪怡目,凌冰一上台。吴山随雨没,蜀雪打岩回。②松秃横苍干,石文绣紫苔。我藏数斗酒,聊以荐仙才。③

**注:**①万历四十五年(1617)作于和县。作者于除夕日遇大雨,阻于采石矶,与鸥凫作邻,静赏秀冶山水。采石:安徽和县采石矶,位于西梁山的长江北岸。岁暮:除夕之日。②吴:古国名。泛指今江苏一带。蜀:古国名。指今四川境内。③荐:进献;祭祀。仙才:指李白。

### 其 二

积水明村市,孤山塞古津。①腊残无霁日,岁暮少闲人。麻米陈清供,鸥凫作近邻。故园梅正好,不上小乌巾。②

**注:**①孤山:指独峙的西梁山。津:渡口。②故园:此指作者在公安的别业筼筜谷。"不上"句:谓没有见到作者的身影。小乌巾:即乌纱帽,也叫唐巾。明时进士巾也叫唐巾。此指代作者。

## 戊午元日采石舟中试笔,时值大雪①

纤尘不到小舟边,天赉余生简澹缘。有寺有楼何异宅,非官非隐亦疑仙。爱山恰好添鲜色,作客同忻兆稔年。②鸟迹人踪都灭尽,携筇一拜李青莲。③

**注:**①万历四十六年(1618)作于和县。正月初一日大雪天,作者独自携筇上李白祠祭拜李青莲。戊午:万历四十六年(1618)。元日:正月初一日。《游居柿录》卷十三:"戊午正月初一日,住采石,天大雪,深二尺。晓起,从舟中登岸,上太白楼,于楼上设拜,并拜太白先生。已登娥眉亭看雪。生平每称江雪,今视江身殊浊。天寒,以酒敌之。"②忻:同"欣"。兆稔(rěn)年:犹(瑞雪)兆丰年。稔:庄稼成熟。③"鸟迹"句:化用唐柳宗元《江雪》

诗:"千山鸟飞绝,万径人踪灭。"筇(qióng):杖。李青莲:唐诗人李白,字太白,号青莲居士。见卷五《雨变诗戏作……》注。李白晚年寄寓并卒于当涂,后人建祠以纪念。李白祠又名太白楼,位于作者所在的采石矶上。见卷六《李白祠》。

## 雪中登峨眉亭①

载雪来山顶,游踪亦太豪。压林披竹柏,迷险犯波涛。②尚觉江身浊,微分岫影高。截流飞一叶,得失叹毫毛。③

**注:**①万历四十六年(1618)作于和县。作者踏着深雪登上了山顶,回首走过的迷险之途,感到颇为自豪;面对大江岫影的美妙景色,又情不自禁地生出了忘我、浪漫的情怀。峨眉亭:西梁山上一亭阁。②波涛:喻大范围的厚厚雪层。③截流:谓把身体放到山上厚厚的雪涛之上。毫毛:形容自己渺小。

## 雪中读夏濮山歙浦诗有作①

唐声久不作,大雅见斯篇。②玄澹同摩诘,清灵近浩然。③才情宁作我,法度更从先。④一帙蓬窗下,微吟雪满船。⑤

**注:**①万历四十六年(1618)作于和县。作者细细品读夏歙浦的诗,称美其诗有大雅之风,其水平在己之先。夏濮(pú)山歙浦:当是姓夏、名歙浦、字濮山。疑是"夏义甫",明鄞南人。博学工诗,筑室天目,杜门隐居。②唐声:指唐诗的韵律风格。大雅:《诗经》的组成部分之一。三十一篇。多是西周王室贵族的作品,主要歌颂从后稷以至武王、宣王等的功绩。③玄:指佛教禅理。淡:清淡。摩诘:王维。唐诗人、画家。字摩诘。见卷三《初至村中》注。浩然:孟浩然(689—约740),唐诗人。襄州襄阳(今属湖北)人。早年隐居鹿门山。年四十,游长安,应进士不第。后为荆州从事,患疽卒。曾游历东南各地,诗与王维齐名,称为"王孟"。其诗清淡,长于写景,多反映隐逸生活。有《孟浩然集》。④法度:此指作诗的格律要求。⑤帙(zhì):包书的套子,用布帛制成。因即谓书一套为一帙。

## 峨眉亭怀曹元甫①

昔读太白诗,君才依然是。②每思太白颜,君貌分明似。快哉峨眉亭,水急石齿齿。宿露一朝开,谢家山尽蕊。③何必怀故乡,青山泂为美。况有素心人,风味如兰芷。一廛寄烟岚,终当共吾子。④

**注**：①万历四十六年（1618）作于和县。作者热情鼓励同年迅速振作起来，和一批素心人去游览山水。蛾眉亭：在安徽西梁山上。曹元甫：作者同年（同时参加科举考试并进第）。②太白：唐大诗人李白。字太白。君：指曹元甫。③宿露：隔夜的露。喻指曹元甫昔日遭不幸，所留下的寂寞、郁闷、伤感。谢家山：又名青山，李白墓在该山西麓。④一廛（chán）：一夫所居之地。《孟子·滕文公上》："远方之人，闻君行仁政，愿受一廛而为之民。"寄：付托。烟岚：指山水。吾子：对人亲昵的称呼。此指曹元甫。

# 雪霁放舟东下①

## 其 一

初曦粲粲泮蓬冰，慈姥山头水更澄。②两岸雪山相照耀，千帆结阵走金陵。③

**注**：①万历四十六年（1618）作于和县。雪过天晴，作者从采石矶放舟东下，一路阳光灿烂，千帆结阵。②泮（pàn）：融解。慈姥（mǔ）山：在安徽境内的长江边。③金陵：今南京市的别称。

## 其 二

涛声滂湃似奔雷，两道飞蓬水上开。雪里钟陵天外影，牛头才过燕矶来。①

**注**：①钟陵：钟山，即"紫金山"。在今江苏省南京市东。牛头：牛头山，又名牛首山。在南京市西南。双峰角立，形如牛首，故名。燕矶：燕子矶。在今江苏省南京市东北郊。矶头屹立于长江边，三面悬绝，宛如飞燕，故名。

# 上元日李大中丞顺衡席上听新声赋赠①

今宵良宴会，绮席试春风。芳草迎裴令，秾华拥谢公。②珍厨传郇国，名酒敌新丰。③三雅杯才设，九微火正烘。④交光夺满月，奢带剪长虹。妙选平头冶，时翻乐府工。⑤灯明花更丽，肉好竹难同。⑥乍落直穿地，俄腾仰注空。轻盈飘弱絮，铦健挽强弓。⑦独出丝抽茧，曹喧蕊聚蜂。呢喃和喜燕，呖嚦写惊鸿。响激珠频串，音残缕未终。度针喉巧幻，裹铁调圆融。⑧银竹迷鸣箭，金羊积艳虫。⑨兕尊花雾里，象板雨声中。⑩酪荐奴茶茗，腴删帝笋菘。⑪骚坛亲征曲，幕府旧平戎。⑫且倚鸾台醉，安知麟阁功。⑬九边酣战疊，三径息英雄。⑭

按拍谭奇正，临枰话守攻。[15]文章裁白纻，韬略课青僮。[16]欢驻千茎绿，闲留两颊红。邺侯生锁骨，弘景晚方曈。[17]何幸逢投辖，无烦叹转蓬。[18]广陵当卜筑，杖履侍仙翁。[19]

**注：**①万历四十六年(1618)作于南京。作者元宵夜赴李中丞盛宴，饮美酒、食佳珍，尽情地欣赏新声，表达了对李中丞的钦佩与感谢之情。上元日：即正月十五日元宵节。李顺衡：李植，字顺衡。官中丞，作者友人。余未详。中丞：官名。汉代御史大夫的属官有中丞，受公卿奏事，举劾案章。明初置都察院，其中副都御史职与御史中丞略同。②裴令：当指裴度，曾任御史中丞，转升为宰相。见卷四《寿湘山孙给谏五十》注。谢公：当指谢灵运，南朝宋诗人。见卷二《初至恒山纪燕》注。此皆指代李中丞。③郇(xún)国：唐代韦陟袭封郇国公，精治饮食，时称"郇厨"。新丰：古县名。汉置，治所在陕西临潼东北。汉高帝定都关中，因太公思归故里，乃于故秦骊邑仿丰地街巷筑城，并迁故旧居此，以娱太公。高帝十年(前 197)改名新丰。④三雅：雅，酒器。以盛酒之多少分伯雅、仲雅、季雅，为三雅。《太平御览》卷八四五魏曹丕《典论》："刘表有酒爵三，大曰伯雅，次曰仲雅，小曰季雅。伯雅容七升，仲雅容六升，季雅容五升。"九微：灯名。《艺文类聚》卷四南朝梁何逊《七夕》诗："月映九微火，风吹百和香。"⑤平头：头巾名。《新唐书・车服志》："(隋文帝时)文官又有平头小样巾，百官常服；同于庶人。"乐府：古代音乐官署。工：古代特指乐人。⑥肉：此指歌声。竹：指竹制的管型乐器。如：笛、箫、笙等。⑦铦(xiān)健：犹强劲。铦：锋利。⑧度针：喻声音尖细。裹铁：喻音色宏亮。⑨银竹：比喻大雨。⑩兕(sì)尊：古代的一种兽形酒器。兕：古代犀牛一类的兽名。象板：象牙做的手板，用于打节奏。⑪荐：献。腴(yú)删：谓节取肥美的笋菘。菘(sōng)：蔬菜名。叶阔大。⑫骚坛：犹诗坛，诗歌界。幕府：军队出征，施用帐幕，所以古代将军的府署称幕府。⑬鸾台：唐武则天光宅元年(634)改门下省为鸾台。门下省，官署台。东汉设有侍中寺，晋称门下省，原为皇帝的侍从、顾问机构，后成为中央政权机构的重心。元以后废。麟阁：麟台。官署名，唐天授中曾改秘书省为麟台。秘书省，唐秘书省领太史、著作二局。明代并入翰林院。鸾台、麟阁：此皆指李中丞。⑭九边：明北方九个军事重镇的合称。明王朝为防御中国北部一些游牧部族的侵扰，东起鸭绿江、西至嘉峪关，分命大将，统兵守御；初设辽东、宣府、大同、延绥(榆林)四镇，继设宁夏、甘肃、蓟州三镇，又太原与固原以近边亦称二镇，合称"九边"。罍(léi)：古器具名。青铜制，圆形或方形，用于盛酒或水。三径：指归隐后所住的田园。⑮奇正：古代兵法的术语。枰：棋盘。⑯白纻(zhù)：词调名。古乐府有《白纻曲》，见《乐府诗集》卷五五。韬略：谓用兵的谋略。课：教授。青僮：指寺观道童。唐李白《访道安陵遇盖还为余造真箓临别留赠》诗："清水见白石，仙人识青童。"⑰邺侯：唐大臣李泌。字长源，封邺侯。见卷七《送李谪星游衡山……》注。弘景：陶弘景，南朝齐梁时期道教思想家、医学家。见卷三《初至村中》注。晚方：指陶弘景晚年收集整理的医药方剂。如《陶氏效验方》等。曈：曈昽。太阳初出由暗而明的光景。⑱投辖：谓取客人辖(车轴的键)投

井中,让客人车不能行。形容主人留客的殷勤。转蓬:蓬草随风飞转。比喻作者昔日行踪无定或身世飘零。⑲广陵:即今扬州市。卜筑:谓选择地方建房子。杖履:喻指拄杖登履出游。仙翁:喻指李中丞。

## 扬州早发①

烟水缘何熟,经旬只住舟。②随风登采石,带雪出扬州。③春后寒犹重,江南草渐柔。闲情久已澹,胜侣觅沙鸥。

注:①万历四十六年(1618)作于扬州。作者来故地扬州寻访昔日良友,历经旬日。扬州:在今江苏省中部,长江北岸,大运河经此。②缘何熟:《游居柿录》卷十三:"舟入扬州,此二十年前与中郎泛舟道也。"③采石:即今安徽西梁山麓的采石矶。

## 广陵重会吴季美,值其五旬初度,赋此赠之①

邗沟重把臂,玄鬓向来人。②曦日随他换,烟云娱此身。壮年先入道,嚣迹岂关神。③迟我为台向,同游世外春。④

注:①万历四十六年(1618)作于扬州。作者在扬州重逢故友,称道其长逐烟云,年轻之貌犹神仙。广陵:即今扬州市。吴季美:作者老朋友。余未详。五旬初度:五十岁生日。②邗(hán)沟:古运河名。春秋时吴王夫差为了争霸中原,在江淮间开凿。故道自今扬州市南引江水北过高邮县西,折东北入射阳湖,又西北至淮安县北入淮。把臂:握住对方的手臂,表示亲密。③嚣:闲暇貌。岂:犹言其。关:如。④迟:等待。为:犹言去,往。台(tāi):台州。唐武德五年改海州为台州,治所在浙江临海。向:古地名。春秋吴地,在今安徽怀远。

## 送方子公儿子思纯①

犹作无家客,重逢泪不干。多年亡父母,何计缓饥寒。破柱寻书失,开松觅剑难。②终怀丘首志,清水载遗棺。③时将往临清载其父旅榇还。

注:①万历四十六年(1618)作于新安。作者与思纯久别重逢,为其将往临清载父旅榇还乡而感动。方子公:方文僎,字子公。新安人。为宏道料理笔墨十五年之久,为人质直。万历三十七年卒,葬于山东临清县。见卷一《景升孤辰日……》注。②寻书、觅剑:皆喻指思纯将往临清(在今山东省西北部)运其父柩回安徽省新安县。③丘首:即"首丘"。

屈原《楚辞·九章·哀郢》："鸟飞反故乡兮，狐死必首丘。"首：头向着；丘：狐穴所在之土丘。传说狐死时，头犹向着巢穴。旧时因称人死后归葬故乡为"归正首丘"。

## 芜湖早发入新安①

岂拟长宦耳生轮，劳尾鱼今暂息鳞。②冠带场中为隐士，烟岚国里作官人。和云竹叶阴森路，泛水桃花艳冶春。③欲觅渔郎何处是，数家鸡犬隔重津。④

**注：**①万历四十六年(1816)作于新安。作者到新安任校职只是为了暂时的休整，往后就既做官场中的隐士又当山水中的官人。芜湖：县名，在安徽省东南部，青弋江同长江汇合处。汉置芜湖县。新安：郡名。治所在今休宁(今县东万安)，后移歙县(今县)。作者时任新安校官。②劳尾鱼：喻指作者过去几十年的奔波劳累。暂息鳞：喻作者借新安校职做暂时休整。③和云竹叶：喻指安居山中作隐士，整日与云、竹为伴。泛水：指代出游山水。④渔郎：指代作者。津：渡口。

## 由芜湖入新安道上杂咏①

### 其　一

春水平田鹭一群，黄花陌上野香熏。若为雨霁犹屯雾，总以松多易染云。洞拂古莎来鹿女，原留新迹过山君。②马蹄闲踏萧森影，夜月朝曦两不分。

**注：**①万历四十六年(1618)作于新安。作者早春二月由芜湖出发入新安，不走驿路山城，跋山涉水，穿行于山间小路，尽情欣赏一路的秀美山水和大好春色。②莎(suō)：莎草。植物名。亦称"香附子"。鹿女：据佛经故事，昔有南窟仙人，见鹿产一女，即取回抚养，长大成人，唯脚似鹿，是为鹿女。见卷七《病中漫兴》注。山君：指老虎。《说文·虎部》："虎，山兽之君。"此喻指作者一行。

### 其　二

长途一缕蚀山腰，麏至时逢伐木樵。①地僻乍存三两户，溪多何止百千桥。小园处处花相接，远岫重重雪未消。半壁已惊千丈落，登峰犹自路迢遥。

**注：**①蚀：犹行走。麏(jūn)：兽名，亦作麇(jūn)。即獐。

## 其 三

几回披叶与穿花，于役登临望已奢。①驿路只随晴雪去，山城常被晚岚遮。②何村不是王官谷，到处堪为处士家。③石骨鳞鳞溪练疾，故将竹筏代游槎。

注：①于役：谓有事远行。②驿路：交通大道。③王官谷：王承光，字官谷，公安人。作者的篑筜谷原为其所有。此借指篑筜谷。见卷四《打桃有怀园主人》注。处士：古代称有才德而隐居不仕的人。

## 其 四

春鸟啼来不谙名，桃花丛里吠龙清。①欲登山塔都无路，未见溪河先有声。枣叶几何人亦住，鸡头直上马犹行。②巉岩满目余阡陌，处处樵苏间耦耕。

注：①龙：通"尨"(máng)。多毛的狗。②鸡(zhī)：鸟名。松鸭的旧称。耦(ǒu)耕：两人各持一耜，骈肩而耕。

## 初至新安，李谪星招饮泛舟，同王孝廉稚吕、程茂才孔达①

烟云归散吏，风日媚游船。②偶过花间寺，频穿柳外桥。远山犹见雪，近水乍闻潮。对酒成狂笑，天都路不遥。③

注：①万历四十六年(1618)作于新安。作者十分满意新安校职：这里有充足的闲暇之时、丰富的山水资源，还有不少志趣相投的良友，在此地生活与神仙相去不远。李谪星：李再白，字谪星。公安人。见卷一《风雨舟中示李谪星……》注。孝廉：明时对举人的称呼。茂才：即秀才。②烟云：犹山水。散吏：指有官阶而无职事的官员。③天都：神仙之都。

## 潘景升招饮山寺，即席赋①

绕城山态欲飞翔，石路铿然到上方。②雨勒夭桃犹敛萼，烟笼姹竹渐闻香。③穷来尚喜存龙性，话里重新泣雁行。④廿载别离今把臂，头颅白尽旧潘郎。⑤

注：①万历四十六年(1618)作于新安。作者称道潘景升二十年后仅头发白了，其豪

放的性情、超凡的才华依然如故。潘景升:潘之恒,字景升。歙县人。见卷一《武昌逢潘景升》注。②铿(kēng)然:形容声音响亮。上方:指山寺。③萼(è):花萼,位于花的外轮,一般呈绿色,在花芽期有保护花芽的作用。④龙性:比喻雄才壮志、气概威武的优良性情。雁行:喻指作者与仲兄宏道昔日一起游吴越之地,曾与潘景升有过很深的交往。⑤把臂:握住对方的手臂,表示亲密。旧潘郎:谓潘景升的性情、才华、气概依然如故。

### 王稚吕招饮泛舟,同谪星①

景物居然胜,频游也不妨。六川孤涧纳,十寺一峰藏。花好催春酌,山深聚楚狂。②隔舟香雾里,听曲指王郎。太平十寺,俱在一山。

**注:**①万历四十六年(1618)作于新安。写新安山水景色浓艳,楚地狂人齐聚于深山之中。抒发了诗人游新安山水的喜悦心情。王稚吕、谪星:皆作者的友人,楚地诗人。②酌:犹"酣"。浓;盛。楚狂:《论语·微子》:"楚狂接舆歌而过孔子。"邢昺疏:"接舆,楚人,姓陆名通。昭王时,政令无常,乃披发佯狂不仕,时人谓之楚狂。"后因用为狂士的通称。唐李白《寄卢侍御虚舟诗》:"我本楚狂人,凤歌笑孔丘。"此指代作者和王稚吕、李谪星等诗人。

### 汪侨孙园中看桃花,同郝公琰、谢禹仲①

古园犹自伫秾华,覆户石楠竹径斜。留得艳阳晴半日,同看红树灿余花。箧中缃帙班生宅,门里春山谢朓家。②雷作雨媒刚数点,飞杯忍负赤城霞。③

**注:**①万历四十六年(1618)作于新安。写作者与众友人应邀于古园看桃花。郝公琰:郝之玺,字公琰。徽州人。宏道称其"年少而才新"。见卷三《送郝公琰东下》注。谢禹仲:作者友人,余未详。②箧(qiè):小箱子。缃帙:浅黄色的书衣,引申为书卷。班生:指东汉史学家、文学家班超。超继承父业,修成《汉书》。见卷四《有怀》注。谢朓(tiǎo):南朝齐诗人。其诗风格清俊,为李白所推许。见卷五《曾长石太史以短歌三首见别……》注。此皆代指郝公琰、谢禹仲等。③赤城:山名。在今浙江天台北,为天台山南门。因土色皆赤,状似云霞,望之似雉堞而得名。

### 闻王稚吕携二妙游如意诸寺,赋寄①

莫忆江南青翰舟,螺山縠水且夷犹。②到来萧寺名如意,携得佳人字莫愁。③西岭云开存黛色，前溪雨过带花流。燕莺即是烟霞伴，禽尚何须向外求。④

**注：**①万历四十六年(1618)作于新安。写作者对友人携二妙游佛寺的婉言批评与真诚劝诫。二妙：指两个妙龄少女。②青翰：因船上有鸟形刻饰，涂以青色，故名。縠(hú)：绉纱类的丝织品。夷犹：从容貌。③萧寺：佛寺。莫愁：古代乐府中的女子。④禽尚：即禽向。指后汉时的禽庆与向长偕同出游。见卷六《游青溪同度门》注。

## 首夏买舟邀夏濮山明府泛河西，并游太平寺，雨中有述①

绕郭存佳胜，追随乐未央。最忻临练浦，犹喜近韶光。锦缆牵何处，青溪曲正长。烟岚藏市井，山水设金汤。②草树明乌岭，楼台倒紫阳。③溪鳞空里队，岩蕊镜中香。④新笋充肴核，残莺佐酒觞。⑤仓皇俄电笑，砰隐忽雷装。⑥不畏惊涛立，还忻快雨凉。浓云移鸟道，叠雪震鱼梁。⑦驳蚀寻高岸，淋漓入道场。⑧过桥闻骤瀑，觅径得修篁。杯为留宾拚，蔬缘爱主尝。⑨轩楹重徙倚，丘壑细平章。⑩君出灿花论，予惭锦绣囊。⑪文章穷酉穴，膏液俨庚桑。⑫拭眼看鹏翼，含情托雁行。⑬再期明月夜，芳谷共徜徉。

**注：**①万历四十六年(1618)作于新安。写作者初夏买舟邀友人泛河西、游太平寺的无限乐趣。首夏：夏季的首月，即阴历四月。夏濮山：官县令。明府：汉代对郡首之尊称。即"明府君"的省称。唐以后则多专用以称县令。河西、太平寺：为新安城中两个游览处。《游居柿录》卷十三："乌聊山在城中，见河西紫阳诸山、太平十寺，溪水界之如画，真绝境地。绕山为径，至东岳庙前尤佳。古木阴森，为消夏第一处。是日往游，天色晴雨不常，雨时诸山杂杂如淡墨洒成，而晴复作浓蓝……"②烟岚：指代山水。金汤："金城汤池"的省语。比喻防守巩固的城池。③乌岭：指新安城中的乌聊山。紫阳：指乌聊山附近的紫阳诸山。④"溪鳞"句：谓溪水中映衬着天空，如波纹的云影。队：同"坠"。镜：喻指平静的水面。⑤肴核：肉类、蔬类食品和果类食品。⑥砰(pēng)隐：响声宏大。隐：威重貌。⑦叠雪：指一阵接一阵的大雨。鱼梁：筑堰拦水捕鱼的设施。⑧驳蚀：谓侵蚀、崩塌。道场：此谓打晒粮食的场地。⑨拚(pàn)：不顾惜。谓拼着与客人喝酒。⑩轩：有窗槛(栏杆)的长廊。徙倚：犹徘徊，流连不去。平章：品评。⑪君：指夏濮山县令。灿花论：形容明白透彻的论述。锦绣囊：比喻胸中的华美辞章。⑫酉穴：《太平御览》卷四十九《荆州记》："小酉山上石穴中有书千卷。相传秦人于此而学。"见卷七《湘城歌》"二酉"注。庚桑：庚桑楚，周朝人，一作亢桑。庄周以为老聃弟子。居畏垒之山。⑬雁行：喻指一帮兄弟、友人。

## 梧桐洞小饮①

雨云随马去，雪瀑溅衣来。忽到梧桐洞，同倾竹叶杯。②

**注：** ①万历四十六年(1618)作于新安。写作者与友人于山水间纵马、小饮的优游生活。②梧桐洞：指新安山城中一处游乐的洞穴。竹叶杯：古代一种雅致的酒杯。

## 落石，赴丁贞白招，同丁孺三、孔达、惟修①

山是何年破，石犹此地留。双溪分燕尾，孤屿出鹜头。②欹笠观霞壁，停杯看雪流。欲知登览兴，银竹在衣裘。③

**注：** ①万历四十六年(1618)作于休宁。写作者应邀于雨中游落石台的浓郁兴致。②鹜：古籍中的水鸟名。相传以为似鹤而大，青苍色。见《本草纲目·禽部一》。③银竹：大雨。

## 同张令君芝亭社兄泛舟话旧①

不向华堂沸竹丝，茗瓯松麈话离思。②相逢画舫欢娱地，转忆名场枕藉时。③雨过渊渊鸣皓雪，云开叠叠露苍眉。垂天羽翼君先起，倦鸟今才占一枝。④甲辰会试与芝亭同坐一草蓬下，苍眉见桓玄衡山赋。

**注：** ①万历四十六年(1618)作于新安。写作者在画舫中同友人品茶叙旧情。张芝亭：官县令。作者社兄。令君：县令的尊称。社：此指文社、诗社。②竹丝：指管乐、弦乐。麈：麈尾的省称，即拂尘。③名场：指科举的试院。枕藉：纵横相枕而卧。④垂天羽翼：犹鹏翼。形容人奋发有为。君：此指张芝亭。倦鸟：形容作者昔日的劳顿。占一枝：指代作者做了新安校职一小官。⑤甲辰：万历三十二年(1604)。会试：明代每三年一次在京城举行的考试。各省的举人皆可应考。桓玄：东晋南郡公，字敬道。见卷七《别须水部日华回朝》注。

## 齐 云①

尤物从来九子闻，兹山奇幻更谁群。②三姑绝似三珠树，五老居然五朵云。③列鼎陈敦存岫骨,飞朱洒墨写岩文。④滂沱顷刻翻霞壁,雨韵泉声两不分。

**注:**①万历四十六年(1618)作于休宁。齐云山奇幻瑰丽、典雅雄浑的独特自然景观,给人以超凡脱俗的美的感受。齐云:齐云山。在安徽省南部休宁县城西北十公里。有香炉峰、五老峰等胜景。②尤物:特出的人物,多指美貌的女子。九子:九子母。古代谓能佑人生子的女神。③三姑:当是齐云山中一胜景。三珠树:古代传说中的树名,本作"三株树"。《山海经·海外南经》:"三株树在厌火北,生赤水上。其为树如柏,叶皆为珠。"五老:即五老峰。④鼎:古代炊器,多用青铜制成,古代以为立国的重器。敦:古代食器,青铜制。盖和器身都作半圆球形,上下合成球形,各有三足或圈足。流行于战国时期。岫(xiù)骨:谓山的灵气。

## 饮丁孺三碧霄楼,同程试可①

依岩悬画阁,客至似飞翔。南牖腾苍壁,西窗暗绿筜。入泉歌易隐,敌雨笑偏狂。烂醉休言去,敷蒲有石床。②

**注:**①万历四十六年(1618)作于休宁。作者醉饮于碧霄楼,称道友人读书之地面苍壁临绿筜,环境幽静。丁孺三:作者新友人。②敷:铺陈。蒲:指用蒲草编织的草垫。

## 郑村访秦京兄①

### 其 一

仗履辞城市,清言了不闻。②一丸长谢客,十里远寻君。冶习同秋草,诗思尚夏云。③新安多旅士,野鹤在鸡群。④

**注:**①万历四十六年(1618)作于新安。作者徒步去寻访老友,称美友人才貌超众,喜爱山水,文章如扬雄。郑村:为秦京别业处。《游居柿录》卷十三:"往郑村晤秦京,沿村山水清丽,人家第宅枕籍山中,危楼跨水,高阁依云,松筜夹路。京馆于汪氏,即宋汪若海之后也。"秦京:汝南人,三袁兄弟友人。旅居新安。②仗履:即徒步。清言:指魏晋时期崇尚老庄、空谈玄理的一种风气。③冶习:指拈花惹草的习气。诗思:指创作诗的情思。④旅士:旅人。在外作客的士人。野鹤:此喻指客居此地的秦京,其才能与仪表皆出众。

### 其 二

十里新筜路,残莺尚可闻。溪回如导我,山转忽逢君。抚景思随会,临文忆子云。①旧交惟尔在,若为久离群。②时同阅黄太史平倩集。

**注:**①抚景:犹言喜爱山水。抚:占有。子云:扬雄,一作杨雄。西汉文学家、哲学家、语言学家。字子云。见卷五《感怀诗五十八首》二十九注。此皆指代秦京。②若为:哪堪。黄平倩:黄辉,字平倩。见卷二《燕中早发……》注。

## 汪长驭师挚园①

宛转栏如导,檀栾径合斜。②门中看石壁,水底见山花。世业聊存素,天成岂斗奢。③中郎曾倒屣,廿载旧通家。④其尊人景谟,先兄中郎门下士也。

**注:**①万历四十六年(1618)作于新安。汪氏父子两代人承师于作者兄弟,汪袁两家结下通家之好。汪长驭:其父汪景谟二十年前曾为作者仲兄中郎的门生。师:效法。此为行学生之礼。②檀栾:美好貌,形容竹。③世业:指汪长驭的父亲曾师于中郎,今其子汪长驭又来从师于作者。汪氏父子两代人承师于袁氏兄弟,故称"世业"。素:素业。即儒业。天成:谓天意成就。斗奢:犹争得名声。④中郎:此指作者仲兄宏道。倒(dào)屣(xǐ):《三国志·魏志·王粲传》:"(蔡邕)闻粲在门,倒屣迎之。"谓急于迎客,把鞋子穿倒。形容对来客的热情欢迎。通家:世交。

## 步至王将军园①

忽忽忘簪带,扶藤信所如。②畏人思入壁,休眼罢观书。竹长斜穿屋,泉多乱注渠。榴花时堕水,错认是朱鱼。

**注:**①万历四十六年(1618)作于新安。作者在匆忙中忘了佩簪带,感觉很不自在,甚至把落入水中的石榴花看成了朱鱼。王将军园:《游居柿录》卷十三:"午,至王将军水轩闲坐,见榴花一朵,荡漾水面,误以为朱鱼。"②簪:古人用来插定发髻或连冠于发的一种长针。藤:藤杖。信:听凭。

## 初度,同秦京及诸公泛舟二首①

### 其　一

何处堪怡悦,名蓝聚水西。②利锥逢快友,文练出清溪。③上客全寒素,微官半隐栖。④决云还纵壑,鱼鸟任高低。古云:"汝颖之士利如锥。"京,汝南人,故云。是日放生。

**注:**①万历四十六年(1618)作于新安。作者在生日这天与诸位性情相投之友一道放生、食素、赋诗,庆幸自己微官半隐栖,浮家岁合延。初度:此指作者四十九岁生日。《游居柿录》卷十三:"五月初七日,为予生辰。是日,觅游舟放生于河西。食素。借金一甫、孔达惟修、吴龙田父子。"秦京:汝南人。作者旧友,二人情谊深厚。②名蓝:指声名在外的儒生。蓝:蓝衫,旧时儒生所穿的服装。③利锥:喻指作者的性情率真、聪慧、敏锐。快友:亦指这些友人快人快语,性情直爽。④寒素:指素食。

## 其 二

我本无公事,那能不泛船。肯将闲日月,孤却秀山川。①戏水生能悦,浮家岁合延。②君看鼓楫者,偏得唤长年。

**注:**①孤却:犹辜负。②浮家:谓以船为家。岁合延:合延岁,即合家延年益寿。

# 夏令君元配胡孺人挽章①

## 其 一

书黛螺犹在,返魂药已稀。虽忻膺凤纸,难报卧牛衣。②秉笔谁相泣,攀辕不共归。遗奁无一物,惟有旧支机。③

**注:**①万历四十六年(1618)作于新安。友人的夫人去逝后遗物犹在,令其睹物思人悲楚不尽。作者深深感叹夫妻共患难却不能共度晚年。夏令君:指县令夏濮山。元配:旧称最先娶的妻子为"元配"。孺人:明为七品官母或妻的封号。挽章:犹挽歌。哀悼死者的诗文。②膺凤纸:犹皇榜或授官的诏书。牛衣:亦称"牛被"。给牛御寒用的覆盖物。《汉书·王章传》:"初,章为诸生,学长安,独与妻居。章疾病,无被,卧牛衣中;与妻决,涕泣。"后因以"牛衣对泣"形容夫妻共守穷困。③奁(lián):古代盛梳妆用品的器具。支机:犹织机。

## 其 二

夫子真循吏,鱼轩亦大贤。①釜尘常莞尔,鞭苇也潸然。漫话耕锄事,先悭黻佩缘。②桐乡他日祀,兼酹小君前。③

**注:**①夫子:指夏令君。循吏:旧谓遵礼守法的官吏。鱼轩:古时贵族妇女所乘的车,以鱼皮为饰。《左传·闵公二年》:"归夫人鱼轩。"后世也用以代指夫人。贤:此指其夫人才能、德性好。②悭(qiān):欠缺。黻(fú):古代礼服上黑与青相间的花纹。③桐乡:古地名。春秋楚附属桐国,汉始称桐乡。在今安徽桐城北。小君:指胡孺人。

## 其　三

怪鸟偏追逐,祥鸾早弃捐。高柔妻短命,冯衍室长年。<sup>①</sup>花发先凋蕙,琴挥忽断弦。悼亡休太苦,潘鬓渐非玄。<sup>②</sup>

注:①高柔:三国魏国人,字文惠。曹操平袁氏,以为管长。见本卷《从善宅中有赠》注。冯衍:东汉辞赋家。字敬通。见卷五《感怀诗五十八首》十四注。室:妻。②悼亡:谓丧妻。晋潘岳(安仁)妻死,赋悼亡诗三首,后因称丧妻为悼亡。潘鬓:潘岳《秋兴赋序》:"余春秋三十有二,始见二毛。"后因以潘鬓为中年鬓发的代称。(均见《文选》)

## 其　四

百里淹鸾凤,云霄自此翔。<sup>①</sup>莲心偏共茹,蔗尾不同尝。哀旐辞黄岭,悲笳出紫阳。<sup>②</sup>笥中留画扇,遗愿有仙郎。<sup>③</sup>

注:①百里:百里之地,泛指一县所辖的范围。鸾凤:喻指胡孺人。"云霄"句:谓胡孺人升天。②旐(zhào):古代旗的一种,上画龟蛇。为旧时出丧时为棺柩引路的旗,俗称魂幡,以黑布为之。黄岭:指新安城内的一山名。笳:古管乐器。紫阳:指新安城内的紫阳山。③笥(sì):盛饭食或衣物的竹器。仙郎:唐代称尚书省各部郎中、员外郎为仙郎。唐王维《重酬范郎中》诗:"仙郎有意怜同舍,丞相无私断扫门。"此指夏濮山。

# 绩溪道上<sup>①</sup>

风好忽成寐,醒闻云碓音。松阴生隐趣,禾气发乡心。<sup>②</sup>百转惟逢水,千盘不过岑。匆匆乘传去,未许话登临。<sup>③</sup>

注:①万历四十六年(1618)作于绩溪。绩溪道上,作者乘马匆匆而行,喜见一路松阴禾气、山回水转。绩溪:县名。在今安徽省东南部,东临浙江省。唐置县。《游居柿录》卷十三:"十六日,往宁国。午饭新馆,晚宿绩溪。"②隐趣:隐居的情趣。乡心:指思乡之心。③传(zhuàn):指驿站所备的车马。

# 夏日同汤祭酒霍林、同年詹翀南、潘景升、孙晋仲兄弟游敬亭山<sup>①</sup>

胜地炎蒸也合来,竹阴花影绘蹊苔。难逢黄蘗咨心要,且对青莲问酒杯。<sup>②</sup>枧岭似眉穿树出,宛溪如练绕山回。<sup>③</sup>萦藤到处还祠庙,异代偏怜谢脁才。<sup>④</sup>山下即黄蘗之广教寺。

**注**：①万历四十六年(1618)作于新安。作者夏日同诸友人游览敬亭山的佛法圣地，凭吊古代高僧。汤霍林：官祭酒。祭酒：学官名。汉代有博士祭酒，为博士之首。隋唐以后称国子监祭酒，为国子监的主管官。同年：科举中称同科考的人。潘景升：潘之恒，字景升。作者老友。见卷一《武昌逢潘景升》注。敬亭山：《游居柿录》卷十三："敬亭山甚坦迤，宛水出其下，竹阴曦交加。至顶，结宇甚弘敞。"②黄蘖(bò)：即黄檗。唐代佛教高僧。幼于福州檗山出家，后参江西百丈山海禅师而得道。后居洪州大安寺，海众奔辏。相国裴休镇宛陵，建大禅院，请师说法，师酷爱旧山，因以黄檗名之。后称师云黄檗。见《传灯录》卷九。心要：此指存留心中的疑难。青莲：佛教语。此指佛法之地。③枧(jiǎn)岭：山名。在敬亭山附近。宛溪：即宛水，在敬亭山下。④萋(qí)：苍艾色。谢朓(tiǎo)：南朝齐诗人。见卷五《曾长石太史以短歌三首……》注。

## 詹日至，刘旭招饮澄江亭，即席赋①

### 其 一

分沙漏石爱清流，泛宅人同练上游。他日有缘来往此，未营居室且营舟。

**注**：①万历四十六年(1618)作于新安。作者应邀赴宴澄江亭，宾主挥麈长谈。詹日：至日，此指夏至。詹，至。刘旭：作者新友人。余未详。即席赋：当座赋诗。

### 其 二

清谭长日麈慵挥，霞绮江澄发妙机。①地主才情胜孔颢，齿牙不借谢玄晖。②

**注**：①清谭：清谈。指魏晋时期崇尚老庄、空谈玄理的一种风气。麈：麈尾。即拂尘。②地主：东道主。此指刘旭。孔颢(yǐ)：古代才人，余未详。谢玄晖：谢朓。南朝齐诗人，字玄晖。见卷五《曾长石太史以短歌三首……》注。

## 赴句曲送校士①

余睡犹在目，残梦入潺湲。②山深滴雾露，侵晨弄微寒。乱峰围沃壤，禾穗亦已繁。微官无远虑，身劳心所安。束带非有苦，不敢话归田。③散步绮畛间，岂复异乡园。聊作无心云，异患何能干。④

**注**：①万历四十六年(1618)作于句容。写作者心系公安故里，但仍安于新安校职的

真实而矛盾的心声。句曲:句曲山。即"茅山"。茅山在今江苏省句容境内,北临长江。送校士:《游居柿录》卷十三:"六月二十三日,送诸生至句容考校。晚宿绩溪。"②潺湲:流泪貌。此暗指作者思念故乡(古时公安县曾名潺陵)。③束带:指束上官带。④心云:犹心系故乡的情思。异患:指不利于作者安心新安校职的心事或行为。

# 游三茅山①

鼎足峰峦峙,青苍扑近郊。两宫如列县。孤顶似居巢。②松阁风犹劲,蒲潭草已交。雁行零落尽,不忍话三茅。③

**注**:①万历四十六年(1618)作于句容。作者大笔勾画出三茅山鼎足青苍的自然景观与悠久人文环境,表达了对二亡兄的深深缅怀之情。三茅山:茅山,原称句曲山。在今江苏省西南部,地跨句容、金坛、溧水、溧阳等县境。南北走向,高峰有丫髻山、方山等。有蓬壶、玉柱、华阳三洞和唐碑、元碣等名胜古迹。传说西汉茅盈三兄弟修道于此,因又名三茅山。《游居柿录》卷十三:"(七月)初五日,游茅山,山有上宫。下宫在山下。径路极净,老树夹道。至上宫,在茅山之隈,大茅当其前。上宫所藏,有玉印、玉圭、玉砚。"②两宫:指茅山的上宫和下宫。县(xuán):同"悬"。指山上的上宫。③雁行:此喻指作者的两位兄长。三茅:此指传说中在句曲山修道的茅盈三兄弟。

# 毕东郊见召郊园,有述①

## 其 一

别业枕岩阿,追随鹭羽过。千山喧送雨,一室静听歌。夜色先归竹,秋声只在荷。主人偏嗜水,十亩半烟波。

**注**:①万历四十六年(1618)作于新安。作者邀请一帮友人来郊园,参观自己在新安的秀美别业。毕东郊:官侍御。作者友人。余未详。侍御,官名。侍御史,一般可称为侍御。明代称监察御史。《游居柿录》卷十三:"毕御史见召于园,偕者为秦京,饮水亭上,荷叶尚茂。前有山为白榆山,即汪司马白榆社所由名也。雨大至,击荷叶铮铮有声,甚快。封公教有歌儿一部;演吴曲,颇倩越。晚看火树。"见:被。

## 其 二

北海杯曾共,西园酒亦同。①兴添风叶里,谭剧雨声中。流马存灯影,屠龙试火攻。②东山安石在,怒臂笑胡戎。③是日观巧灯及械炮。

注：①北海：郡名。隋大业及唐天宝、至德时又曾改青州为北海郡。汉末孔融任北海相，人称孔北海，唐代李邕官北海太守，人称李北海。治所在今山东昌乐等地。②屠龙：《庄子·列御寇》："朱评漫学屠龙于支离益，单(殚)千斤之家，三年技成，而无所用其巧。"后世因谓技高而不切实用为"屠龙之技"。此指"火树"表演技巧高超。③东山：此指谢安隐居之地。安石：谢安，东晋政治家，字安石。见卷三《长歌送谢在杭司理之东昌》注。此指代毕御史。

## 秋日同程彦之、程如晦、汪惟修往游霞山①

扶藤如渴骥，水陆历金汤。②溪路先辞暑，风柯已变商。③盖飘陈果落，衣染澹花香。标建蒸霞丽，涛鸣叠雪凉。④裂云成大道，绝涧起飞梁。臂接同猿饮，身轻似鸟翔。雉城分仔细，虎节辨微茫。⑤楼阁霄端接，闾阎井底藏。⑥孤峰祠火帝，十刹奉空王。⑦神木天呈瑞，文波地发祥。⑧新安千古胜，大好忆萧皇。⑨

注：①万历四十六年(1618)作于新安。写秋日作者偕友人往游霞山，一路登山涉水，历尽艰险，终于见到了古老而神异的自然和人文景观。程彦之、程如晦、汪惟修：皆为作者新友人。余未详。霞山：位于新安城南门外不远处的一座山，其山色似霞，故名。②金汤："金城汤池"的省语。比喻防守巩固的城池。此处喻指该处的山势险溪流急。③商：商秋。旧以商为五音中的金音，声凄厉，与肃杀的秋气相应，故称秋为"商秋"。④标建：指霞山上的神柱塔。《游居柿录》卷十三："上有浮图，名神柱塔。"⑤雉(zhì)：指雉堞。即城上排列如齿状的矮墙，作掩护用。虎节：犹虎符。古代帝王授予臣属兵权和调发军队的信物。用铜铸成虎形，背有铭文，分为两半，右半留存中央，左半发给地方官吏或统兵的将帅。调发军队时，须由使臣持符验合，方能生效。盛行于战国、秦、汉。⑥闾(lǘ)阎(yán)：巷门。井底：喻指在山脚。⑦火帝：炎帝。传说中上古姜姓部族的首领。号烈山氏，一作厉山氏。相传少典娶有蟜氏而生。原居姜水流域，后向东发展到中原地区。曾与黄帝战于阪泉(今河北涿鹿东南)，被打败。⑧神木：指神柱塔。《游居柿录》卷十三："昔张开府三篯左迁为此邑令，建塔于此，正缺塔心，偶流一木水涯，长可八九丈，横半之，木理甚似鸭脚，询之通邑人，不知其为谁氏木，久之亦无认者，乃知为鬼输也，遂以为柱。"⑨萧皇：指梁武帝萧衍，南朝梁的建立者。他长于文学，精乐律，善书法。原有集，已佚，明人辑有《梁武帝御制集》。

## 邀王先民、彦之宝相寺食斋有述①

出郭崎嵚甚，稍平宝地留。②松遮禅院寂，竹隐呗声幽。苏晋长斋至，戴

�野服游。③口闲聊竖义，莫叹祖庭秋。④

注：①万历四十六年(1618)作于新安。作者一行于宝相寺食斋后同步往聂真人墓，感叹后人莫哀先人衰弱。宝相寺食斋：《游居柿录》卷十三："六斋日，宝相寺僧请食斋，偕者为王先明、程彦之、汪惟修。饭后，同步往聂真人墓，途中多修竹乔松，时有丹枫，重岗回合，村庄栉比。"②崎嵚(qīn)：嵚崎，山高峻貌。宝地：指宝相寺址。③苏晋：唐代人。数岁知为文，作《八卦论》。官终太子左庶子。见卷五《懊恼曲……》注。戴颙(yóng)：南朝宋人，字仲若。有高名。见卷一《黄鹤楼》注。④竖义：阐明义理。"莫叹祖庭秋"句：参见《游居柿录》卷十三："可二里许，(聂)真人墓在焉。唐新安太守于，其兄为余真人，结庐此山。太守恒来此山中问政，故山号问政山。聂真人即余真人弟子，尸解后葬于此。近年有叶姓者，迷其祖茔，误以(聂)真人坟为祖坟，正与聂氏后人相競。一日，天大雨，洗出聂氏碑铭及明器之类，叶氏始畏而不敢争。"

## 同先民、彦之宝相寺食斋，便往聂仙墓①

支藤闲一日，聊作六时仙。②寺外竹相接，林中枫欲燃。慵来凭古木，渴至漱寒泉。却叹丹成客，犹然有墓田。③

注：①万历四十六年(1618)作于新安。作者一行往聂真人墓地，叹息当年想炼丹成仙的真人却给自己留下了客死他乡的墓田。宝相寺食斋：见前诗注。聂仙：即聂真人。见上诗注。②六时：指白天的六个时辰，即辰、巳、午、未、申、酉六时辰（早晨七点至晚七点）。③丹：丹砂。此指炼丹的聂真人。客：客死。谓死于外地。

## 宛陵哭林兵宪樗朋先生①

乍闻辞世梦魂惊，逐月奔星到宛城。鼓角罢喧人吏散，几筵空设兔狐鸣。江南无福留慈父，塞北多艰需老成。②伯道已伤绝胤子，可怜相继丧门生。③林为先兄门下士，时梁观察悍田亦下世。

注：①万历四十六(1618)作于宛陵。写作者为先长兄的门生相继辞世而悲痛不已。宛陵：古县名。汉初置，治所在今安徽宣城。隋改名为宣城。林兵宪：名樗朋。为作者长兄宗道的门生。兵宪：旧指朝廷委驻各行省的军队高级官吏。②慈父：此指梁悍田，时任浙江右辖。因其为官施仁政，故有"慈父"之称。见卷六《赠别梁观察迁浙江右辖》。③伯道：晋代邓攸，字伯道。见卷三《入都迎伯修榇……》注。胤：后代；后嗣。

# 黄 山①

## 其 一

东南佳丽气,幻出此山形。壁壁姿神活,峰峰骨法灵。②雨收新绽蕊,雾堕净舒屏。轩后真仙眼,搜奇建福庭。③

**注:**①万历四十六年(1618)作于黄山。作者热情赞颂黄山的优美自然景观和丰美人文历史。黄山:在今安徽省南部,跨歙、黟、太平、休宁四县。见前诗《黄山八景诗……》注。《游居柿录》卷十三:"十月初一日,往游黄山,有记。"②骨法:旧谓人的骨相。战国楚宋玉《神女赋》:"骨法多奇,应君之相。"此指山体的骨架。③轩后:轩辕皇帝的皇后。轩辕即黄帝。相传黄帝与容成子、浮丘公尝合丹于黄山,黄山即因此得名。自此,黄山在轩辕皇后的管建下才有了后来的样子。福庭:古指神仙、有道者所居。《文选·孙绰〈游天台山赋〉》:"仍羽人于丹丘,寻不死之福庭。"此指黄山。

## 其 二

天孙缕缬就,帝子琢磨成。①拱揖存容止,回环具性情。绝奇直一死,得到庆余生。莫便欢呼极,经途总化城。②

**注:**①天孙:即织女。为天帝之孙,故称天孙。缕缬(xié):丝缕结成的彩结。帝子:皇帝的女儿。②莫便:不要随便。经途:谓经过游览的历练。化城:谓逐渐成熟。

## 其 三

名以轩皇著,基从邃古开。①游仙天子至,招隐帝王来。②朱鸟犹鸣树,玄猿尚啸台。③夜深光怪起,海底尽丹材。④

**注:**①轩皇:轩辕皇帝,即黄帝。著:显明;显出。基:指黄山的根基。邃古:即远古。②天子:天帝之子。谓天神。隐:隐蔽。③朱鸟:喻指有头衔的仕人。玄猿:喻指聪明的山人。即隐士。如:佛者、道者、儒者等。④光怪:色彩斑斓,离奇古怪。丹材:丹砂。矿物名。为古代道家的炼药。

## 其 四

鸩雀头边过,莲花片上眠。①西瞻溢浦雪,东望广陵烟。②追琢嗟丹壁,锋铓骇笋田。③貌山多溢语,此地愧难诠。

**注:**①莲花:指黄山最高的莲花峰。②溢浦:即溢水。今名龙开河。广陵:即今扬州市。③追琢:雕琢;雕刻。丹壁:指红色的花岗石壁。锋铓:刀剑等器的刃口和尖端。此

指在岩壁上雕刻文字。笋田：此喻指陡峭的岩峰。

## 同诸公至曹元甫郊园①

红尘欲染鬓毛班，博得登临半日闲。柳路略嫌遮采石，柴门恰好卓青山。②良朋不请争飞盖，清谑无端也破颜。江表烟云君已饱，可能黄海一追攀。③

注：①万历四十六年（1618）作于当涂。作者同诸公访同年元甫，赞赏其郊园临青山、滨长江，美不胜收。曹元甫：作者同年（同时参加科举考试并进第）、知交。见前诗。②采石：采石矶。位于安徽西梁山的长江北岸。卓：直立。青山：一名"青林山"，在安徽当涂县东南。唐诗人李白原葬于该县的龙山，后宣歙观察使范传正据白生前"悦谢家青山"遗意，于唐元和十二年（817）迁葬于此山。③黄海：我国三大边缘海之一。北起鸭绿江口，南长江口北岸到韩国济州岛一线同东海分界，西以渤海海峡与渤海相连。面积约四十万平方公里，近岸海水呈黄色。

## 游水西寺①

才出城闉便见松，水西如画且移筇。②逃禅天子曾留偈，吐舌沙门尚有钟。③近涧溶溶围古寺，前山叠叠涌高峰。风光到此堪怡悦，况有良朋载酒从。

注：①万历四十六年（1618）作于芜湖。写作者游水西寺赏景鉴史，心境怡悦。水西寺：《游居柿录》卷十三："水西寺，水绕具前，前山迭迭，寺踞山上。其右为书院，有罗近溪题字，黄蘗时遗钟尚存。"②闉（yīn）：古代城门外层的曲城。筇（qióng）：杖，筇竹可以做杖，因即称杖为筇。③逃禅天子：指黄巢。唐末农民大起义领袖。公元881年攻克洛阳，是年底进入长安（今陕西西安）。即皇帝位，国号大齐，年号金统。金统五年（884），他退至泰山狼虎谷，为敌军追击，不屈自杀。偈（jì）：偈陀，就是佛经中的唱词。吐舌：形容受到惊吓的样子。沙门：佛教专指依戒律出家修道之人。钟：指黄巢时遗钟。

## 寿虞大椿翁七十①

汉室公卿贵，谁同谷口真。②文章歌白雪，行履践朱绳。③征梦枫犹异，入怀蛟已神。鸥机忘不设，龙性健难驯。④只以书为稼，惟余道未贫。篇中生李杜，膝下走荀陈。⑤野逸寻凫鹭，功名托凤麟。⑥将雏来歙浦，选胜过郭滨。⑦令子珪璋彦，经时社稷臣。⑧学抒何必仕，泽究不须身。⑨杲日千门晓，和风万井春。歌谣喧下邑,诵祝沸编民。<sup>⑩</sup>似水皆趋海,缘江实起岷。<sup>⑪</sup>螺山陈茁笋,绮涧共鲜鳞。轩后铫犹在,容成迹又新。<sup>⑫</sup>终符蝶叟语,久视似灵椿。<sup>⑬</sup>

**注:**①万历四十六年(1618)作于新安。作者赋诗祝福虞老七十寿诞。称道他文章美,行为正,子贵家业兴,高寿似灵椿。大椿:长寿。后因以为父的代称。②公卿:原指三公九卿,后泛指朝廷中的高级官员。谷口:古地名。在今陕西礼泉东北。因地当泾水出山谷处得名。③《白雪》:古代楚国歌曲名,泛指高雅的音乐或诗文。朱绳:犹绳墨。喻规矩、法度。④鸥机:鸥鹭忘机。旧谓人无机心,则异类亦与之相亲。见卷四《寿吴人沈翁》注。龙性:喻指气势奔放的性情。⑤李杜:即李白、杜甫。荀:荀子(约前313—前238)。战国时思想家、教育家。名况。时人尊而号为"卿"。汉人避宣帝讳,称为"孙卿"。赵国人。游学于齐,后三为祭酒。继赴楚国,由春申君用为兰陵(今山东苍山县兰陵镇)令,著书终老其地。韩非、李斯都是他的学生。他批判和总结了先秦和诸子的学术思想,对古代唯物主义有所发展。所作散文说理透辟,结构谨严。其《赋篇》对汉赋的兴起有一定的影响。著作有《荀子》。陈:陈亮(1143—1194)。南宋思想家、文学家。字同甫,学者称龙川先生,婺州永康(今属浙江)人。⑥凫鹭:野鸭、苍鹭。比喻山野间的隐士。凤麟:凤凰、麒麟。比喻才德高超的人。⑦雏:雏凤。比喻佳子弟。歙浦:指新安江泮。新安江源出皖南歙州境内,别名称歙港。鄣滨:指长江之滨的鄣郡。辖境相当今江苏、安徽两省长江以南。⑧珪璋:贵重的玉器,比喻人品高尚。见卷六《赠别梁观察》注。彦(yàn):旧时对士的美称。⑨学抒:犹学习写作诗文。抒,表达,倾吐。泽(shì)究:谓研究佛学。泽,通"释"。⑩下邑:小县。编民:指编入户籍的平民。⑪岷(mín):岷山。在今四川省北部,绵延于川甘两省边境。此指山。⑫轩后:轩辕皇后。铫(diào):吊子,一种有柄的小烹器。容成:轩辕黄帝之臣。始造律历。为道家,有采阴补阳之术。有《容成阴道》二十六卷。⑬符蝶:犹"符采"。珠玉的光彩。灵椿:古代传说中的神树。五代周窦禹钧五子相继登科。冯道《赠禹钧》诗曰:"灵椿一株老,丹桂五枝芳。"《庄子·逍遥游》:"上古有大椿者,以八千岁为春,八千岁为秋。"后因称父为椿,有祝长寿之意。

## 午日汶溪观竞渡,大会松萝社诸君子二律,用真韵<sup>①</sup>

### 其 一

游龙凌驶水,举国沸通津。何以经千载,犹然念楚人。<sup>②</sup>近山明几案,叠水溅冠巾。喜逐鸡坛后,珠盘插又新。<sup>③</sup>

**注:**①万历四十六年(1618)作于新安。写端午节新安城举行了龙舟竞赛并成立了松萝文社。午日:端午节。松萝社:作者在新安组织并参加的文社。②楚人:指楚国屈原。见卷四《雁字》注。③鸡坛:指古代设坛做鸡卜。鸡卜,古代占卜法之一。此指竞渡

前各参赛队设坛做鸡卜预测吉凶（即胜负）。珠盘：指用来公示竞渡预测和比赛结果的器具。

## 其　二

叔夜由来懒，陶潜不厌贫。①为谁牛马走，还我薛萝身。②白社添新侣，青山识故人。③脂车予自喜，分袂也沾巾。④

注：①叔夜：嵇康（224—263），字叔夜。三国魏文学家、思想家、音乐家。见卷四《新亭成即事》注。陶潜：陶渊明。东晋大诗人，字符亮。见卷一《江上示长孺》注。②牛马走：喻指做官，为朝廷奔走。薛萝：称隐士的服装。借指隐士。③白社：指文社。因三袁兄弟都推崇唐代诗人白居易，故他们组织的文社皆称"白社"。④脂车：脂，美。喻指松萝文社。袂（mèi）：衣袖。喻指诸社友。

## 登　齐　山①

何处非尤物，攀萝岂惮勤。②山空纯是洞，石怪尽如云。远岫迷天堑，长江隐地纹。③秋来秋浦好，惆怅雁离群。④

注：①万历四十六年（1618）作于休宁。作者秋日登齐山，尽见奇特的山水景观，油然生发了对两位先兄的思念之情。齐山：齐云山。在今安徽省南部休宁县城西北十公里。有香炉峰、五老峰等胜景。②尤物：特出的人物，多指美貌的女子。③天堑：天然的壕沟，多指长江。地纹：指代起伏的山峦。④秋浦：秋浦河。在今安徽省南部。雁离群：比喻作者与两位亡兄长时分离。

## 池阳宛陵参谒回将北发，偶儿子祈年自楚来省，同日会于金陵长干里，喜而有作<sub>时辽阳边报甚急，京师戒严</sub>。①

奔星逐月为微官，山上红尘水上澜。千里楚吴悲异地，一朝父子聚长干。②欲行欲住身谋拙，无饷无兵国步难。③得汝故园将母去，小臣恋阙敢偷安。④

注：①万历四十八年（1620）作于金陵。作者启程北发之际，偶会前来探视的长子祈年。想到国事危难甚急，毅然决定要儿子速领其母回公安，自己仍欣然北发。池阳：古县名。汉惠帝四年（前191）置，因在池水之阳得名。治所在今陕西泾阳西北，俗名迎冬城，汉建池阳宫于此。宛陵：古县名。汉初置，治所在今安徽宣城。汉置铜宫于此。参谒：犹

晋谒。此指瞻仰遗宫、陵墓。北发：指作者奉旨出发往京师（今北京）。时作者任南京礼部主事。祈年：作者的大儿子。字未央、田祖。见卷五《祈年姪书来訊……》注。长干里：又称长干巷。古建康（即金陵，今南京市）里巷。时作者居家长干里。辽阳：在今辽宁省东部，太子河中游。②楚：此指作者的家乡。吴：此指作者任职之所。③欲行：指作者启程北发。欲住：指作者留下来陪儿子。国步艰：国势举步为艰。先一年，清兵攻沈阳，官军大败。④将母去：谓祈年带母亲回公安老家。阙：古代宫殿、祠庙前的高建筑物。为宫门的代称。敢偷安：敢苟且偷安吗？

## 舟次宿迁，闻辽左信，送眷属南归，示儿子祈年二首①

### 其 一

北风吹水撼孤城，送子南归百感生。白首登朝逢祸乱，黑头失意过清平。②尔冲涛浪还湘浦，我逐干戈走帝京。③千古袁家称大族，只缘历代有忠贞。④

**注**：①万历四十八年（1620）作于金陵。作者得知辽东战事紧急，决定送子南归。临别时嘱咐儿子要效仿古代袁安氏家忠贞于国家，让自己的家庭长久地兴旺起来。次：停留。宿迁：县名。在今江苏省北部，大运河和废黄河贯穿其境。辽左：地区名。辽东的别称。亦通称今辽宁省一带。祈年：作者大子。见前诗注。②白首：指作者，时已过天命之年。登朝：时作者任南京礼部主事。祸乱：指清兵大肆南侵，明王朝政局动荡不安。黑首：指其子祈年辈。③尔：你。指祈年。湘浦：湘江滨。此泛指作者家乡荆楚之地。干戈：此指战事。④袁家：此指东汉袁安的家族。袁安官至太仆、司空、司徒，其子孙也代任大官，"汝南袁氏"成为东汉有名的世家大族。见卷六《祈年姪以书来讯……》注。忠贞：此指袁安子孙对国家忠贞不渝，故能历代兴旺不衰。

### 其 二

牵衣念汝拜频频，骨肉分飞泪满巾。家值萍飘须长子，时当板荡要忠臣。①驶波欲逗南归客，寒雁犹怜北去人，不似大苏迁谪日，斜川尚得侍昏晨。②

**注**：①板荡：《诗经》有《板》、《荡》二篇，讥刺周厉王无道，败坏国家。后因以指政局混乱，社会动荡不安。②大苏：指北宋文学家、书画家苏轼。与父洵弟辙，合称"三苏"。其父老苏，故苏轼有"大苏"之称。见卷二《读子瞻集书呈中郎》注。迁谪：被贬谪到外地做官，指苏轼以作诗"谤讪朝廷"罪谪黄州，再次谪惠州、儋州。斜川：南宋苏过，号斜川居士。著有《斜川集》。

## 喜徐辰叟同入燕次韵①

鸡坛旧日和诗篇,字羽分睽今又全。②长乐钟声同梦里,西山雪色共尊前。③聊就粉署谈心乐,暂缓青岩抱膝眠。七子最先徐干至,著成中论挟风烟。④

**注**:①万历四十八年(1620)作于京师。作者得与旧友一道入京,共同饮酒谈心、同赏长乐钟声。并称美友人有古人徐干的风骨和才华。徐辰叟:作者友人。燕:指京师(今北京)。次韵:亦称步韵。即依照所和诗中的韵及其用韵的先后次序写诗。②鸡坛:谓朋友相会之处。越人每相交,礼封土坛,祭以鸡犬,故名。见晋周处《风土记》。睽:同"暌"(kuí)。犹"暌违",即分离。③长乐:长乐宫。西汉主要宫殿之一。此代指明皇宫。西山:泛指北京市西郊诸山。④徐干(171—218):东汉末哲学家、文学家,"建安七子"之一。字伟长,北海(郡治今山东潍坊西南)人。官五官中郎将文学。所著《中论》,认为"凡学者大义为先,物名为后,大义举而物名从之。"反对当时流行的训诂章句之学。又善辞赋,能诗。《中论》现存。另有集,已散佚,后人辑有《徐伟长集》。此指代徐辰叟。风烟:犹风骨与才华。

## 西 山 图①

爽气果然佳,终朝看不足。何如貌此山,岚雾指中出。

**注**:①万历四十八年(1620)作于京师。写山林中的水雾之气装扮出了西山的俊朗。西山:北京西郊群山。西北接军都山。有百花山、灵山、妙峰山、香山、翠微山、卢师山、玉泉山等。为京郊名胜。

## 梅花劲骨卷①

李硕人,少习歌舞,长肆琴书,不作野外鸳鸯,愿为阁中鹣鹭。②青骢白马,夫婿自居上头;养纸薰衣,翔风堪为房老。③已而所天既逝,不忍偕亡。④铜母木奴,颇资部署;木杵儿桂子,尚借支撑。⑤一经已兆于仙郎,九原何惭于阿父。⑥甫乃居家学道,处俗志真,借浮囊以自岩,宝德瓶而不毁。⑦舞裙歌扇,永作箧巾之尘;经卷药炉,长为世外之伴。真月上之高足,而大士之净妹也。⑧予心钦焉,故有斯作。

**注:**①万历四十八年(1620)作于京陵。写李硕人失去姿色后夫妻感情久已不存。夫亡后,她选择经卷,永归佛门。卷:画卷;书卷。②李硕人:该诗描写的主人公。肄(yì):研习;学习。野鸳鸯:旧时比喻非正式的配偶。鸂(yuān)鸀(yuè):传说中的与鸾凤同类的鸟。③翔风:晋人,翾风。石崇之婢。有美妙态。④所天:谓所倚仗的天,指李硕人的夫君。⑤铜母、木奴:皆指代家庭中的诸多妾、婢。杞儿、桂子:指李硕人的孩子。⑥兆:墓域。谓逝去。九原:九州。谓大地。⑦甫:开始。浮囊:物名。渡海人所带,免没溺之物。岩:危险。德瓶:佛教语。又名贤瓶、善瓶、吉祥瓶、如意瓶等,人若祈天神而感得此瓶,则所需如意自瓶中出云。⑧月上:月上女。维摩诘之女。大士:菩萨之通称。

## 其　一

寒风吹雪漫山丘,绿萼瑶华韵更幽。⑨宝瑟罢弹愁脉脉,锦衾无侣恨悠悠。和丸投杵情难尽,埋粉沉香愿易酬。自有青莲堪度世,不同燕子咽危楼。⑩

**注:**⑨绿萼:即萼绿华。古代仙女。⑩青莲:佛教用语,指眼睛。此代指佛教经典。燕子:燕子楼。旧时因以"燕子楼"指遭遇不幸的贵族女子居住之处。见卷二《怀潘景升》注。

## 其　二

斫却龙槽断却弦,不随人去有因缘。①香销久已抛双梦,骨冷何曾异九泉。念佛且凭樊素口,书经不用薛涛笺。②永将身命归清泰,谁羡珠宫窅窈仙。

**注:**①"斫却"二句:谓李硕人断绝与亡夫家庭的联系,没有随亡夫而去是有原因的。②樊素:唐妓,善歌。白居易诗有"樱桃樊素口"之句。薛涛:唐长安女子,字洪度。随父流落蜀中,遂入乐籍。工诗。韦皋镇蜀,召令侍酒赋诗,称为女校书。暮年屏居浣花溪,着女冠服。好制松花小笺,时号薛涛笺。

## 寿人翁媪①

市儿金为活,贤人德为食。②不见万石君,簪裙光照国。③翁妇偕隐沦,负戴同栖逸。④烟汀浴凫纹,水屿飘鹤翼。九百九十枚,忽然到门侧。试看弧帨辰,粲粲金支色。⑤

**注:**①万历四十八年(1620)作于京陵。作者赋诗为二老夫妇祝寿,热情称道二老偕

同劳作的美德。翁：男性老人。媪(ǎo)：老妇人。②市儿：指市井中做买卖之人。德为食：谓把德当作精神粮食。③万石君：石奋。汉朝温人。见前诗《姜翼龙先生……》注。此代指贤德的寿人翁媪。簪：古代用来插定发髻或连冠于发的一种长针。④隐沦：此指隐士。负戴：负是背物，戴是以头顶物；古代常用为体力劳动的代称。⑤弧：犹悬弧。古代风俗尚武，生了男孩，便挂一张弓在门左首，后因称生男为悬弧，谓生日为悬弧之辰。弧帨辰：意谓二老夫妇的生日。帨(shuì)：佩巾。

## 南赴礼曹任，步须日华韵①

烽火三韩恨未休，东风先洗哭时忧。②浮家泛宅真吾事，调马书眉不解愁。③道侣旧推莲社长，老来新拜醉乡侯。④也知仕隐非忘世，盛际陶唐有许由。⑤

**注**：①万历四十八年(1620)作于南京。作者面对国家战火未休的危难局势，抒发了升迁仕隐仍不忘国难的爱国情怀。南赴礼曹任：指作者"庚申(即万历四十八年)迁南京礼部主事"(邹漪《启祯野乘》)。按：明制两京(京师、南京)附近地区不设布政使司，各府、州直隶于两京，直隶于南京的地区即称为南京，一称南直隶。步韵：即依照所和诗中的韵及其用韵的先后次序写诗。须日华：作者老友。为水郡官员。②三韩：泛指东北三省。东风：喻指升迁之事。哭时：指作者昔日仕途不顺之时。③浮家泛宅：谓以船为家，浪迹江湖。调马：喻指升迁官职。书眉：犹"舒眉"。④道侣：指作者的教友或诗友。莲社：原称"白莲社"。见卷二《舟中偶怀同学诸公……》注。醉乡侯：此指代南京礼部主事。⑤仕隐：指边做官边当隐士。陶唐：即陶唐氏。传说中远古部落名，居于平阳(今山东临汾)，尧乃其领袖。许由：字武仲。曾拒不受尧所禅让的君位。见卷七《园居》注。

## 同同年兄弟吴元无、申维烈、姜季捷饮于魏仲雪斋中，仲雪赋诗成，予属和，时有结社之约①

空斋雨夜共依栖，绝似寒禽拣一枝。孤客不逢棠棣酒，五年懒赋菊花诗。②袁羊敏速无佳句，卫玠清赢有妙思。③胜地良辰休负却，珠盘酙后试新词。④

**注**：①天启二年(1622)作于南京。作者与同年兄弟聚饮赋诗，盟约成立新文社。同年：科举时代称同科考的人。明代乡试、会试同时考中者皆称"同年"。和(hè)：唱和；和答。结社：结文社。②五年：万历四十六年(1618)，作者于新安曾作《午日汶溪观竞渡，大

会松萝社诸君子二律,用真韵》一诗,距是年"属和"正好五年。菊花诗:谓众多诗人在一起结诗社,唱和赋诗。③袁羊:字彦升。晋代陈郡人。卫玠:晋代卫恒之子。字叔宝。风神秀异,仕为太子洗马,后移家建业。京师人士闻其姿容,观者如堵。④珠盘歃(shà):此指作者组织诗人订文社之约。歃:歃血。古代订盟的一种仪式。

## 寿范封君①

绿发方瞳一丈夫,登山涉水嗔人扶。不贪斗米荒三径,自爱扁舟泛五湖。②啸雪歌云销节序,剪松沉柏养头颅③,匡时事业儿曹在,且逐长生问酒壶。④

注:①天启二年(1622)作于南京。作者赋诗祝贺范长生寿辰,称道其爱登山涉水、泛舟吟诗,祝福他饮酒游乐逐长生。②斗米:指薄俸。三径:指归隐后所住的田园。③啸雪歌云:指吟诵山水诗。节序:指时令、光阴。剪松沉柏:喻游览山水。④匡时:谓挽救艰危的时势。

# 附录：

## 袁中道年谱简编

**明隆庆四年庚午（1570）**

五月初七，袁中道出生于湖北公安县长安里长安村（小修《游居柿录》）。

**万历二年甲戌（1574）**

5岁。母亲龚氏卒，由庶祖母詹氏抚养，与仲兄宏道一同入塾蒙学。

**万历四年丙子（1576）**

7岁。随伯修入县（小修《寿大姊五十序》）。

**万历八年庚辰（1580）**

11岁。在斗湖堤读书，"十岁余著《黄山》、《雪》二赋"（钱谦益：《列朝诗集小序》）。后全家迁入公安县城斗湖堤镇。

**万历十一年癸未（1583）**

14岁。在斗湖堤读书，随仲兄宏道结城南社。

**万历十三年乙酉（1585）**

16岁。举秀才，在长安村"以病留家塾"（小修《游荷叶山居记》）。

**万历十六年戊子（1588）**

19岁。廪诸生。赴省应乡试，未中。与仲兄宏道共居长安村荷叶山旧第（小修《上林苑鲁公心印墓石铭》）。

**万历十九年辛卯（1591）**

22岁。赴省应乡试，未中。

**万历二十年壬辰（1592）**

23岁。夏在武昌晤李贽（容肇祖《李贽年谱》），七月初回公安，与二兄、诸舅共结南平社。

**万历二十一年癸巳（1593）**

24岁。夏随二兄等前往麻城访李贽，秋与丘坦、无念一行游大别山，后游吴越，创作《南游稿》，冬返武昌度岁暮（小修《南游稿》）。

**万历二十二年甲午（1594）**

25岁。春回公安，冬随仲兄宏道入京。刊印《南游稿》。时宏道谒选吴县县令。

**万历二十三年乙未(1595)**

26 岁。应总督梅国桢之邀,春去大同,时任吴中郎令。

**万历二十四年丙申(1596)**

27 岁。三月自郭郡返吴,后回公安。其诗初结集,中郎撰《序小修诗》。

**万历二十五年丁酉(1597)**

28 岁。赴省应乡试后,至真州与中郎聚(中郎《喜小修至》)。时中郎辞吴令,客居真州。

**万历二十六年戊戌(1598)**

29 岁。游吴地,居真州,秋进京入太学,与兄弟于城西崇国寺结葡萄社(小修《中郎先生行状》。以下称《行状》)。时伯修任春坊庶子兼翰林院侍读,中郎任京兆校官。

**万历二十七年己亥(1599)**

30 岁。在京上太学,广泛交游(《同谢于楚、谢在杭、伯修、中郎火神庙小饮看水》)。

**万历二十八年庚子(1600)**

31 岁。秋试后从中郎南归。十一月初四,长兄袁宗道卒,入都迎榇(小修《书行路难》)。

**万历二十九年辛丑(1601)**

32 岁。护伯修枢归公安,至通州访李贽(李贽《书小修手卷后》);送黄辉归蜀至西陵,游当阳玉泉。时中郎请告归隐柳浪湖(万历二十八——三十四年)。

**万历三十年壬寅(1602)**

33 岁。在公安柳浪湖。

**万历三十一年癸卯(1603)**

34 岁。赴京应顺天府乡试,中第三(中郎《九月初五得三弟京闱第三报至喜……》);往吊李贽(小修《入都过秃翁墓》)。

**万历三十二年甲辰(1604)**

35 岁。还公安(中郎《喜小修至自燕》),往来于故里长安村和县城柳浪湖之间。

**万历三十三年乙巳(1605)**

36 岁。在公安柳浪湖。江盈科卒。

**万历三十四年丙午(1606)**

37岁。随中郎入都(小修《行状》)。

**万历三十五年丁未(1607)**

38岁。应会试,未中。寓渔阳,于蓟辽总督府做家庭教师。

**万历三十六年戊申(1608)**

39岁。回公安(小修《游居柿录》)。

**万历三十七年己酉(1609)**

'40岁。春作德山桃园游,夏秋顺江东游,冬由漕入都与中郎聚(同上)。陶望龄卒。

**万历三十八庚戌(1610)**

41岁会试未中,春随中郎南归。九月初六,袁宏道病逝于沙市。冬至玉泉(同上)。

**万历三十九辛亥(1611)**

42岁。自玉泉归,游君山,来往于沙市、公安、长安里之间(同上)。雷思沛卒。

**万历四十年壬子(1612)**

43岁。夏往玉泉,秋游武昌,冬至津市。三月初八,父亲袁士瑜卒(同上)。黄辉卒。

**万历四十一年癸丑(1613)**

44岁。春游武陵,夏游太和(同上)。

**万历四十二年甲寅(1614)**

45岁。患火疾,居园调养(同上)。

**万历四十三年乙卯(1615)**

46岁。小住公安,遍游荆沙,初入沮漳,再往玉泉,冬赴京准备应会试(同上)。

**万历四十四年丙辰(1616)**

47岁。春中进士,冬自京师还里(同上)。

**万历四十五年丁巳(1617)**

48岁。春往玉泉晤无迹,赴京谒选,授徽州府教授,冬离京赴任(同上)。

**万历四十六年戊午(1618)**

49岁。二月抵徽州任。"珂雪斋近集已刻成,凡二十四卷"(同上)。

## 万历四十七年己未(1619)

50岁。"己未予以新安授迁太学博士",因移居南京(《户部郎中张公墓志铭》)。

## 万历四十八年庚申(1620)

51岁。在南京,"庚申迁南京礼部主事"( 邹漪《启祯野乘》)。

## 天启四年甲子(1624)

55岁。"甲子调吏部郎"(同上)。刊印《珂雪斋外集？游居柿录》。

## 天启六年丙寅(1626)

57岁。病逝于南京。后附葬伯修公墓右(《袁氏族谱》)。

# 参考书目

（明）袁宗道著，赵伯陶选注：《袁伯修小品》，长江文艺出版社 1996 年版。

（明）袁宏道著，钱伯城笺校：《袁宏道集笺校》，上海古籍出版社 2008 年版。

（明）袁宏道著，熊礼汇选注：《袁中郎小品》，长江文艺出版社 1996 年版。

（明）袁中道著，钱伯城点校：《珂雪斋集》，上海古籍出版社 1989 年版。

（明）袁中道著，李寿和选注：《袁小修小品》，长江文艺出版社 1996 年版。

李健章：《〈袁宏道集笺校〉志疑（外二种）》，湖北人民出版社 1994 年版。

熊礼汇：《公安三袁》，岳麓书社 2000 年版。

李寿和：《三袁传》，知识出版社 1991 年版。

李寿和：《三袁笔下的公安》，长江文艺出版社 2013 年版。

戴红贤：《袁宏道与晚明性灵文学思潮研究》，武汉大学出版社 2013 年版。

曾纪鑫：《晚明风骨袁宏道传》，陕西人民出版社 2013 年版。

# 跋

在《小修诗注》书稿行将付梓之际，我不禁想起了自己的身世，忆起了历经苦难的父母双亲。

我1947年2月出生于湖北省潜江县张金镇莲台庵村南王家台，这里早年属江陵三湖，地僻人荒，是有名的水窝子。高祖父时敏公，清咸丰年间因战乱避至莲台庵结庐定居，以垦荒耕织渔樵为生，为莲台庵王氏家族开基之祖。祖父盛綷公，自幼习武，精通诸般武艺，为清同治末年武举人。因性情豪爽、喜抱不平而饮誉乡梓。

先父贤斌公，自幼习武。未冠时正值家乡土地革命，遂参加了童子军。不满17岁即当红军，转战湘鄂三年。1932年，洪湖根据地红军转移，时父患疟疾，被安置于农户家养病，因而脱离了红军部队。自此，父亲为躲避国民党的迫害而亡走当阳十载，以烧制青砖瓦之手艺谋身。尔后浪迹潜江祁家铺、沙市窑湾、江陵马家寨、公安等地，终落籍公安杨潭村。解放后（1953年春），父亲因那段患病而脱离部队的历史无人证实，竟被扣上了历史坏分子（红军逃兵、叛徒）的帽子，并被押解回潜江老家接受劳动改造近三十年之久。父亲被押解之日，杨潭窑场上的砖瓦及大小财物皆被视为坏分子家产洗劫一空。可怜母亲仅强留了一床被子和一小罈米。时母亲不到36岁，我才6岁。自此母子皆为"坏分子家属"，孤寡弱小，倍受欺凌，靡日而宁。

母萧氏，出身农家，勤劳聪慧，刚强坚毅。面对生活中的艰困危厄，她始终没有退缩。为维护尊严，不畏强势，据理抗争。不会种田，坚持从头学起；没有耕牛农具，就用自己的劳力换工。她常年起早贪黑，勤扒苦做，一双小脚磨起了血泡，又磨出了老茧。儿子常常夜里看见母亲在灯下修脚茧，用长布片包裹着一双伤痕累累的小脚。母亲靠着自己的勤劳与智慧，奋勉自立，支撑起了我们在风雨中濒于破碎的家。母亲始终坚持培养儿子读书，让儿子从小学一直读到中师，后来还和家人一道支持我读了近八年华师中文本科函授。母亲认定一个理："养儿要读书。只有多读书，才能够多做事，做大事。"她自己没有读过书，对养儿读书竟有如此高之见识，如此大之决心和毅力。这在解放初期的农村,实属罕见! 今天,母亲的功德、人品和精神,早已深深地植根在了儿子和我们王氏子孙的心中!

1979年,父亲幸得一探家老将军(原云南省军区副司令员,曾与父亲同时当红军)的证实,摘掉了坏分子帽子,获得了"红军遗散人员"的称谓,开始享受国家给予的生活补助津贴。自此,老父亲终于找回了自己失去的近半个世纪(1932—1979)的清白,开始真正过上了幸福的晚年。父亲一辈子为人正直,重信义,聪颖多艺。于1997年谢世,享年84岁。母亲终身吃斋拜佛,乐善好施,于2007年仙逝,终年90岁。二老在新旧社会历尽人世之艰辛,最后皆能寿终正寝,此乃上苍对善人的馈赠吧!

数十年来,我无论是读书教书,还是持家育子,都时时不忘母亲的懿范。母亲奋勉刻苦、自强不息的精神早已融入了儿子的血液,化为儿子的精髓。回首数十年的教学生涯,不管是担任小学教员,还是县教研室副主任,抑或是中学校长、县教师进修学校书记,我皆能倾心竭力,不断努力进取。终被同仁誉为"积学储宝、铸德育人"之典范。归休后,在家乡浓郁的三袁文化氛围中,我受到了公安派学术研究专家李寿和、张遵明等先生的深刻影响,渐渐地迷上了家乡的三袁文化,并萌生了做《小修诗注》的想法。于是,在得到了县文联领导的支持后,便马上着手做起来。在做注过程中,虽遇上了种种难处,但我仍始终充满信心,脚踏实地。并积极想办法,寻求得到了武汉大学文学院博士生导师陈文新教授、中华诗词学会资深会员刘德怀先生等学者的鼎力相助。因此,我做《小修诗注》能够坚持走到今天这一步,一方面是公安三袁研究院给了我起步的平台,另一方面是母亲给了我能够坚持做下去的勇气和精神支持! 今天,我王氏子孙在母亲榜样精神的沐濡中,举家重教育,兴读书。现子媳向贤,兰孙上进,一堂和睦,洵可乐也。

作为自然的人、物质的人,是父母养育了我;作为社会的人、精神的人,是父母身上所体现的中华传统美德、是几千年绵绵不断的优秀传统文化、是改革开放带来的浓郁学术气氛,共同养育、滋润、熏陶了我。我热爱生养我的父母双亲,我热爱祖国的传统文化。在适逢盛世的晚年,我为小修的诗作注是学习知识,是重温经典,是充实思想,是寄托灵魂。同时也是对共同养育了我的自然母亲和文化母亲的一种敬礼,一种还愿,一种感恩。

**王能议**

2014年8月25日于汉口香港路桥苑新村